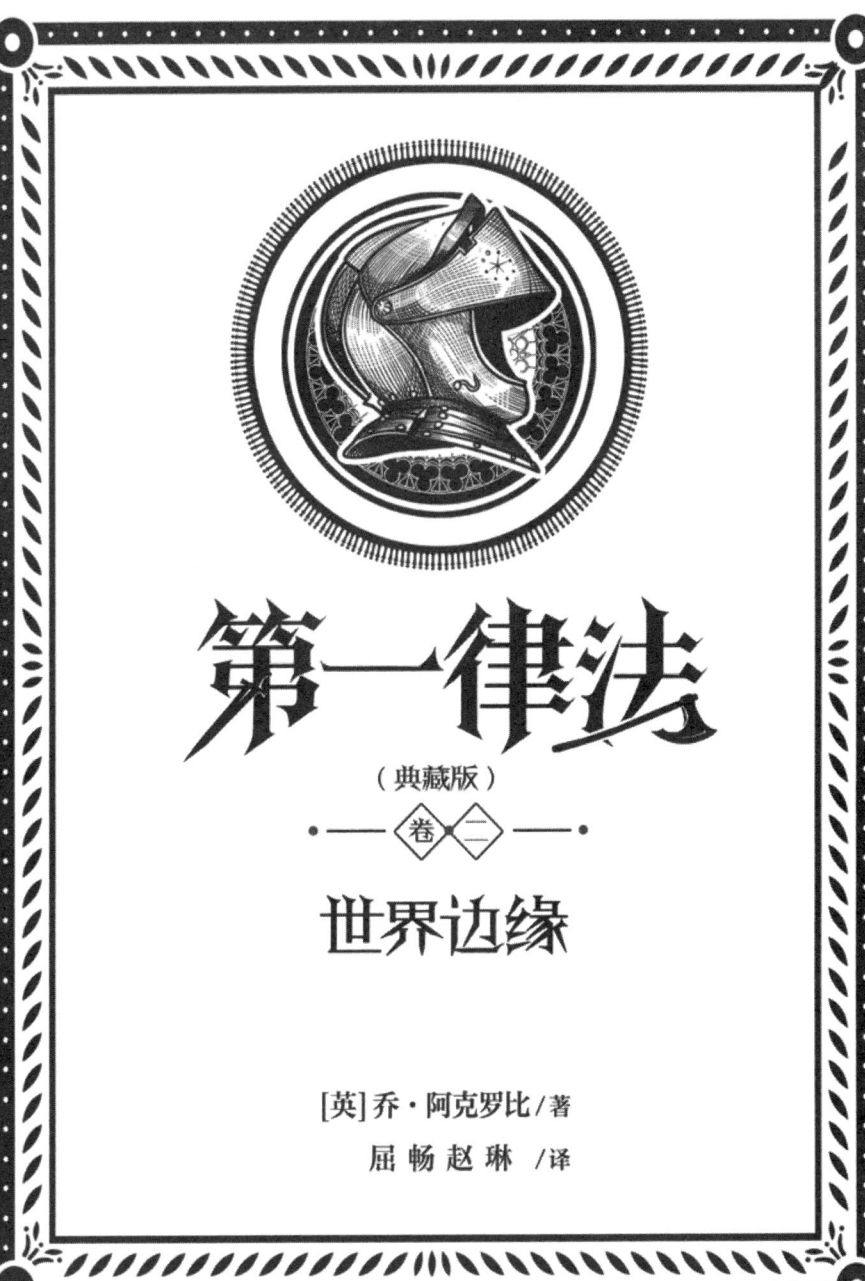

第一律法

（典藏版）

—— 卷 二 ——

世界边缘

[英] 乔·阿克罗比 /著

屈 畅 赵 琳 /译

BEFORE THEY ARE HANGED
Copyright © Joe Abercrombie 2007
First published in Great Britain in 2007 by Gollancz
An imprint of the Orion Publishing Group, Orion House, 5 Upper St Martin's Lane,
London WC2H 9EA
Published by arrangement with Orion Publishing Group via The Grayhawk Agency Ltd
Simplified Chinese translation copyright © 2021 by Chongqing Publishing House Co., Ltd
All rights reserved.
版贸核渝字（2020）第232号

图书在版编目（CIP）数据

世界边缘：典藏版/（英）乔·阿克罗比著；屈畅，赵琳译.
—重庆：重庆出版社，2021.6
（第一律法；卷二）
书名原文：Before They Are Hanged
(The First Law Trilogy Book 2)
ISBN 978-7-229-15769-2

Ⅰ.①世… Ⅱ.①乔… ②屈… ③赵… Ⅲ.①长篇小说—英国—现代 Ⅳ.①I561.45

中国版本图书馆CIP数据核字（2021）第058472号

第一律法（卷二）：世界边缘（典藏版）
DIYI LÜFA (JUANER) : SHIJIE BIANYUAN (DIANCANG BAN)

[英]乔·阿克罗比 著 屈 畅 赵 琳 译
联合统筹：重庆史诗图书信息咨询有限公司
责任编辑：邹 禾 唐 凌 王靓婷
装帧设计：谢颖设计工作室
责任校对：杨 娟

重庆出版集团 出版
重庆出版社

重庆市南岸区南滨路162号1幢 邮政编码：400061 http://www.cqph.com
重庆出版集团艺术设计有限公司 制版
重庆市豪森印务有限公司 印刷
重庆出版集团图书发行有限责任公司 发行
E-MAIL:fxchu@cqph.com 邮购电话：023-61520646
全国新华书店经销

开本：890mm×1230mm 1/32 印张：16.125 字数：450千
2021年6月第1版 2021年6月第1次印刷
ISBN 978-7-229-15769-2
定价：78.80元

如有印装质量问题，请向本集团图书发行有限公司调换：023-61520678

版权所有 侵权必究

尤记得当年我初次接触这个系列时，还在《科幻世界译文版》当编辑，正为每期杂志的选稿绞尽脑汁。某月实在没有思路，于是在C大（屈畅）的建议下从《第一律法》第一部中抽取了某个相对独立的章节翻译到杂志上。

实话实话，最开始对这个系列的观感并不是"一鸣惊人"。《第一律法》三部曲必须被视为一个连贯系列，三部小说无法分割阅读，草灰蛇线埋藏很深，只看开头部分并不那么显山露水。加上第一部是作者乔·阿克罗比的处女作，词汇量相对有限，为了能让翻译达到"冰火"的高度耗费了很大心力。

但人终究逃不过真香定律，加入史诗图书之后，尤其在通读、梳理了几部当时比较有特色、有热度的史诗奇幻作品之后，《第一律法》重新吸引了我。它有着畅快的剧情、鲜明的人物以及与传统史诗奇幻截然不同的剧情发展，让一直认为史诗奇幻代表着高阅读门槛的我耳目一新。

开始全篇翻译之后，这种感觉就更强烈了。不同于托尔金或马丁行文时的娓娓道来、静水深流，《第一律法》犹如湍急的河水，一时在弯曲的河道中左冲右突，一时又到陡峭山崖急转直下，人物性格也各个如刀锋般鲜明，让人过目难忘，通篇小说回头一看，着实酣畅淋漓。

此外，《第一律法》的出场人物不多，人物关系不算复杂，也是适合"入坑"的优点。对于认为《魔戒》剧情展开较慢或《冰与火之歌》人名地名头绪过多的读者是一大福音。

从内容上讲，整部作品可概括为"反转"版《魔戒》。作者曾直言书中的核心人物巫师"巴亚兹"就是他心目中现实主义版的"甘道夫"。书中亦有一个"护戒小分队",但全然没有互相信任、共同战斗的和谐,取而代之的是心怀鬼胎和互相利用。当然,他们怀着什么样的目的,这个"护戒小分队"追寻的又是什么,就等待大家来自己发现了。

最后我想聊一聊这个系列的作者乔·阿克罗比。截止目前为止,他的作品我俩已翻译五本了,可谓是见证了这个作者的成长。让我十分惊讶的是,他在每部作品中,不仅文笔和谋篇布局有显著提高,更不断尝试全新的体例与题材。若说三部曲将现实主义和史诗奇幻相结合多少有拾马丁牙慧的嫌疑,后续的《冷宴》《英雄》将奇幻题材与复仇类型文学、战争文学等结合则是相当大胆的尝试,读者不妨保持持续的关注。

PS:乔·阿克罗比还是个重度游戏玩家,年近五十的他经常尝试新游戏,发表对游戏的看法。或许是这种始终热衷冒险、保持开放的心态,才让他的作品越来越丰富多彩吧。

赵琳

第一部

宽恕敌人,不过要在吊死他们之后。

——海因里希·海涅

大平衡者

该死的雾。它涌进眼睛,让你只能看清前方几跨①;它涌进耳朵,让你啥都听不见——听见也辨不清方向;它涌进鼻子,让你只闻到潮气、湿气。该死的雾,探子的天敌。

他们几天前渡过白河,离开北方进入安格兰。一路上狗子都很紧张。侦察陌生的土地,时刻担心卷入战团,这压根儿非他们本意。所有人都紧张。除了三树,他们都没离开过北方。寡言或许例外,他从不说自己去过哪儿。

他们路过几个被烧毁的农场,途经一座杳无人烟的村子,联合王国的房屋又大又方。他们看到马和人的足迹,不少足迹,却没见人。狗子知道贝斯奥德离得不远,正派人四处扫荡,烧光杀光抢光——大肆破坏。贝斯奥德的探子也无处不在,倘若狗子或他们中其他哪个被抓,便只有死路一条,而且会被慢慢折磨死。千刀万剐,脑袋插矛上等等,狗子心知肚明。

---

①跨:指距离,约为一步的距离长短。

若被联合王国抓住呢?多半也是死吧。毕竟双方在打仗,打仗的人脑子不好使,狗子不觉得他们会浪费时间分辨北方人的好坏。总而言之,他们性命岌岌可危,这足以让他们紧张了,何况他本是个容易紧张的家伙。

现在的雾更是雪上加霜。

雾中缓步潜行让他口渴,于是他穿过茂密灌木,往水声传来的方向走。到河边,狗子跪下双手掬水喝。这里落满腐烂树叶,十分湿滑,但区区湿滑顾不得了,反正他脏透了。一阵风从树林外吹来,浓雾倏忽聚拢,继而散开,让狗子看到了他。

他躺在狗子前头,双腿泡在河里,上身在岸上。他们四目相对,都吓得愣住了,直至狗子看到他背后露出一截长棍子——一根折断的长矛——才意识到:他死了。

狗子往水里吐口唾沫,缓缓逼近,同时环视四周,以防有人从背后偷袭。这是个二十多岁的男人,黄发,灰唇上残留着棕色血迹。尸体身着被水泡涨的加垫夹克,这一般是穿在链甲下的。看来是个战士,可能掉了队,迷了路然后被杀。肯定是联合王国人,但外貌和狗子及其他北方人也没什么不同,并且现在人死了,死人看起来都差不多。

"大平衡者。"狗子心情复杂地轻声道。这是山民对死神的叫法。死神面前,众生平等。无论有无外号、南方北方,他最终都会逮住你,一视同仁。

水里的人看来没死几天,凶手可能还在附近,这才是狗子担心的。迷雾中充满声音,可能有上百亲锐埋伏着等他们,也可能只是河水潺潺。狗子抛下河边尸体,潜回树林,矮身躲过灰雾中出现的一条条树枝。

他差点被一具树叶半埋的尸体绊倒,此人手臂大张,仰面朝天。另一具尸体侧面中了两箭,脸栽在泥里,双膝下跪,屁股撅天。狗子早知死没有尊严可言,他加快脚步,想尽早与其他人会合报告,尽早远离尸体。

　　结果他看到更多尸体,简直要受不了了。他从来受不了尸体。人变尸体很简单,他知道一千种方法,而无论哪种都没有后悔药吃。前一秒那人还充满希望、思想和梦想,有朋友、家庭与归宿,下一秒就入土了。狗子想起受过的伤、参加过的战争和搏斗,不禁感叹还活着真幸运。傻瓜的幸运。他担心自己的运气是不是到了头。

　　他快跑起来了,在浓雾里像个浑小子一样乱撞。不再沉心静气,不再嗅探,不再倾听。他是有外号的人,几乎踏遍北方每寸土地,原不该如此莽撞,但人总有例外情况。

　　他从没见过眼前这番景象。

　　他身侧被狠撞了一下,摔个狗啃屎。他想爬起来,却立刻被踢倒。他试图还击,但袭击他的杂种力大无比,不等他动手,又把他仰面朝天踢翻在地。他只能咒骂自己粗心大意,咒骂自己,这些尸体还有这片雾。一只手钳住他脖子,快要捏碎气管。

　　"嗨啊。"他呻吟着抓挠那只手,心知在劫难逃,所有的愿望即将化为尘土。大平衡者终于还是逮住他了……

　　对方的手指停住了。

　　"狗子?"有人在他耳边问,"是你?"

　　"嗨啊。"

　　那只手松了,狗子使劲吸了口气,感觉自己被拉着外套拽起来。"我操,狗子!差点儿弄死你!"他听出声音了。好吧,狗日的黑旋风。狗子为差点被他掐死而生气,又为还活着傻开心。真是个傻瓜。他听到黑旋风笑话他。笑得真他妈难听,像乌鸦叫:"你没事?"

　　"你好热情。"狗子一边使劲儿喘气,一边哑着嗓子说。

　　"算你小子走运,我本想下重手咧。重手咧。我当你是贝斯奥德的探子,我以为你走远了,在山谷对面。"

　　"你看到了,我没去。"他轻声说,"其他人呢?"

"在操蛋的雾飘不到的山头上,那里看得远。"

狗子冲来路点头。"那边有尸体,很多尸体。"

"很多尸体?"黑旋风问,好像狗子不明白很多尸体是个什么概念,"哈!"

"没错,是很多,而且我估计死的都是联合王国人。似乎打了一仗。"

黑旋风又哈哈大笑:"打了一仗?你估计?"狗子不确定他什么意思。

"我操。"他说。

他们五人站在山顶。雾散了,狗子却宁愿没散。他看到黑旋风暗示的场面,看得十分清楚。整个山谷全是死人,有的散布在高高山坡上的石头间和荆棘丛里;有的躺在谷底草地中,像从麻袋倒出的钉子,歪七倒八插在棕色泥巴路上;有的倒在河边,在岸上堆积。胳膊、大腿和断枪从残留的雾气中支棱出来,到处都是,箭射死的、剑刺死的、斧头劈死的。乌鸦为这场盛宴大声欢叫,这是它们的好日子。狗子有段时间没见过战场了,这场面唤醒了他似曾相识的回忆。恐怖的回忆。

"我操。"他又骂了一次,不知还能说什么。

"估计联合王国军从道上过,"三树眉头紧锁,"估计很赶,想打贝斯奥德个措手不及。"

"估计他们侦察得不仔细,"巴图鲁闷声闷气地说,"反被贝斯奥德打个措手不及。"

"也许是因为浓雾,"狗子说,"今天这样的雾。"

三树耸肩。"也许罢,每年这时候雾都挺大。反正他们排队走在道上,赶路一整天筋疲力尽,然后贝斯奥德从这儿,还有那儿,那条山脊上,发动袭击。先射箭扰乱队形,然后亲锐们高喊着冲下高地,一往无前。估计联合王国军很快被击溃了。"

"相当快。"黑旋风说。

"然后变成屠杀,沿路跑还是跳水里都是死路一条。有人赶紧脱盔甲,有人穿着盔甲就想游过河,他们争先恐后挤在一起,箭如雨下。一些人勉强爬到下方的树林中,可狡猾的贝斯奥德早派了骑兵埋伏在那儿收拾残局。"

"见鬼。"狗子又说,他不仅是恶心了。他亲身经历过这种溃逃,并且记忆犹新,至今仍教他不寒而栗。

"干净利落,"三树说,"不得不赞贝斯奥德那杂种。他干这些活儿真是驾轻就熟,无人可比。"

"仗打完了,头儿?"狗子问,"贝斯奥德赢了?"

三树轻轻摇头。"南方人不止这些,多着咧,大部分在海对面。据说那里的南方人数也数不清,比北方的树还多。他们或许要过一阵才能来,但总归会来的,这只是开始。"

狗子放眼望去,潮湿的山谷中全是死人,挤挤挨挨、横七竖八,统统成了乌鸦的美餐。"对他们来说,这可不是个好开始。"

黑旋风卷起舌头吐了口痰,像往常一样吵嚷:"他们像待宰的绵羊!三树,你想要这种死法儿?呃?你指望这帮家伙?操他奶奶的联合王国!打仗一窍不通!"

三树点头:"估计我们得给他们上一课。"

大门外是黑压压的人群:瘦骨嶙峋、面露菜色的女人,衣服褴褛、脏兮兮的孩子,还有男人,老少都有,或被沉重的包裹压得弯腰驼背,或是紧抓行李。他们有的牵骡子推小车,上面装满各种看起来没用的东西——木椅、锡壶、农具等——更多人一无所有,凄凄惨惨。狗子觉得后者值得同情。

他们和他们的杂物堵住了路,他们的恳求和威胁充斥在空气中。狗子嗅到浓得像汤的恐惧,这些人都想逃离贝斯奥德。

他们互相推挤,有人往里挤,有人往外挤,到处都有人摔在泥土中。他们拼命想进门,仿佛那是母亲的怀抱,却怎么也挤不进去。狗子看到人群头顶矛尖闪耀,听到严厉的喝叫。前方有卫兵把守,禁止进城。

狗子靠向三树。"看来他们连自己人都不让进,"他低声说,"会让我们进吗,头儿?"

"他们需要我们,这毋庸置疑。交涉一下,他们会懂的,不然你还有什么好提议?"

"打道回府,置身事外?"狗子暗自低语,但还是跟着三树挤进人群。

南方人又惊又怕。有个小女孩瞪着惊恐的大眼睛,手里抓着个老旧袋子。狗子想冲她笑,但他与硬汉子、冷兵器打久了交道,实在笑不好。女孩尖叫着跑了,周围人也被她感染,他们在狗子和三树前面沉默而警惕地分开,即便两人没带武器。

他们一路走到城门,遇到挡路的只需轻推,对方就会让开。狗子看到那些兵了,有十二个,门前站成一排,看上去一模一样。他甚少见到如此沉重的盔甲,从头到脚全副武装,擦得锃亮。他们戴着头盔一动不动,好像大理石柱。狗子不禁想,跟这些个家伙咋打?弓箭没用,长剑也不行,多好的运气才能正中板甲接缝处啊。

"估计需要锄头之类。"

"啥?"三树低声问。

"没啥。"显然,联合王国人对打仗有奇怪的理解。若靠闪亮家什就能赢,贝斯奥德早该完蛋了。可惜并非如此。

他们的头儿坐中间,面前的小桌子摆了些纸。他比其他人还怪,身穿鲜红夹克,狗子觉得穿这种衣服打仗真是胡来——活靶子嘛。而且他太年轻,胡子都没长全,却盛气凌人。

有个脏兮兮的大个男人正和他吵。狗子伸长耳朵,试着理解联合王国话。"我有五个孩子在门外。"农民说,"没一点儿吃的。你叫我怎么办?"

一位老人挤上前:"我是总督大人的朋友,我要你放我进——"

头目打断两人:"见鬼,我管你是谁的朋友,还是有一百个孩子!奥斯腾霍姆人满为患,伯尔元帅下令每天只准进两百难民,今天的名额清晨就满了。你们回去等明天吧,趁早回去。"

两人没动。"满了?"农民吼道。

"但总督大人——"

"快滚!"那小子咆哮着以拳捶桌,"想惹毛我吗?我让你进!我把你拖进城,当叛贼吊死!"

两人吓住了,匆匆退开。狗子开始担心自己的待遇,但三树已走到桌旁。那毛头小子皱着眉,好像他们比刚拉的屎还臭。狗子觉得不公平,为这场合,他洗了数月来的第一回澡。"见鬼,你们又有何贵干?我们不接待乞丐和间谍!"

"很好。"三树吐字清晰、耐心,"我们不是乞丐也不是间谍。我叫三树鲁德,这位是狗子,我们想和管事的谈谈。我们要为国王效劳。"

"为国王效劳?"那小子皮笑肉不笑地回道,"你叫他狗子?真有趣,怎么起的?"他为自己的妙语吃吃发笑,周围人也窃笑不已。狗子觉得他们真是一帮裹着滑稽衣服和闪亮盔甲的蠢驴。货真价实的蠢驴。可说出来有什么好处呢?没带黑旋风简直太明智了。他来的话,只怕要将这白痴开膛破肚,然后连累狗子和三树一起被杀。

那毛头小子身子前倾,教育小孩般一字一顿地说:"非有特殊需要,北方人不得入城。"

看来,贝斯奥德越过边界、首战告捷、大肆侵略的当下,他们还不够特殊。三树不死心,狗子觉得完全是白费力气。"我们要求不高,有吃有地方睡就行。我们一共五个,都有外号,身经百战。"

"陛下有的是士兵,不过呢,我们倒比较缺骡子。或许你们可以帮忙背东西？"

　　三树的好脾气众所周知，但也有极限，狗子估计对方快触底了。那刺头根本不知自己自寻死路。三树鲁德不是个能拿来开玩笑的人，他在北方赫赫有名，光外号就能让人恐惧或心生勇气——视乎他站哪边。他的耐心是有限的，幸好还没触底，算这些人走运。

　　"骡子，呃？"三树吼道，"骡子也会尥蹶子，小心脑袋被踢掉，小子。"说完他转身沿来路扬长而去。惊慌的人群先给他们让路，又在他们身后拥作一团，同声吵嚷，向士兵诉说为什么该放自己进去、把别人留在寒冷的门外。

　　"跟想象中不一样啊。"狗子嘀咕，三树一言不发低头走在前，"咋办，头儿？"

　　老汉回头阴郁地看了一眼。"你了解我，你觉得那操蛋的答复应付得了我？"

　　当然，狗子知道他不会就此罢休。

完美计划

安格兰总督的大厅很冷,冷色高墙朴实无华,宽敞的厅内铺着冷石地板,壁炉里积满冷灰。房间里唯一的装饰是挂满一面墙的壁毯,绣有联合王国的金太阳,太阳中间是安格兰的交叉双斧。

米德总督瘫在空旷大桌子后的硬木椅里,双目无神,右手无力地握着酒杯。他脸色苍白,面无表情,皱巴巴的官服沾满酒渍,稀疏的白发乱作一团。在安格兰出生长大的威斯特少校一直听闻米德是位强势的领袖,意气风发、不知疲倦地保护着他的领土和人民,但现在看起来完全是具行尸走肉。职位项链仿佛将他压垮,他整个人轻飘飘的,犹如那冰冷熄灭的壁炉。

气温寒冷,低落的情绪更让人如坠冰窟。伯尔元帅站在大厅正中,双腿分立,两只大手攥在身后,捏到指节发白。威斯特少校笔直地站在元帅身后,低着头,暗自后悔脱了外套。若说屋里和屋外有温差的话,屋里或许还冷些,而即使才进入秋季,外面已冷极了。

"来一杯吗,阁下?"米德头也不抬,含混地说。空旷的大厅让他声音显得格外虚弱,威斯特似乎看到老人说话的吐息。

"不,总督大人,我不需要。"伯尔皱眉道。据威斯特观察,元帅近一两月除了经常皱眉,似乎没别的表情。他期待时皱眉,满意时皱眉,惊讶时还是皱眉,而这次应该是非常愤怒的皱眉。威斯特紧张地将身体重心从一条麻木的腿转到另一条,让血液流动。他真想离开这儿。

"你呢,威斯特少校?"总督大人低声问,"要不要来一杯?"威斯特刚要拒绝,伯尔先开口了。

"怎么回事?"他吼道。严厉的质问撞在冰冷的墙上,在寒冷的房梁间回荡。

"怎么回事?"总督大人晃动身子,凹陷的眼睛缓缓看向伯尔,好像第一次见到他。"我的儿子们牺牲了。"他颤抖的手抓紧杯子,一口喝个精光。

威斯特看到伯尔元帅身后的手握得更紧了。"我非常遗憾,总督大人,但我问的是边境情况,我问的是黑井村。"

提及这地方,米德身子一抖。"那儿打了一仗。"

"那儿发生了一场屠杀!"伯尔咆哮,"你怎么解释?你没收到国王的命令吗?尽可能召集士兵,完善防御,等待增援?绝不冒险与贝斯奥德交战!"

"国王的命令?"总督大人努嘴,"你是指内阁的命令?我收到了,读过了,也考虑过。"

"然后?"

"我撕掉了。"

威斯特甚至能听到元帅阁下鼻子呼出的粗气。"你……撕掉了?"

"一百年来,我和我的家族治理着安格兰。我们来时,这里一无所有。"说起这些,米德骄傲地扬起下巴,挺起胸膛,"我们开垦了这片荒野,伐木筑路,修建农场和矿山,打造出整个联合王国最富饶的市镇!"

老人神采飞扬,似乎变得高大、威武、雄壮了。"这里的人民寻求我的保护,而非漂洋过海去找内阁。我怎能允许那些北方蛮子、那些野兽大摇大摆掠夺我的土地?毁坏我先人的成果?容忍他们烧杀抢掠,无恶不作?我怎能在他们蹂躏安格兰时安坐高堂?不,伯尔元帅!我做不到!我召集所有男人,武装他们,让他们去与蛮子战斗,而率领他们的是我的三个儿子。我还能怎样?"

"你他妈可以服从命令!"伯尔用尽力气大叫。威斯特吓了一跳,雷鸣般的回音在耳边嗡嗡响。

米德身子一僵,张开嘴,嘴唇不断颤抖。老人双眼涌出泪水,又瘫倒在椅子里。"我的儿子们牺牲了。"他盯着冰冷的地板,轻声低语,"我的儿子们牺牲了。"

"我同情你的儿子们及陪他们殉葬的人,但一点不同情你。你是自作自受。"伯尔脸一抽,干呕着揉肚子。他缓步走到窗边,看着冰冷灰暗的城镇,"你将本地武装折损大半,我不得不分一部分军队来保卫你的市镇和堡垒。你必须将从黑井村逃回来的及其他还有武器的人全拨给我指挥,我们需要所有力量。"

"我呢?"米德低声问,"内阁里那些疯狗吵着要我见血吧?"

"随他们吵,你对我还有用。安格兰形成了难民潮,人们向南逃离贝斯奥德,或仅仅闻风而逃。你最近没往窗外看吗?奥斯腾霍姆已人满为患,墙外还有好几千人,而这仅仅是开始。你必须安顿好他们,并及时向米德兰疏散。你保护了你的人民三十年,如今他们仍然需要你。"

伯尔转身回房。"你把尚有作战能力的部队清单提供给威斯特少校。难民急需食物、衣服和住所,疏散准备也要立刻开始。"

"立刻,"米德轻声说,"立刻,当然。"

伯尔元帅浓眉下的眼睛快速扫过威斯特,深吸一口气,大步出门。威斯特跟上时回头看了一眼,只见安格兰总督依然双手捂脸缩在椅子里,缩在空旷冰冷的大厅中。

"这是安格兰。"威斯特说着手指巨幅地图,望向观众。军官们对他讲的东西兴趣索然。这并不意外,却依然让人恼怒。

克罗伊将军坐在长桌右首,笔挺而面无表情。他又高又瘦,身体硬朗,灰发剪得很短,紧贴瘦削的头颅,黑制服朴素整洁。他庞大的参谋团也剪了一样的发型,修理整齐打上蜡,活像一群沉闷的哀悼者。保德尔将军懒洋洋地坐在长桌左首,红润的圆脸留有茂盛的小胡子,硕大的镶金线硬衣领几乎贴住肥大的粉红耳垂。他的参谋们把椅子当马鞍骑,深红制服挂着穗子,第一颗纽扣漫不经心地敞开,路上溅到的泥巴如徽章般粘住衣服。

克罗伊崇尚的战争是整洁、克己和绝对服从,保德尔崇尚的战争是华丽阵势和精心修饰。双方隔桌对峙,彼此充满不屑,深信自己才掌握了用兵真谛,而别人竭尽所能,充其量也不过是绊脚石。

双方对威斯特来说都是绊脚石,但加起来的阻碍也不及坐在桌子远端那群人。那群人的首领自然是兰迪萨王太子,王太子的紫色制服根本不像制服,更像是加了肩章的裙子或带军徽的睡衣,光袖口蕾丝剪下来就够做块桌布了。在他的光辉掩映下,他的参谋团才显得不那么夺目。一帮联合王国最富有、最英俊、最优雅也最没用的年轻人懒散地坐在王子周围,如果帽子的大小代表能力,那帮人无疑十分伟大。

威斯特转向地图,口干舌燥。他知道自己该说什么,只需尽量清楚地说完坐下。不必在意身后的老军头,也不用考虑那位王储。威斯特知道他们看不起他,嫉恨他出身低微却身居高位,尽管他是靠自我奋斗赢得一切的。

"这是安格兰。"威斯特又说一遍,希望声音听来冷静有力。"卡曼纳河,"他用细棒滑过表示河流的蜿蜒蓝线,"将这个省分成两部分。南部面积比北部小很多,却容纳了绝大多数人口,几乎囊括所有城镇,包括首府奥斯腾霍姆。南部的道路状况也较好,地势相对平坦。据我们所知,北方人尚未渡过这条河。"

威斯特听到有人大声打哈欠,即便来自桌子远端,依然十分清晰。他怒火上涌,陡地转身。兰迪萨王太子至少看起来听得专心致志,打哈欠的是他参谋团中年轻的萨蒙德伯爵。伯爵大人血统无可挑剔,是王子驾前的红人,年龄二十出头,智力不过十岁。他没精打采地睡在椅子里,双眼无神,嘴巴大张。

威斯特尽全力才忍住跳过桌子拿指挥棒抽他的冲动。"我讲的很无聊吗?"他压低声音问。

萨蒙德显然没想到问的是他。他左顾右盼,以为威斯特在冲邻座说话。"什么,我?没、没有,威斯特少校,一点不无聊。怎么会无聊呢!卡曼纳河将安格兰省一分为二,是的,多刺激啊!太刺激了!不过我应该道歉,没错,昨晚熬得太晚,你懂的?"

威斯特当然懂。他熬夜和王子的其他跟班痛饮狂欢,早上来这里浪费别人的时间。克罗伊的部下或许刻板,保德尔的部下或许傲慢,但他们至少还是军人,而王子的参谋团在威斯特看来除了烦人——他们绝对是这方面的专家——简直一无是处。他咬牙切齿,无可奈何地转回地图。

"北部截然不同,"他带着怒气说,"北部几乎都是蛮荒密林、无路沼泽和破碎山丘。那里人烟稀少,虽有矿井、伐木场、村落,还有许多审问部的流放地,但都很分散。只有两条路可供我军大队人马通过并运送补给,然而路况堪忧,尤其在即将来临的冬季。"他指着森林中两条南北向的虚线,"西路靠近山区,连接着各个矿井,东路部分贴近海岸线。两条路最终在白河旁的杜别克要塞交汇,那是安格兰的北界。众所周知,要塞早已落入敌人手中。"

威斯特转身坐下,放慢呼吸,平息怒火,缓和眼睛后面不停悸动的头痛。

"谢谢,威斯特少校。"伯尔元帅道,起身准备向众人讲话。屋里顿时一片窸窸窣窣,人们终于苏醒。元帅阁下绕地图走了几大步,整理思路,然后将指挥棒点在地图上卡曼纳河以北的一个点。

"黑井村。它毫不起眼,距滨海路约十里,没多少房子——现今完全抛荒了——地图上甚至没标注。它本不值得任何关注,但现在不是了。在这里,我军被北方人屠杀。"

"愚蠢的安格兰人。"有人低声说。

"他们应该等我们来。"保德尔轻蔑地假笑道。

"他们确实应该。"伯尔斩钉截铁,"但他们自信满满,为什么不呢?数千装备精良、有骑兵支援的部队,其中多为职业军人,尽管比不上王军,无疑也是训练有素、意志坚定。至少比蛮子强,很多人这么想。"

"他们也算是英勇奋战了。"兰迪萨王子插话,"呃,伯尔元帅?"

伯尔越过桌子盯着他。"胜利者才有资格说这话,殿下。他们被屠杀了,马好运气也好的才跑回来。这不仅是糟蹋兵力,还失去了大批装备补给,这些装备补给如今充实了敌人。更严重的是,这场失利在民众中造成了恐慌,眼下行军路线被难民堵塞,他们认为贝斯奥德随时可能杀到他们的农场、村庄和家园。没错,完全是场灾难,很可能是近年来王国遭遇的最严重的灾难。但灾难也会带来教训。"

元帅阁下一双大手紧紧按桌,身子前倾。"这贝斯奥德谨慎、狡猾、残忍。他有充足的步骑兵和弓箭手,也有行之有效的指挥体系。他的探子异常敏锐,军队机动性强,可能更胜我方——尤其在我们即将面临的北安格兰路况糟糕的乡下。他给安格兰人设下陷阱,引君入瓮,我们不能重蹈覆辙。"

克罗伊将军鼻子一哼,哂笑道:"应该害怕蛮子,元帅阁下?这就是您的建议啰?"

"斯多里克斯怎么写的,克罗伊将军?'战略上藐视敌人,战术上重视敌人',我想你可以考虑考虑。"伯尔皱眉盯着桌子对面,"但我从不给建议,我只下命令。"

被训斥的克罗伊撇撇嘴,没再争辩。暂时而已。威斯特知道他不会消停多久。从来不会。

"我们必须小心谨慎。"伯尔环视全体军官,"好在优势仍属我方。我们有十二个王军团,贵族征兵的数量至少与此相等,我们还有少量从黑井村大屠杀中逃回的安格兰人。据现有情报,我军占有五倍以上的人数优势,当然,还有装备、战术和组织优势。北方人似乎也发现了这些,他们尽管初战告捷,却仍逗留在卡曼纳河以北,满足于四下劫掠,偶尔过河偷袭。他们不敢冒险与我们正面开战。"

"乌合之众就这点本事。"保德尔咯咯笑道,他的参谋团窃窃低语赞同,"说不定正后悔越界咧!"

"或许如此。"伯尔低声说,"不管怎么说,看样子他们不会主动南下,我们必须渡河进剿。我军主力将分为左翼师和右翼师,分别由克罗伊将军和保德尔将军指挥。"两位将军隔桌对视,眼中是赤裸裸的敌意。"我军目前集结在奥特斯霍姆,准备就绪后走东路,在卡曼纳河对岸展开,搜寻贝斯奥德的军队,迫其决战。"

"请原谅,"克罗伊将军插话,语气中全没有"请原谅"之意,"兵分两路,齐头并进不是更好?"

"西路除了铁矿别无油水,而北方人的武器够多了。滨海路附近掠获更多,也更靠近他们的补给线和撤退路线。此外,我不希望太分散力量,贝斯奥德的实力只是估算。若能迫其决战,我希望尽快聚集兵力,形成压倒性优势。"

"可是阁下!"克罗伊的口气像是青年人在应付老父老母,争取自由生活的权利,"西路就不管不顾吗?"

"我正要谈这个。"伯尔吼着转向地图,"我军另分出一路由兰迪萨王太子指挥,于卡曼纳河以南掘壕固守,防御西路,确保北方人不会摸到后方偷袭。这一路在南岸活动,主力军则在北岸进剿。"

"好吧,阁下。"克罗伊长叹一声坐回去,好像他是为集体利益,明知不可为而为之。他身后的参谋团也开始窃窃私语,交流着反对意见。

"好极了,完美计划,"保德尔热情洋溢地宣称,皮笑肉不笑地盯着对面的克罗伊,"我完全赞同,元帅阁下,听凭您吩咐。我部将在十天内整装待发。"他的参谋团频频点头,低声附和。

"五天。"伯尔说。

保德尔肥脸上的不满一闪即逝,他很快控制住自己。"五天没问题,元帅阁下。"现在轮到克罗伊得意了。

兰迪萨王太子一直盯着地图,扑满脂粉的脸上慢慢浮现出困惑不解。"伯尔元帅。"他缓缓开口,"我的部队负责保护通往那条河的西路,对吧?"

"没错,殿下。"

"但不渡河?"

"不渡,殿下。"

"也就是说,我们纯粹是防御?"他用受伤的眼神看着伯尔。

"确实,纯粹是防御。"

兰迪萨皱眉:"听起来毫无挑战性。"他那滑稽参谋团也在座位上挪动,低声抱怨,觉得这完全是大材小用。

"毫无挑战性?殿下,恕我直言,您大错特错!安格兰疆域广阔,地形复杂,北方人很可能发起偷袭,届时我军安危全操您手。您将确保敌人不过河威胁我军补给线,甚至进犯奥斯腾霍姆。"伯尔身子前倾,盯住王太子的眼睛,自信地挥拳,"您是我们的基石,殿下,是我们的支柱,我们的根!您是大门的铰链,帮我们压制敌人,最终将他们逐出安格兰!"

威斯特深受震撼。王子的任务其实无足轻重,但元帅阁下吹得天花乱坠。"太棒了!"兰迪萨激动得帽子上的羽毛前后摇摆,"铰链,没错!重中之重!"

"还有问题吗,诸位？我们都有很多工作要做。"伯尔环视这半圈阴沉面孔,没人说话,"散会。"

克罗伊和保德尔的参谋团冷冷对视后争先起立,而两位伟大的将军都非要抢先踏进明明可并肩通过的门廊,既不肯息事宁人,也不愿屈居人后,挤到走廊后,立马怒冲冲地分道扬镳。

"克罗伊将军。"保德尔高昂着头,轻蔑地说。

"保德尔将军。"克罗伊边整理纤毫不乱的制服,边语气不善地回应。

然后,两人大步向相反的方向离开。

兰迪萨王太子的参谋团在他们之后漫步而出,吵嚷着谁的盔甲最值钱。威斯特起身独自离开。他有数不清的工作要做,干坐着什么都干不了。快到门口时,伯尔元帅开口了。

"看吧,这就是我们的军队,呃,威斯特？我发誓,我就像拖着一堆熊孩子的爹,还没老婆帮我料理。保德尔,克罗伊,兰迪萨。"他摇头,"我的三位指挥官！个个都把这场战争看成出风头的好机会,整个联合王国都容不下这三个猪头,能把他仨弄一屋开会真是奇迹。"他突然打个嗝,"该死的胃胀！"

威斯特想破脑袋,试图说点安慰话。"至少保德尔将军还算服从命令,长官。"

伯尔鼻子一哼:"还算,没错,但要我说,他不如克罗伊靠得住。克罗伊的心思谁都清楚,他肯定会质疑和反对我每个决断；保德尔则城府太深,他会赔笑、奉承、曲意服从,但一旦有利可图就凶相毕露,你会看到的。我不可能同时满足他俩。"他眯眼吞口水,揉着肚子,"不过,只要能让他俩同时不满足,我们就有机会。谢天谢地,他俩讨厌彼此的程度比讨厌我深得多。"

伯尔眉头越皱越深。"他俩本来都比我有机会上位。你知道,保德尔将军是审问长的老友,克罗伊是莫拉维大法官的亲戚。元帅之位出缺后，内阁在两人间争执不下，最后才盯上我，作为折中选择。地方上来的呆子，呃，威斯特？他们就是这么看我。满有效率的呆子，但还是呆子。我敢说，要是明天克罗伊和保德尔死了一个，我后天立马下岗。情形够微妙了，他们又塞进来个王太子。"

威斯特不知说什么好。怎么粉饰噩梦呢？"兰迪萨王太子还是……很热心？"他斟酌道。

"我怎么就没你乐观？"伯尔忧伤地笑笑，"热心？他在做春秋大梦！那帮趋炎附势、娇生惯养的贵族完全毁了他！那孩子和真实世界格格不入！"

"非要他单独领兵吗，长官？"

元帅用粗手指揉眼。"很不幸，非这样不可，这是内阁的底线。他们担忧国王的健康，而王储目前在公众眼中完全是个蠢货加废物。他们希望我们大获全胜，好归功于王子，然后把战功赫赫的他接回阿杜瓦，让他在民众爱戴中准备继承王位。"

伯尔盯着地面沉思片刻。"我已尽可能不让兰迪萨涉险，不让他对上北方人。如果走运，他根本见不到北方人。然而战争瞬息万变，完全可能发生意外，因此我需要有人看着他。这人要有经验和主见，还必须勤奋，因为王子的参谋团是个懒惰而软弱的笑话。这人要确保王太子不卷入麻烦。"他浓眉下的眼睛抬起来。

威斯特胃里一阵翻天搅海。"我？"

"恐怕是的。我真想把你留在身边，但王子指名要你。"

"要我，长官？可我不是朝臣！连贵族都不是！"

伯尔嗤之以鼻。"兰迪萨大概是全军除我之外唯一不在乎你出身的人。他是王储！贵族还是乞丐，在他眼里都一样。"

"可为什么是我？"

"因为你是名战士，你第一个冲过乌利奇城的缺口，此外还有诸多壮举。你驰骋沙场，经验丰富，威斯特，你有战士的荣誉，而王子想得到这份荣誉。这就是原因。"伯尔从夹克中抽出一封信递给威斯特,"或许这能缓和你的情绪。"

威斯特拆开封蜡,展开厚厚的信纸,扫过纸上那几行整洁文字。他看完一遍又从头看,只因难以置信。他抬头道:"升职信。"

"我知道。我安排的。或许你衣服上加颗星能让他们放尊重点,当然,也许压根没用。不管怎么说,这是你应得的。"

"谢谢您,长官。"威斯特木然道。

"谢什么,谢我给你全军最糟糕的工作?"伯尔大笑,慈爱地拍拍威斯特的肩,"我会想你,真的。现在我要出发检阅第一团,我总觉得指挥官得常露脸。同行如何,上校?"

他们骑出城门,天空已在飘雪。白雪花随风飞舞,落到地上、树上、威斯特坐骑的外套和身后护卫的盔甲上,立刻融化。

"雪。"伯尔扭头低声说,"已经下雪了啊,是不是有点早?"

"非常早,长官,冷得也早。"威斯特一只手松开缰绳,将外套裹紧些,"比以往的晚秋都冷。"

"不用说,卡曼纳河以北更是冷得要命。"

"是的,长官,现在哪儿都不暖和。"

"这个冬天会很难熬,呃,上校?"

"很可能,长官。"上校?威斯特上校?哪怕只在心里将这两个词连起来都觉得奇怪。没人想到平民之子能爬到如此高位。他本人尤其想不到。

"漫长难熬的冬季。"伯尔若有所思,"我们要尽快逮到贝斯奥德,赶在天寒地冻前一鼓作气。"他皱眉看着雪花围着两旁树木旋舞,又皱眉看向威斯特。"糟糕的路况,复杂的地形,严酷的天气。环境够恶劣,呃,上校?"

"是的,长官。"威斯特郁郁地说,但他真正烦心的是自己即将面对的恶劣环境。

"行啦,别想了。你会留在河南边,暖和舒适,或许整个冬天连根北方人的毛都见不到。我听说王子和他的参谋团吃得很棒,这绝对好过在冰天雪地里跟保德尔和克罗伊做伴。"

"没错,长官。"但威斯特并不确定。

伯尔回头看看一段距离外随行的护卫。"跟你说,我年轻时——还没被套上这不靠谱的统领王国大军的职位时——很喜欢骑马,一跑就好几里。那给我……生命的感觉。如今没时间了,报告、文件、办公桌,天天如此。有时你只想策马奔腾,呃,威斯特?"

"当然,长官,可现在——"

"驾!"元帅阁下果断一夹马腹,胯下坐骑噌地跑开,踩出大片泥水。威斯特目瞪口呆。

"该死。"他低声咒骂。固执的老呆子会把自己甩出去、摔断肥脖子。然后怎样?兰迪萨王太子统领全军。想到这个,威斯特不寒而栗,赶紧打马追赶。他有得选吗?

两旁树木飞掠,蹄下道路如梭,马蹄嘚嘚和马具哗啦声不绝于耳。风涌进嘴,刺痛眼睛,雪花迎面扑来。威斯特抽空回头看了一眼,只见护卫们乱作一团,坐骑互相推挤,远远落在后头。

他尽最大努力才在保持速度的同时没掉下去。上次这么骑是好几年前了,当时他被一队古尔库骑兵追过干枯的平原,情形惊心动魄。他的手教缰绳勒得生疼,兴奋和恐惧让他心跳如雷,但他发现自己在微笑。伯尔说的没错,这才是生命的感觉。

元帅放缓速度,威斯特也勒住缰绳,与之并驾齐驱。他们放声大笑,他好几个月没如此畅快了——可能是好几年,因为他不记得上次大笑是何时。

这时,他眼角余光瞥到了什么。

他毛骨悚然,胸膛一阵剧痛,接着头被猛拽向前,缰绳脱出双手,整个世界颠倒过来。马跑了,他在地上滚了一圈又一圈。

他努力起身,世界天旋地转。树木,白色天空,马儿踢动的四肢,飞扬的尘土。他蹒跚几步,摔倒在路上,吃了一嘴泥。有人扶起他,粗暴地扯着他的外套,向森林里拖。

"不。"他喘息着,胸口的疼痛让他几乎无法呼吸。怎会出这种事?

树林间横着一条黑线。他穿过灌木跟跄前行,弯着腰,不断被外套下沿绊到。路上放了条绳子,在他们经过时突然拉紧。有人半架半拖着他,他头昏脑涨,完全失去了方向感。陷阱。威斯特摸索自己的剑,好一阵才反应过来,剑鞘是空的。

北方人。威斯特感觉肚子被捅了一刀。北方人抓住了他和伯尔。贝斯奥德的刺客。林外传来急促的沙沙声。威斯特努力想听清。是沿路跟来的护卫。若能发出点信号……

"在这儿……"他刚发出一点可怜的嘶哑喊声,就被一只脏手捂住嘴,拖进潮湿的灌木丛。他尽全力挣扎,但体内没几分力气。透过树林,他看见护卫们在十来跨的前方飞驰而去,却无能为力。

他拼命咬向那只手,那只手却更紧了,捏紧下巴,挤压双唇。他尝到血味,不知是自己的还是那只手上的。护卫的声音渐渐远去,消失在林间,恐惧接踵而来。那只手松开,向外推了威斯特一把,他趴倒在地。

一张脸出现在他上方。一张严酷、憔悴、野蛮的脸,留着黑色短发,牙齿野兽般外露,冰冷死板的眼睛充满怒火。那张脸转向一旁,照地上吐了口唾沫。脸这边没有耳朵,只有一片粉红伤疤和一个洞。

威斯特从没见过面容如此可憎的人,简直是野蛮的化身。他强壮到轻而易举能将威斯特撕成两半——而且似乎很乐意动手。血从他手上伤口涌出,顺着指尖滴在森林地面,那是威斯特咬的。他另一只手握着一截光滑木棍,威斯特惊恐地顺着木棍看去,发现木棍尾端有沉重、弯曲、明晃晃的利刃。斧子。

这是真真正正的北方人,不是阿杜瓦的阴沟里烂醉如泥的那种,不是跑到他父亲的农场乞求工作的那种,而是另一种,是他年幼时母亲用来吓唬他的那种。那种人的工作、娱乐乃至生命,全是为了杀戮。威斯特来回扫视利刃和冰冷的眼睛,吓得失去知觉。完了。他会死在冰冷的森林中,像泥巴里的一条狗。

威斯特单手撑起身,陡然升起逃跑的想法。他回头看去,那边逃不脱,有人正穿过森林走来。那是个大块头,大胡子,肩后有剑,双手抱个孩子。威斯特眨眨眼,试图唤起一些比例的概念。他从没见过那么大块头,而其手中的"孩子"正是伯尔元帅。巨人像扔捆树枝一样把伯尔元帅扔到地上。伯尔抬头看了威斯特一眼,打了个嗝。

威斯特咬牙切齿。骑那么快,老呆子,想什么呢?他害死了他俩,就为该死的"有时你就想策马奔腾""那给人生命的感觉"。再过一小时,他俩准没命了。

他必须反抗,现在或许是最后的机会。尽管他手无寸铁,但战死总比跪泥巴里死去强。他试着集聚怒火。他发现每每想要镇静时,愤怒总没完没了地涌来,现在却消失无踪,只剩无助的绝望蔓延到四肢百骸。

什么英雄,什么战士,没尿裤子就不错。他敢打女人,差点把妹妹掐死,这段记忆徘徊不去,让他羞愧、负疚,哪怕在面临死亡的时刻。他本以为以后有机会补偿,现在看来没有以后了。一切都结束了。他双眼涌出泪水。

"对不起。"他低声自言自语,"真对不起。"他闭上眼,等待一切终结。

"无须道歉,朋友,我估计你咬他不算最狠的。"

又一个北方人从树林中现身,蹲在半卧在地的威斯特身边。这人身材瘦高,纠结的棕发垂在瘦削的脸旁,漆黑的双眼灵动而狡黠。他扯出个吓人的笑容,露出两排丑陋的黄色尖牙,完全没法让人安心。

"坐。"他说。他口音很重,威斯特差点没听懂,"坐吧,最好别乱动。"

威斯特和伯尔身后出现了第四个人。一个身材高大、胸膛宽阔的男人,手腕和威斯特的脚腕一般粗,胡子和纠结的头发间有灰丝。这人该是首领,因为其他人主动让路。他缓缓打量威斯特,若有所思,就像一个人在打量蚂蚁,考虑要不要用靴子碾死它。

"你们觉得哪个是伯尔?"他用北方话问。

"我是伯尔。"威斯特说。他必须保护元帅。必须。他不假思索地爬起来,但坠马的眩晕还没消退,不得不扶住树枝,以防摔倒。"我是伯尔。"

老战士上下打量他一番,目光缓慢而沉着。"你?"他爆发出一阵隆隆笑声,低沉而压抑的笑声仿佛远处的积雨云。"我喜欢!好极了!"他转向长相最可憎的那人。"看到没?你不是说南方人没种吗?"

"我说的是他们没脑子。"独耳人俯视威斯特,犹如一只饥饿的猫看着鸟。"确实如此。"

"我想这位才是。"首领看向伯尔,"你是伯尔?"他用通用语问。

元帅看看威斯特,又看看高大的北方人,然后缓缓起身站直,扫掉制服上的泥土,似乎打算体面赴死。"我是伯尔,我不打算求饶。要杀就杀。"威斯特一动没动。体面现在毫无意义。他甚至感觉到斧子已经砍在头上。

但胡子间杂灰丝的北方人只笑笑。"我明白你们在想什么,我为这场误会道歉。我们不是来杀你们,而是来帮你们的。"乍听此言,威斯特难以理解。

伯尔也一样。"帮我们?"

"有许多北方人不满贝斯奥德。很多人是违心跪拜,还有些跪都不愿跪,比如我们。我们和那兔崽子积怨已久,势不两立。不过我们势单力薄,听说你们与他开战,估计我们可以加入。"

"加入?"

"为此我们走了很长的路,而据沿途见闻,你们确实需要帮助。但我们到这儿时,你们的人却不愿接待我们。"

"他们太粗鲁了。"蹲在威斯特旁边的瘦子说。

"非常粗鲁,狗子,他们非常粗鲁,而我们一点也没冒犯他们。那时我就打算和你当面谈了,你可以称之为首脑会晤。"

伯尔盯着威斯特。"他们想和我们并肩作战。"他说。威斯特也瞠目结舌,正努力适应能活过今天的想法。叫狗子的人咧嘴笑着把剑递向他,剑柄朝前。威斯特好一会儿才反应过来那是自己的剑。

"谢谢。"威斯特笨拙地握住剑柄。

"不客气。"

"我们一共五个,"首领续道,"都有外号,身经百战。我们与贝斯奥德为敌,也曾与他并肩作战,横扫北方。没人比我们更了解他的战术。我们懂得如何侦察、战斗和突袭——这点你也看到了。任何能打击贝斯奥德的任务都有价值,我们会执行到底。你们觉得怎样?"

"觉得……呃,"伯尔用拇指摩挲下巴,沉吟道,"你们的确是些……"他抬头挨个扫视这些凶狠、肮脏的伤疤脸,"可用之才。我怎会拒绝诚挚的提议呢?"

"那让我介绍。这位是狗子。"

"狗子是我。"尖牙的瘦子沉声道,又露出吓人的笑容,"很高兴见面。"他握住威斯特的手,直捏得关节吱嘎作响。

三树拇指一指持斧子、凶神恶煞的独耳人。"最友好的这位是黑旋风。我真想说等混熟了他态度会好些,可惜并非如此。"黑旋风扭头往地上又吐口唾沫。"大块头巴图鲁,人称霹雳头。那边还有寡言哈丁,他在林子里看着你们的马,不让它们跑回路上。别管他,反正他话不多。"

"你呢?"

"三树鲁德。我们这帮人的头儿入土后,由我带领。"

"入土,明白。"伯尔深吸一口气,"好吧,你们听命于威斯特上校,他会给你们安排吃住及相应的任务。"

"我?"威斯特还握着剑。

"当然。"元帅嘴角露出一丝微笑,"我们的新伙伴很适合在兰迪萨王太子驾前效劳。"威斯特不知该笑还是该哭。他的职位本就够尴尬,现在又多出五个蛮子给他照料。

三树似乎对结果很满意。"很好,"他缓缓点头赞同,"就这么定了。"

"定了。"狗子说,他吓人的笑容更吓人了。

黑旋风则久久盯着威斯特,目光冰冷。"操你奶奶的联合王国。"他吼道。

问

达戈斯卡主审官，沙德·唐·格洛塔亲启：

　　你立刻上船去接掌达戈斯卡审问分部。你要查明你的前任达瓦斯主审官的下落，调查他所怀疑的阴谋，阴谋者很可能潜伏于城市理事会。你要挨个调查理事会成员，挖出所有叛徒，一网打尽。但是注意，必须证据确凿再动手，此次不容我们再出错。

　　古尔库军云集半岛，伺机挑衅。王军各团人马目前在安格兰难以抽身，如若遇袭，你指望不了多少援助。你必须整顿城防，广积粮草以应围困，并定期写信向我汇报。最重要的是，你必须确保达戈斯卡在任何情况下都不会陷入古尔库帝国之手。

　　不要让我失望。

王家审问部审问长，苏尔特

　　格洛塔小心翼翼折好信纸，放回外套口袋，又一次检查了口袋里的王家委任状。好一块烫手山芋。自审问长把这一大张卷轴交给他,他觉得外套越来越沉了。他抽出它,就着耀眼阳光反复查看,大块红蜡上金叶闪烁。千金难买这张纸。凭这个,我能代表国王发言,我成了达戈斯卡最有权力的人,甚至高于总督。他们都必须服从我——只要我能保住小命。

航程并不愉快。这是条小船,环海又不太平,格洛塔的小舱室又热又闷,活像烤炉。没日没夜摇晃的烤炉。捧着疯狂颠簸的粥碗好不容易喝几口,不多久又得把小米粒统统呕出来。好在躲甲板下面无须担心那条没用的腿突然痉挛,把他送进大海。没错,坐船从不是件愉快事。

无论如何,航程快结束了,小船正靠向拥挤的码头。船员们摆弄船锚,朝岸上扔绳子,将跳板伸到布满灰尘的岸边。

"到了,"塞弗拉刑讯官说,"我要买杯酒喝。"

"最好是烈酒。不过别耽误事,咱们明天还有公务,很多公务。"

塞弗拉点点头,长发在瘦脸前晃荡,"噢,乐意效劳。"我不确定你乐意什么,但不大可能是效劳。刑讯官吹着不成调的口哨,踏上跳板,悠闲地走人,消失在码头和码头后面布满灰尘的棕色建筑间。

格洛塔怀着诸多担心,眯眼看那条木板,捏住手杖,舔着牙齿空洞,努力地做心理准备。我需要些冲锋陷阵的精神。他短暂考虑了一下爬过去是否明智。虽然降低了淹死的风险,但不合身份,对不?众人敬畏的主审官大人,猥琐地爬进城里当差?

"要帮忙吗?"维塔瑞刑讯官靠着栏杆在旁问,她那一头直立红发好像大蓟茎秆。航程中,她像蜥蜴一样待在外头晒太阳,毫不在意船只摇晃,似乎格洛塔厌恶的每一分暑气到了她这儿都成了享受。格洛塔无从判断刑讯官黑面具后的表情。多半在笑,无疑准备好了给审问长阁下的第一份报告:"航程中瘸子几乎都待在舱里晕船,抵达达戈斯卡后不得不把他跟货物一起吊上岸,他业已沦为笑料……"

"当然不用!"格洛塔叫道,跛行上了跳板,仿佛这是每天早上的例行散步。右脚踏上去时危险地发起抖来,而他痛苦地意识到灰绿色海水在身下很远的地方拍打黏滑的石头。码头边的尸体……

最终他拖着瘸腿,平安无恙上了岸,走到那些布满灰尘的石头上。终于踏上干燥的陆地,他感到荒谬地自豪。荒唐啊荒唐,别人多半以为我历经千辛万苦终于打败古尔库人、拯救了城市,谁知才仅仅走过三跨长的木板。更荒唐的是,习惯了船上摇晃,静止的陆地倒让他头晕目眩、肠胃打结,曝晒下码头的腐烂盐臭味更是雪上加霜。他不得不咽下满满一口胆汁,闭上双眼,仰头面对无云蓝天。

见鬼,好热。格洛塔忘了南方有多热。秋冬时节的太阳仍如此火辣,令他在长长的黑外套下出了一身汗。审问部这身行头有助于吓唬犯人,但显然不适合热带。

弗罗斯特刑讯官状况更糟。高大的白化人裹住每一寸奶白皮肤,甚至戴了黑手套和大帽子。他瞥向耀眼的太阳,眯缝的粉眼珠里满是怀疑和凄惨,黑面具后宽阔的白脸汗珠密布。

维塔瑞在旁看着他们。"你们两个该出来多透透气。"她咕哝道。

一个穿审问部黑制服的男人在码头尽头等他们,藏身于一堵破墙下,仍旧满头大汗。他高高瘦瘦,鼓眼泡,红红的鹰钩鼻晒褪了皮。这就算接风洗尘啦?看来,我还真不受欢迎。

"我是霍克,本市最资深审问官。"

"那是在我抵达之前。"格洛塔纠正,"除了你还有多少人?"

审问官皱眉:"还有四名审问官和二十名左右的刑讯官。"

"几个人要照顾这么大一座城,你们还真厉害。"

霍克眉头皱得更深:"我们一直能胜任。"噢,没错,除开弄丢了长官。"您是头一回来达戈斯卡?"

"我在南方待过。"我最好的青春,最坏的岁月。"我在古尔库打仗,去过乌利齐城,"它被我们烧成了废墟,"还在沙弗法住了两年,"在皇帝的监狱里哟,整整两年乌七八黑、酷热难当的地狱假期,"但没来过达戈斯卡。"

"哈,"霍克嗤笑一声,无动于衷,"您的房间在堡城。"他朝笼罩在城市之上那块大岩石点头。当然在那儿了,而且是最高的房子里最高的房间,毫无疑问。"我来带路吧,乌尔莫斯总督和他的理事会盼着新任主审官大驾光临。"转身时他眼神有些苦涩。这职位本该是你的,呃?很高兴让你失望。

霍克疾步穿城而过。弗罗斯特刑讯官步履沉重地与之同行,厚肩膀耷拉在粗脖子下,他不放过每一缕荫凉,仿佛太阳正朝他投射暗器。维塔瑞在灰扑扑的街道中穿梭自如,犹如踏在舞台上,而窗边和狭窄暗巷口的路人都是观众。格洛塔硬着头皮跟上,左脚火辣辣地疼。

"瘸子刚蹒跚几步就摔了个狗吃屎,只好用担架抬进城。他像只待宰的猪一样尖叫着要水喝,而归他管辖的民众在路边目瞪口呆地围观……"

他噘起嘴,仅存的牙齿咬进空洞,强迫自己跟上其他人。手杖深陷进手掌,每走一步脊柱都似乎痛得咔哒作响。

"这是下城,"霍克扭头咕哝,"本地人住。"

一个集脏乱差之大成的狗窝。这里的建筑粗鄙不堪,摇摇欲坠,更是欠缺维护,多为劣等泥砖搭建的单层棚屋。本地人肤色沉暗,穿着极差,面露饥色。有个瘦骨嶙峋的女人在门口打量他们,有个独腿老人拄着弯曲的拐棍蹒跚走过,暗巷里衣衫褴褛的孩子在垃圾堆中追打,空中充斥着腐烂物和堵塞阴沟的味道。也许根本没有阴沟。苍蝇飞来飞去,又大又精神的苍蝇。它们是这里唯一兴旺发达的生物。

"早知道这里如此迷人,"格洛塔评论,"我就乘条快船来啦。达戈斯卡加入联合王国后似乎大有改观,呃?"

霍克没听出话中讽刺。"是的。古尔库人待得不久,却抓了很多本地头脑当奴隶。在联合王国治下,本地人可以自由工作和生活。"

"真正的自由,不是吗?"瞧瞧自由的样子。格洛塔看着闷闷不乐的本地人挤在一个胡乱堆着熟透的水果和爬满苍蝇的动物下水的货摊旁。

"呃,应该是吧,"霍克皱眉,"最初那会儿,审问部抓了些刺儿头,然后是三年前,有个忘恩负义的猪猡竟煽动叛国。"因为在我们治下,他们在自己的城市里像畜牲一样自由地生活?真是岂有此理哟。"我们当然不会让叛徒得逞,但造成的破坏着实不小,之后便禁止他们携带武器或进入上城,那是大部分白人居住的城区。如此城里安静多了,对付原始人决不能手软。"

"你们对原始人似乎颇为戒备。"

城墙自面前穿过,于肮脏的贫民窟洒下长长的阴影。城墙前有道刚挖出的宽阔壕沟,里面满是尖刺,一道窄桥通往塔楼间高耸的城门。厚重的双开城门紧闭,门前有十几个戴铁盔穿镶钉皮外套、满头大汗的联合王国士兵,他们的剑和矛反射着酷烈的阳光。

"把守严密的——"维塔瑞若有所思地说,"城中之城。"

霍克皱眉:"那猪猡作乱以来,没有通行证的本地人均不得进入上城。"

"谁有通行证呢?"格洛塔问。

"包括香料公会雇的一些手艺人,不过大多是在上城和堡城做工的仆人。本城联合王国公民大多雇了仆人,有的还雇了不少。"

"本地人不也该算作联合王国公民吗?"

霍克噘起嘴,"您想怎么说就怎么说吧,主审官大人。但您不能信任他们,万万不能,他们的思维跟咱们不一样。"

"真的?"他们还有思维,跟你这白痴倒不一样。

"褐皮垃圾全一个德行,管他古尔库人还是达戈斯卡人,都只晓得杀人越货,偷鸡摸狗。最好就是隔离开,任其自生自灭。"霍克阴沉地瞪着暴晒下的贫民窟,"闻起来像屎、看起来也像屎的,多半就是屎。"

他转身大摇大摆过桥。

"他好风趣。"维塔瑞低声说。你真是深得我心。

门外是另一个世界：庄严的拱顶，精致的塔楼，彩色玻璃镶嵌画和白色大理石柱在阳光下闪耀。这里的街道宽敞干净，房屋修缮完好，整洁的广场上甚至种了些美丽的棕榈树；这里的居民打扮时髦，衣着光鲜，皮肤白皙——当然也有许多人被晒黑了——那些黑脸孔则躲着上等人，不敢与之对视。这些就是被允许当仆人的幸运儿？他们会感激联合王国废除了奴隶制？

远处有一种喧哗盖住了其他声音，就像在打仗。格洛塔拖着瘸腿走过上城，那喧哗声越来越大，在一个人山人海的大广场升到顶点。这里有米德兰人、古尔库人、斯提亚人、窄眼睛的苏极克人、黄头发的旧帝国公民，甚至有远离家乡的满脸胡子的北方人。

"商人。"霍克哼哼。似乎全世界的商人都来了，货摊堆满各种产品，有大天平用于称量，有粉笔黑板用于记录名称和价格。他们用各种语言咆哮、争执，还学着别人的语言。他们比画各种奇异手势，彼此推挤、指点。他们嗅着香料箱和熏香棒，摸着布匹和珍稀木材，捏着水果，咬着硬币，还拿眼镜检查闪亮的宝石。人群中时而可见本地搬运工，被货物压得弯腰驼背。

"所有交易香料公会都能抽水。"霍克咕哝，一边不耐烦地推开吵嚷人群。

"他们一定发了大财。"维塔瑞低声说。可以想象是笔巨款，足够让他们反抗古尔库帝国，足够让他们奴役整个城市，足够让他们做出任何下作事。

格洛塔苦着脸挤过广场，每跛行一步都要经过一番痛苦挣扎。直到挤出人群，他才意识到已被一栋非常高大也非常优雅的建筑笼罩。这建筑高高在上，穹顶连穹顶，每个夹角都拔起精巧细脆的尖塔。

"壮观。"格洛塔低声评价，伸了伸酸痛的背，眯起眼睛，纯白石头在午后烈日下难以直视,"简直要教人相信真神了。"对白痴而言。

"哈,"霍克嗤笑,"数以千计的本地人曾聚到这里祷告,用该死的迷信咒语污染空气。我们平叛后便把他们赶走了。"

"现在呢?"

"达瓦斯主审官宣布这里和上城区其他地方一样,禁止他们进入。现在这里归香料公会管,公会把这里当做市场的延伸,用来做买卖什么的。"

"哈。"真是再恰当不过。做买卖的神庙——钱可是我国信奉的宗教呢。

"还有家银行在这里办公。"

"银行?哪家银行?"

"细节只有香料公会清楚,"霍克不耐烦地应道,"叫凡特和什么什么。"

"伯克。凡特和伯克。"巧合,呃? 我早该料到,这帮龟孙子无孔不入,只要能捞钱。他环视拥挤的市场。捞大钱。

愈朝大岩石上爬,路愈陡峭——它建在干燥的山坡切出的岩架上。格洛塔浑身臭汗,沉重地倚着手杖,咬紧嘴唇以抵挡腿上刺痛。他渴得像条狗,每个毛孔都在流汗,霍克却毫无放慢脚步照顾他的打算。我见鬼了才会开口求他。

"头顶就是堡城!"审问官朝一大片高耸建筑挥手,那些穹顶和塔楼立在脚下这块棕色大岩石顶端,俯瞰全城,"它曾是本地国王的王城,如今作为达戈斯卡的行政中心,专用于接待首要公民。香料公会大厅在里面,审问部分部也在。"

"热闹哟。"维塔瑞低声说。

格洛塔转身手搭凉棚,望向下方岛屿般铺展开的达戈斯卡。上城往下倾斜,长而笔直的道路将整齐的房屋隔成一个个整齐的格子,其间点缀着黄色棕榈树和宽阔广场。蜿蜒的长墙后是灰尘扑扑的棕色贫民窟。远处闪耀的薄雾中可见另一道雄伟的城墙,它建在连接城市与大陆那条狭窄的岩石地峡上,一头是蔚蓝的大海,一头是蓝色的港湾。号称世上最强大最完善的防御,不晓得这海口还能夸多久?

"格洛塔主审官?"霍克清清喉咙,"总督大人和他的理事会在等您。"

"让他们再等会儿,我想先了解你调查达瓦斯主审官失踪一事的进展。"若新任主审官重蹈覆辙,那可太不幸了。

霍克皱眉。"好吧……进展嘛,首先无疑是本地人下的手,他们无休止地找麻烦。达瓦斯平叛的手段也没能让所有人改邪归正。"

"不识好歹。"

"真的,确实如此。主审官失踪那天,他的住处有三个达戈斯卡仆人。我审过他们。"

"有何发现?"

"很遗憾还没有。他们特别顽固。"

"我们一起来审吧。"

"一起?"霍克舔舔嘴唇,"我不知道您想亲自审问犯人,主审官大人。"

"你现在不就知道啦?"

✡

他以为岩石内部比较凉快,结果跟烈日烘烤的街道一般炎热,一丝微风都没有。不通风的死寂走廊犹如坟墓,维塔瑞的火炬在角落洒下摇曳阴影,黑暗从后方迅速围拢。

霍克停在一扇插铁门闩的门前,抹抹脸上豆大汗珠。"我必须警告您,审问官大人,我们采取了……必要措施。你知道,对付他们绝不能手软。"

"噢,必要时我不会手软,也不会被轻易吓着。"

"好的,好的。"钥匙在锁孔里一转,大门摇晃着打开,恶臭扑鼻。

集堵塞的厕所和腐烂的垃圾堆于一体。囚室很小,没窗户,人几乎站不直。它酷热难当,气味难闻,令格洛塔联想到南方沙弗法的某间囚室,皇宫下的囚室。我在那里苟延残喘了两年,在黑暗中号叫、挠墙,躺在自己的排泄物中苟活了两年。他的眼睛抽搐起来,连忙用手指小心地擦了擦。

一个囚犯面壁伸开四肢,黑肤上全是伤口,双腿皆断;另一个囚犯手腕吊在天花板上,膝盖擦着地板,头无力地垂下,背被抽打得血肉模糊。维塔瑞弯腰用手指戳戳头一个。"死了,"她简洁地报告,然后戳另一个,"也死了。"

摇曳火光照在第三个犯人身上。这人还活着。勉强活着。她手脚都有锁链,脸饿得脱形,干渴的双唇破了。她死死抓住血迹斑斑的破衣衫,脚跟刮擦地板,朝黑暗的角落退去,一边语无伦次地用坎忒语低声呢喃,一边伸出一只手在面前挡住火光。我记得,比黑暗更可怕的是光明,光明意味着审问。

格洛塔紧锁双眉,抽搐的眼睛看了看两具残破尸体,又看向畏缩的女孩,他被暑气和恶臭弄得头昏脑涨。"好手段。他们招了什么?"

霍克掩住口鼻,勉强走进牢房,弗罗斯特贴紧他。"他们还没招,但我——"

"这两位你是无论如何搞不到什么了。他们总该签了供状吧。"

"这……很遗憾,达瓦斯主审官对褐皮垃圾的供状从不感兴趣,所以我们,您知道……"

"你甚至没让他们活到签供状?"

霍克不高兴了。像个被老师折腾的学生。"还有个女孩嘛。"他指出。

格洛塔朝下看着她,舔了舔门牙空洞。根本是毫无节制、毫无目的的暴行。变态。如果我今天吃了什么,现在就该吐了。"她几岁?"

"或许十四岁吧,主审官,这有什么关系呢?"

"关系在于,霍克审问官,十四岁女孩很难策划阴谋。"

"我觉得最好先查明……"

"查明?你问过他们任何问题吗?"

"这个,我——"

格洛塔狠狠一杖打在霍克脸上。这出其不意的一击让格洛塔体侧剧痛,脚下一绊,不得不抓住弗罗斯特的胳膊。审问官痛得一声尖叫,狼狈地倒在墙上,跌进地上的污秽中。

"你不是审问官!"格洛塔嘶叫,"你他妈是个屠夫!这地方成何体统?你还杀了两个重要证人!人死了有何用,白痴!"格洛塔倾身向前。"也许你是有意为之,呃?也许达瓦斯死在心怀叵测的下级手上?想让知情者统统闭嘴的下级,呃,霍克?或许该从审问部内部入手调查!"

弗罗斯特刑讯官笼罩在挣扎着想起来的霍克身前,霍克又退回去靠着墙,鼻孔鲜血长流。"不!不,求求您!这是意外!我不想杀他们!我只想查明真相!"

"意外?你要么是个叛徒,要么完全不称职,两者我都用不上!"他把身子倾得更低,努力忽略背上疼痛,卷起嘴唇露出无牙的微笑,"对付原始人决不能手软,审问官,没有谁比我更明白。真的。把这条蛆虫给我拖出去!"

弗罗斯特抓住霍克的外套,猛地把他从污秽中拖出门外。"等等!"霍克死命抓住门框号叫,"求求您!您不能这样!"他的号叫在走廊里渐行渐远。

维塔瑞眼角微带笑意,似乎颇感有趣:"这堆垃圾如何处理?"

"清理干净呗。"格洛塔靠在墙上,身侧依然阵阵抽痛,他用一只颤抖的手抹去汗水,"洗一洗。尸体埋了。"

维塔瑞朝那唯一的幸存者点点头,"她呢?"

"洗个澡。找些衣服。放走。"

"放她回下城,又何必洗澡?"

有道理。"好吧!她做过达瓦斯的仆人,也可以做我的仆人。让她回去工作!"他扭头叫道,朝门口跛行而去。他得出去,这里几乎无法呼吸。

"抱歉让你们失望,但城墙远谈不上固若金汤,至少在目前糟糕的维护……"格洛塔进入达戈斯卡理事会的会议室时,话音小了下去。

这里跟底下的囚室判若云泥。实际上,这是他见过最美的房间。每一寸墙壁和天花板都美轮美奂,错综复杂的几何图案栩栩如生地描绘出坎忒人的传说,图案表面镀金镀银,闪闪发光,呈现明亮的红和蓝色;地板是奇妙而繁复的马赛克;黑木长桌刻出道道涡旋,镶嵌了明亮的象牙片,打磨得光可鉴人;高窗可一览灰尘扑扑的棕色城区及阳光照洒的海湾。

那个起身迎接格洛塔的女人跟周围的华美相得益彰,好似这房间的一部分。

"我是卡萝特·唐·埃泽,"她浅浅一笑,展开双臂,像要拥抱老友,"香料公会会长。"

格洛塔不得不承认她令他印象深刻。就凭这份胆识。她毫无不适地展开双臂,好像我不瘸也不丑不怪,而是跟她一般美貌。她穿一身南方格调的银边蓝丝长裙,裙服在高窗吹进的微风中闪烁,价值连城的珠宝戴在指头、手腕和脖子上。她走近后,格洛塔还闻到一股异香。好甜,跟让她暴富的香料一样。她的香味吸引了他。不管怎么说,我还是个男人,部件没比以前少多少。

"我必须为装束道歉,天这么热,只好将就坎忒人的装束。在这边待了些年,恐怕有点习惯它们了。"

她为装束道歉好比天才为自己的头脑道歉。"你太客气。"格洛塔尽可能——尽那条无用的腿和刺痛连连的背的可能——低头鞠躬,

"格洛塔主审官为你效劳。"

"您的到来让我们倍感荣幸。您的前任达瓦斯主审官失踪后,我们一直坐卧不安。"只怕你们中某些人安心多了吧。

"希望敝人能解此谜团。"

"我们也如此希望,"她自信满满地挽起格洛塔的胳膊,"请让我为您介绍。"

格洛塔没动。"谢谢你,会长,敝人能走。"他跛行绕过桌子,一如既往,"你一定是城防负责人维斯布鲁克将军。"将军四十五岁左右,有些秃顶,整齐的军装直扣到脖子,憋得浑身大汗。我记得你,你也在古尔库打过仗。你是个王军少校,出名的混账。混得不错啊,混账一般都混得不错。

"我的荣幸。"维斯布鲁克将军几乎没从文件堆上抬眼。

"久别重逢总令人欣慰。"

"我们见过?"

"我们曾在古尔库并肩作战。"

"是吗?"维斯布鲁克汗津津的脸现出惊骇,"你是……那个格洛塔?"

"正是,如你所说,那个格洛塔。"

将军不住眨眼:"呃,好吧,呃……你近来可好?"

"没一天安生啊,谢谢关心。好歹你升了官,算是安慰。"维斯布鲁克眼眨个不停,格洛塔不再理他,"您一定就是乌尔莫斯总督大人。无比荣幸,大人。"

这位老人是"老"这个形容的最佳代言人:他萎缩的身体包在宽大的总督袍里就像饱满的果皮中萎缩的李子,他的双手这样的热天也在颤抖,光亮的头皮上只有几根白毛。他眯起黏湿的眼睛打量格洛塔。

"他说什么?"总督大人迷惑地盯着他问,"此乃何人?"

维斯布鲁克在桌上倾身,嘴唇几乎凑到老人耳边:"大人,他是格洛塔主审官！前来接替达瓦斯！"

"格洛塔？格洛塔？达瓦斯死哪里去了？"

没人回答。

"科斯腾·唐·乌尔莫斯。"总督大人之子自报姓名犹如这是道魔咒，他朝格洛塔伸出手犹如这是件无价之宝。他是个金发美男子，懒洋洋地摊在椅子里，皮肤晒得很健康，他的灵巧健壮和他父亲的老态龙钟形成鲜明对比。我已经开始厌恶他了。

"听说你曾是个剑士，"乌尔莫斯一脸嘲笑，上下打量格洛塔，"敝人也练剑，可惜此间罕逢对手。咱俩试试？"乐意之至，该死的小杂鱼。腿没事的话，我很乐意试到你屎尿齐流。

"敝人确实比过剑，但现在洗手不干了。健康问题。"格洛塔露出无牙的笑容，"不过你想学，我还是能教你两招。"乌尔莫斯正皱眉，格洛塔已走开。"你一定是卡哈亚教长。"

教长身材高瘦，脖子长，眼睛不好，穿一身朴素白袍，包着朴素的白头巾。他看起来跟下城的本地人一样穷困，却不怒自威。

"我是卡哈亚，达戈斯卡人选出的代表，但不要叫我教长，没有神庙的祭司不算祭司。"

"我们还要讨论神庙吗？"乌尔莫斯抱怨。

"恐怕必须讨论，只要我还在议事会里！"他回望格洛塔，"所以又来了个主审官？又来了个魔鬼和刽子手。用刑的，我鄙视你们。"

格洛塔微笑。没等亮器具，他就承认了对审问部的仇恨。也难怪他的人民不喜欢联合王国，他们在自己的城市里跟奴隶差不多。他是我要抓的叛徒吗？

还是他？维斯布鲁克俨然一副忠君爱国的模范军人形象，重任在肩的将军似乎缺乏从事阴谋的想象力。但不为自己打算、不会变通手腕、不心怀鬼胎的人不大可能当上将军。

还是他？科斯腾·唐·乌尔莫斯斜眼瞅着格洛塔，那眼神就当他是个没打扫的厕所。这种不知天高地厚的兔崽子车载斗量。他是总督之子没错,但显然只为自己打算。

还是她?埃泽会长举止优雅、笑容迷人,眼神却坚如钻石。她像商人琢磨外来客一样琢磨我。她的兴趣不止礼仪和外国衣饰。远远不止。

还是他?老朽的总督也值得怀疑。他的耳朵和眼睛跟表现出来的一样糟吗?或许他眯眼和提问是某种暗示?他是不是知道得比谁都多?

格洛塔转身跛行到窗边,靠着一根美丽的雕花柱,眺望壮阔的外景,夕阳照在脸上。他感到理事会成员不安地挪动身子,盘算如何摆脱他。他们要等多久才会对赖在这美丽房间的瘸子下逐客令呢?我不信任他们中任何人。任何人。他对自己微笑。本该如此。

最先失去耐心的是科斯腾·唐·乌尔莫斯。"格洛塔主审官,"他喊道,"非常感激你前来与我们见面。敝人相信你还有要事要忙,我们也有。"

"这是自然,"格洛塔极缓慢地跛回桌旁,装作要离开,却又滑进一把椅子,伸了伸疼痛的腿,"百废待兴,敝人就长话短说。"

"你说什么?"维斯布鲁克问。

"此乃何人?"总督弓起背,那双近视的眼睛眯得更细,"所为何事?"

他儿子更直接。"你以为你在干什么?"美男子叫道,"疯了吗?"

卡哈亚教长在旁轻笑,但不知是笑格洛塔还是笑义愤填膺的众人。

"拜托,大人们,拜托。"埃泽会长耐心地低声安抚,"主审官大人刚到,也许还不明白我们达戈斯卡的理事方式。请您理解,前任主审官并不出席这种会议。一直以来,我们都顺顺当当管理着——"

"内阁不同意你们的方式。"格洛塔两根手指夹住王家委任状,让众人看了半晌,确保都看到上面厚重的红金蜡印,才把它丢过桌。

众人怀疑地瞅着卡萝特·唐·埃泽拾起文件,展开阅读。她皱起眉,抬了抬一道修剪整齐的睫毛。"看来不明白的是我们。"

"给我看!"科斯腾·唐·乌尔莫斯一把抓过文件。"不可能,"他喃喃道,"不可能!"

"恐怕事实如此。"格洛塔朝众人露出无牙的笑容,"苏尔特审问长十分关心本地情况,特命我来调查达瓦斯主审官失踪的原因,还要我检查城防——彻查到底,确保挡住古尔库人。他授权我采取一切必要措施。"他意味深长地顿了顿,"一切……必要……措施。"

"怎么回事?"总督大人咕哝,"我要知道这是怎么回事!"

现在拿着那张纸的是维斯布鲁克。"王家委任状,"他气喘吁吁,用衣袖擦了擦汗津津的额头,"由全体十二位阁员签署,授予他全权!"他小心地把文件放到镶嵌桌面上,似乎担心它会突然烧起来。"这是——"

"我们都清楚这是什么。"埃泽会长满腹思量地打量格洛塔,一根指尖敲打着光滑的脸颊。就像商人突然发现自己被外来客耍了,"看来这里该由格洛塔主审官当家。"

"那可不敢当,我只不过要出席理事会以后的会议,你们可视为本地理事方式即将做出的诸多改变之一。"格洛塔坐进漂亮的椅子,靠住椅背,伸开抽痛的腿,满足地叹息。真舒服,他扫视理事会成员愁眉不展的脸,坏就坏在这帮冠冕堂皇的大爷中有一个危险的叛徒。一个搞掉前任主审官,很可能正考虑搞掉继任……

格洛塔清清喉咙。"好了,维斯布鲁克将军,我进门时你说到哪里?城墙?"

旧伤口

"前事不忘,"巴亚兹得意扬扬地朗声说,"后事之师。所以,任何有价值的教育都必须从历史开始。"

杰赛尔发出一声可怜的叹息,完全无法理解老头为何专门挑他来开导。也许是极端自我膨胀,也许是老来疯,无论如何,杰赛尔决心无视老人的聒噪。

"……是的,历史,"魔法师自言自语,"加基斯历史悠久……"

杰赛尔扫视周围,不屑一顾至极。若说古董就是历史,那这个古老的旧帝国港口委实不赖;若说历史代表着其他——伟大、荣耀和热血——它则毫不相干。

这里无疑有过规划,笔直的街道令人印象深刻,但漫长岁月腐蚀了曾经的豪宅,到处是被抛弃的房子,空窗户和空门廊悲哀地朝向布满车辙的广场。背街更是荒草蔓生,碎石遍布,还有腐烂木头。那条流速缓慢的河上一半的桥垮塌了,却无人修复,宽阔的大路上一半的行道树也已枯萎死去,爬满藤蔓。

这里远不及阿杜瓦生机勃勃,在阿杜瓦,无论港口、贫民区还是阿金堡,到处是人。杰赛尔的家乡虽说经常显得过于拥挤,但和这个遗迹般的古董城市、和这里寥寥无几的乏味市民相比,不知好出多少倍。

"……旅途中,你有很多机会提升自己,年轻的朋友,我建议你善加利用。九指师傅尤其值得学习,从他身上……"

杰赛尔难以置信:"从那人猿身上?"

"那人猿——如你所言——在北方鼎鼎大名,人称'血九指'。这外号能激发恐惧或勇气,端乎他站哪一边。他不仅是个战士,而且经验丰富,足智多谋。最重要的是,他管得住嘴巴,"巴亚兹扫了杰赛尔一眼,"跟某人正好相反。"

杰赛尔皱眉耸肩,他觉得九指没有任何值得学习之处——除非把如何双手并用吃东西和坚持不洗澡算上。

"大广场啊,"巴亚兹喃喃道,他们来到一大片空地,"城市跃动的心脏。"连他也流露出失望。"加基斯市民会来这里做买卖,看新鲜货物,旁听法律诉讼,争论哲学和政治。在旧时代,这里直到深夜都接踵摩肩。"

现在这里空荡荡的,铺了石板的广场可轻松容纳五十倍于此的人。广场边排列的大雕像又脏又破,脏兮兮的基座朝各方向倾斜。广场中央有些杂乱无章的货摊,如寒冬里的绵羊般挤在一起。

"往昔荣耀的影子,"巴亚兹指着那些歪七倒八的雕像,"我们就来谈谈这些人物。"

"他们?他们是何方神圣?"

"他们是过去的皇帝,我的孩子,每个都有故事。"

杰赛尔苦恼得直叹气,他对本国历史尚且兴趣缺缺,谈何关心西方边陲无名臭水湾的过去。"好多雕像。"他咕哝。

"并非所有皇帝都有雕像立在这里,旧帝国源远流长。"

"难怪它叫'旧'帝国。"

"别在我面前摆谱,路瑟上尉,你不是那块料。你们联合王国的祖先还裸着身体互相追逐,只会用手势沟通,崇拜泥巴偶像时,我师父尤文斯就在此指导一个新生的伟大国家了。无论疆域和财富,知识与荣耀,后来没有任何国家能与之相比。阿杜瓦、塔林、沙弗法,都不过是奥斯大河河谷中那些辉煌城市的影子。这里是人类文明的摇篮,年轻的朋友。"

杰赛尔扫了眼四周的残缺雕像、枯萎树木和凄冷褪色的阴暗街道。"后来发生了什么?"

"伟大事物的消逝都不是一两句能说清的,成功与荣耀和失败与耻辱之间,往往可以互相转化。成功与荣耀引发嫉妒,嫉妒与骄傲带来争吵与争端,争端演变为战争。两场大战带来可怕的灾难。"他快步走到最近的雕像前,"但灾难总会留下教训,我的孩子。"

杰赛尔苦着脸。他十分厌恶这些陈词滥调,更没兴趣做谁的"孩子",只是老人依然喋喋不休。

"伟大的领袖要无情,"巴亚兹朗声说,"一旦人身安全或权威受到威胁,必须迅速反应,事后也不后悔。以沙里拉皇帝为例,"他抬头看前方的大理石像,石像完全被风雨侵蚀,"他怀疑宫务大臣谋权篡位,便立刻逮捕处决,还勒死对方所有妻儿,将对方在阿库斯的大宅夷为平地,"巴亚兹耸耸肩,"从始至终没有半点证据。这是暴行,但做总比不做好,被人惧怕总比受人轻蔑好。沙里拉懂这个道理,政治上不能感情用事,你懂吗?"

"我懂,我这辈子无论干什么都有个该死的老家伙自以为是地教训我。"杰赛尔心想,但没说出口,他清楚地记得审问部的刑讯官是如何在他面前炸成碎片的。血肉轻柔的炸裂声。热血洒在脸上。他吞口口水,低头看靴子。

"我懂。"他喃喃说。

巴亚兹续道:"当然,伟大的国王也决不能是暴君!统治者首先要赢得平民爱戴,一些无伤大雅的姿态就能终身受益。"

不管老头有多危险,杰赛尔决定不放过他话里的漏洞。显然,巴亚兹没有一点政治经验。"平民的爱戴管什么用?贵族有钱有兵又有权。"

巴亚兹朝天上云朵翻了翻白眼:"孩子话,肤浅至极。你以为贵族的钱从哪来,还不是农民辛勤劳动的成果?你以为士兵从哪来,还不是老百姓的儿子丈夫?你以为谁给了贵族权力,还不是取之于民?惹毛了大老粗们,就别想坐稳江山。以达图斯皇帝为例。"他指向另一座雕像,那雕像有条胳膊齐肩断裂,另一条胳膊伸出覆满青苔的手掌。达图斯皇帝的鼻子只留下一个丑陋的坑,于是表情仿佛陷入永恒的困窘与迷乱中,活像便秘时被人突然打断。"他最受爱戴,他平等对待每个人,总把一半收入分给穷人。但贵族们联合起来推翻他,拥戴自己人篡位,把他关进地牢。"

"是吗?"杰赛尔哼哼着扫视空荡荡的广场。

"人民却没抛弃自己的偶像。他们破家起义,不屈不挠地抗争。许多密谋贵族被拖出宫殿,吊死在街上,其他贵族吓住了,不得不让达图斯复位。所以你看,我的孩子,平民的爱戴是统治者最好的盾牌。"

杰赛尔叹口气:"我宁愿被贵族爱戴。"

"哈,他们的爱戴是有代价的,况且他们见风使舵比谁都快。难道议会开会时,路瑟上尉,你没在圆桌厅值勤吗?"杰赛尔皱眉,或许老人的絮絮叨叨里有些实话。"那就是贵族的爱戴。最好的策略是加以分化,利用其贪欲,让他们为小恩惠争斗,自己从中渔利——最最重要的是,决不让他们中某位坐大,以至于挑战王权。"

"这人是谁?"有个雕像比其他雕像都高,体形伟岸,中偏老年,卷发厚须,面容俊朗但唇形严肃,眉头骄傲而愤怒地皱起——总之,极具威权。

"吾师尤文斯。他并非皇帝,却终身辅助很多皇帝。他一手创建了帝国,却也导致帝国的毁灭。从很多方面讲,他是个伟人,伟人总会犯下可怕的错误。"巴亚兹若有所思地转动旧法杖,"必须记取历史的教训,前事不忘后事之师。"他顿了顿,"别无选择时除外。"

杰赛尔揉揉眼,看着广场。也许这番教诲对兰迪萨王太子有些意义,虽然连这也颇值得怀疑。他离开朋友们、告别朝思暮想的荣耀和晋升就为这个?听秃顶糟老头发表迂腐见解?

三个士兵穿过广场朝他们走来,令他眉头皱得更深。最初他还不以为然,直到发现对方的目标正是他和巴亚兹,他随即看到另有两组士兵从不同方向赶来。

杰赛尔喉咙发紧。他们的盔甲和武器虽然样式古老,但似乎令人担忧地灵便趁手。比剑是一回事,真刀真枪是另一回事,他当然有理由担忧,担忧被九个迅速逼近的士兵包围而无路可逃决非胆小。

巴亚兹也看见了:"有人来欢迎我们。"

九个一脸严肃的兵将他们团团围住,武器紧握在手。杰赛尔端平肩膀,尽力摆出威武姿态,同时不与任何士兵对视,手也尽量远离剑柄,以免引起误会,被捅个透心凉。

"汝乃巴亚兹?"带头的大个士兵说,他头盔顶上有一簇脏兮兮的红羽毛。

"这还用问?"

"善。吾主帝国专员暨加基斯总督萨拉诺·纳巴,邀汝相会。"

"是吗?"巴亚兹环视这些兵,朝杰赛尔抬起一边眉毛,"既然帝国专员派来荣誉护卫盛情相邀,拒绝似乎不太礼貌。带路吧。"

✡

要说九指罗根有啥感觉,那就是痛。他拖着脚走过细碎的鹅卵石路,每把重心移到破脚踝上就痛得一缩,不得不喘息着挥舞手臂保持平衡。

长脚兄弟咧嘴笑着回头看他这副苦相:"伤势如何,朋友?"

"痛。"罗根咬紧牙关咕哝。

"哎呀,我觉得你受过更重的伤。"

"哈!"旧伤口数不胜数,他这辈子大半时间不是这里痛就是那里痛,旧伤未复又添新伤。第一道真正的伤口是山卡在他脸上划的,那年他才十五岁,身材精瘦,皮肤光滑,村里的姑娘们还喜欢看他。他用拇指摸摸那道旧伤口,记起父亲在烟雾缭绕的大厅里为他包扎,记起药膏的刺痛,记起自己拼命咬住嘴唇不叫喊出来,因为男子汉不能喊痛……

……如果能做到的话。罗根记得自己面朝下躺在恶臭的帐篷里,死咬住一块皮革,冰冷的雨打在帆布上。但他们从他背上拔箭头时,他仍旧把皮革吐了出来,厉声惨叫。他们花了一整天才找到那该死的东西,而罗根喊破了嗓子,足有一星期说不出话。想到这个,罗根只觉刺痛的双肩仍在抽搐。

而与三树决斗后,他一个多星期说不出话、走不动路也不能吃东西,甚至几乎看不见。下巴碎了,脸碎了,碎掉的肋骨数都数不清。他碎了那么多骨头,活像一团痛苦、啜泣、自怨自艾的烂泥,担架轻微晃动就让他呜咽。一个老女人用匙子喂他,他为此满怀感激。

若干痛苦的回忆同时涌来:卡莱恩之战失去手指,烧灼残指断桩痛得他发疯;在山丘间被一记闷棍砸晕,于冰冷的野外躺了一整天;寡言哈丁的长矛刺穿肚子,教他尿出血来。透过疤痕累累的皮肤,罗根一一感受旧伤口,不由得抱紧颤抖的身躯。

好吧,旧伤口难以尽数,但这不会让现在的伤好受些。肩膀孜孜不倦地痛,犹如火红炭球。他见过有人因为一道擦伤失去整条胳膊,他们先切手掌,然后切手肘,最后不得不切到肩膀。那人倒下开始说胡话,终于没有醒来。罗根可不愿这样入土。

他跛着走到破裂的残墙下,靠住墙痛苦地耸去外套,用一只手笨拙地解开衬衫纽扣,摘掉绷带上的别针,小心掀起来。

"看起来怎样?"他问。

"像是全天下最丑陋的疤。"长脚凑近他肩膀,喃喃道。

"闻起来呢?"

"你要我凑近闻?"

"说说臭不臭。"

领航员倾身做作地嗅了嗅罗根的肩膀。"非常显著的狐臭,大概来自你的腋窝,恐怕我的众多卓越天赋对此也无能为力。我觉得伤口闻起来都一样。"他别回别针。

罗根穿好衬衫。"相信我,溃烂的话闻起来不同。那味道就像坟墓,除了用刀,你没法阻止溃烂,可惨了。"他发起抖,用手掌轻轻按住悸动的肩膀。

"好吧,"长脚迈步走向又一条荒废的街道,"幸运的是我们带上了那马尔基尼。她的社交天赋少得可怜,但谈到照料伤口,好吧,我从头看到尾,可以跟你保证,她缝线时的镇定和精准跟皮革大师缝皮一样!真的!她用针之灵巧,堪比王后的裁缝。恐怕我们这趟旅程少不了她对付伤口的天赋哪。"

"这趟旅程危险吗?"罗根边努力穿外套边问。

"啊哈,蛮荒的北方无法无天,血仇当道强盗当家,人人武装到牙齿,一言不合就要打要杀;在古尔库,外国人的命运被当地总督主宰,随时可能被卖为奴;斯提亚城邦的角落里全是扒手,进城没被当官的刮走的钱就会落入他们囊中;千岛群岛海盗肆虐,似乎商船有多少海盗就有多少;遥远的苏极克十分排外,指不定你前脚刚去问路,转身就被送上绞架或割开喉咙。环世界步步惊心哪,九指朋友,但若以上种种还不够刺激,建议你造访旧帝国。"

罗根觉得长脚兄弟似乎挺享受:"有这么糟?"

"比这还糟,噢是的,比这还糟!尤其是不单造访,还要从帝国一头走到另一头。"

罗根一缩身:"这是我们的计划?"

"这个,如你所言,正是我们的计划。从记忆无法溯及的时代开始,旧帝国就在打内战。这里曾是一个皇帝统治的统一国度,强大的军队和忠诚的政府保证皇帝的律法畅通无阻,后来却瓦解为许多争斗不休的封国、想入非非的共和国及其他城邦和小领主,没有武力威逼,谁也不服谁。税收和抢劫、正义和谋杀、权利和妄想,这之间的区别模糊消失了,几乎每年都有野心勃勃的强盗自称世界之主。有段时间——我记得是大约五十年前——居然同时有过十六位皇帝。"

"也就是多出了十五位。"

"应是多出十六位才对,而且每一位对旅人都不友善。要列出被谋杀的旧帝国皇帝名单,那可真是眼花缭乱哪。不过,我们不一定会死在他们手上。"

"不一定?"

"噢,天哪,当然不一定!我们沿途要克服的障碍多着呢,尤其是时近冬天的现在。加基斯以东是辽阔平坦、绵延数百里的草原。也许在旧时代,草原上有人居住耕作,笔直的石头路四通八达。但现在那些城镇成了沉默的废墟,大地是暴风肆虐的荒野,破碎的石头路将粗心大意的旅人带往深不可测的沼泽。"

"沼泽。"罗根咕哝着缓缓摇头。

"还有更糟的哪。奥斯大河,环世界最大的河,在荒野中切出一道蜿蜒深邃的河谷,我们必须越过它。河上只有两座桥,一座位于达米姆,也是我们最好的机会;另一座位于奥斯姆,在前者以西一百多里。河上还有些渡口,但奥斯河流速太快,势头太猛,河谷既深且险。"长脚舔舔舌头,"过了河还有破碎山脉。"

"啊?破碎山脉?"

"噢,是的是的,非常高非常险,悬崖陡峭、山涧嶙峋,瀑布突兀,所以才叫破碎山脉。据说山中是有隘口的,但相关地图——如果真有人画下——都早已失传。穿过山脉后,我们乘船——"

"你想让我们扛着船翻山?"

"雇主向我保证山那边有船等我们,虽然我对他如何办到一无所知,山脉之外的土地根本没有人类居住。我们乘船去沙布拉延岛,据说那座岛从海中升起,屹立于世界边缘。"

"据说?"

"仅凭谣言。即便在伟大的领航员组织里,也没人宣称自己去过世界边缘。要知道,我组织的兄弟可是有……这么说吧,五花八门的宣称!"

罗根缓缓蹭了蹭脸,开始后悔没先问清巴亚兹的计划了。"听起来路很长。"

"事实上,没人能设想比这更长的路。"

"走这么远是为什么呢?"

长脚耸肩:"这你得问雇主,我只负责探路,不关心理由。请随我来,九指师傅,拜托别再消磨时间。想扮商人,我们还有很多准备要做。"

"扮商人?"

"这也是巴亚兹的计划。商人才会冒险自加基斯西去达米姆,甚至去奥斯姆,那两地仍是大城市,只是几乎与世隔绝。想发大财就得引进海外奢侈品——古尔库的香料,苏极克的丝绸,北方的查加。只要小命不丢,一个月投资翻三倍!这种商人车队并不少见,而且当然会严加保卫。"

"平原上的强盗土匪呢?他们不正是要抢劫商队吗?"

"这个自然。"长脚说,"所以我们伪装成这样是应付其他威胁,更直接的威胁。"

"更直接的威胁?还有更多威胁?"但长脚已大步走开。

至少在加基斯的某些部分,旧日荣耀尚未完全褪色。荣誉护卫——或者说绑架他们的人——领他们进入的大厅就是这样的部分。

两排大树般的磨亮绿石柱在回音絮绕的大厅里延伸,绿石表面有闪烁的银蔓花纹。高高在上、深邃的蓝黑色天花板描绘出满天繁星,用金线标出各星座的形态。门前有个极深极静的黑水池,映照出一切景物:阴影大厅和阴影中的银河夜空。

帝国专员大咧咧地躺在大厅远端高台的沙发上,面前桌子摆满佳肴。他又壮又肥,脸圆滚滚的,戴满金戒指的手指不时抓起食物丢进嘴里,眼睛却没离开两名客人——或者说两名俘虏。

"吾乃萨拉诺·纳巴,帝国专员暨加基斯总督。"他嚼个不停,吐出一枚橄榄核,果核"砰"一声掉进盘子。"汝号'第一法师'?"

魔法师低下秃头。纳巴举起高脚杯,用肥厚的食指和拇指夹住杯柱,呷了口葡萄酒,一边观察他们,一边在嘴里漱酒,良久方才吞下。"巴亚兹。"

"正是。"

"咦,吾无他意,"专员用小叉从牡蛎壳里叉肉吃,"但汝此行令吾为难。帝国正值……多事之秋。"他又举起高脚杯,"动荡不宁。"长饮,酒水声,吞咽。"吾之不欲者……破坏平衡矣。"

"动荡不宁?"巴亚兹奇道,"老夫得知沙巴布斯大权在握。"

"彼曾以铁蹄定江山,但好景不长。"专员摘了把黑葡萄,又靠回沙发,一颗颗丢进嘴。"沙巴布斯已……殁,或为毒杀。其人诸子,斯卡罗……高图斯……兄弟阋墙……争权夺利。顾吾土虽经百战,此诚流血之极也。"他吐出葡萄籽。"高图斯据大平原中心之达米姆,斯卡罗则令乃父宿将卡比安引军围之。前番该城重围五月,内无粮草外无援兵……降矣。"纳巴咬了一颗熟透的李子,汁水流下脸颊。

"所以斯卡罗得势?"

"非也。"专员用小指尖蹭蹭脸,漫不经心地放下咬了一半的水果,

"卡比安一旦破城,烧杀抢掠、搜刮钱财自不待言,更盘踞故宫中,自立为帝焉。"

"而你对此似乎无动于衷。"

"吾心戚戚痛泣也哉,然今日之局早有预料。斯卡罗,高图斯,卡比安,僭主三分天下,攻伐来往,生灵涂炭。少有之独立城市若吾等,莫不诚惶诚恐,但求一方清净和平。"

巴亚兹皱眉:"老夫西行必经奥斯河,而最近的桥在达米姆。"

专员摇头,"流言可畏,或曰卡比安性格乖僻,神智昏聩。彼杀妻后娶亻亲生女,甚乃自封为神。彼闭城捕杀女巫、魔鬼、叛徒之流,处处绞架,日日行刑,达米姆恐难出入。"

听到巴亚兹的回答,杰赛尔大松一口气。"那就是奥斯姆了。"

"万万不可。斯卡罗为避兄长大军,过桥即令麾下工程师决之矣。"

"他毁了它?"

"悲乎哉,二千年旧时代之奇观毁于一旦,无有存留。非止于此,近日秋雨迅猛,河水高涨,莫得渡之。以吾之见,何如待明岁?"

"老夫非过去不可。"

"汝何以为之?听吾一言,帝国离乱与汝无干,速速返乡罢。吾城加基斯不事偏倚,专以中立,幸而免遭席卷大陆之浩劫,唯其谨遵先祖旧俗矣。"他朝自己比画,"一如旧时代,吾城以帝国专员任之,非盗匪,非酋房,非伪君。"他懒洋洋地朝周围富丽堂皇的大厅挥手。"吾辈殚精竭虑,始保旧时代之荣耀,是以不欲坏之。不过旬月,汝友扎卡鲁斯亦曾来谒。"

"他来过?"

"彼谓高图斯乃真命之君,令吾助之。吾不从彼,今亦不从汝。吾城加基斯安于现状,无意参与汝等之奸谋。汝尽可于他处逡巡,法师,予汝三日之限。"

纳巴说完后是长久、诡异、令人窒息的沉默,巴亚兹的眉头越皱越紧。这漫长的沉默并非空洞,巴亚兹的怒气随之高涨。

"你可知老夫是谁?"他咆哮起来,杰赛尔只想赶紧躲开,藏到那些美丽的柱子后头,"老夫是第一法师!伟大的尤文斯的大弟子!"法师的怒火像大石头压在杰赛尔胸口,挤出肺里空气,夺走每一丝力量。巫师握紧肉乎乎的拳头。"这只手击倒了坎迪斯!这只手为哈罗德加冕!你敢威胁老夫?你说这里保留了旧时代的荣耀?这个缩在破墙中、套着早不合身的年轻时的盔甲、行将就木的地方?"银制餐具后的纳巴陡地小了一圈,杰赛尔浑身哆嗦,生怕专员随时爆炸,洒一屋血浆器官。

"你以为老夫在乎这个夜壶般的破镇子?"巴亚兹怒气不息,"你给老夫三天?老夫今天就走!"说完他转身大步踏过抛光地板,扬长而去,怒骂的回音仍在闪亮的墙壁和天花板间回荡。

杰赛尔瘫软无力地愣了一阵,方才愧疚地跟上早已离去的第一法师,经过那些吓得目瞪口呆的卫兵,回到天光下。

城防问题

王家审问部审问长,苏尔特阁下亲启:

卑职携委任状出席了达戈斯卡理事会,理事会成员对权力遭削减很不高兴,此事想必也在您意料之中。卑职已着手调查达瓦斯主审官失踪之事,并有信心在不远的将来查个水落石出。卑职的下一步是评估达戈斯卡的城防,采取一切必要手段确保该城坚不可摧。

您很快会收到卑职的后续汇报,卑职全心全意遵从您。

达戈斯卡主审官,沙德·唐·格洛塔

太阳沉甸甸地挂在破碎的城垛上,阳光穿透帽子,照射着他低垂的脑袋;阳光穿透黑外套,照射着他畸形的肩膀。它威胁要挤出他体内所有水分,抽干他的生命,压垮他的身体。这就是美丽的达戈斯卡凉爽的秋日清晨。

太阳从头顶攻击,咸风则迎面扑来。热辣的风刮过空旷的海面和光秃秃的半岛,裹挟遮天蔽日的尘埃打在地峡城墙,每样东西上都撒满带盐味的粗沙。沙粒刺痛了格洛塔汗津津的皮肤、鼻孔和眼睛,令他不禁流泪。似乎老天爷也急于摆脱我。

维塔瑞刑讯官踮起脚尖踩在他身旁的城垛上,伸开双臂,活像在高空绳子上表演的马戏演员。格洛塔皱眉看去,她便是湛蓝天幕下一条细长黑影。她完全可以在下面好好走,不用如此招摇。算了,踩在上面有机会摔下去。地峡城墙至少二十跨高,想到审问长阁下最宠爱的刑讯官从城墙上滑倒、坠落,双手胡乱抓向空气,格洛塔不禁露出难以觉察的微笑。也许她还会发出垂死的惨叫?

但她没摔下去。臭婊子,无疑正准备给审问长的下一份报告:"瘸子一如既往像条搁浅的鱼。他踏遍半个城市,也没发现达瓦斯一点蛛丝马迹或找出任何叛徒,唯一逮捕的倒是审问部内一名资深……"

格洛塔手搭凉棚,眯眼看着毒辣的太阳。连接达戈斯卡与大陆的狭窄的岩石地峡在面前延伸,最窄处不过几百跨,两侧都是闪耀的海面。通往城门的路从这里看来不过是一道穿越黄色灌木丛的棕色线条,向南直通大陆上的干燥山丘。几只怪模怪样的海鸟尖叫着在地峡上盘旋,此外没有生物。

"借望远镜一用,将军?"

维斯布鲁克阖上望远镜,闷闷不乐地将它塞进格洛塔伸出的手中。他显然不耐烦陪我视察城防。将军穿着那身无可挑剔的制服,站得笔直,一边大口喘气,胖脸上全是汗水。他正尽力维持职业军人的形象,但这白痴除了外表并没有哪点称得上职业。可惜正如审问长所说,我们也只能利用好手头的工具。格洛塔举起黄铜望远镜。

古尔库人建了一道栅栏——高高的木桩围在丘陵边上,分隔达戈斯卡与大陆。栅栏彼端帐篷四散,细细的炊烟自帐篷间升起,格洛塔发现帐间还有许多小身影,阳光照在亮晃晃的金属上。武器和盔甲,许多武器和许多盔甲。

"从前有马车商队从大陆来，"维斯布鲁克喃喃道，"去年每天还有一百辆车呢。后来皇帝的军队来了，商旅越来越少，两月前他们修好栅栏，从此连一头驴都没来过，所有联系都得靠船。"

格洛塔扫视栅栏和栅栏后的敌营，从一边的海延伸到另一边。他们是来示威？施压？还是来真的？古尔库人喜欢炫耀，但也绝不手软——也许正因如此，他们才能征服整个南方。他放低望远镜。"你认为有多少古尔库军？"

维斯布鲁克耸肩："说不清。我猜至少有五千吧，但很可能藏在山丘背后的军队比这数字多得多。不得而知。"

至少有五千人。刚好适合示威。"我们有多少人。"

维斯布鲁克顿了顿："我麾下约有六百名联合王国士兵。"

约有六百？约？无能的白痴！当初我记得我团里每一名士兵的名字，也知道每个人的长处。"六百名士兵？就这些？"

"城里还有些雇佣兵，但他们反复无常，不值得信任。依我之见，他们派不上用场。"

我问的是数字，不是意见。"有多少佣兵？"

"目前大概一千，或许更多。"

"谁是他们的头？"

"一个斯提亚人，自称科斯卡。"

"尼科莫·科斯卡？"维塔瑞站在城垛上插话，抬起一条橙色眉毛。

"你认识他？"

"可以这样说罢。我以为他死了。世间真是毫无正义可言。"

说得好。格洛塔转向维斯布鲁克："这个科斯卡归你指挥？"

"不算是。他受雇于香料公会，对埃泽会长负责。理论上，他应归我——"

"但实际上他只为钱包服务？"格洛塔盯着将军的脸，明白自己是对的。佣兵，最好情况下也是把双刃剑。只要能满足贪欲，这把剑还算锋利,当然,它绝不会把可靠性放在首位。"而这个科斯卡的人是你的两倍。"看来在城防问题上我问错了对象。也许这白痴在另一问题上有些线索。"你知道我的前任达瓦斯主审官出什么事了吗?"

维斯布鲁克不耐烦地扭了扭身:"一无所知。我没兴趣打听主审官的事。"

"嗯——"格洛塔沉思着,抓紧头上帽子,又一阵飞沙走石的风刮过城墙,"也就是说,你对本城审问分部主审官失踪一事毫不关心?"

"当然不是,"将军反驳,"我只说我们通常没什么交集。众所周知,达瓦斯生性刻薄,而据我所知,审问部和军方各负其职。"敏感,太敏感。我来之后,似乎每个人都如此敏感,嘿嘿,就像是不欢迎我咧。

"各负其职,呃?"格洛塔跛行到城垛边,举起手杖戳向维塔瑞脚下粉碎的石灰。一块石头当即滚落,半晌后传来掉进壕沟的声音。他转向维斯布鲁克,"身为城防负责人,你的职责难道不包括维护城墙吗?"

维斯布鲁克气愤地说:"我尽了一切努力!"

格洛塔用空出的那只手掰指头。"地峡城墙龟裂破损、年久失修;城壕满是土,几乎被填满;城门陈旧不堪,岌岌可危。倘若古尔库人明天进攻,我们必然措手不及。"

"告诉你,这不是我的问题!这里的热度、海风和盐能迅速腐蚀木头和金属,别说石头!你知道维护难度有多大?"将军比画着漫长高耸的地峡城墙,蜿蜒的城墙连接两边大海,城上可容一辆马车行驶,城下还要厚出许多,"我手头有经验的石匠不多,材料更少之又少!内阁给我那点钱只够维护堡城!香料公会纳的税勉强能保持上城城墙——"

白痴!他到底想不想守城?"若达戈斯卡城区落入古尔库人之手,堡城将无法依靠海上补给,是不是?"

维斯布鲁克眨眨眼。"是的,没办法,可是——"

"上城城墙也许能阻挡本地人作乱,但它太长、太矮也太薄,无法长期抵抗大军袭击,是不是?"

"是的,我同意,可是——"

"所以堡城和上城的任何措施,都只能起拖延作用——拖延时间等待增援。而今我军主力远在数百里格外的安格兰,很可能无法及时赶到。"如果会赶到的话,"也即是说,地峡城墙陷落便意味着城市陷落。"格洛塔用手杖跺了跺脚底布满灰尘的铺路石。"我们必须在这里抵抗古尔库人,必须阻止古尔库人登上地峡城墙,此外一切都无关紧要。"

"无关紧要。"维塔瑞吹着口哨,从一个城垛跳到另一个城垛。

将军皱紧眉头:"我只能照总督大人和理事会的吩咐行事,一直以来,下城都被认为是可以放弃的。我并不负——"

"但我得负责。"格洛塔与维斯布鲁克长久对视,"今后,所有资源都必须用来维护和加固地峡城墙。城垛要换,城门要换,所有的破石头都要换。我要这城墙连蚂蚁都钻不过,别提古尔库大军。"

"上哪儿去找工人?"

"这天杀的城墙是本地人建筑的,不是吗?所以他们中间一定有些能人,找出来雇佣。至于城壕,我希望挖到海平面以下,古尔库军来袭时就放水,把城市变成孤岛。"

"那要挖几个月!"

"你只有两周,甚至更短。空闲人手都派去工作,包括女人和小孩,能握铲子就行。"

维斯布鲁克皱眉看向维塔瑞:"你们审问部的人不闲吗?"

"噢,他们忙着问问题,以求尽快找出前任主审官的下落;当然还要日夜监视着我身边、我的住所和堡城的各道门,以保现任主审官不会落得同样下场。如果我在城防完善之前就消失,维斯布鲁克,那不是太遗憾了吗,呃?"

"那当然,主审官。"将军呢喃道。回答不太热心啊,将军。

"总之你得动员所有人,包括士兵。"

"你总不能要求我的部下——"

"我要求全体总动员,不听话的就给我滚回阿杜瓦向审问长阁下解释去。"格洛塔朝将军露出无牙的笑容,"这里没有人不可替换,将军,没有人!"

维斯布鲁克的粉脸大汗淋漓,制服的硬衣领也被浸湿。"当然,总动员!立刻挖掘城壕!"他虚弱地笑笑,"我会找出每一个用得上的人手,但我需要钱,主审官。要人做工就得付酬,即便是本地人。我们还需要原料,原料都得从海上——"

"能借先借,赊了再说。你可以尽量许诺,日后审问长阁下会设法解决。"他最好会,"我希望每天早上都收到你的进度报告。"

"每天早上,好的。"

"你有很多工作要做,将军,建议你尽快开始。"

维斯布鲁克顿了半晌,似乎在犹豫该不该敬礼,最终只简单靠了下靴子,大步走开。这算是军人在平民面前的自尊,还是别有意味?我是否打乱了他的精心策划?或许他正要将城市献给古尔库人?

维塔瑞从城垛跳上走道。"审问长阁下会设法解决?你最好当心点。"

格洛塔皱眉看着女人远去的背影,又皱眉看向大陆上起伏的山丘,皱眉抬头看看堡城。夹在审问长和古尔库人中间,身边还潜伏了一个不知名的叛徒,我真是如履薄冰。

✡

无可救药的乐天派或许会称此行为探险。但完全名不副实。这是个摆放着几件零散家具、散发出尿臊味的棚屋,每样东西都沾满新新旧旧的汗渍。半满的粪池。这里的主顾几乎无从分辨,全是醉醺醺、满身苍蝇粪、瘫倒在暑气中的本地人。尼科莫·科斯卡,名扬天下的雇佣军人,也如此这般地瘫倒在此,鼾声如雷。

他将浮木椅后腿靠上肮脏的墙,前后摇晃,还把一边靴子搁在面前桌上。那靴子或曾是华丽的一等货,由斯提亚黑皮革制成,带着黄金马刺和靴扣,但早已黯然失色。靴子外翻的上沿全是磨旧的灰色痕迹,金马刺从中折断,靴扣上的镀金片片剥落,底下也生出棕色铁锈。靴底面朝格洛塔,中间有个洞,洞内可见长满老茧的粉色皮肤。

这双靴子太配它的主人了。科斯卡留着长长的小胡子,初衷无疑是上蜡后塑成斯提亚风格的八字须,现在却软塌塌、了无生气地垂在半张开的嘴旁。他脖子和下巴的毛有一星期没剃,现今已不只是胡楂,粗硬的汗毛从衣领上冒出,油腻的头发朝四面八方支开——脑门却有一大片被太阳晒得通红的光秃头皮。他松垮的皮肤汗珠密布,一只懒洋洋的苍蝇在他浮肿的脸上爬来爬去。一只空酒瓶倒放桌上,另一只半满的酒瓶横于他膝头。

维塔瑞低头看着浑然不觉的醉鬼,面具后显然露出鄙夷。"看来是真的,你还活着。"勉强活着。

科斯卡微睁开一只红肿的眼睛,眨了眨,眯起来查看,缓缓露出笑容。"夏萝·维塔瑞,妈的,世上果真有惊喜。"他苦着脸抿抿嘴,低头看见膝上酒瓶,立刻抓起来长饮一大口。他喝得多,只当瓶里是水。他是个货真价实的酒鬼,乍看上去根本不适合负责城防。"还以为再见不着你了。咋不摘下面具? 耽误了花容月貌咧。"

"把这些鬼话留给你的婊子们吧,老流氓。"

佣兵咕噜一声,半是嬉笑半是咳嗽。"你还是像个公主。"他喘着气说。

"那这里就是皇宫喽?"

科斯卡耸肩:"醉了哪儿都一样。"

"你没醉够?"

"当然没够。我天天都在试啊。"为了证明,他又凑瓶灌下一大口酒。

维塔瑞坐上桌沿:"你来这里干吗? 嫌斯提亚不够你蹦跶?"

"我在家乡的名声不太妙。"

"左右互搏的事干多了,呃?"

"差不多罢。"

"而达戈斯卡张开双臂欢迎你?"

"我宁愿大美人你劈开双腿欢迎我。哎,人生不如意十之八九啊。你的朋友是?"

格洛塔坐进一把摇摇晃晃的椅子,舒展开抽痛的腿,暗暗希望椅子别散架。摔倒在一堆烂柴火里无从传达正确信息,对不?"敝人格洛塔,"他左右伸伸汗津津的脖子,"达戈斯卡主审官。"

科斯卡用充血、下陷、带黑眼圈的眼睛盯着他看了好长时间。他在仔细盘算,也许他远没有看上去那么醉。"和在古尔库打仗的是同一人?骑兵上校?"

格洛塔自觉眼皮跳了跳。很难说是同一人,但这佣兵记忆力惊人。"我多年前就退伍了,没想到你还记得我。"

"军人得研究敌人,而受雇的军人可能对上任何对手,花点时间弄清各国军界人物总是受益匪浅。我听说过你,你值得关注,据说你英勇机智,缺点则是冲动。我知道的就这些。现在你在这里,干上一份问问题的工作。"

"冲动毁了我,"格洛塔耸肩,"而人总得有工作。"

"没错。我常说,永远不要质疑别人的选择,选择总有道理。来喝酒的吗,主审官?只怕这些尿配不上你。"他摇摇瓶子,"或者你要问我问题?"

我有很多问题要问你。"你对围城战有经验吗?"

"经验?"科斯卡唾沫横飞,"经验,你问我?哈!老子最不缺经验——"

"是的,"维塔瑞扭头低声道,"你缺的是纪律和忠诚。"

"好吧,这个嘛,"科斯卡皱眉瞪她,"取决于问谁。不管怎样,我参加过恩提那之战和穆里斯之战,两场惨烈的攻城战。我自己围了威斯尼亚几个月,几乎得手。老子最终是被那女魔鬼蒙洛卡托算计了。天没亮就派骑兵来,借着背后的太阳,这伎俩真他妈不友好,那婊子——"

"听说你当时烂醉如泥。"维塔瑞喃喃道。

"好吧,这个嘛……我在奥索大公爵面前坚守博洛里塔长达六月——"

维塔瑞嗤之以鼻:"直到他买通你打开城门。"

科斯卡露出无辜的微笑:"他可是给了一大笔钱。不过他没打进城!这你得承认,呃,夏萝?"

"送上钱包,谁都不用跟你打。"

佣兵笑意更盛:"我就是我,表里如一。"

"也就是说,你习惯出卖雇主?"格洛塔插话。

这话让斯提亚人顿住了,酒瓶刚送到嘴边。"我很受伤,主审官。尼科莫·科斯卡或许是个雇佣军人,但他是有原则的。他只在一种前提下违背雇主的意志。"

"什么前提?"

科斯卡咧嘴笑道:"别人出价更高呗。"

"噢,模范佣兵,为了钱可以做任何事。任何事,也许包括让主审官消失?""你知道我的前任达瓦斯主审官的下落吗?"

"哟,酷刑者消失之谜!"科斯卡若有所思地抓抓汗津津的胡子,又扯下脖子上一根粗短的汗毛,放在指甲上查看,"天晓得怎么回事,又有谁关心?我几乎不认识那头猪,而我了解的一星半点足以让我避而远之。他有很多敌人,而且——假如你还没意识到——这里是个真正的毒蛇窝。你想问是哪条毒蛇咬了他,好吧……那是你的工作,没看见吗?我忙着喝酒咧。"

"确实如此。你对我们共同的朋友维斯布鲁克将军有何看法?"

科斯卡伸伸肩膀,在椅子里陷得更深:"幼稚的家伙,排兵布阵可笑之极,只想到城里这一亩三分地,却不懂外城墙才是硬道理。要我说,外城墙一丢,这里立马沦陷。"

"同意。"或许把城防交给他不是最差的选择。"我已下令整顿地峡城墙和城壕,计划放水。"

科斯卡抬起一边眉毛。"很好,放水。古尔库人不喜欢水,他们水性不好。放水。非常好。"他仰头干掉最后一点酒,把瓶子扔到脏兮兮的地上,用脏兮兮的手擦擦嘴,又用脏兮兮的衬衫前襟擦手,"好歹有人明白自己该干什么。等古尔库人进攻,我们也许能多坚持几日,呃?"

没被你出卖的话。"谁知道呢,也许古尔库人不会进攻。"

"噢,我盼着他们来。"科斯卡伸手从椅子下取出另一瓶酒,用牙咬开瓶塞,吐到屋子对面。他双眼闪闪发亮,"打起来我才好发财。"

✡

时值黄昏,一丝慈悲的微风吹过接见室,格洛塔靠在窗边墙上,看着下方城市里阴影蔓延。

总督故意让他等。为了让我知道他才是老大,不管内阁如何表态。格洛塔倒不介意多休息一会儿,白天实在辛苦。他顶着烈日在城里转圈,检查城墙、城门和部队,问各种问题。没人给出满意答案。他腿酸背也痛,抓手杖的手擦破了皮。也不比从前差。我还站着,总的来说,是充实的一天。

火红的太阳被一道道橙色云彩包裹,云彩下是夕阳余晖中闪烁的银色大海。地峡城墙已令下城半数贫民窟笼罩在深沉的阴影中,大神庙尖顶的影子也撒在上城的屋顶上,并逐渐沿斜坡爬上岩石上的堡城。大陆上的山丘成为远处的剪影。应是爬满古尔库士兵,跟我大眼对小眼。他们一定发现我们在挖掘城壕,修补城墙,加固城门。他们会等多久呢?我们还有多少时间?

门开了,格洛塔应声回头,结果扭到脖子。出来的是总督之子科斯腾·唐·乌尔莫斯。年轻人关门大步走来,金属鞋跟清脆地踏在马赛克地板上。噢,联合王国年轻贵族之花,真是无上荣幸,噢等等,他刚才放了个屁吗?

"格洛塔主审官!希望没让你久等。"

"很遗憾,"格洛塔跛行到桌边,"你没有守时。"

乌尔莫斯轻轻皱眉。"抱歉。"他用格洛塔所能想象的最没有诚意的口吻道歉,"你在我们城里有何见闻?"

"天热,台阶多。"格洛塔重重地坐进一把精致的椅子,"总督大人呢?"

年轻人眉头皱得更深。"恐怕我父亲身体抱恙,无法来见你。你得理解,他年纪大了,需要多休息。我能代他发言。"

"你能吗?你们二人对我有何话说?"

"我父亲非常关心你在城防问题上做出的指示。听说王军士兵被派到半岛上挖洞,而非保卫上城,你可知此举是把我们交到了本地人手中!"

格洛塔哼了一声:"本地人也是联合王国公民,无论情愿与否。相信我,他们比古尔库人仁慈多了。"我亲身体验过古尔库人的仁慈。

"他们是帮原始人!"乌尔莫斯冷笑,"极其危险!你待得不久,根本不了解他们!你该找霍克谈谈,他对付本地人有一套。"

"我跟霍克谈过,而且不吃他那一套。事实上,恐怕他要在楼下暗室中反省一阵。"恐怕他已幡然省悟,以那颗白痴脑袋容许的最快速度。"至于令尊,他无须再操心城防问题。既然他年纪大了,需要休息,无疑很乐意让我负责。"

乌尔莫斯英俊的脸怒现出一道青筋,他张嘴欲骂,但及时忍住了。他最好忍住。年轻人坐回椅子,思虑地搓着拇指和一根手指,最后开口时换上友善的笑容和富于磁性的柔和声调。软硬兼施。"格洛塔主审官,我们似乎缺乏沟通——"

"我只关心结果。"

乌尔莫斯的笑意减了几分,但仍勉力维持:"眼下你手握王牌,但我父亲在米德兰有头有脸。我既能成为你极大的绊脚石,也能成为你极大的助力——"

"我很感激你的配合。你可以先告诉我达瓦斯主审官的下落。"

笑容消失了。"我怎么知道?"

"每个人都知道点什么。"而且有人知道得更多,是不是,乌尔莫斯?

总督之子考虑了一下。迟钝还是罪恶感?想帮我还是在思考如何脱身?"我知道本地人恨他入骨。本地人一直想对付我们,而达瓦斯不知疲倦地破获阴谋。我相信他是栽在他们手上,如果我是你,我会到下城去问问题。"

"噢,我确信答案在堡城之内。"

"反正我不知道,"乌尔莫斯大叫,一边上下打量格洛塔,"相信我,我宁愿跟达瓦斯共事。"

也许是,也许不是,看来今天得不到答案。"很好。告诉我城内的储备情况。"

"储备?"

"食物,科斯腾,食物。据我了解,古尔库人封锁陆地以来,运输都得走海路。如何供养这座城市定是总督大人最关心的问题。"

"我父亲关心下人的一切需求!"乌尔莫斯叫道,"我们有足足六个月的补给!"

"六个月?所有人在内?"

"那当然。"比预计的好。少一桩烦恼不无裨益。"不算本地人。"乌尔莫斯漫不经心地加了一句。

格洛塔愣住了:"古尔库人围城时,他们吃什么呢?"

乌尔莫斯耸肩:"我真没想过。"

"没想过?如果他们没吃的,你觉得会发生什么?"

"这个……"

"城里会大乱！如果五分之四的人反对我们,怎么可能守住!"格洛塔厌恶地舔舔牙齿空洞,"你立刻去找商人,买下足够六月之需的储备！保证人人都有食物！阴沟里的老鼠也不准饿着!"

"你把我当成什么了,"乌尔莫斯冷笑,"打杂小弟吗?"

"我把你当成什么你就是什么。"

乌尔莫斯脸上所有友善的线条都消失了。"我是总督之子！不容你如此无礼!"他一跃而起,朝门口冲去,刚才坐的那把椅子发出愤怒的吱嘎声。

"那好。"格洛塔低声道,"每天都有一班船去阿杜瓦,一班直达审问部的快船。相信我,那边的人不像我这么客气。我这就为你订好铺位。"

乌尔莫斯僵住了。"你敢!"

格洛塔笑笑——是那种露出牙齿空洞,最恶心、最令人反胃的冷笑:"有种你尽可拿命来赌。你敢吗?"年轻人舔舔嘴唇,却不敢与格洛塔长久对视。我想你不敢。你让我想起老朋友路瑟上尉。金玉其外败絮其中,拿针一戳,就如同戳破酒袋。

"六个月食物,六个月给所有人的食物。尽快办妥。"打杂小弟。

"是。"乌尔莫斯愤愤不平地答应,依旧阴沉地瞪着地板。

"接下来是水。水井,水池,水泵。你辛辛苦苦替人民解决的食物,总得有东西送下去,呃? 每天早上我要收到你的进度报告。"

乌尔莫斯的拳头在体侧开开合合,他怒得咬紧下巴。"是。"最后他勉强答应。

"很好,你下去吧。"

格洛塔目送他大步离开。我今天找理事会四名骨干中的两名谈话,便制造出两个敌人。想在这里生存下去,我需要盟友,没有盟友绝对不行,无论手握何种文件。也只有依靠盟友帮助,我才能挡住古尔库人

——如果他们真的翻脸进军。最糟的是，我对达瓦斯失踪之事依然毫无头绪，审问部主审官就这样凭空消失。我只能希望审问长耐心一些。

希望。审问长。耐心。格洛塔皱起眉头。这无疑是全天下最不相容的三个念头。

比如信任

车轮吱嘎,缓缓向前。

它又转了一圈,又发出吱嘎一声。菲洛皱眉看它。该死的轮子。该死的马车。她的怒视从马车转向车夫。

该死的门徒,她对他的信任不及小指头宽。他不时瞄她,无礼地瞅一眼又马上转开,就像知道什么菲洛不知道的事,真让她来气。她移开目光,看向第一匹马和马上骑手。

该死的联合王国小子,君临御座般笔直地坐在马鞍上,仿佛生来一张俊脸蛋是值得永远骄傲的成就。他漂亮又干净,还挑剔得像个公主,菲洛暗暗冷笑。联合王国的公主,没错。她讨厌漂亮脸蛋,比讨厌丑脸更甚。漂亮的从不可信任。

要找到比九根指头的大块头蠢货还丑的脸可不容易。他像袋大米一样瘫坐马鞍上,慢慢腾腾,抓耳挠腮,不断嗅探,还跟牛一样反刍着。他装出一副老实样,仿佛不会杀人不会暴怒、发疯更不像个魔鬼。她才不上当。他冲她点头,她怒目而视。他是披牛皮的魔鬼,她不上当。

但他们都比领航员好。那家伙喋喋不休,要么微笑,要么大笑。菲洛讨厌说话,讨厌笑,更讨厌大笑。爱讲白痴故事的白痴小个子的连篇谎话下隐藏着观察与算计,她能感觉到。

剩下还有第一法师,她最信不过的人。

他时而瞟向马车,瞟向装匣子的袋子。暗沉的灰匣子,四四方方。他以为没人注意,但她看到了。贼秃子有太多秘密,脖子老粗,一根木杖从不离身,平素装出大善人的模样,实际却懂得如何让人突然爆炸。

"该死的粉佬。"她低声自言自语,探头朝车辙吐了口唾沫,愤愤地盯着前面五人的背影。她怎么让余威给忽悠到这档子胡闹里来了?远离故土,去毫无瓜葛的寒冷西方。她该回南方杀古尔库人。

让他们血债血偿。

她无声诅咒着余威,随其他人走向桥。桥似乎很古老——斑驳的桥石布满星星点点的青苔,表面有几千年间来来往往的车辆轧出的深深车辙。单拱下,小溪潺潺流过,溪水冰寒,湍流激荡。桥边有个破屋,已伫立在此好多年。小屋烟囱冒出几缕青烟,被寒风裹挟着飘过大地,不见踪影。

一个士兵孤身站在门外,可能是抽签决出的倒霉鬼。他裹着厚斗篷靠住墙,头盔上的马鬃被吹得前后摇摆,长矛扔在一旁。巴亚兹在桥前勒马,点头示意要过桥。

"我们要前往平原上的达米姆。"

"生人勿往,彼处危险。"

巴亚兹笑道:"危险意味着有利可图。"

"朋友,切莫好高骛远。"士兵将他们挨个打量,吸吸鼻子,"观汝人手甚杂。"

"他们是我四处找来的优秀战士。"

"善,"他看向菲洛,后者瞪回去,"强则强矣,怎奈野外凶险莫测,今朝尤甚,过往商旅大多有去无回。依吾之见,皆因那疯子卡比安纵兵劫掠,斯卡罗及高图斯亦然。桥前尚有几多法度,桥后则自求多福矣。倘受困原野中,恐无人能救。"他又吸吸鼻子,"无人能救。"

巴亚兹冷冷点头。"我们不要人救。"他一踢马腹,马儿小跑上桥,踏在车辙上。其他人跟在后面,先是长脚,再是路瑟,然后是九指。魁一扯缰绳,马车吱嘎前进。菲洛殿后。

"无人能救!"士兵在她身后喊,然后靠回小屋粗糙的墙壁。

大平原。

适合骑马这点让人安心。菲洛能看清数里外的敌人——虽然现在一个也没有,只有一望无际的长草在风中起伏摇摆,向四面八方蔓延,直至地平线。一条小路打破了这一成不变的景色,它如一支笔直飞过平原的箭擦出的痕迹,路上的草短一些、干一些,还不时露出黑色泥土。

但这景色过于单调,菲洛不喜欢。他们一边前进,她一边皱眉左右张望。在坎忒大陆的恶土,贫瘠的大地形貌多变——破碎岩石,干涸溪谷,投下张牙舞爪影子的枯树,阴影笼罩的遥远岩架,闪闪发光的山脊;在坎忒大陆的恶土,天空永远是空旷、静止,犹如明亮的巨碗,白天只有目眩的太阳,晚上只有明亮的群星。

而这里怪异地颠倒过来。

这里地形毫无变化,天空却瞬息万变。高耸云团压在平原上,黑云与白云搅成旋涡,随刺骨的风扫过,不断变换翻滚,分散聚合,往畏畏缩缩的大地投下大片流动阴影,威胁要用一场淹没世界的大雨冲走六个卑微的骑手和他们可怜的马车。在菲洛头顶,真神的怒火正化为现实。

这片陌生的土地与她毫无瓜葛。她需要一个来这里的理由,充足的理由。"喂,巴亚兹!"她大喊,驱马来到巴亚兹身边,"我们这是去哪儿?"

"哈,"他咕哝,紧锁的双眉下,他望向不知始终的起伏草海,"我们往西穿过平原,渡过奥斯大河,直至破碎山脉。"

"然后呢?"

她看到巴亚兹眼角和鼻梁不甚明显的皱纹一下子加深,嘴紧抿成一线。不耐烦。他不喜欢她的问题。"然后继续向西。"

"要走多久?"

"从冬走到春,"他不耐烦地说,"再回来。"他双脚一夹马腹,驱马沿小路跑去,甩下菲洛。

菲洛可不是这么好打发的,哪怕这个秃顶老粉佬也别想这么对待她。她夹马追上巫师。"什么是第一律法?"

巴亚兹尖锐地盯着她:"你知道些什么?"

"没多少。我在门后听你和余威说这个。"

"偷听?"

"你们声音大,我耳朵又好使。"菲洛耸肩,"我可不会为替你保密就在头上盖个桶。什么是第一律法?"

巴亚兹前额的皱纹更深了,嘴角也下垂。愤怒。"一如为儿子们定下的规矩,第一条定在上古混沌时代终结之后。第一律法禁止与异界直接接触,禁止沟通下界,禁止召唤恶魔,禁止打开地狱之门。这就是第一律法,所有魔法的指导原则。"

"呃,"菲洛轻哼一声。跟她没半点关系,"谁是卡布尔?"

巴亚兹的浓眉拧到一起,额头纹路愈加明显,眼睛眯缝起来。"问起来没完吗,女人?"他被她的问题惹恼了。很好。说明她正中要害。

"不问时自然就完了。谁是卡布尔?"

"卡布尔是法师组织的一员,"巴亚兹吼道,"我的组织的一员,位列尤文斯十二弟子第二。他总觊觎我的位置,渴求力量,为此不惜打破第二律法。他不仅自己食人肉,还驱使别人吃。他伪装成先知,骗得古尔库人为他服务。卡布尔是你我共同的敌人。"

"什么是种子?"

巫师的脸猛然一抽。暴怒,可能还有一丝恐惧。但他马上放松下来。"种子?"他微笑着看向她。他的笑容比他所有的愤怒加起来更让她不安。他探身向她,近到没有别人能听到他说话。"那是你复仇的工具。我俩复仇的工具。但它很危险,哪怕只是提到。隔墙有耳,你最好别问了,答案会把我俩都害死。"他再次踢马,冲到队伍最前面。

菲洛没跟进。她知道的已经足够。足够让她更不信任第一法师。

直径不过四跨的平原窟窿,与其说是洞,不如说是泥地里的浅坑。潮湿乌黑的泥组成低矮坑壁,爬满纠结草根。这是他们能找到的最好的宿营地,事实上,这很幸运。

这也是菲洛一天中见到的最与众不同的地方。

长脚生的火很旺,明亮火苗贪婪地舔舐木柴,不时有风吹过,吹得火堆沙沙响,火苗倒向一边。五个粉佬紧紧环坐在一起,蜷缩取暖,火光映在他们的粉脸上。

长脚是唯一开口说话的,又在讲述自己的丰功伟绩,怎样来这里或到那里,怎样知道了这个或那个,如何擅长做这个或那个。菲洛受够了,也抱怨过两回。她以为头一回说得很明白,结果又不得不重申一遍。他的确不会再对她滔滔不绝自己的白痴旅行,但其他人依然无声地忍受着。

他们在火堆下风向给她留了位子,她不要。她宁愿在他们上面,盘腿坐在洞口草地。这里有风,很冷,她用毯子裹紧发抖的双肩。这种感觉——寒冷——于她陌生而恐怖,她十分讨厌。

但好过与人为伴。

她面色阴沉,一言不发,看着阳光撤离压抑的天穹,黑暗席卷大地。那一点点阳光徘徊地平线上,微弱的光线给云层镶了道金边。

大块头粉佬站起来看向她。"天黑了。"他说。

"嗯。"

"猜猜太阳落下后会怎样,呃?"

"嗯。"

他挠挠粗脖子一侧。"需要派人守夜,这里晚上可能很危险。我们轮班,我第一个,然后是路瑟——"

"我守夜就行。"她咕哝。

"不用担心,你先睡,我待会儿叫你起来。"

"我不用睡。"

他盯着她。"啥,不用?"

"不常睡。"

"所以才心情不好吧。"长脚低声自语。

他当然没打算大声说,但菲洛还是听到了。"关你屁事,白痴。"

领航员一言不发地裹紧毯子,双手伸到火边。

"你想值头班?"九指说,"行,不过两小时后弄醒我。我们轮班。"

缓慢、安静、蹑手蹑脚、不出声——菲洛在偷拿车里东西:干肉、干面包、水壶。这些够她走上好几天,她统统塞进帆布袋。

她悄悄走过时,一匹马被吓得打个响鼻、向后退去,她瞪了马一眼。她可以骑马,她骑得很好,但她不想跟马发生关系。呆头呆脑的傻大个,臭气熏天,它们或许跑得快,但也吃得多喝得多,并且老远就能被人看见听见。它们的足迹也十分明显,容易追踪。骑马让人变得软弱,依靠马的话,当你需要奔跑时,就会发现自己跑不动了。

菲洛知道,世上只能靠自己。

她一边肩扛帆布袋,另一边挂箭袋和弓,最后看了一眼篝火周围熟睡的其他人,他们仿佛一个个黑色土丘。路瑟的毯子一直盖到下巴,光滑俊朗的脸蛋朝向篝火余烬。巴亚兹背对她,但她能看到秃头反射的幽光,一只耳朵投下的黑影,能听到他缓慢的呼吸。长脚用毯子蒙头,光着的双脚从毯子另一端露出,那双脚瘦得皮包骨头,脚筋像土里树根。魁的眼睛微张开一道小缝,篝火在缝中泛出湿润的光,他好像在看她,但胸膛缓缓起伏,嘴巴大张。凭声音能确定,他正在做梦。

菲洛皱眉。只有四个?大块头粉佬呢?他的毯子铺在火堆远端,上面明暗交错,但空空如也。这时,她听到他的声音:

"这就要走?"

他在她身后。厉害,竟能趁她偷食物时接近她。他看起来是个庞然大物,行动缓慢、嘈杂,完全不可能悄无声息地接近人。她暗暗咒骂,早该想到不能以貌取人。

她慢慢转向他,同时朝马的方向退了一步。他紧紧跟上,保持两人之间的距离。火光映在他眼角,勾勒出坑坑洼洼、胡子拉碴的脸颊,弯曲的鼻梁若隐若现,几缕油腻的头发在额前随风飘动——那头发比身后的土地还要黑。

"我不想跟你打,粉佬,我见过你打架的样子。"她见过他在眨眼间杀了五人,连她都觉得诧异。房间里回荡的疯狂笑声。他扭曲、饥渴的面孔半是狰狞,半是微笑。他浑身浴血,疯狂劈砍,尸块横飞——这些历历在目。她当然没被吓住,菲洛·马尔基尼无所畏惧,但她知道何时该小心谨慎。

"我也不想跟你打,"他说,"但若巴亚兹明早发现你跑了,会让我去抓你。我见过你奔跑的样子,我宁愿现在跟你打一架,也不想去抓你。至少现在还有机会。"

他比她强壮,这点她心知肚明。而且他的伤几乎全好了,行动无碍。她真后悔之前帮他。好心总不得好报。战斗要冒很大风险,她可能比上次围攻他那些人要强,但她不想自己的脸像那个叫裂石的大块头一样烂成一摊,不想被一剑劈开、砍碎膝盖或脑袋切成两半。

这些都不是她想要的结局。

这个距离弓箭施展不开,逃跑的话,他会叫醒其他人骑马来追。战斗也会弄醒他们,但若她能迅速给他致命一击,或许可以趁乱逃开。这计划不怎么好,但她有得选吗?她把肩上袋子缓缓搁到地上,然后是弓和箭袋。她一只手握住剑柄,手指在黑暗中摩挲。对方也是如此。

"好吧,粉佬,开打吧。"

"或许有别的办法。"

她疑惑地盯着他,蓄势待发。"什么办法?"

"跟我们走。再走几天。如果你还是想跑,嗯,我帮你。相信我。"白痴才相信"相信"二字,这个词的唯一含义是出卖。他再往前走哪怕一寸,她便要挥剑砍下他的头。她继续蓄势待发。

但他既不向前也不退后,他就站在原地,像个伫立在黑暗中硕大、沉默的影子。她皱着眉,指尖依然搭在曲刃剑柄上。"我凭什么信你?"

大块头粉佬耸耸宽厚的肩膀。"凭什么不信?在城里我帮过你你也帮过我。若非如此,咱俩早都死了。"这话没错,她暗想,他帮过她,尽管没她帮他那么多,但还是帮了她。"有时你必须让步,不是吗?比如信任,总有一天,无须理由,你也必须相信别人。"

"为什么?"

"不然就会像咱俩现在这样,谁想这样呢?"

"哈。"

"咱俩做个约定。你看着我的后背,我看着你的后背。"他用大拇指缓缓点了下胸口,"我守约。"他又指指菲洛,"你也守约。如何?"

菲洛想了想。逃跑给她自由,但只有一点点,只会让她回到过去几年徘徊于沙漠边缘,每天被人猎杀的苦日子。她曾逃离余威,却差点被食尸徒抓住。何况,她现在能跑去哪儿?能跑过大海回坎忒大陆吗?或许大块头粉佬说的没错,或许有时不该逃跑。

至少在她能悄悄溜掉之前。

她的手移开剑柄,双臂缓缓交叠胸前,对方也照做。他们就这么站了很久,黑暗中互相凝视,一言不发。"就这么定了,粉佬。"她低吼,"按你说的,我会守约,我们走着瞧。但我他妈不保证什么,明白?"

"不需要你保证。现在该我值班,你去休息。"

"我说过,我不需要休息。"

"你随便,但我要坐下了。"

"好。"

大块头粉佬谨慎地坐下,她也跟着他的动作。他们原地盘腿而坐,面对面。篝火余烬在一旁闷燃,在四个熟睡的人身上洒下微弱光芒,打在粉佬凹凸不平的侧脸,也给她带来一丝温暖。

他们大眼瞪小眼地过夜。

盟友问题

王家审问部审问长,苏尔特阁下亲启:

城防准备正有条不紊地展开。此地著名的地峡城墙固然雄伟,但维护不佳,卑职不得不采取非常手段予以改善。卑职同时着手补充物资、食物、盔甲和武器,一旦围城发生方能游刃有余。

不幸的是,我们防线过长,任务十分艰巨。卑职暂以政府信用作抵押,但恐难长久,由是恭请阁下送来资金以便展开后续工作,否则一切努力必将归于徒劳,城市亦将不保。

此地王军数量不足,士气也不甚高。卑职到来前城内已雇了不少佣兵,卑职下令雇佣更多,但他们忠诚堪虞,尤其薪酬出现问题的话。卑职请求派遣更多王军部队,哪怕一个连也能发挥很大作用。

您很快会收到卑职的后续汇报,卑职全心全意遵从您。

达戈斯卡主审官,沙德·唐·格洛塔

"就是这儿。"格洛塔说。

"噢。"弗罗斯特道。

这是栋单层的粗糙建筑,由泥砖草草搭建,几乎等同于木棚屋。暗夜里,破烂不堪的门和唯一一扇破烂不堪的百叶窗透出点点亮光,跟这条街上其他棚屋非常相似——如果可称之为"街"的话。很难想象达戈斯卡理事会成员住在这里,但卡哈亚很多方面特立独行。他是本地人的首领,没有神庙的祭司。光脚的不怕穿鞋的?

格洛塔还没敲门,门自己开了。卡哈亚站在门槛里,身着白袍,高高瘦瘦。"不进来?"教长转身,走到唯一一把椅子旁坐下。

"在外面等。"格洛塔吩咐。

"噢。"弗罗斯特回答。

屋内不比外表光鲜。干净、整洁,但一贫如洗。天花板矮得出奇,格洛塔只能勉强站立,地板是压实的土。房间远端几只空板条箱上铺了张稻草床,旁边摆了把小椅子,窗下有个矮柜,柜顶堆了些书,书旁有根快熄灭的蜡烛。除开一把用来当夜壶的凹陷的桶,这些就是卡哈亚在俗世的所有财物。自然也藏不住审问部主审官的尸体。但谁知道呢?也许切成小块,尸体也能打包……

"你应该搬出贫民区。"格洛塔关上门,门叶吱嘎作响。他跛行到床前,沉重地坐到稻草垫上。

"你没听说吗?本地人不许进入上城。"

"我非常肯定你是例外。你该在堡城找个住处,免得我为了跟你说话还得一路下山。"

"在堡城找个住处?听任我的同胞在下面腐烂?上位者至少该分担下位者的痛苦,反正别的我也给不了多少。"下城闷如蒸笼,卡哈亚却未见不适。他直视格洛塔,黑眼睛犹如止水,"你不认同?"

格洛塔揉揉抽痛的脖子。"完全认同。受苦受难是你的品格,但请原谅,我对此没兴趣。"他舔舔牙齿空洞,"我做出过牺牲。"

"或许你做出的还不够。问问题吧。"直截了当啊。坦坦荡荡还是有恃无恐?

"你可知我的前任达瓦斯主审官的下落?"

"我衷心希望他七窍流血而死。"格洛塔不由自主地抬起眉毛。诚实的回答——这是最出乎意料的——也许是我问出这个问题以来第一个诚实的回答。但回答并不能洗清嫌疑。

"七窍流血而死?"

"没错。若你落得同样下场,我也不会流一滴眼泪。"

格洛塔笑了:"我想不出谁会流泪。不过我们说的是达瓦斯,你的人插没插手他失踪一事?"

"有可能。达瓦斯给了我们充足的理由,他的清剿、审讯和屠杀让多少家庭失去丈夫、父亲和儿女。我的人民有好几千,我不可能一个个看住,我能告诉你的是我对他失踪一事一无所知。每当一个魔鬼倒下,总有另一个魔鬼出现,他们送来了你,我的人民终究一无所获。"

"除开达瓦斯的沉默。也许达瓦斯发现你和古尔库人做交易,也许你的人民并不满意联合王国。"

卡哈亚嗤之以鼻:"你什么都不懂。达戈斯卡人绝不会与古尔库人做交易。"

"就我这个外人看来,你们两者似乎有诸多共同点。"

"就你这个无知的外人看来。同是黑皮肤,同样向真神祈祷,我们跟他们的共同点仅此而已。达戈斯卡人爱好和平,安居在自己的半岛独善其身,古尔库帝国则像疾病般扩散到整个坎忒大陆。我们曾以为他们的征服与我们无关,这是失误。他们多次派来使节,要我们屈膝臣服古尔库皇帝,承认先知卡布尔是真神的代言人。我们不肯照办,卡布尔便发誓摧毁我们。现在他即将得手、即将统一南方了。"审问长阁下对此想必很不开心。

"谁知道呢?也许真神会帮助你们。"

"天助自助者。"

"也许我们可以互助。"

"我没兴趣跟你打交道。"

"你连自助也没兴趣?我有意签署命令,打开上城,让你的人民在城里自由来往;我可以让香料公会归还大神庙,让那里重新成为你们的圣地。达戈斯卡人也能携带武器,事实上,你们将从我们的兵器库中取得武器。我要保障本地人获得联合王国公民的一切权利,这是他们应得的。"

"哈,哈,哈,"卡哈亚拍着手,坐进吱嘎作响的椅子,"换句话说,在古尔库人兵临城下的当口,你挥舞着那张仿佛真神神谕的小卷轴来达戈斯卡主持正义了。你跟其他人有何不同?你要我相信你是个好人,诚实又正直?"

"打开天窗说亮话?你相信什么对我来说屁都不算,我更不关心什么正义——每个人的正义都不同。至于'好人'?"格洛塔卷起嘴唇,"那条船早驶得无影无踪了,我连道别都没来得及。我现在的目的、唯一的目的,只是守住达戈斯卡。"

"而没有我们帮助,你守不住达戈斯卡。"

"你我都是明白人,卡哈亚,别让感性蒙蔽理性。我们可以在这里一直吵到古尔库人攻进来,也可以合作。谁知道呢?也许你我携手足以打败敌人。你的人民得协助我挖掘城壕,修缮城墙,更换城门。请你先为城防提供一千人,以后再逐步增加。"

"我?我会吗?通过合作守住城市之后,我们的谅解又怎样呢?"

守住城市之后,我就该走人了,很可能乌尔莫斯之流重新掌权,我们的谅解当然作废。"守住城市之后,我保证提供一切力所能及的帮助。"

"换句话说,等于零。"聪明。

"我需要你合作,所以会提供力所能及的一切。我情愿付出更多,但那不现实。你可以在这个棚屋里跟苍蝇一道生闷气,等待皇帝的靴子踏下。也许伟大的奥斯曼—乌—多沙会出更好的条件。"格洛塔盯着卡哈亚的眼睛,"但你我都清楚那不可能。"

祭司抿紧嘴唇,摸摸胡须,长叹一声。"俗话说,深陷沙漠的人谁给的水他都会喝。我接受你的条件。神庙清空后我们帮你挖沟搬石头,还会拿起你们的武器。有事可做总比一无所有强,而且正如你所言,也许你我携手甚至能打败古尔库人。谁知道呢?奇迹有时也会发生。"

"我也这么听说。"格洛塔撑住手杖,哼哼着起身,汗津津的背黏住衬衫,"我也这么听说。"但一次也没见过。

格洛塔在软垫上摊开四肢,头向后靠,嘴巴张开,让酸痛的身体充分休息。这里曾属于我光荣的前任,达瓦斯主审官。他的住所包括一系列宽敞、通风、家具齐全的房间,从前也许属于某位达戈斯卡王子、某位诡计多端的维齐尔或某位黝黑皮肤的情妇,直至本地人被统统赶到灰尘扑扑的下城。比我在阿金堡的狭小粪坑舒服多了,除了一桩——这里的主审官会消失。

一排窗户面北,直冲大海,窗下最为陡峭,另一排窗户朝向烈日烘烤的城市,两排窗户都装有厚重窗叶。堡城下是近乎垂直的裸崖,直达岩石嶙峋的海岸和滚滚怒涛。六指厚的房门镶了铁钉,配上重锁和四道沉重门闩。看来达瓦斯谨小慎微,而此间也有必要小心。刺客究竟是如何进来,又如何处理尸体的呢?

他自觉嘴唇折出微笑。他们要怎样处理我的尸体?我已然四面树敌——骄傲的乌尔莫斯父子、古板的维斯布鲁克将军、被我胁迫的商人、霍克和达瓦斯手下的刑讯官、痛恨一切黑衣人的本地人,当然还有老对手古尔库人,或许审问长阁下不满我进展缓慢,也正想换掉我咧。我怀疑,届时会有人寻找我的扭曲尸体吗?

"主审官大人。"

睁眼抬头已是极大痛苦,几日奔波留下的所有酸痛此刻一并发作。脖子好像弯折的树枝,背脊像僵化易碎的玻璃,那条无用的腿麻木地抽搐着,每一个动作都费尽全力。

丝克儿低头站在门口,黑脸上的擦划伤都愈合了,从外表已很难看出她在地下黑牢所受的折磨。不过她从未与他对视,总是垂头看地板。有的伤时间能愈合,有的伤则永远不能。对此我最清楚。

"什么事,丝克儿?"

"埃泽会长邀您共进晚餐。"

"她?"

女孩点头。

"告诉她我很荣幸赴宴。"

格洛塔看她跑出房间,自己又沉回垫子里。即便我明天就失踪,至少也救下一人。或许我的生命并非全无意义。沙德·唐·格洛塔,无助者的盾牌,会不会太迟了做……一个好人?

"求求您!"霍克尖叫,"求您!我什么都不知道!"他被牢牢绑在椅子上,几乎没法动弹。眼睛可是动个不停哟。那双眼睛来回扫视格洛塔的器具,伤痕累累的桌面上刺目的油灯照得那双眼睛闪闪发光。噢,没错,你比大多数人更了解这些器具的用法。知识能去除恐惧,但此时此地恰好相反。"我什么都不知道!"

"你知不知道由我决定。"格洛塔擦擦脸上汗水。房间热得像烤炉,火盆里烧红的炭球更是变本加厉,"闻起来像骗子、看起来也像骗子的,多半就是骗子,你同意吗?"

"求求您!我们是一边儿的!"是吗?我们是一边儿的?"我告诉您的都是实话!"

"也许吧,但我想听的不是这些。"

"求求您！我是您的朋友！"

"朋友？按我的经验，朋友就是会等待时机出卖我的人。你是这种人吗，霍克？"

"不是！"

格洛塔皱眉："那你是我的敌人了？"

"什么？不！我只……只……只不过想弄明白发生了什么！就是这样！我不想……求求您！"求求您，求求您，求求您，我听烦了。"您必须相信我！"

"我唯一'必须'做的是问问题。"

"您问吧，主审官，求求您！给我个改正的机会！"哟，你不是决不手软吗？"问吧，我知无不言！"

"不错，"格洛塔坐到被紧缚的囚犯面前的桌沿上，朝下打量对方，"态度不错。"霍克的双臂和脸颊被晒成深棕色，但其余皮肤白得像鼻涕，间杂丛丛浓厚的黑毛。不怎么好看，但在审问官里算不错啦。"先回答我，男人要乳头有什么用？"

霍克眨眨眼，吞吞口水，抬头看向弗罗斯特。白化人当然是不为所动地瞪回去，眼睛一眨不眨，面具旁的白皮肤覆满汗水，双眼如两颗粉色宝石。"我……我不太明白，主审官。"

"这不是很简单的问题吗？男—人—要—乳—头，霍克，有什么用？你没想过吗？"

"我……我……"

格洛塔叹道："它们擦伤了阴天会痛，干瘪了热天会痛，有些女人出于我无法认同的原因，喜欢在床上玩弄它们，好像以为这除了令我们男人烦躁，还能带点什么。"格洛塔手伸向桌面，霍克瞪大眼睛追随他一举一动。格洛塔最终缓缓握住钳子，举起来检查，磨得锋利无比的钳口在明亮灯光下闪烁。"男人的乳头，"他呢喃，"是累赘。你知道吗？只有看到身上那两个丑陋的疤，我才会想起它。"

他捏住霍克的乳尖,粗鲁地拉拽。"噢!"前审问官发出惨叫,拼命扭动,椅子吱嘎作响,"不!"

"这就痛了?好戏才刚上演咧。"格洛塔张开钳口咬住那片拉长的皮肤,紧了一紧。

"噢!噢!求求您!主审官,求您!"

"你不用求我,你只需回答问题:达瓦斯呢?"

"我拿命发誓,我不知道!"

"不够啊。"格洛塔继续紧钳子,锯齿咬进皮肤。

霍克绝望地嘶叫。"等等!我拿了钱!我招!我拿了钱!"

"钱?"格洛塔略微松手,一滴鲜血流下钳口,滴到霍克毛茸茸白花花的大腿上,"什么钱?"

"达瓦斯从本地人那榨的钱!叛乱之后!他派我找出所有我认为的有钱人,把他们和其他人一起吊死,财产由我们瓜分!他的钱锁在他住所一个箱子里,他失踪后……我全拿了!"

"钱呢?"

"没了!我花光了!花在女人……酒,许、许多地方!"

格洛塔舔舔舌头:"啧,啧。"贪婪与阴谋,不公和背叛,抢劫与谋杀,最是令大众义愤填膺的题材。很有趣,但我不关心。他的手在钳子把手上游移。"我关心主审官的人,不是他的钱。我说厌倦了问问题,决非玩笑。达瓦斯呢?"

"我……我……我真不知道!"

他也许是真不知道,但我不在乎。"不够啊,"格洛塔用力一挤,金属锯齿咬穿血肉,发出轻柔的碰撞声。霍克大叫着浑身痉挛,继而凄厉悠长地号叫,鲜血从他乳头曾在的方形血红伤口喷涌而出,在白肚皮上留下道道黑渍。格洛塔伸了伸脖子,直至听到"咔嚓"一声。怪啊,反复上演后,连最精彩的酷刑也变得……乏味。

"弗罗斯特刑讯官,审问官在流血!快给治治!"

"系不起。"弗罗斯特从火盆里取出滋滋作响的橙红铁块,格洛塔大老远就感到铁块的热量。噢,烙铁是好东西。它不保守秘密,它不接受谎言。

"不!不!我——"弗罗斯特将烙铁按到伤口上时,霍克的言语化为语无伦次的尖叫,烤肉的咸香在房里缓缓弥散。格洛塔有些厌恶地发现这味道竟令他肚子咕咕作响。我多久没好好吃过肉了?他用空闲的那只手抹去脸上淋漓的汗珠,耸了耸外套下抽痛的肩膀。

丑陋的工作。为什么要干这个?弗罗斯特将烙铁小心放回火盆,发出微弱嗞声,迸出橙色火星。霍克身子扭曲,啜泣着,发着抖,水汪汪的眼睛更为凸出,焦黑的胸口还在冒烟。丑陋的工作。此人活该落得这等下场,但这改变不了什么;此人或许根本不清楚达瓦斯的下落,这也改变不了什么。问题必须得到回答。

"你为何始终不招呢,霍克?你莫非以为……天真地以为……我废掉你两个乳头就没招了?你是这样想吗?我会就此罢手?"

霍克瞪着他,唇边吐出一连串唾沫。格洛塔倾身靠近。"噢,不,不,不,这只是开始,甚至都不算开始,日子长着咧。几天,几周,几月,无论多久。你真以为能守口如瓶?你现在属于我,属于我和这个房间。问题得到回答之前,一切都不会停。"他用拇指和食指捏住霍克另一边乳头,拿起钳子,张开血淋淋的钳口。"我的话有那么深奥吗?"

✡

埃泽会长的宴会厅只能用华丽形容。银、红、金、紫、绿、蓝及鲜黄,各色织锦在窄窗吹进的微风中涟漪阵阵。这里还有精雕细刻的大理石屏风,人那么高的大花瓶摆放于角落,地上闲散地扔满样式古朴的靠枕,仿佛在邀请客人。彩蜡烛在高高的玻璃罐中燃烧,温暖的光线照亮全厅,散出甜香。大厅尽头,清水轻柔地流进一个星形池子。这里有舞台的气质,像是某个坎忒传说中皇后的内室。

香料公会的埃泽会长是厅内最耀眼的存在。货真价实的商人女王。她坐在桌子上首,穿一身洁白无瑕、闪闪发亮,却又不失诱惑的透明丝裙。她裸露的每一寸晒过的皮肤都散发着珠光宝气。她头发盘得很高,以象牙发梳固定,几根发丝巧妙地垂在脸颊周围。看来她打扮了一整天。精心准备。

格洛塔坐进桌子下首的椅子,面前有一碗热汤,自觉来到了故事书里。一部充满异国情调的南方浪漫传奇,埃泽会长是女英雄,我则是十恶不赦、残废丑陋的坏蛋。我怀疑,这个传说该如何收场呢?"好吧,告诉我,会长,我何幸受邀?"

"我得知您和理事会其他成员都谈过了。我很吃惊,也有一点点受伤,您竟忽略了我。"

"如果你这么想,我深表歉意。我只想把最好的留到最后。"

她带着一丝受伤的纯真抬起头。千锤百炼的姿势。"最好的?我吗?乌尔莫斯制订预算,颁布法令;维斯布鲁克指挥军队,负责城防;卡哈亚代表城里民意。与他们相比,我便是个走卒。"

"哎呀,"格洛塔露出无牙的笑容,"你这么光芒四射,但我也没被晃花眼呢。乌尔莫斯的预算怎比香料公会?卡哈亚手无寸铁的人民又有几多用处?而你那酒鬼朋友科斯卡难道不是有维斯布鲁克两倍的军队?说到底,联合王国之所以想保住这块干枯岩石,仅仅因为你家公会的贸易嘛。"

"噢,我不喜欢夸口,"会长毫不做作地耸了下肩,"但也许我在城里确实有些影响力。听说你四处问问题。"

"职责所在。"格洛塔举勺喝汤,尽力不因牙齿空洞发出声音。"题外话,汤很美味。"希望不会毒死人。

"我相信你会喜欢这个。瞧,我也问过问题。"

水清脆地流进池子,墙上织锦沙沙响,银制餐具与上好的陶碗轻碰。第一回合平手。卡萝特·唐·埃泽率先打破沉默。

"据我所知,审问长交给你一个任务,一个非常重要的任务。我发现你是个行动派，但步子或许迈得太大。"

"说来惭愧，战伤外加两年折磨让我控制不住步子，能走就很不错了。"

她咧开笑脸，露出两排完美的牙："真有意思，不过你给我的同僚留下的观感不佳啊。乌尔莫斯和维斯布鲁克都十分讨厌你，说你专横——当然，其他形容就不太雅观了。"

格洛塔耸肩："我不是来交朋友的。"他喝下高脚杯里的葡萄酒，果然十分甘美。

"但人总得有朋友。无论如何，朋友比敌人好。达瓦斯让每个人都不开心，结果可想而知。"

"达瓦斯没得到内阁支持。"

"是的，但一张纸也挡不住匕首。"

"这算是威胁吗？"

卡萝特·唐·埃泽又笑了。轻松、开放、友善的笑。很难相信发出这种笑声的人会是叛徒和威胁，会是具有魅力四射的主人之外的任何身份。但我并未信服。"这是个忠告，从惨痛的教训中得来的忠告，我希望你不会很快消失。"

"是吗？原来我是如此受主人重视的贵客。"

"你办事果断，善于挖掘，令人畏惧。你立下许多新规矩，但事实上你对我来说比……"她挥挥手，"达瓦斯更有用。还要酒吗？"

"要。"

她从椅子里站起，款款而来，宛如舞者踏在冰凉大理石地上。坎忒风俗，赤脚。她倾身为格洛塔倒酒，微风勾勒出裙服下的曲线，传来浓郁的香气。她正是我母亲会让我娶的那种女子——漂亮，聪明，噢，而且非常非常有钱——也正是我年轻时想娶的那种姑娘。那时的我是另一个人。

摇曳烛火照亮了她的头发和长脖子上的珠宝，也照亮了瓶口流出的美酒。她诱惑我只因我有内阁签署的委任状？趋炎附势？还是为愚弄、麻痹我，引我远离丑陋的真相？他们目光短暂交会，她给他一个心照不宣的浅笑，继续看向酒杯。她把我当成仰慕她的小屁孩，脏兮兮的脸眼巴巴凑在窗边，望着可望而不可即的女神流口水？太小看我了。

"你可知达瓦斯的下落？"

埃泽会长顿了一顿，随后小心放下酒瓶，滑进最近一把椅子，手肘撑桌，手掌捧脸，望着格洛塔的眼睛。"我担心他被城内叛徒所害，幕后黑手则是古尔库人。说句话不怕你笑话——也许你早查明了——达瓦斯怀疑城市理事会里有间谍，他在失踪前不久曾对我坦诚相告。"

是吗？"城市理事会里有间谍？"格洛塔佯作惊讶地直摇头，"这可能吗？"

"为了共同的利益，主审官，让我们坦诚一些。我们香料公会在这个城市投入了太多时间与金钱，不容它落入古尔库人之手，而你的能耐远超乌尔莫斯和维斯布鲁克两个白痴。如果城里有叛徒，我自然希望能挖出他。"

"他……还是她？"

埃泽会长抬起一条精致的眉毛。"我不可避免地注意到，理事会只有我一位女性。"

"是的，"格洛塔响亮地喝汤，"请原谅我暂时不能排除你的嫌疑。想证明清白，美味的汤和友好的谈话还不够。"虽然这比其他人摆的臭架子好多了。

埃泽会长笑着举杯："那我要怎样才能证明呢？"

"打开天窗说亮话？我要钱。"

"噢，钱，说到底都是钱。从我的公会捞钱像是在沙漠里打井——脏活儿、累活儿，往往还徒劳无功。"好比审问霍克审问官。"你要多少？"

"我们可以——打个比方——从十万马克开始。"

埃泽好歹没被呛住,只不过轻轻吸了口酒。她小心翼翼放下酒杯,安静地清清嗓子,用帕子一角擦嘴,然后扬起双眉抬头看他。"你很清楚这不可能。"

"首先,你能给多少给多少。"

"我们得商量着来。十万马克是最终价码?"

"我还要你的人撤出神庙。"

埃泽温柔地揉了揉太阳穴,好似格洛塔的要求让她头痛。"撤我的人。"她呢喃。

"为确保卡哈亚的支持。没他合作守不长。"

"多年来,同样的事我跟那帮傲慢的白痴说过多少次,他们始终觉得欺负本地人是上好消遣。很好,你要我们何时撤出?"

"最迟明天。"

"他们说你专横?"她摇头,"好吧好吧,明晚我就会成为有史以来最受欢迎的会长了——如果保得住会长职位的话。不管怎样,我会在公会里帮你卖这个点子。"

格洛塔咧嘴笑道:"我相信你能卖出任何东西。"

"你很有谈判天赋,主审官,哪天厌倦了问问题,我相信你做买卖大有前途。"

"做买卖?噢,我可没那么残忍。"格洛塔把勺子放回空碗,舔舔牙齿空洞,"无意冒犯,但一介女流如何成为联合王国最有权势的公会会长的呢?"

埃泽顿了一下,似乎在考虑回答与否。或说出多少实话。她低头看酒杯,握住杯柱缓缓转悠。"前任会长是我丈夫,我嫁给他时二十二岁,他年近六十。我父亲欠他一大笔钱,为还债把我送去。"噢,真是各有各的不幸。她淡淡地折出嘲讽的唇形。"我丈夫向来会做买卖。婚后不久,他的健康急剧恶化,私人和公会事务便主要交给我打理。到他去世,我已是公会的无冕之主,同僚们明智地推我上位。相对面子,香料商人更关心利润。"她抬起闪烁的眼睛,"无意冒犯,但战争英雄如何沦为拷问者的呢?"

这回轮到他顿了一下。好问题。如何沦为的呢?"没什么工作留给瘸子。"

埃泽缓缓点头,始终盯着格洛塔的脸。"那一定很难受。在黑暗里待了几年,回来却被朋友们抛弃。在他们脸上,你只看到愧疚、怜悯和厌恶。你发觉自己孤身一人。"

格洛塔眼皮直跳,他用手轻轻揉了揉。他从未跟人谈论过这些,现在却在异国他乡跟陌生人谈论。"我确实是个悲剧。从前看不起别人,如今别人看不起我。就这样。"

"我想别人这么对你,你一定觉得恶心。非常恶心,非常愤怒。"若你能体会我的怒,"不过这依然是个奇怪的选择,拷问与被拷问角色互换。"

"恰恰相反,没有什么比这更自然。以我的经验,人生就是一个不断重复的过程。你被你父亲卖了,你丈夫买下了你,于是你选择做买卖。"

埃泽皱眉。这话触动了她?"我还以为痛苦对你产生了移情作用。"

"移情?怎么会?"格洛塔揉着瘸腿,缩了缩身,"不幸的是,痛苦只能增加你心头的怒。"

篝火政治

罗根难受地在马鞍上扭动,眯眼盯着大平原上盘旋的几只鸟儿。见鬼,他屁股痛,大腿泛酸,鼻子一股马臭味儿。他一直没法坐舒服,尽管屡屡把手伸到裤裆里拨弄,骑马时还是会压到私密部位。见鬼,无论从哪方面看,这都是趟糟透的旅行。

在北方旅行,他习惯边走边谈。小时候和父亲谈,年轻时和朋友谈,追随贝斯奥德时和贝斯奥德谈,一谈就一整天,那时他们亲密无间,情同手足。交谈让他忘记脚上起泡,腹中饥饿,寒冷无边,也忘了昨日杀的人。

罗根在雪地中嘲笑狗子的故事,在泥地里与三树讨论战术,涉过沼泽时和黑旋风为些许芥蒂激烈争执,甚至偶尔跟寡言哈丁说笑话——那可不是谁都能做到的。

他兀自叹气,悠长、痛苦的叹息压在喉头。那是段好时光,可惜早已远去,留在记忆中洒满阳光的山谷。伙伴们都入土、沉默了。更糟的是,他们把罗根一个人扔在无尽的大平原,和这群人混在一起。

伟大的杰赛尔·唐·路瑟对自己之外的任何人都没兴趣。他僵直地坐在马鞍上,高昂下巴,宣示着骄傲、高贵和不凡。他就像个目空一切的孩子,正炫耀得到的第一把长剑。

巴亚兹没兴趣跟他讨论战术,只会叫嚣"是""否"这样的简单字眼,或者皱眉看向大草原,仿佛是个犯了大错、前途迷茫的人。而自离开阿杜瓦,他的门徒性情大变,变得安静、冷硬、警惕。长脚兄弟经常穿过平原去远方探路。或许这样最好。这群人里没有谁爱说话,领航员的话却实在太多。

菲洛骑马远离友善的伙伴们,耸着肩,皱着眉,脸侧长长的疤痕泛出刺眼的灰,似乎把其他人都当白痴。她身体前倾,迎风而行,仿佛想用脸割开风。跟瘟疫讲笑话都比跟她讲有趣,罗根心想。

多么欢乐的团队,他双肩一瘫。"我们多久才能到世界边缘?"他不抱希望地问巴亚兹。

"总会到的。"巫师从牙缝里挤出一句回答。

罗根继续驱马前行,疲惫、酸痛且无聊地盯着大平原上盘旋的几只鸟儿。肥美的鸟儿。他舔舔嘴唇。"我们可以开个荤。"他低声说。好久没吃到鲜肉了,离开加基斯后就没吃过。罗根揉揉肚子,城里长的脂肪退了下去。"吃点带劲儿的肉。"

菲洛皱眉看他,又看看那几只盘旋的鸟儿,然后抬肩摘下弓。

"哈!"罗根笑了,"祝你好运。"他眼看她流畅地抽出箭。毫无意义,这个距离哪怕寡言哈丁都射不到,他可是罗根见过最好的射手。她弯弓搭箭,弓起背,黄眼睛紧盯头顶滑翔的影子。

"你就算试个一千年,也一只鸟都射不下来。"她拉开弓弦。

"别浪费箭!"他喊道,"你必须现实一点!"说不定箭会掉下来扎他脸上,也可能穿透马脖子,然后死马将他压死。噩梦般的旅行,噩梦般的结局。但片刻后,一只鸟插着菲洛的箭栽进草丛。

"不是吧。"他轻声道,目瞪口呆地看着她再次拉弓。又一支箭划入灰色天空,又一只鸟儿掉到地上,就在第一只旁边。罗根难以置信地盯着两只鸟:"不是吧!"

"别说你没见过怪事。"巴亚兹说,"别忘了你可是能和鬼灵交谈,跟巫师旅行,而且是北方最让人恐惧的人。"

罗根勒马下鞍,一瘸一拐穿过长草,捡起一只鸟。箭从鸟儿胸膛中间穿过。罗根觉得换自己来射,哪怕只隔了一尺距离都不可能这么利落。"这不可能。"

巴亚兹笑了,双手交叉按在鞍头。"在没有历史记载的远古,传说我们的世界和异界相通一体。当时恶魔在大地上行走,随心所欲,混沌超乎想象。它们和人类杂交,产下的后代便拥有它们的血统。半人半魔,恶魔之血,怪物。这群生物中有一个叫一如,他将人类从恶魔的暴政中解放出来,他掀起的战争塑造了今日天地。他切断上界与下界的联系,封印了两界间的大门。为防恶魔再临,他颁布了第一律法,禁止与异界直接接触,禁止与恶魔对话。"

罗根发现其他人都在看菲洛,路瑟和魁皱眉观睹着不可思议的箭术。她在鞍上向后转身,弓如满月,闪亮的箭尖稳稳搭住,只凭双脚控制马匹前进。罗根手控缰绳都没法让马那么听话,但他不明白这跟巴亚兹讲的疯话有何联系。"什么魔鬼啊,第一律法啊。"罗根挥挥手,"那又怎样呢?"

"第一律法一开始就是个悖论,因为魔法统统来自异界,如同光线来自太阳。一如有恶魔血统,他的儿子们——尤文斯、坎迪斯、高斯德等——也继承了这血统。这既是天赋又是诅咒,让他们拥有强大的力量、漫长的生命及超出常人的力气和视野。他们的血脉在子孙后代中传承,但在几千年时间里日益稀薄,天赋或许隔代出现,又或隔几代出现,甚至更长,日益稀薄的恶魔之血最终消亡殆尽。如今,我们的世界和下界分隔已远,这天赋已极为罕见,能亲眼见证真的非常幸运。"

罗根扬眉:"她?半恶魔?"

"远算不上半恶魔,我的朋友。"巴亚兹笑出声,"一如本人是半恶魔,拥有移山填海之能。一半血统会在血管中注入强大的欲望与恐怖的力量,足以让人停止心跳,足以让人变得疯狂。她没有一半,只不过一点点,但这一点点血统却连接了异界。"

"异界,呃?"罗根看看手中死鸟,"那我碰她,会不会打破第一律法?"

巴亚兹又笑了。"一个难以回答的问题。你总出乎我意料,九指师傅,不知一如会如何回答呢?"巫师抿嘴,"问问还好,但你真要碰她,"巴亚兹的光头冲菲洛点点,"她大概会剁下你的手。"

✡

罗根趴在地上,从长草缝隙中盯着下面一条小溪流过的和缓山谷,山谷靠他们这边有些建筑——或者说建筑的残骸。它们没了屋顶,只剩不到腰高的摇摇欲坠的墙,废石块散落在斜坡上起伏的草丛中。这场面在北方很常见。战后,很多村庄被遗弃,人们被赶走、抓走,甚至被烧死。罗根见惯了,还参与过几次。他并不以此为荣,或者说,那时的事就没什么能引以为荣的。但他时常想起。

"大概不能住。"路瑟低声说。

菲洛瞪了他一眼,"足够藏人。"

夜幕降临,太阳低垂于地平线,残破的村庄阴影重重。没有迹象显示那里有人,汩汩小溪的对岸寂然无声,轻风扫过草丛。没有迹象显示那里有人,但菲洛说得没错,没有迹象不等于没有危险。

"你最好去看一看。"长脚低声说。

"我最好?"罗根瞥了一眼身边的长脚,"而你最好待在原地,呃?"

"我没有战斗天赋,你却精于此道。"

"哈,"罗根抱怨,"你没有战斗天赋,找事儿却有一套。"

"寻找是我的职责,我可是领航员。"

"那你能不能给我找顿像样的饭菜,再找张睡觉的床。"路瑟用联合王国公子哥儿特有的抱怨打断他。

菲洛嫌恶地舔牙。"赶紧来个人跟我走。"她低吼着爬过斜坡边缘。"我走左边。"

没人动。"我们跟上。"罗根冲路瑟低声提议。

"我?"

"不然还有谁?人多势众,走吧,注意别出声。"

路瑟看了一眼长草后的山谷,舔舔嘴唇,搓搓手掌。罗根看出他很紧张,紧张又骄傲,像个乳臭未干的男孩准备上战场。他高昂下巴,以示无畏,但这骗不过罗根。他见过这表情几百次了。

"你打算一直磨蹭到早上吗?"他嘀咕。

"管好你自己,北方人,"路瑟吼了罗根几句,蠕动向前下斜坡,"也不撒泡尿照照!"他笨拙地爬过斜坡边缘,硕大闪亮的马刺发出响亮的哗啦声,屁股高耸空中。

他没爬出一跨,就被罗根抓住外套。"你不把那些东西扔下?"

"什么?"

"该死的马刺!我说别出声!你就差在那话儿上拴铃铛了!"

路瑟怒冲冲地坐起来摘马刺。

"趴下!"罗根低吼,把路瑟背朝下拉倒在地,"想把大家全害死吗?"

"放开我!"

罗根推倒路瑟,用手指戳着他,确保他听清自己的话。"我不想被你的操蛋马刺害死,明白没!不能保持安静,你就跟领航员留在后面。"他怒冲冲地看了眼长脚,"或许等我们确保村庄安全之后,你俩可以一道来领航。"他摇摇头,随菲洛爬下斜坡。

菲洛已爬到去小溪的半途了,她在残垣断壁中翻滚,矮身钻过墙壁间的缝隙,手握曲剑柄,如草原的风一样安静迅捷。

这无疑让人钦佩,但罗根也非潜行新手。从前他以此闻名,偷袭过的山卡和人数都数不清。人们传说,九指罗根发出的第一丝声音,乃是你被割开脖子、鲜血涌出的声音。要说九指罗根有啥本事,那就是潜行。

他随她爬向第一堵墙,老鼠般安静地跨过一条腿,黄油般流畅地抬起身,同时保持安静,压低身形。不料另一只脚踩在一段松脱的石头上,他用手去抓掉下的碎石,结果手肘碰掉更多石头,弄出很大声响。他心中一慌,重心压在受伤的脚踝上,扭了一下,疼得直叫唤,人也摔进一片矮蓟里。

"妈的。"他抱怨着挣扎起身,一只手握紧剑柄,剑和外套缠在一起。他真庆幸没拔出剑来,否则这会儿准捅自己一窟窿。有个朋友遇到过这事,光顾大喊大叫,结果被树根绊倒,自己的斧子把脑袋劈下一大块。死得不能再惨了。

他蜷在石头中,等着有人跳出。没人。只有风吹过古墙缺口,水流过浅浅河床。他一瘸一拐爬过一堆粗糙石头,穿过残墙上古老的门廊,一路痛得直喘气,没法再保持安静。没人。他跌倒时就知道,没人会放过这么好的机会。狗子要有这番遭遇,肯定感激得流泪。他朝山脊上挥手,过了一会儿,他看到长脚也起身挥手。

"这儿没人。"他低声自言自语。

"幸好没人。"菲洛嘶叫,离他不到两跨,"你潜行的方式非同寻常,粉佬,搞出这么大动静,好让敌人都奔你去。"

"太久不练了。"罗根嗫嚅道,"还好没造成损失。这儿没人。"

"谁说没人?"她站在废建筑边上,皱眉看地。草地中有一圈焦痕,四周围着石头。篝火。

"才一两天。"罗根用手蘸了点灰,低声说。

路瑟走过来。"根本没人嘛。"他一脸扬扬自得,好像一直掌握着真理。罗根觉得他真是不可救药。

"幸亏没人,不然我俩就该给你缝伤口了!"

"是我给你俩缝伤口！"菲洛嘶吼，"我要把你们那两颗没用的粉脑袋缝在一起！跟沙漠里的沙子一样没用！那边有足迹。马脚印。不止一辆车。"

"商队？"罗根推测，他和菲洛对视一阵。"或许现在离开大路走比较好。"

"那太慢了。"巴亚兹走下斜坡进村，魁和长脚在不远处看着车马。"太慢了。我们还是沿路走，反正平原上老远就能发现情况，有时间准备。"

路瑟不确定："我们看见了他们，他们也就看见了我们。那怎么办？"

"怎么办？"巴亚兹挑起一边眉毛，"就指望名扬四海的路瑟上尉保护我们啰。"他看看残破的村庄。"流水和遮风的墙，不错的营地。"

"的确不错。"罗根咕哝着在车上找生火的木头，"我饿了。鸟呢？"

罗根坐在地上，看着其他人围着他的锅吃饭。

菲洛蹲在篝火摇曳的光线最边缘，缩成一团，朦胧的面孔几乎埋到碗里。她眼神狐疑，手指紧攥食物，似乎担心谁会来抢她。路瑟的食欲没那么旺盛，他优雅地用门牙小口咬翅膀，似乎担心碰到嘴唇会被毒死，残渣被他整齐地摆在盘沿。巴亚兹吃得有滋有味，肉汁在胡子上闪光。"好东西，"他边嚼边说，"你该做厨子，九指师傅，假如你有天不想再干……"他挥舞汤勺，"现在的工作。"

"哈。"罗根回应。在北方，大家轮流做饭，并视为荣誉，好厨子和好战士一样珍贵。但这边不是。谈到做饭，这群人都成了白痴。巴亚兹只懂烧茶，魁最多能从盒子里取饼干，至于路瑟，罗根怀疑他压根不知锅子该用哪头。菲洛对做饭这事嗤之以鼻，罗根猜测她以前都是生吃，甚至可能吃活的。

在北方，人们经历一整天艰苦跋涉后会围坐于烧旺的篝火旁用餐,秩序严格。头儿坐上首,周围是他儿子们和有外号的,然后亲锐按名望排座。幸运的话,农兵会在远处另生一些篝火。人人各归其位,只有作出杰出贡献或在战斗中表现十分英勇,才有机会被头儿调整位置。不按规矩坐会被踢开,甚至被杀。篝火旁的位置多少代表了生活中的位置。

这里一切大不同,但罗根还是能通过坐位看出大家的状况——实在不算好。他和巴亚兹靠火很近,其他人却在火堆的温暖达不到的地方。大家被晚风、寒冷和潮湿拉近,又被彼此推得更远。他瞥了眼路瑟,后者不屑地看着碗,好像里面都是尿。毫无尊重。他瞥了眼菲洛,后者也眯眼瞪他,目光仿佛黄刀子。毫无信任。他悲伤地摇头,没有尊重和信任,事到临头团队会像没有泥浆的墙一样瓦解。

不,罗跟说服过更棘手的队友。三树、巴图鲁、黑旋风、寡言哈丁,他跟他们一对一决斗,将他们全打败了,然后饶过这些人的性命,让他们加入自己的团队。他们每个都有充分理由拼尽全力杀他,但最终罗根还是赢得了他们的信任、尊重和友谊。一点姿态和时间,如此而已。"美德第一是耐心",罗根的父亲常这么说,还有"山脉不可能一天穿过"。他的时间或许不多,但急也急不来。做这些事,你必须现实一点。

罗根伸伸麻木的双腿,拿着水囊起身,慢慢走向菲洛。她一直盯着他。她无疑是个奇人,不只外貌——死者在上,她外貌真的很奇怪——而是整个像把冷酷、锋利的新剑,算是罗根见过最无情的人,仿佛看到别人溺水也不会扔木头去救。但她确实救过罗根,而且不止一次。这群人中,她最先赢得他信任,是最靠得住的。他蹲在她身边,递去水袋,水袋在她身后墙上投下变幻的球状影子。

她皱眉盯了水袋一阵,然后皱眉盯向罗根,最后一把抢过水袋,弯腰继续吃东西,只给罗根留个瘦骨嶙峋的肩膀。没个谢字,连感谢的意思都没有,但罗根不在意。毕竟,山脉不可能一天穿过。

他回到篝火边坐下,看着跃动的火焰在这些人阴郁的脸上映下闪烁火光。"谁来讲故事?"他期待地问。

魁舔舔牙。路瑟冲火堆对面的罗根努努嘴。菲洛当没听到。泄气的开始。

"没人?"没人回答。"好吧,我倒能唱一两首歌,如果记得起词儿的话。"他清清嗓子。

"好了!"巴亚兹插话,"我有好多故事,就不用唱歌了吧!你们想听什么?爱情故事?滑稽故事?英雄故事?"

"这片土地,"路瑟说,"旧帝国,若它曾那么伟大,何以落到这步田地?"他转头看看周围残垣断壁及外面的无边荒芜,"何以变成废土?"

巴亚兹叹气。"这故事我能讲,但我们的小团队中正好有位旧帝国遗民,他又是热衷历史的学生。是吧,魁师傅?"门徒懒懒地抬起盯着火堆的眼睛,"你可介意为我们奉上一段?这个曾在世界中心熠熠生辉的帝国,为何烟消云散?"

"说来话长。"门徒低声说,"从最开始?"

"不然呢?"

魁耸耸瘦削的肩膀:"全能的一如,恶魔征服者,界门关闭者,世界之父。他有四个儿子,他送给每个儿子一份礼物。长子尤文斯得到高等技艺,通过知识掌握魔力,改变世界;二子坎迪斯拥有锻造能力,能随心所欲锻造金属和石头;三子贝达斯可与鬼灵对话,并让它们按自己意愿行事。"魁打个大哈欠,手掌拍拍嘴唇,冲火堆眨眼。"由是衍生出魔法的三个流派。"

"他不是有四个儿子吗?"路瑟嘀咕。

魁的眼神飘向一边。"没错,这也为帝国的毁灭埋下祸根。小儿子高斯德本应获得与异界沟通的能耐,通晓如何召唤下界恶魔来实现愿望。但这种事是被第一律法禁止的,因此除了祝福,一如什么都没留给他,而我们都知道祝福的价值。一如跟三个儿子分享秘密,然后离开了,命令儿子们把秩序带给世界。"

"秩序。"路瑟把盘子丢进身边草地,厌恶地看了眼周围影影绰绰的废墟,"他们干得真差劲。"

"一开始他们干得不错。尤文斯决心达成目标,为此倾注了全部力量和智慧。在奥斯河畔,他找到一个令他满意的民族,教给他们法律和学问,政治与科学,传授他们征服邻国的手段,让他们的领袖成为帝国皇帝。就这样,年复一年,代复一代,这个国家不断成长,日益繁荣,领土向南扩张到埃斯帕德,向北扩张到安克鲁斯,东至环海海岸,甚至达到大洋彼岸。皇帝一个接一个,但尤文斯屹立不倒——他指导、建议,让所有事情遵循他的宏伟蓝图。一切都是文明、和平、令人满意的。"

"几乎。"巴亚兹用棍子捅了捅闪烁的篝火,低声说。

魁干笑了一下。"我们都跟一如一样,忘记了高斯德,这个被忽视、被抛弃、被欺骗的儿子。他乞求三位兄长跟他分享秘密,但兄长们私心作祟,全都拒绝了他。他看着尤文斯成就的一切,心中苦涩无法形容。于是他寻到全世界最黑暗的地点,秘密研习被第一律法禁止的技艺。他暗中与异界接触,暗中与魔鬼对话,聆听它们的应答。"魁的声音陡然转成低语,"那些声音告诉高斯德该从何处挖掘……"

"好了,魁师傅,"巴亚兹严厉地打断他,"你对历史的掌握大有进步。不过我们就不要纠缠细节了,改天再讲高斯德的挖掘。"

"好。"魁不情愿地说,他的黑眼睛在火光下闪烁,憔悴的脸映出阴森的影子。"你说得对,师父。高斯德定好计划,他在阴影中窥视,掌握了秘密。他奉承、威胁、欺骗,没多久就拉拢了那些意志不够坚定的人,并让意志坚定的人彼此反目成仇,因为他狡猾、迷人而貌美。他总能听到下界的声音,它们要他到处播撒不和的种子,他听从了;它们怂恿他食人肉,以汲取力量,他听从了;它们令他寻找世间还存在的恶魔之血——那些被唾弃、被憎恶、被放逐者——将之组成军队,他也听从了。"

罗根差点跳起来,什么东西从后面碰到他肩膀。是菲洛,手拿水袋。"谢谢。"他接过水袋,闷声闷气地说,心差点撞到肋骨上。他迅速喝了一口,重重地拍紧塞子,把水袋放在脚边。他抬头发现菲洛没走,就站在他后面,低头看跃动的篝火。罗根急忙挪出位置。菲洛板着脸,舔舔牙、踢踢地,这才缓缓蹲下,并和其他人保持着相当距离。她伸手烤火,舒服地龇牙,牙齿在火光下闪闪发亮。

"那边有点冷。"

罗根点头:"这些墙挡不住多少风。"

"是。"她视线扫过众人,停在魁身上,"别管我,继续。"她简短地说。

门徒咧嘴而笑:"高斯德组建了一支怪异而恐怖的军队,待尤文斯离开帝国,便挥师攻入帝都阿库斯,展开蓄谋已久的计划。整座城市仿佛陷入疯狂,父子反目,夫妻成仇,邻人刀兵相向。皇帝在皇宫阶梯上被儿子们谋杀,然后这些王子又为贪婪和嫉妒烧红了眼,开始自相残杀。高斯德怪异的军队从下水道进城,把街道化为尸坑,广场变成屠场。他们有的具有变形能力,可以伪装成别人的面孔。"

巴亚兹摇头:"变形。阴险恐怖的伎俩。"罗根不由想起那个女人,那个在冰冷的暗夜,用亡妻的声音跟他说话的女人。他皱起眉头,缩紧双肩。

"的确是恐怖的伎俩。"魁也同意,憔悴的脸上病态的笑容更为明显,"倘若所见所闻皆不为实,谁还能信任,如何辨别敌友?更糟的在后面,高斯德从异界召唤恶魔,让它们为他服务,派遣它们去毁灭所有可能反抗他的人。"

"召唤,派遣。"巴亚兹嘶声道,"被诅咒的技艺。可怕的风险。完全无视第一律法。"

"高斯德认为没有律法能凌驾于他的力量之上。没多久,他踏着累累白骨坐上帝国皇位,如孩子喝奶般舔舐人肉,沉浸于可怖的胜利中。帝国陷入混乱,尽管相对于远古,相对于两个世界不曾分离、一如不曾降临时的混乱简直不足挂齿。"

风呜咽着穿过周围古墙的缝隙,罗根打个冷战,拉紧毯子。这毛骨悚然的故事让他紧张。什么变形、恶魔、人肉。魁没有停:"发现高斯德的所作所为后,尤文斯勃然大怒,他向弟弟们求助。坎迪斯不愿加入,他埋首于自己的大厦,研究自己的机器,对外界不闻不问。于是尤文斯和贝达斯集结起一支大军,向小弟开战。"

"一场可怕的战争,"巴亚兹喃喃道,"使用可怕的武器,造成可怕的死伤。"

"战争遍布整个大陆,分化出许多小争斗,滋生了无穷的争执、罪恶与仇恨,人类至今深受其害。尤文斯最终获胜,高斯德被困在阿库斯,他的罪行被揭露,军队被打垮。但在他最绝望的时刻,下界的声音悄然而至,为他谋划。打开通往异界的门,它们说,砸碎锁头,解除封印,抛弃你父亲打造的大门。彻底打破第一律法,它们说,让我们重回世间,从此不会有人忽视你、抛弃你、欺骗你。"

第一法师兀自缓缓点头:"但他又被骗了。"

"可怜的傻瓜!下界生物以谎言为血肉,与它们做交易是火中取栗。高斯德准备好仪式,但匆忙中出了点纰漏,可能只有一粒盐的位置不对,结果却惨不忍睹。高斯德聚起如此强大的力量,足够在世界的时空中撕开一个空洞,而这力量猛然散发,于是高斯德毁灭了自己,也将阿库斯——帝国宏伟壮丽的首都——化作废墟,它周围的土地被永远污染,任何人都不会靠近。整座城市成了破碎的墓园,枯萎的废土,成了一座见证高斯德和他哥哥们的骄傲与愚蠢的墓碑。"门徒抬头看向巴亚兹。"我讲的可属实,师父?"

"属实。"巫师低声说,"我了解这些,亲眼见证了这些。那时我还是有一头漂亮头发的小傻瓜。"他一只手摸摸光头,"一个不懂魔法、不懂智慧、不懂权力之道的傻瓜,和你一样,魁师傅。"

门徒低头。"我毕生献于学习。"

"学习方面你倒有很大进步。你觉得故事如何,九指师傅?"

罗根鼓起双颊:"我本以为会听到更幽默的故事,不过我不挑食。"

"要我说,简直一派胡言。"路瑟冷笑。

"哈。"巴亚兹不屑道,"好在没人问你意见。或许该去刷锅了,上尉。"

"我?"

"有人搞到食物,有人做饭,还有人给我们讲故事。你是唯一无所事事的人。"

"你呢?"

"噢,我太老,这么晚还去溪边晃悠实在不合适。"巴亚兹板起脸,"伟大的领袖必须学会谦卑。去刷锅吧。"

路瑟张嘴欲驳,思考片刻后还是怒冲冲起身,把毯子扔到地上。"见鬼的锅子。"他抓起篝火上的锅,咒骂着大步走向小溪。

菲洛看着他离开,露出奇怪的表情,或许那是她独特的笑容。她重新看向火堆,舔舔嘴唇。罗根拔下塞子,把水袋递给她。

"呃。"她嘀咕一声,夺过水袋猛灌一口。她用袖子擦去嘴边水迹,斜眼看罗根,皱眉道:"怎么?"

"没啥,"他简短回答,移开视线,举起双手,"没啥。"但他心里却在暗笑。一点姿态和时间。他做到了。

小恶

"冷啊,呃,威斯特上校?"

"是的,殿下,冬天要来了。"晚上下了点雪,冻雨给所有东西裹上一层寒气。在这苍白的黎明,全世界仿佛都快冻住了——马蹄踢踏半冻的泥土,溪水惨淡地从半冻的树林中流出。威斯特也不例外,他流着鼻涕,呼息凝成白气,冻麻的耳垂痛得难受。

兰迪萨王子似乎毫不在意,他裹着硕大的外套和帽子,还戴了闪亮的黑皮手套,这一身怎么也要好几百马克。他咧嘴大笑:"冷归冷,但大伙儿看来状态不错呀。"

威斯特简直不敢相信自己的耳朵。那个分配给兰迪萨王子指挥的王军团固然状态不错,宽阔的帐篷整齐地扎在营地中央,帐前点着营火,马儿有序地拴在周围,但占人数四分之三强的临时征兵就远不乐观了。他们中很多人准备不充分到令人发指的程度:没受过训,没有武器,有的显然太弱或太老,根本不适合行军,别提打仗,更有些人只有一身衣服,真是雪上加霜。威斯特看到许多人在树下挤成一团取暖,靠半条毯子抵御冻雨。真是耻辱。

"王军补给充足,但我担心那些征兵的处境,殿——"

"没错,"兰迪萨适时插话,就当威斯特是空气,"士气高涨!迫不及待!胸中燃烧的火焰一定让他们热血沸腾,呃,威斯特?迫不及待上阵杀敌!让我们守在这里,在这该死的河边驻足不前真是太遗憾了。"

威斯特咬住嘴唇,兰迪萨王太子不可思议的自欺欺人让他日益沮丧。王子殿下笃信自己是声名显赫的伟大统帅,统领着英勇善战的精兵强将。他指望一战成名,作为英雄凯旋,接受众人簇拥和膜拜——但同时又不下半点功夫,只是想入非非,假装一切唾手可得。任何让人不快、不满、不舒服的事都会被他主动过滤,而他参谋团里那些从军经验还不满一月的公子哥儿对他极尽吹捧,彼此则加以各种中伤,无论王子提出怎样荒谬的计划,都是齐声附和。

威斯特觉得,一个不受束缚,不曾为什么努力,又缺乏自制的人,一定是个蠢货——他身边这位面带微笑、仿佛率领一万人只是小菜一碟的王子就是再好不过的例子。诚如伯尔元帅所言,王太子和真实世界格格不入。

"冷啊。"兰迪萨低声说,"这天气和古尔库沙漠不太一样,呃,威斯特上校?"

"是的,殿下。"

"但有些事还是相通的,呃?我是指战争,威斯特!战争是相通的!到处都一样!勇气!荣誉!荣耀!你曾和格洛塔上校并肩作战,对吧?"

"是的,殿下。"

"我过去爱听他的丰功伟绩!他是我年轻时的偶像。单骑入敌营,扰乱敌人联络,袭击辎重车队等等等等。"王子卷起马鞭,软绵绵地打向前方想象出的辎重车队。"帅呆了!你亲眼见过吧?"

"一些,殿下,见过一些。"威斯特见过格洛塔太多的车马劳顿、晒伤、抢劫、醉酒和浮夸炫耀。

"格洛塔上校!我发誓,我们在这儿也能重演他的光辉事迹,呃,威斯特?重现那种精神与气势!只可惜他死了。"

威斯特抬头。"他没死,殿下。"

"没死?"

"他被古尔库人俘虏,战后回到联合王国。他……呃……加入了审问部。"

"审问部?"王子很震惊,"一个男人怎么会放弃行伍生涯?"

威斯特字斟句酌怎么解释,随后想到更好的答案:"无法想象,殿下。"

"加入审问部!哦,我绝不会。"他们无言地骑行了一阵,微笑慢慢回到王子脸上,"但我们谈论的是战争的荣誉,不是吗?"

威斯特脸一颤:"是的,殿下。"

"你第一个冲进乌利齐城的缺口,对吧?我听说你是第一个!这是你的荣誉,呃?你的功绩!这真是终生难忘,对吧,上校?终生难忘!"

从无数碎石烂木头中挣扎而过,周围躺满扭曲尸体,烟熏得什么都看不见,灰尘呛得人不停咳嗽。尖叫、哀号和金属撞击声从四面八方传来,他吓得气都不敢喘。周围人潮汹涌,呻吟着、推搡着、踉跄着、叫喊着,血汗混在一起,被灰尘和烟雾染成漆黑,几乎无法看清那些为痛苦和愤怒扭曲的面孔——他们犹如地狱的恶魔。

威斯特记得一遍遍大喊"前进!"直到彻底喊哑,但根本不知哪儿是前方;他记得用剑刺中了人,却不辨敌友,事后也没弄清;他记得跌倒在石头上撞破了头,夹克也被烂木头划开。零散破碎的记忆,仿佛是从故事中听来。

威斯特双肩瑟瑟发抖,他裹紧外套,恨不得让它变厚点。"终生难忘,殿下。"

"该死的贝斯奥德不来这边真可惜!"兰迪萨王子懊恼地抽马鞭,"这活计不比该死的站岗强!伯尔当我是白痴吗,威斯特,你说呢?"

威斯特深吸一口气:"我不这么认为,殿下。"

王子过于活跃的思维早跳到了别处。"你那些宠物怎样?那些北方人。他们的名字真搞笑。那个很脏的家伙叫什么来着?狼人,对吧?"

"狗子。"

"对,狗子!帅呆了!"王子自己笑起来,"还有一个,是我见过最大块的家伙!猛啊!他们在干吗?"

"我派他们去北岸侦察,殿下。"威斯特恨不得同去,"附近或许没有敌人,但为防万一,必须做好万全准备。"

"当然,做好准备,才好大举进攻!"

威斯特考虑的是意外发生时怎样及时撤兵及尽快通知伯尔元帅,但这些说出来毫无意义。兰迪萨对战争的全部认识就是发起一场光荣的冲锋,之后上床睡觉。战略和撤退根本不在他的词汇表中。

"是的,"王子低声自言自语,专注地盯着河对岸的树林,"大举进攻,将他们撵出边界……"

边界在一百里格外。威斯特抓住机会请辞。"殿下,恕我冒昧,我还有很多工作要做。"

这不是瞎说。营地组织的方式——或者说无组织的方式——完全不利于行动和防御,几乎只是河边大片空地里乱七八糟、摇摇欲坠的帆布堆,而且河边泥土太软,很快会被辎重车压得泥泞不堪。起初甚至连厕所都没有,接着士兵们在附近挖了浅坑,但离储存食物的地方不远。那些食物呢,恰巧打包糟糕,处理草率,如今已接近腐坏,吸引来全安格兰的老鼠。若非天够冷,威斯特肯定营地已疫病肆虐了。

兰迪萨王子一挥手:"当然,很多工作。明天继续给我讲你的经历,呃,威斯特?讲讲格洛塔上校。只可惜他死了!"他一边走向自己位于山顶、远离恶臭和混乱的紫色大帐,一边回头叫道。

威斯特带着些许解脱策马下山,回到营地。他路过在半冻的泥地里蹒跚的人们,他们瑟瑟发抖,呼吸凝成白霜,双手塞在脏污破烂的衣服里。其他人在打补丁的帐篷前寥落地围坐成圈,裹着东拼西凑的衣服毯子,尽可能靠近可怜的营火,或摆弄锅子,或用潮湿的卡牌玩无聊游戏,或边喝酒边呆望向冰冷的空中。

受过较好训练的贵族征兵都被分到保德尔和克罗伊的队伍,过河杀敌去了,挑剩的才留给兰迪萨:虚弱跟不上部队的,太穷买不起装备的,弱智到百无一用的。这些可能一辈子没离过家的人被迫漂洋过海,来到全然陌生的土地,为着无法理解的理由,与没有任何恩怨的敌人作战。

他们中某些人刚出发时或许还有报效祖国、获取荣耀的热血,但艰苦的行军、糟糕的食物和寒冷的天气业已将之消磨殆尽,兰迪萨王太子又决非是能鼓舞士气的领袖,更何况他没下半点功夫。

威斯特骑马经过那些阴郁、疲惫、痛苦的面孔,他们无精打采地回看他。他们都想回家,威斯特不怪他们,他也想。

"威斯特上校!"

一个大块头在下面冲威斯特大笑,这人蓄把大胡子,穿王军军官服。威斯特吓了一跳,随即认出是加兰霍。他滑下马,双手握住大块头的手。看到这人真是太好了,这是一位坚定、诚实、值得信赖的人,代表着威斯特的过去,那时威斯特还没进入大人物的圈子,生活也单纯得多。"近况如何,加兰霍?"

"还好,谢谢关心,长官。我不过在营地里散步,等候命令,"大块头双手捧在嘴边哈了几口气,又搓了搓,"暖暖身子。"

"据我的经验,战争就这德行,大把时间极不舒服地等候命令,等候短暂来临的恐怖。"

加兰霍勉强笑笑。"人总要看阳光面。王子的参谋团如何？"

威斯特摇头，"一个比一个傲慢、无知、无能。你呢？军营生活怎样？"

"我们还行，但这些征兵值得同情，他们根本不适合上战场，听说昨晚有两个大龄的冻死了。"

"这种事难免，但愿尸体埋得够深，离其他人够远。"威斯特看出大块头觉得他冷血，其实并非如此。在古尔库打仗时，真正的战斗伤亡很少，多数减员是由于事故、疾病和伤口恶化，他渐渐习惯了。何况有些征兵的装备那么差，恐怕每天都有尸体要埋。"你有没什么需要？"

"只有一件事。我的马在泥地里掉了只蹄铁，想找替代品。"加兰霍摊开双手，"也许我弄错了，但好像整个营地一个铁匠都没有。"

威斯特盯着他："一个铁匠都没有？"

"反正我没找到。我看到熔炉、铁砧、锤子等等，一应俱全，但……没人工作。我跟军需官谈过，他说保德尔将军一个铁匠也不肯放，克罗伊将军也是，所以就这样咯，"加兰霍耸耸肩，"我们一个铁匠都没有。"

"没人留意？"

"谁会留意呢？"

威斯特感到熟悉的头痛又在眼睛后面蔓延。箭矢需要上头，刀剑需要打磨，盔甲、马鞍和辎重车会磨损，需要修理。一支没有铁匠的军队只比手无寸铁强上一丁点，而现在他们在冰天雪地的郊外，最近的市镇也远得很，除非……

"我们来时经过一个流放地。"

加兰霍眯眼努力回忆。"对，那儿好像还有个铸造厂。我看到林子里升起烟……"

"应该能找到会打铁的。"

大块头扬眉："会打铁的罪犯。"

"管不了那么多了。今天你的马掉了蹄铁,明天可能大家都没法打仗!召集十来个人和一辆马车,我们马上出发。"

冷雨中,树林现出一座监狱。监狱围墙由长满青苔的硕大原木钉成,布满弯曲生锈的钉子。一个专为冷酷而生的冷酷之地。威斯特翻身下马,加兰霍和随行众人在他身后勒住缰绳。威斯特踩过泥泞的道路,来到门前用剑柄捶打潮湿木门。

过了好久,门内才打开一道小窗,一双灰眼睛从里面皱眉打量他。灰眼睛下有黑色面具。审问部的刑讯官。

"我是威斯特上校。"

那双眼睛冷冷地盯着他:"有何贵干?"

"我在兰迪萨王太子驾前效力,我要见这里管事的。"

"为何?"

威斯特皱眉,尽力让自己头发贴紧头皮、雨滴滑下脸颊的形象看来更有压迫力。"我们有仗打,没工夫跟你废话!我要马上见你们管事的!"

那双眼睛眯起来打量了威斯特一阵,又看看他身后那十几个浑身泥水的士兵。"好,"刑讯官说,"你进来,但只有你。其他人等在这儿。"

流放地的主干道是乱糟糟的泥巴路,两旁挤满倾斜窝棚,屋檐上雨水簌簌滴落。路上浑身湿透的两男一女正奋力推一辆装满石头的车,三人都戴着沉重的铁脚镣,衣衫褴褛,瘦骨嶙峋,脸颊凹陷,看来不但吃不饱,而且毫无希望。

"快把这该死的车挪走!"刑讯官冲他们怒吼,他们继续着可悲的工作。

威斯特费力涉过泥泞,来到营地远端一栋石建筑前。他试图挑干的地方走,可惜做不到。屋门前站着另一位冷酷的刑讯官,雨水自他肩头脏污的油布滑落,他冷酷的双眼紧盯威斯特,带着狐疑和漠然。

威斯特和带路的刑讯官一言不发地经过他面前,进入回荡着沉闷雨滴声的阴暗大厅。刑讯官敲敲一扇变了形的门。

"进来。"

门后是一个灰墙围绕的空荡小房间,很冷,泛着潮味,壁炉的火奄奄一息,下沉的书架塞满书册,一幅联合王国国王的肖像在墙上傲视众人。一张廉价桌子后坐着一个披黑外套的瘦男人,他盯着威斯特看了一会儿,小心放下笔,用沾满墨水的大拇指和食指揉鼻梁。

"有客人。"刑讯官含糊地说。

"知道了。我是罗森审问官,这个小营地的负责人。"

威斯特草草握了下那只瘦骨嶙峋的手。"我是威斯特上校,在兰迪萨王太子驾前效力。王太子的军队在此地以北十二里的地方扎营。"

"哦,是的,我能为殿下做什么?"

"我们迫切需要熟练铁匠。你们这里有个铸造厂,对吧?"

"我们有个矿井,有个铸造厂,还有个生产农具的铁匠铺,但我想不出——"

"太好了。我要带十多个人回去,我要你们这里的熟练工。"

审问官皱眉。"不行。这里都是重刑犯,未经审问长本人签字许可,不能释放。"

"问题就在这里,罗森审问官。我有一万人的武器需要打理,盔甲需要修补、马掌需要上蹄铁。我们随时可能奔赴战场,没法等审问长或其他任何人签字许可。我必须带走铁匠,就现在。"

"你得明白,我不允许——"

"你根本不明白形势有多严峻!"威斯特打断对方,他快忍不住了,"你只管送信给审问长!我现在就派人回去带一个连过来!看谁更快!"

负责人考虑了一阵。"好吧,"他最后道,"跟我来。"

他们走出负责人的小楼,回到连绵细雨中,两个脏兮兮的孩子从窝棚门框里盯着威斯特。

"你这里还有孩子?"

"被宣判为国家公敌的人,全家都会被流放。"罗森瞥了身旁威斯特一眼,"这也许不够光彩,但统治联合王国需要点雷霆手段。我猜你的沉默代表不赞同。"

这些可怜的孩子或许一辈子不能离开,威斯特看着其中一个蹒跚涉过泥地。"这简直是犯罪。"

审问官耸肩:"别自欺欺人,每个人多少都有罪,况且无辜不代表没威胁。或许这正是以小恶来阻止大恶,威斯特上校。当然这些都是大人物决定的,我只确保他们努力工作,不打架,不逃跑。"

"你只确保自己的工作,呃? 老掉牙的借口。"

"哈,你和我,到底谁住在这穷乡僻壤? 到底谁监视着他们,给他们安排吃穿,把他们洗干净,无休止地与他们身上该死的虱子进行无意义的战争? 你阻止过他们打架、强奸、互相杀戮吗? 你是个王军军官,呃,上校? 你住在阿杜瓦? 或是阿金堡装修华丽的宅子里,生活在上流社会?"威斯特皱眉,罗森窃笑出声,"如此看来,我俩谁在找借口? 我对得起自己的良心,要恨就恨你吧,我们习惯了。没人喜欢和扫厕所的握手,但厕所总得有人扫,否则全世界会被粪便占满。你可以带走十二名铁匠,但不要来炫耀。"

威斯特不高兴,但不得不承认对方举了个好例子,因此他闭嘴低头,陷入沉默。他们踩着泥巴来到一栋无窗的狭长石屋,石屋四角立着高高的烟囱,浓烟滚滚而出,涌向阴暗天空。刑讯官拿下沉重大门的门闩,推开门,威斯特跟在他和罗森后面进到黑暗中。

热气翻涌而来,犹如一记耳光打在他被屋外的冷气冻僵的脸上,辛辣烟雾刺激双眼,扎痛喉咙。这狭窄空间中噪声惊人,风箱吱嘎吹出灼热气息,锤子敲打铁砧,带出一片火雨,烧红的金属没入水桶,发出强烈嘶声。挤挤挨挨到处是满身大汗的人,他们呻吟着,咳嗽着,熔炉的橙光照得那些瘦削的脸庞忽明忽暗——他们犹如地狱的恶魔。

"停工!"罗森吼道,"停工,集合!"

人们缓缓放下工具,迈开一瘸一拐的步伐,慌乱地在四五个站在阴影中的刑讯官监视下走到前面站成一排。弯弯曲曲、断断续续、佝腰驼背的一排,有些人手腕脚踝都戴着镣铐。他们看来没法解威斯特的燃眉之急,但他没得选。这儿就这些人。

"我们有位客人。说你的要求,上校。"

"我是威斯特上校,"他被污浊的空气刺得嗓音沙哑,"兰迪萨王太子统率一万士兵驻扎在离此十多里的地方,军中急需铁匠。"威斯特清清嗓子,尽量在说大声的同时不至于把肺咳出来。"谁能打铁?"

没人说话。人们都盯着磨破的鞋子或裸露的双脚,不时偷瞟一眼阴森森的刑讯官。

"你们不用怕。谁能打铁?"

"我能,长官。"一个男人跨出队列,脚踝上铁镣哗哗响。他身材瘦削但肌肉发达,微微弓腰。灯光照到他的头时,威斯特惊得打个寒颤。这人的脸高度烧伤,一侧全是青灰色,肉仿佛融化了,他没有眼睑,头皮裸露出点点粉色血肉,虽然另一侧好一些,但整个已称不上是脸。"我能干铁匠活,我还打过古尔库人。"

"好,"威斯特低声说,尽力不让人听出他的惊惧,"你叫什么?"

"派克。"

"还有其他人擅长打铁吗,派克?"

烧伤的男人拖着哗哗响的铁链走过队伍,在负责人注视下拽着一些人的肩膀把他们拖出队伍。负责人的眉头越皱越紧。

威斯特舔舔发干的嘴唇。他真不敢相信短时间内气温竟从极寒到极热,但这里的气氛让他更不舒服。"审问官,我需要他们镣铐的钥匙。"

"没有钥匙,铁铐是熔死的,无法打开,我强烈建议你也别打开。

许多罪犯极其危险,而且你要记住,一旦上头有了安排,你必须马上送他们回来。审问部不会提前释放罪犯。"说完他就转身和刑讯官讲话去了。

派克拖着另一位犯人悄悄走来。"抱歉,长官,"他压低粗厚的嗓门,"只是,你能不能给我女儿安排个位置?"

威斯特不安地耸肩。他恨不得把所有人带走,将这鬼地方烧掉,但他已经有点越界了。"带女人去军营可不是好主意。"

"总比留在这里强,长官,我不能把她独自抛下。她可以帮我打铁,甚至能掌锤,她很强壮。"

她看起来根本不强壮,瘦得皮包骨头,衣服破破烂烂,凹陷的脸颊沾满煤灰和油渍。威斯特还以为她是个男孩。"抱歉,派克,我们要去的地方很苦。"

他刚转身,就被女孩抓住胳膊。"这里也很苦。"她的声音异常温柔、优雅、有教养,"我叫凯茜,我能干活。"威斯特低头看她,打算挣开胳膊,但她的表情让他想起了什么。没有痛苦。没有惧怕。空洞无神的双眼像尸体一样。

阿黛丽。鲜血流下她脸颊。

威斯特表情痛苦。记忆犹如一道不会愈合的疤。这里热得难受,他全身每个部位都在痛苦抽搐,制服像砂纸粘住潮湿皮肤。他要离开这鬼地方。

他转开视线,眼睛刺痛。"还有她。"他叫道。

罗森不屑地说:"开玩笑,上校?"

"相信我,我没心情开玩笑。"

"熟练工是一回事,我相信你需要他们,但我不允许你随便看上哪个罪犯就——"

威斯特的耐心耗光了,声音变成咆哮:"我说了,还有她!"

就算负责人被威斯特的怒火吓到,也没表现出来。两人互瞪了很长时间，汗水流下威斯特的脸，血液冲击着太阳穴。

最后，罗森缓缓点头。"还有她。很好。我管不了你。"他身子前倾，贴近威斯特，"但审问长会知道这事。他离得远，或许需要很久，但总归会知道。"他又靠近一些，几乎贴上威斯特的耳朵，"或许某天你会再次造访，并且会留下，这期间你可以好好准备关于流放地的演讲。或许以后你有大把时间慢慢体会。"罗森转身走开，"现在带着你的罪犯赶紧走，我可是有信要写呢。"

雨

杰赛尔向来觉得刮风下雨是不错的消遣。雨点打在阿金堡的街巷城头和屋顶,在百叶窗边沙沙作响。雨天,他会坐在温暖干燥的屋内,微笑着看向窗外;雨天,公园里受惊的小姐会发出尖叫,她们的裙子会贴紧身段,惹人兴奋;雨天,他有时也会和朋友们一起嬉笑奔跑,从一家酒馆跑到另一家酒馆,然后在腾腾炉火前就着温热的香料葡萄酒烘干自己。杰赛尔几乎跟喜欢阳光一样喜欢下雨。

但那是从前。

大平原的风暴与之迥异。这不是小孩子闹脾气,容易忽略也容易遗忘,这里的风暴冰冷残忍,无情而又凶猛,带着怨恨与暴躁。它不断提醒他,最近的房子——别提最近的酒馆——离他也有几百里之遥。倾盆大雨浸透了无边无垠的平原,将每样事物都泡在冰水里。大颗大颗雨点像抛石索抛出的石弹一样打在杰赛尔头上、手上、耳朵尖和脖子后,带来阵阵刺痛。雨水流过头发和脸颊,迷乱了眼睛,大股大股地流进湿透的领子。灰色雨帘覆盖大地,一百跨外便什么也看不见——

当然,前后一片空旷,也没什么可看的。

杰赛尔颤抖着用一只手紧了紧外套衣领。这当然没用,他早已浑身湿透。阿杜瓦那个该死的店主信誓旦旦说这外套防水,坑了他一大笔钱,而在店里穿起来也着实威武,颇有探险家气势,可惜几乎从第一滴雨落下就开始漏。走了几小时,他全身没有哪寸皮肤不沾水,仿佛不脱衣服跳进了浴盆——比那更惨的是,雨水冰冷彻骨。

靴子盛满水,湿透的长裤磨得大腿痛,郁郁寡欢的坐骑每迈一步都踩出嘎叽水声。他鼻子痛,鼻孔和嘴唇痛,缰绳还磨得他湿漉漉的手掌痛。无休止的折磨中,两个乳头尤为不适,他再也忍受不下去了。

"还有多久才到啊?"他兀自生闷气,耸起肩,可怜兮兮地看向阴沉的天空。雨点打在他脸上、口中和眼里。此刻,幸福对他莫过于一件干燥衬衫。"你不能做点什么吗?"他低声问巴亚兹。

"做点什么?"魔法师吼回来,雨水如注流过他的脸,滴下大胡子,"你以为我喜欢?这把岁数到大平原上受罪?老天爷不会为法师开恩,小子,他们撒尿时一视同仁。我建议你尽快适应,要抱怨也藏在心里。伟大的领袖必须分担属下的辛苦,承受士兵和臣民的困难,这才能赢得尊重。伟大的领袖从不抱怨。从不。"

"让他们见鬼去,"杰赛尔压低声音说,"这雨也见鬼去!"

"你说这是雨?"九指骑过他身边,木桩般的丑脸露出大大的笑容。下雨时,杰赛尔万分惊讶地发现北方人先脱掉旧外套,然后用油布裹起衬衫,腰部以上裸露骑行,毫不在意雨水流下伤痕累累的背——他兴高采烈得像一头在泥巴里打滚的猪。

杰赛尔一开始认定这无疑是又一桩无法容忍的野蛮习俗,谢天谢地原始人没脱裤子。但冰雨浸透外套后,他没那么确信了。脱掉衣服也不会更湿更冷,还能摆脱湿衣物烦人难耐的摩擦。九指冲他咧嘴笑,似乎读出了他的想法:"毛毛雨。不可能总有太阳,你必须现实一点!"

杰赛尔咬紧牙关。再被教育一次"现实一点",他很可能抽出短剑捅死九指。该死的不知礼仪的蛮子。天天吃饭、骑马和睡觉离这原始人不过百跨就够糟了,还要听他胡言乱语简直是天大的侮辱。

"该死的废物原始人。"他对自己低语。

"打起架来你会很高兴身边有他。"魁扭头看杰赛尔,他在吱嘎作响的马车座位上前后摇晃,湿透的长发贴紧憔悴的脸,白皮肤显得更白了,似乎前所未有地病恹恹。

"谁问你意见了?"

"不想问的人最好闭嘴。"门徒冲九指的背点点水淋淋的脑袋,"那是血九指,北方最让人恐惧的人,杀的人比瘟疫还多。"杰赛尔皱眉看向懒散骑马的北方人,想了一会儿,接着发出嘲笑。

"他吓不到我。"他以九指听不到的最大音量夸口。

魁嗤之以鼻:"我敢打赌你从未怒而亮剑。"

"从现在开始我可以,"杰赛尔叫道,眉毛皱成最具威胁的形态。

"好凶哟。"门徒笑出声,显然没被吓到,"不过,如果你问我谁是这里的废物,我倒很清楚。"

"什么,你——"

一道明亮的闪电划破天穹,吓得杰赛尔在马鞍上跳了一下,然后又是一道,这回令人惊惧地离得更近。低压的云层伸出电爪撕破黑暗,滚滚雷霆席卷阴郁的平原,在风中炸裂。待雷鸣暂息,潮湿的货车已然远去,杰赛尔没机会反击了。"该死的白痴。"他冲门徒的后脑勺低声呢喃。

杰赛尔一开始并不反感打雷,他幻想闪电把同伴们一个个劈死——首当其冲就是把巴亚兹当柴烧——但他很快抛弃了这些想法。若闪电真能劈死人,若非有人死不可,他逐渐希望轮到自己。一瞬间耀眼的光明,然后甜蜜地解脱,以最仁慈的方式逃离噩梦。

大串水珠流下杰赛尔的背,流过他敏感的皮肤。他想挠,却心知

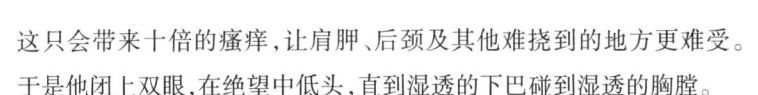

这只会带来十倍的瘙痒，让肩胛、后颈及其他难挠到的地方更难受。于是他闭上双眼，在绝望中低头，直到湿透的下巴碰到湿透的胸膛。

最后一次跟她见面也是下雨，他清楚而又痛苦地记得。他记得她脸上的瘀伤，记得她眼睛的颜色，记得她嘴巴的模样，一边高一边低。单想起她的笑容，他就觉得喉咙堵塞，不得不大口吞咽。这事他一天大概得重复二十次。这是他早上醒来第一件事，也是他晚上躺在硬地入睡前最后一件事。他所有的梦想似乎都归结于与阿黛丽重逢，回到温暖安全的地方。

不知她会等他多久，好多个星期过去，她没收到他只字片语。或许她天天朝安格兰寄出他永远收不到的信？信中有她的温言软语，有她的热切渴盼，有她盼复的哀告。他果然令她失望了，他果然是头背信弃义的蠢驴，是个骗子，一转身就把她遗忘——而这与事实恰恰相反！他恼火地咬紧牙关，绝望地想：我能怎样？即便我能在这如泣似诉的大雨中写信，也没法从这鸟不生蛋、杳无人烟的荒原寄出。他只能在心里痛骂巴亚兹和九指，痛骂长脚和魁。他诅咒旧帝国，诅咒无尽的平原，诅咒这场疯狂的远征，每小时诅咒一次。

杰赛尔模模糊糊意识到，从前的生活有些过于轻松了。想到自己曾无休止地抱怨早起练剑、抱怨跟布林特中尉这种下等人玩牌、抱怨早餐香肠煮得太久，他就觉得奇怪。单为不必遭受大雨摧残，他就该满面春风、目光炯炯、一步三跨才对。

似乎只有菲洛比他惨，她不时怒视撒尿的云，那张皱紧的伤疤脸写满恨意。她原本竖立的头发被淋得贴紧头皮，骨瘦如柴的肩膀挂着吸满水的衣服，如注雨水倾泻直下，从尖鼻子和尖下巴上滴落。她就像一只突然被扔进池塘的坏脾气的猫，缩小到原来的四分之一，失去了所有凶蛮气势。

或许女人的声音有助于他提升士气，而菲洛是方圆百里最接近女人的存在。

他催马跑到她身边,尽力微笑,她则回头怒视。杰赛尔不安地发现走近以后,对方的凶蛮气势还在。他忘了她眼睛有多凶,黄色的双眼犹如狭长的匕首,诡异骇人的瞳孔只有针般粗细。他后悔催马过来,但不得不说点什么:"你的家乡不常下雨,呃?"

"闭上鸟嘴。逼我动手吗?"

杰赛尔清清嗓子,没有回嘴,任凭坐骑越走越慢。"疯婊子。"他压低声音骂道。该死的女人,最好赶紧去死,不值得为这种人浪费时间。完全不值得。

来到事发地时,雨终于停了,但空气仍极潮湿,天空的颜色也完全不对。夕阳刺破云层,射出粉色和橙色的光,怪异地照亮了灰色平原。

两辆空马车立起来,另一辆翻倒在地,掉了只轮子,车上缰绳还套着匹死马。那马倒在地上伸出粉红舌头,血淋淋的身侧插了两根断箭。尸体遍布饱经蹂躏的草地,活像被臭屁小孩扯烂的玩具。很多尸体上有深深的伤口,或手脚骨折,或插着箭。有个人一条胳膊齐肩斩断,断骨突兀地支出来,这场面简直像屠夫的案板。

各种物品到处都是:破武器、破木头,砸开的箱子将撕破的衣服倒在湿地上,此外还有劈开的桶和粉碎的盒子。这些都被仔细翻查过。

"商人,"九指低头边看边哼哼,"我们正扮成商人。看来命在这里不值钱。"

菲洛噘嘴:"命在哪里都不值钱。"

鞭子似的冷风刮过平原,钻进杰赛尔的湿衣服。他没见过尸体,眼前却有……多少?至少十几具。才数到一半他就头晕目眩。

但其他人不为所动,似乎这等暴行早已司空见惯。菲洛逡巡在尸体旁,像个麻木不仁的收尸人般拨弄它们。九指的目光好像是见过远比这恶劣的事——对此杰赛尔毫不怀疑,而且他肯定那些坏事全是九指自己干的。巴亚兹和长脚略带困惑,但不比发现无法辨认的马掌印更甚。魁则完全不感兴趣。

这回,杰赛尔要能像他们那样无动于衷就好了。虽然他不愿承认,但此刻真的想吐。死人的皮肤冰冷松弛,白得像蜡,结满水珠;死人的衣服千疮百孔,很多人的靴子、外套乃至衬衫不翼而飞;死人的伤口如此可怕,丑陋的鲜红划伤,黑紫的瘀伤,皮肉以各种形式撕扯开。

杰赛尔在马鞍上扭来扭去,东张西望,但无论看向哪里都是同一番场面。他逃避不了,正如他不知最近的镇子在哪个方向。他有五个同伴,却依然孤身一人;他身处辽阔的平原,却如同被困囚笼。

一具尸体不安地直视着他。是个年轻人,不比杰赛尔大,沙色头发,招风耳。这人理应得到埋葬,当然,埋不埋都没区别。年轻人肚子上开了道血红的大口子,血淋淋的双手按在伤口旁,仿佛要将之合上。湿漉的紫红色内脏在伤口里闪烁。杰赛尔只觉胃里翻涌,没有可口的早餐,他本有些晕——该死的饼干,这帮人熬的粥更是什么玩意儿?——最终决定不再关注这病态场面,转而低头注视草地,忍着阵阵翻涌,装成在寻找重要线索。

他用力抓紧缰绳,按捺住涌到嘴边的胆汁。该死,他是联合王国的骄傲,是家世显赫的贵族,更是王军的英勇军官和比剑大赛冠军。为小小的流血事件在白痴和原始人面前呕吐不成体统,事关国家荣誉。他专心致志研究地面,咬紧牙关,命令肠胃停止活动。这慢慢起了效。他用鼻子深呼吸,吸入冰冷、潮湿、沉默的空气。恢复对身体的控制后,他望向其他人。

菲洛蹲在地上,手伸进某人的伤口,直没到手腕。"冷了,"她冲九指叫道,"最迟今早上死的。"她抽出手,指头全是滑溜溜的液体。

杰赛尔滑下马鞍前,已把半份粗陋的早餐吐在外套上。他摇晃着走开几步,喘口气继续吐。他趴跪在地,天旋地转,呕得草地上全是胆汁。

"你还好吗?"

杰赛尔抬头，在一长串胆汁黏在脸上的情形下尽力装出镇定模样。"吃坏了肚子。"他喃喃道，一边用颤抖的手擦擦嘴鼻。

九指点头。"多半是今早上的肉，我也不舒服。"他露出恶心的笑容，把水袋递给杰赛尔，"多喝水，冲下去，呃？"

杰赛尔用水漱口、吐掉，眼看九指皱眉走回尸体旁。真奇怪，换成别人给他水喝，他几乎会觉得是友善的表示。他又喝了口水，感觉好多了。他摇摇晃晃走回坐骑，颤巍巍地骑上去。

"不管谁干的，他们人多势众，装备精良，"菲洛说，"草地上全是他们的痕迹。"

"我们得小心。"杰赛尔道，希望加入谈话。

巴亚兹尖锐地瞪了他一眼："废话！当然得小心！离达米姆还有多远？"

长脚看看天，看看平原，舔舔手指举到空中。"即便拥有众多天赋的我，没有星星参照也无法算出准确距离。约莫五十里吧。"

"我们很快得离开道路。"

"不从达米姆过河？"

"加比安占领了那里，自立为帝，无法无天。我们不能冒险。"

"好吧，那就走奥斯姆。我们兜一个大圈绕过达米姆西行。路会更远，好在——"

"不。"

"不？"

"奥斯姆的桥被毁了。"

长脚皱眉。"毁了，呃？真是的，真神就喜欢考验信徒。这就只好找渡口过奥斯河——"

"不。"巴亚兹道，"秋雨连绵，河水高涨，渡口统统过不去。"

领航员为难了。"您，毫无疑问是我的雇主，而身为光辉的领航员组织的一员，我愿满足您一切要求。但恐怕我找不到其他办法过去，不走达米姆,不走奥斯姆,也不能洇渡……"

"还有一座桥。"

"有吗?"长脚困惑半响,随后眼睛猛地睁大,"您不是指——"

"阿库斯的桥。"

人们面面相觑,皱起眉头。"我记得你说那地方化作了废墟。"九指道。

"我记得你说整座城市成了破碎的墓园。"菲洛喃喃道。

"我记得你说任何人都不会靠近它。"

"这并非我的第一选择,但别无他途。先到河边,再沿北岸去阿库斯。"没人动,尤其长脚一脸惊恐。"马上出发!"巴亚兹叫道,"这里显然不安全。"说完他掉头离开尸堆。魁耸耸肩,一甩缰绳,马车碾过草地,隆隆地跟上第一法师。狐疑的长脚和九指也只好皱眉跟上。

杰赛尔呆看着周围的尸体,它们的眼睛责难地瞪着黑沉沉的天。"不埋他们?"

"你愿意的话,"菲洛咕哝着利落地翻上马,"也许多吐几次就成。"

狗杂种们

他们骑马,走了好几天,在初冬时节搜寻贝斯奥德。沼泽和森林,山丘和峡谷,雨水与冰雹,下雾与飘雪。明知这边不会有发现,他们仍旧搜寻着贝斯奥德的蛛丝马迹。狗子觉得这是白费劲,但既然你蠢到领受任务,最好还是完成它。

"他奶奶的蠢活儿。"黑旋风暴躁地扯着缰绳。他在马上待不住,习惯脚踏实地,直面敌人,"他奶奶的浪费时间。你平时怎么受得了这活计,狗子?真他奶奶的蠢透了!"

"总得有人做,不是吗?至少我现在有马。"

"噢,我真为你高兴!"对方不屑地回答,"你有马!"

狗子耸肩:"总比走路好。"

"比走路好,呃?"黑旋风嘲弄,"他奶奶的绑起脚来?"

"我还换了新马裤,上好羊毛,吹裤裆的风没那么冷了。"

这话让大巴莞尔,但黑旋风似乎没心情开玩笑。"吹裤裆的风?狗日的死者在上,小子,你就这点追求?你忘了自己是谁?你是九指最亲近的人！你跟他并肩翻山越岭！你跟他一起出现在歌谣里！你在大部队前方侦察，上千条汉子按你的意见行事！"

"我没觉得这些有多值得高兴。"狗子低声说，但黑旋风的矛头业已转向大巴。

"笑什么，大块头？霹雳头巴图鲁，北方最强壮的杂种，听说你徒手扳倒过一头熊。你的氏族被灭时，你一人守住隘口！他们说你是个十尺高的巨人，生于风暴之下，一肚子霹雳。结果呢，巨人？最近我只听到你拉屎的霹雳！"

"那又怎样？"大巴不屑地说，"你能好到哪去？他们不敢高声说你的名字，离着老远提到你都会握紧武器！他们管你叫黑旋风，说你像一条安静、狡猾、残忍的狼！说你杀的人比寒冬还多！说你冷酷如冰！现在呢，呃，你变成没人在乎的杂碎！时代变了，你和我们一样在走下坡路！"

黑旋风微微一笑。"我说的正是这个，大个子，正是这个。我们曾是大人物，个个赫赫有名，光外号都吓得人屁滚尿流。我老弟曾跟我说，没人比寡言哈丁的弓和刀用得好，全北方都没有，奶奶的，甚至整个环世界都没他那么稳的手！现在呢，呃，寡言？"

"哦。"寡言只回了一个字。

黑旋风点头。"看吧，我说得没错，看看我们现在什么德行。我们是在走下坡，但还不至于从狗日的悬崖上往下跳吧！替南方人跑腿儿？替那帮穿裤子的娘们儿？那帮说大话、用细剑、只会吃素的杂碎？"

狗子在马鞍上不舒服地扭身。"那个威斯特知道自己在做什么。"

"那个威斯特！"黑旋风嘲道，"他会说人话，这点比其他狗日的强，但他软弱得像头猪，你自己也看到了。他根本没骨气！他们都没有！我拿命根子打赌，他们大部分人连架都没打过，你还指望他们对付贝斯奥德的亲锐？"他自嘲地大笑，"天大的笑话！"

"确实是群软蛋。"大巴喃喃道,狗子没法反对,"一半人饿得操不动家伙,别说生猛,根本都不会打。熟手都去北方对付贝斯奥德了,留给我们的是残羹剩饭。"

"我说是残屎剩尿。你说呢,三树?"黑旋风叫道,"乌发斯的磐石,呃?让贝斯奥德整整六个月如坐针毡,北方每个正派人眼中的英雄!三树鲁德!岩石雕成的男人!永远不会倒下!什么叫扬名立万?什么叫尊严高贵?什么叫真汉子?就是你!但看看你现在做的是啥,呃?跑腿儿!检查这些我们都知道贝斯奥德根本不会光顾的泥滩子!这是小崽子干的活儿,而我们能拿到还算幸运,是不?"

三树勒住缰绳,缓缓拨转马头。他坐在马鞍上,弯腰驼背,面容疲惫,盯着黑旋风看了一阵。"竖直耳朵听好,"他道,"我不想每走一里路就重复一遍。这世界早已不是我喜欢的样子。九指入土,贝斯奥德自立为北方之王,山卡注定要蜂拥越过群山。我这辈子走了太多路,打了太久仗,听够了你喷的粪,而这把岁数我本该儿孙满膝。所以你有什么资格抱怨事情不如意?你可以继续喋喋不休,黑旋风,像老婆娘埋怨奶子不再坚挺,也可以闭上鸟嘴,干点正经事。"

他依次扫视每人的眼睛,狗子迎上他的目光时,为曾怀疑过他感到一丝羞愧。"至于在贝斯奥德根本不会光顾的地方搜寻,好吧,贝斯奥德从不按常理出牌。侦察是我们的任务,我要完成任务。"他从马鞍上向前探身,"定个该死的规矩怎样?闭上嘴,睁大眼。"他调转方向,驱马穿过树丛。

黑旋风深深呼出口气:"很公平,头儿,很公平。只是挺可惜,我只是觉得挺可惜。"

"一共三个,"狗子说,"肯定是北方人,但看不出哪个氏族。看样子是跟贝斯奥德的。"

"应该是,"大巴说,"随大流嘛。"

"才三个?"三树问,"贝斯奥德没道理只派三个人。附近可能有更多。"

"料理了这仨再说,"黑旋风瓮声瓮气地说,"战吧。"

"战个屁,"三树打断他,"你们一小时前还都想回去。"

"呃。"寡言道。

"需要的话能避。"狗子指指冰冷的树林,"他们在坡上的林子里,容易避。"

三树透过树枝看看粉灰相间的天空,摇摇头。"不。天快黑了,不能把他们留在背后。既然撞上,最好还是料理掉。操家伙。"他蹲下身形,压低声音,"这么着:狗子绕到坡上,听信号干掉左边那个。懂吗?左边那个。尽量别失手。"

"好,"狗子说,"左边那个。"别失手这种话不用说。

"黑旋风,你悄悄接近,负责中间那个。"

"中间那个。"黑旋风低吼,"他完了。"

"剩下那个归你,寡言。"寡言点头,眼都没抬,用碎布擦着弓。"弄清楚,小子们?谁也别折在这儿。战吧。"

狗子在贝斯奥德的三个探子上方找好位置,藏在树干后向下观望。这种活他干了上百次,但还是容易紧张。也许这是好事,人不紧张就要犯错。

狗子守在这儿,正好借褪去的阳光看到黑旋风。黑旋风死盯着猎物,安静地穿过灌木,慢慢接近,很近了。狗子搭上箭,瞄准左边那人,放缓呼吸来稳定双手。他突然意识到自己在对面,现在他左边的人是其他人右边的人。到底该射哪个?

他暗自咒骂一句,努力回忆三树的话。绕过去干掉左边那个。啥也不做是最糟的,于是他瞄准自己左边那个,希望没搞错。

他听到三树从下方发出声音,好像林中鸟叫。黑旋风听罢纵身一跃,狗子松弦放箭。他的箭正中目标后背,寡言的箭也正中目标前胸,黑旋风抓住中间那个,从背后捅死。剩下的探子一脸震惊,但毫发无伤。

"操。"狗子低声说。

"救命!"剩下那人只来得及尖叫一声,黑旋风就扑了过去。他们在树叶里翻滚哼叫,黑旋风手起刀落——一下,两下,三下,然后他起身盯着树林,看样子十分恼怒。狗子正活动双肩,突然听到身后有声音。

"谁?"

狗子僵住了,一股凉气从头灌到脚。还有一个敌人藏在灌木丛里,离他不到十跨。他伸手摸箭弯弓,尽量保持安静,然后缓缓转身。有两个敌人,而且都发现了他,他嘴里顿时泛起陈酒般的酸味儿。三个人面面相觑。狗子瞄准块头较大的那个,拉紧弓弦。

"不!"那人喊道。箭没入胸膛,他呻吟一声,晃了晃,双膝跪倒。狗子丢下弓去抓匕首,但没来得及抽出鞘,另一人已趋近身前。他俩狠狠摔进灌木丛中,翻滚。

明,暗,明,暗。他们沿斜坡向下滚了一圈又一圈,踢踹、撕扯、捶打。狗子碰到头,面朝天停下,那杂种还跟他扭在一起。他们面对面嘶吼,语句含糊不清,像两只打架的狗。那人空出一只手,不知从哪儿抽出匕首刺来,幸好被狗子及时扭住手腕。

对方双手握紧匕首,全力下压,狗子则双手抓住他手腕,全力上推。匕首还是一点点下移,一点点逼近狗子的脸。狗子双眼眯紧,刀尖离鼻尖已不到一尺。

"去死吧,狗日的!"匕首又降了一寸。狗子的肩膀、胳膊和双手火辣辣地疼,他在慢慢失去力气。他盯着对手的脸,盯着对手下巴上的胡楂、嘴里的黄板牙、弯鼻子上的麻子,还有脸庞周围垂下的头发。刀尖越来越近。死定了,没人能救他。

刀光一闪。

对方身首分家,炙热黏滑的血泼在狗子脸上。狗子推开瘫软的尸体,血涌进眼睛、鼻子和嘴巴。他挣扎起身,一边喘粗气一边吐出嘴里的血。

"没事,狗子,你没事了。"是大巴。他肯定在狗子厮打时跟上来了。

"我还活着。"狗子轻声道,像极了罗根以前每战过后的样子,"还活着。"死者在上,他离死亡仅一步之遥。

"没什么行李。"黑旋风用剑在营地周围翻了一圈,除开火堆上的锅子,剩下都是武器之类,也没多少食物。至少不够他们走出这片森林。

"可能是探子,"三树说,"大部队的哨兵?"

"肯定是。"黑旋风说。

三树拍拍狗子的肩膀:"还行?"

狗子正忙着擦脸上的血。"嗯,还行。"还有点晕,但能站稳了,"估计受了点小伤。死不了。"

"那敢情好,我可缺不了你。我们清理战场这会儿,不如你摸过树林去瞧瞧?看这些人是给哪帮杂种做探子?"

"没问题。"狗子答道,他深深吸口气,又吐出来,"没问题。"

"他奶奶的蠢活儿,呃,黑旋风?"三树轻声说,"小崽子干的活儿,而我们能拿到还算幸运?你还有啥话说?"

"看来我搞错了。"

"大错特错。"狗子说。

黑黝黝的山坡上有一百堆营火,甚至更多。当然,还有人,大部分是没什么盔甲的农兵,但也有很多亲锐。狗子瞥见最后一缕阳光在他们的矛尖、盾缘和锁甲衫上闪耀,寒光闪闪。他们似乎做好了战斗准备,围绕各氏族长飞扬的旗帜形成松散的小群体。那里有很多旗帜,狗子草草估计有二十乃至三十面。他从没见过十个以上氏族聚在一起。

"绝对是北方有史以来最庞大的军队。"他低声说。

"嗯,"三树说,"而且为贝斯奥德而战,离南方人已不到五天骑程。"他朝下指着一面旗,"那是小骨?"

"是。"黑旋风向灌木丛吐了口痰,"就是他,那杂种跟我的账还没清。"

"那边到处是没清的账。"三树说,"那个是白如雪的旗,那个是白边,他们上面石头上的是獠牙格伦德。狗杂种们,差不多从一开始就投靠贝斯奥德,个个捞了大好处。"

"那是谁?"狗子指着一面没见过的旗帜问——那旗由皮革和骨头拼成,十分丑陋,他觉得可能是山民。"不会是克鲁默克—埃—费尔吧,嗯?"

"不可能!他不会向贝斯奥德或其他任何人跪拜。那疯子还躲在山里咧,晚上对着月亮疯叫。"

"指不定贝斯奥德把他摆平了。"黑旋风瓮声瓮气地说。

三树摇头:"不大可能。克鲁默克是个大滑头,在高山上和贝斯奥德对峙多年,据说他清楚山上所有的路。"

"所以那到底是谁的旗?"狗子问。

"不知道,可能是卡里娜河东边来的新手。那边怪人多。你认得那旗吗,寡言?"

"嗯。"寡言道,然后没下文了。

"甭管谁的旗。"黑旋风嘀咕,"算算人数,狗日半个北方的人在这里。"

"而且是最难对付的一半。"狗子说。他看到贝斯奥德的大旗立在中央,黑色兽皮上一个红圈,从这里看好似有一亩地大,高挂松树干上,随风招展,望而生畏。好大的家伙。"不知道怎么扛它。"他低语。

黑旋风滑下几步,探身向前看。"或许能摸黑溜进去,"他悄声说,"溜进去干掉贝斯奥德。"

他们面面相觑。这太冒险,但狗子觉得值得一试。他们做梦都想送贝斯奥德入土。

"干掉那狗杂种。"大巴低声说,一抹微笑爬上面颊。

"哦。"寡言咕哝。

"这事靠谱,"黑旋风低吼,"这才是正经事!"

狗子点点头,注视着下方无数营火。"的确。"这才是正经事,是他们这种有外号的该做的,或者说是曾经的他们该做的。他们肯定会被写进歌谣,想到这里狗子热血沸腾,双手起了鸡皮疙瘩。但三树出言否决。

"不,我们不冒险。我们回去通知联合王国,告诉他们有客人,不怀好意的客人,而且为数众多。"他拽拽胡子,狗子看出他言不由衷。没人想回去,但哪怕黑旋风也知道这样做才对。一直没碰到贝斯奥德是他们撞大运,如果碰上,根本没法活着离开。

"我们回去吧。"狗子说。

"有道理。"黑旋风说,"虽然挺可惜,还是回去吧。"

"是啊,"三树说,"挺可惜。"

漫长阴影

"死者在上。"

菲洛一言未发,但罗根发现自他们见面以来,她第一次没皱眉。她有些出神,嘴唇微张,另一边的路瑟倒像个傻瓜一样张大了嘴。

"你们见过这个?"他大喊着盖过周围喧闹,伸出颤抖的手指指向它。

"它独一无二。"巴亚兹说。

罗根承认,他一直觉得渡河没什么大惊小怪的。北方有些大河比较麻烦,尤其季节不对头又要带很多行李时。但没桥的话,只要找个好地方,举着武器蹚过去就行。也许靴子要好一阵才能晾干,还得睁大眼睛小心附近有埋伏,可除此之外没什么可担心的。何况河边还能装满水袋。

但谁敢在奥斯河边装满水袋,至少得绑个一百跨长的绳子。

罗根曾站在乌发斯的悬崖上看惊涛拍岸,无边无际的大海在远处化为一片泛着泡沫的灰白。你在那里会切身感受到天地间人的渺小,令你头晕目眩、战战兢兢;而今这个河谷,对岸仿如巍峨高塔的峭壁远在四分之一里外,脚下的汹涌波涛和大海没什么两样。

他谨慎地蹭到河谷边缘,脚趾紧扒松软泥土,冲峭壁下瞄了一眼。这不是个好主意,只见白色草根包裹的红土微微突出,下面是近乎垂直的参差岩石,直达遥远谷底的奔腾河水。河水拍打岩石,掀起巨大浪花,飘渺的水雾几乎喷到罗根脸上。长草长在岩缝中和岩架上,数百只白色小鸟倏忽掠过,罗根只能在隆隆水声中勉强听到鸟鸣。

他不禁想象掉进这雷霆万钧的黑色怒涛——被吸收、撕扯,旋转,犹如暴风雨中飘零的落叶。他吞口唾沫,小心翼翼退回来,张望着想找点靠得住的东西,自觉弱不禁风,轻如鸿毛,能被一阵风吹走。河水仿佛就在脚边拍打、翻滚,势不可挡的威力让地面为之颤抖。

"你也看到了,这就是为什么必须从桥上过!"巴亚兹在他耳边吼道。

"这上面怎么修桥?"

"大河在奥斯姆一分为三,那里的峡谷没这么深。帝国建筑师建筑浮岛,用若干桥拱撑起大桥,饶是如此也花去十二年。达米姆的桥则是坎迪斯亲手所建,是他与哥哥尤文斯友好时送给哥哥的礼物。那桥只靠一个桥拱横跨峡谷,个中奥妙早已失传。"巴亚兹拨转马头,"把他们都叫回来,别多耽搁!"

菲洛已从河谷边退了回来。"这么多雨。"她回头看去,皱眉摇头。

"你家乡没有河,呃?"

"恶土里水最宝贵,人们可以为一瓶水拼命。"

"你出生在那里? 恶土?"奇怪的地名,对她倒挺合适。

"无人出生在恶土,粉佬,那里只有死亡。"

"残酷的地方,呃? 那你究竟出生在哪儿呢?"

她怒目而视。"关你什么事?"

"我只想交个朋友。"

"朋友!"她嘲弄地一笑,越过罗根走向坐骑。

"喂!你是不是朋友太多,以至于不想再多交一个?"

她停下脚步,半转过身,眯眼盯着他:"我的朋友活不长,粉佬。"

"我的也一样,但我愿意冒个险,你呢?"

"好吧。"她说,脸上却无丝毫善意,"我小时候,古尔库人征服了我家乡,将我抓去当奴隶。他们抓了所有孩子去当奴隶。"

"奴隶?"

"没错,白痴,去当奴隶!像屠夫卖肉一样挑来卖去!成为财产,别人愿怎么处置就怎么处置,就像对待山羊或是狗,或是花园里的垃圾!你满意了,朋友?"

罗根皱眉:"咱北方没这种习俗。"

"嘶嘶嘶嘶——"她轻蔑地一撇嘴,发出嘶声,"算你他妈走运!"

✡

废墟笼罩在前,断柱子四处林立,破墙壁宛如迷宫,一人高的砖块四处堆积,剥落的窗户和空荡的门廊像伤口一样敞开。废墟残破的黑色轮廓映在翻滚的云层下,活像一口烂透的巨牙。

"这是哪座城?"路瑟问。

"这不是城市,"巴亚兹回答,"在旧时代的全盛时期,皇帝最强大的时期,这里是他的冬宫。"

"这些都是?"罗根眯眼看着遍地残骸,"一个人的房子?"

"而且皇帝不是整年住在这里。朝廷大部分时候待在阿库斯,只有到了冬季,当冻雪从群山上刮下时,皇帝才会带着扈从来这里。那是一支由卫兵、仆人、厨子、官员、亲王、孩子和嫔妃组成的大军,赶在冷风吹起前穿过平原,前来暂居三月。这里曾有宏伟的大厅、漂亮的花园和镀金卧室。"巴亚兹摇摇光头,"很久很久以前,战争还未爆发时,这座宫殿熠熠生辉,宛如朝阳下的大海。"

路瑟倒吸一口气。"高斯德毁了这里,呃?"

"不,它并非毁于那场战争,而是毁于多年后的另一场——尤文斯死后,我的组织反抗他弟弟的战争。"

"坎迪斯,"魁低声道,"锻造者。"

"那场战争同前一场一样惨烈、一样野蛮、一样残酷,而我们失去的更多。尤文斯和坎迪斯最终都死了。"

"不幸的一家子。"罗根咕哝。

"的确不幸。"巴亚兹皱眉看着大片废墟,"随着一如四子中仅存的锻造者死去,旧时代也告终结,留给我们废墟、坟墓和神话。渺小的人类,从此蹒跚在过去撒下的漫长阴影中。"

菲洛踩着马镫站起来。"有骑手。"她盯着地平线,厉声打断巴亚兹的话,"四十个,可能更多。"

"哪儿?"巴亚兹急忙问,一边手搭凉棚,"我什么都没看到。"罗根也没看到,只有起伏的长草和堆积的云层。

长脚皱眉:"我没看到骑手,我可是有好眼力的天赋。是的,经常有人说我——"

"你想在这儿等到看到他们?"菲洛嘶叫,"还是在他们看见我们之前离开道路?"

"我们进废墟,"巴亚兹回头叫道,"等他们经过再出来。马拉克斯!调转车头!"

冬宫遗址中满是安静而腐朽的阴影,废墟大得不成比例,爬满古老藤蔓和潮湿青苔,沾着一条条干裂的鸟粪和蝙蝠粪。这里现在成了动物们的宫殿,数不清的鸟儿在上古石建筑顶上筑巢,婉转歌唱;蜘蛛在倾斜的门廊中织起闪闪发光的巨网,沉甸甸地缀满晶莹剔透的水珠;小蜥蜴就着碎石间的缝隙晒太阳。货车哗啦啦滚过破碎地面,脚步声和马蹄声在黏滑的石头间回荡。到处都有水珠滴落,汇成水流,注入隐蔽的池塘。

"拿着,粉佬。"菲洛把自己的剑塞进罗根手里。

"你去哪儿?"

"你在下面等,别乱出声。"她仰着头,"我上去看看那些骑手。"

罗根小时候一直流连于村子周围的林子,青年时代则在山上度过了很长时间,与高山较劲。在赫安那个冬天,山民控制了高山隘口,连贝斯奥德都觉得过不去,罗根却硬是在冰冻的悬崖上找了条路上去了结恩怨。然而,他看不到这里有上去的路,除非花一两小时尝试。倾斜的高耸石墙爬满死藤蔓,摇晃的石砖上到处都是黏滑青苔,它们在上方变幻的云团映衬下显得摇摇欲坠。

"见鬼,你怎么爬上……"

她已爬到一根柱子中央。其实她的动作不太像爬,而是昆虫那样双手交替向上。她在柱顶停了一会儿,找到舒服的踏脚点,腾空一跃跃过罗根头顶,落在他身后的墙上。随后她继续攀登,被她踩落的一股泥灰撒在罗根脸上。她蹲在墙顶,皱眉看他。"别乱出声!"她低吼,然后离开了。

"你们看到……"罗根喃喃道,但其他人走远了,消失在潮湿的阴影中,他赶紧跟上,不想独自待在这荒草蔓生的墓园。魁把货车拉到前面,靠着焦躁的马匹,第一法师跪在他旁边的野草丛里,用手掌摩挲挂满青苔的墙。

"看这个,"罗根正想从巴亚兹身边溜走,却被他叫住,"看这些浮雕,上古世界的大师之作!这些是历史故事、寓言和警示。"他的粗手指温柔地抚过开裂的石块。"无数世纪以来,我们是第一批看到它们的人!"

"哦。"罗根鼓起腮帮子沉吟。

"看这个!"巴亚兹指向那面墙,"这个画的是一如赐予三个儿子礼物,而高斯德在阴影中旁观。魔法的三个正统流派的诞生。多精巧的手艺,呃?"

"的确。"

"还有这个,"巴亚兹念叨着拨开野草,拖着脚走向另一块长满青苔的石板,"高斯德想毁掉兄长的功业,"他扯开一团死去的常春藤才够到对面石板,"他打破第一律法,听从下界的声音,你看到了吗?他召唤恶魔,派遣它们去对付敌人。而这个,"他拉扯棕色藤蔓,嘴里也没闲着,"让我看看……"

"或许是讲述高斯德的挖掘,"魁道,"谁知道?说不定下一幅就是他挖到了什么。"

"唔,"第一巫师抱怨着放开爬过墙壁的常春藤,起身皱眉怒视徒弟,"也许,有时过去应该被掩埋。"

罗根清清嗓子,闪到一旁,迅速钻过倾斜的拱门。拱门后空间宽阔,长了很多矮小多刺、排列整齐但久未修剪的树。爬满青苔的墙壁旁有大把棕色野草和蓖麻,被雨水打蔫了还有齐腰高。

"或许这话不该由我来说,"长脚雀跃的声音响起,"但必须承认,我的领航天赋独一无二!跟其他领航员有天壤之别!"罗根一哆嗦,要么忍受巴亚兹的恼怒,要么忍受长脚的牛皮,没得选。

"我领大家穿越大平原,前往奥斯河,一里偏差都没有!"领航员面朝罗根和路瑟宣讲,似乎在期待不绝的称赞,"在这个天底下最危险的地方,我们没有一次遇险!"他皱起眉,"史诗般的旅程业已完成四分之一,不知你们能否理解其中艰辛?在秋冬交汇的时节穿越一成不变的草原,甚至没有星辰指引!"他摇摇头,"哈,真是太难为我了,真是高处不胜寒哪。"

他转身漫步走向树丛。"环境不理想,果树依然兢兢业业。"长脚从低垂的树枝上摘下一颗绿苹果,用袖子擦擦。"没什么比得上一颗漂亮苹果,何况来自皇家花园。"他自顾一笑,"奇怪不,呃?这些植物比人类最伟大的建筑还活得长久。"

路瑟坐在旁边一座倒塌的雕像上,抽出双剑中较为纤细修长的那把横放于膝,翻转着皱眉查看。他一根指头扫过寒芒闪烁的剑身,擦拭着微不可见的污渍，然后取出磨石吐口唾沫，仔细打磨。金属轻柔地在磨石上来回画，这声音和仪式罗根如此熟悉，他在营火前见过上千次，不禁感到一丝慰藉。

"你有必要吗？"长脚问，"磨来磨去，磨去磨来，从早到晚磨个不停，磨得我头疼。你好像根本没用过它们吧，说不定等你用的时候都磨没了，呃？"他被自己逗得咯咯笑，"到时咋办？"

路瑟没抬眼。"你是不是该专注于带我们穿越这见鬼的平原，把剑的事留给行家？"罗根暗笑，两个他见过最傲慢的人之间的交手值得一看。

"哈。"长脚嗤之以鼻，"要不你露两手？我很乐意不再谈剑。"他把苹果举到嘴边，还没咬下，手已空了。路瑟的动作快得几乎看不清，闪烁的剑尖扎着那颗苹果。"还给我！"

路瑟起身。"接着。"他熟练地一抖手腕，甩出苹果。长脚刚要抓住，路瑟抽出短剑，飞掷而来，电光石火之间，领航员抓到的苹果已成两半，他愣了愣，气冲冲地将它们扔到地上。

"显摆个屁啊！"他怒道。

"我可没你谦虚。"路瑟嘀咕。罗根暗笑不已，而长脚气冲冲地走到树旁，张望着树枝想再找个苹果。

"好手段。"罗根穿过野草，来到路瑟身边，沉声道，"你这两根针使得很快。"

年轻人微微耸肩。"我是获过奖的。"

"嗯哼。"刺苹果和刺人是两回事，但速度总是优势。罗根看看手中菲洛的剑，摆弄了两下，把剑刃抽出木鞘。他觉得这武器很怪，把手和剑刃微带弧度，末端比把手还厚，且只有一侧开刃，几乎没有剑尖。他挥了两下。重量也怪，不像长剑，更像斧子。

"四不像。"路瑟咕哝。

罗根用拇指测试剑刃，皮肤轻易就被割破。"但很锋利。"

"你从不磨武器吗？"

罗根皱眉，他估计自己这辈子足有几星期时间费在磨武器上。长途跋涉后每个夜晚，人们吃完就坐下来打理武器，用金属和石头磨，就着营火擦得亮堂堂。打磨，清洁，抛光，加固。他的头发也许裹满泥巴，皮肤沾染汗渍，衣服生了虱子，但武器永远如新月耀眼。

他握住巴亚兹送他的剑，抽出斑驳的剑鞘。与路瑟和菲洛的剑比——如果菲洛那把算剑的话——这剑又丑又钝，笨重的灰色剑刃没有一点光芒。他翻转冰冷的握把，一个银色字母刻在把手附近，那是坎迪斯的标志。

"不知为什么，这把剑似乎无须打磨。我试过，结果石头都磨坏了。"长脚爬到一棵树上，沿一根很粗的树枝匍匐爬向挂在末端的苹果。

"要我说，"领航员嘀咕，"武器和主人性情相投。路瑟上尉——漂亮时髦，但不经打；女人马尔基尼——锋利恶毒，凶神恶煞；北方人九指——严肃可靠，迟缓单调。哈！"他笑着往树枝末端爬，"恰当的形容！玩弄文字一直是我众多卓越天赋中——"

罗根闷哼一声，出剑扫过头顶树枝与树干连接处——轻轻扫过便几乎将其斩断。残余的连接根本承受不住长脚，于是整个树枝和领航员一起掉进下面草地。"对你来说够迟缓单调了吧？"

磨短剑的路瑟忍俊不禁，罗根也跟着大笑。一起笑是个好开端。先是笑，然后是尊重，最后是信任。

"天啊！"长脚大喊着手忙脚乱地从树枝下爬出，"就不能安生吃点东西了？"

"很锋利，"路瑟笑着说，"毋庸置疑。"

罗根用手掂了掂长剑："这个坎迪斯很会造武器。"

"身为锻造者，"巴亚兹穿过破碎的拱门，来到无人打理的果园，"造武器是坎迪斯所长。你手里那把只是他的普通作品，为与兄弟们的战争而锻造。"

"兄弟们,"路瑟嘲讽地说,"我大概了解他的感受。无非是互相看不惯,通常是为女人。"他用磨石磨了短剑最后一下,"而在女人的问题上,我往往能拔头筹。"

"是吗?"巴亚兹嗤笑道,"他们确实为一个女人起了争执,可惜不是你想的那种。"

路瑟咧嘴一笑:"女人还有哪种? 要我说——啊!"一大块鸟屎正中他外套肩膀,黑点灰点溅在他头发、脸和刚擦净的剑上,"这……"他慌忙起身往头上看,只见菲洛蹲在墙头,用一条常春藤擦手。明亮的蓝天让她表情难辨,罗根揣测她脸上会不会带着一丝笑意。

路瑟当然没笑。"妈的疯婊子!"他尖叫着扫下外套上的鸟屎,往高墙扔去,"一帮该死的蛮子!"他怒冲冲推开众人,穿过倒塌的拱门。看来一起笑是一回事,尊重还需时间。

"如果你们这帮粉佬还有谁关心——"菲洛喊道,"那些骑手走了。"

"往哪边?"巴亚兹问。

"往东,我们来的路,骑得很快。"

"找我们的?"

"谁知道,他们身上又没写。但他们只要认真看,应该会发现我们的足迹。"

法师皱紧眉头。"那你最好赶紧下来。我们立刻启程。"他顿了顿,"还有,别再扔鸟屎了!"

金钱问题

达戈斯卡主审官,沙德·唐·格洛塔亲启:

我极为不安地得知你既缺钱又缺人。

关于士兵,恐怕你只能利用好现有人手及在当地能获得的补充。如你所知,大军目前远征安格兰,而不幸的是,米德兰农民叛迹彰显,剩下的部队因此也分身乏术。

关于金钱,恐怕此刻我无能为力。你不必再申请,我建议你尽力压榨香料公会、本地居民及一切相关人等。能借就借,能征就征,格洛塔,展现出你在坎武战争中赖以成名的灵活手腕。

不要让我失望。

王家审问部审问长,苏尔特

"进展神速啊,主审官,可以这么说。打开上城城门后,本地人的工作效率是以前的三倍!分割半岛的城壕已挖到海平面下,并在继续加深！城壕两端筑起狭窄的水坝,您一声令下随时可以放水！"维斯布鲁克坐下时,胖脸笑得合不拢。活像这些是他自己的点子。

窗外的下城,晨祷开始,大神庙尖顶传出奇异的哭号,传进达戈斯卡每一间房屋,甚至连这里——堡城议事厅——也清晰可闻。卡哈亚在召唤他的人民。

乌尔莫斯边听边噘嘴。"又唱？该死的本地人,该死的迷信！不该把庙子还给他们！破嗓门唱得我头痛！"

哪怕为这也值了,格洛塔咧嘴而笑。"只要卡哈亚满意,我宁愿忍受一点头痛。无论如何,我们需要本地人,而本地人就喜欢唱。建议你尽早习惯,或者干脆用毯子蒙住脑袋。"

乌尔莫斯闷闷不乐,维斯布鲁克却兴致勃勃："必须承认,祈祷声让我安心,主审官的妥协赢得了本地人民。有他们合作,地峡城墙修缮完备,城门得到更换,绞架则都拆掉了。他们采集了增筑城垛的石头,呃,可问题就出在这里,石匠们不愿再无偿工作,我的士兵也只领到四分之一的薪水,士气低落。我们负债累累,主审官。"

"没错！"乌尔莫斯愤愤不平地念叨,"粮仓快满了,下城挖了两口新井,花费不菲,而我的信用破了产,米商们要我的命！"若城里每位商人很快都想要我的命,我就不该这么幸灾乐祸。"我简直不敢露面,主审官,此事危及了我的声誉！"

好像我除了这白痴的声誉没别的事操心似的。"我们到底欠了多少？"

乌尔莫斯皱眉："食水和设备就超过十万。"十万？香料商人乐意赚钱,吝于花钱,只怕埃泽连这数字的一半都凑不出,即便她真舍得凑……

"你那边呢,将军？"

"加上雇佣兵的报酬,挖掘城壕和修缮城墙的费用,置备额外的武器、盔甲和弹药……"维斯布鲁克气喘吁吁地说,"接近四十万马克。"

格洛塔用尽全力才没把自己噎死。总计五十万？等于国王的赎金。即便苏尔特出手，我也怀疑他拿不出这么多，何况他一毛不拔。为这笔巨款的零头，人们就情愿拼命。"继续工作。继续承诺。我向你们保证，钱在路上。"

将军已在收拾文件了："我会继续工作，但大家都怀疑最终能否收到钱。"

乌尔莫斯更直接："没人再相信我们。没钱就完了。"

✡

"什么也没发现。"塞弗拉叫道。弗罗斯特缓缓摇头。

格洛塔揉了揉酸痛的眼睛。"一位主审官就这样消失得无影无踪。那晚他回房上了锁，到早上没有应答，撞开房门后发现……"什么也没发现？"床有人睡，人却不翼而飞，连一点搏斗痕迹都没有。"

"没有。"塞弗拉低语。

"我们已知达瓦斯认为城中有间谍，密谋把达戈斯卡送给古尔库人，他怀疑城市理事会与此有染。合理的推断是他发现了此人身份，然后被干掉了。"

"但被谁呢？"

一切又回到原点。"我们找不到叛徒，就让叛徒来找我们。叛徒想让古尔库人进城，我们只需继续加强城防，他迟早会现身。"

"危险。"弗罗斯特呢喃。确实危险，尤其对达戈斯卡的新任主审官来说……但别无选择。

"所以我们等？"塞弗拉问。

"我们等，同时加强城防——以及筹备资金。说到这个，你还有钱吗，塞弗拉？"

"没剩多少，全花在下城一个姑娘身上了。"

"噢，可惜。"

"一点也不，跟她爱爱太带劲儿了。您感兴趣的话，我隆重推荐她。"

格洛塔打个激灵,膝盖"咔嚓"一声响:"好个暖人心肠的邀请,塞弗拉,没想到你小子还有点浪漫。要不是缺钱,我这就请人为你写首赞歌。"

"我来支援您哪,需要多少钱?"

"噢,不多,大约五十万马克?"

刑讯官猛然扬起一边眉毛,伸手在口袋里掏出几块闪亮铜币。

"十二个铜板,"他说,"我还剩十二个铜板。"

✡

"一万二,就一万二。"埃泽会长说。杯水车薪。"公会最近手头紧,生意不好做啊,钱都投了出去,我手头也匀不出。"

我敢说你手头不止一万二,但这有什么用呢?我相信即便整个公会也拿不出五十万。我怀疑全城的钱加起来都没有五十万。"他们似乎不喜欢我?"

她哼了一声:"因为你把他们赶出神庙?武装本地人?勒索钱财?公平地说,你不是最受他们欢迎的主审官。"

"或许更公平的说法是他们想要我的命?"无疑很多商人这么想。

"或许吧,至少暂时如此。我尽力让他们相信你做的一切都是为保住城市。"她与他目光交会片刻,"你确实是这么想的,对吧?"

"如果你最关心如何抵抗古尔库人。"我们最关心,对吧?"资金自是越多越好。"

"资金越多越好,但商人的怨气会越来越重。他们喜欢赚钱不喜欢花钱,即便是花钱消灾。"她长叹一声,在桌上轻敲指甲,低头看着手掌,似乎考虑了一会儿,然后把戒指一个个摘下,扔进装银币的盒子。

格洛塔皱眉。"用心良苦,会长,但我不能——"

"我坚持要您收下,"她边说边解下沉重的项链放进盒子,"您拯救城市后,钱我可以赚回来。无论如何,等古尔库人从我的尸体上把它们抢走,它们又有什么意义呢?"她摘下双手沉重的手镯,黄灿灿的金子上镶嵌着绿宝石,哗啦啦掉在戒指和项链间。"在我改变主意前,拿走珠宝吧。深陷沙漠的人——"

"谁给的水他都会喝。卡哈亚也这么对我说。"

"卡哈亚是个聪明人。"

"他确实是。感谢你的慷慨,会长。"格洛塔合上盒子。

"聊表寸心。"她起身走向门口,凉鞋在地板上摩擦,"日后还望多多照顾。"

✡

"他说现在就得跟您谈。"

"他叫什么,丝克儿?"

"马修斯,是个银行家。"

又一个来讨债的,过了几天我或许得把他们统统抓起来。那将意味着我的信用彻底透支,但能看看他们的表情也值了。格洛塔无助地耸肩:"让他进来吧。"

来人是个五十多岁的高个,脸颊消瘦下沉,眼窝深陷,看来不太健康,但动作极为精准,眼里有股冷酷的沉着。好像世上一切——包括我——都可用银马克称量。

"在下马修斯。"

"下人通报过,很遗憾,本人暂无钱还债。"除了塞弗拉的十二个铜板。"本城拖欠贵行的债款必须推迟,但本人保证,你不会等太久。"等到大海干涸,天空坠落,恶魔从地底爬出。

马修斯笑了——如果可称之为笑的话,那不过是嘴角精细而毫无感情地轻轻一牵。"您误会在下了,格洛塔主审官,在下不是来讨债的。七年来,在下有幸出任凡特和伯克银行在达戈斯卡的首席代表一职。"

格洛塔一愣,随后试图显得漠不关己。"凡特和伯克,你是说?记得你们资助了布商公会。"

"我们和那家公会是有业务往来,直到他们不幸违法。""你们当然有业务往来,据我所知,整个布商公会都归你们所有。""我们和许多大小公会、公司、银行和个人都有往来。今天在下要处理和您的业务。"

"什么业务?"

马修斯转身面向大门,打个响指。两个粗鲁的本地人便挥汗如雨地抬进一个大箱子,抛光黑木箱以明亮的钢条镶嵌,配上重锁。他们把箱子小心放在上好的地毯上,擦擦额上的汗,在格洛塔上来查看时退了出去。这是?马修斯从口袋里掏出一把钥匙打开锁,掀起箱盖,精准谨慎地站开,好让格洛塔看清箱中事物。

"十五万银马克。"

格洛塔眨眨眼。真的。无数银币在晚霞中闪烁,平滑浑圆的五马克银币。这不是马戏团的钱箱,也非野蛮人的掠获,而是工整精准地摞在木格里的钱。跟马修斯本人一样精准。

两个工人又扛来第二个箱子。这箱子比第一个略小,他们把它放在地上后再次退下,对眼前的惊人财富浑不在意。

马修斯用同一把钥匙打开第二个箱子,掀开箱盖后站开:"三十五万金马克。"

格洛塔知道自己合不拢嘴,却没法闭上。黄灿灿、亮闪闪的金子,像篝火带给人温暖。它们牵着他、拖着他、扯着他,他甚至无意识中前踏了一步。大号的五十马克金币,同样工整精准地摞在木格里。多少人一辈子没见过一枚这样的金币,别提一整箱。

马修斯从外套中取出一个压平的皮套,谨慎地放在桌上展开,一折,二折,三折。

"价值五十万马克的宝石。"

价值连城的宝石躺在坚硬的棕色木桌上柔软的黑皮套中,色彩斑斓,与霞光争辉。五颜六色的碎石合计约有两捧,格洛塔目瞪口呆地低头看着它们,一边呲吸牙齿空洞。埃泽会长的珠宝瞬间变得微不足道。

"遵照上级指示,在下总计付给您——达戈斯卡主审官沙德·唐·格洛塔——整整一百万马克。"他展开一张厚纸,"请您签字。"

格洛塔从一个箱子看到另一个箱子,又看回来,左眼跳个不停:"为什么?"

"这是收据。"

格洛塔几乎笑出声。"不是这个!为什么给我这些钱?"他挥舞一条胳膊,"为什么?"

"显然,在下的雇主和您一样不愿让达戈斯卡落入古尔库人之手。除此之外,在下也说不上来。"

"说不上来还是不会说?"

"说不上来,也不会说。"

格洛塔皱眉打量宝石、银币和金币,瘸腿麻木地抽搐。这大大超过我的期望,但银行不是做慈善的。"几分利?"

马修斯又露出冰冷的微笑:"在下的雇主视之为对城防事业的捐助,只附加一个条件。"

"什么条件?"

"也许有一天,凡特和伯克银行的代表会找您……还个人情。我的雇主衷心希望,届时您不会让他们失望。"

百万马克的人情,我将听凭最可疑的机构摆布。一个我连动机都没搞清的机构,一个不久前我还怀疑是叛国罪源头的机构。但我有什么选择?没钱肯定保不住城市,保不住城市我就完了。我需要奇迹,奇迹也适时出现,真真切切。深陷沙漠的人谁给的水他都会喝……

马修斯滑来收据,上面工整地写满数字,末尾留下签名位置。这不啻于签署供状。囚犯总会签署供状,因为别无选择。

格洛塔提笔蘸墨,在纸上落款。

"这是最后一笔业务,"马修斯麻利精准地卷起文件,谨慎地放进外套,"在下和同事今晚就离开达戈斯卡。"你们捐了一大笔,却对之信心全无。"凡特和伯克银行即将关闭在本城的支行,也许等与古尔库人的不幸战事结束后,我们会在阿杜瓦重逢。"银行家皮笑肉不笑地说,"您可别一次花光了。"说完他转身大步离开,留下格洛塔继续思索这笔飞来横财。

他拖着脚走来走去,喘着粗气继续打量这笔财富。他感觉这些钱里有些歹毒、恶心的东西,甚至让他恐惧,于是他用颤抖的手合上两只箱子,上好锁,把钥匙藏进内袋。他用指尖碰了碰两只箱子的金属合页,发觉手头全是汗。我发财了。

他用拇指和食指捏起一颗橡子大小的清澈宝石,放在窗下观看。微光穿过宝石的若干棱面反射在他身上,简直是千万点跃动的火星——蓝、绿、红、白。格洛塔并非宝石行家,但他很确定手上握的是一大颗钻石。我发大财了。

他看着展开的皮套中闪烁的宝石,有大有小,甚至有些比他手中这颗还大。我富可敌国。想想看我能做到什么,想想看我能控制什么……有了这么多钱,或许我真能拯救城市。更多城墙、更多补给、更多装备、更多佣兵,把古尔库人打个落花流水,羞辱古尔库皇帝。谁能想到呢?沙德·唐·格洛塔,又一次成为英雄。

他用指尖拨动闪亮的小石头,迷失在思绪中。短期内大手大脚必将招致怀疑。我忠实的仆人维塔瑞刑讯官会很好奇,而她会引发我高贵的主人审问长阁下的好奇。昨天还在要钱,今天就开始铺张?没办法啊,我得借,阁下。是吗?你借了多少?整整一百万咧。是吗?谁会借出这么多?哎呀,还不就是咱们的老朋友凡特和伯克银行,阁下,为了说不清道不明、随时可能讨还的人情,但我的忠诚仍旧毋庸置疑。是吗?是的,不过一堆宝石而已。码头边的尸体……

他下意识地用目光扫过那些闪烁的冷硬石头,它们在他指尖发出可爱的碰撞声。可爱,但危险。必须非常小心。前所未有地小心……

恐惧

　　毋庸置疑，前往世界边缘的漫漫长路艰辛而紧张。平原上的尸体让大家忧心忡忡，路遇的骑手更是雪上加霜。旅途如此不适，杰赛尔感到透彻心肺的冷、饿和潮湿，骑马直骑得屁股酸痛，晚上在起伏不平的硬地上摊开身，迷迷糊糊梦见家乡，直到又一个苍白黎明到来，却比昨晚入睡前更累更痛。异乡的泥巴在皮肤上乱钻乱搔，他不得不承认自己闻起来快和其他人一样了。这种磨难足以令文明人崩溃，更别提时刻面临的生命危险。

　　为躲避可能的追兵，几天前巴亚兹让大家离开大河，沿平原上的深沟——冲积岩沟和阴影幢幢的峡谷——中的远古道路穿行，路旁有喧哗的溪流。

　　杰赛尔几乎开始怀念无尽无聊的平原了，至少不用神经紧绷地盯着每块岩石、每片灌木丛和每个小土丘，担心突然冒出残暴的土匪。他咬着指甲，直到咬出血，而任何风吹草动都能让他咬到舌头。他紧张地握紧武器，却发现"敌人"不过是飞出灌木丛的鸟儿。自然，这并非恐惧,他杰赛尔·唐·路瑟天不怕地不怕,所有一切——无论埋伏、战斗,还是气喘吁吁的追逐——他无疑都能泰然处之。无法承受的只是无止境的等待、无休止的紧张和无情残酷的旅途。

找人分忧或许会好受些,可惜同伴都不入流。车行在破碎的古道上,驾车的魁阴沉着脸,一言不发。巴亚兹也无话可说,除了偶尔教导杰赛尔领袖的素质——说到底,最缺乏领袖素质的不就是巴亚兹吗?长脚在前探路,每天或隔天回来一次,为的是提醒大家他的天赋有多出众。菲洛朝每样东西——尤其是杰赛尔——皱眉,好像全天下都欠她,而且她的手从不离开武器。她几乎不说话,要说也只对九指说,通常是叫嚷检查灌木丛、掩盖足迹或讨论敌人追踪的可能性等等。

北方人也是个谜。杰赛尔在阿金堡大门前初遇这禽兽不如的蛮子时,惊得目瞪口呆。但在这里,在旷野中,情况完全不同。在这里,文明人无法回避恶心的蛮子,以绝不与之同流合污的姿态表达蔑视,并在背后加以评论和抨击;在这里,文明人得学会放低姿势,无论对方什么德行。杰赛尔慢慢发现,九指也不过是个人,一个既蠢又坏,还丑怪到家的人。在智力和文化教育方面,九指固然不及联合王国最低贱的农民,但杰赛尔承认在这支队伍中数他最不讨厌了。他没有巴亚兹的傲慢,没有魁的阴沉注视,没有长脚的夸夸其谈,也没有菲洛的满肚子坏水。跟农夫询问麦田收成或向铁匠打听盔甲的做法并不会贬低杰赛尔,无论那农夫或那铁匠有多脏多丑多卑微。既然如此,在粗鄙的事情上征求屠夫蛮子的意见,不也行得通吗?

"听说你带人上过战场。"杰赛尔试着开口。

北方人迟钝的黑眼珠转过来看他:"不止一次。"

"还决斗过。"

"是啊,"对方抓抓胡子拉碴的下巴上的道道伤疤,"这些疤可不是手滑。"

"手滑的人该留大胡子。"

九指忍俊不禁。杰赛尔几乎习惯了他的笑容——丑归丑,但好脾气的人猿赛过发狂的人猿不是?"是的。"他说。

杰赛尔想了一下,他不想示弱,但诚实或能打动对方单纯的心智。对狗是如此,对北方人应该没啥差别。"我自己,"他脱口而出,"从未参与实战。"

"你没有吗?"

"没有,不骗你。我的朋友此刻都在安格兰,讨伐贝斯奥德一伙蛮子,"九指避开视线。"我的意思是……我是说……去和贝斯奥德作战。我也想去,只怪巴亚兹找我来参与这场……冒险。"

"他们亏了,咱们赚了。"

杰赛尔尖锐地瞪着对方。换作文明人,此言多半是讽刺。"贝斯奥德无端挑起战争,他毫无荣誉感。"

"这点我绝对认同,贝斯奥德擅于挑起战争。事实上,他唯一更在行的是赢得战争。"

杰赛尔哈哈大笑:"你该不会以为他能打败联合王国吧?"

"他在实力对比更悬殊的情况下赢过,但你的意见或许有理,毕竟这里没有谁比你更了解联合王国。"

杰赛尔的笑声噎住了。他几乎确定对方在讽刺他,而这让他踌躇。九指是考察他吗?那张伤疤累累、丑陋无比的单调脸皮后面,是不是有个狡猾的蛮子正想着:"好个傻瓜!"也许巴亚兹说的有理?也许北方人确实有地方值得学习?他有办法弄清楚。

"战争是什么样?"他问。

"战争就像人,没有哪两个人一模一样。"

"你这话什么意思?"

"想象一下在黑夜里被撞击声和喊叫声惊醒,慌慌张张冲到帐篷外的雪地,裤子都没穿上,却见周围人互相砍杀。月光下敌友不分,你也手无寸铁。"

"混乱。"杰赛尔总结。

"没错。再想象一下倒在泥土中,无数双脚踩下,想逃却不知往哪爬,同时背上插了根箭、屁股挨了一刀,像猪一样尖叫着。不知打哪儿来的长矛随时可能将你钉死在地。"

"痛苦。"杰赛尔同意。

"没错。再想象一下站在盾牌围成的直径不过十跨的圆形空地,持盾人个个放开嗓门咆哮,空地里只有你和你的对手,而你的对手号称全北方最厉害的杂种。你和他只有一人能活着出去。"

"嗯嗯……"杰赛尔呢喃。

"没错。这就是战争,喜欢吗?"杰赛尔不答,九指笑了,"我不觉得你会。说实话?我也不喜欢。我参加过所有这些战争、冲突和决斗,从头到尾怎一个乱字了得,我经常打到半途就想尿裤子。"

"你?"

北方人再度忍俊不禁。"在我看来,傻瓜才说自己不怕,或许只有死人或将死之人才没有恐惧。恐惧教会你谨慎,让你敬畏对手,避开危险。相信我,恐惧最好不过,恐惧让你活着,而活着是任何人在战争中所能指望的最好结局。每个人都他妈需要懂得恐惧,适应恐惧。"

"打仗必须要害怕?这就是你的建议?"

"我建议你找个好姑娘,忘掉一切血腥勾当,可惜二十年前没人教我。"他偏头看向杰赛尔,"但若受困于望不见尽头、危机四伏的大平原,我倒有三条原则:第一,保持最弱、最傻、最胆小的形象。俗话说,沉默是金,言语和姿态不能赢得战斗,往往还适得其反。"

"装傻,呃?"杰赛尔这辈子想方设法让自己看起来最聪明、最强壮、最高贵,对方提出的似乎是个隐藏实力的狡猾点子。

"第二,永远不轻视对手,不管对手看上去多蠢。把别人想象成有你两倍聪明、两倍强壮、两倍敏捷,事到临头才不会遇上过于夸张的惊喜。谦虚十分廉价,自信则害死人。"

"不低估对手。明智的原则。"杰赛尔开始意识到自己低估了北方人。此人根本不傻。

"第三,尽可能用眼睛看、用耳朵听,但打定主意后绝不动摇,该出手时就出手。我爹常说,犹豫是灾难之母,相信我,我见过许多灾难。"

"心无旁骛,"杰赛尔边低声重复边缓缓点头,"当然。"

九指鼓起伤疤脸:"我认为,做到这三条就成功了一半。"

"才一半?另一半是什么呢?"

北方人耸肩:"运气。"

"我不喜欢这里!"菲洛咆哮,在谷底皱眉看向陡峭的山壁。杰赛尔不知道全天下她喜欢哪里。

"你觉得我们被跟踪了?"巴亚兹问,"你发现了什么?"

"在沟里我能发现什么?我担心的不就这个吗?"

"这里适合打埋伏。"九指咕哝,杰赛尔不由得紧张地扫视周围:乱石、灌木、矮树,到处都能藏人。

"好吧,长脚找的路。"巴亚兹嘀咕,"非得自己扫厕所,还请清洁工干吗?该死的领航员去哪儿了?需要他时总找不着,吃饭倒知道回来,再吹他几小时牛皮!若你们知道那王八蛋花了我多少——"

"该死。"九指猛地勒马,生硬地跳下马鞍。一根满是创痕的灰色树干拦住去路。

"我不喜欢这里。"菲洛说着从肩上取下弓。

"我也不喜欢,"九指喃喃道,朝拦路的树干跨出一步,"但你必须现——"

"请留步!"回音响彻山谷,高亢而自信。魁用力勒住缰绳,停下货车。杰赛尔抬头看着峡谷的一线天,心几乎提到嗓子眼。他看见说话者了:一个穿过时皮甲的大个子,满不在乎地坐在岩架边,一只脚凌空晃荡,微风中长发轻摆。至少从远处看,此人和蔼友善,笑容灿烂。

"吾乃费里斯,吾皇卡比安之忠仆。"

"卡比安?"巴亚兹说,"听说他失去了理智!"

"陛下素有新意,"费里斯说,"然能顾惜吾等。听吾一言——汝等被围矣!"倒下的树干后现出一个手握短剑盾牌、神态严峻的男人,岩石和灌木丛后又分别转出二个和三个人,个个表情肃穆,利器在手。杰赛尔舔舔嘴唇。他当然能笑对强敌,但局面实在说不上有利。他回头一看,只见更多人走出他们片刻前经过的岩石,堵住退路。

九指抱起双臂。"有时,"他喃喃道,"真希望是我给别人惊喜。"

"上方的二位弟兄!"费里斯叫道,"也现身罢!弓箭手也亮亮相!"杰赛尔看到白色天空下两道人影及人影手中弯曲的武器。"汝等可止步矣!"

巴亚兹摊开双手。"有话好说!报个价,我——"

"老人家此言大谬,吾等岂是宵小之徒!吾辈帝国军人,岂能出此盗匪行径?吾奉命追缉一干人等,彼等远离大道,横越荒野!或曰有一秃头老朽,一病恹男生,一轻浮傲慢之狂徒,一伤痕累累之恶妇,及一北方人猿!汝等其无异乎!"

"恶妇若是指我,"九指叫道,"北方人猿该是谁呢?"

杰赛尔吓得缩了一下。别开玩笑,别开不合时宜的玩笑。但费里斯轻笑:"汝倒幽默,也算惊喜。另有一人何不出来领死?领航员何在?"

"不知道,"巴亚兹咆哮,"你把他给杀了?"

"老人家言重了,此人尚未捕获。"费里斯笑容轻松,他的手下纷纷咧嘴笑着摸武器,"汝等若肯就范,日落前便可折返达米姆。"

"到达之后?"

费里斯快活地一耸肩:"与吾无关。吾不问陛下,汝亦不问吾,若此,则无人遭活剥。老者会意否?"

"你说得很清楚,但只怕我们不去达米姆。"

"汝等何人?"费里斯叫嚣,"如此狂妄!"

最近的士兵上前牵住巴亚兹的马辔头。"够了!"巴亚兹咆哮。

杰赛尔肚里又涌起那股奇怪的恶心感。巴亚兹肩头的空气开始闪烁,好似锻炉上的热流。牵马士兵皱眉张嘴正待说话,脸庞却塌了下去,然后脑袋破裂,仿佛被隐形的巨人用手指一捏。他甚至没时间尖叫。

巴亚兹身后的四个兵同样没时间尖叫——他们残破的身躯连同灰色树干的残骸,以及周围的泥土岩石一道被掀到半空,砸在百跨之外的峡谷岩壁上,发出仿佛房子垮塌的声音。

杰赛尔惊得合不拢嘴,全然动弹不得。一切都发生在恐怖的刹那。刹那之前五个敌人还好端端站着,刹那之后已成四分五裂的烂肉。后方弓弦响动,接着是一声惨叫,有人应声掉落峡谷,如破布般撞在峭壁上,脸朝下摔进溪流中。

"快跑!"巴亚兹大叫,但杰赛尔只能继续发呆。法师周围的空气还在闪,闪得更厉害了,隔着气流看他身后的岩石好似看溪流中的石子。老人皱眉低头看着双手。"不……"他呢喃道,将双手举到身前。

地上的棕黄枯叶升到空中,仿佛为强风鼓动。"不,"巴亚兹睁大双眼,似乎全身都在哆嗦。杰赛尔呆看着周围的碎石升起来,升到不可思议的高度。枝条被扯离灌木,野草离开了岩石,连他的外套也扑簌簌作响,被莫名的伟力往上拉。

"不!"巴亚兹尖叫,他的双肩忽然剧烈颤抖。旁边一棵树随着震耳欲聋的巨响断裂,无数木屑被猛刮上天。有人大喊,但杰赛尔听不清,他的坐骑人立而起,他也没法约束。整个山谷仿佛都在闪烁、颤抖、摇撼,把他四脚朝天掼倒在地。

巴亚兹僵硬地朝后仰头,抬起一只手抓挠空气。一块人头大小的石头自杰赛尔面门前飞过,砸碎在大岩石上。空中卷起无数尘埃、木屑、碎石、泥土和各种物品,耳边是恐怖的哗啦声、咔哒声和啸叫声。

杰赛尔翻身双手抱头,闭紧眼睛。

他想起朋友们,想起威斯特、加兰霍、卡斯帕,甚至布林特中尉。他想起家乡,想起父亲和兄弟们。他想起阿黛丽。他默默发誓:只要能再见到他们,他一定改过自新。他的嘴唇在撕裂峡谷的不自然的风中瑟瑟发抖。他不会再自私、不会再骄傲、不会再懒惰了,他会做个好朋友、好儿子、好情人,只要能活过这场风暴。只要能活过这场风暴。只要能……

他听到自己惊慌而急促的喘息,脑袋阵阵充血。

然后一切平静下来。

杰赛尔睁开眼睛,放下双手,脑旁积了一大堆树枝泥土。事实上,整条峡谷都被落叶和呛人的尘埃笼罩。九指站在旁边,划破了额头,鲜血从脏兮兮的脸上流下。他缓步侧行,持剑在手,剑在腿边摇晃。有人面对他——是刚才堵住他们退路的士兵之一,顶着一头蓬乱红发。他俩兜着圈。杰赛尔张大嘴巴,跪起来观看,心底有个小声音提醒他出手干预,但他不明白怎么做。

红发兵动作很快,向前一扑,举过头的长剑猛然挥下——但他快,九指更快。九指往旁一踏,呼啸的剑刃便从脸旁几寸的地方掠过,然后他的剑结结实实砍中对方肚皮。士兵哼了一声,跟跄了一两步,九指的重剑又伴着一声闷响咬进他后脑。士兵面朝下栽倒,头上血流如注。杰赛尔看着鲜血在尸体旁的泥土中缓缓扩散,形成一个挺大的黑池子,池水粘满谷底的尘埃和泥巴。没有第二回合。没有三战两胜。

他听到脚步声和闷哼,抬头看见九指拼力迎击第二个对手,一个大个子。两人咆哮着比拼,争夺一把匕首。杰赛尔目瞪口呆。刚才发生什么了?

"捅他!"两人搏斗时九指高喊,"快他妈捅他!"杰赛尔目不转睛地跪着看,一只手放在长剑柄上,好似那是悬崖边上最后一根稻草。

"砰"一声轻响,大个子哼叫着,背上插了支箭。然后又"砰"一声,他背上插了两支箭。第三支箭和第二支几乎插在同一位置。大个子缓缓放开罗根，跪下咳嗽呻吟。他朝杰赛尔爬去，但越爬越慢，皱起脸发出奇怪的啜泣，背上的箭好像湖边芦苇。

最后，他躺倒不动了。

"那杂种费里斯呢？"

"跑了。"

"他会搬救兵！"

"没法子，要对付这家伙，我只能放过他。"

"我能对付这家伙！"

"当然了。如果你能跟他拼上一年，也许路瑟会拔出剑来，呃？"

这些奇怪的对话对杰赛尔来说毫无意义。他摇晃着起来，口干舌燥膝盖软，视野发白。巴亚兹仰面倒在几垮外的路上，他的徒弟跪在他身边。巫师一只眼睛紧闭，另一只微睁，抽搐的眼皮下翻着白眼。

"你可以松手了。"杰赛尔低头一看，发觉自己依然紧攥剑柄，直捏得指节发白。他强迫自己缓缓松手，手掌抓得生痛。一只粗犷的手按在他肩头。"你还好吗？"是九指的声音。

"呃？"

"你受伤了？"

杰赛尔呆看着手掌，傻乎乎地转来转去。很脏，但没有血。"没。"

"很好。马都跑了。谁能怪它们呢，是不？假如我有四条腿，这会儿该跑到海边了。"

"什么？"

"你去找找？"

"我凭什么听你的？"

九指稍稍皱起浓眉。杰赛尔意识到彼此站得很近，而九指的手还搁在他肩头，虽只是一搁，但隔着外套仍能感到这只手的力量，起码扭断他胳膊不成问题。该死的大嘴巴，老给自己惹麻烦。他觉得对方至少会照他脸上一拳,很可能让他脑袋开花,但九指只是满腹思量地噘起嘴说:"你和我,我们没什么交集,却有诸多分歧。我发现你不太尊重我这号人,或是不尊重我。我不怪你,死者在上,我的缺点够多了,我也知道。也许你觉得你是个聪明人而我是个蠢货,我敢说你是对的,毫无疑问,很多你懂的事我完全不懂。但谈到打仗,我必须遗憾地声明,世上没几个人的经验比我丰富——无意冒犯,但你肯定不是其中之一。没人让我当头儿,只是该做的必须得做。"他又走近一步,他的大爪子用父亲般的力量抓紧杰赛尔的肩膀,介于威胁和安抚之间。"行吗?"

杰赛尔想了想。他身陷陌生的土地,片刻前发生的事清楚表明了他陷得有多深。他低头看向九指杀掉的红发兵,看向后脑勺那个恐怖的伤口。或许,暂时听蛮子指挥比较有利。

"行。"他回答。

"很好!"九指咧嘴笑着,拍拍肩膀让他出发,"我们得找到马,我想你适合干这个。"

杰赛尔点点头,跌跌撞撞去找马。

百部众

什么事正在发生,格洛塔上校却控制不了四肢。明亮的阳光照得他眼睛痛。

"打败古尔库人了?"他问。

"毫无疑问,"卡哈亚教长回答,他倾身进入格洛塔的视野,"真神保佑,我们像宰牛一样宰杀他们。"这位本地老人啃着手中断掌,咬下两根指头。

格洛塔抬起胳膊,这才发现末端被人齐腕咬断,血淋淋的。"我发誓,"格洛塔上校低声说,"你吃的是我的手。"

卡哈亚笑道:"真美味,祝贺你。"

"美味极了,"维斯布鲁克咕哝着从卡哈亚手中接过断掌,撕下一大片肉,"一定跟你年轻时练剑有关。"圆胖的笑脸上全是血。

"练剑,当然,"格洛塔说,"我很高兴你喜欢它。"越来越怪了。

"我们喜欢,我们喜欢!"乌尔莫斯叫道,把吃剩的格洛塔的腿捧在手中,像捧着一片瓜,啃得相当讲究,"我们四个都喜欢!味道像烤猪!"

"像劲道的奶酪!"维斯布鲁克大喊。

"像甘甜的蜂蜜!"卡哈亚打个嗝,往肉上撒了点盐。

"像闪亮的银币。"埃泽会长的声音从下面传来。

格洛塔用手肘撑起身。"你在下面做什么?"

她抬头咧嘴笑道:"你拿了我的戒指,该有所表示吧。"说完她又狠狠咬他右腿,洁白的牙齿宛如细小匕首,剜出一个肉球。她贪婪地吸吮伤口喷出的血,在他皮肤上舔来舔去。

格洛塔上校扬起眉毛。"当然,你说得对,太对了。"这远没他以为的那么痛,但想坐直身子还是太难,于是他倒在沙地上看着蓝天:"你们都对。"

她已吃到臀部。"啊,"上校嘻嘻笑道,"好痒!"被大美女吃下肚,多么荣幸。"请往左咬一点,"他呢喃着闭上双眼,"一点点……"

格洛塔猛然在床上坐起,拱起的背像一张拉满的弓。左腿在汗津津的毛毯下颤抖,无用的肌肉火辣辣地抽筋。他用剩下的牙齿咬紧嘴唇才没尖叫出声。他透过鼻孔粗浊地喘气,为克制自己脸皱成一团。

正当他觉得那条腿就要断了时,抽搐突然缓解,格洛塔倒回汗津津的床铺,沉重地喘息。该死的噩梦!他浑身都痛,虚弱颤抖,冷汗连连。他在黑暗中眉头深锁,听到某种怪声。某种急促的咝咝声。什么呢?他缓慢谨慎地翻身下床,跳到窗边查看。

屋外的城市似乎消失了,灰帘降下,隔开他和世界。雨。大大的雨点打在窗台上,柔和地爆开,带来冰冷的水雾,弄湿了毯子和窗帘,抚慰着格洛塔汗津津的皮肤。雨。在这里,他忘了雨的存在。

远处黑暗中闪电破空,大神庙尖顶刹那间清晰可见,然后黑暗又围拢过来,裹挟着悠长的闷雷。格洛塔手伸出窗外,感受冰冷的雨点,感觉奇异而不真实。

"是真的。"他告诉自己。

"第一场雨。"格洛塔猛然旋身,差点噎住,他一踉跄,慌忙抓住窗边潮湿的石头。房间犹如漆黑地狱,无从得知声音从何传来。是幻想?我还在做梦?"总值得纪念。世界即将恢复生机。"格洛塔感到心跳停止。是个男人的声音,深沉浑厚。就是他杀了达瓦斯?现在来害我?

房间被又一道明锐的电光点亮。只见说话之人盘腿坐在地毯上,是个长发的老年黑人。他挡在我和门之间,即便我双腿完好,也绝对逃不出去。闪电骤现骤逝,老人的形象却烙在格洛塔眼底,然后雷霆声在黑暗空旷的屋内回荡。这下即便有人,也不会听见我绝望的求救了。

"你他妈是谁?"格洛塔在震惊中尖声问。

"我叫余威。你无须紧张。"

"无须紧张?他妈的开什么玩笑?"

"想杀你,我会趁你熟睡时动手,此刻你早已没命。"

"你真贴心。"格洛塔飞速考虑着周围一应物品。至多够到桌上华丽的茶壶。他差点笑出声。够到又怎样?请他喝茶?即便从前的我,也没法拿茶壶打架。"你怎么进来的?"

"我自有办法。同样的办法让我横越辽阔沙海,悄无声息地穿行于沙弗法熙熙攘攘的大道,并通过古尔库大军进城。"

"至少你该敲门。"

"我倒愿意,但你不会放我进来。"格洛塔竭力朝暗处扫视,除了家具模糊的灰色轮廓和窗口灰色的拱形空间,什么也看不见。雨点继续敲打窗台和下面城市的屋顶,发出极细微的咝声。就在他怀疑噩梦已告终时,那声音又开口:"多年来,我一直在监视古尔库人,这是我的任务,我的苦修,为着我在我组织的大分裂中所犯的罪过。"

"你的组织?"

"法师组织。我在尤文斯十二弟子中排行第四。"

他是个法师,我早该猜到,他跟那个高深莫测、惹是生非的秃头巴亚兹一样。仿佛政治和阴谋还不够烦,我还要面对神话与迷信。好在似乎能活过今晚了。

"法师,呃?请原谅,以我跟你组织过去打交道的经验,往好了说,结果也是一无所获。"

"或许我能挽回我组织的声誉。我带来你需要的情报。"

"免费提供?"

"至少这次。古尔库人在行动,今晚借助风暴掩护,五杆金旗挺进半岛——这代表二万把长矛和巨型攻城机械。另有五杆金旗隐于山后。此外,从沙弗法到乌-卡迪法,从乌-卡迪法到德拉帕,从德拉帕到大海,道路挤满士兵。皇帝倾巢出动,动员了全南方的兵力——无论是从卡迪尔和达瓦赫征集的新兵,叶什塔维的骑兵,甚至沙弥尔森林中男女并肩作战的凶悍蛮子——向北进军,来这里为帝国而战。"

"只为夺取达戈斯卡这弹丸之地?"

"不只如此。皇帝建造了海军,有一百艘大船。"

"古尔库人不是水手,联合王国拥有制海权。"

"世界在变,你必须转变思想,否则就将失败。这场战争和上一场完全不同。卡布尔终于派出他花去无数岁月锤炼的士兵,高高的荒山上,雄伟的萨坎特神庙要塞打开了大门。我都看见了。得到三倍祝福也该遭三重诅咒的马穆率先出动,他是大沙漠之子,是卡布尔的大弟子,他们一起打破第二律法,一起食人肉。他统御百部众,百部众都是食尸徒,是先知的护法,专为这场战争而培育,食人肉多年,接受武艺和高等技艺的刻苦训练。自旧时代尤文斯与坎迪斯的大战以来,世界还没面临过比这更严重的危机。也许只有高斯德触碰异界,试图打开下界大门能与之相比。"

吧唧吧唧吧唧,说不完的废话,法师个个神叨叨。"你说带来了情报？就请省去睡前故事,告诉我达瓦斯的下落。"

"这里有个食尸徒,我闻到了,一个阴影中的潜伏者,要摧毁任何敢于阻碍先知的人。"首当其冲就是我?"你的前任并未离开这个房间。食尸徒干掉了他,以保护城里的叛徒。"

好吧,总算书归正传。"叛徒是?"格洛塔尖细的声音连自己听来也充满急迫。

"我不会算命,瘸子,况且我给你答案你会信?每个人步调不同。"

"我呸!"格洛塔叫道,"你跟巴亚兹一样,废话一箩筐,到最后什么也没说。食尸徒?什么鬼话!"

"鬼话?难道巴亚兹没带你去锻造者大厦?"格洛塔吞口口水,颤抖的手抓紧潮湿的石窗台。"你依然怀疑我?好个迟钝的瘸子。难道我没看见古尔库人打到哪里,就从哪里抓奴隶运往萨坎特?难道我没看见望不见尽头的队伍蜿蜒于群山之中?全是为喂养卡布尔和他的护法,增强他们的力量!这是对真神的冒犯!这打破了一如用烈焰写下的第二律法!你怀疑我,也许不无道理,但天亮前你会亲眼目睹古尔库大军。五杆金旗出现时,你会知道我说的是真的。"

"究竟谁是叛徒?"格洛塔嘶声问,"告诉我,兜圈子的杂种!"回答他的是一片沉寂,唯有雨水滴答和穿过窗户吹打窗帘的风。一道闪电照亮了每个角落。

地毯上什么也没有。余威不见了。

古尔库大军排成五个大方阵缓缓推进,两个在前,三个在后,覆盖了海洋之间的陆峡。他们随大鼓深沉的节奏整齐划一地前进,笔直地一排又一排,靴子踏地犹如昨晚远方的闷雷。阳光蒸发了雨的痕迹,它照耀在成千上万光可鉴人的头盔、盾牌、长剑、箭头和甲衫上。森然林立的长矛阵稳步推进——无情无畏无可抵挡的钢铁人潮。

地峡城墙上的联合王国士兵蹲在城垛后,手执弩箭,紧张地看着迫近的大军。格洛塔感到他们的恐惧。谁能怪他们？现在就以一敌十了。吹过城头的风中没有鼓声、没有命令、没有焦急，唯有沉默。

"他们来了。"尼科莫·科斯卡饶有兴致地说，嬉笑看待这一幕。城上似乎只有他不怕。要么是有钢铁般的神经，要么是喝得烂醉。反正大醉和等死对他来说都没差。他一脚踏住城垛，前臂在膝盖前交叉，一只手晃悠着半满的酒瓶。这位佣兵打仗和喝酒的穿戴几无区别：同样松垮垮的靴子、烂糟糟的裤子，唯一防身物是一副黑色胸甲，胸前和背后有金色涡旋。连这副盔甲也十分破旧，瓷釉片片脱落，钉子满是铁锈。但它曾是大师杰作。

"你的盔甲不错。"

"啥，这个？"科斯卡看着胸甲，"也许当年很不错，但用得太久，还老淋雨。这是奥斯皮亚的斯芬妮女公爵的礼物，为报答我在五个月的战争里替她打败斯皮奈的军队。她不仅送我这套盔甲，还承诺永远做我的朋友。"

"有朋友是好事。"

"不，当晚她就想杀我。胜利让我出人头地，她怕我乘机夺权，于是在酒中下毒，"科斯卡长饮一口，"结果害死了我最宠的女人。我只能赶紧脚底抹油，除开这件该死的胸甲，没带走什么。我投奔斯皮奈亲王，老废物给的钱连她一半都不到，好在我能率他的军队讨伐女公爵，最后如愿以偿毒死了她。"他皱起眉。"临死时她的脸成了蓝色，亮蓝色。相信我，我常说，箭射出头鸟。"

格洛塔哼了一声："出头鸟不是我现在最担心的。"

维斯布鲁克大声清喉咙，显然不满被忽视。他朝地峡中望不到尽头的队伍挥手，"主审官，古尔库军来了。"是吗？我都没发现呢。"请允许我放水灌注城壕？"

噢，怎能耽搁你最光荣的时刻？"灌注城壕。"

维斯布鲁克豪迈神气、大摇大摆地踏上城垛，缓缓抬起一条胳膊，盛气凌人地挥下。下方看不见的地方，有人抽鞭子，一队队骡子开始牵拉绳索，城上也能听到木头在巨大水压下的呜咽吱嘎声，接着是爆裂声——水坝倒塌，汹涌的盐水以滔天之势从两边涌进深挖的壕沟，掀起滚滚白浪。两边的水在他们脚下相会，荡起的水沫比城垛还高。半晌后，人造海峡平静下来。壕沟变作水道，城市化为孤岛。

"城壕灌注完毕。"维斯布鲁克将军大声宣布。

"我们都看见了，"格洛塔说，"恭喜。"希望古尔库人没什么游泳健将，他们的人数着实不少。

推进的步兵阵有五根轻晃的长杆，长杆上真金写就的古尔库文字闪闪发光。那些符号表示他们参加过的战斗和打过的胜仗。五个军团的军旗在无情的阳光下闪耀。正如老人所言，敌人出动了五个军团。他提到的海军也会来吗？格洛塔扭头看向下城，只见长长的码头伸入海湾，整个港口犹如刺猬的脊柱，依然十分忙碌。忙于运进补给，送出最后几名恐慌的商人。那里不但没有城墙保护，甚至可谓毫无防御。我们觉得不必要，是因为联合王国一直拥有制海权，但若敌人的海军……

"木材和石料尚充足？"

将军迫不及待地热切点头。似乎终于认可了我的地位。"非常充足，主审官，照您的命令。"

"我命令在码头后沿海岸线新建一道城墙。要坚固、要高，也要尽可能建得快。我们在那里的防御十分脆弱，古尔库人有可能乘虚而入。"

将军皱眉看着半岛上黑压压的步兵，又看看平静的码头。"可陆上威胁不是更……紧迫吗？古尔库人不是水手，而且无论如何他们没有值得一提的海——"

"世界在变，将军，世界在变。"

"当然。"维斯布鲁克转身向副官们下令。

格洛塔拖着脚走到科斯卡身边:"依你之见,来了多少古尔库人?"

斯提亚人抓抓长满疹子的脖子:"我数到五杆旗,意味着皇帝的五个军团,此外还有许多辅助部队:侦察兵、工程师、从南方各地征集的非正规军等等。至于到底多少……"他眯眼看向太阳,嘴唇无声翕动,好像在进行复杂计算,"太他妈多了。"他仰头喝干酒瓶,咂咂嘴,挥手把瓶子朝古尔库大军扔去。瓶子在阳光下闪烁了一会儿,摔碎在水道彼端的硬土上。"你看见他们后面的马车了吗?"

格洛塔用望远镜仔细查看,蜂拥而至的士兵后面确实有一大队大马车,腾腾暑气和靴子掀起的灰尘遮掩了它们。士兵需要补给,可这也……他看见许多长木头像蜘蛛腿一样支起。"攻城机械,"格洛塔低声自言自语。一如余威所言。"他们是来真的。"

"是啊,跟你一样。"科斯卡在城垛边解开腰带,片刻后,格洛塔听见尿撒下高高的城墙。佣兵回头咧嘴一笑,稀疏的头发在咸风中飘荡。"大家都来真的。我得跟埃泽会长谈谈,尽早拿到工钱。"

"我想也是,"格洛塔放下望远镜,"但愿一分钱一分货。"

瞎子领瞎子

第一法师别扭地躺在马车里,挤在水桶和一袋马饲料中间,头下枕着一卷绳子。罗根没见过他如此衰老瘦弱。他呼吸很浅,苍白斑驳的皮肤紧包骨头,额头全是汗,不时抽搐、扭动,嘴里念着奇怪的词,眼睑不停颤抖,像在做噩梦。

"发生了什么?"

魁低头凝视老师。"技艺须借异界之力,有借则必有还,即便对大师也有风险。一念之间改变世界……何其狂妄啊。"他嘴角浮现一丝微笑,"借得太频繁,或许某次与下界接触时,会留下自己的一部分……"

"留下?"罗根瞥了眼抽搐的老人,低声重复。他不喜欢魁说这些时的态度,就他看来,在这片鸟不生蛋的荒野失去了领路人,无论如何也笑不出。

"只消想想,"门徒轻声说,"第一法师像个无助的婴儿,"他的手轻柔地放在巴亚兹胸口,"命悬一线。伸出这只瘦弱的手……就能杀了他。"

罗根皱眉:"你咋这么想?"

魁抬眼病恹恹地一笑。"谁会这么想?我随口说说。"说罢他抽回手。

"他这病要犯多久?"

门徒坐回马车,仰头望天。"没准儿。可能几小时。可能永远。"

"永远?"罗根磨着牙,"那我们咋办?你知道我们要去哪儿?为什么去?到那儿要做啥?能就此返回吗?"

"不行。"魁的脸色陡然如刀锋般冷峻,罗根没想到会在他脸上见到这种表情,"身后有敌人,返回比前进更危险。我们继续前进。"

罗根打个激灵,揉揉眼睛,只觉疲惫、郁闷、沮丧。他真希望自己问明白过巴亚兹的计划,甚至希望自己没离开北方。在北方,他终究会找法子对上贝斯奥德,那样至少能死在熟悉的土地上,死在熟悉的人手里。

罗根压根不想当头儿。他渴求过名声、荣耀和尊敬,但代价太高昂,并终归虚妄。人们信任他,他却领他们走上血流成河、痛苦不堪的不归路,害得他们统统入土。如今他早没了雄心壮志,每当要他做决定,他就会暗自诅咒。

他放下双手,环视四周。巴亚兹还在昏迷发烧,呓语不休。魁漠不关心地打量云彩。路瑟背对大家,盯着峡谷下方。菲洛坐在石头上,用碎布擦弓,皱紧眉头。罗根无奈地长叹一声。没用,指望不了别人。

"好,我们继续向阿库斯的那座桥进发,到了再说。"

"这可不是好主意,"长脚嘀咕着走到马车前,朝里面瞅瞅,"不是好主意。我警告过雇主,在他……遭难之前。那座城市被遗弃、毁灭了,早已化为废墟。那里饱经摧残,破败不堪,且十分危险。桥或许还在,但据谣言——"

"原计划是阿库斯,我们就去阿库斯。"

长脚当没听见一样续道:"我觉得,最好掉头返回加基斯。我们离最终目的地还有一半多路程,折返的话,食水绰绰有余。运气好点——"

"付你的钱难道不是全程?"

"好吧,呃,的确是,但——"

"阿库斯。"

领航员眨眨眼。"好吧,好吧,看来你下定了决心。果断,无畏,一往无前,这是你的天赋;但另一方面,谨慎,智慧,经验丰富,却都是我的天赋,而且无疑这种情况下我——"

"阿库斯。"罗根低吼。

长脚话刚说到一半,愣了半晌,悻悻地闭嘴。"好吧,我们沿路回平原,然后向西到达那三个湖,阿库斯就在湖泊尽头。但这趟旅程漫长又危险,尤其冬日渐近,那里——"

"很好。"没等领航员说完,罗根转身就走。对付他最简单。罗根舔舔牙,走向菲洛。

"巴亚兹他……"他努力寻找合适词汇,"晕了。不知要晕多久。"

她点点头:"我们继续?"

"呃……我觉得……继续原计划。"

"行。"她从石头上起身,把弓背到肩上,"最好马上走。"

比预期的轻松,简直有点太轻松了,他不禁怀疑她是不是又想趁机开溜。说实话,他自己都想溜。"我还不清楚最终目的地。"

她嗤之以鼻,"我也不清楚。你来问我算是进步,你做主吧,"她转身朝马群走,"反正我从不信任那秃顶混蛋。"

剩下路瑟。他还是背对众人,耷拉双肩,一副可怜样,罗根看见他头侧肌肉抽搐。

"你没事吧?"

路瑟似乎没听见他说话。"我想战斗,我想战斗,我也知道怎么做,我手握武器。"他恼火地一拍剑柄,"却像个无助的孩子!为什么我动不了?"

"你为这烦恼?死者在上,孩子,很多人第一次都这样!"

"真的?"

"比你以为的多。至少你没尿裤子。"

路瑟扬起眉毛。"有人尿裤子?"

"比你以为的多。"

"你的第一次……也动不了吗?"

罗根皱眉:"不,杀人对我来说轻而易举,一直如此。相信我,你很幸运。"

"可我啥也没做,差点被杀。"

"好吧,"罗根只得承认,"是有这种可能。"

路瑟头更低了,罗根拍拍他胳膊。"但你没被杀!开心点,孩子!你很幸运!你还活着,不是吗?"对方可怜兮兮地点头,罗根环住他肩膀,领他走向坐骑,"你有机会改过自新。"

"改过自新?"

"当然。只要活着,就有机会改过自新,生活就是如此。"

罗根翻身上马,只觉僵硬酸疼。因一路骑行而僵硬,因峡谷里的战斗而酸疼。几块碎石搁到他后背,还有块正砸脑袋上,简直糟透了。

他环视其他人。他们都上了马,看着他。四张截然不同的面孔,却带着某种相似的神情。他们在等他发话。为什么他们觉得他知道答案呢?他吞口口水,一踢马肚。

"出发。"

兰迪萨王子的决心

"您真不需要常来这儿,威斯特上校,"派克暂时放下锤子,熔炉的橙光映在他眼中,汗涔涔的脸闪闪烁烁,"惹人闲话。"

威斯特紧张地一笑,"这是整个该死的营地中最暖和的地方。"理由充分,却不真实,应该说这是整个该死的营地中唯一没人会来找他的地方。人们饿了、冻了、没水了、缺武器了、不知该做什么了,甚至病死冻死要埋了……没有威斯特,连死人都入不了土。从早到晚,人人离不开他——除了派克和他女儿,还有其他罪犯。他们看来各安其位,于是他们的锻炉便成了他的避难所。这里的确吵闹、拥挤、烟尘滚滚,但也十分可贵,他觉得比王子和王子的参谋团好太多。待在罪犯中感觉更……真实。

"你又挡路了,上校。"凯茜从他身边皱眉挤过,一只戴手套的手拿着一把钳子,烧红的刃面泛着橙光。她将钳子浸入水,来回翻转,蒸汽咝咝腾起,笼罩了她。威斯特看着她敏捷熟练的动作,看着她水珠包裹的健硕胳膊、脖颈和被汗水浆硬的黑发,真不敢相信之前把她错认成男孩。她打铁的技术或许跟男人一样纯熟,但她脸部的轮廓——别提胸部、腰部和后背的曲线,都散发出成熟的女人味……

她回头看了一眼,正迎上他的目光。"您不去练兵吗?"

"没我他们十分钟也散不了架。"

她抽出变得黑冷的钳子,"哗啦"一声扔到磨石旁的案子上。"你确定?"

或许她是对的。威斯特深吸一口气,长叹一声,不情愿地转身穿过棚屋门,回到营地。

冬日空气噬咬着烤暖的脸,他竖起衣领,抱紧双臂,费劲地走在营地主路上。听够铁匠棚的敲敲打打,夜里的营地显得死寂,他听见冻土裹住靴子的声音,听见喉头艰难的呼吸,还有远处某个走夜路的士兵发出的低声咒骂。他停下脚步抬头看天,手掌呵气取暖。夜空舒朗,群星璀璨,宛如黑色帷幕上的闪光沙粒。

"真美。"他喃喃自语。

"你会习惯的。"

是三树,他和狗子并肩穿过附近的帐篷。夜色模糊了他的脸,月光下就像布满黑色凹凸的悬崖,但威斯特还是看出情况不对。北方老汉心情愉快时也不会展颜欢笑,而现在他眉头深锁。

"幸会。"威斯特用北方语说。

"你真这么想? 贝斯奥德离你的营地不过五天。"

寒气仿佛一下子灌进威斯特的外套,让他浑身打颤。"五天?"

"若我们走后他留在原地的话。这不大可能,贝斯奥德的性子待不住。若他向南挺进,或许只有三天,或许更短。"

"他有多少人?"

狗子舔舔双唇,冷气将他的吐息凝成白雾,笼在他瘦削的脸旁。"我估算有一万人,可能后头有更多。"

威斯特觉得更冷了。"一万? 那么多?"

"大约一万,大部分是农兵。"

"农兵?轻步兵?"

"轻装上阵,但也比你这里的杂碎强。"三树阴沉地扫了一眼周围破破烂烂的帐篷,帐前潦草的营火已快熄灭,"贝斯奥德的农兵经过战火洗礼,像坚韧的木头,那些杂种可以跑上一整天,然后接着打仗。他们有矛、有箭,并经过充分训练。"

"他们还有亲锐撑腰。"狗子低声说。

"这个自然,亲锐有精良的锁甲和利器,马匹也充足,亲锐之上无疑还有众多有外号的,经过精挑细选,不乏优秀头目。贝斯奥德似乎还得到东方的奇怪氏族的支持,是卡里娜河以东的野人。他肯定把毛头小子留在北边作诱饵,亲率精锐南下攻击你们最弱的一环。"老战士浓眉下的目光再度阴沉地扫视周围的破败帐篷,"无意冒犯,但你们半点胜算都没有。"

这是最糟糕的情形。威斯特吞口口水。"他们行军速度有多快?"

"非常快,探子顶多后天就到,大军或许再隔一日。当然,前提是他们直冲我们而来,这很难说。说不定贝斯奥德会在下游过河,绕到后面。"

"绕到后面?"正面尚且挡不住,"他怎么知道我们在这儿?"

"贝斯奥德预测敌人很有一套,判断很准。此外,这杂种还很幸运,又喜欢冒险。打起仗来没什么比运气更重要了。"

威斯特眨眨眼,扫视周围。一万身经百战的北方人正扑向他们岌岌可危的营地,幸运且无法预料的北方人,而他能让这些懒散的征兵从泥地里爬起来站成队就不错。这将是一场屠杀,这将成为另一个黑井村。但至少他得到了警报,他有三天时间准备抵抗——或者更好,准备撤退。

"我们立刻去见王子。"他说。

威斯特掀开帐帘,舒缓的音乐和温暖的光迎面扑来,扫开寒夜。他不情愿地弯腰进门,两名北方人紧跟在后。

"死者在上……"三树嘴巴大张,低声惊叹。

威斯特差点忘了王子的住处在陌生人眼里有多奇特,尤其是对奢侈毫无概念的人。这里不像帐篷,更像是紫色布匹搭的宫殿,约十跨高,周围挂着斯提亚织锦,地上铺着坎忒地毯,家具也都像是宫中原物。巨大的雕花衣柜和镀金箱子装满王子数不清的华服,足够一整队花花公子穿,而他的四柱床比营地里大部分帐篷都大。角落里,一个锃亮的桌子被美味佳肴压得摇摇欲坠,金银盘子在烛火下闪烁。难以想象,几百跨外的人还在忍饥挨饿,拥挤受冻。

兰迪萨王太子懒散地坐在巨大的黑木椅里,椅子垫着红丝软垫,犹如王座。他一手勾着空酒杯,另一只手随远处角落传来的轻柔音乐前后打拍子,四位乐师在角落里吹、弹或拉着闪亮乐器。王子周围还坐着四位参谋,他们衣着时髦,但看起来有些无聊。年轻的萨蒙德伯爵正在其列,过去几周,威斯特已把他列为世界上最讨厌的人。

"这对您很有好处,"萨蒙德扯着嗓子告诉王子,"跟大家同甘共苦,赢得士兵们的信赖——"

"啊,威斯特上校!"兰迪萨王太子尖声道,"还有两个北方探子!很高兴见到你们!快来吃点东西!"他软绵绵地朝桌子指指,浑身酒气。

"谢谢殿下,我吃过了。我有重要消息——"

"喝点儿酒吧!你们都要喝啊,这可是上等葡萄酒!瓶子哪儿去了?"他在椅子下胡乱摸索。

狗子已走到桌边,俯身嗅食物,就像只……狗。他脏兮兮的手指从盘里拈起一大片牛肉,小心折好后一口吞下。萨蒙德看着他,轻蔑地撇嘴。这通常会让人尴尬,但忧心忡忡的威斯特顾不得了。

"贝斯奥德离我们只有五天行程,"他几乎在喊,"带着精锐部队!"

乐师琴弓一颤,发出刺耳的不和谐音。兰迪萨猛地抬头,差点从椅子上滑下,萨蒙德等人也一下子正襟危坐。

"五天。"王子低声说,兴奋得嗓子都哑了,"真的?"

"可能只有三天。"

"有多少人?"

"敌军约有一万,且身经百战——"

"太棒了!"兰迪萨重重一拍扶手,仿佛那是北方人的脸,"我们跟他们势均力敌!"

威斯特哽住了。"数量上或许,殿下,质量可不行。"

"得了吧,威斯特上校,"萨蒙德低沉地说,"联合王国的汉子一个顶他们十个。"他顺着鼻子挑衅地看向三树。

"黑井村已证明这种话有多虚妄,况且当时我们的人吃饱喝足、受过训练、装备精良,现下除了王军,其他人什么都没有!我们应赶快组织防御,并准备撤退。"

萨蒙德嗤之以鼻。"在战争中,"他轻松反对,"最危险的莫过于太谨慎。"

"应该是太不谨慎!"威斯特吼道,怒火在眼睛后面跃动。

他没来得及爆发,兰迪萨王子插进来。"诸位,别吵了!"他腾地跃起,眼里充满惺忪醉意,"我决定了!我们这就渡河,拦住这帮蛮子!他们想来个出其不意?哈!"他使劲挥了挥空酒杯,"就给他们个出其不意!把他们一路赶出边界!在伯尔元帅驾前立下头功!"

"可是,殿下,"威斯特吓傻了,结结巴巴地说,"元帅阁下明令我们守在河这边——"

兰迪萨轻轻摇头,好像在驱赶苍蝇。"要把握命令的精神,上校,而非咬文嚼字!只要能打击敌人,他又有什么好说!"

"这他妈是群白痴。"三树抱怨,幸好用的北方语。

"他说什么?"王子问。

"呃……他赞同我留在原地的意见,殿下,并说要向伯尔元帅求援。"

"他真这么说?我还以为北方人都是火爆脾气!好吧,威斯特上校,你转告他,我决心已下,不容更改!我们要主动出击,给所谓北方之王一点颜色看!"

"好样的!"萨蒙德喊道,在厚地毯上重重跺了下脚,"太棒了!"其他参谋愚蠢地附和着。

"将他们赶出边界!"

"好好教训他们一顿!"

"太棒了!帅呆了!还有酒吗?"

威斯特挫败地握紧双拳。再尴尬,再无谓,也不能就此放弃。于是他单膝跪地,紧扣双手,盯着王子,试图调动所有感情:"殿下,我请求您,我恳求您,我祈求您,收回成命吧。众人的生死,都在您一念之间。"

王子咧嘴而笑:"这是指挥官应负的责任,我的朋友!我明白你初衷高尚,但我必须赞同萨蒙德的意见。无畏是战争中的美德,无畏是我的决心!靠着无畏,哈罗德大王建立了联合王国,靠着无畏,克什米国王征服了安格兰!我们会做得更好!我们会大败北方人,走着瞧。去下令吧,上校!第一缕晨光照亮大地时,我们出发!"

威斯特研究过克什米的战争,其成功只有十分之一归功于无畏,剩下是审慎计划、对下属的关心及对细节的把握。没有这些,无畏是自取灭亡。但现在说这些已毫无意义,只会惹恼王子,失去自己残存的一丝影响力。他就像个看着房子着火的人,麻木,难过,无能为力。他别无选择,只能去下令,然后尽力把方方面面料理好。

"好的,殿下。"他勉强低声答应。

"好的!"王子哈哈大笑,"我们达成了共识!帅呆了!停下这曲子!"他冲乐师叫嚷,"来点儿激情的!热血的!"四名乐师轻松换到一首欢快的进行曲上。威斯特转身蹒跚出帐,绝望让他四肢沉重,帐外夜色冰冷。

三树紧随其后。"死者在上,我真搞不懂你们!我们那里谁当头儿是挣来的!人们追随谁,是因为知道他的价值,尊重他,是因为他与大家同甘共苦!连贝斯奥德都是!"他在帐前大步来回,挥舞着一双大手,"你们却选个最不懂事的来领导,让最蠢的家伙发号施令!"

威斯特无言以对,无从反驳。

"那蠢货将把你们统统带进坟墓!你们统统会入土,我他妈才不会让小子们跟着去送死。我为别人的错误付出过代价,我为那杂种贝斯奥德失去了太多!行了,狗子,这艘白痴的船没有我们也会沉!"他转身消失在夜色中。

狗子耸肩。"也没那么糟啦。"他神秘兮兮地靠过来,手伸进口袋,掏出什么东西。一整条清蒸鲑鱼出现在威斯特眼前,无疑来自王子的餐桌。北方人笑道:"我拿了条鱼!"然后他随三树离开,把威斯特一人留在寒冷的山腰,身后的寒气中还飘荡着兰迪萨的进行曲。

日落之前

"哎!"一只粗糙的手将格洛塔从熟睡中摇醒。他小心翼翼挪回侧睡的头,咬紧牙关抵抗脖子的疼痛。我死了吗?他打开一条眼缝,噢,似乎没有,但愿下次。维塔瑞俯视着他,射过窗户的晨光勾勒出她根根直立的深色头发。

"好吧,维塔瑞刑讯官,我知道我的魅力你无法抵抗。不介意的话,我们只能采用女上位。"

"哈,哈,很好笑。古尔库大使来了。"

"什么?"

"大使。听说是皇帝亲自派来。"

格洛塔一阵惊慌:"人呢?"

"正在堡城和理事会谈判。"

"妈的!"格洛塔咆哮着跳下床,残废的左脚阵阵剧痛,他不予理会,"他们为何不叫我?"

维塔瑞皱眉低头看他:"或许他们不愿你插手。有这可能吗?"

"见鬼,人怎么来的?"

"打着和谈旗帜坐船来的。维斯布鲁克说有责任接待对方。"

"责任!"格洛塔啐口唾沫,一边将裤子拉上麻木颤抖的腿,"不要脸的胖子!人来了多久?"

"久到足以勾搭上理事会,如果这是他的目标。"

"妈的!"格洛塔哆嗦着努力扣好衬衫。

毋庸置疑,古尔库大使颇具皇家风范。

他有只帅气的鹰钩鼻,明亮的双眼充满智慧,又长又细的胡子经过精心修剪,拖地白袍和长头巾上有亮闪闪的金线装饰。他细瘦身材,脖子长,身高惊人,全身挺得笔直,高扬起下巴,摆出居高临下俯瞰众生的姿势,让这个华丽高大的房间都显得简陋低矮了。他简直可以扮成皇帝。

格洛塔清楚地意识到自己苦着脸、拖着脚、浑身大汗地进入会议室时,和此人对比显得有多么猥琐不堪。丑乌鸦对靓孔雀。幸运的是,胜利并不总属于光鲜的一方。

长桌旁出人意料地空旷,在场的只有维斯布鲁克、埃泽和科斯腾·唐·乌尔莫斯。见他出现,他们都不太开心。当然不开心了,杂种们。

"总督大人没来?"格洛塔叫道。

"我父亲身体有恙。"乌尔莫斯咕哝。

"真遗憾你不能在病床边尽孝。卡哈亚呢?"没人回答,"这种事不让他参与,呃?"他蛮横地朝大使一点头。"他们仨一心为公,早饭也顾不得吃。敝人是格洛塔主审官——不管你之前听说过什么,这里由我当家。我必须为迟到致歉,没人通知我你来访。"他怒视维斯布鲁克,将军不敢直视他的眼睛。这就对了,虚荣的白痴,我不会忘记这回的。

"我是沙巴德·阿·伊萨克·布雷艾。"大使的通用语说得字正腔圆,跟他的外貌一样威严、有力而傲慢,"我是理应君临全南方、拥有伟大的古尔库和所有坎忒人的土地、被环世界其他各地人民爱戴和恐惧、由真神的右手先知卡布尔亲手涂抹圣油的大皇帝奥斯曼–乌–多沙派来的使节。"

"很好。我理应鞠躬致敬，可惜起床匆促，背都挺不直。"

伊萨克微微冷笑："你这可是光荣的战伤。我此行是来受降的。"

"是吗？"格洛塔拖过最近的椅子，一屁股坐上去。我他妈一秒也不想站了，便宜了这高瘦白痴。"按道理，不是该分出胜负后再谈吗？"

"分出胜负？"大使踏着瓷砖走到窗前，"半岛上摆好五个军团，足有二万把长矛，而这不过是帝国大军的沧海一粟。皇帝陛下的士兵比大沙漠的沙粒还多，阻挡我们好比阻挡海潮，而你们对此心知肚明。"他双眼骄傲地扫过不敢直视他的理事会众人，带着尖锐的蔑视停在格洛塔身上。自信不战而胜的眼神。没人能指责他这么想。或许他是对的。

"白痴和疯子才会顽抗。你们粉佬不属于南方，皇帝陛下慷慨地允许你们离开，开城就能活命。你们可以坐上你们的小船，返回你们的小岛，并记住奥斯曼–乌–多沙的仁慈。真神与我们同在，你们毫无希望。"

"噢，我可不确定，上场战争我们也挺过来了。想必大家都记得乌利齐城的陷落，至少我记忆犹新。那里烧得多旺啊，尤其是神庙。"格洛塔耸耸肩，"当时真神肯定不在场。"

"当时……可上场战争还有其他战斗，我想你对其中某次交手同样记忆犹新——某位年轻军官在某座桥上被我们俘虏的那次。"大使笑道，"真神无处不在。"

格洛塔眼皮直跳。他知道我。他还记得被古尔库长矛刺中时的震惊。震惊和失望，当然最主要是痛。你并非所向无敌。他还记得人立的马将他掀下地，疼痛加剧，震惊变为恐惧。他在靴子和尸体间爬行、喘息，嘴巴被泥土和带咸味的血塞得满满的。他还记得利刃砍入大腿的滋味,恐惧变为惊惶。他还记得他们从那座桥上拖走尖叫嘶喊的他。当晚,他们开始问问题。

"我们胜利了,"格洛塔说。他只觉口干舌燥,嗓音沙哑,"我们证明自己才是强者。"

"世易时移,眼下你的国家正在讨伐冰雪皑皑的北方,将你置于极端不利的境地。你不能违背战争的首要法则:决不两线作战。"

他的理论很难反驳。"达戈斯卡的城墙阻止过你们。"格洛塔说,但连自己听来也不那么肯定。很难说是强者的声音。他感觉乌尔莫斯、维斯布鲁克和埃泽都盯着自己,这让他起了身鸡皮疙瘩。他们在盘算谁占到上风。回头我会好好收拾他们。

"某些人似乎对这里的城墙抱有不切实际的幻想,也罢,我日落时来听答复,皇帝陛下的慷慨条件只在今天有效,过时作废。陛下很仁慈,但陛下的仁慈也有限度。你们必须在日落之前决定。"他大步走出房间。

格洛塔等到大门关上,才缓缓转动椅子,面对理事会众人。"这他妈怎么回事?"他朝维斯布鲁克咆哮。

"呃……"将军扯扯汗津津的领子,"身为军人,我有责任接待非武装的敌方代表,以便听取其条件——"

"瞒着我听取?"

"我们知道你不想听!"乌尔莫斯叫道,"但他说的没错!纵然百般努力,也改变不了敌众我寡的现实,而安格兰战局一天不明朗,我们就一天得不到救援。我们不过是虎视眈眈的大国靴子上的一根刺,趁还有几分本钱时妥协是明智之举。相信我,城市陷落定会玉石俱焚!"

说的没错,但审问长阁下不会同意,我的任务也不是趁还有几分本钱时妥协。"你还没发言呢,埃泽会长。"

"身为女流,我原本对军事一窍不通。但实事求是地说,对方算得上仁慈。有件事确凿无疑:倘若拒绝,而古尔库人陷城,必将发生残酷的屠杀,"她抬头望向格洛塔,"届时无人幸免。"

说得也没错,对于古尔库人的仁慈我可是了如指掌。"所以你们仨打算签字投降?"他们面面相觑,一言不发,"完全不考虑投降之后,对方可以不顾这一纸空文?"

"我们考虑过,"维斯布鲁克说,"但他们之前遵守过协议,所以我们希望……"他低头看桌面,"这总比一无所有强。"看来你对敌人比对我有信心。也罢。

格洛塔抬手擦去眼角汗水。"我明白了。容我认真考虑古尔库朋友的条件,日落之前给他答复。"他晃着身子,费劲地站起来。

"认真考虑?"跛行在室外长廊时,维塔瑞在他耳旁嘶声问,"你他妈认真考虑?"

"没错,"格洛塔回敬,"我做了决定。"

"你让这帮蠕虫帮你做了决定。"

"咱俩谁也别干涉谁。我不管你怎么跟审问长打小报告,你也别管我如何应付这帮蠕虫。"

"我别管?"维塔瑞一把抓住他胳膊,格洛塔的瘸腿不禁踉跄了几下——她比看上去要强壮,强壮得多,"我告诉苏尔特你能应付!"她冲他当面叫嚣,"不战而降,我俩都得掉脑袋!我当然要管自己的脑袋,瘸子!"

"别大惊小怪。"格洛塔喝道,"我也不想成为码头边的尸体,但形势微妙,先稳住他们,他们才不会铤而走险,直到我准备妥当——记住,这是我第一次、也是唯一一次跟你解释。把你该死的爪子拿开!"

她没放手,反而抓得更紧,像毒蛇咬紧格洛塔的胳膊。她眯起双眼,眼角雀斑折出愤怒的皱纹。难道我错看了她?难道她打算割我喉咙?想到这,他几乎咧嘴而笑。但塞弗拉适时走出长廊远端的阴暗角落。

"瞧您二位,"他踮着脚尖走近,"我一直觉得爱情的火花总是出人意料,化腐朽为神奇。想到岩石里也能盛开鲜花,"他双手按胸,"我的心暖洋洋的。"

"逮着了?"

"当然,他刚出门就被我们拿下。"

维塔瑞突然松手,格洛塔将之扫开,跛行前往囚室。"愣着干吗?"走到半途他回头喊,挠了挠被抓得瘀青的胳膊,"来把所见所闻写进给苏尔特的下一份报告。"

沙巴德·阿·伊萨克·布雷艾坐下之后风度大减——尤其是坐在堡城地下封闭闷热的囚室里一张伤痕累累、污渍点点的椅子上。

"平等谈判不好吗?你高高地杵在那里,瞧得我心慌。"伊萨克冷笑一声转开脸,仿佛搭理格洛塔有失身份。就像被乞丐纠缠的富翁。但我们很快会打消他的幻想。

"我们得知城内有内应,而且就在理事会。很可能就是那三位收下你小小的最后通牒的正派人之一。你得告诉我是谁。"没有回应。"我很仁慈,"格洛塔挥舞双手叫嚷,模仿大使不久的神态,"但我的仁慈也有限度。快说。"

"我打着和谈旗帜前来,身负皇帝陛下亲自交托的使命!伤害一位非武装的使节是对战争法则的粗鲁践踏!"

"和谈旗帜?战争法则?"格洛塔咯咯笑。塞弗拉跟着他咯咯笑。维塔瑞也跟着他咯咯笑。弗罗斯特保持沉默。"你在说什么啊?童话故事留给维斯布鲁克就够了,这可是成年人的游戏。谁是叛徒?"

"我可怜你,瘸子!等我们攻下城市——"

省省吧,可怜可怜你自己。弗罗斯特的拳头几乎无声地陷进大使的肚子。大使双眼暴凸,嘴巴大张,近乎呕吐般干咳了一声,吸了口气又继续咳。

"很奇妙,对不对?"格洛塔兴致勃勃地看着大使挣扎吸气,"无论高矮胖瘦,天才笨蛋,对拳头的反应都一样。上一秒还自以为权倾天下,下一秒就连气也喘不过来。有时,权力不过是我们脑海中的观念,你的人在你的皇帝的皇宫底下教会了我这个道理。皇宫底下没有战争法则。你既知道那次交手、那位军官和那座桥,就该清楚我也曾坐在你坐的椅子里。不过我们有一点区别:我是任凭摆布,你还可自救。只消供出内应,我就饶你一命。"

伊萨克终于找回呼吸。一拳打消他一大半傲慢,收获颇丰。"我不知道什么内应!"

"是吗?你的主人皇帝陛下派你来谈判没亮底牌?不太可能吧。如果是这样,那你对我们就一点用也没有了,不是吗?"

伊萨克吞了口唾沫:"我不知道什么内应。"

"我们走着瞧。"

弗罗斯特粗粗的白拳头揍进大使的脸——若白化人没马上给大使另一边脸又一记老拳,大使定会向侧面翻倒。现在大使被向后打出椅子,鼻梁碎了。弗罗斯特和塞弗拉拽他起来,将不住痉挛的他扔回椅子里。维塔瑞交叠双臂,看得津津有味。

"我知道这很痛苦,"格洛塔说,"但若痛苦时间不长还能忍受。比如只有今天,只到日落之前的话。要让人迅速合作,须令其患得患失,感受到不可逆转的伤害。我早知道。"

"嘎!"大使惨叫着在椅子里挣扎。塞弗拉用大使肩头的白袍擦擦匕首,把大使的耳朵丢上来。它突兀地躺在木桌面上,一个血肉模糊的半圆物体。格洛塔盯着它。在一个几乎同样闷热难耐的地方,皇帝的仆人用数月时间把我打造成恶心扭曲的怪胎。也许人们以为以牙还牙,以眼还眼,报仇雪恨能带来些许快感,但他什么也没感觉到。他伸伸瘸腿,膝盖咔哒一声,令他不由缩了缩身子,透过牙齿空洞吸了口气。为什么要干这个?

格洛塔叹道:"下面轮到脚趾。再来是手指、眼睛、手掌、鼻子,以此类推，你明白了吗？至少要一小时才会有人注意到你失踪，而我们可都是快手。"格洛塔冲切下的耳朵点头。"届时你身上的零件可能堆到一尺高。如若必要，我只会给你留下舌头和心脏，最终你总会供出内应的。好吧，现在你想起什么了吗？"

大使喘着粗气看着他，曾颇具皇家风范的鼻子里流出的黑血淌落下巴，滴到身上。他吓得无话可说，还是在思考下一步？都没关系。"我受够了。直接从手掌开始，弗罗斯特。"白化人应声抓起大使的手腕。

"等等！"大使号叫，"真神保佑，等等！是乌尔莫斯，科斯腾·唐·乌尔莫斯，总督的儿子！"

乌尔莫斯。未免太明显。但话说回来，最明显的答案往往是正确答案。只要找到买主，那小杂鱼连亲爹都能出卖——

"还有那女人，埃泽！"

格洛塔皱眉："埃泽？你确定？"

"一切都是她安排的！所有一切！"格洛塔缓缓吸吮牙齿空洞，尝到苦味。失望的苦涩，还是不出意料的苦涩？她是他们中唯一有头脑、胆量和资源叛国的。可惜。但美好的结局本不存在。

"埃泽和乌尔莫斯，"格洛塔咕哝，"乌尔莫斯和埃泽。肮脏的小阴谋终于水落石出。"他抬头看向弗罗斯特。"你知道下面怎么做。"

众寡悬殊

山丘从草原上拔起,圆锥形山体像人造物。这大土丘突兀地立在一马平川的草原上,菲洛不信任它。

风化的石头在山顶大致围成一圈,剩下的散在斜坡上,有的直立,有的横躺,小的不及膝盖高,大的约有两人高。这些光秃秃的黑石傲立风中,古老、冰冷、满腔怒火,菲洛皱眉看着它们。

它们似乎也皱眉看着她。

"这是啥地方?"九指问。

魁耸耸肩:"这里很古老,极其古老,甚至比帝国更早。可能是一如出现以前,恶魔横行天下时修建的。"他咧嘴一笑,"据我所知建造者就是恶魔。谁知道?这是不是某些被遗忘的神祇的庙宇?抑或坟墓?"

"我们的坟墓。"菲洛轻声说。

"啥?"

"在那儿歇一下不错,"她大声说,"可以瞭望平原。"

九指皱眉抬头。"行。就歇一下。"

菲洛站在石头上,双手叉腰,狭长的眼睛扫视平原。风扫过草原,卷起起伏长草宛若浪涛,硕大的云层被撕裂、扭曲,在天上不停变幻。风也抽打着菲洛的脸,刺痛她的眼睛,但她不在意。

该死的风,总是如此。

九指站在她旁边,眯眼看着冷冷的太阳。"有情况?"

"我们被跟踪了。"那些人离得很远,但她看得见。遥不可及的小小人影,针尖般的骑手穿行草海中。

九指脸色一变。"确定?"

"当然。你意外?"

"不。"九指放弃远眺,揉了揉眼,"坏消息永远不意外,只是让人失望。"

"有十三人。"

"你能数清?我完全看不到。冲我们来?"

她举起双臂。"不然呢?可能是那嬉皮笑脸的混蛋费里斯找来的帮手。"

"见鬼。"他低头看了眼停在山脚的马车,"我们跑不掉。"

"是吗?"她努努嘴,"你可以问问鬼灵的意见。"

"它们能说啥?告诉我们完蛋了?"他沉默片刻,"最好就等在这儿干一仗。先把马车拖到山顶。至少我们有座山,有石头当掩体。"

"我也这么想。我们还有时间布置战场。"

"很好。说干就干吧。"

铲子插进地里,发出尖锐的刮擦声。如此熟悉。挖坑和挖坟,有什么区别?

菲洛给形形色色的人挖过坟。他们是她的同伴,或者说接近于同伴;他们是她的朋友,或者说几乎成为朋友;其中还有一两个爱人——如果可以这么称呼的话。他们是土匪、杀人犯和奴隶,任何有理由憎恨古尔库的人,任何有理由躲藏在恶土的人。

铲子上下翻飞。

每当战斗结束,活下来的就得挖坑,为死去的同伴准备墓穴。把同伴们被踩躏、被刺穿、被砍碎、被分解的尸体排成一排,墓穴也挖成一排。你要尽可能把坑挖深,再把他们扔进去,埋起来,让他们在里面安静地腐烂,直到被遗忘,而你一人独自上路。世事如此。

但在这里,在这个伫立于奇怪原野中的奇怪山丘上,她还有时间,还有机会让战友活下去。是的。她聚起心中的轻蔑和怒火,不顾一切地握紧铲子,试图把握这点机会。

最最奇怪的是,她竟没有放弃希望。

"你挖得好。"九指说,他站在坑边低头看她。

"常练。"她把铲子插在地上,手撑坑沿跳出来,然后腿悬空坐在坑沿。沾满汗水的衬衫黏在身上,脸上也全是汗,她用脏兮兮的手抹抹前额。他递来水袋,她接过去用牙咬掉塞子。

"还有多少时间?"

她猛灌一口水,漱漱后吐掉。"得看他们。"她又灌下一口。"他们骑得快,照这样下半夜或破晓时就能赶上。"她递回水袋。

"破晓。"九指缓缓塞好塞子,"你说有十三人,呃?"

"十三。"

"我们有四个。"

"若领航员帮得上忙,五个。"

九指抓抓下巴:"不大现实。"

"那门徒?"

九指打个激灵。"不中。"

"路瑟?"

"他发怒了敢打人都谢天谢地,别说操家伙。"

菲洛点头。"那么,十三对二。"

"众寡悬殊。"

"非常悬殊。"

他深吸一口气,盯着深坑。"如果你想溜,我大概不会怪你。"

"哈。"她哼了一声。说来也怪,她完全没这想法,"我会留下,看看结局。"

"好的。很好。我不会说用不上你。"

风在长草中瑟瑟,在乱石间呜咽叹息。菲洛觉得这种时刻有必要说点什么,但不知怎么说。她一辈子不爱说话。

"说个事。我死了,你埋我。"她朝他伸出手,"成吗?"

他挑起一边眉毛:"成。"菲洛意识到,她很久没有不带伤人念头地触碰别人了。真奇怪,他的手抓住她的手,他的手指环住她的手指,他的手掌抵住她的手掌。温暖。他冲她点头。她也冲他点头。然后他们松手。

"我俩都死了呢?"他问。

她耸肩:"那就让乌鸦吃干净。都没差。"

"是的。"他盯着斜坡嘀咕,"都没差。"

光荣之路

威斯特站在俯瞰卡曼纳河的高地上,旁边有丛矮树,冷风吹个不停,蜿蜒的队列从他脚下经过——准确地说,是停在他脚下。

王军整齐的方阵走在最前头,一路畅通无阻。他们异常显眼,盔甲在射出云缝的苍白阳光下闪闪发亮,军官制服光鲜亮丽,红金旗帜在每一连前方迎风招展。他们已过了河,并在对岸排好队,跟河这边形成鲜明对比。

贵族征兵们早早启程,个个跃跃欲试,无疑为能甩开糟糕的营地雀跃不已,但不到一小时就走乱了,年迈或鞋不好的开始掉队,整个队伍乱成一团。人们在半冻的泥里一瘸一拐,不断咒骂推搡两旁的人,不断踩到前面人的靴子。一个又一个营的队伍扭曲伸展,从整齐的方阵变成一窝蜂,最后前前后后各单位编制都打乱了,只是杂乱无章地涌向前。一些人匆匆前进,另一些人原地茫然,整支军队就像条巨大、恶心的蚯蚓。

桥上则全然无序。各个散开的连队同时挤向那狭窄通路,拼命推揉,嘴里喋喋不休,疲惫不堪又火冒三丈。后面的人越堆越多,焦躁地想赶紧过去休息,但越挤速度就越慢。接着,一辆根本没道理出现在桥上的货车在桥上掉了个轮子,于是桥上的路成了羊肠小道。没人知道怎么挪走它,也没人去修它,大家只是认命地翻越或从旁挤过,也不管后面还有几千人眼巴巴等着过桥。

河水汹汹,越来越多的人挤在泥泞的岸边,摩肩接踵,长矛横七竖八指向天空,军官呵斥连连,而丢弃的行李和垃圾越来越多。长蛇般的队伍还在麻木地蠕动,替桥前的乱局火上浇油。似乎没人想到先让队伍停下来,尽管能不能停下都值得怀疑。

兰迪萨王太子所部,在没有遭受敌人任何压力、还算平坦的路上走了一会儿就散了架。至于如何排兵布阵,如何穿越树林或复杂地形,威斯特想都不敢想。他用力闭上疲惫的双眼,用手指揉揉,但等睁开眼,这恐怖滑稽的景象没有消失。他真是哭笑不得。

身后马蹄声渐近,高大结实的加兰霍中尉赶到。加兰霍或许缺乏想象力,但骑术优秀,忠诚可靠,是威斯特心目中执行这任务的不二人选。

"加兰霍中尉前来报到,长官。"大块头在马鞍上转身看向下方河流,"看来桥上出了点乱子。"

"意料之中。恐怕还只是开始。"

加兰霍咧嘴笑道:"我军有数量优势,并且占有出其不意——"

"数量或许均等。至于出其不意?"威斯特指着下面一点点挪向桥上的人群,听到军官们模糊、绝望的叫喊,"凭这群乌合之众?十里外的聋子都能听到。就算敌人又瞎又聋,恐怕还没等我们上战场,也能闻到我们。光渡河就花去一整天,而这还不是最糟的,我认为两军指挥水平有天壤之别。王子做着春秋大梦,他的参谋团则不顾一切地趋炎附势。"

"但我们的确——"

"恐怕我们都要赔上性命。"

加兰霍皱眉。"够了,威斯特,我可不想带着这种念头上战场——"

"你不用上战场。"

"不用?"

"从你的连挑六名好手,备足马,火速赶往奥斯滕霍姆,再北上去找伯尔元帅。"威斯特从外套中取出一封信,"把这个交给元帅阁下。你就说贝斯奥德带着大部分军队绕到他背后,而兰迪萨王太子完全不听劝阻,无视命令,决意渡过卡曼纳河与北方人交战。"威斯特咬紧牙关,"我军行动全在贝斯奥德掌握之中,兰迪萨王太子为显示自己的英勇,将战场选择权拱手相让。他说无畏是他的决心。"

"威斯特,情况真有这么糟?"

"等你见到伯尔元帅,告诉他,兰迪萨王太子肯定被打败了,很可能全军覆没,奥斯滕霍姆门户大开。他知道该怎么做。"

加兰霍盯着那封信,伸手要接,但又停住。"上校,我希望你派别人来执行这任务。我应该参——"

"你参战于事无补,中尉,但送信却可能挽回败局。相信我,不是我偏私,这任务实乃重中之重,你去我信得过。明白吗?"

大块头吞了吞口水,接过信,解开衣扣小心放进外套。"明白,长官,我定不负所托。"他调转马头。

"还有件事。"威斯特深吸一口气,"如果……我不幸罹难,一切结束后,你能不能给我妹妹带个信?"

"够了,你没必要搞得这么——"

"我想活下去,相信我,但这是战争,总得有人死。如果我回不去,请转告阿黛丽……"他思索片刻,"转告她,我对不起她。就这些。"

"没问题。但我还是希望你亲口对她说。"

"我也希望。保重。"威斯特伸出一只手。

加兰霍俯身紧握他的手。"你也保重。"他夹马下坡,离开河边远去。威斯特盯着他的背影呆立片刻,然后重重叹了口气,转身走向桥的方向。

　　总得有人让这见鬼的队伍动起来。

必要之恶

太阳是挂在地峡城墙上的半个闪亮金盘,朝格洛塔行走的走廊投来橙光,高大的弗罗斯特刑讯官走在他身边。他痛苦地跛行着,透过窗户看见建筑物在岩石上洒下长影——他几乎能看出,随着经过的每扇窗,阴影变得更长更模糊,太阳更冷更阴暗。很快它将完全沉没。很快就是黑夜。

他在会议室门口停了一下,以稳定呼吸,缓和瘸腿的疼痛,舔舔牙齿空洞:"把袋子给我。"

弗罗斯特把袋子给他,一只白手按在门上。"你系备好了?"白化人含糊地问。

前所未有的好呐。"开始行动。"

维斯布鲁克将军制服完美,坐姿僵硬,下巴微翘于高领子上,双手不时紧张地互戳。科斯腾·唐·乌尔莫斯尽力摆出一副扑克脸,但不时伸出的舌头暴露了他的紧张。埃泽会长挺直身子,双手交扣于面前桌上,神态严肃。公事公办啊。大颗红宝石串成的项链在夕阳余晖中闪耀。她没花什么时间就找到了更多珠宝。

会议室里还有一人,那人没有丝毫紧张。尼科莫·科斯卡靠在远端墙上,双臂环抱黑胸甲,离雇主不远。格洛塔发现他佩了一把剑和一把长匕首。

"他来干什么?"

"事关重大,"埃泽平静宣称,"不容你独断专行。"

"他来确保你的发言权,呃?"科斯卡耸耸肩,掏起脏指甲。"由内阁十二位阁员全体签署的委任状又怎么说?"

"若古尔库人破城,你那张纸在皇帝的怒火面前毫无意义。"

"我明白了。所以你打算公然跟我、审问长阁下和国王陛下作对?"

"我只不过想听听古尔库大使的条件,以做出理智判断。"

"很好,"格洛塔上前打开袋子,"请听。"伴着一声闷响,伊萨克的脑袋滚到桌上。伊萨克面无表情,脸难看地松弛下去,睁开的眼睛四顾茫然,舌头伸出嘴角。它在漂亮的桌子上笨拙地滚动,于明亮的抛光木面留下一串不规则的血迹,最后脸朝上停在维斯布鲁克将军面前。

或许有点太戏剧化,但依然激动人心。必须承认我的表演天赋。维斯布鲁克张口结舌地看着血淋淋的人头,嘴巴缓缓向下张开,接着他站起来朝后跟跄了几步,带得椅子在瓷砖地上哗哗响。他举起一根颤抖的手指指着格洛塔。

"你疯了!疯了!我们完了!达戈斯卡的男女老少!城破之后没有半条生路!"

格洛塔露出无牙的笑容。"所以我建议从现在起大家把心思放在守城上。"他看向科斯腾·唐·乌尔莫斯,"除非为时已晚,呃?除非你已把城市卖给古尔库人,无法回头了!"

乌尔莫斯迅速瞥了瞥门口,瞥了瞥格洛塔,瞥了瞥惊恐的维斯布鲁克将军,又瞥了瞥默然矗立在角落的弗罗斯特,最后定格在依旧平静安坐的埃泽会长身上。我们的小阴谋家要摊牌了。

"他知道了!"乌尔莫斯尖叫,推开椅子摇摇晃晃起身,朝窗边走了一步。

"显然。"

"做点什么,该死的!"

"我早做了。"埃泽道,"此刻科斯卡的人控制了地峡城墙,在城壕上放下桥,打开城门迎接古尔库人。码头、神庙乃至堡城本身,也已落入他们手中。"门外传来轻微的金属碰撞声。"恐怕他们赶到门外了。很抱歉,格洛塔主审官,真的很抱歉。你完成了审问长阁下交代的所有任务,甚至还不止,但古尔库人已经进城。你看,顽抗毫无意义。"

格洛塔抬头看向科斯卡。"我能反驳吗?"斯提亚人淡淡一笑,僵硬地鞠了一躬。"好吧,很抱歉让你失望,但城门在卡哈亚教长及其亲信祭司们手中。他说要他打开城门迎接古尔库人'除非真神亲自下令'——这是他的原话。你带来神谕了吗?"埃泽的表情显然是没有。"至于堡城,为保护国王陛下忠实的臣属,此地已收归审问部管辖,你刚才听到的声音就来自我的刑讯官。说到科斯卡师傅的雇佣军——"

"照您吩咐,主审官大人,他们在城墙上坚守岗位!"斯提亚人脚跟一碰,行了个完美的军礼,"时刻准备迎击来犯的古尔库军!"佣兵朝下咧嘴笑看埃泽,"很抱歉,您一定能理解我在关键时刻不再为您效劳的苦衷,会长,对方出价更高。"

接下来是一段震惊的沉默。维斯布鲁克像被闪电劈中一样呆了。乌尔莫斯睁大眼睛左顾右盼,他又退了一步,而弗罗斯特朝他大步走去。埃泽会长的脸失去了血色。打猎结束了,狐狸被逼进了死角。

"你不该吃惊,"格洛塔舒舒服服坐进椅子,"尼科莫·科斯卡以背信弃义闻名环世界,老天爷作证,他就没几次不背叛雇主。"斯提亚人笑着又鞠一躬。

"不是他背信弃义,"埃泽呢喃,"而是你的钱,让我吃惊。你哪儿搞到的钱?"

格洛塔咧嘴笑道:"世界充满惊喜。"

"该死的臭婊子!"乌尔莫斯大叫。他剑刚抽出一半,弗罗斯特的白拳头已打中他下巴,将他立刻打晕,震飞到墙上。大门几乎同时打开,维塔瑞带着六七名刑讯官冲进会议室,个个武器在手。

"没出乱子吧?"她问。

"正要收工咧。麻烦把这垃圾拖出去,弗罗斯特?"

白化人抓住乌尔莫斯的脚踝,拖过地板出了会议室。埃泽眼看总督之子松弛的脸刮过瓷砖地,又看向格洛塔。"你想怎样?"

"送你去牢房。"

"然后?"

"走着瞧。"

他朝刑讯官们打个响指,用拇指比比门的方向。两名刑讯官沉重地走到桌边,抓住商人女王的手肘,无情地将之拽出门外。

"那么,"格洛塔看向维斯布鲁克,"谁还想接受大使先生的条件?"

沉默整场的将军猛地闭上嘴,深呼吸,僵硬地立正:"我是个军人,军人以服从命令为天职。若我收到的命令是坚守达戈斯卡至最后一兵一卒,我愿在此洒下最后一滴热血。我向您保证,我对他们的阴谋一无所知。我的行为或有莽撞之嫌,但我一直谨守本分,为国王陛下的最大利益——"

格洛塔挥挥手。"行了,废话少说。"我刚失去半个理事会,最好见好就收。"古尔库人无疑将在明天日出时进攻,去安排城防吧,将军。"

维斯布鲁克闭眼吞口口水,擦擦额头的汗。"我不会辜负您的信任,主审官大人。"

"我相信你不会。去吧。"

将军匆匆离开,仿佛害怕格洛塔改主意。大多数刑讯官也出去了。维塔瑞弯腰拾起被乌尔莫斯踢翻的椅子,轻轻放回原位。

"漂亮,"她兀自缓缓点头,"真漂亮。我很欣慰一直以来没看错你。"

格洛塔嗤之以鼻:"你想象不出我有多不在乎你的看法。"

面具下她双眼充满笑意:"这与我的看法无关,我只说你干得漂亮。"说完她转身信步走出房间。

只剩他和科斯卡。佣兵靠着墙,双臂漫不经心交叠在胸甲前,朝格洛塔淡淡一笑。他一直在好整以暇地看戏。

"我看您在斯提亚会如鱼得水,您表现出……残酷的决心?这形容准确吗?无论如何,"他夸张地一耸肩,"非常乐意为您效劳。"直到别人出价更高,呃,科斯卡?佣兵朝桌上首级挥手。"您要我做点什么吗?"

"插到地峡城墙最显眼的地方,让古尔库人明白我们的决心。"

科斯卡舔舔舌头。"插在枪上,呃?"他抓住伊萨克的长胡子,"您真时髦。"

大门关上,会议室只留下格洛塔。他揉揉僵硬的脖子,在染血的桌子下伸了伸瘸腿。颇有成果的一天,但只是开始。高窗之外,太阳终于落下达戈斯卡。

黑云压城。

乱石间

第一缕晨曦洒向平原，光线钻出厚重云层，描摹出古石的轮廓，黯淡光芒在东方地平线闪耀。这一幕，是常人——至少是杰赛尔——很少看到的。若在家里，他此刻正在卧室温暖的床上酣睡。但昨晚无人入睡，他们枯坐在静谧中、夜风中、寒气中、黑暗中，努力辨认草原上的人形，然后等待。等待黎明。

九指皱眉看着初升的太阳。"差不多了。他们快来了。"

"是的。"杰赛尔木然道。

"听着，你留在这儿看马车。他们人多，很可能绕到后面。你留下，懂吗？"

杰赛尔吞口口水，喉头发紧，脑子里想的都是：不公平，太不公平！他这么年轻就要死。

"很好，我和她去山前，藏到乱石间，估计大部分人会打那来。遇上麻烦你就喊，若我们没来，哎……你尽力而为吧。我们可能正忙着，也可能死了。"

"我害怕。"杰赛尔说。他本不想说,但现在似乎没什么打紧了。

九指只点头。"我也怕。我们都怕。"

菲洛挂着恐怖的微笑,紧了紧胸口的弓弦,把剑带扣紧一格,又拽拽箭袋,活动手指,拨动弓弦,每个动作都干净利索,跃跃欲试。她将投入一场有去无回的战斗,但杰赛尔觉得她跟他要去阿杜瓦的酒馆一夜销魂时一样精神。朦胧晨光里,她的黄眼睛兴奋得闪闪发亮,好像等不及要开战。他从没见她如此开心。"她看起来不怕。"他说。

九指皱眉看她。"呃,或许她不怕,但我不打算学她。"他瞅了她一会儿,"有些人身处险境的时间太久,以至于只有死亡在耳边呼啸时,才觉得自己活着。"

"好吧。"杰赛尔嘀咕,他看着剑带扣子和双剑闪亮的把手就恶心。他又吞口口水,该死,他从没有这么多口水。

"试着想点别的。"

"比如?"

"不想这个就行。你有家吧?"

"父亲和两个兄弟。我不知道兄弟们喜不喜欢我。"

"那就去他们的吧。有孩子没?"

"没。"

"老婆?"

"也没。"杰赛尔撇撇嘴。他把生命都挥霍在玩牌和树敌上了,没人会想念他。

"爱人呢? 别说没姑娘等你。"

"呃,可能……"他估计阿黛丽早和别人在一起了,她似乎从未多愁善感过。也许他该向她求婚,那样至少会有人为他哭泣。"你呢?"他转移话题。

"啥? 家吗?"九指皱眉,阴沉地摩挲着中指断桩,"我有过一个,现在又有了一个。你没法选择自己的家,只能接受它,随遇而安。"他指指菲洛,指指魁。"看到了吗？她,他,还有你?"他拍拍杰赛尔的肩膀,"你们现在是我的家人,我今天不想失去任何一个兄弟,懂吗?"

杰赛尔缓缓点头。你没法选择自己的家,只能随遇而安。丑怪蠢笨,臭气熏天,现在看来都没关系。九指伸出手,杰赛尔也伸出手,两只手紧紧交握。

北方人咧嘴笑了:"好运,杰赛尔。"

"你也是。"

菲洛跪在坑洼的石头旁,一手持弓,箭已搭好。风将下方平原的长草吹出层层波浪,吹打着山坡上矮一些的草,也吹打着她面前插成一排的七支羽箭。她只有这七支箭。

向来不够。

她看着他们骑马到山脚,下马后向上张望。她看着他们系紧旧皮甲的带扣,整理武器。矛、剑、盾,一两张弓。她数了数。十三。她之前数的没错。

虽然这没多少安慰。

她认出费里斯,对方大笑着指向这些石头。杂种。有机会她第一箭就射他,但在这个距离冒险毫无意义。他们很快会上来,穿过空地向上爬。

她很快就能大显身手。

他们散开,举盾为掩护,打量这些石头。靴子踩过长草,窸窸窣窣。他们还没看到她,打头阵的人没盾牌,大摇大摆地爬坡,脸上挂着残忍的笑,双手各持一把寒光闪闪的剑。

她不紧不慢拉开弓弦,直至下颌传来安心的触感。羽箭正中敌人胸膛,穿透皮胸甲。他双膝跪倒,浑身抽搐,喘着粗气,但用剑撑起身,歪斜着又迈出一步。第二支箭扎在第一支正上方,让他再次跪倒,吐出血痰,最后仰面朝天倒地。

但敌人很多,还在推进。离她最近的缩在一面大盾后缓步上坡,努力不暴露任何部位。菲洛的箭"砰"一声扎在厚重木盾的边缘。

"嘶嘶嘶。"她低吼着,从地上又拔出一支箭,拉开弓弦,仔细瞄准。

"啊!"那支箭扎在他露出的脚踝上,他大叫一声,盾牌晃了晃,向旁一歪。

下一支箭呼啸而来,擦着盾牌上沿,干净利落地扎进脖子。鲜血汩汩流下,他双眼大睁,向后倒去,盾牌随他滑下坡,菲洛射空的箭还插在上头。

她在这个人身上费了太多时间太多箭,其他人爬到半山腰了,离第一块石头只剩一半路程。他们走Z字迂回前进。她从地上拔出剩下两支箭,钻入草丛,向上转移。她只能如此,九指应能保护好自己。

罗根等着,后背紧靠石头,竭力压低呼吸。他眼看菲洛爬上山,剩下他一个。

"见鬼。"他低声咒骂。又是以一敌众,又是四面危机,从他决定当头儿那一刻起就知道会这样。总是这样。好吧,从前他都能杀出生天,这次也会转危为安。要说九指罗根有啥本事,那就是战。

他听到草丛里的脚步声,喘息间的嘀咕。有人正在从他背靠的石头左边上山。罗根将长剑握到右侧,紧抠坚硬的金属柄,咬紧牙关。他看到矛尖晃晃悠悠经过,然后是盾牌。

他大吼一声,跨出掩体,画出一条巨大剑弧,砍进那人肩膀,狠狠劈开胸膛。鲜血狂飙,男人飞了起来,一圈又一圈滚下山坡。

"我还活着!"罗根一边向上飞奔,一边气喘吁吁地说。他刚躲到石头后面,一杆长矛便呼啸而来,将将插在旁边地上。失手了,但他们有的是矛。他在石头边朝下瞟,看到乱石间人影蹿动。他舔舔嘴唇,举起锻造者的剑。黑刃沾了血,把手附近那个银色字母也沾了血,但事情还远未结束。

他缓步上山，不时自盾牌上沿朝外瞄，时刻准备抵挡飞箭。她无从下手，他防得很严。

于是她躲回石头后，跳进挖好的坑，爬向远端另一块巨石。她向外观察，他果然侧迎着她，小心翼翼向她之前藏身的石头接近。真神今天格外慷慨。

对她，不是对他。

羽箭没入他身侧，就在腰部上方。他一踉跄，低头盯着那支箭。她抽出最后一支箭，搭上弦。他正想拔出第一支箭，第二支箭已射在胸口。看他倒下的方式，应是一箭穿心。

没箭了。菲洛弃弓，抽出古尔库曲刃剑。

操家伙。

罗根绕过一块石头，正对上一张脸，近得感到了对方的呼吸。这张脸年轻、好看、干净、鼻子高挺，棕眼圆睁。罗根一头撞去，对方猛地后仰，身体也晃了晃，足够让罗根左手从腰带中抽出匕首。他扔掉长剑，抓住对方盾牌一把扯开。棕眼青年总算回过神，撞破的鼻子鲜血长流，他大喊一声，挺剑欲刺。

罗根闷哼着，匕首扎进对方体内。

一刀，两刀，三刀。又狠又快，力道几乎让对方双脚离地。血从青年肚子上的窟窿涌出，沾满罗根的手。青年呻吟着扔下剑，靠住石头慢慢瘫倒，腿也不听使唤。罗根看着他死去。杀与被杀之间，你必须现实一点。

青年坐在草地上，手捂血淋淋的肚子，抬眼看罗根。

"噶啊，"他嘀咕，"噶啊啊啊。"

"啥？"

没声了，棕眼了无生气。

"来啊!"菲洛尖叫,"来啊,婊子养的!"她蹲在草地中,蓄势待发。

他不懂她的语言,但明白她的意思。他的长矛旋转着刺破空气。准头不错。她向旁一闪,长矛"哗啦"一声掉进石堆。

她大声嘲笑,他发起冲锋——他是个公牛般高壮的秃顶男人。十五跨,她能看清他战斧把手的纹路。十二跨,她能看清他咆哮的脸上的皱纹,眼角和鼻梁上都有。八跨,她能看清他皮胸甲上的划痕。五跨,他高举战斧。"啊呀呀呀!!!"他大叫着,脚下草丛突然崩塌,他掉进坑里,武器随之脱手。

应该时刻注意脚下。

她急不可耐地一跃而起,不假思索挥剑。沉重的剑刃咬进肩膀,他惨叫连连,乱喊着听不懂的词,抓挠松软的泥土想出来。曲刃剑又在他头顶砍出个窟窿,他抽搐扑打着,滑入坑底。这成了他的墓穴。

他不配有墓穴。没关系,她待会儿再把他拖出来,让他在山上腐烂。

这杂种个子很大,是个高大肥胖的巨人,比罗根高半个头。他手持一根差不多半棵树大的木棒,但挥舞起来似乎轻而易举。他像个疯子般吼叫着,肥脸上闪着怒火的小眼睛骨碌碌乱转。罗根在乱石间辗转腾挪。这可不易,一边盯着地面,一边盯着那根木棒。不易。注定要出破绽。

罗根被绊到了,是他刚杀的那个棕眼青年的靴子。报应。他刚恢复平衡,就被巨人一拳砸在嘴上,令他摇摇晃晃,头昏脑涨,喷出一口血。木棒呼啸而来,他向后跳,可惜跳得不够远,还是被木棒顶端扫到大腿,几乎被击倒。他踉跄着靠住石头,疼得龇牙咧嘴,脸皱成一团。他摸索长剑,却差点被剑刺伤,握住剑后立马着地一滚,木棒把他刚才靠住的石头砸下一大块。

巨人将木棒高举过顶,发出公牛般的吼叫,要给他致命一击。这貌似很可怕,但一点也不明智。罗根坐起身,一剑捅进他肚子,黑刃刺穿过去,直末至柄。木棒脱手砸到罗根身后,但巨人凭着最后一丝力气,弯腰抓住罗根的衬衫,把他提起,咆哮着露出血红的牙齿,举起火腿大小的拳头。

罗根抽出靴子里的匕首,扎进巨人颈侧。巨人似乎吃了一惊,鲜血从嘴里喷出,顺着下巴流下。他松开罗根的衣服,摇摇晃晃边退边转,途中踩到一块石头,面朝下栽倒在地。父亲的话向来没错,刀子永远不嫌多。

菲洛听见弓弦颤动,但晚了。她感到箭从后刺穿肩膀,低头看到箭尖钻出衬衫。她胳膊一麻,黑血在脏衣服上扩散。她嘶叫着躲到石头后面。

好歹剑在,还有一条胳膊能用。她背靠粗糙的石头缓缓游走,屏息静听,听到弓箭手寻她,靴子踩在草丛中,武器发出细微金属声。她看到他了,他背对她左右张望。

她持剑跃去,但他及时转身,用剑格住她的剑。两人一起摔进草丛,滚作一团。他突然挣扎起身,尖叫着抓摸血淋淋的脸。原来在地上扭打时,她肩头伸出的箭扎穿了他的眼睛。

她的运气。

她跳过去挥出古尔库曲刃剑砍掉他一只脚。他又发出尖叫,身体横倒向断脚的一边。他刚撑起身,就被曲刃剑从后刺进脖子。菲洛扔下尸体,跋涉过草丛,晃荡的左臂几乎不中用了,她右手紧攥剑柄。

寻找下一个猎物。

费里斯来回移动,脚步轻盈地绕圈。他左臂缚一面大方盾,右手握一柄粗短的剑,一边绕圈一边舞剑,剑刃反射出水纹般的阳光。他一直挂着笑容,风吹长发拍打他的脸。

罗根累得走不动了,干脆原地站住,屏住呼吸,锻造者的剑垂于身侧。

"巫师何在?"费里斯狞笑,"唤出来耍耍把戏!"

"没把戏。"

"噫!教吾等好一场辛苦,然则终须了断。"

"了断啥?"罗根低头看了眼靠在身旁石头上的棕眼尸体,"你几天前就该自我了断,省却我今天的麻烦。"

费里斯皱眉:"吾与彼等不可相提并论,汝要有自知之明。"

"我当然知道,不用砍开你我也知道我们都是肉长的。"罗根伸伸脖子,掂掂手中剑,"你非扒开看不可,我也不会让你失望。"

"既如此!"费里斯开始向前,"下地狱罢!"

他高举盾牌,全速冲击,在乱石间追赶罗根,不断敏捷地刺、挑、砍、削。罗根慌忙后退,呼吸急促,想找破绽却屡屡无功而返。

盾牌撞在胸口,挤出肺里空气,将他向后推去。他想躲闪,但伤腿一崴,打个趔趄,疾刺的短剑正中胳膊。"啊!"罗根吃痛大叫,身形一晃摔在石头上,伤口洒出血滴溅入草地。

"轻而易举!"费里斯咯咯笑着,轻松跳开,短剑舞成一片。

罗根起身,喘着粗气打量对手。盾牌很大,这笑吟吟的杂种使得也好,占据了优势。而且他速度快,不用说比伤了条腿的罗根快。罗根还伤了条胳膊,因嘴上挨那拳而浑浑噩噩。这当口血九指哪儿去了?罗根照地上吐口唾沫。看来必须单打独斗。

他放低身形,侧着后退,故意大口喘气,晃荡的伤臂装成全废了。血从软绵绵的指尖滴下,针刺般疼,他侧身退过几块石头,来到一片空地。够宽敞,足以施展。费里斯举盾跟上。"技穷了?"他边走边嘲讽,"无计了?不过尔尔,吾当汝是——"

罗根大吼一声,突然前跳,双手将锻造者的剑举过头顶。费里斯赶紧退后，却退得不够远。灰色剑刃将盾牌一角砍下一大块，穿过去切进石头，发出一声巨响，碎石横飞。冲击力差点震掉罗根的剑，人也被带飞出去。

费里斯阵阵咆哮，鲜血从肩上伤口涌出。罗根那一击割破皮甲切进肉，可惜只是剑尖扫过，并不致命。但毕竟有用。

这回轮到罗根嘲讽："技穷了？"

两人同时出手。两把剑撞在一起，但罗根握得更稳，足以震脱费里斯的剑，那剑在空中转了几圈掉在山坡上。费里斯大口喘气，伸手摸腰带上的匕首，没等摸到，罗根已欺身上前，狂吼着疯砍盾牌，直砍得伤痕累累，木屑乱飞。费里斯节节败退，最后一击狠狠砍在盾上，让他彻底失去平衡，绊到草丛里一块石头一角，仰面摔倒。罗根咬紧牙关，挥剑下斩。

长剑干净利落地穿透护胫，齐踝斩掉费里斯的脚，鲜血喷涌到草地上。费里斯拖着身子往后爬，挣扎着想起来，但断脚处刚一着地就发出凄厉的惨叫，他一歪身又倒下去喘息、呻吟。

"吾的脚！"他哀号。

"忘记它吧。"罗根低吼，踢开断脚，踏步上前。

"且慢！"费里斯呜咽着，用完好的腿蹬住一块立起的石头，向草丛后蠕动，留下一长串血迹。

"慢什么慢？"

"且慢！"他靠住岩石起身，一边抽泣，一边凭完好的那只脚跳来跳去。"且慢！"他大叫。

罗根的剑刺入盾缘，将残破不堪的盾从费里斯瘫软的胳膊上挑飞，任其滚下山坡。费里斯绝望地哀嚎一声，抽出匕首，靠完好的脚支撑着向前扑来。罗根一剑劈开他前胸，鲜血顿时染红胸甲。他鼓起双眼，大张开嘴，但只发出一声微弱的喘息。匕首自指间滑落，无声地掉在草丛中，他身子一歪，面朝下倒地。

入土了。

罗根站在原地眨眨眼,深吸一口气。胳膊上的伤口火烧般疼,腿也疼得不行,呼吸凌乱急促。"我还活着,"他低声自言自语,"还活着。"他闭上双眼。

"见鬼。"他喘着粗气,想起事情还没完,转身一瘸一拐上山。

肩上的箭拖慢了速度,衬衫被鲜血浸透,喉咙干渴,肌肉僵硬,动作迟缓。敌人从石头后悄然冒出,等她反应过来已经近身。

空间逼仄,兵器施展不开,她弃掉长剑,正要抽匕首,却被他抓住手腕。敌人太强壮,一把将她摔在石头上,撞得她头晕目眩。她看见他眼睛下颤抖的肌肉,鼻子下黑色的鼻孔,还有脖子上突起的筋。

她扭动、挣扎,但敌人全身体重压在她身上。她朝他龇牙吐唾沫,可菲洛的力量也并非无穷无尽。此刻她双臂颤抖,手肘弯曲,而他紧捏住她喉咙,低声从牙缝中挤出几句听不懂的话。他越来越用力,她没法呼吸,力量潮水般退去。

透过半闭的眼睛,她看到一只手从后滑来包住敌人的脸。一只硕大苍白的手,只有三根指头,结满血块。然后是一条硕大苍白的前臂,接着另一只手从另一边伸出,紧紧扼住敌人的头。敌人拼命挣扎,但没法挣脱。结实的前臂肌腱扭曲,青筋在皮肤下蠕动,苍白的手指按在脸上,将头向后扯,又一点点往旁边扳。敌人终于放开菲洛,菲洛瘫倒在石头上,贪婪地呼吸。敌人的指甲无用地抓挠那两条胳膊,但脑袋终于被残忍地扭到背后,喉头发出奇怪的长嘶声。

"嘶……"脖子断了。

两只手放开,敌人瘫倒在地,头软软垂下。九指站在后面,脸上全是干血,双手和撕破的衣服则被鲜血浸透。他脸色苍白紧张,被泥巴和汗水画得深一道浅一道。

"你还好?"

"跟你差不多。"她嘶声道,"还剩几个?"

他一手扶着她旁边的石头,俯身朝地上吐口血沫。"不知道。也许还有两个?"

她抬眼瞟山顶。"上去了?"

"可能。"

她弯腰从草地上捡起曲刃剑,挂着它上山,听到九指跟跟跄跄跟在后。

杰赛尔连续好几分钟听到怒吼、尖叫和金铁交击,一切显得遥远而模糊,被凛冽山风吹到耳畔。他完全不清楚山顶这圈石头外发生了什么,也不确定自己想不想知道。他只是来回踱步,双手开开合合,而魁一直坐在马车上,低头看着巴亚兹,面容安详冷静,让人来气。

他忽然发现了什么。一个男人的脑袋从两块高高的石头间的山坡上露出,然后是肩膀,胸膛。接着不远处又出现一个人。两个杀手,上坡向他走来。

其中一个长着猪眼睛,大下巴。另一个瘦些,黄头发像纠结的茅草。他们谨慎地靠近山顶,缓缓踏进这圈石头,不紧不慢打量杰赛尔、魁和马车。

杰赛尔从未一挑二,更别提以命相搏,但他努力不去想。一场比剑而已,没什么新奇。他吞口口水,抽出双剑,武器出鞘的清脆声响让他稍觉安心,手掌间熟悉的重量多少缓和了紧张情绪。那两人盯着他,他也瞪回去,脑子里回忆九指的话。

保持最弱的形象。至少这点不难。他肯定自己看起来够恐惧,没转身就跑已经不错。他缓缓后退,靠近马车,全然真实的紧张驱使他不断舔嘴唇。

永远不轻视对手。他仔细打量那两人。两人都很强壮,装备精良,穿着硬皮甲,举着方盾。一人握短剑,另一人持重斧,两把武器模样骇人,且一看就知常用。他不会轻视他们。两人左右散开,从两个方向接近他。他紧盯他们。

该出手时就出手。左边的杀手先上,他眼看对方咆哮冲来,笨拙盲目地挥武器。太简单了。他在最后一刻轻轻往旁一让,敌人一头栽地,然后他条件反射般刺出短剑,正刺在敌人身侧肋骨下方、胸甲和背甲间的缝隙,直没剑柄。拔剑时,杰赛尔矮身躲过挥来的重斧,长剑照脖子高度凝神一扫,然后跳出包围圈,轻盈转身,摆好剑势,只等裁判判决。

被他刺中的人踉跄了一两步,猛吸几口气,抓摸着身侧。另一个摇摇晃晃站在原地,猪眼睛大睁,手捂脖子,指间被割开的喉咙涌出鲜血。接着两人一同倒地,脸朝下挨在一起。

杰赛尔皱眉看看长剑上的血,又皱眉瞅瞅两具尸体。没想到一回合连杀两人,他应该内疚,却只有麻木。不,他自豪。兴奋!他抬头看见魁在马车后冷静地观望。

"我做到了。"他轻声说,门徒缓缓点头。"我做到了!"他大喊着挥舞染血的短剑。

魁皱起眉,突然瞪大双眼。"后面!"他几乎跳起来。杰赛尔转身举起双剑,眼角瞥到了什么。

砰地一声,眼冒金星。

黑暗接踵而来。

无畏的后果

北方人站在山上，白色天空下一排稀疏剪影。时间尚早，太阳像厚重云层上一块明亮污渍，冰冷脏污的残雪积在峡谷两边无数小凹坑里，谷底依然铺着薄雾。

威斯特皱眉看着那排黑影，觉得事有蹊跷。就侦察和掠袭而言人太多，若来挑衅人又太少了。他们占据制高点，冷冷地看着兰迪萨冗长的队伍笨拙地涌进下方峡谷。

王子的参谋和侍卫把指挥部安置在北方人对面一座青草小丘上。探子凌晨找到这里时，这里的确干燥、平整，虽比敌人的位置矮不少，仍足以将整个山谷尽收眼底。可紧接着成千上万双滑溜溜的靴子、沉重的马蹄和滚滚车轮将潮湿的土地碾成黏稠的黑泥浆，威斯特和其他军官的靴子上结满泥巴，制服溅满泥点，连兰迪萨王子的纯白制服上也有星星点点的污渍。

联合王国军列阵于二三百跨前地势较低的地方。四营王军步兵作为中流砥柱，身着鲜红制服，手持利器，排成整齐方阵，从这里看去仿如用巨尺作过规量。他们前方稀稀拉拉站了几排穿皮夹克、戴铁盔的弩手和弓箭手;他们后面是暂未上马的重骑兵,全副武装的骑兵看来出奇笨拙;他们两侧是胡乱摊开的各贵族征兵营,装备参差不齐,军官大叫着挥手,想把队伍中的缺口合上,让歪斜的队列站整齐,就像冲羊群吠叫的牧羊犬。

一万官兵仿佛都在讲话。威斯特知道大家看到那一小队北方人了,肯定既紧张又恐惧,既兴奋又好奇,而且满怀愤怒,和他第一次见到敌人时一样。

但从他的望远镜看去,这队北方人着实不怎么可怕。他们蓬头垢面,身披破烂兽皮,武器相当原始——就像王子那帮没见识的参谋说的。他们完全不像三树描述的军队,而这让威斯特十分担忧。山那头的状况不得而知,这些人不会平白出现,要么是有意干扰,要么是为诱敌。

可惜没人这么想。

"他们嘲笑我们!"萨蒙德举着望远镜大叫,"教他们尝尝联合王国长枪的厉害!应该立刻发起骑兵冲锋,荡平那帮乌合之众,拿下高地!"他说话的语气好像山上的北方人不堪一击,而拿下它意味着拿下整场战争的辉煌胜利。

威斯特只能咬紧牙关摇头,这动作他今天重复了无数次。"高地不利冲锋,"他解释,"况且可能有埋伏。我们都知道,贝斯奥德的大部队在后面。"

"不过是些探子。"兰迪萨嘀咕。

"有可能是故意示弱,殿下,此外那个山头没什么价值。时间在我们这边,伯尔元帅很快会赶来增援,贝斯奥德则没有任何后援。我们没必要冒险开战。"

萨蒙德嗤之以鼻。"这是战争,敌人近在眼前,在联合王国领土上耀武扬威!你总是对我军士气吹毛求疵,上校!"他猛地向前一指,"有什么比原地不动、对敌人坐视不管更打击士气呢?"

"徒招败绩?"威斯特吼道。

不巧,北方人偏在此时朝谷底射出一箭,短弓射出的黑色小羽箭划下天空,即便借助地利,依然毫无威胁地落在战线前一百多跨外的空地上。这毫无意义,却足以刺激兰迪萨王子。

他从折叠椅上一跃而起,"该死!"他咒骂道,"他们嘲笑我们!传令!"他来回踱步,挥舞拳头,"骑兵上马,准备出击!"

"殿下,我希望您考虑——"

"该死,威斯特!"王储一把将帽子甩到泥地上,"你处处跟我作对!你的朋友格洛塔上校临阵也这么畏首畏尾吗?"

威斯特一愣。"正因不够谨慎,格洛塔上校才被古尔库人俘虏,还害死所有部下。"他缓缓弯腰,捡起帽子,恭敬地递给王子,暗忖自己的军旅生涯是否就此画上句号。

兰迪萨王子咬咬牙,鼻子沉重地呼气,从威斯特手中夺过帽子。"我决心已定!这是指挥官应负的责任,是我的责任!"他转身面朝山谷,"吹冲锋号!"

极度的疲惫突然涌向威斯特四肢百骸。当嘹亮的号声刺破清爽空气,骑兵爬上战马,从步兵方阵间穿过,攀上缓缓的斜坡,端起长枪时,他差点站不住。骑兵们从谷底开始小跑,身影在雾海中隐现,马蹄轰鸣声回荡于山谷。零星箭矢落在他们当中,无效地擦过重甲。斜坡阻遏了势头,骑兵队形被金雀花丛和破碎地貌拖得渐渐散乱,但雄壮战马、全副武装的景象似乎还是让上面的北方人心生忌惮,他们开始动摇、溃散,有些人甚至弃械逃跑。

"就是这样!"萨蒙德叫喊,"赶走他们,冲啊!赶走他们!"

"穷追猛打!"兰迪萨王太子大笑着再次扯下帽子,在空中挥舞。山谷里的征兵发出参差不齐的欢呼,盖过了远处的马蹄声。

"赶走他们,"威斯特紧握双拳,喃喃自语,"拜托了。"

骑兵翻过山脊,渐渐消失在视野中。宁静陡然笼罩山谷。漫长、诡异、出乎意料的宁静。几只乌鸦在头顶盘旋,彼此尖叫,威斯特愿用任何代价换取它们俯瞰战场的能力。紧张气氛难以忍受,时间一分一秒流过,他不安地走来走去。没消息。

"他们在那边忙着,呃?"

派克就站在威斯特旁边,身后跟着他女儿。威斯特一惊,随即转开视线。他还是难以长久注视那张烧伤的脸,尤其那张脸如此突兀地出现。"你俩怎么在这儿?"

罪犯耸肩。"战前有很多铁匠活,战后则更多,但真打起来倒没铁匠什么事。"他咧嘴一笑,烧伤的脸像皮革一样折叠,"我想来见识下联合王国军作战的英姿,而且哪里会比王太子的指挥部更安全呢?"

"别在意,"凯茜小声说,脸上带着些许笑意,"我们保证不挡您的路。"

威斯特皱眉。她是指他经常挡她的路,可他没心情开玩笑。还是没有骑兵的丝毫踪影。

"他们到底哪儿去了?"萨蒙德突然吼道。

王太子放下咬了半天的手指:"别急,萨蒙德大人,别急。"

"雾为何不散?"威斯特喃喃自语。破云而出的阳光越来越强,雾却越来越浓,沿山谷直爬到弓箭手脚下。"该死的雾跟我们作对。"

"那儿!"一名参谋兴奋地尖叫,激动地指着对面山顶。

威斯特连忙举起望远镜,屏息迅速扫视绿色山丘。他看到寒光闪闪的矛尖缓慢而整齐地升上山顶,不由一阵欣慰,甚至为自己推测错误感到高兴。

"是他们!"萨蒙德大笑着吼道,"他们回来了!我说什么来着?他们……"矛尖下是头盔,然后是披甲的肩膀。威斯特的欣慰一扫而空,恐惧涌上喉头。一队整齐的盔甲士兵,手持圆盾,盾上画着人脸、动物、树木及其他上百种图案,没有两面盾完全相似。在他们两旁,更多人涌现出来,全披着盔甲。

贝斯奥德的亲锐。

他们在山顶停下,部分人出列到前头,跪在草地上。

兰迪萨放下望远镜。"那些是……?"

"弩手。"威斯特低声道。

第一轮攒射立时开始,飞矢如一团灰云,又像一群训练有素的小鸟,似乎并不可怕。片刻宁静后却传来凄厉声响,飞矢落入王军队列,砸在沉重的盾牌和盔甲上。叫声此起彼伏,战线出现几道缺口。

指挥部的情绪急转直下,从自信满满变成哑口无言的震惊和沮丧。"他们哪儿来的弩?"有人愤愤不平。威斯特就着望远镜观察山上弩手,只见对方缓缓拉弦,从箭囊中抽出飞矢,准确安放好。射程经过准确测量,他们不仅有弩,而且极为熟练。威斯特立刻冲向兰迪萨王子,后者目瞪口呆地看着一个脑袋歪向一旁的伤员被抬出王军队列。

"殿下,必须前进来缩短距离,好让我军弓箭手还击,或者撤到后面高地上!"兰迪萨只瞪着他,好像没听到话,别提领会意思。第二轮攒射的目标是一个毫无盔甲和盾牌保护的征兵营,散乱的队列顿时现出无数缺口,那些缺口又被升腾的雾气填满。这个营在痛苦地呻吟、蠕动,伤员们持续发出动物般的微弱哭号。"殿下,进还是退?"

"我……我们……"兰迪萨望向萨蒙德伯爵,但年轻贵族已说不出话,可能比王子吓得更惨。兰迪萨下唇颤抖,"该怎么……我……威斯特上校,你怎么看?"

威斯特差点想提醒王子:这是指挥官应负的责任,是你的责任,但他忍住了。不赶紧采取措施,这支杂牌军顷刻间便会土崩瓦解。做错事也比不作为强,于是他转向最近的号手。"吹撤退号!"他吼道。

战号吹出响亮刺耳的撤退号,很难相信它片刻前还厚颜无耻地吹嘘着进攻。军队以营为单位缓缓后退。新一轮攒射落进征兵队伍,接着又一轮。阵型开始溃散,人们争相逃离恐怖的飞矢,互相倾轧中队列搅作一团,空中弥漫着尖叫和呼喊。雾太浓,威斯特几乎无法辨认下一轮射在哪里,联合王国军成了一片在灰色云层上晃动的长矛和虚幻头盔。即便在这高出战场的地方,雾气也爬到他脚踝上。

另一边山上,亲锐们开始行动。他们高举武器,重重地敲向彩绘盾牌,齐声大吼——并非威斯特想象中的低沉吼叫,而是一片令人汗毛倒竖的诡异嚎啕,哀号般飘过山谷,刺破金属交击,传入众人耳中。这吼声原始而野性,充满愤怒。这吼声属于野兽,绝不属于人类。

兰迪萨王子及其参谋团面面相觑,结结巴巴说不出话,眼看着亲锐一排接一排走下山,逼近谷底浓雾中盲目撤退的联合王国军。威斯特挤过僵住的军官们,来到号手身旁。

"吹结阵号!"

年轻号手死盯着前进的北方人,良久才转头看威斯特,他的号垂在身侧,手指紧张得抖个不休。

"吹结阵号!"有人在后面大吼,"结阵号!"是派克,吼声足以媲美任何教官。号手猛地把战号放到嘴边,尽全力吹。四下迷雾中随即响起应和的喊叫,但号声和喊声都被雾气蒙住了。

"停下,集合!"

"结阵,小子们!"

"准备迎击!"

"站稳队形!"

浓雾中传出一片"丁零当啷"的金属碰撞,盔甲士兵们开始行动,挺起长矛,拔出长剑,命令在各人和各单位间传递。但在这之上,北方人诡异的呐喊越来越大,他们发起冲锋,凭高地优势冲向谷底。威斯特只觉得血都凉了,即便和敌人隔着一百跨距离和几千名全副武装的士兵。他能想象出亲锐发出战吼、高举利刃从浓雾中现身时,前线士兵心头的恐惧。

并没有什么声音标明短兵相接的时刻。铁器哗啦声逐渐增大,吼声和喊声中逐渐掺杂了高亢的尖叫、深沉的怒吼及痛苦或愤怒的嚎叫。声音被雾气蒙住,音量却逐渐增大。

指挥部里没人说话。每个人——包括威斯特——都凝望着浓雾,绷紧每根神经,竭力想弄清面前山谷中发生了什么。

"那里!"有人叫喊。一个模糊人影穿透阴暗,所有目光顿时聚拢过去。那是一名气喘吁吁、浑身泥水、头晕目眩的年轻传令官。"见鬼,指挥部呢?"他大喊着踉跄爬上坡。

"这里。"

那人朝威斯特夸张地敬礼。"殿下——"

"我才是兰迪萨。"真正的王子打断他。那人困惑地转身又敬个礼。"你,快说说情况!"

"好的,长官,殿下。巴赞少校派我来报,他的营陷入苦战,急需……"他仍喘不过气,"急需增援。"

兰迪萨瞪着年轻人,好像对方说的是外语,然后他看向威斯特,"谁是巴赞少校?"

"斯塔萨征兵团一营营长,殿下,该部位于我军左翼。"

"左翼,我明白……呃……"

衣着华丽的参谋们围着气喘吁吁的传令官站了个半圈。"要少校挺住!"有人吼叫。

"没错!"兰迪萨说,"要少校挺住,然后,呃,击退敌人。没错,就是这样!"他终于找回角色,"不成功便成仁! 告诉巴赞少校,援军就在路上。毫无疑问……就在路上!"王子昂首阔步走了几步。

年轻传令官转身看向雾中。"我的部队在哪儿?"他喃喃道。

越来越多的人影浮现,踉踉跄跄、气喘吁吁地跑过泥地。威斯特明白,松垮的队列后方有许多征兵正在溃逃,这样看来,前线坚持不住多久。

"胆小鬼! 猪猡!"萨蒙德咒骂败退的人群,"回去战斗!"他还不如向浓雾下令,所有人都疲于奔命——逃兵、副官、传令官——有的在求援,有的在逃跑。伤员也跟着逃跑,要么一瘸一拐强拖着身子,要么用折断的长矛当拐杖或搭在同伴身上。派克上前扶住一个脸色苍白的家伙,此人肩上插了支飞矢。另一个伤员被担架抬过,一路喃喃自语,左臂手肘以下都被斩断,伤口用脏兮兮的布包紧,但还是不停渗血。

兰迪萨脸色惨白。"我头好疼。我得坐下。我的指挥椅呢?"

威斯特紧咬嘴唇,完全不知所措。伯尔把他派到兰迪萨身边是因他经验丰富,但他现在和王子一样一头雾水。知己知彼才能打胜仗,可他连自己的军队都看不到,别说敌人。他僵立原地,自觉像个瞎子在跟人搏斗。

"见鬼,到底发生了什么!"喧嚣中,王子尖锐的声音格外刺耳,"这见鬼的雾哪儿来的?我要知道发生了什么?威斯特上校!威斯特上校呢?到底发生了什么?"

威斯特真希望自己知道答案。人们在泥泞的指挥部旁跌跌撞撞,如无头苍蝇般左冲右突。形形色色的面孔从浓雾中显现,又消失在浓雾中,带着恐惧、迷惑和决心。传令官传达着各种错误的消息和错误的命令,士兵们浑身是血或没了武器。冷空气里充斥着毫无意义的喊话,话音满是焦虑、担忧、恐慌和痛苦。

"……我们的团遭遇敌袭,正在撤退,或者已经败退,我认为……"

"膝盖!妈的,我的膝盖!"

"……太子殿下呢?我有急报,来自……"

"请派,呃……随便谁!谁还能用……谁还能用?"

"……王军陷入苦战!请求撤退……"

"骑兵怎么了?骑兵呢?"

"……他们不是人,是魔鬼!上尉死了,所……"

"我们在撤退!"

"……右翼战事激烈,急需支援!急需支援……"

"救救我！谁来救救我！"

"……组织反击！我军全线反攻……"

"安静！"威斯特听见灰雾中传来声音。马具碰撞声。雾气浓重到只能看清三十跨距离，但急促的马蹄确实越来越近。他握紧剑柄。

"骑兵！骑兵回来了！"萨蒙德伯爵急切地向前冲去。

"等等！"威斯特徒劳地嘶吼。他努力看向雾中，看到一大群骑兵的轮廓迅速接近。那些人铠甲、马鞍和头盔都是王军样式，但骑马动作有异——慵懒、散漫。威斯特抽出长剑。"保护王子。"他低声说，向兰迪萨靠近一步。

"你！"萨蒙德对前排的骑兵喊，"收拾好你的人，准备——"骑兵的长剑砍进他脑袋，发出一声空响，飞溅的血沫被白雾衬成漆黑。骑兵们陡然发起冲锋，用最高音量发出恐怖、怪异、非人的战吼。萨蒙德瘫软的尸身被领头的马撞飞，又教旁边的马踩在蹄下。北方人——毋庸置疑是北方人——完全现身，当先的人留着厚胡子，长发在不大合适的联合王国头盔下飘舞，黄板牙龇在外面，人和马的眼睛都燃烧着怒火。他重剑下劈，劈在一名扔掉长矛逃跑的王子侍卫肩胛骨间。

"保护王太子！"威斯特大叫。一片混乱。雷鸣般的马蹄从四面八方涌来，骑兵们吼叫着，挥舞长剑和战斧劈砍斩杀。人们四散奔逃，时而打滑跌倒，站起来的被砍翻，倒下的遭踩踏。战马呼啸的风声，飞溅的泥巴，众人的尖叫与恐慌情绪搅拌着沉重的空气。

威斯特飞身躲过马蹄，一头扎进泥地，徒劳地用长剑砍向经过的马匹。他翻身在雾气中大口喘息，浑不知面朝何方，声音都一样，场面都一样。"保护王太子！"他又徒劳地嘶喊一声，喊声当即被盘旋不息的嘈杂淹没。

"向左！"有人尖叫，"结阵！"但这里没有阵型，也左右难分。威斯特翻过一具躯体，一只手死死抓住他的腿，他用长剑胡乱砍去。

"啊。"顷刻间他又趴倒在地，头疼得厉害。这是哪儿？练剑场吗？

路瑟又把他打倒了？那孩子对他来说太强了。他松开剑，认命地瘫在泥里。远处有一只手滑过草地，努力伸出手指抓挠。他听到自己痛苦而响亮的呼吸，应和着越来越强烈的头痛。一切都模糊不清，变幻莫测，颠三倒四，看不真切。太晚了。他够不到剑，头阵阵悸动，泥涌进嘴巴。他慢慢翻过身，沉重地喘气，用手肘撑起来。有人来了，粗糙的轮廓看来是个北方人。哦，当然，这可是战场。威斯特看着那人缓步走来，手中有条黑线。武器。剑、斧、狼牙棒还是长矛？有关系吗？那人不急不缓又迈出一步，靴子踩上威斯特的夹克，将他瘫软的身体踩进泥里。

两人一言未发。没有临终遗言。没有悲壮口号。没有愤怒，没有怜悯，没有胜利的喜悦和失败的懊悔。北方人举起武器。

他身体一晃，向前踉跄一步，然后眨巴着眼睛左右摇摆，迟缓而笨拙地半转过身。他的头又一晃。

"什么……"他唇间挤出几个字，摸摸后脑，"我的……"接着他扭身向旁栽倒，一只腿飞起来，随即也跌进旁边泥地。有人站在他后面，走过来俯下身。一张女人的脸。为何看起来有些熟悉？

"你还活着？"

威斯特的心脏仿佛突然回到正确位置。他猛吸一口气，呛得咳嗽之余翻身握住剑柄。北方人，北方人穿插到了阵线后面！他挣扎起身，擦掉流进眼里的血。中计了！他的头嗡嗡直响，天旋地转。贝斯奥德的骑兵，伪装，王子的指挥部，完蛋了！他瞪大眼茫然四顾，靴子踩在齐踝深的泥里，想从迷雾中寻找敌人却一无所获。只有他和凯茜。马蹄声渐渐远去，骑兵们走了，至少目前都走了。

他低头看了眼自己的武器，剑刃在手柄上几寸的地方折断。没用了。他扔掉断剑，抠开北方人僵死的手指，捡起北方人的剑。头还在痛。这把沉重的武器刃口很厚，豁口很多，但能用。

他盯着侧躺的尸体。这人差点杀了他，现如今后脑成了红色稀泥。凯茜握着铁匠锤,锤头血肉模糊,粘着几缕头发。

"你杀了他。"她刚救了他的命,他们都明白,因此这句话没什么意义。

"我们现在干吗?"

上前线。这是威斯特儿时读的故事中,那些英勇的年轻军官会做的事。向战斗声传来的方向挺进,将逃兵集合起来,领他们赶赴危局,在关键时刻力挽狂澜,然后及时回家享受晚宴、赢得勋章。

看着骑兵造成的大破坏和一地尸体,威斯特差点为这念头放声大笑。他突然意识到自己过了豪情壮志的年纪。很久很久以前就过了。

山谷中这些人的命运早已注定。当兰迪萨过河时,当伯尔元帅定策时,当内阁决定把王太子送到北方来赢得荣誉时,当联合王国的大贵族派乞丐而非士兵上前线为国王而战时。上百种偶然,来自几天、几周甚至数月前,在今天总爆发,在这片毫无价值的泥地里爆发。这些偶然,无论伯尔、兰迪萨还是威斯特,都无法预测,也无法阻止。

他根本无力回天,没人可以。失败无可挽回。

"保护王太子。"他低声说。

"什么?"

威斯特在地上翻找,踩过凌乱的垃圾,用脏兮兮的双手翻尸体。一个被砍掉半边脸的传令官盯着他,血红的脑浆挂在外面。威斯特捂嘴吐了出来,手脚并用爬向下一具尸体。那是王子的参谋,脸庞还带着些微惊讶,制服上沉甸甸的金穗被粗暴砍开,一路划到肚皮。

"见鬼,你在干吗?"派克暴躁的声音响起。"没时间搞这个!"罪犯不知从哪儿搞来把斧子。沉重的北方斧子,斧刃带血。不该让罪犯弄到这种武器,但威斯特顾不得这个了。

"必须找到兰迪萨王子!"

"让他滚蛋!"凯茜吼道,"我们快走!"

威斯特甩开她的手,跌跌撞撞走向一堆破箱子,擦掉又糊住眼睛的鲜血。是这儿。这附近。兰迪萨王子就站在——

"别,求您,别!"有人急促尖锐地说。联合王国王储面躺在泥坑中,被一名侍卫扭曲的尸体半掩住。他闭紧双眼,双臂交叉挡住脸,白制服沾满血点、结满泥块。"我有赎金!"他呜咽道,"赎金!超乎您想象的赎金。"他稍稍睁开一只眼,从指缝间向外瞄,接着一把抓住威斯特的手。"威斯特上校!是你吗?你还活着!"

没时间嘲笑他了。"殿下,我们赶紧走!"

"走?"兰迪萨迟疑道,他的脸被泪水染得黑一道白一道,"但……你不会是说……我们赢了?"

威斯特差点把舌头咬掉。摊上这档子事真是活见鬼,但他必须救出王太子。这个高傲自大、一无是处的白痴不值得救,可威斯特别无选择,这不是为兰迪萨,而是责任,身为臣民拯救未来国君,身为军人拯救全军统帅,身为一个人不抛弃其他人。这是他唯一能做的了。"您是王储,敌人不会放过您。"威斯特伸手抓住王子胳膊。

兰迪萨在腰带上摸索。"我的剑——"

"没时间了!"威斯特拖起王太子,做好了扛人的准备。他跌跌撞撞冲进迷雾,两名罪犯紧跟在后。

"确定是这条路?"派克低吼。

"确定。"其实他根本不确定。雾更浓了,脑中的嗡鸣和再度流进眼睛的血让他集中不了精神。似乎到处都传来战斗声:武器碰撞摩擦,呻吟、哀号和怒吼,这些都在雾中回荡,时而飘在远处,时而近在咫尺。各种朦胧的形状显现、移动、漂移,看不真切又充满威胁,在视线边缘翻转扭动。雾中好像凝结出一个骑兵,威斯特喘着粗气,举起长剑。雾随即散开,那只是辆装满桶子的货车,骡子站在车前一动不动,车夫瘫在旁边,一根断矛插入后背。

"这边。"威斯特嘶喊,快步跑向货车,同时放低身形。货车是好东西,货车意味着辎重,意味着补给,意味着食物和医生,意味着他们正跑向山谷外,至少在远离前线——如果还存在前线的话。威斯特思索片刻。货车又不是好东西。货车意味着战利品,北方人会像见了蜂蜜的苍蝇一样扑向战利品。他手指迷雾深处,离开空货车、破桶和倾倒的箱子。其他人跟着他,除了靴子吱嘎和粗重的呼吸,再没其他声响。

他们艰难前行,穿过开阔地和脏兮兮的湿草丛,慢慢向上爬。其他人一个个超过他,他挥手示意他们继续前进。一直走才有生机,但每一步都更沉重。头上伤口流的血越来越多,粘住头发,顺着他脸颊滑下。头痛愈演愈烈,丝毫不见好转。他浑身无力,恶心虚弱,只觉天旋地转。他握紧重剑,好似这能帮他稳住身形。他弯腰努力不让自己摔倒。

"你没事吧?"凯茜问。

"继续前进!"他竭力叫嚷。他听到马蹄声,或许只是幻觉。恐惧驱使他前行,他心中也只剩下恐惧。他看到其他人在前方艰难行走,兰迪萨王子当先,然后是派克,接着是回头看他的凯茜。透过渐渐稀薄的雾,他看到一堆树,于是把注意力集中在那些鬼影幢幢的树上,喉头沉重地喘息,挣扎着冲上斜坡。

他听到凯茜的声音:"不。"他转身,恐惧顿时涌上喉头——骑兵的轮廓出现在身后不远处。

"向树林跑!"他嘶喊,但她没动。他抓住她胳膊推她向前,结果自己一头栽进泥里。他翻身挣扎着起来,跌跌撞撞向远离她和树林的方向跑,向远离安全的方向跑,奔向斜坡侧面。北方人越来越近,他清楚看到了对方,对方也看到了威斯特,于是端起长矛驱马冲刺。

威斯特继续跑向斜坡侧面,腿在燃烧,肺在燃烧,他用尽最后一点力量引开骑兵。兰迪萨进了树林,派克冲进灌木丛,凯茜回头看了他最后一眼,也跟去了。威斯特跑不动了,他停下蹲在山坡上,累得站不起来,别说战斗。他眼看北方人奔来,穿破云层的阳光在矛尖闪烁,脑海一片空白,只是等死。

骑兵突然停下,在身侧摸索。他身侧有羽毛。灰羽毛,随风摇动。骑兵发出一声短促的尖叫,又突然停下,死盯着威斯特。这回一支箭插进他脖子。他扔下长矛,向后缓缓倒下马。他的马小跑上斜坡,然后放缓脚步停下。

威斯特蜷身在湿地上趴了一会儿,完全不明白怎么死里逃生的。他举步维艰地向树林挪,关节如木偶般僵硬,最后膝盖一软,整个人跌进灌木丛。有力的手指翻着他头皮上的伤,几句北方话传来。"啊。"威斯特大叫一声,努力把眼睛开一道缝。

"别叫了,"狗子从上盯着他,"只是擦伤。你误打误撞朝我冲来,算你幸运,我经常失手。"

"幸运。"威斯特嘀咕。他在潮湿的灌木间翻身,就着树干看向山谷。迷雾终于开始散去,一大堆破损货车、丢弃的行李和残破尸体渐渐展现眼前。一场惨败的后果——或者说是大胜,对贝斯奥德而言。几百跨外有人绝望地跑向另一片树林,看服装应是个厨子。腋夹长矛的骑兵紧追不舍,一击未中又拨马折回继续刺,最终将猎物击倒。看着骑兵纵马追逐、刺杀无助的逃亡者,威斯特本该恐惧,但心里却只有混着内疚的庆幸。庆幸那不是自己。

山谷斜坡上徘徊着另一些身影——更多的骑兵,上演着更多惨剧。威斯特不想看了,他转身钻进温暖安全的灌木丛。

狗子暗自轻笑。"我带这么群人回去,绝对会吓三树一大跳。"他挨个指指这筋疲力尽、浑身泥泞的奇怪团体。"半死的威斯特上校,握着血锤子的小女孩,脸跟锅底似的男人,还有这个,我没看错的话,是这场灾难的罪魁祸首。死者在上,命运真爱捉弄人。"他缓缓摇头,冲躺在地上、像离水的鱼一样大口喘气的威斯特咧嘴一笑。

"吓……三树……一大跳。"

晚餐时间

王家审问部审问长,苏尔特阁下亲启:

卑职有好消息禀报。达戈斯卡叛国阴谋已遭粉碎,叛徒已然揭露,首犯是总督之子科斯腾·唐·乌尔莫斯和香料公会会长卡萝特·唐·埃泽。他们将在受审后接受国法处置,让人民明白叛国的代价。据现有证据,达戈斯卡一直受古尔库间谍摆布,谋杀前任主审官的凶手依然在逃,但上线既已被捕,相信顺藤摸瓜很快能抓住他。

乌尔莫斯总督也被卑职软禁,他儿子的叛国行为让人无法信任他,况且他原本就妨害了我们对城市的有效管理。卑职将他送上下一艘回国的船,让您和您的同僚来决定他的命运。同船还有霍克审问官,他必须为白白害死两名重要证人负责。卑职审问过他,欣慰地发现他并未实际参与阴谋,但其无能与叛国无异。卑职请您来决定对他的惩罚。

古尔库人天刚亮就发起进攻,精锐部队携带早已做好的桥和云梯飞奔而来,涌过开阔地时遭城头我方五百把弩的精确打击。对方表现很英勇,但准备仍嫌仓促,所以几乎演变成屠杀。只有两支队伍冲到我们新挖出的水道前,但桥、云梯和士兵统统被早上自大海涌入海湾的潮水冲走了。这是卑职未曾料到的惊喜结局。

从水道到古尔库军阵线间,铺满了古尔库士兵的尸体,卑职下令朝任何企图救治伤兵的人放箭。伤兵的呻吟和阳光下遍地尸体腐烂的场面无疑有助于打击敌军士气。

虽然我军首战告捷,但毋庸置疑,这只是对城防的初次试探,古尔库军统帅正把脚趾伸进水中试温。卑职毫不怀疑,下一次进攻规模将远胜于此。敌人在离城墙四百跨的地方立起三座巨型投石机,足以将巨石投入下城,迄今尚未动用。也许是不想破坏达戈斯卡城,但若遭持续抵抗,恐怕他们不会再犹豫。

敌军为数众多,每天都在涌入半岛。从卑职所在地,已能清楚看见八杆军旗,我们还发现了从坎忒大陆各地赶来的野蛮人。总计围城敌军约有五万,古尔库皇帝奥斯曼-乌-多沙倾巢出动,但我们会阻止他。

您很快会收到卑职的后续汇报,卑职全心全意遵从您。

达戈斯卡主审官,沙德·唐·格洛塔

香料公会会长卡萝特·唐·埃泽坐在椅子上,双手交叠于膝,尽力维持尊严。她的皮肤油亮苍白,眼睛有黑眼圈,白袍沾上了地牢的灰尘,失去光泽的长发软塌塌地盖在脸上。没有脂粉珠宝,她看上去老了一些,但依然美貌。从某些角度而言比以前更美,像一支放出最后光华的蜡烛。

"你看来很辛苦。"她说。

格洛塔扬起双眉:"这几天委实辛苦。先审问你的同伙乌尔莫斯,然后要应付城外那支古尔库小队的攻击。你也够辛苦嘛。"

"我的小牢房地板不舒服,而我心里惴惴不安。"她抬头看向塞弗拉和维塔瑞——他们分别靠在两边墙上,环抱手臂,戴面具的脸看不出表情。"我会死在这里吗?"

毫无疑问。"那得看你的表现。乌尔莫斯和盘供出,我们知道是你找他,你行贿让他在许多文件上伪造他父亲的签名,并让他串通某些守卫参与将达戈斯卡出卖给联合王国敌人的阴谋。他已在供状上签字画押,他的人头——若你好奇的话——现下被插在城门上你的朋友帝国大使伊萨克的人头旁边。"

"两颗脑袋,城门上边儿。"塞弗拉唱道。

"他只有三件事提供不了:你叛国的理由、你的签名和暗杀达瓦斯主审官的古尔库间谍。我需要你的合作。立刻合作。"

埃泽会长小心翼翼地清喉咙,小心翼翼抚平长裙,尽可能骄傲地坐直。"我不相信你会折磨我。你不是达瓦斯。你有良心。"

格洛塔的嘴角微微牵动。值得鼓掌的勇敢尝试,但大错特错。"我的良心脆弱得像枯萎的野草,不比门外微风更能保护你。"格洛塔长叹一声。屋里太热太明亮,令他的眼睛酸痛抽搐,他边说边缓缓揉眼。"你想象不出我干过的事,惨无人道、歹毒邪恶的事,光是形容你都会吐。"他耸肩,"我有时的确会良心不安,但我总告诉自己那些是正当的。一年年过去,难以想象之事变成家常便饭,丑陋变成乏味,不堪忍受变成司空见惯,我把那些事塞到意识的黑暗角落,让它们在那里不断发酵,你可以想一想我的头脑现在是什么样。"

格洛塔抬头扫视塞弗拉的眼睛,然后是维塔瑞的眼睛,他们闪烁的眼睛冷硬无情。"即便你是对的,莫非你以为我的刑讯官们会有良心?你有吗,塞弗拉?"

"头儿,什么叫良心?"

格洛塔悲伤地一笑,"瞧,他甚至不明白什么叫良心。"他陷进椅子。累,太他妈累。他甚至没力气抬手。"我对你已然宽大为怀,对付叛徒我通常不会这么温柔。你真该瞧瞧弗罗斯特如何殴打你朋友乌尔莫斯的,而大家心知肚明,他并非主谋。他生命的最后几个钟头是在凄惨的便血中度过的,而到目前为止,没人动你一根指头。我让你保住了衣服、尊严和人格,现在我给你唯一一次机会签字画押、回答问题。你必须合作,这是我最大限度的良心。"格洛塔倾身向前,用指头点点桌子,"一次机会。不然就剥光衣服,开始切肉。"

埃泽会长似乎一下子垮了。她双肩塌下,脑袋低垂,嘴唇颤抖。"问吧。"她嘶声说。这女人崩溃了,恭喜你,格洛塔主审官。但问题必须回答。

"乌尔莫斯交代出每人各收了多少钱,包括被买通的守卫和你父亲属下某些官员,当然他自己独吞了一笔巨款。然而有个名字奇特地不在其列——你的名字,你自己似乎分文未取。商人女王今次无偿服务?我无法理解。他们承诺你什么?你为何背叛国王和王国?"

"为何?"塞弗拉逼问。

"他妈的快说!"维塔瑞尖叫。

埃泽缩了缩身。"联合王国一开始就不该来!"她脱口而出,"都是贪婪作祟!贪婪,纯粹的贪婪!战前,达戈斯卡人还保持着自由时,香料商人就来了,个个发了财,却不甘心向本地人纳税!他们想,若能把这里收归王国统治,就能为所欲为,大赚特赚。于是他们迫不及待抓住了机会,其中又以我丈夫为首。"

"香料商人统治着达戈斯卡,但我想知道的是你的动机,埃泽会长。"

"这里一塌糊涂!商人无心也无力打理城市,而联合王国派来的官员——乌尔莫斯之流——全是官僚机构底层的垃圾,只想捞钱。我们本该与本地人合作,却一味剥削,闹到天怒人怨时找来审问部,让你们去施暴,在下城广场上吊死他们的领袖。很快,他们就跟痛恨古尔库人一样痛恨我们了。七年,我们在这里统治了七年,作了七年孽!

一场腐败、暴行和堕落的大狂欢！"是的，这也是我亲眼所见。

"讽刺的是，我们没赚钱！哪怕一开始也比战前赚得少！维护城墙，雇佣佣兵，没有本地人合作，这些费用全成了天文数字！"埃泽想笑，结果发出类似啜泣的绝望笑声，"公会快破产了，自作孽不可活，那帮白痴！贪婪，纯粹的贪婪！"

"而在这时，古尔库人联络上你们，给你们脱身的机会。"

埃泽点头，长发在眼前晃荡。"我在古尔库有很多线人，跟好些商人做了多年生意。他们告诉我奥斯曼称帝后第一句话就是发誓收复达戈斯卡，洗刷父皇的污点，否则他简直睡不安寝。他们告诉我城里有古尔库间谍，那些间谍清楚我们有多虚弱。他们告诉我有办法阻止屠杀，只要将达戈斯卡拱手相让。"

"那你为何拖延？在我武装卡哈亚的人民、加强城防之前，甚至在我来之前，你控制着科斯卡的佣兵，完全能如愿夺取城市。乌尔莫斯那呆子对你有什么用？"

卡萝特·唐·埃泽盯着地板："只要联合王国士兵把守着城门和堡城，流血就不可避免。乌尔莫斯能让我不流血地夺取城市。你相信也好，不相信也罢，我唯一的目的，那个让你百思不得其解的目的，只为了避免杀戮。"

我相信你。但这改变不了什么。"继续。"

"我知道乌尔莫斯容易收买。他父亲命不久矣，而总督之位并非世袭，作儿子的得抓住最后机会大捞一票。我们谈好价码，做好准备，不料却被达瓦斯发现。"

"而他打算向审问长汇报。"

埃泽尖声笑道："他没有你的工作热情，他想的不是这个。钱，他要的钱我根本给不了。于是我告诉古尔库人计划泡汤，我说了原因，结果第二天达瓦斯就……失踪了。"她深吸一口气。"这样我已无法回头。我们本打算等你一来就发难，一切准备就绪，可是……"她顿了顿。

"可是？"

"可是你一来就着手加强城防。乌尔莫斯被贪婪冲昏了头，他觉得有资本讨价还价，勒索更多钱财。他威胁说我不给就向你告密，我只好向古尔库人要钱。一来二去颇费周章，等再做好准备已然晚了，错过了时机。"她抬起头，"都是贪婪作祟。我丈夫的贪婪让我们来到达戈斯卡，香料公会的贪婪把这里搞得一团糟，乌尔莫斯的贪婪让我们无法抽身而退，不流血地让出这块毫无价值的石头。"她抽泣着，又看回地板，声音越说越低。"贪婪无处不在。"

"总之你答应献出城市，答应做叛徒。"

"我背叛了谁？分明是皆大欢喜！商人们悄悄撤离！本地人在古尔库帝国统治下不会比现在更惨！联合王国不过失去一点虚荣！同时拯救了数千条人命！"埃泽在桌上倾身，她嗓音破了，睁大的眼睛闪着晶莹的泪水，"可现在呢？告诉我，接下来会怎样？屠杀！惨案！即便你能守住，代价呢？况且你绝对守不住，没人能打破皇帝的誓言，达戈斯卡每一位居民的性命都已是板上钉钉！为了什么？为了让苏尔特审问长他们指着地图上这个点那个点夸耀说是王国的领土？他宁愿牺牲多少人？你问我理由？你的理由呢？为什么要干这个？为什么？"

格洛塔左眼皮一阵跳，他用手按住，以右眼打量女人。一滴泪水滑下她的粉脸，滴到桌上。为什么要干这个？

他耸耸肩："说完了？"

塞弗拉倾身滑去一张供状，"签！"他咆哮。

"签，"维塔瑞嘶声说，"签，臭婊子！"

卡萝特·唐·埃泽颤抖的手伸向钢笔，钢笔在墨水瓶里打颤，在桌上留下黑色墨点，最后在纸上画出潦草笔迹。没有胜利的滋味。从来没有。但事情还没完。

"古尔库间谍呢?"格洛塔的声音锐利如刀。

"我不知道。我从来不知道。但那人会来袭击你,正如袭击达瓦斯那样。或许就在今晚……"

"他们为何迟迟不下手?"

"因为我告诉他们你不是威胁,我告诉他们干掉你苏尔特会派别人……我告诉他们我能对付你。"你本来可以,若非凡特和伯克银行意外的慷慨。

格洛塔倾身向前:"谁是古尔库间谍?"

埃泽的上唇瑟瑟发抖,连牙齿都几乎打起战来。"我不知道。"她轻声说。

维塔瑞一掌拍桌,"谁?谁?谁,臭婊子?谁?"

"我不知道!"

"撒谎!"刑讯官用铁链缠住埃泽的脖子,用力勒紧咽喉。曾经的商人女王被从椅背上拽了出去,双腿在空中踢打,双手无用地抓向铁链,最后脸朝下摔在地上。

"撒谎!"维塔瑞的鼻梁因怒火而愈发凸突,红眉毛皱起来,眼睛眯成两条细线。她踏住埃泽的后脑,拱起背,铁链陷入捏紧的拳头。塞弗拉带着一丝笑意低头观看用刑场面,他不成调的口哨伴着埃泽最后一点微弱的喘息和挣扎。

格洛塔舔舔牙齿空洞,也看着在地上抽搐的会长。*她必须死,没有第二条路。审问长阁下要我杀鸡儆猴、斩草除根。审问长阁下不会大发慈悲。*格洛塔的眼皮又在跳,脸也在抽搐。这房间热得像熔炉,完全不透风。他浑身湿透,渴得要命,几乎无法呼吸,仿佛自己才是快被勒死的人。

讽刺的是,她是对的。换个角度看,我的胜利对达戈斯卡的每个人都没好处。我辛勤工作的第一批牺牲品正躺在城门外的荒地上呻吟,而这只是屠杀序幕。若她阴谋得逞,这一切都不会发生。若我死

在皇帝的地牢,这一切都不会发生。这样对香料公会、对达戈斯卡的人民、对古尔库人、对科斯腾·唐·乌尔莫斯、对卡萝特·唐·埃泽,甚至对我本人都更好。

埃泽几乎停止了挣扎。又一桩被我塞到黑暗角落的事。又一桩在四下无人时滋扰我的事。她必须死,这无关对错。她必须死。她喉咙扯动了一下,接着只剩微弱喘息。快完事了。完事了。

"停手!"格洛塔大叫。什么?

塞弗拉猛然抬头:"什么?"

维塔瑞仿佛充耳不闻,铁链仍未松开。

"我说停手!"

"为什么?"她嘶声问。

是啊,为什么?"我下了命令,"他咆哮,"不用给你该死的理由!"

维塔瑞松开铁链,一脸不屑地放下踩住埃泽脑袋的腿。会长没动,她呼吸极浅,几不可闻。至少还有呼吸。审问长会要他做出解释,合理的解释。我该怎样解释呢?"带她回牢房,"他下令,拄着手杖疲惫地站起来,"她还有用。"

✡

格洛塔站在窗边,皱眉望进夜色,看着真神向达戈斯卡倾泻怒火。三部远在弩箭射程外的投石机下午投入使用,每部各花去一小时装填准备。一切他都用望远镜看在眼里。

首先要平衡机身、调校射程。一群白袍大胡子工程师激烈争论,边用望远镜观测,边用铅线测量,身边还有各种罗盘、文件和算盘。他们为投石机巨大的抛物臂进行精确计算。

巨大的抛物臂设定好后,二十匹精心训练的马便拉起沉重的配重物——一块黑铁制成的古尔库皱眉头像。

接下来是可怕的抛射物——直径超一跨的木桶——用滑轮系统和一群喊着号子皱眉拉纤的劳工安装到抛射勺中。劳工们装好后慌忙退开，一名奴隶拿着长杆小心翼翼上前，杆头是火炭。奴隶把杆伸进桶，火苗立时蹿出，杠杆同时作用，放下配重，松树那么长的巨臂弹起来，将燃烧的木桶抛入云天。

太阳缓缓沉入西天，三部投石机射击了几小时。燃烧的木桶高高升起、狠狠砸下。现在天色已晚，大陆的山丘成了远方的黑暗轮廓。

格洛塔目睹木桶拖着明亮的火舌自黑暗的天穹呼啸而过，鲜艳的轨迹闪花了眼睛。它似乎挂在城市上空不肯落下，几乎达到堡城高度，然后忽然翻滚爆裂着坠落，仿如带橙色尾迹的陨石，砸中下城，落地后朝四面八方喷出汹涌烈焰，迅速吞没了周围棚屋的小小轮廓。不多时，雷鸣般的爆炸声传到窗边，他缩了缩身子。桶里装了爆破药。谁能想到首席化学家椅子上的发烟材料，竟可以成为如此可怖的武器。

他似乎看到小人影冲出住宅，试图把伤员拖出点燃的房子，并抢救一点点财物。炭黑肤色的本地人排成长列，凝重地传递水桶，徒劳地阻止地狱火蔓延。战争中受苦的往往是穷人。下城多处起火，大火被海风吹得闪烁、飘摇，越烧越旺，直至将黑色水面染成橙、黄和血红。即便身处堡城，空气也窒闷油腻，满是烟尘。下城一定像地狱。再次祝贺你，格洛塔主审官。

他意识到门廊里有人，转身发现是丝克儿，油灯映出她小小的黑暗身影。

"我还好。"他咕哝，回望向窗外壮观无比又可怕无比的景致。不是每天都能欣赏焚城之劫的。但仆人没退下，反而踏前一步。

"下去吧，丝克儿。事实上，我在等人，会有麻烦。"

"你在等人，呃？"

格洛塔抬起头。她声音变了，变得更深沉。她脸也变了，一半在阴影中，另一半被窗外飘摇的橙色火光照亮。她的表情十分古怪，牙齿半露，那双紧盯格洛塔的眼睛随她缓缓前进越来越饥渴。她几乎显得很可怕。若我会怕的话……一切终于水落石出。

"是你?"他喘息着说。

"是我。"

是你! 格洛塔不由纵声长笑。"霍克抓住了你! 那白痴歪打正着抓住了你,我却把你放了! 我自以为是英雄。"他笑得停不住。"你给我上了一课,呃? 别做烂好人!"

"我没兴趣给你上课,瘸子。"她又踏前一步,离他已不满三跨。

"等等!"他抬起一只手,"我只想知道一件事!"她停下来,询问地抬起一边眉毛。待在那里。"达瓦斯呢?"

丝克儿笑了,露出干净锋利的牙齿。"他根本没离开,"她轻拍肚子,"他在这里。"格洛塔强迫自己不抬头看天花板上缓缓垂下的铁链。"现在轮到你了。"她才走出半步,就被铁链锁住下巴,扯到半空。她嘶叫着吐口水,踢打挣扎。

塞弗拉从桌下蹿出,想抓住丝克儿乱踢的腿。她的光脚掌踹中他的脸,他大叫一声,四脚朝天地摔出去。

"见鬼,"维塔瑞喘着气咒骂,只见丝克儿一只手楔进铁链和脖子中间,想把维塔瑞从房梁上拽下。"见鬼!"她们一同撞地,厮打片刻后,维塔瑞也摔了出去,犹如黑屋子里一只扑腾的黑鸟,号叫着撞上远端的桌子,瘫软在地没了知觉。塞弗拉还在呻吟,他慢悠悠翻过身,双手扶住面具。格洛塔和丝克儿大眼对小眼。我和要吃我的人。真不幸。

女孩冲他奔来,他贴紧墙壁——女孩才跑出一步,就被全速冲刺的弗罗斯特从侧面撞翻,压倒在地毯上。他们扭打了一阵,她慢慢跪起来,又慢慢站起来,全不顾巨人刑讯官的惊人体重。她跟跄着朝格洛塔又踏出一步。

白化人死死抱住她,用尽每一根肌肉的力道朝外拖,她却仍咬紧牙关缓缓前进。她的一条细瘦胳膊被白化人箍在她细瘦的身体上,另一条胳膊愤怒地抓向格洛塔的脖子。

"丝丝丝丝丝丝丝!"弗罗斯特嘶吼着,强壮的上臂青筋暴突,白脸皱成一团,粉眼凸出眼窝。这还不够。格洛塔死贴住墙,着迷地看着那只手越来越近、越来越近,离他喉头只剩几寸。真是太不幸。

"臭婊子!"塞弗拉尖叫着猛然挥棍,干净利落地打断了丝克儿伸出的胳膊。格洛塔目睹血淋淋的断骨刺穿皮肤,但手指依然在动、依然在抓。第二棍打在她脸上,她的头向后折去,鲜血喷出鼻孔,脸颊砸开了花,但她继续前进。弗罗斯特为抱住她另一条胳膊费尽全力,她挣扎向前,张嘴露牙,准备咬断格洛塔的喉咙。

塞弗拉情急之下扔开棍子,抱住她脖子朝后扳,他闷哼用劲,额头青筋暴露。这真是一副奇观,两个刑讯官——其一还壮如公牛——费尽心机要扳倒一个小姑娘。他们终于将她慢慢向后拖去,塞弗拉把她一条腿抬离地面,弗罗斯特狂吼一声,用最后的力气举起她丢向墙壁。

她倒地后,一阵扑腾后爬起来,断胳膊悬在身边。维塔瑞从阴影中咆哮冲出,高举达瓦斯主审官最沉的一把椅子,随着惊天动一声巨响,椅子砸碎在丝克儿头上。三个刑讯官迅速扑上去,好比猎狗终于逮住了狐狸,愤怒地拳打脚踢,嘴里喝骂连连。

"够了!"格洛塔叫道,"我还要问问题咧!"他蹒跚着走到气喘吁吁的刑讯官们身边,低头看见丝克儿成了一摊不动弹的烂肉,一摊破衣服——甚至不是很大一摊。跟我最初发现她时一样。这小女孩几乎制服了三名刑讯官?断胳膊躺在地毯上,血淋淋的手指没了生气。终于安全了。

但那条胳膊突然动起来,断骨抽回血肉中,发出恶心的嘎巴声,重新连接在一起。手指抽搐痉挛,抓挠地面,慢慢滑向格洛塔的脚踝。

"她是什么人啊?"塞弗拉目瞪口呆地朝下看。

"拿铁链,"格洛塔谨慎地退开,"快!"

弗罗斯特从袋子里"稀里哗啦"拖出两条粗大铁链,闷哼着举起。这两条黑铁链专用于捆缚最凶悍最危险的囚犯,粗如小树干,重似铁砧。他用一条链子紧紧缠住女孩脚踝,另一条缠住她手腕,并以棘轮固定。

维塔瑞从袋子里取出一长串小号铁链,塞弗拉抱住丝克儿了无生机的身体,让她一圈又一圈地缠,越缠越紧,最后扣上两个巨大的锁头。

他们完成得恰到时机,铁锁上闩时,丝克儿忽然有了动静,开始挣扎。她抬头冲格洛塔咆哮,拼命拉扯。她鼻子业已归位,脸上的伤也几乎合拢,好像根本没事儿。余威说的是真话。她咬紧牙关向前,铁链哗啦作响,格洛塔不得不跟跄后退。

"你必须承认,"维塔瑞低声说着把丝克儿踢到墙边,"她非常顽强。"

"傻瓜们!"丝克儿嘶喊,"你们逃不掉!真神的右手即将降临,你们无能为力!你们难逃一死!"一只特别明亮的炸药桶划过天际,在刑讯官们的面具上洒下橙色火光,片刻后雷鸣般的爆炸声在堡城中回荡。丝克儿刺耳地咯咯疯笑:"百部众来了!锁链锁不住他们,城门挡不住他们!他们来了!"

"也许罢,"格洛塔耸肩,"但他们来不及救你。"

"我早就死了!我的身体是灰尘!我属于先知!你尽可以试,但你问不出任何答案!"

格洛塔笑了,他脸上几乎能感到城下远处的熊熊烈焰。

"似乎是个挑战。"

他们的一员

阿黛丽微笑着看他,杰赛尔也微笑着回望,笑得像个傻瓜。他没法控制,他真高兴回到文明世界,他们不会再分开了,他只想告诉她他有多爱她、多想她。于是他张开嘴,她却用手指压住他嘴唇。压得很紧。

"嘘。"

她吻他。开始很温柔,接着逐渐用力。

"哦。"他说。

她咬他的嘴唇。开始只是调皮。

"噢。"他说。

接着越咬越紧。

"啊!"他说。

她吸吮他的面孔,撕扯他的皮肤,刮擦他的面骨。他想尖叫,却叫不出。太黑了,脑袋阵阵眩晕,嘴里有股难以抗拒的丑陋牵引力,不断拉扯。

"好了。"有个声音说。烦人的力道终于减轻。

"有多糟?"

"比看上去好。"

"看上去非常糟。"

"闭嘴,火炬抬高点。"

"那是什么?"

"什么?"

"那个伸出来的东西?"

"那是他的下巴,白痴,你以为呢?"

"我快吐了。治疗不属于我众多卓越天赋——"

"闭上鸟嘴,火炬抬高!把它推回去!"杰赛尔感到脸上有人推,用力推。他听到一声巨响,接着难以忍受的痛苦仿如长枪刺入脖子。他从没感受过这样的痛苦,于是晕了过去。

"我扶着,你来弄。"

"什么,这样?"

"别拔他的牙!"

"它自己掉的!"

"该死的白痴粉佬!"

"我怎么了?"杰赛尔问,出口却成为不成调的咯咯声。他的头抽搐,悸动,仿佛被劈开般痛。

"他醒了!"

"你赶紧缝,我扶着他。"他双肩、胸口都有压力,压得很紧。他胳膊痛,痛得厉害。他想踢腿,但脚也痛,寸步难移。

"你扶着他?"

"我扶着他!你赶紧缝!"

有东西刺进他的脸。他没想到痛苦还能加剧。他到底怎么了？

"放开我！"他大叫，耳中却只听到："喔。"

他开始挣扎，试图脱身，但他被紧紧抱住，挣扎只让胳膊更痛。脸上的痛苦也在加剧，上唇、下唇、下巴、脸颊，到处都痛。他尖叫了又尖叫，反复尖叫，却什么也听不见。只有一阵细细的喘息。当他以为脑袋一定会爆炸时，痛苦忽然减轻。

"完事了。"

抱他的人松手，他像一条不起眼的破布般被扔回地上。有人翻着他脑袋看："缝得不错。真不错。当年要有你，或许我的脸还有救。"

"还有救，粉佬？"

"哈。接下来弄胳膊。还有腿。"

"你把那盾牌放哪儿去了？"

"不，"杰赛尔呻吟，"求求……"但这些只是喉头咔嗒声。

他看见什么了，朦胧亮光中的模糊形体。有张脸笼罩在面前，一张丑脸，弯曲的破鼻子，面颊道道伤疤。那张脸后凑着一张黑脸，从眉毛到下巴有条长线。他闭上眼。连阳光也很痛。

"缝得不错。"一只手拍拍他脸颊，"你是我们的一员了，孩子。"

杰赛尔躺在那里，整张脸剧痛无比，恐惧蔓延到四肢百骸。

"我们的一员。"

第二部

没流过血、没碎过牙、没搏过命的人,都是菜鸟。

——豪登的罗杰

一路向北

狗子趴在地上,浑身湿透,想尽办法在不冻僵的前提下不动弹。他在树林里观察山谷,看着贝斯奥德的军队行进。从他趴的位置看不清什么,只能勉强辨出大队人马翻过山脊,亲锐们鱼贯而行,彩绘盾牌背在背后,锁甲上融雪闪烁,树干间长矛林立,一队接一队,不慌不忙。

距离尚远,但已很冒险。贝斯奥德依旧谨慎,到处派人侦察——山脊上,山头上,任何他觉得可能会被发现的地方。他还向南方和东方派出探子,希望迷惑对手。但他骗不了狗子,至少这次没骗到。贝斯奥德正向北原路返回。

狗子猛吸一口气,发出一声伤感的长叹。死者在上,他好累。看着松树枝干间穿过的渺小人影,他想起多年来为贝斯奥德当探子的经历,像现在这样盯着别的军队。狗子帮过贝斯奥德,助他成为国王——尽管当时做梦也不敢想象。如今某些方面面目全非,某些方面又一如既往。他依然一动不动,脸埋泥里,脖子因抬得太久酸疼不已。他老了十岁,境况却没改观,他已不记得从前的宏图大志,但决不包括落到这步田地。那些吹过的风,那些下过的雪,那些流过的水,那些战斗和行军,那些浪费的青春。

罗根走了,福利走了,剩下的他们也不过是风中残烛。

寡言钻过冰冷的矮树丛来到他身旁,撑着手肘看向林外路上前进的亲锐。"哈。"他嘀咕一声。

"贝斯奥德向北进发。"狗子低声说。

寡言点头。

"他到处派了探子,实际却是向北,得告诉三树。"

寡言又点头。

狗子趴在湿地中没起身。"我累了。"

寡言抬头,挑起一边眉毛。

"这么费劲图啥?啥也改变不了。我们算站哪边?"他朝路上军队挥手,"要把他们全消灭?啥时候才是个头啊?"

寡言耸肩,双唇紧抿,好像在思考。"死了的时候?"

伤感的事实。

狗子花了点时间才找到其他人——他们离本该到达的地方远得很,根本没走多远。他看到黑旋风坐在大石头上,一如既往阴沉着脸,注视一条水沟。狗子走近他身边,想看看他到底在看什么。原来四个南方人正摸着石头过河,迟缓笨拙得像初生牛犊。大巴和三树在底下等他们,看样子耗尽了耐心。

"贝斯奥德向北进发。"狗子说。

"好。"

"不意外?"

黑旋风舔舔牙,吐口唾沫。"他把敢跟他作对的氏族全干掉了,在从没有国王的土地上称王,跟联合王国开战,还给了对方一个下马威。这兔崽子把全世界搅个天翻地覆,还有什么好意外。"

"哈。"狗子觉得他说的挺在理。"你们没走多远。"

"确实没有,还不因为你捡回来几个废物,他奶奶的。"他摇头看着下面过河的四人,不屑至极,"狗日的废物。"

"若你指我那天救他们的事,我不后悔。我还能咋样?"狗子反问,"让他们死?"

"这倒是个好主意,没有他们,我们能多走一倍路程,吃得也好。"他下流地一笑,"他们中间也就那个有点用。"

狗子不问也知是哪个。女孩走在后头,为抵御严寒裹得严严实实,几乎看不出体态,但他不断猜想下面是啥样,越想越紧张。队伍里有女人着实奇怪,自数月前他们向北翻越群山就几乎没见过女人,看到一个仿佛都有罪恶感。狗子看她爬上岩石,脏兮兮的脸半朝向他们。面貌好凶,他心想,看来过了段苦日子。

"我敢说她会反抗。"黑旋风自言自语,"我敢说她会乱踢乱蹦。"

"得了,黑旋风,小情人,"狗子打断他,"你冷静冷静。你知道三树对这种事啥态度,你也知道他女儿的遭遇。这话让他听见,准把你蛋蛋割掉。"

"咋了?"黑旋风无辜地问,"说说而已,咋了?这事儿甭怪我,咱这帮人上回跟女人睡是啥时候了?"

狗子皱眉。他清楚地记得上回是啥时候,那几乎也是他最后一次感到温暖。他和沙丽蜷在火堆前,笑容像大海泛滥。紧接着贝斯奥德就把他、罗根还有其他人用铁链锁住,放逐出去。

他还记得看她的最后一眼。她又惊又怕地张大嘴,目睹他们把半睡半醒、全身赤裸的他拖出毯子。他破口大骂,活像个马上要被拗断脖子的公鸡。从她身边被拖走那晚他很受伤——不过说真的,没斯奎尔踢他下体那下重——也前所未有地痛苦。那一踢的疼痛渐渐消退,失去她的痛苦却不曾平复。

狗子记得她的发香和笑声,还有她睡着时背脊轻柔温暖地贴住他肚皮的触感。他时常想起这些，就像喜欢穿的旧衬衫，越穿越薄。一切仿如昨晚，他不得不赶紧打住。"没想到我记得那么远的事。"他嘀咕。

"我可不记得。"黑旋风说，"你还没厌倦拿手解决？"他朝斜坡上瞅，猛一抿嘴，眼中闪着让狗子不舒服的光。"有意思，要不是娘们儿眼前晃，咱还不知道自己多想要咧。简直是肉骨头打狗。别说你没想过这事。"

狗子皱眉看他。"我敢说我和你想的不是一回事。你该把那话儿插雪里，冷静冷静。"

黑旋风咧嘴笑道："老子宁愿找个婊子。"

"啊啊啊啊！"下面斜坡传来一声惊叫。狗子端起弓，张望贝斯奥德的探子，结果只是王子跌到屁股。黑旋风看着他四脚朝天向下滑了一段，一脸不屑。

"百年难遇的废物，呃？有他在，路少走一半，抱怨比母猪生崽还吵，每次吃饭都超标，一天要拉五道屎。"威斯特扶王子起来，拍掉王子外套上的泥——准确地说，那不是王子的外套，是威斯特让给他的。狗子依然无法理解一个聪明人怎会干出这种蠢事，尤其在寒冷的深冬。"他奶奶的，怎么会有人追随这怂货？"黑旋风摇着头问。

"据说他爹是联合王国国王。"

"扶不上墙的烂泥还比爹？这狗日的要是被火烧，老子连泡尿都不撒给他。"狗子不由点头，他也不会。

他们坐成一圈，若三树允许，中间应有堆火。三树当然不许，全不顾几个南方人轮番恳求。无论多冷，只要附近有贝斯奥德的探子，三树都不许生火，那等于大喊出自己的位置。狗子一伙——他、三树、黑旋风还有大巴——坐一起，寡言则用手肘撑着身子，好像一切与他无关。联合王国的几个人坐对面。

派克跟女孩并不怎么抱怨冷、饿和疲劳,狗子看出他们习以为常。威斯特快油尽灯枯了,双手捧嘴边不断呵气,仿佛那手随时可能冻僵断掉。狗子再次觉得他该留着外套,不该让给拖后腿的。

王子坐在正中,高昂下巴,努力让自己看起来没有疲惫不堪、没有满身泥污、没有和别人一样臭气熏天,努力维持发号施令的气势。狗子觉得他完全没搞清状况。这里谁当头儿是挣来的,不看出身,看重能力。以此而论,他们宁愿推举那小女孩,也不会听这白痴的。

"该好好讨论下一步计划了,"王子抱怨,"免得瞎忙活。"狗子发现三树已然皱眉。他本不愿带上这白痴,别提还要假装关心这些胡说八道。

其他人基本语言不通。联合王国人中,只有威斯特懂北方话;北方人中,只有狗子和三树会通用语。大巴或许大致明白王子所指,黑旋风则完全听不懂。至于寡言,呃,沉默在所有语言中都是一回事。

"他说啥?"黑旋风瓮声瓮气地问。

"好像说计划啥的。"巴图鲁应道。

黑旋风不屑地说:"狗嘴里吐不出象牙。"狗子看到威斯特吞口口水。他知道他们在说什么,也能看出有些人没了耐心。

王子就没这么聪明了。"我想知道你们能用多少天带我们到奥斯滕霍姆——"

"我们没往南走。"没等王子殿下说完,三树便用北方话打断。

威斯特一下子停住呵气。"没往南走?"

"一开始就没有。"

"为什么?"

"因为贝斯奥德一路向北。"

"没错。"狗子说,"我今天亲眼所见。"

"他为何折返?"威斯特问,"为何放过门户大开的奥斯滕霍姆?"

狗子叹气。"我又不能冲上去问。我跟他关系没那么铁。"

"我来告诉你,"黑旋风冷冷地说,"贝斯奥德对你们的城市没兴趣,至少现在没有。"

"他感兴趣的是如何把你们碾碎,一口口吞掉。"大巴说。

狗子点头。"而你旁边那个,就是他吐出的骨头。"

"抱歉,"完全没听懂的王子插嘴,"若我们能用通用语交谈——"

三树没理他,继续用北方话说:"他要分散你们,各个击破。你觉得他会往南,也希望伯尔派人去南方增援,他偏偏北上打援,若援军人数不多,他会像之前那样将他们打得落花流水。"

"然后,"巴图鲁隆声道,"等你们那些漂亮士兵都入了土或是逃过河……"

"他再像撬开冬天的坚果一样撬开你们的城镇,让他的亲锐好整以暇地攻打。"黑旋风舔着牙,打量对面的女孩,犹如一条贪婪的狗盯着一块咸肉。女孩迎上他目光,狗子觉得她肯定鼓起了全部勇气。他不知换作自己,会不会有这骨气。

"贝斯奥德北上,我们跟,"三树的口气清楚表明此事无须讨论,"跟紧了,但愿能赶到前头。若你的朋友伯尔在森林里行军,我们便好警告,让他不至于两眼一抹黑,扑进该死的圈套。"

王子愤怒地拍地。"告诉我你们在说什么!"

"贝斯奥德率军向北,"威斯特牙齿打战,低声说,"他们打算跟上。"

"这绝对不行!"白痴扯着肮脏的袖口吼道,"太危险!请告知他们,我们即刻启程南下!"

"就这么定了。"大家不约而同转过去看谁说话,结果惊讶得合不拢嘴。是寡言,通用语和王子一样流利,"你们南下,我们向北。我撒尿去。"他起身消失在暗处。狗子张大嘴巴,寡言这种一辈子不说几句话的人,干吗费事学外语呢?

"好极了!"王子气急败坏又惊慌失措地抗议,"求之不得!"

"殿下！"威斯特冲他吼道，"我们需要他们！没有他们我们去不了奥斯滕霍姆，去不了任何地方！"

女孩终于转开视线："你知道哪条路往南吗？"

狗子忍不住小声笑起来，但王子没笑。"我们南下！"他大喊大叫，脏兮兮的脸愤怒地扭曲着。

三树不屑一顾。"就算投票，行李也没资格，小子，何况这不是投票。"他终于说起通用语，但狗子觉得王子并不开心。"你曾有机会发号施令，结果一败涂地，害死了所有听你指挥的蠢货。我明确告诉你，我们绝不会那么蠢。想跟着我们，最好学会不掉队；想继续发号施令，好吧——"

"那边往南，"狗子拇指指向森林，"祝你好运。"

罕见的仁慈

致王家审问部审问长,苏尔特阁下:

达戈斯卡围城战继续进行。古尔库军连续三日强攻,人数和决心逐次增加。他们企图用石头堵塞水道,架设桥梁,爬上城墙及以攻城锤撞开城门。迄今为止,我们粉碎了他们所有图谋,但另一方面,他们能承受惨重损失,皇帝的士兵正如蚂蚁爬过半岛。我们的士气依然高涨,我们的防御依然坚固,我们的决心依然不可动摇,而我们的舰队依然控制着海湾,保障城市的补给。请您放心,达戈斯卡不会陷落。

至于另一件重要性稍次的事,请您放心,埃泽会长已被处理。我推迟她的死刑,是想利用她与古尔库人的联系。不幸的是,她失去了这个微妙的机会,从而失去了利用价值。把女人的头挂在城墙上或有害于我军士气,我们毕竟是文明人。因此,针对香料公会前会长的处置是私下进行的,但我向您保证,采取的是终极措施。我们无须再顾虑她或她失败的阴谋。

一如既往，卑职全心全意遵从您。

达戈斯卡主审官，沙德·唐·格洛塔

水边相当安静。安静，黑暗，沉寂。轻柔浪花拍打码头，木船轻声作响，凉风习习。黑暗的大海在月光下闪耀，头顶满天繁星。

难以想象，不过几小时前，离此不到半里的城墙边死了好几百士兵，空气仿佛被怒火和痛苦撕裂。两座巨大的攻城塔至今仍在城外闷烧，四周散落的尸体如同秋叶……

"系系系系系。"格洛塔扭头时感觉脖子响了一下，他眯眼朝黑暗中看去，只见弗罗斯特刑讯官从两栋黝黑建筑间的阴影中现身，赶着一名囚犯，狐疑地四下打量。囚犯与刑讯官相比身材瘦小，缩着身，拉起斗篷兜帽，双手缚于背后。两人穿过布满尘埃的码头来到岸边，空洞的脚步声在木板上回荡。

"好了，弗罗斯特，"格洛塔看着白化人将囚犯拉住站好，"不用遮掩了。"白拳头一把扯下兜帽。

苍白月光下，卡萝特·唐·埃泽的脸憔悴枯槁，塌陷的双颊现出骨架轮廓，上面还带有黑色瘀青。按已招供罪犯的惯例，她被剃了光头，现在头显得格外小，几乎像孩童，脖子则显得夸张地长又十分脆弱——尤其脖子上还有一圈鲜红伤痕，维塔瑞的铁链留的。曾在宴会厅招待他的气度不凡的苗条女人，几乎成为陈年往事。黑暗里的几星期，躺在闷热囚室的烂草席上担心能不能多活一小时——这足以毁掉一个人。我早该知道。

黑暗中，她朝他扬起下巴，张开鼻孔，眼神闪烁。将死之人对死的恐惧和对刽子手的蔑视混合的神情。"格洛塔主审官，没想到还能见着你。"她貌似欢快的语气中含有惧意。"接下来怎么安排？脚绑石头沉进海湾？不是有点太戏剧化了吗？"

"也许。不过你猜错了。"他抬眼看向弗罗斯特，微微点头示意。

埃泽瑟缩了一下,闭紧双眼,咬住嘴唇,耸起肩膀。高大的刑讯官走过来。等待后脑的致命一击?胸前挨一刀?喉咙被铁丝勒住?可怕的等待。到底是哪种呢?弗罗斯特出手了,阴影中只见金属反光,然后"咔嗒"一声响,钥匙轻轻解开了手铐。

她慢慢睁眼,慢慢地将双手抬到胸前。她眨眼看着双手,好似不相信它们长在她身上。"你什么意思?"

"就这个意思,"他朝码头点头,"有条去西港的船将乘潮水出海。你在西港也有线人吧?"

她咽口水时,细脖子上的筋清晰可见:"我到处都有线人。"

"很好。你自由了。"

长久的沉默。"自由?"她抬起一只手,心不在焉地摸摸光头,失神地盯住格洛塔。她不相信,谁能怪她呢?我自己也不信。"审问长阁下一定会大发雷霆。"

格洛塔嗤之以鼻。"不,苏尔特对此一无所知。如果教他知道,我俩大概都得脚绑石头下海喂鱼。"

她眯起眼。商人女王开始计算得失。"代价是?"

"代价是你的脑袋,你将被世人遗忘。忘掉达戈斯卡人吧,他们完了,有工夫就去拯救别人。代价是你离开联合王国,永不回来,永——不——回——来。"

"就这些?"

"就这些。"

"为什么?"

噢,我最喜欢的问题。为什么要干这个?他耸耸肩。"有关系吗?深陷沙漠的女人——

"谁给的水她都会喝。别担心,我不会拒绝你。"她忽地伸出手,格洛塔几乎猛然退开,但她只用指尖触碰他脸颊,停了一会儿。他皮肤起了鸡皮疙瘩,眼睛抽搐,脖子酸痛。"也许,"她轻声说,"如果事情并非如此……"

"如果我不是瘸子而你不是叛徒?事情就是如此。"

她垂下手,几乎笑了。"当然。我不会说再见——"

"我宁愿你别说。"

她缓缓点头。"那我走了。"她拉起兜帽,脸庞再度隐没,然后她与格洛塔擦身而过,迅速走向码头尽头。他站在原地,拄着手杖,目送她离开,一边轻抚片刻前她手指停留的地方。原来如此。想让女人碰你,只需饶她一命。以后多试试咧。

他转身在布满尘埃的码头上痛苦地跛行了几步,抬头看向黑暗的建筑。维塔瑞刑讯官是否在那儿窥探?这幕插曲会否被她写进给审问长的下一份报告?酸痛的背脊冷汗直流。我当然会推给别人,但有关系吗?风卷来味道,刺鼻的味道似乎有办法潜入城市每个角落,那是浓烟、烈火和灰烬的味道。死亡的味道。除非奇迹发生,否则我们都在劫难逃。他回头望去,看见卡萝特·唐·埃泽走过跳板。好吧,至少有一个人逃掉了。

"一帆风顺哟,"科斯卡以丰润的斯提亚口音唱道,咧嘴笑看城下屠杀现场,"昨天是个好日子。"

好日子。城下壕沟对面,裸露的土地布满伤痕和焦痕,插在上面的弩箭好似棕色下巴上的胡楂。到处是被毁的攻城机械、破烂的云梯、成堆乱石,焚烧砸烂的柳条盾在硬地上被肆意践踏。一座巨大的攻城塔的残骸尚有一半矗立,那是灰烬中扭曲的焦黑木框架,咸风吹得它褴褛的皮革噼啪作响。

"给那帮古尔库杂种好好上了一课,呃,主审官?"

"有吗?"塞弗拉嘀咕。是啊,有吗?死人学不会任何东西。城墙向外到古尔库军阵线,约二百跨的无人地带布满尸体和破碎的武器盔甲。壕沟前尸体之多,简直可从半岛一头走到另一头不落地,有的地方甚至堆成小山。伤员爬到死人后面,拿死尸作掩护,却慢慢流血致死。

格洛塔从未见过此等屠杀,即便乌利奇城那次也不能比——无论是缺口周围堆积的联合王国军尸体,被大肆杀戮的古尔库俘虏,还是在神庙里活活烧死的几百人。城下的尸体摊开四肢、了无生气,有的被火烧过,有的似在做临终祈祷,有的没了脑袋——大约是被落石砸掉的——还有的扯烂了衣服。慌慌张张撕下衬衫包扎伤口以求保命,结果不遂人愿。

尸堆上笼罩着大群苍蝇,一百种鸟拍着翅膀、跳来跳去地享受这意外的盛宴。即便在城上,迎着阵阵海风仍能闻到臭气。噩梦的原料。无疑将带来几个月的噩梦。如果我能活那么久的话。

格洛塔看得眼睛抽搐,不由深呼一口气,左右伸了伸脖子。好吧,事到如今没有后悔药可吃。他谨慎地探头观察城壕,没握手杖的那只手抓紧布满凹痕的筑城石,以平衡身体。

不妙。"正下方的壕沟几乎满了,城门附近甚至溢了出来。"

"没错,"科斯卡欢快地承认,"他们倒进去一箱箱石头,我们杀人的速度跟不上啊。"

"城壕是我们最好的防御。"

"也没错。这是个好点子,但没什么能一劳永逸。"

"城壕填满后,我们将无法阻止古尔库人架设云梯,推来攻城锤,甚至在城下挖掘隧道。也许需要主动出击,重新挖沟。"

科斯卡的黑眼珠朝外一翻。"在离古尔库军不到两百跨的地方趁夜缒下城墙?你想这样干?"

"差不多吧。"

"祝你好运。"

格洛塔哼了一声。"我当然想干,"他用手杖敲敲腿,"但只怕我逞英雄的日子早已过去。"

"算你走运。"

"很难说。我们还要在城门后设置路障,那是目前最大的弱点。一个直径百来跨的半圆形阵地,足以有效阻击敌人。他们突破城门后,我们依靠路障防御,把他们轰出去。"理想状态下……

"噢,把他们轰出去,"科斯卡挠挠脖子上的疹子,"届时志愿者肯定争先恐后。算啦,我去安排。"

"他们的勇气值得钦佩。"维斯布鲁克将军大步走到城垛边,双手紧背在那身无可挑剔的制服后面。情况十万火急,难得他还有时间关注外表。不过呢,我们也只能利用好手头的工具。将军摇头看着城下尸体。"冒着枪林弹雨反复冲锋,我从未见过如此的牺牲精神。"

"他们是有这种最奇特又最危险的想法,"科斯卡说,"认为自己代表正义。"

维斯布鲁克的浓眉下神情严肃:"我们才是正义的。"

"你觉得是就是呗,"佣兵咧嘴笑着瞥向格洛塔,"思想比咱俩进步。嘿嘿,我们都是神箭手……每一支羽箭消灭一个敌人!"他边唱边哈哈大笑。

"我不觉得好笑,"维斯布鲁克反驳,"应该尊重倒下的对手。"

"为什么?"

"因为烈日下腐烂的也可能是我们,或许很快就是了。"

科斯卡听了笑得更大声,他拍着维斯布鲁克的胳膊:"老兄你是明白人!我打了二十年仗才学会凡事要看阳光面!"

格洛塔看着嬉皮笑脸的斯提亚人。他在盘算倒戈的最佳时机?盘算让古尔库人流多少血,他们的出价才会高过我?那颗毛茸茸的脑袋里考虑的绝不止是押韵,可惜我们现在离不开他。他瞥瞥维斯布鲁克,将军自个在走道上散步寻思。这位胖朋友既无头脑也无勇气坚守哪怕一星期。

一只手放在他肩上,回头一看是科斯卡。"怎么?"他叫道。

"喏，"佣兵低声说，指指湛蓝的天空。格洛塔顺着手指头看去，只见天上有个黑点，不算太高，还在持续攀升。那是什么？鸟？黑点升到顶点，坠落下来。格洛塔猛然意识到那是什么。石头。投石机射出的石头。

石头越变越大，不断翻滚，仿佛在水中龟速沉没，全然的死寂更增添了这一幕的不真实感。格洛塔张大嘴巴看着，所有人都是如此，城上众人怀着恐怖的预期。没人说得准石头最终会砸在哪里。士兵们开始在走道上慌乱奔跑，气喘吁吁地尖叫，并扔下武器。

"见鬼。"塞弗拉低声说，抱头趴在石砌走道上。

格洛塔原地不动，死盯着明亮天空中那个黑点。它是为我而来？千钧巨石，将我砸碎？好个荒唐而又偶然的死法。他自觉嘴角牵起淡淡的笑。

震耳欲聋的巨响中，附近一段城垛粉碎了，掀起如云尘土，断裂石材四下横飞。碎片速度极快，不到十跨外一个兵被一段石头干净利落地砸飞了脑袋，无头尸摇晃了一会儿，方才双膝一软，向后栽下城墙。

石头穿过城垛最终落在下城，翻滚弹跳着毁坏了大片棚屋，木头像火柴棍一般被它碾碎，留下一长串毁灭的痕迹。格洛塔眨巴着眼睛，吞了吞口水，仍然耳鸣不已，但好歹能听见有人叫喊了。奇怪的喊声。斯提亚口音。科斯卡。

"就这点本事，狗杂碎？老子还活蹦乱跳咧！"

"古尔库人发起轰炸！"维斯布鲁克毫无意义地尖叫着，抱头蹲到城垛后，完美无瑕的制服双肩沾上了一线白灰，"投石机瞄得很准！"

"废话。"格洛塔咕哝。这当口第二块石头击中城墙下部，碎片如雨，人头大小的石头纷纷落水。格洛塔脚下的走道因这股冲击力摇撼不已。

"他们又来了！"科斯卡以最高音量咆哮，"上城墙！上城墙！"

各色人等立刻行动起来：本地人、雇佣兵、联合王国士兵。他们并肩而立，手执弩箭开始装填，用各种语言彼此呼唤。科斯卡走在他们中间，不时拍打他们的背，挥舞拳头叫嚷，笑声中没有丝毫畏惧。就一个半疯的醉鬼而言，他算是优秀的指挥官。

"他娘的！"塞弗拉在格洛塔耳边嘶叫，"老子不是来当兵的！"

"我也不是。不过看戏总可以。"他跛行到城垛边，清楚地看见远处投石机扬起巨臂，尘土飞扬。但这回准头很差，石头高飞过头顶，格洛塔一路目送着它，脖子不由抽痛起来。石头最终伴着巨响砸在上城城墙附近，溅起大块碎石落入贫民区。

古尔库军阵线后一只巨号吹响，传来一阵高亢、悸动的隆隆声，然后是鼓声，仿佛无数巨兽同时跺脚。"他们来了！"科斯卡咆哮，"弩箭预备！"格洛塔听见城头众人互相传递命令，片刻后塔楼垛口便伸出无数上好箭的弩，明晃晃的箭尖在烈日下闪烁。

沿整个前线，古尔库军顶着巨大的柳条盾缓步进军，来势汹汹，逐步蚕食前方尸横遍野的无人地带。他们的士兵像蚂蚁般聚集在那些盾牌后面。格洛塔把城垛抓得之紧，以至于手掌生痛，自觉心跳可比古尔库人的战鼓。恐惧还是兴奋？有区别吗？我上次感到这种刺激是何时？在议会里发言时？率领王军骑兵冲锋时？在欢呼声中参加比剑大赛时？

盾牌继续推进，仿若海潮涌过半岛。不到一百跨，九十跨，八十跨。他瞥向科斯卡，对方依然笑得像个神经病。何时才下令开火呢？六十跨，五十……

"就是现在！"斯提亚人咆哮，"开火！"城上的弩同时发射，一片响亮和声。箭雨插在盾上、地上、尸体上及任何遗憾地暴露出身体部位的古尔库人身上。战士们跪在城垛后重新装填，紧张地摆弄箭矢和弩柄，弄得满头大汗。鼓点节奏加快，愈发紧迫，那些盾牌浑不在意地越过满地尸体。但盾牌后的人看着脚下尸体一定不好受，一定会担心自己的命运。

"油瓶！"科斯卡大叫。

有人从左边某座塔楼掷出一个插有点燃灯芯的瓶子，砸在一面柳条盾上，火势顿时蔓延。盾牌很快烧成棕色，然后成了黑色，摇晃，倾斜，最终完全倒下。一个士兵号叫着冲出来，胡乱挥打烈焰熊熊的胳膊。

燃烧的盾牌掉在地上，暴露出一整队古尔库士兵，他们有的推着装满石头的推车，有的扛云梯，还有的身披甲胄、手执弓箭与利器。现在他们发出战斗的呐喊，举起随身盾牌护体，跑Z字绕开尸体，边射箭边朝城墙猛冲。他们捂住中箭的脸面。他们惨叫不已。他们爬行、喘息、咒骂。他们哀求、呐喊、嘶吼。他们溃逃，却被纷纷射倒。

城上的弩继续"砰砰"发射，更多点燃的油瓶投掷下去。有的战士朝下面咆哮嘶吼，唾沫横飞地咒骂；有的缩到城垛后躲避下方射来的箭，那些箭大多砸在城垛上或飞过头顶，偶尔才寻到血肉。科斯卡一脚踏住城垛，全不在意危险，大咧咧地探出身，挥舞一把带豁口的剑，叫嚷着格洛塔听不懂的话——说实话，双方每个人都在狂呼乱叫。这就是战争。这就是战场的混乱。我全想起来了。当年我怎么会喜欢这个？

又一面大盾起火燃烧，带来刺鼻黑烟。盾牌后的古尔库士兵哄然而散，好像蜂巢被捣毁后的蜜蜂。他们聚在壕沟边，想找地方架云梯，城上守卫赶紧乱石砸去。这时，投石机射出的石头瞄得太近，结果在一队古尔库士兵中炸开了花，尸体和肉块顿时满天飞。

一个眼睛中箭的兵从旁被拖过。"我伤得重吗？"他哭号，"伤得重吗？"片刻后，格洛塔身旁又有人被射中胸膛，大声尖叫着转了半个圈，失手按下弩机，结果箭矢插进旁边战友脖子里，直没至羽。两人双双倒在格洛塔脚边，鲜血染红了步道。

城墙脚下，一只油瓶在刚抬起云梯的古尔库士兵中爆炸，于是一丝诱人的肉香混入恶臭和烟尘中。着火的士兵尖叫着乱串，毫无方向感,甚至全副盔甲冲进满溢的水道。要么烧死,要么淹死。

"你看够没?"塞弗拉凑到他耳边嘶声问。

"够了。"完全够了。他扔下以斯提亚语嘶吼指挥的科斯卡,气喘吁吁地推开聚集的佣兵们,朝台阶走去。下台阶时他跟随一副担架,每走一步都痛得抽搐,还得挤开向上的人潮。没想到我会高兴下台阶。但好景不长,走到城下左腿已在熟悉的疼痛和麻木中抽起了筋。

"见鬼!"他嘶叫着跳到墙边,"还没伤兵灵活!"缠着绷带、浑身血污的伤兵单脚跳过他身边。

"这算哪门子事?"塞弗拉吼道,"咱们有咱们的活计,咱们抓叛徒,这他妈算什么?"

"也即是说,你不愿为国王而战?"

"我不愿为他送命。"

格洛塔嗤笑:"你以为这座见鬼的城里谁想打仗?"他隐约听见喧嚣中传来科斯卡的尖声辱骂,"也许那斯提亚疯子除外。看着他,呃,塞弗拉? 他背叛过埃泽,也会背叛我们,尤其战况不妙的话。"

刑讯官瞪着他,眼睛周围头一次不见丝毫笑意。"战况不妙?"

"问问你自己,"格洛塔皱脸伸腿,"我不是才带你去看了吗?"

✡

阴暗的长厅曾是座神庙。古尔库人进攻后,轻伤员被带来这里由祭司和女人照顾——理所当然,毕竟此地位于下城,靠近城墙,而由于烈火和巨石的威胁,附近贫民区均已撤空。随着围城持续,轻伤不下火线,来的逐渐成了重伤员:缺胳膊断腿的,伤口太深的,烧伤严重的,中箭拔不了的。他们躺在血淋淋的担架上,随意搁于拱廊之间,人数日日增加,最终占满了地板。现在只要还能走的都进不了神庙,这里专供受致命伤的人和残废者。专供他们垂死挣扎。

关于痛苦,每个人有自己的表达方式。有人没完没了地尖叫号叫;有人哭喊救命、慈悲、水或母亲;有人咳嗽、打嗝、吐血;有人大声喘气，直至最后一息。只有死人不说话。这里有很多死人，四肢摊开的尸体不时被拖出去，用廉价裹尸布包起来，堆到后墙。

格洛塔明白，整天都有面色阴沉的本地人在挖坟。出于自身坚定的信仰。他们在贫民区挖出可装十来人的大坑。同样，他们每晚都在焚烧联合王国士兵的尸体。出于我们缺乏信仰。尸体在悬崖顶上烧，油烟飘过海湾，希望能飘到对面古尔库人那里去。作为最后的侮辱。

格洛塔在厅内缓步踽踽，四周传来痛苦的声音，他擦擦额上汗水，低头观察。黑肤的达戈斯卡人、斯提亚佣兵和白肤的联合王国军人混在一起。各个国家、各种肤色、不同类型的人联合对抗古尔库帝国，并肩作战，平等地死在一起。真教个暖人心肠，若我有心肠的话。他隐隐感到弗罗斯特刑讯官潜伏在墙边阴影中，仔细盯着厅内众人。我时刻警醒的影子，确保我不会因为对审问长阁下的忠诚，而被这里的人赏一锤子。

神庙后方一小片区域被帘子遮住用于动手术。或者说类似手术的活计。锯子锯、匕首砍，让胳膊和小腿跟身体分家。脏兮兮的帘子后传来的尖叫是厅内最凄厉的，语无伦次、绝望无比。跟城墙下的声音差不多。格洛塔透过帘子缝隙看见卡哈亚的白袍血斑点点，深褐色皮肤上也全是血。卡哈亚眯眼看着自己刚割下来的一块油亮的肉。人腿？尖叫逐渐低落。

"他死了，"教长直截了当地说，将匕首扔回桌，拿破布擦擦满手血污，"下一个。"他掀开帘子走出来看见格洛塔。"噢！始作俑者！您来体会罪恶感的吗，主审官大人？"

"不，我来看看自己还有没有罪恶感。"

"你有吗？"

好问题，我有吗？他低头看着一位躺在墙边肮脏的稻草席上、挤在两个伤员间的青年。这人脸色蜡白，眼神迷离，嘴唇却动得飞快，兀自低声自语。他一条腿从膝盖刚往上的地方被截掉了，断肢用染满鲜血的衣服包裹,再以皮带扎紧。幸存机会?几乎为零。他只能在这肮脏的地方痛苦地多躺几小时,唯有同伴们的呻吟与他为伴。一个年轻的生命即将熄灭,啊哈,多么令人伤感。格洛塔抬起视线,除了一点厌恶,他没有任何感觉,仿佛面对一堆恶臭的垃圾。"没有。"他回答。

卡哈亚低头看着染满血污的双手。"真神眷顾你,"他呢喃,"并非人人都有你的意志。"

"也许是的。你的人民战斗得很好。"

"你的意思是,他们死得很好罢。"

格洛塔的笑声刺透沉重空气。"得了,死不可能有多好。"他扫视满地数不清的伤员,"我想你现在最有体会。"

卡哈亚没笑:"你觉得还能撑多久?"

"没信心了,呃,教长?跟很多事一样,理想很丰满,现实太骨感。"年轻英勇的格洛塔上校会告诉你这些,当他从桥上被人拖走,一条腿几乎被砍断时,他会告诉你他的世界观发生了多大变化。

"很精辟,主审官,但我习惯了失望,不用担心,这次我也能承受。只是你还没回答我:还能撑多久?"

"只要海路畅通,补给不断;只要古尔库人无法绕开地峡城墙;只要我们团结一心,保持镇静,还能撑几星期。"

"几星期。图什么?"

格洛塔一愣。确实,图什么?"也许古尔库人会失去信心。"

"哈,"卡哈亚嗤之以鼻,"也许古尔库人会失去信心!三心二意征服不了坎忒大陆!不,既然皇帝一声令下,绝无可能半途而废。"

"那我们只能希望北方战事早日结束,联合王国派来援兵。"痴心妄想。安格兰的事至少还要拖几个月。即便王军最终奏凯,短期也不堪再战。我们只能自力更生。

"何时?"

等到星星熄灭,天幕坠落?等到我红光满面地跑上一里路?"若我知道所有答案,就不会在审问部当差了!"格洛塔叫道,"也许你该向你的真神祈祷,一场海啸无疑大有帮助。当初是谁告诉我奇迹有时也会发生来着?"

卡哈亚缓缓点头。"也许我们都该祈祷,恐怕你的主子比我的真神更可能能施以援手。"又一顶担架抬来,上头有个肚子中箭、尖叫连连的斯提亚人。"我得走了。"卡哈亚快步过去,重新拉好帘子。

格洛塔皱紧眉头。怀疑在扩散。古尔库人缓慢而确定地收紧包围,城内皆知大难临头。死亡是一桩奇事,离得远你可以嘲笑它,但它步步进逼却变得越来越狰狞,等到触手可及,便没人笑得出了。此刻的达戈斯卡被恐惧笼罩,怀疑会不断蔓延。迟早有人要把城市出卖给古尔库人,为救自己或所爱之人的命。矛头或许会先指向引发这场疯狂劫难的、搬弄是非的主审官……

有人碰他肩膀,他不由得屏住呼吸,猛然旋身,结果扭到瘸腿,狼狈地倒在一根梁柱上,还差点踩中一个脸裹绷带、奄奄一息的本地人。维塔瑞皱眉站在他身后。"见鬼!"格洛塔用剩余的牙齿咬住嘴唇,拼命克制腿上剧痛,"没人教你别偷偷摸摸来拍人吗?"

"我受的教育正相反。我要跟你谈谈。"

"那就谈吧。别碰我。"

她瞅瞅伤员:"不能在这里。单独谈。"

"噢,得了吧,你有什么不能当着满屋子即将牺牲的英雄说呢?"

"出去你就知道。"

她带来审问长阁下的礼物,用冰冷的铁链勒我喉咙?还是单单来跟我聊天气?格洛塔自觉脸上浮现笑容,我简直等不及了。他朝弗罗斯特举手示意,白化人便退回阴影中,然后他跛行跟随维塔瑞,穿过呻吟的伤员,从后门出了神庙。刺鼻的汗味在这里变成刺鼻的烟火味,以及……

神庙墙边,粗糙灰布包裹的菱形长物堆到齐肩高,布料沾满褐色血污。一大堆待火化的尸体。今早的收获。什么地方比这里更适合这场轻松愉快的讨论呢？我简直无法想象。

"好吧，围城战可对你胃口？我觉得有点吵，但你朋友科斯卡似乎挺喜——"

"埃泽呢？"

"什么？"格洛塔叫道，他迟疑片刻。没想到她这么快就发现了。

"埃泽，你还记得吧？那个高级娼妇？城市理事会的花瓶？企图把我们出卖给古尔库人的婊子？她的囚室空了，怎么回事？"

"噢，她啊，她出海了。"这话没错。"绑上五十磅精制铁链。"这是胡说。"既然你问起，听说她正在欣赏海湾下的风景。"

维塔瑞的橙色眉毛怀疑地皱起："为何瞒着我？"

"因为我有比通知你更重要的事。战况不妙，你没注意到吗？"格洛塔说罢转身，但她的长胳膊在他身前"啪"一声拍到墙上，拦住去路。

"通知我就是通知苏尔特。若我们口径不一——"

"你这几周过的是穴居生活吗？"他嗤笑着朝墙边尸堆挥手，"可笑，古尔库人即将破城，届时达戈斯卡无人幸免，我他妈管不了见鬼的审问长！口径什么你自己把握，别来烦我。"他推她的手，她却没动。

"若我告诉你，口径什么可以由你把握呢？"她低声问。

格洛塔皱眉。这就不一样了。苏尔特最宠信的刑讯官，派到我身边的密探，提出交易？这是花招？陷阱？他俩的脸相距不过一尺，他紧盯她的眼睛，试图猜透她的想法。一丝绝望？还是纯粹的自保？对失去这种本能的我来说，很容易遗忘它对其他人的影响。他不由得笑起来，是了，我明白了。"你以为找出叛徒就会召回你，是吗？你以为苏尔特为你安排下一艘漂亮小船！结果现在插翅难飞，好叔叔对你漠不关心！他把你和我们这帮炮灰一起丢给古尔库人！"

维塔瑞眯起眼："告诉你一个秘密：我跟你一样不是自愿来的，但我很久以前就认识到无论苏尔特要什么，最好让他看到成果。我想活着离开。"她继续逼近。"我们可以互相照应吗?"

可以吗？好问题。"好啦，我敢说在我的交际圈里添一个朋友也不坏。我会考虑考虑。"

"你会考虑考虑?"

"这是你能得到的最佳答案。事实上，我在照应朋友方面不太得力，可以说疏于练习。"他朝她近距离露出无牙的笑容，用手杖拨开她垂下的手，跛行绕开尸堆，走回神庙。

"埃泽的事，我怎么跟苏尔特报告?"

"告诉他真相，"格洛塔扭头道，"告诉他她完了。"

告诉他我们都完了。

体验痛苦

"我在哪儿?"杰赛尔问,只是下巴动不了。车轮吱嘎,景物亮得刺眼,一片模糊,声音和光线争先恐后钻进他剧痛的头颅。

他想吞口水,做不到。他想抬头,疼痛立刻刺穿脖子,胃里也阵阵翻涌。

"救命!"他尖叫,出口却是不成调的呱呱声。发生什么了?头顶是痛苦的天空,身下是痛苦的大地,他躺在车上,头靠一个粗糙的袋子,弹来跳去。

他想起有场战斗。乱石间的战斗。有人叫喊。一记猛击和眼冒金星,然后就什么也没了,除了痛。连思考也痛。他想抬手摸脸,做不到。他想抬腿起身,做不到。他只能动动嘴,咕哝,呻吟。

舌头感觉很陌生,有平时三倍大,仿佛是顶在嘴里一块血淋淋的火腿。右脸仿佛戴着刑具,而车轮每转一圈,牙都会撞在一起,将白热的刺痛传到眼睛、脖子乃至发根。他嘴缠绷带,只能从左边呼吸,连吸进嗓子的空气也痛。

他忽然恐慌起来,全身每个部位都在尖叫。一条胳膊紧紧绑在胸前,他用另一条胳膊虚弱地抓向车壁,想做点什么,什么都好。他双眼鼓起,心跳加速,鼻子嘀嘀有声。

"啊呃!"他咆哮,"呃啊!"他越想说话就越痛,痛苦加剧到几乎要把脸颊撕开,几乎要把头颅撕开——

"放松。"伤疤脸在上方浮现。九指。杰赛尔狂乱地抓住北方人,对方也用大爪子捏住他的手,用力挤挤。"放松。听着,这很痛,仿佛超过了极限,其实不是。你以为会死,其实也不会。听我说,因为我经历过,我懂。每分钟,每小时,每天,你都在康复。"

他感觉九指另一只手放在他肩头,将他轻轻推回去躺下。"只需躺着,一切都会好的,明白吗?你的活儿最轻,幸运的杂种。"

杰赛尔感觉四肢如此沉重,只能躺下。他捏捏那只大手,那只大手也捏捏他。痛苦似乎减轻了一些。还很痛,但至少能控制了,于是他平缓呼吸,闭上双眼。

冷风刮过冰冷平原,拽着短草,也拽着杰赛尔褴褛的外套、油腻的头发和脏兮兮的绷带,他不予理会。他对风有什么办法?他对任何事都无能为力。

他背靠车轮坐着,睁大眼低头看腿。那条腿被两截破矛绑住,用撕下的布缠了一圈又一圈,缠得又紧又痛。胳膊也好不到哪去,被两条盾牌上劈下的木板夹住紧缠胸前,惨白的手掌悬吊着,麻木的手指像没用的香肠。

杰赛尔可怜兮兮地看着粗糙简陋的救护措施,若非不幸的病人是他,一切还蛮搞笑。他肯定康复不了。他残了,废了,毁了,莫不是就此成为从前在阿杜瓦街上避之唯恐不及的瘸子?那些个又脏又臭的伤兵,把断肢伸到路人面前,颤巍巍摊开手掌讨要几个铜板。这极为不安地展示出军旅生涯的黑暗面。

　　他也成了残废？……寒意刺透全身……就像沙德·唐·格洛塔？他努力活动腿,结果只在剧痛中呻吟。难道下半辈子只能拄拐杖？成为摇摇摆摆的怪物,隔绝于社交圈之外？成为众人指指点点、窃窃私语的对象？他可是杰赛尔·唐·路瑟！他是前途无量、英俊潇洒的有为青年,他赢得了比剑大赛,全国人民为他欢呼喝彩！谁能想到他成了这副德行,成了这副……

　　他根本不敢想象自己的脸,动动舌头就痛得皱成一团,嘴里有种恐怖而陌生的滋味——他觉得嘴巴扭曲、歪斜,一切都不对。牙齿间仿佛有个一里宽的缺口,嘴唇不舒服地压在绷带下。他的脸被撕烂、扯碎、剥开。他成了怪物。

　　一道阴影笼罩在他脸上,他迎着阳光眯起眼。是九指,大拳头摇晃着水袋。"水。"北方人咕哝。杰赛尔摇头,但对方蹲下拔出塞子,坚持要他喝。"喝。喝了有好处。"

　　杰赛尔不情不愿抓过水袋,哆哆嗦嗦凑近完好的半边嘴,想倒却晃悠着倒不出。他挣扎了一会儿,最终意识到仅凭一只手没法喝水,于是倒回去闭上双眼,喷着鼻息。他几乎赌气地咬紧牙关,幸好意识到旁边有人。

　　"来。"他感到一只手滑到后颈,稳稳抬起他的头。

　　"啊呃！"他大声呻吟,半推半就想挣脱,但最终身子一软,宁愿被当成婴儿照料。说到底,有何必要打肿脸充胖子？酸涩的温水渗入嘴里,他尽力咽下,感觉跟吞玻璃碴差不多。之后他把喝不下的水都咳了出来——或者说试图咳出来,但痛得太厉害,他做不到。他只能前倾身子,任水淌到脸上,流下脖子,流进肮脏的衬衫衣领。他呻吟着沉沉地倒回去,用完好的那只手推开水袋。

　　九指耸肩。"好吧,但待会得多喝点。必须多喝水。记得发生了什么吗？"杰赛尔摇头。

"我们打了一架。我跟那位阳光女士,"他朝菲洛点头,对方怒目而视,"解决了大部分敌人,但有三个绕开我们。你干掉其中两个,干得不错,但你漏掉一个,被对方拿钉头锤砸中嘴。"他比比杰赛尔被绷带缠住的脸,"对方下手很重,对此你现在最清楚不过。你倒下后,我猜他还继续攻击,打断了你的胳膊和腿。本来情况可能更糟,如果我是你,我会感谢死者,魁在现场。"

杰赛尔朝门徒眨眨眼。他能干什么?九指解答了疑问。

"他摸到后头拿锅子砸敌人脑袋,噢,用上全身力气,把敌人的脑袋砸成烂泥。我说得对吗?"他朝门徒咧嘴笑,对方呆坐着看平原。"以身材而论,这孩子力气够大的,呃?可惜了那只锅。"

魁无动于衷地一耸肩,好像砸人脑袋是家常便饭。杰赛尔觉得似乎该感谢这病恹恹的白痴救命之恩,可他实在没有被拯救的感觉。他只能尽可能不伤着自己地出声——不比呢喃声更清楚——问道:"游多糟?"

"我见过更严重的伤势。"根本不是安慰,"会好的,你还年轻,胳膊和腿愈合得很快。"意思是,杰赛尔心里一颤,脸不会。"受伤总是很难受,而且没有哪次有第一次难受。我这里每回受伤都哭得像个孩子。"九指朝自己的伤疤脸挥挥手。"事实上,大多数人都哭得像孩子,好像哭能顶用。"

当然没用。"倒地游多糟?"

九指挠挠粗胡楂。"你下巴碎开,掉了几颗牙,嘴唇也裂了,但我们缝得相当好。"杰赛尔咽了几口口水,几乎没法思考。对方证实了他最大的恐惧。"你的伤势确实很糟,而且位置不太好。嘴巴受伤,所以不能吃喝,甚至没法好好说话。当然,也没法亲吻,虽然在这里不是大问题,呃?"北方人咧嘴而笑,杰赛尔却没心情开玩笑。"好啦,是个值得纪念的伤,在我家乡,这种伤可能让你得到外号。"

"什么?"杰赛尔低声说,话一出口就痛得后悔不迭。

"值得纪念的伤,你知道,"九指晃晃手指断桩,"外号往往由此而来。他们或许会管你叫碎下巴、歪脸、缺牙之类。"他又笑了,但杰赛尔把所有幽默感连同被打掉的牙一起抛在了山上乱石间。他感到泪水刺痛双眼,他想哭,但哭会牵动嘴巴,牵动绷带下缝住浮肿嘴唇的缝线。

九指继续安慰:"你应该看到好的一面。现在你不会死了,如果伤口溃烂,这会儿已然发作。"杰赛尔傻瞪着对方,心头的恐慌随着对方话中暗示持续发酵,眼睛越瞪越圆——若他的下巴不是碎了又被紧紧绑在脸上,早已摔落在地。不会死了?伤口到底有多严重?溃烂?他的嘴溃烂?

"我的话好像没什么帮助,是不是?"罗根嘟哝。

杰赛尔用完好的那只手盖住双眼,试图在不伤到自己的前提下哭泣。他静静地啜泣,肩膀抖动。

✡

队伍停在大湖岸边,乌云笼罩的黑暗天空下是波涛汹涌的灰色湖水,天水仿佛都在沉思,充满秘密和威胁。阴沉的波浪拍打着冰冷的鹅卵石,阴沉的鸟儿在水面嘶叫,阴沉的疼痛依然在杰赛尔全身上下悸动,一刻不曾消停。

菲洛蹲在他面前割绷带,一如既往眉头深锁。巴亚兹在她身后朝下看他,第一法师终于苏醒,他没解释昏迷和突然康复的原因,但依然面露病色,显得前所未有地苍老,身子瘦多了,眼睛下陷,皮肤细薄苍白、几至透明。但杰赛尔没心情同情别人,尤其是灾难的始作俑者。

"我们在哪儿?"他在一波波来袭的痛楚间问。说话没那么痛了,但依然必须说得很轻、很小心,活像个呆头呆脑的大舌头农民。

巴亚兹扭头朝一望无边的湖面点了点。"三湖的第一湖,离阿库斯近了。总体来讲,旅程已过半。"

杰赛尔咽咽口水。居然才过半?"还有多——"

"你这样我没法干活，白痴，"菲洛嘶吼，"再不闭嘴我就扔下不管了。"

杰赛尔赶紧闭嘴。她将布料从他脸上小心剥去，检查上面的棕色血迹，边嗅边皱鼻子，丢开后又怒冲冲地打量他的嘴好长时间。他吞口口水，在她的黑脸上寻找线索。此时此刻，他情愿用满嘴牙齿换一面镜子——可惜他的牙齿已不再完整。"有多糟？"他低声问她，察觉到舌尖上的血味。

她怒视他："关我屁事！"

呜咽哽在喉头，泪水刺痛眼睛，他扭头拼命眨眼才没哭出声。他真是全世界最值得同情的人。联合王国的骄傲，王军的英勇军官，比剑大赛冠军，居然控制不住眼泪。

"抓好。"是菲洛刺耳的声音。

"喔。"他低声答应，努力把啜泣咽回胸膛，让嗓音恢复正常。他握住干净绷带的一头抵住脸颊，让她一圈又一圈地包头和下巴，几乎把他嘴巴封住。

"你能活命。"

"这算是安慰吗？"他咕哝。

她耸耸肩转身就走："有很多人没命。"

杰赛尔看着她穿过起伏长草走开，几乎有些嫉妒那些没命的人。他多希望是阿黛丽。他记得最后一次与她相见，细雨中一边高一边低的笑容。她绝不会这样抛下他，让他无助而痛苦地躺在地上。她会温言软语，抚摸他脸颊，用黑色大眼睛凝望他，轻轻吻他，然后……多愁善感的傻瓜，她多半找了另一个呆子去调情、捉弄和玩耍，根本没想过他。想到她为别人的笑话开怀，想到她冲别人的脸庞微笑，想到她亲吻别人的嘴，他无比煎熬。无论如何，她不可能要他了，没人会要他了。他的嘴唇又控制不住地颤抖起来，眼睛阵阵刺痛。

"旧时代的大英雄——那些伟大的国王和将军——你知道，他们都经历过挫折。"杰赛尔抬起头,他几乎忘了巴亚兹的存在。"磨练给人力量,我的孩子,正如好钢需要千锤百炼。"

老人费力地在杰赛尔身边蹲下:"古人云,天将降大任于斯人也,必先苦其心志,劳其筋骨。自怨自艾等于自私,伟大的领袖决不能沉溺于此。自怨自艾属于孩童和傻瓜,伟大的领袖必须将心比心、平等待人,摆足姿态方能减轻压力,具备王者风范。"他一只手放在杰赛尔肩头,也许是想给予父亲般的安慰,但杰赛尔隔着衬衫也感到那只手瑟瑟发抖。巴亚兹的手放了好一会儿,仿佛根本没力气拿开,然后老人缓缓撑起身,伸了伸腿,慢腾腾走开。

杰赛尔麻木地望着巴亚兹的背影,仅仅几周前,这样的说教会让他怒火中烧,现在他无助地躺在地上,软弱地咀嚼对方的话。他几乎不认识自己,在吃喝拉撒全仰赖他人——那些几周前他看不起的人——的如今,他不再有优越感,不再心存幻想。没有菲洛野蛮的治疗和九指粗心的救护,他早已一命呜呼。

北方人踏着鹅卵石走来。他又该回车上,又该忍受颠簸、吱嘎声和更多痛苦了。杰赛尔发出一声嘶哑难听、自怨自艾的长叹,叹到半途赶紧停止。自怨自艾属于孩童和傻瓜。

"好啦,你明白怎么做。"杰赛尔倾身向前,九指一只手搭到他背后,另一只手伸到他膝盖下,大气不喘就把他举过货车侧面,随随便便扔进给养中间。北方人抽身离开时,杰赛尔抓住他四根手指的大脏手,北方人抬起一边浓眉回头看来,杰赛尔吞了口口水低声说:"谢谢你。"

"谢什么,为这个?"

"为所有一切。"

九指盯着他看了很长时间,接着耸耸肩,"没事。我父亲常说,做人要设身处地,推己及人。我长久以来忘了他这句教诲,犯下许多不可挽回的错。"他长叹一声,"只能努力弥补。要我说?种瓜得瓜,种豆得豆。"

说完九指朝坐骑走去,杰赛尔眨巴眼睛,看着北方人宽阔的背脊。做人要设身处地,推己及人。说真的,他做到过吗?马车前进,轮子吱嘎,他细细想来,越想越忧伤。

他欺下媚上,喜欢从无力负担的朋友手头大把赢钱,经常占女孩便宜再把她们抛弃。威斯特是他朋友,但他从未感谢过对方,还一心想睡威斯特的妹妹——如果她让他得手的话。他越来越惶恐地意识到,自己几乎没做过一件无私的事。

他在马车上的草料袋间不安地扭身。种瓜得瓜,种豆得豆,目光放长远。从今往后,他要设身处地、推己及人。但这可以稍等,等他能吃东西了,会有大把时间努力做个好人。他心不在焉地挠着脸上绷带,巴亚兹骑马跟在后头,遥望湖水。

"你看见了吗?"杰赛尔嘀咕。

"看见什么?"

"这里。"他指脸。

"噢,这个,我当然看见了。"

"到底有多糟?"

巴亚兹歪头:"你知道吗,我倒挺喜欢。"

"喜欢?"

"也许并非现在这样,但伤口总会愈合,浮肿和瘀伤也会消退,最后血痂脱落。我猜你的下巴无法复原,当然,牙齿更长不回来。但你失去的只是小男人的俏脸蛋,却无疑能收获一种独特的魅力,一种可遇不可求的气场,一种迷人的神秘感。人们尊敬敢作敢为的大丈夫,况且你的脸远称不上糟糕。我敢打赌,只要你好好表现,姑娘们依然会为你着迷。"他满腹思量地点头。"是的,总体来看,这挺管用。"

"管用?"杰赛尔低声道,一只手压住绷带,"管什么用?"

巴亚兹沉浸在妄想中:"你知道,哈罗德大王也有一道横贯脸颊的伤疤,那没什么坏处。当然,你在雕像上看不到,但当年人们为此更尊敬他。哈罗德啊,真是一个伟人,他享有公平诚实的好名声——他时常能做到——又懂得因地制宜加以变通。"魔法师窃笑出声,"我跟你讲过他邀请两位最大的敌手当面谈判的事吗?他挑逗他们争吵,闹到提兵相向、两败俱伤的地步,自己不费一兵一卒获胜。瞧,他知道阿迪里有个漂亮老婆……"

杰赛尔躺回马车。巴亚兹跟他讲过这故事,但他不想揭穿,事实上,他还挺喜欢再听一遍,反正闲着也是闲着。老人讲故事的深沉嗓音令他平静下来,阳光穿透乌云,连嘴也不怎么痛了,只要他不说话。

杰赛尔就这样靠在稻草袋上,头歪向一旁,随马车轻轻摇晃,欣赏沿途风光。

风吹草低。波光粼粼。

一步一步

威斯特咬紧牙关，费力地爬上结冰的斜坡，手指由于抓抠冻土、冷树根和结冻的雪块而变得麻木、虚弱、颤抖。他双唇开裂，鼻涕横流，鼻孔边缘疼得要命，每口吸进的气都割着喉咙，撕扯着肺部，最终化为喷出的白雾。他一直怀疑，把外套让给兰迪萨是不是这辈子最糟糕的决定。他觉得是，比这更糟的是一开始救下这自私的杂种。

即便在比剑大赛前每天训练五小时，也绝无法和如今的疲累相比。相对三树，瓦卢斯元帅就是个和蔼可亲心慈手软的工头。威斯特不到凌晨就被摇醒，夜幕降临才准休息。北方人都是机器，全都是，像木头一样不会冷不会疼。为跟上他们残酷的步速，威斯特每块肌肉都酸痛不已，无数次跌倒让他浑身布满瘀伤擦伤。他的脚在湿透的靴子里磨得生痛，起了水泡，他头也痛，并随着疲惫的心跳缓缓悸动，和头皮上伤口的痛混在一起。

寒冷、疼痛、疲惫，这些够糟了，更糟的是无时不在的羞愧、内疚与挫败感，随着迈出的每一步渐渐将他压垮。他被派到兰迪萨身边是为阻止灾难，结果却骇人听闻。一整个师被屠杀，多少孩子失去父亲？多少妻子失去丈夫？多少父母失去儿子？悔不当初啊，他无数次握紧毫无血色的双拳，若能阻止王子过河，这些人都不会死，而今他简直不知该同情还是嫉妒他们。

"一步一步来。"他边向上爬边喃喃自语。只能接受现实，咬紧牙关，坚持下去，赶到目的地。一步一步，迈出痛苦、疲惫、僵硬、内疚的步伐。他还能做什么呢？

刚爬上一道坡，兰迪萨王子就一头倒在树根上。他走不到一小时就会这样。"威斯特上校，拜托！"他大口喘气，腾腾白雾从圆脸边升起，苍白的上唇小孩似的挂着两串亮晶晶的鼻涕，"我走不动了！告诉他们……可怜可怜我吧，歇会儿！"

威斯特暗自咒骂。北方人受够了王子，而且越来越不加掩饰。但不管怎样，兰迪萨毕竟是他的长官，还是王储，威斯特无权命令他起来。"三树！"他气喘吁吁地叫道。

老战士皱眉回头。"不是又要我们停下吧，伙计？"

"看来得停一停。"

"死者在上！又停？你们南方人都没骨头！难怪被贝斯奥德打得屁滚尿流。我告诉你，学不会行军，他会给你们这帮杂种再来一次！"

"求你了，就一会儿。"

三树看着瘫倒的王子，厌恶地摇头。"好吧，你们稍坐会儿，如果这能让你们走快点。但不能总这样，听见没？要赶在贝斯奥德前头，今天的路还不够一半。"他转身冲狗子叫嚷。

威斯特一屁股坐下，活动麻木的脚趾，冻僵的双手捧在嘴边呵气。他很想像兰迪萨那样摊开四肢，但过往惨痛的经验告诉他，之后再动会更痛。派克和他女儿站在旁边，大气不喘一口，真是对比鲜明——如果还需要比的话——在流放地打铁比长期安逸享乐更适应这片野蛮的土地。

兰迪萨全无这些念头。"你想不到我有多累!"他不假思索地抱怨。

"是的,是的!"威斯特打断王子,他的耐心快用完了,"您还要多背我的外套!"

王太子眨眨眼,低头盯着潮湿地面,无声地活动下巴。"你说得对。抱歉,我知道自己欠你一条命。你瞧,我不习惯这种事,完全不习惯。"他拽拽外套肮脏破损的领口,惨然一笑,"我母亲总告诉我,男人任何场合下都要仪表整洁,天知道她现在会怎么说。"但威斯特发现他并不打算归还衣服。

兰迪萨缩起肩。"我想,我必须为这场失利承担部分责任。"部分?威斯特真想拿"部分"靴子踢他。"该听你的,上校,其实我一直心知肚明。为将之道首推谨慎,对吧?这一直是我的格言。都怪萨蒙德那蠢货妖言惑众,白痴!"

"萨蒙德伯爵死了。"威斯特低声说。

"可惜他没早死,否则我们何至沦落到此!"王子嘴唇微微颤抖,"你觉得国内有何看法?会怎么说我们?"

"不知道,殿下。"评论肯定前所未有的严酷。威斯特强压怒火,换位思考。王子对艰苦的行军毫无准备,从未受过训练,完全仰赖别人。一个以前做过的最大决策是戴哪顶帽子的人,现在要为几千人丧命负责,也难怪不知所措。

"他们不跑就好了。"兰迪萨怒冲冲地握拳捶树根,"那帮懦夫为什么不留下来战斗?他们为什么不战斗?"

威斯特闭上眼,尽量忽略寒冷、饥饿和疼痛,也尽量赶出胸中怒火。兰迪萨总这样,刚让人有些同情,就说出讨厌话,倍招憎恶。"不知道,殿下。"他自牙缝中硬挤出一句。

"好了。"三树吼道,"你们两个!站起来,别耽误!"

"还没到时候吧,上校?"

"恐怕到了。"

王太子叹气，愁眉苦脸地起身。"真不知他们怎么做到的，威斯特。"

"一步一步来，殿下。"

"好吧。"兰迪萨呢喃着，跌跌撞撞跟在两名罪犯后面走进树林。"一步一步。"

威斯特活动了一会儿酸疼的脚踝才弯腰跟上。一片阴影笼罩过来，他抬头发现黑旋风抢到前面，厚肩膀挡住去路，满脸横肉离他不到一步。黑旋风冲身后缓缓前行的王子点头。"要我帮你动手吗？"他用北方话问。

"你敢碰他们一根毫毛！"威斯特没想好下文就冲口而出，"我就……"

"怎样？"

"就杀了你。"还能怎样？他自觉像学校操场里发出滑稽威胁的小孩，只是这操场冰冷危险，面对的男孩也比他高大一倍。

黑旋风龇牙笑道："个子不大，火气不小。打打杀杀的事，有种说没种上呗？"

威斯特尽可能挺起胸膛。这并不容易，脚下是斜坡，身体极度疲惫，但要脱险就不能示弱，无论心头多怕。"你干吗不试试？"他声音连自己听来都觉虚弱可怜。

"我是想试。"

"想试的时候通知我，免得我错过。"

"哦，不必担心，"黑旋风低声说，扭头冲地上吐口唾沫，"等你一觉醒来发现喉咙被割就知道了。"他悠闲地走上泥泞的坡，表明满不在乎。威斯特希望能以同样的话回敬，但他跟在其他人后面穿过树林时，心脏猛跳。他奋力超过兰迪萨，赶到凯茜身旁。

"你还好吧？"他问。

"更糟的我也经历过。"她打量他一番，"你呢？"

威斯特突然意识到自己什么模样。他找了个旧麻袋,穿起几个孔套在脏污的制服外,还把腰带扣到最后一格别住重剑,那剑敲打着大腿。他颤抖的下巴冒出很痒的胡楂,现在脸上一定是怒冲冲的粉色和死沉沉的灰色混在一起。他把手藏腋窝下,苦笑一声:"好冷。"

"你知道,或许你该留着外套。"

他不禁点头,从松树树枝间看向黑旋风的背影,清清嗓子:"有没人来……烦你?"

"烦我?"

"呃,你看,"他尴尬地说,"一个女人走在男人的队伍中,这可不常见。那黑旋风看你的神情,我不——"

"你太好心了,上校,但我不担心他们。我看他们也只敢看看,而且,比他更糟的我也对付过。"

"比他更糟?"

"我进的第一座营地的负责人看上了我,或许当时我的皮肤还带有自由人的光泽。他要饿得我就范,我一连五天没吃东西。"

威斯特打个激灵:"这才逃过一劫?"

"没有,五天后我受不了了。有些事不得不做。"

"你是说……"

"不得不做。"她耸肩,"我不引以为傲,但也不为此羞愧。骄傲和羞愧都不能填饱肚皮。我后悔的是居然饿了五天,那五天本可吃得很好。有些事不得不做。不管是谁,一旦挨饿……"她又耸肩。

"你父亲呢?"

"派克?"她看了眼走在前面脸带烧伤的罪犯,"他是个好人,但跟我没有血缘关系。我不知道自己家人的下落,若他们还活着,多半也散落安格兰各处。"

"那他也是——"

"有时装成家人,待遇不同。我们互相帮扶,若非派克,我多半还在营地打铁呢。"

"现在你加入了一趟奇妙旅程。"

"哈,随遇而安嘛。"她低头加快步伐,穿过树林远去。

威斯特目送她离开。北方人说她有骨气,兰迪萨真该从她沉默的决心中学点什么。威斯特回头看王子,后者扭扭捏捏踩过泥地,任性地皱眉。威斯特呼出一口白气,兰迪萨学什么都晚了。

晚饭委实惨淡,一大块陈面包加一小杯冷汤。兰迪萨再三央求,三树仍不准生火,因为太容易被发现。渐浓的夜色中,他们坐在离北方人稍远的地方轻声聊天。聊天有好处,可以不去想寒冷、酸痛和不适,可以让牙齿不再打战。

"你说在坎忒那边打过仗,呃,派克?是上场战争?"

"是的,我当时是个中士。"派克缓缓点头,粉红伤疤包围的眼睛闪烁,"难以想象那边有多热呃?"

威斯特苦笑一声,他尽全力也只能笑成这样。"你哪部分的?"

"我在格洛塔上校的王军第一骑兵团。"

"等等,那是我的部队!"

"我知道。"

"我不记得你。"

派克烧伤的脸扭曲起来,威斯特觉得应该是微笑。"我跟当时长相不一样啦。但我记得你,威斯特中尉。大家喜欢你,排忧解难的好人。"

威斯特吞口口水。他不再能排忧解难,制造麻烦倒是一把好手。"你怎么到了流放地?"

派克和凯茜对视一眼。"罪犯当中通常不问这问题。"

"哦。"威斯特垂下视线,搓着双手,"抱歉。我不是有意冒犯。"

"没关系,"派克吸口气,摸摸半融掉的鼻子,"我犯了点错。别管这个了,有家人等你?"

威斯特打个激灵,双臂紧抱胸前。"我有个妹妹在阿杜瓦的家里。她……很复杂。"他说的够多了,"你呢?"

"我有老婆,我被送来这儿时,她选择留下。我曾很恨她,但你知道吗,换我也会留下。"

兰迪萨从林间现身,在威斯特的外套边上擦擦手。"好多了!肯定是早上那见鬼的肉闹的。"他坐到威斯特和凯茜中间,凯茜皱紧眉头,仿佛有人把一铲屎倒在她身边。她跟王子完全不对眼。"你们说到哪儿?"

威斯特缩了缩身:"派克提到他妻子——"

"噢?你们肯定知道,我许婚给奥索大公爵的女儿特维丝公主,她是出名的大美人……"兰迪萨声音渐弱,他皱眉扫视影影绰绰的树林,似乎终于意识到在安格兰的荒野谈这种事多荒谬,"但我现在感觉,她似乎对婚事不太满意。"

"这很难想象吗?"凯茜刻意柔声嘲笑。

"我是王储!"王子怒道,"有朝一日将成为你的国王!尊重我对你没有任何坏处!"

她当他的面哈哈大笑。"我没有国家,没有国王,犯不着尊重你。"

兰迪萨义愤填膺地吼道:"我才不会跟一个——"

黑旋风不知从哪冒了出来。"让他闭上鸟嘴!"他用北方话吼道,粗手指指过来,"贝斯奥德的探子到处都是!教他管住舌头,否则老子来拔!"说完他消失在阴影中。

"他要我们保持安静,殿下。"威斯特低声翻译。

王子吞口口水。"我猜也是。"他和凯茜缩起肩膀,无声地互瞪。

威斯特仰面躺在硬地,看着雪花轻飘飘落在他的黑靴子周围,帆布在脸上方噼啪作响。一旁是紧贴他的凯茜,另一旁是狗子,除开在外站岗的黑旋风，大家都紧紧挤在一张臭气熏天的大毯子下。寒冷最能让陌生人熟络。

远端传来阵阵鼾声，可能是三树或大巴。狗子则睡不安生，伸胳膊踢腿，翻来滚去，含混地念叨。兰迪萨的呼吸从右边传来，声音大而无力。大家似乎头一沾地就睡着了。

但威斯特难以入眠，脑海里盘旋着经历的艰辛、失败及面临的可怕危险。他不止担心这群人，伯尔元帅可能就在安格兰森林某处，疾驰南援，浑不知中计，落入贝斯奥德毂中。

情况紧急，威斯特却有种无理性的轻松。实际上，一切变简单了。不用每天操心，不用看人眼色，不用凡事想在前头。数月来，他头一次感到解脱。

他伸了下酸痛的双腿，感觉睡着的凯茜翻个身，头落在他肩上，脸贴住他肮脏的制服。他脸上有她的温暖气息，隔着衣服传来她的体温，舒服极了。若非臭汗、湿地及狗子在耳旁呓语，一切堪称完美。他闭上双眼，露出一丝微笑。或许一切都会好转，或许他还有机会当英雄。

只要将兰迪萨带回伯尔元帅驾前。

白费唇舌

菲洛骑马扫视这片土地。他们仍然跟随漆黑湖水,冷风仍然吹透衣衫,阴沉的天空仍然灰蒙蒙一片,但地形变了。曾经的一马平川变得凹凸不平,暗藏沟壑。这样的地形便于躲藏,她不喜欢。她并不怕——菲洛·马尔基尼不怕任何人——但现在必须更仔细地观察、倾听,留意他人来往甚或设下埋伏的痕迹。

时刻警惕。

草也变了。她已习惯放眼望去皆是风中摇摆的长草,这里的植物却又干又短,还像稻草一样弯曲发白。越往前走植被越稀疏,今天目力所及已有处处裸土。那些荒芜的土长不出东西,就像恶土里的沙子。

枯死的土地。

而且枯死得毫无缘由。她皱眉越过褶皱的原野,望向远方地平线模糊、破碎的山峰影子。广阔空间里,一切静止不动,只有他们和匆匆流云,还有一只盘旋着越飞越高的鸟,似乎在天上没动弹,只是黑翅膀尖上的长羽毛随风颤动。

"两天来看到的头一只鸟。"九指狐疑地望天,嘴里嘀咕。

"哈,"她低声说,"鸟比人敏感得多。我们干吗来这里?"

"没地儿去呗。"

菲洛有地方去,只要能杀古尔库人。"你说你自己。"

"啥?难道在恶土还有一大群伙伴成天惦记你?成天追问'菲洛呢?没有她还能不能玩耍?'"他为自己的笑话哧哧笑起来。

菲洛无动于衷。"不是每个人都像你那么受欢迎,粉佬。"她轻哼一声,"我敢肯定,等你回到北方,他们会为你准备大餐。"

"噢,当然会有大餐,在吊死我之后。"

她想了想他的话,不时还拿眼角瞟他——她没转头,若被他注意到,她会立刻挪开目光,假装什么也没看。她不得不承认自己习惯了他的存在,这粉佬并不太坏。他们不止一次并肩作战,而他总能完成分内事,他俩相互承诺必要时会埋了对方,她也相信他能做到。他长相怪,口音怪,但说一不二,光这点就算是她认识的人中很不错的了。当然,这些想法不能当着他说,甚至一丝端倪也不能让他瞧出。

否则他一定会让她失望。

"没人等你?"她问。

"除了敌人。"

"你怎么不跟他们打?"

"打?我打了一辈子。"他举起一双空空的大手掌,"可除了恶名昭彰和一大票恨不得除我而后快的敌人,什么也没得到。打?哈!打得越多,结果越糟。我的确了结了一些恩怨,当时也的确志得意满,但那感觉转瞬即逝。复仇不会让你夜里暖和,对不?你高估了复仇的力量,别太在意它,想做的事多着咧。"

菲洛摇头。"你想得太多了,粉佬。"

他笑了。"而你想得太少。"

"无所谓期望就无所谓失望。"

"无所谓期望就什么也得不到。"

菲洛皱眉瞪他。谈话总是如此,总会通往她不喜欢的走向。可能因为她说得太少。她提起缰绳,一夹马腹,离开九指和其他人,径自走开。

终于安静了。安静很无趣,但至少够诚实。

她皱眉看看坐在货车里的路瑟,后者傻瓜似的朝她一笑,嘴咧到缠住半边脸的绷带容许的最大限度。他似乎不一样了,她不喜欢,上次给他换绷带,他竟说了声谢谢,真怪。菲洛不喜欢感谢,感谢总是暗藏玄机,总驱使她去做值得感谢的事。帮助别人会产生友谊。友谊,轻则带来失望。

重则引发背叛。

路瑟从货车上冲九指说什么,北方人仰起头,呵呵傻笑,吓得坐骑几乎将他甩下。巴亚兹心满意足地在马鞍上摇晃,眼角皱纹堆满笑意,看着九指手忙脚乱地操控缰绳。菲洛扭头皱眉看向原野。

她宁愿回到互不理睬的日子,那是她熟悉、适应和理解的。这些信任、友谊及善意的玩笑,早已湮没在遥远的过去,变得无比陌生。

谁喜欢陌生?

菲洛见过许多死人,杀过许多活人,还亲手埋过许多尸体。散播死亡,是她的任务和生活。但她从没在一个地方见过这么多死人。病恹恹的草点缀四周,她滑下马背,走向大堆尸体。她完全看不出谁在跟谁打,分别是哪边的。

死人看起来都一样。

尤其被人洗劫后——盔甲、武器包括大半衣服都被扒光。尸体堆得老高,一根断柱在尸堆上撒下长长阴影。柱子似乎十分古老,剥落破碎的石面上长着枯草和点点青苔。一只大黑鸟收起翅膀,站在柱顶,亮晶晶的眼睛一眨不眨地盯着逼近的菲洛。

一个大个子半靠住一块碎石,了无生气的手握着一根断裂木杆,指甲塞满干血和黑土。菲洛觉得那本是旗杆。当兵的太在乎旗帜,她无法理解。举着旗帜不仅没法杀人,还没法自保,但那些兵宁愿为它而死。

"愚蠢。"她嘀咕,皱眉看着柱子上的大鸟。

"一场屠杀。"九指说。

巴亚兹摸着下巴喃喃自语:"但这些人是谁,又是谁干的呢?"

菲洛看到路瑟浮肿的脸上睁大了眼,担忧地靠在货车一侧。魁坐在他前面的驾驶席,缰绳松垮地垂在手边,漠然看着满地尸体。

菲洛翻过一具尸体嗅闻。皮肤苍白,嘴唇漆黑,但还没发臭。"没多久。可能两天?"

"没苍蝇?"九指皱眉看尸体。几只鸟在上方盘旋、观望,"只有鸟。它们也不来吃。怪事。"

"不对,朋友!"菲洛猛然抬头,只见一个男人穿过战场,朝他们疾步走来。这是个身穿褴褛外套的高个秃佬,一只手握着根粗糙不平的木杖,头发蓬乱油腻,长胡子纠结成团,脸上皱纹很深,一双鼓眼泡却十分矍铄。菲洛瞪着他,思忖自己为何没发现他靠近。

听到他声音,鸟儿纷纷起飞,却没散开,而是冲他飞去,有些落在他肩上,有些拍着翅膀,在他头顶绕圈。菲洛握住弓,抽出一支箭,但巴亚兹抬手拦住。"不。"

"看到没?"高个秃佬指向断柱,一只鸟拍拍翅膀,走上他伸出的指头,"百里柱!距阿库斯整一百里!"他放下手,那只鸟又跳回他肩膀,一声不吭挨着其他鸟站定。"你们在死亡之地边缘!没有动物会来这禁忌之地!"

"别来无恙啊,师弟?"巴亚兹道,菲洛不情不愿地放下弓。又一个巫师,她就知道。老傻瓜相遇,便要大动嘴皮子,滔滔不绝一番。

带来连篇谎话。

"伟大的巴亚兹!"来人走近后叫喊,"第一法师!空中之鸟、水下之鱼、地上之兽带来你到来的消息。现在我亲眼所见,仍难以置信。真的?那双受祝福的脚踏上了这片血腥的土地?"

他将木杖插地,大黑鸟飞离他肩膀,抓住木杖顶端,扑扇翅膀,站定身形。菲洛小心地后退一步,一手握住匕首。她可不想被这群东西把屎屙在头上。

"扎卡鲁斯,"巴亚兹动作生硬地跳下马鞍,菲洛觉得他并不开心,"你看上去身强体健啊,师弟。"

"我看上去疲惫不堪。疲惫不堪,满面风尘,疯疯癫癫,事实正是如此。你真可谓飘忽不定,巴亚兹,我把平原寻了个遍。"

"我们一路躲藏,卡布尔的爪牙也在找我们,"巴亚兹看着尸堆,眼角抽搐,"你干的?"

"是我的人,年轻的高图斯。我告诉过你,他像狮子一样勇猛,能重现旧帝国伟大皇帝的业绩!他俘虏了最大的对手、兄长斯卡罗,却又大发慈悲。"扎卡鲁斯哼了一声,"我不赞成,但年轻人有自己的行事方式。这些是斯卡罗最后的部众,他们不投降。"他若无其事地朝尸堆一挥手,肩上的鸟儿也随之扑打翅膀。

"所谓慈悲仅此而已。"巴亚兹回应。

"他们不愿逃进死亡之地,便在百里柱阴影下负隅顽抗,直至全军覆灭。高图斯从他们手中夺得第三军团军旗,那是斯多里克斯的军旗,和我们一样是旧时代的遗物!师兄!"

巴亚兹不为所动:"一块蛾子喜欢的破布罢了,毫无用处,它不能让人成为斯多里克斯。"

"可能罢。说实话,那东西早已褪色,上面的珠宝也被扯下换了武器。"

"珠宝是奢侈品,武器是必需品。你年轻的皇帝现在何处?"

"他匆匆返回东方,甚至来不及埋尸体。他直扑达米姆,展开围攻,要把疯子卡比安吊死在城墙上,届时也许就天下太平了。"

巴亚兹哂然一笑:"你还记得什么是太平?"

"我还记得的东西足以让你吃惊。"扎卡鲁斯的鼓眼泡瞪着巴亚兹,"外面的世界怎样?余威怎样?"

"监视南方,一如既往。"

"那位师兄呢,那个师门败类,伟大先知卡布尔,他怎样?"

巴亚兹脸色一凛。"他日渐强大,蠢蠢欲动,自觉时机已至。"

"而你打算阻止他?"

"还能怎样?"

"嗯,我最近听闻卡布尔在南方活动,你却一路西行。迷路了,师兄?这里除了旧时代的废墟,一无所有。"

"这里还有旧时代的力量。"

"力量?哈哈!你一点没变,巴亚兹。你带了群怪人,自然,年轻的马拉克斯·魁我认识。最近说了多少故事啊?"他问门徒,"讲师先生?我师兄待你如何啊?"

魁弯腰驼背坐在车上:"挺好。"

"挺好?没了?看来你至少学会了闭嘴。你怎么教他的,巴亚兹?我一直没成功。"

巴亚兹皱眉看着魁:"其实我没怎么教。"

"好吧,尤文斯怎么说来着?师父领进门,修行靠个人。"扎卡鲁斯的鼓眼泡看向菲洛,众鸟的眼睛也随他一起转动,宛如一体。"这人够怪。"

"她有血脉。"

"你还需和鬼灵沟通。"

"他能。"巴亚兹冲九指点头。摆弄着鞍带的大个粉佬迷惑地抬起头。

"他？"扎卡鲁斯皱眉。他怒了,菲洛心想,也有些疯狂和恐惧。他肩上、头上和手杖顶上的鸟都站起身,展开翅膀,扑打,尖叫。"师兄,听我一言,悬崖勒马为时未晚,放弃这蠢念头。我会与你联手对付卡布尔。你,我,还有余威,我们三人同仇敌忾,就像旧时代,就像对付锻造者那次一样组成法师联盟。我会助你。"

长久的沉默。巴亚兹的脸色更为严峻:"你会助我?很久以前,锻造者刚陨落时,我恳求过你帮助,你呢?你若施以援手,卡布尔的疯狂行径根本不能演变至此。现在南方爬满食尸徒,全世界成了他们的舞台,他们公然嘲笑我们师父的金科玉律!显然,仅凭我们三人无从补救。怎么办?你能把康妮尔哄出书堆吗?你能在这辽阔的环世界、不知哪块岩石底下找到莱茹吗?你能漂洋过海带回库诺特吗?或从死亡之地唤回安西米和碎牙?法师联盟,呃?"巴亚兹嘲讽地笑笑,"时过境迁,师弟,世事如流水,怎好刻舟求剑!"

"我知道!"扎卡鲁斯低吼,充血的眼睛更加鼓胀,"但即便你找到你要的东西又如何?你真以为能控制它?你真以为能做到高斯德、坎迪斯和尤文斯本人都做不到的事?"

"我能从他们的失误中汲取教训。"

"我不这么想!你这是饮鸩止渴!"

巴亚兹的薄唇和深陷的双颊更显突出,其中没有悲伤,没有恐惧,只有无尽的怒火。"战争不是我挑起的,师弟!是我打破第二律法的吗?是我奴役半个南方,只为满足野心吗?"

"不,但此事我们谁都脱不了干系,你更首当其冲。巧的是,我还记得你没提的那些,关于你和卡布尔的争吵,尤文斯决定把你们隔开,你怎样找到锻造者,说服他分享秘密。"扎卡鲁斯大笑,那些鸟也随他尖利的笑声大叫,"我敢说他没打算跟你分享女儿,呃,巴亚兹?锻造者的女儿?托萝美?你可还记得她?"

巴亚兹眼中闪过寒光。"也许一切是我的错,"他低声说,"更应由我亲自解决——"

"你以为一如立下第一律法是心血来潮?你以为尤文斯把这东西放到世界边缘是因为它很安全?它……它是邪恶的化身!"

"邪恶?"巴亚兹嗤之以鼻,"邪恶是吓唬小孩的比喻,是无知者表现无知的方式。我还以为,我们很久以前就没这执念了。"

"但是风险——"

"我决定了。"巴亚兹的声音冷硬似铁,不容置疑,"我花去长久岁月评估此事,你提出异议,扎卡鲁斯,却给不出更好的选择。想拦我就动手,否则让开。"

"看来是于事无补了。"老人转向菲洛,堆满褶子的脸抽搐着,他身上的鸟儿也用黑眼睛盯着她。"你怎么说,恶魔之血?你清楚他要你触碰什么吗?你明了他要你携带什么吗?你可曾被告知要承担的风险?"一只小鸟跳下他肩膀,叽叽喳喳地在菲洛头顶盘旋,"你该逃得远远的,一步也别停!你们都该逃!"

菲洛噘起嘴,一巴掌扇下鸟,落地的鸟在尸体间跳来跳去。其余鸟儿愤怒地嘶鸣、尖叫,她毫不理会。"一把脏胡子的老粉佬,我根本不认识你,你不用假装理解我。你明白我的想法?你知道我要什么?两个老骗子之间,我干吗信你?带上这些鸟滚蛋,你走你的阳关道,我行我的独木桥,不必白费唇舌。"

扎卡鲁斯和他的鸟儿不住眨眼睛,他皱眉张嘴,但见菲洛跳上马鞍,策马西行,便又闭上嘴。她听到身后马蹄响起,其他人跟上来,魁甩起货车缰绳,然后是巴亚兹的声音:"注意空中之鸟、水下之鱼、地上之兽带来的消息,你很快会得知卡布尔一败涂地,他的食尸徒化为尘土,过去的错误终于被掩埋。"

"但愿如此,只怕消息更糟。"菲洛回头看去,两个老人交换了个别有深意的眼神。"过去的错误很难掩埋,我真心不希望你成功。"

"看看周围,老友,"第一法师笑着上马,"你希望的事可有哪桩成了真?"

他们在一片静默中经过尸堆和断柱,进入死亡之地,走向古老的废墟,走向阿库斯。

天阴沉沉的。

时间问题

王家审问部审问长，苏尔特阁下亲启：

我们已抵抗古尔库人六周之久。每天早晨敌军都冒着飞矢弹雨来填平城壕，而每晚我们都从城上放下人手重新挖掘。虽然我们付出巨大努力，敌人最终仍在两处地方取得进展，此后，他们每天都派爬城队扛云梯来突击，多次登上城墙，直至被我军血战赶走。

他们还继续使用投石机轰炸，若干段城墙岌岌可危。我们努力加固，但看来古尔库人打开缺口只是时间问题。我们在城内设立路障，以防敌人冲入下城。目前我军已达极限，但无人气馁。我们会继续战斗。

一如既往，卑职全心全意遵从您。

达戈斯卡主审官，沙德·唐·格洛塔

格洛塔舔着牙齿空洞，透过望远镜屏息观察贫民窟升起的尘云。等碎石散落消停，达戈斯卡陷入诡异的沉静。全世界屏息以待。

紧接着远处的尖叫传到他的阳台——堡城上的阳台俯瞰全城——他在过往和如今的战场上都十分熟悉这种尖叫。绝非愉快的记忆。这是古尔库人的战吼,他们来了。他知道,敌人正冲过城下空地,几周来天天如此。不同之处在于这次是朝缺口冲锋。

他看到细小的身影赶赴缺口两边灰尘扑扑的城墙和塔楼,他又放低望远镜观察缺口后的半圆形路障,只见三排士兵蹲在路障后等待古尔库人。格洛塔看得直皱眉,在靴子里活动着麻木的左脚。可怜的防御,但我们只有这些。

古尔库人业已涌过缺口,好比涌出蚁巢的蚂蚁。他们前仆后继,高举闪亮兵器,挥舞着旗帜,自棕色尘云中扑下垮塌石料堆成的斜坡,迎接他们的是愤怒的弩箭之雨。头一批冲过缺口的部队总是伤亡最惨重。冲在最前的古尔库人以惊人的速度倒下,小人影纷纷滚落城墙边的乱石斜坡。他们伤亡惨重,但人数众多,他们踩着同伴的尸体、大片瓦砾和碎木头继续涌进城。

路障后的防御者发出针锋相对的战吼,迎击敌军,联合王国士兵、雇佣军和达戈斯卡本地人协力堵塞缺口。站在阳台上看,他们速度慢得出奇,活像一条油带要堵住涌来的流水。两军交手后再也分不清敌我,所有人混成一锅粥,用闪光的金属互殴,场面又好似奔涌的大海,海上漂着一两面软弱无力的彩旗。

尖叫和呐喊传遍全城,随微风飘荡,痛苦和愤怒的情绪持续膨胀,金铁交击声不绝于耳。有时听来像遥远而无法理喻的风暴,有时一声尖叫或某个词语又格外清晰。这令格洛塔想起站在比剑大赛赛场上听观众欢呼,只是这回并非用钝剑,而是你死我活的拼杀。不知今早上已死了多少人?他转向身边的维斯布鲁克将军,将军依然汗流浃背地穿着完美无瑕的制服。

"你参加过这种战斗吗,将军?近距离的生死搏杀?"

维斯布鲁克正急切地用望远镜观看,他不假思索地答道:"不,我没有。"

"我不建议你参加。我也只有一回经历,而且决不想重温。"他汗津津的手转着手杖把手。当然,大概想重温也重温不了。"我通常是骑马冲杀小股步兵,冲溃后再追,趁他们逃跑时在后头砍人。这是高尚的战绩,我因此获得多次嘉奖,但我很快发现下马步战截然不同。狭小空间难以呼吸,别提逗英雄。所谓的英雄,就是有幸活着的人。"他不咸不淡地嗤笑,"记得我被推到一个古尔库军官面前,彼此近得像情人,根本没法挥剑,实际上除了喝骂什么也做不了。长矛在周围胡乱刺向任何东西,人们被推向自己人的枪尖,甚或被踩倒在地。大多是误伤。"从头到尾一片混乱。

"战争是丑陋的,"维斯布鲁克低声说,"不得已而为之。"

"是啊,是啊。"格洛塔看见一面破破烂烂、污渍斑斑的古尔库丝质战旗在战团之上飘扬,乱石自破损的城墙上砸入人群。战士们无助地挤在一起,接踵摩肩,动弹不得,接着一巨桶沸水当头浇下。冲过缺口的古尔库人完全乱了套,好似一大群无头苍蝇。防御者从各个方向无情地压迫他们,用枪和盾推,用剑和斧砍,用靴子踩。

"我们顶住了!"维斯布鲁克大叫。

"没错,"格洛塔低声应道,继续用望远镜观察这场血战,"似乎如此。"我应该高兴吗?

被围的古尔库军迅速后退,爬上碎石斜坡,逃往缺口,接着又逐渐被赶出城外。弩箭在无人地带大肆射杀逃兵,散播恐慌,堡城上也能遥遥听见防御者们的欢呼。

又顶住一次危机。古尔库军损失惨重,但他们人多势众,若被他们突破路障,冲进下城,一切就全完了。他们可以继续尝试,赢下一次,游戏告终。

"我们顶住了。至少今天顶住了。"格洛塔跛行到阳台角落,用望远镜看向南方的海湾和大海。平静闪耀的洋面一直延伸到地平线。

"还是没有古尔库舰队的踪影。"

维斯布鲁克清清嗓子:"我绝无不敬之意……"口是心非。"但古尔库人不是水手,有任何理由怀疑他们会从海路进攻吗?"

除开一个黑人老巫师半夜溜进卧室,警告我注意海上。"不能仅因未发现而放松警惕,皇帝一心一意要搞垮我们。也许他把舰队留作后手,等待时机,不愿提前摊牌。"

"他有船的话,完全可以封锁我们,采取饥饿战术,不用硬碰硬嘛!他不必牺牲这些士兵——"

"古尔库皇帝最不缺的,将军,就是兵。他们已打开一个缺口。"格洛塔扫视城墙,直至发现另一薄弱处,石材内部出现巨大裂缝,用巨大木梁强撑住,墙下满是碎石。这段城墙每天都向内倾斜得更厉害。"很快还会打开另一个。他们还在四个地方填平了城壕。与此同时,我军人数减少,士气下降,他们无须动用舰队。"

"但我们现下还顶得住。"格洛塔惊讶地发现将军走到身边,轻柔而快速地说,眼神急迫。像个求婚的男人。或者说叛国的男人,是不是?"我们还有时间。"维斯布鲁克轻声道,眼睛朝门口紧张地看看,又转回来。"我们控制着海湾,只要下城不沦陷,码头也为我们所用。我们能撤走联合王国的士兵和平民。堡城内有不少军官的妻儿,上城中也有一些起初不愿离开的商人和工匠。我们可以迅速撤离。"

格洛塔皱眉。也许他说的有理,可惜审问长的命令与此相反。根据审问长的指示,平民可以自谋生路,但士兵哪儿也不准去。除了火葬堆。维斯布鲁克将他的沉默视为默许。"只要您批准,我今晚就安排,我们所有人都能——"

"你有没想过这样做的后果,将军,等我们踏上联合王国的土地?等我们与阿金堡里的主子泪眼相看地重逢?毫无疑问,很多人会后悔不迭。或者你觉得我们可以把船开往遥远的苏极克,从此安享清福?"格洛塔缓缓摇头,"这是个美妙的幻想,仅此而已。我们受命坚守,不准投降,不准逃跑,也不准回家。"

"不准回家。"维斯布鲁克闷闷不乐地重复,"古尔库军持续压迫,我军损失不断增加,要饭的也知道我们快守不住地峡城墙了。我的部下到了哗变边缘,雇佣军更不可靠。你要我对他们怎么说?说内阁不准他们回家?"

"告诉他们援军随时会到。"

"这话我说了几星期!"

"那多说几日也无妨。"

维斯布鲁克眨眨眼:"请问援军究竟何时到呢?"

"每天都有可能,"格洛塔眯起双眼,"只需坚守等待。"

"可这一切是为什么?"维斯布鲁克发出女孩般的尖叫,"为什么?守城是不可能完成的任务!白费功夫!为什么,该死的?"

为什么。永远的为什么。我厌倦了这问题。"你觉得你能搞懂审问长的打算,那你就比我以为的更傻。"格洛塔缓缓舔着牙齿空洞,仔细盘算。"不,有一件事你是对的,地峡城墙随时可能陷落,立即着手准备撤到上城。"

"可……放弃下城就放弃了码头!再没有补给运来!援军能来也没地方登陆了!从前您怎么对我说的,主审官?上城城墙太长、太矮也太薄?地峡城墙陷落便意味着城市沦陷?您不是说我们必须在那里抵抗古尔库人吗?丢掉码头……就走不了了!"我亲爱的布丁身材的胖将军,你还没搞清状况?逃跑不是选项。

格洛塔咧嘴而笑,朝维斯布鲁克露出满嘴空洞。"别吊死在一棵树上啰。形势正如你好心提醒的那样危急,相信我,我宁愿皇帝就此放弃、打道回府,但这实在不可能,是不?传话科斯卡和卡哈亚,今晚就撤空下城居民,我军随时准备向上城转移。"好歹不用再跛行赶往地峡前线。

"上城装不下这么多人!他们会挤到街上!"比挤进坟墓强,"他们会睡在广场和门厅里!"比睡在棺材里强,"下城有好几千人!"

"所以你得加紧。"

走到门口,格洛塔差点后退。门内酷热难当,汗水和烧焦皮肉的臭味让他嗓子极为不适。

他用颤抖的手背擦擦模糊泪眼,眯起来看进黑暗,依稀辨出三个刑讯官的身影。他们站在一起,面具被地上火盆放出的耀眼橙光点亮,三个明亮轮廓中是浓浓黑影。地狱里的三个魔鬼。

维塔瑞湿透的衬衫贴在肩上,脸上显出愤怒的皱纹;塞弗拉腰部以上赤裸,透过面具沉重地喘气,柔软长发被汗水耷拉到一起;弗罗斯特好似刚淋过大雨,豆大水珠滑过苍白皮肤,咬紧的下巴朝外突出。整间屋子唯一从容不迫的是丝克儿,维塔瑞将烧红的烙铁按在女孩胸前,女孩却挂着歇斯底里的狂笑。好像这是她生命中最欢乐的时刻。

格洛塔边看边吞口水,想起自己是如何被烙铁折磨,想起自己的哀告与求恳,哭闹着要敌人大发慈悲,想起火红的金属按在皮肤上的滋味。烫到极致火也成冰。他想起自己疯狂号叫,皮肉烧焦,仿佛到现在还能闻到气味。先自己吃亏,然后依葫芦画瓢报复别人,最后找其他人代劳。世事如此。他耸耸酸痛的肩膀,跛进门去。"进展如何?"他哑着嗓子问。

塞弗拉咕哝着站直身,挺挺背,擦擦前额,将汗水甩向滑溜溜的地板。"搞不懂她,我自己倒快受不了了。"

"毫无进展!"维塔瑞嚷着将黑铁块扔回火盆,溅起一团火星,"刀子、锤子、水和火都试过,她一个字也没说。臭婊子是个石头人!"

"她比石头软,"塞弗拉嘶声道,"但和我们不一样。"他从桌上取来小刀,利刃在黑暗中短暂地反射橙光,他在丝克儿细瘦的前臂上划了道长口子,她的神情没有丝毫变化。鲜红的伤口闪闪发亮,塞弗拉伸手进去拧,丝克儿依然没有痛苦迹象。最后塞弗拉取出指头,用拇指搓给格洛塔瞧,"一点血都没有。就像在割死了一星期的尸体。"

格洛塔感觉腿在发抖,于是皱着脸滑进椅子。"她显然和我们不一样。"

"不系人。"弗罗斯特咕哝。

"但她不再能自我愈合了。"她皮肤上的伤不再痊愈。就那样敞着,像肉店里干瘪的死肉。烧伤也不再消退。像刚从烤架上取下的烤焦肉条。

"她就这样坐着看我们,"塞弗拉道,"一句话也不说。"

格洛塔皱起双眉。我加入审问部时想到要干这些吗?折磨小女孩?他又擦擦刺痛的眼睛。不,这家伙不是小女孩。他记得那双手抓向喉咙,合三个刑讯官之力才将其拖开。这家伙根本不是人。我不能再犯在第一法师面前犯的错。

"对这种事,我必须解放思想。"他自言自语。

"你知道圣父对此怎么评论吗?"这声音低哑、深沉、刺耳,就像老人,只是她长了一张年轻光滑的脸庞。

格洛塔左眼突突直跳,汗水在外套下流淌:"圣父?"

丝克儿笑着看他,双眼在黑暗中闪烁,全身伤口似乎也跟着笑。"我们都是先知——伟大的卡布尔——的孩子。他教导我们,解放思想就像裸露伤口,必然招揽毒素,引发感染,带来痛苦。"

"你现在想谈了?"

"我现在愿意谈。"

"为什么是现在?"

"为什么不是?现在你知道我开口是出于自愿,而非强迫。问吧,瘸子,趁还有机会学乖点,真神知道你用得着。深陷沙漠的人——"

"我知道这句话。"格洛塔顿了顿。太多问题,从哪开始?"你是个食尸徒?"

"我们不这样自称。但你说的没错。"她微微点头,视线从未离开他，"祭司找到我，先让我吃我妈，不照办就得死。我当时的求生欲如此强烈。事后我哭了，但那已过去太久太久，如今我没有眼泪。我当然恨自己，有时我必须杀人，有时我宁肯自己被杀。我并不怀疑自己是罪有应得，这是我唯一的确信。"

我早该知道不会有直接的答案。我快怀念商人们了，至少他们的罪我能理解。不过，答案毕竟是答案。"你为什么吃人？"

"因为鸟儿吃虫子，蜘蛛吃苍蝇，因为这是卡布尔的意愿，而我们是先知的孩子。尤文斯遭到背叛，卡布尔发誓报仇，但仅凭一己之力打不过一众同门，所以他做出伟大牺牲，打破第二律法，之后义侠们聚集到他身边，并随着岁月流逝逐渐增多。他们有的出于自愿，有的不是，但没人违抗他。我的师兄妹多如牛毛，而我们都做出了牺牲。"

格洛塔朝火盆比个手势："你感觉不到痛？"

"是的，我十分怀念那种滋味。"

"奇了，你跟我正相反。"

"你是个幸运儿。"

格洛塔嗤之以鼻："说得轻巧，你不用每次撒尿都想尖叫。"

"我几乎不记得痛是什么样了，所有感觉早已逝去。每人获得的恩赐不同。有人的力量、速度或耐力超越了人类的极限。有人能改变相貌，愚弄眼睛，甚至能使用尤文斯传授门徒的高等技艺。恩赐各不相同，诅咒却是一样。"她盯着格洛塔，脑袋歪向一旁。

让我猜猜。"你们无法停止吃人肉。"

"根本停不下。这正是古尔库人总在抓奴隶的原因，他们不能拒绝先知，拒绝伟大圣父卡布尔。"她虔诚地朝天花板看去，"他是萨坎特神庙的大祭司，是行走于世最神圣的存在。他打击虚妄，纠正错误，揭示真相。他集群星的光芒于一身，他的话即是真神的声音。当他——"

"毫无疑问他拉的也是黄金屎。你相信这些鬼话？"

"我相不相信有何打紧?主人的任务必须完成,即便是见不得光的事。"

这个我理解。"是的,某些人只适合做见不得光的事,一旦选定主人——"

桌子对面丝克儿沙哑地笑道:"几人能有选择?都是身不由己,一起长大的同门并肩作战——甚或战死——我们生着同样身躯、操着同样语言,但跟终须化为的灰尘一样不清楚一切到底为什么。"她耷拉脑袋,肩上一道伤口像张开的嘴。"你以为我喜欢?你以为我不想变回普通人?但一入江湖深似海,回首已是百年身,你懂吗?"

噢,是的,没有几个人比我更懂了。"他们派你来干什么?"

"义侠有无穷的任务。我负责归并达戈斯卡,让这里的人民按先知的教诲膜拜真神,并保障我的师兄师妹们有吃的。"

"看来你失败了。"

"其他人会接替我。先知不达目的决不罢休。你们注定难逃一劫。"

这个我清楚。问问别的。"你知道……巴亚兹吗?"

"噢,巴亚兹,先知的师兄,他是一切的始作俑者,也将是一切的终结。"她的声音变成耳语,"他是个骗子和叛徒。他害死自己的师父。他害死了尤文斯。"

格洛塔皱眉:"我听到的故事可不是这样。"

"每个人讲故事的角度不同,瘸子,这点觉悟都没有吗?"她撅起嘴,"你根本不明白每天身处的战争,不明白这场战争的手段和代价,不明白它的胜利与失败。你弄不懂战争的双方、战争的目的和战争的理由。战场无处不在。我可怜你,一条狗想听懂学者的争论,听到的依然是狗吠。义侠们将横扫大地,卡布尔会清除谎言,建立新秩序。尤文斯的大仇终将得报。这是预言所载,是命定的许诺。"

"恐怕你看不到它实现了。"

她朝他咧嘴而笑:"恐怕你也看不到。圣父希望不流血地拿下城市,但若不得已,他会倾尽全力,毫不留情,用真神的怒火焚烧它。这不过是他大计划的第一步,是他为全人类选定的路。"

　　"他的下一步呢?"

　　"你以为主人会把计划都告诉我?你的主子会告诉你吗?我是条虫,我一文不值,而你甚至更低微。"

　　"下一步呢?"格洛塔嘶叫。回答他的只有沉默。

　　"快回答!"维塔瑞嘶吼。弗罗斯特从火盆中举起顶端烧成橙色的烙铁,按在丝克儿赤裸的肩上,伴着油脂"嗞嗞"声,女孩肩头升起恶臭的蒸汽,但她无动于衷,双眼毫无感情地看着自己的血肉化为焦炭。从她嘴里得不到答案。更多问题,总有更多问题。

　　"我受够了。"格洛塔叫道,他抓起手杖,沉重地起身,痛苦而徒劳地试图把粘住背脊的衬衫扯开。

　　维塔瑞朝丝克儿比个手势,女孩浮肿的眼皮下闪烁的眼睛依然盯着格洛塔,她唇上依然挂着一丝淡淡的微笑:"这家伙怎么处理?"

　　傲慢的主子手底的廉价爪牙,不情不愿被派往绝地,为着不明目的去战斗和杀戮。是不是很熟悉?格洛塔咧嘴笑着,转过酸痛的背,离开恶臭的房间。

　　"烧掉。"他吩咐。

　　黄昏时分,格洛塔站在阳台上,皱眉俯瞰下城。

　　堡城所在的大岩石有风,黑海吹来的冷风抽打着格洛塔的脸和按在干燥护墙上的手,让他外套下摆拍击大腿。大概是这个被诅咒的坩埚里最接近冬天的气候。门口两个铁笼里的火炬被风吹得摇曳不定,难以阻挡聚集的黑暗,但阳台外有更多亮光,非常多:停泊在港口的联合王国船只上的油灯将船的倒影映在海面,随波浪变幻;堡城下黑乎乎的宫殿窗户里也有亮光,那是大神庙高耸的尖顶;在贫民区,几千支燃烧的火把组成流动的光之河,流过建筑物间,流到路上,再流进上城城门。都是离家逃亡的难民,正逃往心目中的避难所。但地峡城墙陷落后,我们还能坚持多久?这问题的答案不会太难。

"主审官大人!"

"啊,科斯卡师傅,很高兴你来跟我做伴。"

"求之不得哪!打完仗之后,没什么比趁夜色散步更惬意了。"佣兵头子大摇大摆地走来,虽然光线昏暗,格洛塔还是看出对方跟平时不同——他一步一跳,眼里放光,头发精心梳理,八字胡也新上了蜡。他仿佛突然间高了一两寸、年轻了十岁。佣兵将上身探出护墙,闭上眼,尖鼻子深吸一口气。

"就刚打过仗的人而言,你的状态出人意料的好。"

斯提亚人咧嘴笑着看他:"前面有人挡着嘛。我一直觉得打仗不能拘泥于前线,没人听得清你说话。还有,上前线牺牲的概率可是非常之高哟。"

"毫无疑问。情况如何?"

"鉴于古尔库人尚被挡在城外,我觉得相当不错。当然,死者可能不同意,但谁他妈在乎他们?"他愉快地挠脖子,"今天相当不错,但明天、后天,谁知道?援军依旧遥遥无期?"格洛塔摇头,斯提亚人猛吸一口气。"自然,这对我不成问题,但你最好趁还控制着码头时下令撤退。"

所有人都想溜,甚至包括我。格洛塔哼了一声:"内阁给我套上了笼子,不许我撤。他们告诉我,事关国王的荣誉,国王的荣誉无疑比咱们的生命宝贵。"

科斯卡抬起眉毛:"荣誉,呃?荣誉是什么鬼玩意儿?虽然每个人看法不同,但事实上它不能喝、不能操,越多越麻烦,完全没有也死不了。"他摇摇头,"榆木脑袋才觉得它是全世界最美好的东西。"

"嗯。"格洛塔呢喃,舔舔牙齿空洞。荣誉比不上一条腿或完整的牙齿,这是我用血换来的教训。他望向阴沉的地峡城墙,城墙上点缀着篝火。不时能听见战斗声,偶有火箭破空,落进贫民窟的废墟。即便现在,血腥的勾当仍在继续。他深吸一口气。"再坚持一周的机会有多大?"

"一周?"科斯卡抿嘴,"很有可能。"

"两星期呢?"

"两星期?"科斯卡咋舌,"机会小一些。"

"也即是说一个月是不可能的。"

"完全不可能。"

"你对此似乎相当满意。"

"我吗?我总是化腐朽为神奇呀。"他朝格洛塔咧嘴笑,"这年头,只有这种境地才用得上我。"

我明白这感觉。"尽可能坚守地峡城墙,万不得已时抽身而退。上城城墙将成为下一道防线。"

科斯卡的微笑在黑暗中闪烁:"尽可能坚守,万不得已时抽身而退!我简直不能等了!"

"此外,或许该为进城的古尔库客人备些惊喜。你说呢?"格洛塔懒洋洋地挥手,"绊网啦,陷坑啦,涂大粪的尖刺啦,你懂的。我敢说,你对这种事颇有经验。"

"打仗的事,我都有经验,"科斯卡脚跟一碰,行了个完美的军礼,"涂大粪的尖刺!您真有荣誉感。"

这是战争,胜利是唯一的荣誉。"谈到荣誉,你最好给我们共同的朋友维斯布鲁克将军说清楚,若他着了哪个惊喜的道,那就太不幸了。"

"当然,主审官大人,太不幸了。"

格洛塔自觉放在护墙上的手握成拳头。"让古尔库人为每一跨土地付出代价。"让他们为我的瘸腿付出代价。"为每一捧泥土。"为我失去的牙齿。"为每一间破烂棚屋、每一栋摇摇欲坠的建筑和每一点毫无价值的灰尘。"为我流泪的眼睛,为我扭曲的脊梁,为我毁掉的人生。他舔舔牙齿空洞。"付出代价。"

"妙极!好古尔库人就是死古尔库人!"佣兵旋身大步出门,马刺叮当作响,把格洛塔一人留在平坦的阳台上。

一星期?可以。两星期?也许。更长时间?不可能。敌人或许没有舰队,但总的来说神秘老者余威的警告没错。埃泽的警告也没错。我们根本没机会。所有努力,所有牺牲,都挽救不了达戈斯卡。一切只是时间问题。

他望着黑暗的城市。黑暗中要分辨陆地和海洋并不容易,船上的灯火和屋里的灯火,码头的火炬和贫民窟的火炬,汇成光点的海洋,互相涌动,却又被更大的虚空淹没。只有一点确凿无疑:

我们完了。不是今晚,但很快。我们身陷重围,网子越收越紧。

一切只是时间问题。

伤疤

菲洛用刀尖利落地接连挑出路瑟伤口上的缝线,动作轻柔,黑手指敏捷果断,黄眼睛全神贯注。罗根注视她工作,一边赞叹地缓缓摇头。他经常看人处理伤口,但没见过如此精湛的手艺。路瑟几乎没有痛苦——他最近看起来总是很痛苦。

"还裹绷带?"

"不,让伤口接触新鲜空气。"最后一个针脚挑开后,菲洛将这些血淋淋的线头扔掉,双膝撑起身体,仔细查看伤口。

"漂亮。"罗根认真地说。伤口愈合比他预想好得多,火光下路瑟的下巴微偏,好像在用一边牙咬什么,下唇有个小豁口,一道分叉伤疤从那延伸到下巴尖,伤疤两边的小粉点都是针脚,周围皮肤也有些起皱。除开些微浮肿,伤势已无大碍。"缝得真漂亮,前所未见。你打哪儿学的?"

"一个叫阿尔夫的人教的。"

"他教得很好,很神奇。幸亏他教了你。"

"代价是跟他上床。"

"呃。"罗根觉得一下子变了味。

菲洛耸肩:"我不介意。他多少算个好人,还教我怎么杀人。我跟很多更糟的人睡过,就为一点好处。"她皱眉打量路瑟的下巴,用拇指按按,检查伤口旁的皮肉。"一点好处。"

"好吧。"罗根嘀咕,他和路瑟交换了个担忧的眼神。对话偏离了预想方向,或许菲洛就是不按套路。他把一半时间用来从她嘴里撬话,但真等她开口,却不知如何继续。

"结痂了。"沉默地检查完路瑟的脸,她咕哝道。

"谢谢。"她准备起身时,路瑟握住她的手,"真心的。我不知道如果没有你——"

她脸一抽搐,迅速抽出手指,好像他给了她一巴掌。"行了!如果再受伤,你还是自己动手吧。"她起身离开,坐到废墟角落变幻的阴影中,在不出去的前提下尽量远离其他人。她似乎和讨厌谈话一样讨厌感谢,不过路瑟十分开心能取下绷带,没太在意这个。

"看起来怎样?"他边问边朝下瞄下巴,还用手指轻戳。

"很好,"罗根说,"你真幸运。可能没以前那么帅,不过他妈的还是比我好看。"

"那当然,"他似笑非笑地舔舔唇上豁口,"幸好脑袋没被他们当场砸扁。"

罗根咧嘴笑着跪在锅旁,用勺子搅拌。他和路瑟的关系越来越好,说来残忍,破相对男孩反倒是好事。破相的教训比任何言语更管用,让男孩很快学会了尊重,更让人欣慰的是,男孩变得现实了。一点姿态和时间,如此而已。他扭头看菲洛,后者正从阴影里皱眉看他,他一下子泄了气。有些人花的时间比别人久,有些人永远无法笼络,好比黑旋风。罗根的父亲曾说,有的人生性独来独往。

他又看向锅子,锅里毫无诱人之处,只是碎熏肉条和切碎的根茎炖粥。死亡之地名副其实,找不到吃的,平原上的长草成了棕色短草和灰色尘土。他环视驻扎的房屋废墟,火光照亮了破石头、斑驳墙灰和经年木屑,但裂缝中没有蕨类,泥地里没生出低矮灌木,石头间甚至连块青苔都没有。在罗根看来,他们似是若干世纪以来唯一在此出没的活物。或许确实如此。

今夜无风,十分安静,只有火堆偶尔轻柔地噼啪响,巴亚兹低声絮絮叨叨教导徒弟。罗根很高兴第一法师醒来,尽管他看上去更为老迈严厉,但至少无须罗根做决定了。要满足每个人真的太难。

"终于迎来晴朗夜晚!"长脚兄弟唱着矮身钻过横梁,装腔作势指着天。"领航的完美天气!十日以来,群星首度如此闪耀,我宣布,我们一跨也未走偏!一跨也未!我没领错路,朋友们,完全没有!尽管这条线路并非我的选择!现在我估计,我们离阿库斯正好四十里!"没人赞扬他,巴亚兹和魁吵得正厉害,路瑟举着短剑,试图找个角度反射倒影,菲洛在角落眉头紧锁。长脚叹口气,蹲在火堆旁。"又是粥啊?"他瞥了眼锅里,皱着鼻子嘀咕。

"恐怕只能如此。"

"哎,好吧。旅途的艰辛,呃,朋友?没有艰辛的旅途不值得夸耀。"

"噢。"罗根回道,他宁愿用任何夸耀换顿像样的晚餐。他闷闷不乐地用勺子戳粥上的泡泡。

长脚倾身靠近,声音几不可闻:"看来我们声名赫赫的雇主和他徒儿的矛盾升级了啊。"巴亚兹的说教声越来越大,也越来越暴躁。

"……懂得拿锅子砸人脑袋固然好,但第一要务还是魔法练习。你最近的态度明显不对,明显带着排斥和抗拒,我开始怀疑你是不是个令人失望的学生了。"

"您一直是个模范学生喽?"魁脸上露出一丝嘲讽,"从未令老师失望?"

"他失望过,并造成了可怕后果。对此我们都有错。而老师该保证学生不犯同样的错。"

"或许你该告诉我你犯的错,那样我能学着做个更好的学生。"

师徒二人在火堆两侧大眼瞪小眼。巴亚兹紧皱的眉头让罗根心生不安,他在第一法师脸上见过这种表情,之后没好事。他无法理解,为何短短几周内,魁的态度便从谦卑恭顺变为乖戾反抗,而这没让其他人的日子更好过。罗根假装专心查看锅里的粥,心不在焉地期待震耳欲聋的爆炸,但最终他听到巴亚兹轻柔地开口:

"很好,魁师傅,你的请求难得有些道理。我们就来讲讲我犯的错。真是千头万绪,从何说起呢?"

"从最开始?"门徒建议,"不然呢?"

巫师苦涩地叹口气。"哈。那是很久很久以前,旧时代的全盛时期。"他停顿片刻,盯着面前火焰,火光在他消瘦的面颊上跃动。"我是尤文斯的大弟子,但拜师后不久,师父又收了二弟子。一个南方男孩,名为卡布尔。"菲洛突然抬头,从阴影中皱眉看来。"我跟他打一开始就貌合神离,我们过于骄傲,嫉妒对方的天赋,师父稍有偏爱就眼红。竞争一直持续,即便过去多年,即便尤文斯又收了十个徒弟。一开始这是动力,让我们更加用功、更为专注,但与高斯德的恐怖一战后,很多事变了。"

罗根把大家的碗集起来,用勺舀出腾腾热粥,同时竖起耳朵听巴亚兹讲话。"竞争升格为争执,争执升格为仇恨。我们发生了争斗,先是言语挑衅,接着动手,最后用上魔法。若听之任之,说不定我们会斗个你死我活,那样世界也许会好上许多。但尤文斯插手干预,他把我送到遥远的北方,把卡布尔送往南方,他把我们送到两座他很久以前建造的大图书馆里去学习,天各一方,与世隔绝,直到怒火平息。他以为绵延的高山、宽广的大海以及横跨环世界的距离能掐断争斗,但他错了。流放令我二人的仇恨变本加厉,最终结下不解之怨。"

罗根像往常一样分发食物,看到巴亚兹的眼睛在浓眉下紧盯魁。"换作现在的我,一定会谨遵师父教诲,但我当时太年轻,任性自大,急于超越卡布尔的力量。我做了个愚蠢的决定,既然尤文斯不肯教我……我就另择名师。"

"又洒了,呃,粉佬?"菲洛从罗根手里抢过碗,咕哝道。

"不谢。"他丢给她勺子,她凌空接住。罗根把碗递给第一法师,"另择名师?你还能找谁?"

"只有一个选择,"巴亚兹轻声说,"坎迪斯。锻造者。"他若有所思地转动勺子,"我去他的大厦,跪在他面前,求他收我为徒。他自然拒绝了我,就像拒绝其他人……但只是头一回。我很固执,而他的态度慢慢软化,终于同意教我。"

"于是你住进锻造者大厦。"魁低声说。罗根端着碗蹲下身,听到这话打了个激灵。去那地方的短暂造访让他噩梦至今。

"是的,"巴亚兹说,"我学会了在里面的生存之道。我的高等技艺让新师父获益匪浅,但他对分享秘密远比尤文斯吝啬,只让我像奴隶一样在他的锻炉中工作,要我侍奉他,却只教给我一些边角余料。于是我变得冷血,当锻造者外出寻找材料时,好奇心、野心和对知识的渴望驱使我走进大厦中他禁止我进入的部分。在那里,我找到了他死守的秘密。"他停住话头。

"什么秘密?"长脚的勺子停在半空,急切地问。

"他女儿。"

"托萝美。"魁用微不可闻的声音说。

巴亚兹点点头,嘴角上扬,仿佛想起美好往事。"她与众不同,从没离开过锻造者大厦,从没和父亲以外的人说过话。我得知,她会帮父亲完成一些任务,她掌握着……某些材料……只有锻造者的血脉才能触碰。我相信这是锻造者生她的主要原因。她的美无与伦比。"巴亚兹面颊抽搐,带着酸楚的笑容低下头。"反正在我记忆里,她是如此。"

"那很好啊。"路瑟边说边舔手指,放下空碗。他越来越不挑吃了,或许几周不能咀嚼足以改变一个人。"还有吗?"他期冀地问。

"吃我的。"魁嘶声说,将碗塞给路瑟。他脸色冰冷,双眼在阴影中闪闪发光,仿佛要穿透老师。"继续讲。"

巴亚兹抬头。"托萝美迷上了我,我也迷上了她。你们也许奇怪,但那时我还年轻,血气方刚,还有路瑟上尉那样的好头发。"他用手掌抹抹秃头,耸耸肩。"我们相爱了。"他挨个看过众人,像要看看谁敢笑,但罗根忙着舔牙缝里的咸粥粒,其他人只是面露微笑。

"她说出父亲交予的任务。我朦朦胧胧了解到,坎迪斯正大肆搜索恶魔还在世间行走时留下的下界材料。他要压榨这些碎片的力量,注入他的机器。他在摆弄第一律法的禁忌,且小有成果。"罗根不安地扭了扭。他记得在锻造者大厦看到的东西,它躺在潮湿白石上,奇妙而充满蛊惑力。巴亚兹称之为分割者,说它两面开刃,一面在现世,一面在异界。他没了食欲,把吃了一半的碗推到火堆边。

"我吓坏了。"巴亚兹续道,"我见过高斯德造成的毁灭,于是决定把一切告诉尤文斯。但我不想抛下托萝美,她也不想离开熟悉的环境,因此我一拖再拖,直到坎迪斯突然返回,发现我俩在一起。他气得……"巴亚兹打个激灵,仿佛记忆令他痛苦,"……完全无法形容。整栋大厦天翻地覆,地动山摇,烈火熊熊,我有幸活着逃出,跑到从前的恩师尤文斯那里寻求庇护。"

菲洛不屑道:"他还真是个烂好人,呃?"

"我很幸运,尽管我背叛了他,尤文斯却没抛弃我,尤其在我告诉他他弟弟想打破第一律法后。锻造者勃然大怒,前来要人,宣称要以强奸他女儿、盗取他秘密的罪名惩罚我,尤文斯拒绝了,反而要坎迪斯坦白在做的实验。兄弟当场反目,天空都被他们的战火染红。我逃掉了,等我回来,发觉恩师已死,他弟弟则不知所终。我发誓复仇,从全世界召集起所有法师,一起向锻造者宣战。所有人。除了卡布尔。"

"他为什么不来?"菲洛低吼。

"他说信不过我,说我的愚行导致这场战争。"

"他说得很对,不是吗?"魁呢喃。

"或许有些道理,但他做得糟糕得多。他和他该遭三重诅咒的门徒马穆,到处散播谎言。"他冲火堆嘶吼,"他们没能欺骗其他法师,卡布尔干脆反出师门,退出法师组织,独自返回南方,以其他方式寻找力量。他找到了,他像高斯德一样诅咒了自己,依靠打破第二律法食人肉。我们只得十一人前去讨伐坎迪斯,最终九人回来。"

巴亚兹深吸一口气,长叹一声。"就是这样,魁师傅,这就是我犯的错,明明白白。你可以说,是我的错害死恩师,导致法师组织分裂;你可以说,是我的错让我们一路西行,来到这片旧日废墟;你甚至可以说,是我的错令路瑟上尉下巴受伤。"

"种瓜得瓜,种豆得豆。"罗根低声自言自语。

"没错,"巴亚兹说,"一点没错,这就是结出的苦瓜苦豆。魁师傅,你跟我一样从错误中学到什么了吗?你以后会认真听师父教诲吗?"

"当然,"门徒说,罗根却暗中琢磨这话是否带着讽刺,"我将言听计从。"

"这才明智。若我听取尤文斯教诲,就不会落到今日地步。"巴亚兹解开衬衫头两颗纽扣,掀起衣领,闪烁火光下,一道淡淡的伤疤从老人脖颈底端延伸向肩膀。"拜锻造者所赐,往上一寸,我命休矣。"他恨恨地揉伤疤,"这么多年过去还时时隐痛,让我忍受了长久折磨……瞧,路瑟师傅,你那道疤不是最糟的。"

长脚清清嗓子。"的确是骇人的伤疤,但我觉得我的更严重。"他抓住脏兮兮的裤腿,一路扯到腹股沟,壮实的大腿凑近火光,只见整条腿几乎都被皱巴巴的灰色伤疤覆盖,连罗根也不得不承认这很吓人。

"见鬼,怎么搞的?"路瑟有些恶心。

长脚微微一笑。"多年前,我还年轻时,在苏极克岸边被风暴吹翻了船。我这辈子共有九次遇上极端恶劣的天气,九次被真神拍入冰冷的大海。幸运的是,我是个游泳健将;不幸的是,那回海里有种大鱼想吃我。"

"鱼?"菲洛低声重复。

"是的,一条硕大无朋、极其好斗的鱼,嘴有门那么大,牙齿锋利如刀,幸亏用拳头砸它鼻子——"他当空一挥拳头,"能让它松口。幸运的潮水将我冲上岸,更幸运的是当地一位善良的妇人收留了我,让我在她住处养伤。要知道,苏极克人普遍十分排外。"他适时叹息一声,"我因此学会了他们的语言,那是个精神生活极其丰富的民族。真神保佑我,真的。"众人一时沉默。

"我打赌你的经历更传奇。"路瑟冲罗根咧嘴一笑。

"我被臭脾气的羊咬了一口,但没留疤。"

"手指是怎么回事?"

"这个?"他举起熟悉的断指,前后晃动,"怎么了?"

"怎么断的?"

罗根皱眉,不大确定对谈话走向的态度。听巴亚兹的错误是一回事,但他不想谈论自己的。死者知道,他的确犯下一些大错。然而他们都看向他,他只得说点什么:"打仗丢的,在一个叫卡莱恩的城镇外。我年轻时是个愣头青,总愚蠢地扑进最激烈的战团,而那次我离开战场已没了手指。"

"一时头脑发热,呃?"巴亚兹问。

"差不多吧。"他皱眉轻揉断指,"奇怪的是,之后很长一段时间我还能感觉到它,感觉指尖发痒,差点把自己逼疯。怎么才能挠到一根不存在的手指?"

"痛吗?"路瑟问。

"一开始痛得肝儿颤,但跟有些伤口比还是好很多。"

"还有哪些?"

他得好好想想。罗根挠着脸,回忆在疼痛、流血和尖叫中度过的每小时、每天、每星期,回忆如何一瘸一拐地蹒跚,或想用绷带裹住的双手割下身上的肉。"我曾被长剑劈中脸颊,"他说着摸摸巴图鲁在他耳朵留下的豁口,"血流不止。有支箭差点挑出我眼珠,"他又摸摸眉毛下新月形的疤,"好几个钟头才清干净碎片。乌发斯之围时,我被一块见鬼的巨石砸中,就那天,"他摸着后脑勺头发下面凹凸不平的骨架,"砸坏了头骨和肩膀。"

"惨啊。"巴亚兹说。

"我自作自受,徒手挖城墙的下场。"他对看他的路瑟耸耸肩,"没法子,正如我所说,我年轻时是个愣头青。"

"我很诧异你没用牙。"

"我很可能那么干,若非他们砸石头,多半牙也保不住。我号叫着躺了两月,他们把乌发斯团团围住,我伤一好立马对上三树,又落得全身骨折。"忆起全身骨折的疼痛,罗根不禁打个冷战,右手握紧又摊开,回忆如此鲜活。"那次的确够疼,但还比不上这个。"他伸进腰带,掀起衬衫。大家借着火光看他指的地方。只是一块很小的疤,位于最下一根肋骨下方,靠近胃的位置。

"看起来不怎么严重。"路瑟评论。

罗根转身露出后背:"加上这边,"他说着,用拇指比量脊柱边大得多的疤。看到那块伤疤,众人陷入沉默。

"对穿?"长脚嘀咕。

"对穿。跟一个叫寡言哈丁的人决斗时被他拿长矛捅的,活下来是万幸。就是这样。"

"若是决斗里受的伤,"巴亚兹低声道,"你怎么活下来?"

罗根舔舔嘴唇,嘴里泛着苦味。"我打败了他。"

"被长矛刺穿后?"

"我当时没感觉。"

长脚和路瑟皱眉对视一眼。"不可能没感觉吧。"领航员说。

"你们当然会这么想。"罗根犹豫了一下,徒劳地想找到个合适的形容,"有时……嗯……我不太明白自己在做什么。"

长久的沉默。"什么意思?"巴亚兹问。罗根打个激灵,最近几周建立的信任眼看要在此刻崩塌,但他别无选择。他向来不擅长说谎。

"我十四岁时,大概那时吧,和一个朋友起了争执。原因忘了,只记得很生气。他打了我,但等我看到自己的双手,"他看着众人,众人脸色在黑暗中十分苍白,"我已掐死了他。他没气儿了。我不记得做过此事,但周围没人,我指甲里还沾着他的血。我把他拽到石头上,头朝下扔下,跟别人说他是树上摔下来死的,大家相信了我。他母亲大哭大闹,我能咋办?这是第一次发作。"

罗根感到众人目光聚在他身上。"几年后,我差点杀死我爹,吃饭时捅了他,没有理由,毫无道理。幸好他痊愈了。"

他感到长脚紧张地往远处挪,他不怪长脚。"那时,山卡的活动开始频繁,我爹派我翻过群山,去南方我帮手。我找到贝斯奥德,他提出只要我为他而战就帮我们。我欣然接受,够蠢的,从此就不停地打仗。那些战争中我做过的一些事……别人告诉我我做过的一些事……"他深吸口气,"算了,我杀过朋友。你们没见过我当年对付人的手段。一开始我很享受,喜欢坐在火堆上首,环视众人,目睹他们的敬畏,没人敢迎上我的目光。后来情况变糟了,越来越糟,有一个冬天我大部分时间不知道自己是谁,做过什么。有时我看见自己在做什么,却没法改变。没人知道我下一个要杀谁,他们都吓得屁滚尿流,连贝斯奥德都是。但最害怕的,还是我自己。"

众人目瞪口呆,无话可说。经历过遍地死尸和空旷平原,这栋废建筑本来很舒适,现在却全变了。空荡荡的窗户像裂开的伤口,空荡荡的门廊仿如墓穴,死寂不断蔓延、蔓延,终于,长脚清清喉咙:"那恕我冒犯,你觉得有没可能,你会在无意中杀掉这里的谁?"

"我更可能把这里的人全杀光。"

巴亚兹皱眉:"抱歉,这话可不让人安心。"

"你从前怎么不说!"长脚突然发难,"身为旅伴这种事都不说!真没想到——"

"闭嘴。"菲洛吼道。

"但我们应该知道——"

"闭上鸟嘴,胡思乱想的白痴,你才是这里最大的祸害。"她怒视长脚,"有的人滔滔不绝,遇到麻烦却逃之夭夭。"她又皱眉看路瑟,"有的人自以为了不起。"她瞪着巴亚兹,"还有人藏着一堆秘密,却挑个好时候呼呼大睡,把我们丢在荒山野地。就算他是个杀手,那又怎样?妈的他动手杀人帮了你个大忙!"

"我只想——"

"我叫你闭嘴。"长脚眨眨眼,终于闭上嘴。

罗根借火光看菲洛,不敢想象她替他出头。这群人中只有她见过他杀人,只有她知道他说的到底什么意思,但她还是站了出来。她发现他的目光,皱眉瞪回来,一边缩进角落。这改变不了什么,他发觉自己在微笑。

"那你呢?"巴亚兹看向菲洛,一根手指若有所思地抵在唇边。

"我什么?"

"你不喜欢秘密。我们都说过自己的伤疤,我给大家讲了无聊的过去,九指吓了大家一大跳,"巫师消瘦的脸在火光照耀下布满漆黑阴影,他轻敲脸颊,"你脸上那道疤呢?"

沉默。"我敢说你找伤你的人报仇雪恨了,呃?"路瑟略带鼓励地笑道。

长脚笑出声:"哦,那必须是!我猜那人下场惨烈!我无法想象——"

"我自己弄的。"菲洛说。

笑声一下子消失,笑意也跟着退去。"呃?"罗根问。

"怎么,粉佬,你他妈聋了?我自己弄的。"

"为什么?"

"哈!"她突然拔高声调,隔着火堆怒视他,"你根本不懂被奴役的滋味!我十二岁时被卖给一个叫苏斯曼的男人。"她吐口唾沫,用自己的语言念叨,罗根觉得肯定不是好话。"他有地方训练女孩,然后高价卖出。"

"练什么?"路瑟问。

"你以为呢,白痴?跟人上床。"

"噢。"路瑟被呛了回来,吞口口水,重新盯着地面。

"我在那边过了两年。两年后我偷了一把刀,但那时啥也不懂,不会杀人,只能尽量伤害自己。这是我用刀割的,深可见骨,等他们抢走匕首,我的价格只剩从前的四分之一。"火光下她露出狞笑,仿佛那是最骄傲的一天。"你们真该听听那杂种的尖叫!"

罗根瞪大眼睛,长脚张大嘴巴,连第一法师都颇感震撼。"你自残?"

"不然呢?"又是沉默。起风了,风打着旋吹进废墟,在石缝中呼啸,拉扯摇曳着火苗。听完她的话,众人不再开口。

暴怒

雪下得正紧,白色大雪片在悬崖外半空中盘旋,将绿色的松树、黑色的岩石及下面的棕色河流都染成白色幽灵。

威斯特不敢相信自己小时候竟年年盼下雪。他会兴奋地醒来,看着世界披上白衣,白衣下掩藏着神秘、奇迹和欢乐。现在看着雪花落在凯茜头发上,落在兰迪萨的外套上,落在自己肮脏的裤腿上,威斯特满心恐惧。这意味着更冷、更湿,前进更费力。他搓着苍白的双手,不住呵气,皱眉盯着天空,试图缓解郁闷的心情。

"随遇而安吧。"他低声说,嗓音划过嘶哑生疼的喉咙,在寒气中结成浓重的白霜,"随遇而安。"他怀念阿金堡温暖的夏天,花儿在广场树梢绽放,鸟儿站在微笑的雕像肩头鸣啭,阳光从公园里枝繁叶茂的树冠间洒下。没用。他吸回流出的鼻涕,再次试图把双手拢进制服袖子,但袖子实在不够长。他苍白的指尖抓紧磨损的袖口。还能暖和吗?

他感到派克的手搭在肩上。"出事了。"罪犯低声说,指向蹲在一起的北方人,他们正激烈地说着什么。

威斯特疲惫地看向他们。刚舒服一点,很难把注意力转移到其他事上。他缓缓伸直酸痛的腿,听着起身时冰冷的膝盖发出咔哒声,晃了晃头驱除倦意。随后他艰难地走向北方人,老人般佝偻着身子,双臂抱在胸前取暖。没等走到,北方人便散了,又一个没听他半句话就做出的决定。

三树大步流星,毫不受大雪影响。"狗子发现几个贝斯奥德的探子,"他压低声音,指向树林,"就在小河边的高地上,靠近瀑布。幸好他先看到,否则我们很容易暴露,只怕这会儿全完了。"

"多少人?"

"狗子觉得有十二个。绕过去太冒险。"

威斯特皱眉,不断晃身体,让血液保持流动。"和他们打不更冒险吗?"

"可能会,可能不会。若能出其不意,胜算很大。他们有食物、武器,"他看看威斯特,"还有衣服。我们都用得上。现在才摸到冬天的门槛,我们还要向北,只会越来越冷。就这么定了。战。人数差得多,因此每个人都要上阵。你的同伴派克似乎锤子使得不赖,让他和其他人准备好。"他冲缩在地上的兰迪萨点点头,"女孩可以不参战,但——"

"王子不行,太危险。"

三树眯起眼:"你说得对,太他妈的危险,因此每个人都该尽力。"

威斯特倾身靠近,尽量让自己干裂肿胀得像香肠的嘴唇说出有说服力的话。"你我都清楚,他只会增加大家的危险。"王子疑惑地回头看了他们一眼,想搞清他们在说什么。"让他参战,等于在你们头上套麻袋。"

北方老汉轻哼一声:"你说的没错。"他深吸一口气,皱眉思考片刻,"好吧,这事儿算破例。就这么着吧,他留下,他和女孩。剩下的参战,包括你。"

威斯特点头。每个人都该尽力,无论力量多微不足道。"很公平。剩下的参战。"他踉跄着折返回去通知其他人。

若兰迪萨王太子现在回到阿金堡漂亮的花园,没人能认出他。那些廷臣和花花公子,那些平日绞尽脑汁谄媚他的人,都会捂着鼻子绕开。威斯特给他的外套破烂得不成样,沾满泥巴,双肘磨破,外套下光鲜的纯白制服逐渐脏成黑色,残留的几根金穗像盛放过后的枯萎花秆。王子头发乱得像稻草,下巴上东一块西一块长出黄胡须,双眉间冒出的乱糟糟的毛暗示主人在享乐的日子里没少花时间打理。方圆百里之内唯一比他惨的,估计就是威斯特自己。

"要做什么?"威斯特蹲在王子身边,王子低声问。

"河边有贝斯奥德的探子,殿下,得打一仗。"

王太子点头:"我需要把武器,比如——"

"我请求您留在后方。"

"威斯特上校,我觉得我应该——"

"您能帮大忙,殿下,但恐怕不能上战场。您是王储,我们必须保护您。"

兰迪萨摆出一副极端失望的表情,但威斯特感到他大松一口气。"好吧,如果你确定。"

"我当然确定。"威斯特看向凯茜,"你们俩留下,我们很快回来。祝好运。"最后一句委实难出口,这段时间,好运少之又少。"藏好,别出声。"

凯茜咧嘴一笑:"别担心,我保证不让他伤到自己。"

兰迪萨转开愤怒的目光,紧握的双拳无力地宣泄着情绪,看样子还是不适应凯茜时常的讽刺。毫无疑问,若你一辈子只接受过奉承与服侍,遇到逆境便很容易无所适从。威斯特迟疑片刻,心想把他们单独留下似乎不妥,但看来别无选择。这里毕竟偏僻,他们应该会安全。

至少比他安全。

出发的人蹲在一起,一圈伤痕累累、满是泥土的脸,面色严峻,头发蓬乱。三树崎岖的脸上有深深的皱纹;黑旋风没了只耳朵,挂着残忍的笑容;巴图鲁的粗眉拧在一起;寡言像一块沉默冷静的石头;狗子眯起明亮的眼珠,尖鼻子呼出白气;派克烧焦的脸上还能动的部分皱了起来。加上威斯特,他们就是全世界最丑陋的六个人。

他吞口口水。每个人都该尽力。

三树用棍子在冻土上粗粗画了幅地图。"好吧,伙计们,他们驻扎在河边,有十二个,可能更多。我们这么着:寡言从左,狗子从右,和以前一样。"

"好的,头儿。"狗子说。寡言点头。

"我、大巴还有派克,从这边慢慢挪近,但愿出其不意。别射歪,呃,伙计们?"

狗子咧嘴笑道:"你别挡箭就没事。"

"我会注意。黑旋风和威斯特,你们到对岸瀑布边埋伏,从后接近。"木棍在地上划出一条深深的线,威斯特忧心忡忡。"水声会掩护你们,看到我将一块石头丢进水里就行动,听见没?丢石头,这是信号。"

"没问题,头儿。"黑旋风嘀咕。

威斯特突然意识到三树盯着自己。"你听到了吧,小子?"

"呃,当然,听到了。"他嘀咕,舌头因寒冷和不断膨胀的恐惧打了结,"丢石头就行动……头儿。"

"行,都把招子放亮,说不定还有别的探子。贝斯奥德的人到处都是。谁还不明白?"大家摇头。"很好,那么死了可别赖我。"

三树起身,其他人也跟着起来,做最后准备,抽抽武器,试试弓弦,系紧腰带。威斯特没什么好准备的,一把捡来的重剑插在磨损的皮带里,仅此而已,他觉得在这群人里自己蠢笨得出奇。他不禁暗想这群人杀过多少人,若说他们加起来杀了一整个镇子外加周围几个村庄那么多的人,他也不惊讶。连派克看来都跃跃欲试,威斯特不禁想,他压根不明白这人被流放的原因,看这人现在的样——拇指若有所思地搭在沉重战斧边沿,烧焦僵死的脸上眼神冷硬——不难想象犯过什么罪。

威斯特盯着自己的手,发现它们在抖,这不止是因为寒冷。他用一只手紧攥另一只手,抬头发现狗子冲他咧嘴而笑。"唯有恐惧方能勇敢。"狗子说完和三树等人进了树林。

黑旋风在后面粗声粗气地吼威斯特:"跟上我,杀手。起来,跟上。"他朝冻土地吐口唾沫,转身走向那条河。威斯特最后回望了一眼,凯茜冲他点了下头,他也点头,然后转身跟上黑旋风,无声地消失在林中,周围都是反光、滴水的冰,瀑布水声越来越响。

三树的计划愈想愈显粗略。"我们过了河,收到信号,然后呢?"

"杀。"黑旋风回头低吼一声。

回答毫无意义,威斯特肚内翻江倒海。"我走右边还是左边?"

"随你便,别挡老子的道。"

"你走哪边?"

"哪边能杀人就走哪边。"

威斯特真希望自己没多嘴问问题。他小心翼翼踏上河岸,瀑布就在上游不远处,黝黑的林间露出黝黑的石墙,白色水帘哗哗冲下,洒出冰冷雾气,带来无尽喧哗。

小河才四跨宽,但又深又急,深色河水冲击着两岸潮湿岩石,泛出白沫。黑旋风高举长剑战斧,稳稳涉水前进,河中央水深齐腰。他慢慢爬到对岸,湿淋淋地站在岸边岩石上回头一看,发现威斯特落得很远,不禁皱起眉头,怒冲冲地挥手示意跟上。

威斯特摸索出长剑举过头,深吸一口气踏入河水。水顿时涌进靴子,包裹小腿,如坠冰窟。他迈了一步,这回另一条腿直淹到大腿。他双目圆睁,呼吸急促,却已不能后退。他又迈开一步,靴子踩在河床长满青苔的石头上,整个人无助地滑倒,水直浸腋窝,若非冰得让他喘不上气,他差点尖叫。剩下的路他半蹒跚半游泳地挨过,牙关紧咬,艰难跋涉,呼吸成为绝望的喘息。最后他晃悠悠爬出来,靠在黑旋风身后的石头上,全身皮肤针扎般又麻又疼。

北方人假惺惺一笑:"你好冷,小子。"

"我没事。"威斯特牙齿打颤,愤愤地回应,他一辈子没这么冷过。"我……我会……尽力。"

"你尽力?老子不会带你,冻僵的臭小子,你丫会害死咱俩。"

"别担心——"黑旋风扬手狠狠抽打他的脸。威斯特被打蒙了,几乎忘了疼。他呆若木鸡,剑掉进泥里,一只手本能地捂住火辣辣的脸。"你——"

"老子抽死你!"北方人嘶声道,"狗日的欠抽!"

威斯特刚张嘴,黑旋风又一巴掌打来,他摔在岩石上,血从唇边流出,滴在潮湿地面,脑袋嗡嗡作响。

"欠抽,狗日的!"

"他妈的……"威斯特双手掐住黑旋风的脖子,嘴里发出毫无意义的动物咆哮,他像动物一样用力掐、抓、扯黑旋风的脖子,龇牙露齿,完全丧失理智,周身血气激荡,饥饿、疼痛和在寒冷中没完没了行军带来的折磨,一起从他体内迸发。

但不管威斯特多急怒攻心,黑旋风还是比他强壮得多。"就欠抽!"他一边扯开威斯特的手,大吼着将威斯特甩到石头上,"这下暖和了?"

什么东西在头上一闪而过,落进旁边水中。黑旋风一把推开威斯特,转身大吼着向岸上冲。威斯特勉力跟上,从泥土中抓起重剑,高高举起。血在他脑袋里翻涌,他用尽全力狂呼乱叫。

他匆匆掠过泥地,冲过灌木和腐烂的树木,来到开阔地。黑旋风一斧砍翻一个目瞪口呆的北方人,暗红血珠飞溅,黑色血点映衬着纠缠的枝丫和惨白的天空。树木、岩石和毛发蓬乱的人形都摇摇晃晃,呼吸声听来犹如风暴。有人出现在眼前,他挥剑相向,随即是切进血肉的触感,鲜血溅了满脸。他身形一晃,吐了口血,狂眨眼睛,差点向旁跌倒,赶紧踉跄起身。脑子里充斥着鬼哭狼嚎、钢铁碰撞和骨头碎裂声。

劈!砍!吼!

有人握着插在胸口的箭,踉跄到他身旁,被他一剑劈开脑袋,直劈到嘴,但抽搐的尸体把他的剑扯下了。他趔趄了一下,差点摔倒,随即赤手空拳猛击身边另一人。有东西撞他,将他撞飞到一棵树上,挤出肺里空气,化为一团白雾。有人顶他胸膛,按住他双臂,要了结他。

威斯特向前探头,咬住对方嘴唇,直到上下牙咬合。那人尖叫着挥拳猛打,但威斯特毫无感觉。他吐出那块肉,用头撞对方的脸。那人哀嚎着扭身,鲜血从破嘴中涌出。威斯特又咬住他鼻子,一边发出疯狗般的咆哮。

咬!咬!咬!

他嘴里全是血,尖叫声在耳畔回响。他只管咬紧牙关,越咬越紧,越咬越紧,接着向旁一甩头,对方捂脸向后退去。一支不知从哪射出的箭扎进那人肋下,那人跪倒在地。威斯特冲上来,逮住头发,将脸照地上猛砸,一下,一下,一下,一下。

"结束了。"

威斯特猛地松手,指间沾满鲜血和扯下的头发。他挣扎起身,喘着粗气,双眼凸突。

一切安静下来。世界不再旋转,雪花轻柔地飘落空地,落在潮湿地面,落在散乱的物件和横陈的尸体上,落在站着的众人身上。大巴在不远处盯着他。三树握着剑站在后面。派克烧烂的粉红色的脸上似有一丝畏缩,一只血淋淋的手握着他胳膊。他们都看着。看着他。黑旋风手指着威斯特,仰头大笑:"你咬他!他奶奶的,你咬掉了他鼻子!我就知道你是个疯子!"

威斯特看着他们,脑袋里的阵痛渐渐平息。"啥?"他嘀咕。他浑身是血,连忙抹了抹嘴。咸。他看着最近的尸体,尸体趴在地上,血从头下涌出,顺斜坡流到他脚边汇聚。他想起了……刚才……他肚子痉挛,弯腰呕出粉红液体,饥饿的胃阵阵翻涌。

"暴怒!"黑旋风喊道,"你就是怒!"

寡言走出树丛,弓挎肩膀上,蹲身从尸体上扯下一件染血的毛皮。"不错。"他低声自语。

威斯特依然直不起身,只觉恶心虚脱,筋疲力尽地看着他们仔细检查营地。黑旋风还在笑。"暴怒!"他刺耳的声音喋喋不休,"老子叫你暴怒!"

"他们有箭,"狗子从地上包裹中翻出些东西,咧嘴笑道,"还有奶酪。只沾了点泥。"他脏兮兮的手指抹掉黄色奶酪块上的霉斑,咬了一口,笑得更欢,"够筋道。"

"好东西多咧,"三树点点头,也笑了,"而且咱们都没啥大碍。干得好,伙计们。"他拍拍大巴后背,"最好在他们发现这群人失踪前往北赶。快点搜,再带上另外两人。"

威斯特的大脑终于开始运转。"另外两人!"

"好啦。"三树说,"黑旋风和……暴怒回去看看。"他带着一丝笑意转身。

威斯特踉跄着沿来路穿过树林,急得脚下直打滑,血气又开始上涌。"保护王子。"他低声自言自语。这回过河他丝毫没在意寒冷,勉力爬到对岸,登上山头,回到出发的悬崖边。

他听到女人尖叫,女人又马上被捂住了嘴,接着是男人的吼声。恐惧立时占据全身。贝斯奥德的人发现了他们,他回来得太迟。他拖着火辣辣的腿爬上斜坡,在泥地里一步一滑,一瘸一拐。保护王子。空气灼烧喉咙,他拼尽全力,手指抠住树干,在霜冻地面上的细枝和松针间摸索。

他冲进悬崖上的空地,喘着粗气,染血的长剑紧握在手。

两个人影在地上搏斗。凯茜在下面,翻滚、踢打、抓挠着上面的人。上面的人已把她裤子扯到膝盖下,正用一只手解自己腰带,另一只手努力捂她的嘴。威斯特向前迈了一步,高举长剑,那人猛地扭头。威斯特眨眨眼,发现未遂强奸犯不是别人,正是兰迪萨王太子。

王子看到威斯特,连忙起身,退开一步。他有点不好意思,有点小尴尬,仿若学生从厨房偷吃的被抓了现行。"抱歉,"他说,"我以为你们会去得久一些。"

威斯特盯着他,几乎没法相信眼前所见。"久一些?"

"狗娘养的!"凯茜大叫着往后爬,一边拽上裤子,"我绝不会放过你!"

兰迪萨摸摸嘴唇。"她咬我!你瞧!"他举起沾血的指尖,像要证明自己受了什么虐待。威斯特下意识地前进,王子见他脸色不善,立马又退了一步,举起一只手,另一只手提着裤子。"行了,打住,威斯特,我只是——"

没有陡然的暴怒。没有突来的盲目。四肢没有不听使唤,脑袋没有阵阵抽搐。他没生气,他一生从未如此平静、如此清醒、如此确信。

他知道怎么做。

他猛地抬起右臂,在兰迪萨胸口一推。王太子向后倒去,只来得及发出一声微弱的惊呼。他左脚在泥地里扭了,右脚向后踩,却没有可踩之物。他高高扬起眉毛,嘴巴和眼睛也张得大大的,震惊得忘了出声。联合王国王储就这样从威斯特面前掉下悬崖,双手徒劳地在空中乱抓,缓缓转了个身……消失不见。

夹着哭腔的短促尖叫传来,然后是撞击声,接着一片石头滚落。

一切归于安静。

威斯特站在原地眨眼。

他转身看凯茜。

她在两跨外呆立,眼瞪得大大的。

"你……你……。"

"我知道。"听起来完全不像他的声音。他走到悬崖边朝下看,兰迪萨的尸体头朝下趴在远处的岩石上,身上铺着威斯特破烂的外套,裤子掉到脚踝,一只膝盖扭成奇怪的角度,摔碎的脑袋下积着一大摊黑血。死得不能再透了。

威斯特吞口口水。他干的好事。他,他杀了王储。无情残忍的谋杀。他是凶手。他是叛徒。他是怪物。

可他只想哈哈大笑。在阳光和煦的阿金堡,忠诚与顺从无须理由,人们各安其位,禁止相互杀戮,然而这些遥不可及。他也许是怪物,但安格兰的冰天雪地里的规则截然不同。这里是怪物的天下。

一只手重重拍他肩膀,他抬头看到黑旋风缺了耳朵的头也向下张望。北方人轻巧地吹声口哨。"好了,都搞定了。你知道吗,暴怒?"他冲旁边的威斯特咧嘴一笑,"老子喜欢上你了。"

战斗到最后

达戈斯卡主审官沙德·唐·格洛塔亲启：

　　形势已明朗，虽然你多番努力，达戈斯卡仍无法留在联合王国版图内。有鉴于此，我命你立刻回国述职。你丢了码头，但应该不难趁夜登上小船。一艘军舰在海上等你。

　　你要将指挥权转交维斯布鲁克将军，他是达戈斯卡理事会中唯一剩下的联合王国代表。不用说，内阁给达戈斯卡守军的命令不变：战斗到最后一兵一卒。

王家审问部审问长，苏尔特

　　维斯布鲁克缓缓放下信，咬紧牙关。"也即是说，主审官大人，你要抛弃咱们？"他的声音微带沙哑。紧张？恐惧？愤怒？谁能怪他呢？

　　会议室和格洛塔第一天到来时别无二致。奇妙而繁复的马赛克，错综复杂的雕刻，打磨得光可鉴人的长桌，统统在高窗射入的晨光中闪烁。只可怜理事会大减员。维斯布鲁克的下巴突出于绣花夹克的硬领口外,卡哈亚教长疲惫不堪地靠在椅子里。此外,尼科莫·科斯卡站在窗下靠着墙掏指甲。

格洛塔深吸一口气:"审问长大人要我回国……述职。"

维斯布鲁克发出尖细的笑声,"不知为什么,这让我想到耗子逃离着火的房屋。"恰当的比喻。只是这耗子要上剁肉机。

"得了吧,将军,"科斯卡把头也靠上墙,唇角浮现微笑,"主审官本不用给我们看信。他可以趁夜偷偷溜走,那才明智。我就会那么做。"

"我对你怎么做毫无兴趣。"维斯布鲁克冷笑,"形势十万火急,地峡城墙丢了,城防势若累卵。古尔库士兵涌进贫民区,我们每晚都得从上城派突击队袭扰。我们烧了一根攻城锤,杀了许多睡着的哨兵,但他们每天都运来新设备,也许不用多久就能清空棚屋,架好巨大的投石机。再往后,可以想见,整个上城会被不断轰炸!"他朝窗户伸出一条胳膊,"甚至能打到堡城!我们的会议室很可能被装满柴火的大木桶烧掉!"

"我非常清楚。"格洛塔反击。最近几天气氛如此紧张,怕是死人都能闻到,"但审问长阁下的命令很清楚:战斗到最后,不准投降。"

维斯布鲁克双肩一塌。"至少投降没用。"他起身心不在焉地整理制服,缓缓推开椅子。这一刻,格洛塔几乎有些可怜他。也许他值得同情,但我已把所有怜悯浪费在卡萝特·唐·埃泽、一个本不值得同情的人身上。

"允许我——一个见识过古尔库监狱的人——给你一个建议:倘若城市陷落,最好自我了断,不要落入敌手。"

维斯布鲁克将军听罢睁大眼睛,接着低头看向美丽的马赛克地板,吞了吞口水。再抬头时,格洛塔惊讶地发现他脸上挂着苦笑。"我参军时没想过这个。"

格洛塔用手杖敲敲瘸腿,扭曲地笑道:"我也一样。斯多里克斯怎么说来着？'募兵官的职业就是挂羊头卖狗肉'。"

"似乎很有道理。"

"若能给你安慰，我敢说我的下场不比你好。"

"聊以自慰吧。"维斯布鲁克并了一下擦亮的靴跟，完美地立正，就这样僵硬地站了一会儿，然后一句话没说就朝门口走。他的脚步声在地板上敲得很响，逐渐消失在外面走廊。

格洛塔看向卡哈亚："不管我跟将军说了什么，建议你尽快安排投降。"

卡哈亚睁开疲惫的眼睛："经过这么多流血？现在投降？"

该停止了。"也许皇帝会大发慈悲。无论如何，打下去毫无意义，而我们还有些谈判资本，也许能换得某种条件。"

"这就是你'力所能及的一切'？皇帝的慈悲？"

"这是我力所能及的一切。你告诉过我深陷沙漠的人会怎么做。"

卡哈亚缓缓点头："不论结果，我都要感谢你。"

感谢我？你这傻瓜。"谢我什么？谢我毁了你们的城市，还把你们丢给皇帝的慈悲？"

"谢你给了我们某种尊重。"

格洛塔嗤之以鼻："尊重？我不过挑你想听的说，以达到自己的目的。"

"也许罢，但感谢不花什么。愿真神与你同在。"

"我要去的地方没有真神。"格洛塔呢喃，卡哈亚缓步离开房间。

科斯卡顺着长鼻子微笑："回阿杜瓦，主审官？"

"没错，如你所说，回阿杜瓦。"回审问部，回去见苏尔特审问长。绝非光明前景。

"也许我会在那边与你重逢。"

"是吗？"城破时你很可能跟其他人一道被处死，没机会欣赏我上吊了。

"若说这辈子我活明白了一件事,那就是凡事皆有可能。"科斯卡笑着离开墙,大摇大摆走向门口,一只手施施然搁在长剑圆头上,"我不想失去好雇主。"

"我也不想。但生活充满失望,你得时刻做好准备。"通常最令人失望的是生活终结的方式。

"好啦,我俩总有谁是对的。"科斯卡在门口演戏般一鞠躬,曾华美无比的镀金胸甲反射着晨光。"为您服务是我的荣幸。"

格洛塔坐在床上,舔着牙齿空洞,揉着瘸腿,环视房间。这曾是达瓦斯的房间。曾有个老巫师半夜来吓我。也是在这里,我目睹全城燃烧,我差点被十四岁女孩吃掉。噢,都是愉快的记忆……

他皱脸起身,跛行到行李箱旁。我在这里签下一百万马克收据,欠下凡特与伯克银行一笔巨债。他从外套口袋取出马修斯给的那个压平皮套。价值五十万马克的宝石,几乎没动用。他再度感到打开皮套的诱惑,不由伸手进去,抚摸那冰冷、坚硬、声音清脆的财富精华。他极力克制,弯腰开启箱子,拨开上面层叠的衣服,将皮套深深埋入。黑衣服,黑衣服,黑衣服,我该让衣柜丰富一些——

"不吭声就走?"

弯腰驼背的格洛塔猛然直起身,背上剧痛差点令他呕吐。他一只手轰然合上箱盖,刚好赶在瘸腿抽筋之前坐到上面。维塔瑞站在门廊,皱眉看他。

"见鬼!"他嘶叫,每次沉重地喘息牙齿空洞都喷出唾沫,左腿像根毫无知觉的木头,右腿则在痛苦中痉挛。

她踏入房间,眯眼左右瞥看。确认这场私人对话没人打扰。她缓缓关门,他不禁心跳加速,这决不单是因为腿上抽痛。门锁上了。只有咱俩,可怕又刺激。

她默默走过地毯,长长的阴影朝他延伸。"我们有协议。"面具后传来嘶声。

"我也这么以为。"格洛塔叫道,试图坐得更有尊严,"不料却收到苏尔特的小纸条。他要我回去,原因我想你再清楚不过。"

"不是因为我。"

"这是你的说法。"

她眼眯得更细,继续逼近。"我们有协议。我没失信。"

"祝贺你!你可以安慰自己,等我成为阿杜瓦码头边的尸体,你还好端端在此坐等古尔库——哎哟!"

她坐到他身上,以全部体重将他扭曲的背压上箱盖,令他难以呼吸。伴着明亮的金属闪光和铁链声,她的手指锁住他喉咙。

"你这条残废的蠕虫!我真想割开你该死的喉咙!"她膝盖用力顶进他肚子,冰冷的金属在他脖子上摩擦,蓝眼睛中充满冰冷而闪烁的怒火,犹如他身下箱子里价值连城的宝石。我要死了,终于。他记得她怎么对付埃泽。稍稍用力,就能把我这可怜、无助的瘸子像蚂蚁一样捏死。他也许该慌忙求饶,但他想的只是:上回有女人坐在我身上是什么时候?

他嗤笑出声:"你还不了解我呀?"他笑着啜泣,眼里盈满痛苦和愉悦混杂的病态泪水,"我是格洛塔主审官,很高兴认识你!等等,你应该知道,我对你做什么想什么屁兴趣没有。威胁我?最好想点高招,你个黄发臭婆娘!"

她气得双眼暴突,肩膀向前,肘部向后,做好用力的准备。毫无疑问,这一下足以让我的脖子和扭曲的脊柱分家。

格洛塔扭曲地微笑着,唇间全是唾沫。就是现在。

他听见维塔瑞面具后的咝咝呼吸声。动手吧。

他感觉金属压迫脖子,冰冷锋利得让他几乎失去知觉。我准备好了。

她突然长舒一口气,"砰"一声将十字镖扎进他脑袋边的木箱,起身离开。格洛塔闭眼喘了会儿气。我还活着。嗓子里有股奇怪味道。欣慰还是失望？难说。

"求求你。"声音如此微弱，他几乎以为是幻觉。维塔瑞背对他，低下头，握紧的拳头阵阵发抖。

"什么？"

"求求你。"她的确在求我，而且这话显然很难说出口。

"求我，呃？你凭什么求我？说真的，我他妈干吗救你？你是苏尔特的间谍，除了给我找麻烦没干过别的！我想不出谁比你更不可信，何况我不信任任何人！"

她转身面对他，手伸到脑后，解开面具绑带，将它扯下。面具压出清晰的棕褐色晒痕线条，眼睛、前额和脖子周围都有，嘴巴周围则是白的，鼻梁上还有个粉色的疤，但总体来看，她的脸远比他想象中柔软、年轻和普通。她不再气焰汹汹，看上去就是个惊恐而绝望的女人。格洛塔感到一阵突如其来、滑稽的尴尬，就像冲进屋子撞见别人裸体。她跪下平视他时，他几乎扭过头去。

"求求你。"她眼睛朦胧，嘴唇颤抖，似乎要哭了。歹毒外表下真情流露？还是演技？格洛塔眼皮直跳。"我不是为自己，"她几乎在耳语，"求求你，我求求你。"

他的手思虑地揉脖子，发现指尖沾了一点血，染上淡淡的棕色血迹。一点小擦伤，擦破皮而已，但只要她再用力，我就会血溅这可爱的地毯。差点送命，我凭什么救她？

他知道为什么。因为我没救过几个人。

他痛苦地绕到箱子后面，背对她坐上去，用力揉僵死的左腿，深吸一口气。"好吧。"他嚷道。

"你不会后悔的。"

"我已经后悔了。妈的，受不了女人哭鼻子！见鬼，行李你自己搬！"他转身抬起一根手指，但维塔瑞已把面具戴上，眯缝的眼睛干燥、凶狠。好像一百年也没流过一滴泪。

"别担心，"她一扯腰带上的铁链，从箱盖上抽出十字镖，收进伸出的手掌，"我没什么行李。"

格洛塔看着平静海湾中的火焰倒影。摇曳的小点，红的、黄的、白的，映在黑沉沉的水上。弗罗斯特平稳镇定地划桨，城市飘摇的火光点亮了他半边苍白而无表情的脸；塞弗拉坐在他身后，缩成一团，阴沉地打量海面；维塔瑞在后方船头处，脑袋看来像颗大头钉。桨叶起落，分开波浪，几乎没发出声音，小船也几乎觉不出动弹。只是半岛的阴影轮廓缓缓退去，一切归于黑暗。

我究竟干了什么？为什么宣判全城居民的死刑或让他们沦为奴隶？为国王的荣誉？国王是个拉屎也要人照料的流口水的白痴。为尊严？哈，我早把它连同牙齿一起抛弃。为苏尔特的赞许？奖赏多半是长长的绞绳和索套。

他隐约看见黑色夜空下大岩石比半岛更黑的参差曲线，堡城就在岩石顶上，也许他还看见了大神庙纤细的尖顶。它们皆成过往。

重来一次会有差别吗？我可以听任埃泽一伙阴谋得逞，不流血地献城给古尔库人，这就更好吗？格洛塔苦涩地舔着牙齿空洞。皇帝同样会清洗城市，苏尔特同样会把我召回审讯。可谓殊途同归，毫无裨益。丝克儿说得没错，几人能有选择？

冷风吹来，格洛塔紧紧外套，双臂环抱胸前，在靴子里活动麻木的瘸腿，痛得缩了缩身。现在城市只是远方针尖大的粉色亮光。

一切正如埃泽所言，只为了让苏尔特审问长他们指着地图上这个点那个点夸耀说是王国的领土。他扭曲地微笑。所有努力、所有牺牲、所有策划、算计和杀戮，终归徒劳。所以到底是为什么？

当然，这种问题没有答案。平静的微波拍打小船侧面，桨叶轻声作响，搅动沉默的海。他觉得自己应该感到恶心，为所做一切背上负罪感,牵挂被自己抛给古尔库的男男女女。其他人也许会,很久之前的我也会。现在除了无穷倦意外加腿上、背上和脖子上的酸痛,他几乎什么也感觉不到。他缩身坐进木椅,一如既往地扭动寻找舒适姿势。没必要惩罚自己。

惩罚即将到来。

诸城的珍珠

那天早上,他至少能骑马了。

卸下夹板后,杰赛尔酸软的大腿痛苦地撞击着马腹,握缰绳的手麻木笨拙,解开绷带他才发现胳膊又虚弱又痛。马蹄在废墟般的路面上一踏,他的牙齿就迟钝地咬合一下。但好歹他下车了,算是改善。这些日子,小小的改善就让他非常开心。

其他人阴郁沉默地骑行,葬礼般严肃,杰赛尔不怪他们。这地方太阴郁,尘埃漫天,到处是光秃秃的岩石裂沟、沙子和石头,了无生气。白色天空依旧空空荡荡,铅一般沉重,仿佛随时可能下雨,却一直没下。他们骑马簇拥着货车,好像在取暖,事实上,他们是方圆百里的寒冷荒漠里唯一的暖血生物,行走在被冰封于时间之中的土地,仿若死亡国度的异客。

大路宽阔,铺路石却纷纷龟裂歪斜,甚至整个断开,一些地方被泥土覆盖。行道树树桩夹在大路两旁,巴亚兹发现他盯着它们。

"各城门向外二十里的路上均有高大橡树遮阴,每到夏天,树叶会被平原上的风吹得飘摇闪烁。这些树是尤文斯在旧时代亲手栽培,那时帝国还年轻,我还远未出生。"

这些灰扑扑、干枯的树桩,边缘参差不齐,还有锯过的痕迹,"看起来只是几个月前砍的。"

"不,那是许多许多年前,我的孩子,高斯德占领城市后,伐光树木为他的熔炉添柴。"

"这些树为何不腐烂?"

"因为腐烂也是生命的象征,而这里毫无生命。"

杰赛尔吞口口水,耸起肩,缓缓路过那些早已死去的树桩,宛如路过一排排墓碑。"我不喜欢这里。"他压低声音坦承。

"你以为我喜欢?"巴亚兹阴沉地瞪着他,"你以为任何人喜欢?可我们是成年人,成年人只看利弊。艰苦奋斗中收获名声与荣誉,冲突斗争里带来财富与权力。你不想出人头地吗?"

"想,"杰赛尔呢喃,"我想……"但他不确定。他扫视这片死亡大地,这里没有荣誉和财富,更难以想象从中会获得何等名声,方圆百里只有他们五个。他开始觉得,在贫穷卑微度过漫长的一生与之相比似乎也算好了。

或许的确如此。只要能回家,他立马向阿黛丽求婚。想到她一边高一边低的笑容,他就心情舒展。她无疑会逗弄他,跟他兜圈子,玩弄他的感情——但无疑也会答应他。不计后果?不顾父亲的愤怒?今后只靠薪水度日?狐朋狗党和白痴兄弟在背后嘲笑他的堕落?这无足轻重的阻力令他咧嘴而笑。

与深爱的女人度过操劳的一生?在平民区租套房子?廉价家具和奢侈的柴火?没有名声,没有权力,没有财富,只有阿黛丽暖床等他……与死神亲密接触,满怀感激地靠一碗粥度日,并在凄风苦雨中独宿多日后,这一切似乎不再是可怕的命运。

他的笑容越咧越开,连下巴的酸痛似乎也变得可爱。

这不是可怕的命运。

雄伟城墙拔地而起，破碎的城垛和塔楼点缀其上，宛如无数伤疤，墙上还有无数滑溜的黑裂缝。这堵黑石悬崖在灰色细雨中蜿蜒伸到目力不能及的远处，城前光秃秃的土地有许多装满棕色污水的坑，还掉了许多大如棺材的石头。

"阿库斯，"巴亚兹咬紧下颌嘶声道，"诸城的珍珠。"

"我可没见它放光。"菲洛咕哝。

罗根也没见。滑溜的大路歪歪扭扭通往一道摇摇欲坠的拱门廊，对开大门早已不翼而飞，敞开的廊道满是阴影。这条黑暗通道令不安感油然而生，恶心滋味好比当初站在锻造者大厦的大门前，就像看着坟墓——也许是自己的坟墓——而他只想拔腿就跑，永不回头。他的坐骑轻声嘶鸣着退了一步，鼻息在毛毛雨中清晰可见。返回海边的数百里艰难旅程突然变得比进城的数百跨容易多了。

"你确定要进去？"他低声问巴亚兹。

"我确定？不，我不确定！我心血来潮领大家穿越荒原！我花去长久岁月计划这趟旅程，从环世界各地纠集起这支小队，不过是开玩笑！现在没事了，该返回加基斯了！我确定？"他摇头催马前进。

罗根耸肩："我不过问问。"拱门廊越来越大、越来越大，直到把他们吞没。蹄声在漫长的隧道里回荡，于黑暗中包围了他们，沉重的石头从四面八方压来，令人窒息。罗根低头皱眉看着前方远处那圈亮光，看着它逐渐变大。他朝旁一瞥，正好对上路瑟的目光，路瑟在暗处紧张地舔嘴唇，湿头发粘在脸上。

他们终于走出隧道。

"天哪，天哪，"长脚喘不过气，"天哪，天哪，天哪……"

眼前是个辽阔广场，广场两侧都有巨型建筑。细雨中隐现的那些高耸梁柱、屋顶和雄伟的墙，统统是为巨人打造。罗根看得合不拢嘴——大家都合不拢嘴,这支小队挤在广阔的空间里,活像山谷中一群受惊的绵羊,听凭狼群摆布。

嗞嗞雨点敲打着头顶高处的石头,汇成水滴滴在滑溜的鹅卵石上,又或流下残墙,流进路上缝隙。蹄声被水声掩盖,只听见车轮舒缓呻吟,此外就是沉寂。没有人群忙碌喧嚣、熙熙攘攘,没有鸟儿高歌、狗儿吠叫,没有商旅市集——没有活物,没有动静,只有那些高大的黑色建筑,一眼望不到头地延伸进雨帘中,还有头上黑暗天空里翻卷的乌云。

他们缓步骑过神庙废墟,石块和石板倾覆堆积,巨大梁柱的上半截坍塌在破碎的铺路石上,天花板的某些部分直直坠落。眼见这惊人的破坏,路瑟湿漉漉的脸变得惨白——除了下巴上那块粉色伤疤——他低声道:"地狱啊。"

"是的,"罗根压低声音咕哝,"太惊人了。"

"这是富人的宫殿区,"巴亚兹介绍,"他们在神庙里向愤怒的诸神祷告,以平息诸神的怒火。他们在市场买卖五花八门的货品、动物和人,并互相坑蒙拐骗。他们还在剧院、澡堂和妓院里发泄激情,直至高斯德到来。"他指着广场对面建筑物间空出的一条走道。"那是卡连大道,城里最恢宏的路,两侧居住的是首要公民。它笔直地——基本上吧——连接北门和南门。现在仔细听我说。"他吱嘎作响地在马鞍上转身。"出城三里有个很高的山丘,丘顶有座神庙。在旧时代,那山丘被称作萨图灵之岩。若我们被迫分开,就在那里集合。"

"我们为什么会分开?"路瑟睁大眼睛问。

"城里……地质特殊,容易地震。这里的建筑年代过于久远,并不稳定,我当然希望一帆风顺,但……不能盲目乐观。万一有意外,到南门外萨图灵之岩集合。现在靠拢行动。"

这无须多言。出发时,罗根看着菲洛,只见她黑发直立,黑脸挂满水珠,狐疑地望着两旁的高大建筑。"万一有意外,"他低声告诉她,"帮帮我,呃?"

她瞪了他一会儿,点点头:"我尽力,粉佬。"

"谢了。"

比挤满人的城市更糟的是无人空城。

菲洛骑马一手握弓,一手执缰,左右巡视,瞥进小巷和敞开的窗户、门廊,还踮起脚观察周遭碎石堆积的角落,观察破墙后边。她不知自己在找什么。

但她必须时刻警惕。

这回大家跟她差不多。她看见罗根皱眉盯着废墟,下巴的肌腱拉紧又放松,放松又拉紧,如此反复,而他的手从未远离剑柄,冰冷的重剑柄上水珠闪烁。

杰赛尔会被任何声音吓得一惊一乍——无论车轮滚过石头,水珠滴进水坑,甚至马儿喷鼻息——他的脑袋拨浪鼓般晃来晃去,舌尖总在舔牙。

魁坐在货车上,佝着腰,湿漉的头发在憔悴的面孔前甩荡,苍白嘴唇紧抿成一条线。菲洛看他抓缰绳的手如此用力,以至细瘦的手掌背后青筋突出。

长脚一直在扫视无尽的废墟,眼睛和嘴巴微微张大,一任水流流下那颗多瘤的头上的胡楂。他终于无话可说——这是这个被真神抛弃的地方带来的一点小便利。

巴亚兹虚张声势,但逃不过菲洛的眼睛。当他放开缰绳去擦浓眉下的水珠时,她发现他手在抖,而每到一个交叉路口,他嘴里就念念有词,眯眼看着雨帘,寻思下面怎么走——一举一动都透出怀疑和忧虑。

他和她一样清楚这地方并不安全。

叮—当。

雨声中传来一声轻响,好像远处锤子砸在铁砧上。众人纷纷摸武器。她站在马鞍上,凝神倾听。

"你听见了?"她冲九指叫道。

他停下来朝周围茫然地眯眼观察,细细倾听。叮——当。他缓缓点头,"我听见了。"他把剑滑出剑鞘。

"那是什么?"路瑟睁大眼睛四下张望,摸索着自己的武器。

"什么也没有。"巴亚兹咕哝。

她举手示意停步,自己滑下马鞍,朝下一栋建筑的墙角潜行,缓步踏过粗糙的巨石表面,一边搭箭引弓。叮——当。她觉察到九指小心翼翼跟随在后,不禁生出一股安全感。

她单膝撑地,旋身转过墙角,眼前是一片点缀着水坑和乱石的开阔地,远处角落有座倾斜高塔,肮脏拱顶上的大窗户纷纷敞开。有东西在里面缓缓移动。黑色的东西,前后摇晃。这东西能用箭瞄,她几乎笑起来。

然后她听见马蹄声,巴亚兹纵马上前,骑进废弃的广场。"嘶嘶嘶嘶!"她朝他嘶叫,他却充耳不闻。

"你大可不必如此紧张,"他扭头道,"一口被风吹动的旧钟而已,城里到处是钟。每当皇帝诞生、加冕、结婚或得胜归来,便会钟声齐鸣。"他抬起双臂,声音随之升高。"空中弥漫着欢乐的钟鸣,百鸟在广场、大街和屋顶上欢唱。"他高涨的声音成了咆哮。"民众在大街上列队!从窗户里探出头!为敬爱的皇帝撒下鲜花!一直呐喊到喉咙嘶哑!"他笑着放下双手,在他头顶,那口旧钟被风吹动再次叮当作响。"都是很久以前的事了。我们走吧。"

魁一甩缰绳,货车隆隆地跟上魔法师。九指冲她耸肩,收剑入鞘。菲洛在原地待了一会儿,怀疑地看着那阴森的倾斜塔楼,乌云从塔顶流过。

叮——当。

她跟上其他人。

暴雨冲刷雕像，它们两两相对，仿如封冻在时间中的巨人，但每个人的脸都早已被岁月磨灭，再无特征。雨水流下光滑大理石，流下长长的胡须和铁甲护裙，流下威胁或祝福地伸出的手——那些手很久以前就齐腕、齐肘乃至齐肩断掉。有的雕像有青铜装饰——巨盔、巨剑、巨大权杖或树叶王冠等——但装饰统统褪色了，并在闪亮的石头上留下脏兮兮的绿条纹。

暴雨冲刷雕像，它们两两相对，直至消失在远处的雨帘和时间的迷雾中。

"皇帝们，"巴亚兹说，"数百年来的皇帝。"杰赛尔眼见古代君王满怀恶意站在两旁，笼罩着破碎的道路，他脖子仰望得生疼，雨水刺痛脸颊。这些雕像至少有阿金堡那些雕像两倍高，但相似性足以唤起浓浓的思乡之情。"这里跟阿金堡的国王大道一模一样。"

"哈，"巴亚兹咕哝，"你以为我从哪里得到的灵感？"

杰赛尔正寻思这话的意思，陡然发觉路已到尽头，最后一对雕像中有一座倾斜到危险的角度。

"护住马车！"巴亚兹高喊着举起一只湿润的手掌，轻踢坐骑上前。

前面不仅没了皇帝雕像，连路也消失了。地面开出一道头晕目眩的大沟，横穿错综复杂的城区，杰赛尔眯眼瞧去，只见对面立起一道参差不齐的悬崖，泥土和石头摇摇欲坠。悬崖后隐约可见更多墙壁、梁柱及宽阔大路，但中间只有暴雨冲刷的虚空。

长脚清清喉咙："看来此路不通。"

杰赛尔极度小心地倾身从马上往下看，只见下方极远处黑水流动、起沫、搅拌，冲刷着被折磨得千疮百孔的城市地基，这片地下海中还立着破墙、破塔楼和巨大建筑破损的外壁。一根摇摇欲坠的柱子顶上有一座完整的雕像，似是很久以前的英雄人物，他的手一定曾高举做出胜利姿势，现在却绝望地上伸，仿佛在恳求路人搭救，将他拉出流水地狱。

杰赛尔天旋地转地坐回去。"此路不通。"他勉强嘶声道。

巴亚兹阴沉地瞪着地下河:"赶紧另寻他路。城里到处是这样的裂沟。还有好多里路要赶,还有一座桥要过。"

长脚皱眉:"桥还在的话。"

"桥当然还在!坎迪斯亲手所建!"第一法师瞥进雨帘,空中又是乌云翻滚,沉重的云团压在头顶。"不能再耽误,天黑前尽量赶路。"

杰赛尔恐慌地抬头看着魔法师:"也即是说,我们得在这里过夜?"

"显而易见。"巴亚兹斥道,在悬崖边调转马头。

他们离开卡连大道,朝市中心走去,废墟愈发密集。杰赛尔仰头看着满怀恶意的黑暗阴云,觉得世上比这更糟的就是晚上还得待在这里——他宁愿待在地狱。说实话,两者有什么区别?

河流在人造运河中汹涌澎湃,光滑圆润的大石头砌成河堤,将雄伟的奥斯河禁锢在狭小空间里发泄永无止境、不计后果的滔滔怒火,冲击噬啃石头,掀起漫天水沫。菲洛无法想象任何东西能在这熔炉里长存,但巴亚兹是对的。

锻造者的大桥巍然矗立。

"在我所有的旅行中——我在慷慨的太阳底下旅行过无数城市和国家——从未见过能与此相提并论的奇观。"长脚缓缓摇着秃头,"一座金属桥?"

的确是座金属桥。光滑、沉暗的黑色金属,上面水珠闪烁。它一个桥拱横跨运河,精细至极,桥下空中是蛛网般纤细的线条,桥上是绝对平整的带沟槽的金属板,仿佛在邀请他们。每个边缘都如此锋利,每个曲线都如此精准,每个表面都如此干净,在这个缓缓迈向湮灭的城市里,它依然保持着古朴的风华。"就像刚竣工。"魁呢喃。

"然而它可能是全城最古老的建筑。"巴亚兹冲后面的废墟点头,

"尤文斯的伟业尽被荒废、坠落、破碎、被人遗忘,就像从未存在。锻造者的成就却将永垂不朽。事实上,在这个黑暗的地方,它变得更加耀眼。"他喷口鼻息,鼻孔散出雾气,"谁知道?也许它会完好如初一直屹立到时间尽头,那时我们所有人都早已进了坟墓。"

路瑟紧张地看着下面,无疑在想象自己的坟墓。"你确定这桥能走人?"

"在旧时代,每天有几千人跨越这座桥。不,几万人。马匹、车辆、市民和奴隶组成望不见尽头的队伍,从桥两边日日夜夜川流不息。它当然能走人。"菲洛目睹巴亚兹催马踏上金属桥。

"这个锻造者显然拥有……非凡的天赋。"领航员咕哝着打马跟上。

魁一甩缰绳:"他当然有,可惜尽已失传。"

九指随后跟进,路瑟也勉强出发。菲洛却原地未动,她坐在淅沥沥的大雨里,皱眉看着桥、货车和前行的四位骑手。她不喜欢这样,她不喜欢这条河、这座桥和这个城市。每深入一步便愈像是踏进了陷阱——她对此非常笃信。她不该听余威的话,不该离开南方。她与这片寒冷、潮湿、空旷的荒野,与这帮不信神的粉佬毫无瓜葛。

"我不过桥。"她说。

巴亚兹回身望着她:"你想飞过去啰?或者干脆不走了?"

她坐回马鞍上,双手交叉放在鞍桥。"或许我真不走了。"

"出了城再吵罢。"长脚兄弟低声道,紧张地回头看看空旷的街道。

"他说得对。"路瑟劝道,"这地方有股邪气——"

"去你妈的邪气,"菲洛咆哮,"去你妈的。我凭什么过去?我干吗非要过河?你承诺我复仇,老粉佬,结果除了谎话、大雨和难吃的食物,什么也没给我。我凭什么要随你过桥?你给我个解释!"

巴亚兹皱眉:"我师弟余威在沙漠里救了你的命,没他出手,你早已命丧恶土。你答应他——"

"答应？我呸！言语就像风,老头。"她猛地甩开双手,"够了,我收回当初的话。我可没答应做奴隶!"

魔法师发出泄气的长叹,疲倦地在马鞍上前倾身子:"仿佛这趟旅程你不闹很轻松似的。究竟为什么,菲洛,你为什么非把简单的事情搞得如此复杂呢?"

"也许是真神要我问明白,我不知道。种子是什么?"

直截了当。她说出那个词时,老粉佬的眼睛似乎抽搐了一下。

"种子?"路瑟疑惑地低声问。

巴亚兹看着满腹狐疑的众人:"或许不提为好。"

"不行。为防你再昏睡上一周,我要知道此行目的和真正原因。"

"我完全康复了啊。"巴亚兹反驳,但菲洛知道是谎话。魔法师的每个部位都在萎缩,比以前更加虚弱、更加老态龙钟。他或许说话清醒,但远未康复。虚张声势无法让她安心。"我不会再昏睡,你可以相信——"

"我问你最后一次,一个简单问题:种子是什么?"

巴亚兹瞪了她很长时间,她也毫不动容地瞪回去。"那好吧,我们就淋着雨,探讨事物的本质好了。"他驱马下桥,来到岸上一跨远的地方,"种子是高斯德从地底深处挖出的事物的一个名字,正是它造成这里的大破坏。"

"都是它造成的?"九指震惊地问。

"都是它造成的。"第一法师双臂扫过周围无尽的废墟,"种子毁灭了世上最伟大的城市,并永久诅咒了城市周围的大地。"

"也即是说,它是件武器?"菲洛呢喃。

"它是块石头,"魁突然接口,他躬身坐在货车上,没对上任何人的目光,"一块来自下界的石头。一如将魔鬼赶出我们的世界时,它留了下来,深埋地底。它就是异界在世间的化身,是魔法的本质。"

"没错。"巴亚兹低语,"恭喜你,魁师傅,至少这个问题你没学过就忘。够了吗？满意了,菲洛?"

"一块石头造成了这些?"九指似乎不满意,"见鬼,那我们拿它来做什么?"

"我想某人能猜到。"巴亚兹直直地看进菲洛的眼睛,露出镰刀般的笑容,像是完全清楚菲洛此刻心中所想。或许他真的清楚。

这不是秘密。

什么魔鬼、挖掘和古老废墟都与菲洛无关,她心中所想是如何将古尔库帝国化为废墟,将古尔库人斩尽杀绝,将古尔库皇帝碎尸万段,将古尔库城市彻底毁灭,将所有与古尔库有关的东西统统变成褪色的记忆。死亡与复仇在脑海里激荡,她笑了。

"很好,"她说,"可你为什么需要我?"

"谁说我非你不可?"

她嗤之以鼻:"若不是非我不可,你早没耐心了。"

"说得好。"

"那是为什么?"

"因为无人能触碰种子,即便看它一眼都会带来强烈的痛苦。高斯德陨落后,我们带着皇帝的大军来到被毁灭的城市中搜寻幸存者,结果一个也没找到,只有无尽的恐怖、废墟和尸体。尸体无法计算,我们埋了成千上万,在城里到处挖坑,一个坑能埋一百人。工作持续了很久……这时,一队士兵在废墟中发现一件奇物,他们的队长用斗篷裹着那事物献给尤文斯,自己傍晚时分就暴病身亡,部下也均未幸免。他们头发掉光,肌肉萎缩,一百人全死在一周之内,然而尤文斯毫发无伤。"魔法师朝马车点头,"这就是坎迪斯打造匣子的原因,也是我们必须带着匣子的原因。自保。我们在它面前都不安全,除了你。"

"我?"

"难道你从没思考过自己和其他人的区别?你为什么是色盲?为什么没有痛觉?因为你跟尤文斯、坎迪斯及高斯德一样,跟一如本人一样。"

"恶魔之血,"魁低声道,"被祝福也被诅咒的血统。"

菲洛怒视门徒:"你什么意思?"

"你是魔鬼的后代,"门徒嘴角牵起一丝狡黠的笑容,"你的血统来自旧时代,甚或更悠远。你不全是人类,你是个遗物,身上有一丝能与异界连接的稀薄血统。"

菲洛张嘴想骂脏话,巴亚兹打断她:"不必否认,菲洛,若非此事确凿无疑,我是不会带你来的。不必否认血统,要学会拥抱它,拥抱这份难得的天赋。你可以触碰种子,也许在环世界这个位面,只有你能做到。你不仅能触碰它,还能用它扭转战局。"他倾身靠近,凑在她耳边低语,"但只有我能发动它的力量。它足以烧光古尔库帝国,足以将卡布尔和他所有的仆人挫骨扬灰,足以填满你心中的复仇空洞,乃至更多。你要过桥吗?"他咂咂舌,调转马头上桥。

菲洛皱眉看着老粉佬的后背,随他骑行上桥,一路咬紧嘴唇。她尝到血味,却没有痛觉。她不愿相信魔法师的任何言语,但她无法否认自己和其他人不一样。她记得咬过阿尔夫一次,对方说她的娘一定是条蛇。可以是蛇,为何不能是魔鬼?透过金属间的沟槽,她看到下方远处的汹涌河水,一心想着复仇。

"血统什么的没关系。"九指骑到她身边——他一如既往骑得很差——轻声细语地说,"我爹常说,男子汉的命运要由他自己把握。我猜这对女人也适用。"

菲洛不答。她缓步而行,让其他人走到前面。女人、魔鬼还是蛇,对她来说都没差,她只关心如何伤害古尔库人。仇恨如此强烈,如此深刻,如此温暖,如此熟悉,它是她最忠实的朋友。

除了它,她不相信任何人。

菲洛最后一个过桥。众人走向摇摇欲坠的市区时,她回望桥对岸的废墟,现下已在灰色雨幕中若隐若现了。

"嘶嘶嘶!"她猛拽缰绳,越过澎湃的运河,扫视对岸成百上千的空窗户、空门廊及残墙上的缝隙与空洞。

"你看见啥了?"九指担心地问。

"有东西。"但现在什么也没有,只有河堤背后海一般的建筑物躯壳,空虚而了无生气。

"那里不可能有活物,"巴亚兹说,"天快黑了,我这把老骨头还想找个地方避雨呢。你看花了眼。"

菲洛怒视他,不管是否有恶魔的眼睛,她从未看花眼。城里的确有东西,她能感觉到。

那东西注视着他们。

运气

"起来了,路瑟。"

杰赛尔睁开眼,太亮,一时辨不出置身何地。他嘀咕着眨眼,用一只手遮光。有人晃他肩膀。九指。

"上路了。"

杰赛尔坐起来,阳光照进狭窄房间,直射在他脸上,灰尘在光束中飞舞。"其他人呢?"他声音嘶哑,带着睡意。

北方人朝高窗一扬毛蓬蓬的头。杰赛尔眯眼看去,长脚兄弟站在那儿,背着手朝外张望。"我们的领航员在欣赏风景,剩下的在前面照看马匹、规划路线。我想着你可能要多睡会儿。"

"谢谢。"杰赛尔想再睡会儿。他咂咂发酸的嘴,舔着牙齿间的空洞和唇上伤疤,检查一下它们今天有多疼。浮肿每天都在消减,他慢慢习惯了。

"接着。"杰赛尔抬头看见九指扔来一块饼干。他想接,但受伤的手还不灵活,饼干掉到地上。北方人耸耸肩:"沾点灰没啥。"

"好吧,确实没什么。"杰赛尔捡起饼干,拿手背蹭蹭,用完好的那边嘴小咬一口。他掀开毯子,僵硬地翻身站起来。

罗根看他试探着走了几步,双臂展开保持平衡,一只手还攥着饼干。"腿怎样?"

"不算太糟。"好了不少。他一瘸一拐,动作滑稽,伤腿不敢弯曲,重心放上去膝盖和脚踝就会痛,但每个早上走的距离也在增加。走到粗糙的石墙边,他闭上双眼深呼吸,想笑又想哭,能靠自己的双腿行动是如此可贵。

"从现在起,我对能走路的每一刻都心存感激。"

九指笑了:"你会感激上一两天,然后又该抱怨食物了。"

"才不会。"杰赛尔坚决反对。

"好吧,顶多一星期。"他朝房间远端的高窗走去,在布满灰尘的地上拉出一道长影。"你该来瞧瞧。"

"瞧什么?"杰赛尔一步一跳地来到长脚兄弟身旁,靠住高窗旁坑洼的梁柱,气喘吁吁地屈伸酸疼的腿。他抬头看去,惊得合不拢嘴。

他们的住处地势很高,或许在山坡顶,因此能俯瞰城市。初升的朝阳与杰赛尔的眼睛齐平,朦胧的黄色光线穿破晨雾。太阳之上,天空澄明,几朵白云伸展开来,几乎静止。

即便是陨落千百年的废墟,阿库斯仍让人心旷神迷。

破败的屋顶绵延到远方,龟裂的墙壁或反射阳光、或隐入暗影。废墟上耸立着宏伟穹顶、摇摆高塔、飞虹般的拱廊及巍峨的梁柱。建筑物间的空隙是宽广的广场、宽阔的林荫道和奥斯河。大河蜿蜒流过杰赛尔右手边的"石林",波纹如画,水光粼粼。目力所及的各个方向,潮湿的石头都在曙光中熠熠生辉。

"这正是我热爱旅行的原因。"长脚感叹,"此时此刻,所有艰辛都值了。今番美景何得见?世间能有几人睹?我们三人站在历史的窗前,站在被遗忘的过去的大门前。啊,我不再留恋美丽的塔林,大洋之上、落日之下的塔林;我不再梦到正午时分明亮蔚蓝的苍穹下朝气蓬勃的乌尔-纳布;我不再怀念山上骄傲的奥斯皮亚,她在柔美的夜晚宛如繁星闪烁。从今天往后,我的心永远只属于阿库斯。这真是诸城的珍珠,壮美得让人词穷,谁能想象她繁荣时的盛景?谁不为她的伟大叩动心弦?谁不会对她心生敬畏——"

"一堆破房子而已。"菲洛在他身后吼道,"我们马上动身。去收拾行李。"说完她转身就走。

杰赛尔回头皱眉看着广阔无垠、闪烁发光的黑色废墟,一直延伸到视线尽头,其魅力无可否认,却也让人心生恐惧。阿杜瓦的华丽建筑,阿金堡的高墙高塔——这些杰赛尔引以为豪的景观与之相比全都相形见绌,他就像是平凡国度的穷乡僻壤出来的傻小子。他巴不得离开,把诸城的珍珠留给属于它的过去。

他决不会梦到阿库斯。

噩梦中或许会吧。

他们快中午才来到城里唯一尚拥挤的广场,巨大空地塞得满满当当,但广场里的人一动不动、毫无声息。一群石人。

雕像的神态、大小和材料各异。有黑色玄武岩和白色大理石,有绿色雪花石和红色斑岩,还有灰色花岗岩及其他上百种杰赛尔叫不出名字的石头。雕像变化多端,但更让人心惊的是它们的共同点——都没有脸。

大的雕像被磨平,表面坑坑洼洼、杂乱无章;小雕像直接被砍掉脑袋,留下火山口般的空洞。一些杰赛尔认不出的丑陋文字粗暴地凿在石像的胸口、胳膊、圆脖子和前额上。在阿库斯,似乎什么规模都大,连毁坏文物都是。

诡异的雕像群中有条路,正好能通行货车。杰赛尔一马当先,踏入无脸的雕像森林,挤在两侧的雕像仿佛是夹道欢迎凯旋的军队。

"发生了什么?"他喃喃地问。

巴亚兹皱眉看着地上一颗也许本该位于十跨高处的头颅,它的双唇依然有力地抿在一起,眼睛和鼻子却被刮掉,脸颊刻着深深的字迹。"高斯德占领城市后,放任他邪恶的军队自由行动一天,以抢掠、强奸与杀戮来发泄怒火和欲望——好像他可以满足他们似的。"九指轻咳一声,在鞍上不安地扭了扭。"然后,高斯德命他们扯下城里所有的尤文斯雕像,每栋屋顶、每个大厅、每道门廊和每座庙宇上的统统扯下。阿库斯是我师父设计的,因此有很多他的雕像,但高斯德务求斩尽杀绝。他将雕像搜集起来,放到这里毁掉脸庞,并刻下可怕的诅咒。"

"这一家子不怎么和睦。"杰赛尔和兄弟们也向来不睦,但这里的做法还是太过分。他躲开一只石巨手展开的手指,那只手手腕着地立起来,掌中刻有歪歪扭扭的符号。

"写的是什么?"

巴亚兹皱眉。"相信我,你还是不知道为好。"

一栋恢宏的建筑——即便以这片巨大墓穴的标准它也十分巨大——笼罩在雕像大军一侧,巨大的阶梯级整个有城墙一般高,门柱粗如塔楼,柱顶的三角墙上有许多褪色雕饰。巴亚兹勒马停住抬头看,杰赛尔跟着停下,紧张地看看同伴。

"继续走啊。"九指挠挠脸,不安地四处张望,"赶紧离开这鬼地方,再也别回来。"

巴亚兹笑出声:"血九指竟怕影子? 不敢相信。"

"影子都有来源。"北方人吼道,但第一法师不为所动。

"我们还有时间,"法师说着爬下马鞍,"快出城了,顶多一小时就能回归正途。这里很有趣,来吧,路瑟中尉。还有谁愿跟我一路?"

九指暗自用北方话咒骂了一句。"算了,总比在这儿等着强。"

"您在质疑我的好奇心。"长脚边跳下马边说,"我承认,这座城市在阳光下看起来没昨天在雨里那么吓人,说实话,它现在一点都不可怕。整个环世界再没哪个地方聚集了如此之多的迷人文物,而毫不谦虚地说,我的好奇心十分旺盛。没错,我总是——"

"我们知道你什么德行,"菲洛低吼,"我在这里等。"

"你自便,"巴亚兹从马鞍上抽出法杖,"老样子。我们走后,你和魁师傅无疑可以互相逗趣儿,很遗憾我没法参加。"菲洛和门徒皱眉互看,其他人经过废雕像群,登上宽阔阶梯。杰赛尔一瘸一拐,伤腿肌肉抽搐。他们穿过房子一样大的门廊,进入凉爽、阴沉、静谧的内部。

这里让杰赛尔想起阿杜瓦的圆桌厅,但规模更大。它是一个洞穴般的圆形房间,阶梯座椅围绕的大碗,座椅由不同颜色的石头雕成,但整片整片被砸碎了。大厅底部堆满碎石,无疑来自垮塌的天花板。

"哎,大穹顶坍塌了,"法师眯眼看了看破碎的穹顶后明亮的天空,"够讽刺的。"他叹口气,拖着脚步沿大理石栏杆间的弯曲走道缓缓前行。杰赛尔皱眉抬头,看着头顶千钧巨石,担心会不会掉下来一块砸到脑袋。真被砸中,只怕菲洛也缝不回去。他搞不懂巴亚兹为何带他来,但若拒绝铁定被好一番数落,这种事不是没发生过。于是他深吸一口气,一瘸一拐跟上,九指在他后面,脚步声在宽阔空间中回响。

长脚在破碎台阶间择路而行,饶有兴趣地瞅着倒掉的天花板。"这地方是干吗的?"他喊道,声音在弧形墙壁间回荡,"剧院吗?"

"某种意义上是。"巴亚兹回答,"这里是帝国元老院。在这里,皇帝正襟危坐,聆听阿库斯最睿智的公民辩论。这里作出的决策会改变历史进程。"他爬上一级台阶,拖着脚走了几步,兴奋地指着地面,声音激动得发抖。

"我记得就在这里。卡里卡站在这里规劝帝国反思东进政策,而尤文斯在下面回应,提出勇往直前、开拓进取的方针,并最终赢得辩论。我那时才二十岁,憧憬地看着他们,兴奋得大气不敢喘,至今还能忆起辩论的每个细节、每个字。我的朋友,在环世界,言语比刀剑更有力。"

"可耳朵挨刀子比听人讲话疼得多。"罗根小声说,杰赛尔噗嗤一笑。巴亚兹却没注意,只顾在石头长椅间穿梭。

"在这里,西皮罗发表了关于颓废生活的危险和公民权真正内涵的演讲,元老们听得如痴如醉,他声音就像……就像……"巴亚兹一只手在空中挥舞,仿佛想抓出个合适词汇。"哎,又有什么关系?如今世道没了真理。那是个大时代,伟人为当为之事。"他皱眉扫视铺满大厅地面的碎石,"如今是小时代,小人为不得不为之事。怀揣小梦想的小人物,循着伟人的足迹。不过,你们应能看出这里的恢宏!"

"呃,是的……"杰赛尔附和,一瘸一拐离开其他人,到最后面的墙上察看浮雕。半裸的武士手持长矛,彼此摆出僵硬的攻击姿势。的确恢宏,味道却难闻。腐烂的味道,潮湿的味道,像动物的汗臭,也像很久没清扫的马厩。他盯着阴影中,皱起鼻子:"什么味儿啊?"

九指用力嗅嗅,瞬间变了脸色,双眼惊恐地张大。"死者在……"他抽出长剑,向前一步。杰赛尔转身摸索双剑剑柄,恐惧突然袭来……

一眼看去,他还以为是个乞丐:黑色身形,周身破布,四肢着地蹲在几跨外的暗处。他看到手,坑坑洼洼的石地上爪子一样扭曲的手,然后看到灰色的脸——若能叫脸的话——没眉毛的眉骨高耸,狰狞的下颌露出巨牙,鼻子像猪一样扁平,盯着他的黑色小眼睛闪着凶光。这东西介于人兽之间,却比两者更可怕。杰赛尔合不拢嘴,呆立原地,恍然想着要跟九指道歉。

世上显然存在山卡。

"上啊!"北方人大吼,握着长剑奔上大厅阶梯,"宰了它!"

杰赛尔犹犹豫豫、一瘸一拐地向前,可惜腿没康复,那东西又跟狐狸一样敏捷。它转身蹿过冰冷石地,像猫钻栅栏一样钻进弧形墙面间一条裂缝,杰赛尔才刚迈出几步。

"跑了!"

巴亚兹摇摇摆摆、头也不回地走向入口,法杖敲击大理石的声音在大厅中回荡。"我们都看到了,路瑟师傅,我们看得非常清楚!"

"会有更多,"罗根低吼,"向来如此!我们赶紧走!"

都怪运气不好,杰赛尔蹒跚着冲向入口时气馁地想,他一步一停下了破碎的阶梯,每一步都让膝盖刺痛。运气不好,巴亚兹要停下。运气不好,他废了条腿,看到这么恶心的怪物不能拔腿就跑。运气不好,他们来到阿库斯,没法在下游直接过河。

"它们怎么会在这儿?"罗根冲巴亚兹嚷道。

"我只能推测。"魔法师浑身颤抖,呼吸粗重,"锻造者死后,我们猎杀过这些东西,将它们撵到世界的黑暗角落。"

"而这里恐怕是全世界最黑暗的角落。"长脚匆匆超越他们,一步两阶地往外跑,杰赛尔一步一跳跟在后面。

"怎么了?"菲洛大喊着摘下弓。

"扁头!"九指吼道。

她茫然盯着他,北方人冲她挥手。"妈的快跑!"

他运气不好,打败了布雷默·唐·葛斯特,结果被巴亚兹选中加入这场疯狂的旅行。他运气不好,参加了比剑大赛。他运气不好,父亲希望他参军,而非像两个兄弟那般饱食终日。奇怪的是,这些当时看来都是撞大运,好运坏运有时真难区分啊!

杰赛尔跌跌撞撞跑到坐骑旁,抓住马鞍笨拙地上马。长脚和九指已准备好了。巴亚兹双手颤抖着把法杖塞回原处。身后城市某处,钟声响起。

"噢天啊,"长脚睁大眼睛,看向雕像群外,"噢天啊。"

"运气不好。"杰赛尔轻声说。

菲洛看着他。"什么?"

"没什么。"杰赛尔咬紧牙关,脚踢马腹。

世上没有运气,运气是白痴为冲动、自私和愚蠢造成的结果找的借口。通常，运气不好说明计划不好。

比如现在。

她警告过巴亚兹，城里除了她和五个白痴粉佬还有东西。她警告过，但没人听。人们只相信愿意相信的事。简而言之就是蠢。

她边骑边打量其他人。魁坐在颠簸的货车上，目不转睛盯着前方；路瑟卷起嘴唇露出牙齿，摆出熟练骑手的奔跑姿势；巴亚兹下巴绷紧，脸色苍白，神情严峻，长脚不时回头张望，睁大的眼里满是恐惧和警惕；九指则在马鞍上慌慌张张，呼吸粗浊，把大半时间花在和缰绳搏斗上，无暇看路。她和五个白痴。

她听到一声咆哮，一只生物蹲在低矮的屋檐上。这东西她没见过——活像蹲伏的猩猩，四肢扭曲、修长，只是猩猩不会扔长矛。长矛"砰"一声扎在货车侧面，颤动不已，他们从破败的街道上颠簸着飞驰而过。

这只生物没射中，但前方废墟里还有更多。菲洛看到它们在影影绰绰的建筑间移动，在屋顶走来走去，潜伏在破窗子和黑洞洞的门内。她想射，但射死一只有什么意义？前方有好多好多，看上去有数百只。加紧冲过去就好，何必浪费箭？

一块石头砸在她身旁，碎片呼啸而来，擦破手背，渗出黑色血珠。菲洛皱眉低头，紧伏马背。世上没有运气。

但目标小一点总是好事。

罗根本以为把山卡抛在了故乡，不过最初的震惊之后，也没啥好大惊小怪。他早该知道，只有朋友会被抛弃，敌人永远如影随形。

钟声从四面八方传来，将他们团团包围。

刺耳的钟声，急促的马蹄声，尖厉的车轮声，呼啸的风声，在罗根脑子里搅成一团。远处有钟声，身边有钟声，前面有钟声，后面也有。危机四伏的灰色建筑从两侧倏忽而过。

什么东西掠过,旋转着撞地。长矛。他听到身后又一声响,然后一根矛砸在前面路上。他吞口口水,眯眼抵挡强风,努力不去想长矛会不会扎进后背。很可能。光为不掉下去,他已拼尽全力。

菲洛回头冲他喊了句什么,太吵听不清。他冲她摇头,她伸手朝前疯狂指点。他看到了,前面路上有道裂沟,他正飞速逼近。罗根嘴巴大张,发出一声喘不过气的恐惧惊呼。

他死命拉缰绳,马儿在古老的石头上打滑,急转向右。罗根紧抓甩歪的马鞍,蹄下鹅卵石飞溅出一团灰雾,裂沟边缘就在左边几跨远,细小的裂缝延伸到路上。他感到其他人就在左近,听见他们喊叫,但什么也听不清。他只顾在马鞍上痛苦地扭身挣扎,拼命稳住重心,嘴里不停念叨:

"我还活着,还活着,还活着……"

庙宇出现在面前,横跨道路,塔楼般的柱子尚保持完整,顶着一块硕大的三角石墙。马车从两根柱子间穿过,罗根骑马穿过另两根柱子,眼前陡然全暗,接着又亮起来。他们来到一个宏伟、敞亮的大厅,裂沟吞没了大厅左侧的墙,而天花板——有过的话——也早已消失。罗根策马前行,屏住呼吸,死盯正前方硕大的拱廊,那是黑石头中的明亮空间。他随马的动作起起伏伏。安全了,罗根告诉自己,只要过去就安全了。只要过去……

他没看见飞来的长矛,当然看见也无济于事。他运气好,长矛擦过大腿,但它狠狠扎进腿前的马腹,这就不走运了。马儿一声惨叫,腿一软,将他掀出马鞍。他大张开嘴,却发不出声音,地面迎面扑来,硬石头撞在胸口,榨干肺里空气。他下巴磕地,金星乱冒,人被弹起来,滚了一圈又一圈。世界疯狂旋转,充满怪声和炫目的天空。终于,他侧身停下。

他神志不清地躺着,轻声呻吟,大脑空白,耳畔嗡鸣,不知身处何地,甚至不知自己是谁。随后,整个世界突然回来了。

他猛地抬头,裂沟离他不到一根长矛的距离,甚至能听到下面远处急促的流水声。他赶紧往回滚,离开死去的坐骑,道道黑血流过地上的细槽。他看到菲洛单膝跪地,抽出箭支,朝他们刚经过的柱子间射击。

那里有山卡。无数山卡。

"见鬼。"罗根低吼着慌忙爬起来,鞋蹭在布满灰尘的石头上。

"快跑!"路瑟大喊着跳下马,半跳半走地奔过积尘的地面,"快跑!"

一个扁头提着巨斧,尖叫着冲来,冲到半途突然跳起来往后倒——它脸上正中菲洛一箭,但后面还有更多,多的是。它们绕过柱子,手里长矛蓄势待发。

"太多了!"巴亚兹吼道。老人皱眉看着那些高大柱子及柱子支撑的沉重石顶,下巴肌肉紧绷,周围空气开始闪烁。

"见鬼。"罗根像个醉鬼一样摇摇晃晃走向菲洛,完全站不稳,只觉大厅前后摇摆,心跳清晰可闻。他听到刺耳声响,一根柱子出现裂缝,扬起尘云,柱子上的石头开始挪移,发出隆隆声。山卡们抬头看到碎片如雨,不由指指点点,窃窃私语。

罗根逮住菲洛的手腕。"操!"她嘶吼一声,在罗根差点把她带倒时还在射箭。罗根爬起来拽着她就跑,一支长矛呼啸而过,哗啦啦滑过地面,滚到裂沟边掉了进去。他听到山卡们开始前进,咕噜咆哮着穿过柱子,涌进大厅。

"快跑!"路瑟还在喊,一瘸一拐又向前走了几步,一边疯狂打手势。

罗根回头看见巴亚兹站在原地,嘴唇紧抿,眼睛突出,周身空气水一样流动扭曲。尘土缓缓升起,在他鞋边打旋儿,接着是可怕的碎裂声,一大块石雕垂直落下,猛砸到地上,地面为之颤动。一只倒霉的山卡没来得及叫嚷就尸骨无存,它存在的证明只剩一把滑过地面的坑洼长剑和一大摊黑血。但更多山卡蜂拥而来,灰尘中黑色的身形高举武器。

又一根柱子拦腰折断,上半截极缓慢地向下折,朝厅内迸射出无数碎片,接着沉重的石顶开始碎裂,马那么大的碎石纷纷落下。罗根转身拽起菲洛趴到地上,闭紧眼睛,手护住头。

这是罗根一生经历过最剧烈的撞击,绝对意义上的惊天动地。地面悲惨地咆哮叹息,仿佛世界末日。或许真是。他身下剧震,紧接着又一阵冲击,然后是漫长的碎裂声和刮擦声,再然后是轻柔的咔哒声,最后是近乎彻底的寂静。

罗根松开酸疼的下颌,睁开眼,空气中满是刺眼的灰尘。他好像躺在斜坡上,咳了两声刚想动弹,却感觉胸口下面传来刺耳的摩擦声,石头开始移动,斜坡更陡了。他喘着粗气,尽量放平身体,紧贴地面,手指死扒着石头。他一只手还抓着菲洛的手,也感到她的手指死死握住他的手腕。他缓缓扭头,环视四周,僵住了。

柱子没了,大厅没了,地面没了,巨大的裂沟将他俩吞噬,在他身下张开巨口。激越的地下河嘶鸣、咆哮,拍打着下方远处的废墟。罗根张大嘴,不敢相信自己的眼睛。他侧躺在一块大石板边缘,这石板不久前还是地板的一部分,现在却像个跷跷板一样在悬崖边晃荡。

菲洛黢黑的手指紧箍他的手腕,撕破的袖子堆到手肘,棕色前臂因用力而青筋暴起。除了手,他只能看见她的肩膀和纠结的面孔,其他部分都看不见——想必垂在石板外,整个悬空。

"嘶嘶嘶嘶,"她低吼着,瞪大黄眼睛,手指绝望地在光滑斜坡上抓挠。斜坡参差的边缘突然掉落一块石头,罗根听着它下落,摔碎在下面某处。

"见鬼。"他小声骂了句,大气都不敢出。运气多糟才会发生这种事?要说九指罗根有啥本事,那就是运气糟到极点。

他用空出的那只手在坑洼的石头上摸索,找到个能借力的浅坑,一寸寸往上爬,边往上拉扯菲洛的手腕。

一阵恐怖的刮擦声,身下的石头晃动着,缓缓向下倾斜。他呜咽一声,死死压住石板,想阻止倾斜。令人恶心的颠簸后,灰尘扑面而来,石头吱嘎作响,缓缓复位。他气喘吁吁地躺在原地,上不去,下不得。

"嘶嘶嘶嘶!"菲洛盯着两人死死交握的手,猛地抬头往上瞧了瞧,垂下头。

"你必须现实一点。"她轻声说,松开手指,放开他手腕。

罗根想起自己高挂半空,脚下是比赛场。他想起自己一点点滑脱,喊着救命。他想起菲洛紧紧抓住他,将他拽上去。他缓缓摇头,将她手腕抓得更紧。

她抬起黄眼睛:"白痴粉佬!"

杰赛尔咳嗽着翻身,吐出嘴里尘土,眨眼看看周围。全变了。似乎更亮堂,但裂沟也更近,离他没几步。

"噢,"他喘息着,不知如何形容。半个神庙倒塌,后面的墙还立着,远处还剩半根柱子,其余全没了,消失在裂沟里。他跟跟跄跄站起身,伤腿立时一阵刺痛。他看到巴亚兹靠在附近墙上。

魔法师皱巴巴的脸布满汗水,黑眼窝中眼神闪烁,面骨仿佛要刺穿皮肤,看起来像死了一周的尸体。杰赛尔完全没想到他还能动,只见他颤巍巍地抬起一只手指向裂沟,沙哑地说:"把他们拉上来。"

还有他们。

"这儿!"九指挣扎的声音从裂沟边缘外传来。至少他还活着。一块巨大的石板翘了起来,杰赛尔蹑手蹑脚走过去,生怕脚下突然裂开。他小心翼翼朝裂沟里瞥。

北方人四肢摊开躺在前方,左手离翘起的石板顶端不远,右手接近下沿,紧握菲洛的手腕。菲洛的身体已看不到,伤疤脸也时隐时现。

他们非常惊恐,若干吨石头在轻轻摇摆,显然命悬一线,随时可能滑入无底深渊。

"帮忙……"菲洛话都不敢大声说,也提不出具体意见。

他舔着唇上豁口。也许,只要他自己压住石板末端,石板就会翘回,让他们爬上来?有这么简单?他谨慎向前,拇指紧张地摩挲指尖,陡然觉得浑身无力,冷汗直冒。他的手轻放在参差的石板边缘,九指和菲洛屏息凝神看着他。

他很轻很轻地一压,石板却向下倾斜。他加了点力,只听一阵刺耳的摩擦,石板恐怖地晃了晃。

"他妈的别推啊!"九指的指甲抠着光滑石板,大叫大嚷。

"那怎么办?"杰赛尔尖叫。

"找东西!"

"啥都行!"菲洛嘶吼。

杰赛尔环顾四周,没人帮忙。长脚和魁不见踪影,说不定都死在裂沟下了,或趁机溜了。杰赛尔觉得对他们而言两种情况都很正常。要救人杰赛尔只能自己动手。

他脱下外套拧成绳,掂量了一下,不由摇头。他显然做不到,但有选择吗?他将绳子拉长,甩出去一端,砸在离罗根紧抠的手指仅几寸的石板上,溅起一片灰尘。

"不错,不错,再试!"

杰赛尔再次高举外套,尽可能前探身子抛出去。这次力道够大,罗根正好抓住袖管。

"好样的!"罗根将衣服缠在手腕上,布料紧绷在石板边缘。

"好了!现在往回拉!"

杰赛尔咬紧牙关,拽住绳子,靴子在灰尘中打滑,酸痛的胳膊和大腿拼命用力。外套渐渐开始移动,慢慢地,慢慢地,在石头上一寸一寸痛苦不堪地往上挪。

"很好!"九指咕哝着,肩膀朝上耸动。

"拉啊!"菲洛大喊,臀部挣了上来,趴到斜坡边缘。

杰赛尔使出吃奶的力气,眼皮挤到一起,咬紧的牙关气喘吁吁。一根长矛落在身边,他抬头看到二十多个扁头聚在裂沟另一端,挥舞着畸形的手臂。他吞口口水,不去注意它们,不去思考危险,只想着拉。拉,拉,拉,多疼也不能放手。有成效了。他们一点、一点上来了。

杰赛尔·唐·路瑟,力挽狂澜的英雄,他终于在这支该死的远征队里赢得一席之地。

尖锐的撕裂声。"见鬼,"罗根尖叫,"见鬼!"袖管正从外套上缓缓裂开,裂缝越来越大,越来越宽。杰赛尔快吓哭了,双手火烧般疼。继续拉还是停下?袖管又裂开一寸。用力拉?又裂开一寸。

"我该怎么办?"他尖叫。

"拉啊!白痴!"

杰赛尔用尽全力拉外套,不顾浑身酸痛。菲洛爬到石板上了,指甲在光滑石面上乱抠。罗根的左手快碰到石板边缘了,很近了,他探出三根指头向上够。杰赛尔又拉——

他一屁股坐地,手里只剩一截破布。石板战栗、呻吟着,倾覆过去。一声咒骂后,罗根滑了下去,没用的袖管垂在手里。他们没有尖叫,只有石头滚动声,然后便不见了,消失在裂沟之下。巨大的石板缓缓归位,平坦而空荡地悬在边缘。杰赛尔目瞪口呆站在原地,颤抖的手中晃着没了袖管的外套。

"不。"他低声说。故事里不是这样的结局。

废墟之下

"粉佬你还活着吗?"

罗根呻吟着翻身,感到身下石头滚动,不由一阵恐慌。然后他意识到自己躺在乱石堆中,石板狠狠抵住了背。前面隐约有面石墙,墙下都是阴影,墙上则是光明。他眨眨眼,打个激灵,抬手擦掉眼上尘土,疼痛迅即蔓延到手臂。

菲洛跪在他身边,前额破了条口子,黑脸上道道血渍,黑发沾满棕色灰尘。在她身后,巨大的穹顶大厅笼罩在阴影中,天花板碎裂,参差的边缘外是苍白蓝天。罗根痛苦、僵硬地转头,发现抵住自己的石板支向空中,在不到一跨远处断掉,裂沟远端是摇摇晃晃的泥土和岩石组成的峭壁,峭壁上头隐隐可见废墟。

他渐渐回过神。他们在神庙底下。裂沟扩大时露出这片地方,正好接住他们和一堆落石。掉得再远点就真糟了。他几乎笑出声。他还活着。

"多——"

菲洛紧紧捂住他的嘴,鼻尖几乎贴上他。

"嘘——"她轻声说,黄眼睛上翻,一根修长的手指指指穹顶。

罗根打个冷战,浑身鸡皮疙瘩。他听到了。山卡。脚步声,兵器声,尖叫、私语声,就在头顶。他缓缓点头,菲洛从他脸上抬起脏兮兮的手。

他迟缓僵硬地从废墟上起身,尽量保持安静,每个动作都痛得哆嗦。灰尘从外套上扑簌簌落下,他起来后检查四肢,等待某处传来剧痛——意味着摔断了肩膀、大腿或脑壳。

他外套撕裂,手肘破皮,道道鲜血顺着抽痛的前臂流到指尖。他摸摸酸痛的脑袋,发现上面也有血,尤其是着地的下颌。嘴里腥咸,肯定又咬到舌头,舌头还没掉真是奇迹。一边膝盖隐隐作痛,脖子僵硬,肋下乌青,但硬来的话都还能动。

他手上缠着东西。路瑟的外套袖管。他解开袖管,甩在身后石堆上。没用了。本就没啥用。菲洛在远端朝一扇拱门里瞧看。罗根跟跟跄跄走到她身边,苦着脸尽量保持安静。

"其他人呢?"他小声问。菲洛耸肩。"他们没事?"他满怀希望地问了句。菲洛深深地看了他一眼,挑起一条眉毛,罗根不由打个激灵,抱紧受伤的胳膊。她是对的,只剩他俩。能这样已是运气,或许不该期望更多。

"这边。"菲洛低声说着指向暗处。

罗根看着黑洞洞的门口,心下一沉。他讨厌待在地下,承受石头和泥土的压迫,担心它们随时塌下。他们又没火把,里面漆黑如墨,呼吸困难,也不知要走多远,往哪儿走。他紧张地瞥了眼头顶,吞口口水。山卡和死人才走地道,罗根两者都不是,也都不想碰见。"你确定?"

"怎么,怕黑?"

"如果有得选,我宁愿走在看得清的地方。"

"你觉得有的选吗?"菲洛嘲笑,"随便,你可以留下,指不定一百年后另一群白痴前来,正好带上你!"

罗根点点头,无奈地舔舔渗血的牙龈。他俩上次这样受困仿佛已是很久前的事,在阿金堡令人头晕目眩的房顶上奔跑,被戴黑面具的人围捕。他俩同甘共苦,却似乎啥都没变。他俩一起骑马、一起吃饭、一起面对死亡,但菲洛还跟出发时一样暴躁、冷酷,像痔疮一样烦人。他要自己耐心,也确实做到了耐心,却越来越疲于应付。

"有必要这样吗?"他嘀咕,正对上她一只黄眼睛。

"有必要啥?"

"这么损。有必要吗?"

她皱眉看了他一会儿,张开嘴,最后耸耸肩。"你不如不救我。"

"呃?"他以为会被她臭骂一顿,或许会被指着鼻子大骂,甚至可能用剑。结果她的话听来居然十分抱歉。不过,就算她有歉意,也没持续多久。

"你不如不救我,我自己掉下来,想怎么走就怎么走!"

罗根失望地哼了一声。有些人真别指望。"放开你?放心!下次一定!"

"很好!"菲洛吐口唾沫,迈步进了地道,阴影很快将她吞没。想到要孤身一人,罗根突然感到恐慌。

"等等!"他大吼一声,急忙跟上。

地道向下倾斜,菲洛悄无声息,罗根则跟跟跄跄踩在灰尘里,眼看最后一点光线在潮湿石头上闪烁。他保持用左手指尖扶墙,每走一步乌青的肋下都疼得厉害,擦破的手肘也疼,流血的下巴也疼,拼尽全力才没惨叫连连。

地道越来越暗,越来越暗,墙壁和地面只剩几根朦胧线条,最终融入黑暗。菲洛脏污的衬衫像个灰色幽魂,在死寂的前方晃来晃去。强打精神走了几步后,一切都消失了,他伸手在面前晃了晃。什么也没有，漆黑如墨。

他被埋葬了。孤独地埋葬在黑暗中。"菲洛，等等！"

"干吗？"黑暗中他撞上她，胸口被推了一下，差点向后摔倒，幸好潮湿的墙接住了他，"你他妈——"

"我啥都看不见！"他的嘶吼声充满恐惧。"我看不……你在哪儿？"他伸开双手在空中乱抓，完全失去了方向感，心脏咚咚狂跳，胃里恶心翻涌。那臭婊子要是扔下他不管咋办？要是——

"这儿。"她抓起他的手，紧紧握住，冰凉却安心。他听到她的声音在身旁响起："白痴，跟着我走可不可以不摔跟头？"

"我……我觉得可以。"

"别出声！"她迈步出发，不耐烦地拽着他。

万万不能让老伙计们看到他现在的样。九指罗根，北方最让人惧怕的人，怕黑怕得快尿了裤子，使出吃奶的劲儿握着一个讨厌他的女人的手。

他想大笑，却怕被山卡听到。

九指的大爪子吓得又热又黏，黏腻皮肤紧贴她，感觉很不舒服、很讨厌，但菲洛没放手。她听到他在密闭空间里急促刺耳的呼吸，听到他笨拙的脚步紧紧跟随。

上次这样受困仿佛就发生在昨天。被人围捕，在阿金堡的巷道里奔逃，穿过黑乎乎的建筑。一切历历在目，一切又迥然不同。

那时的他不过是个威胁，不过是又一个她必须提防的粉佬，丑陋怪异、愚蠢危险的粉佬，那时的他可能是全世界她最不信任的人。而现在，他可能是她唯一信任的人。他没放开她，即便她要他放手之后。他宁愿和她一起摔进万丈深渊，也不愿扔下她。在平原时，他说她守约，他也会守约。

他做到了。

她回头看着黑暗中他苍白的脸,大张的嘴,瞪大的眼睛。他什么都看不到,另一只手向外伸展,摸索墙壁。她或许该感谢他,感谢他不放手,但那等于承认自己需要帮助。弱者才需要帮助,才会被人杀,才会被卖成奴。无所谓期望就无所谓失望。菲洛经历过太多失望。

于是代替感激的,是她拽他的手,差点把他拉个跟头。

一缕冷光蔓延进地道,粗糙的石头边缘泛着微弱的光。"能看见了?"她没好气地冲身后说。

"能。"她听出他如释重负。

"那就放手。"她猛地抽回手,在衬衫前襟蹭了蹭。她在朦胧光线中继续前行,甩着手指,皱眉盯着它们。这感觉真奇怪。

他放手了,她却有些想念。

光越来越亮,从前头上方的拱门廊中渗入。她蹑手蹑脚走去,躲在拐角处踮起脚尖朝内张望。下面有一个宽阔洞穴,一半墙壁是光滑的砖石,一半是天然岩石,洞口朝上开,洞穴奇形怪状,顶端被阴影遮住。一缕光线从最上面照下来,在落满灰尘的石地上印下一大块光斑。三个山卡聚在那儿,嘀嘀咕咕扒拉着什么,而周围一堆堆人那么高、堆满墙壁的,乃是成百上千、成千上万的骨头。

"见鬼。"罗根在她身后低声骂了句。门廊一角挂着一颗头骨。人类头骨,毫无疑问。

"他们吃死人。"她轻声说。

"他们啥?可——"

"这里的一切都不会腐烂。"巴亚兹说城里到处是墓穴,埋下无数尸体,一个坑能埋一百人……这些死人就这样永久沉睡在城市底下,冰冷地纠缠、拥抱在一起。

直到山卡将他们掘出。

"绕过去。"九指轻声提议。

菲洛凝视暗处,想找条路,但翻过骸骨堆一定会出声。她从肩上摘下弓。

"动真格?"九指碰碰她手肘问。

她推开他,"让开,粉佬。"说干就干,她揩净眉梢的血,从箭袋里抽出三支箭,用右手手指夹住,方便拿取。她左手抽出第四支箭,搭箭弯弓,瞄准最远的扁头。羽箭射中它时,她已瞄准下一个。第二支箭射中那扁头的肩膀,扁头发出奇怪的尖叫倒下了。最后一个扁头急忙转身,没等全转过来已被射穿脖子,扑倒在地。菲洛搭好最后一支箭,屏息等待。第二个扁头还在挣扎,然而爬出半跨就被她射穿后心,钉在地上。

她放下弓,皱眉盯着山卡。都不动了。

"见鬼。"罗根惊呼,"巴亚兹说的没错,你是魔鬼。"

"他是这么说过。"菲洛嘀咕,魔法师多半教这些怪物抓住,当成美餐了。估计路瑟、长脚和魁的下场也是如此。可惜。

但也没什么大不了的。

她背好弓,矮身小心进洞,靴子踩在骨堆上吱嘎作响。她晃晃悠悠地前进,张开双臂保持平衡,半走半蹬,膝盖以下陷了进去,骸骨在腿周围摩擦碎裂。她终于走到中央石地,跪下来舔着嘴唇环顾四周。

一切安安静静。三个山卡躺在那里,尸体下的地砖有几摊黑血。

"啊!"九指滚下斜坡,搅得碎骨乱飞。他滚了一圈又一圈,最后伴着一堆叮当作响的骨头在中央石地摔个狗吃屎,挣扎着起来。"见鬼!妈的!"他甩飞一串夹在胳膊上的灰扑扑的肋骨。

"安静,白痴!"菲洛吼了他一嗓子,把他拉到旁边,按低身子。她盯着洞穴另一端的拱门廊,等着山卡蜂拥而出,来查看它们的白骨堆。幸好没事。她狠瞪了罗根一眼,后者却忙于察看伤口。她扔下他,爬向那三具尸体。

它们之前围着一条腿,菲洛推测是女人的腿,没什么毛。一节骨头穿出大腿上干枯萎缩的皮肤,山卡想用匕首切开它,匕首还在旁边,刀刃在上方透下的光线里闪烁。九指弯腰捡起："刀子永远不嫌多。"

"不嫌多？如果你掉进河里，被一身铁器坠得浮不起呢？"

他愣了一下，然后耸耸肩，把匕首小心地放回地面。"你说得对。"

她从腰带间抽出自己的匕首："一把刀就够，只要用得好。"她一刀扎进扁头后背，开始挖她的箭。"这些到底是啥？"她把箭完好地拔出，用靴子翻过扁头。扁头瞪着她，猪一样的黑眼睛上是低矮扁平的额头，张开的嘴露出一口血淋淋的大牙齿。"比你还丑，粉佬。"

"这算是表扬吗？这些是山卡，也叫扁头，坎迪斯制造的。"

"制造的？"她一用力，第二支箭拔断了。

"反正巴亚兹这么说，说是战争工具。"

"我以为那个坎迪斯死了。"

"但他的工具活了下来。"

射穿山卡脖子那支箭被尸体倒地的力道压断箭头，用不了了。"怎会有人造出这种东西？"

"你觉得我知道？每年夏天冰雪融化，它们便会漂洋过海，制造出天大的麻烦。"菲洛拔出最后一支箭，箭上沾满血，但还能用。"我小时候，它们来得越来越频繁，于是父亲派我到群山以南求助……"他打住话头，"这个说来话长，高山谷地现在肯定是扁头的天下。"

"有啥关系，"她嘀咕着起身，把两支好箭小心放回箭袋，"见一个杀一个。"

"哦，杀几个扁头容易，麻烦的是杀不完。"他看着三具尸体皱眉，眼神逐渐冷硬似冰。"群山以北什么都没了，杳无人烟。"

菲洛不关心那个。"走罢。"

"全入土了。"他好像没听见她的话，兀自发出低吼，眉头越皱越深。

她走到他面前。"你听见没？我说走罢。"

"呃？"他茫然地眨眼，一脸阴郁，下颌绷紧，伤疤扭曲。他微微向前倾头,上方照来的光让他眼睛隐在阴影中。"好的,走罢。"

菲洛皱眉看着一条血迹从他发间流过生满胡楂的油腻的脸。他看起来不再是那个她想信任的罗根。

"你不会做什么奇怪的事吧,嗯,粉佬?你得冷静冷静。"

"我很冷静。"他低声说。

罗根燥热难当,脏衣服下皮肤刺痒。他不安、眩晕,脑子里弥漫着山卡的体臭,简直无法呼吸。脚下地面仿佛在动,墙壁在眼前打旋。他打个冷战,抱紧身体,汗水滑下脸庞,滴在脚下石头上。

菲洛轻声说了什么,他听不懂——声音在墙壁间回荡,在脑袋边旋转,就是不进耳朵。他点点头,单手拍拍她,努力跟上。走廊越来越热,模糊的石墙反射着橙光。他撞到菲洛的背,差点摔倒,靠酸疼的双膝爬了几步,气喘吁吁。

前面是个大洞,中间立着四根细柱,直伸进上方远处变幻的黑暗。他们身下有燃烧的火焰,许多火焰在罗根刺痛的眼底印下炫目的形迹。煤炭爆裂,吐出烟灰,火星如雨,水桶里升起嘶鸣的蒸汽,融化的金属从坩埚中滴下,撒了一地灼热灰烬。液态金属在黑石地面上的凹槽中流动,勾勒出红、黄和炽白线条。

宽广空间里尽是山卡,佝偻身影穿行于沸腾的黑暗中。它们在炉火、风箱和坩埚旁像人一样工作。大概二十只,可能更多。洞内喧嚣不已,锤子敲打,铁砧铿锵,金属碰撞,扁头互相尖叫嚷嚷。黑架子立在远处墙边,堆满寒光闪闪的武器,在一片激昂火热的光线中熠熠生辉。

罗根使劲闭眼,再重新睁开,脑袋里像在撞钟,手臂悸动,热浪扑面而来,他简直不敢相信自己的眼睛。兴许是到了地狱的熔炉,兴许高斯德在城市底下打开了异界大门,而他们懵懵懂懂穿过了它。

他呼吸急促混乱,完全无法控制,每一口都吸进刺激的烟尘和山卡的恶臭。他眼睛鼓胀,喉头灼热,吞不下口水。他不知为何抽出了锻造者的剑,看到橙色火光在赤裸沉暗的金属上闪耀,右手便死握住剑柄,没法放开。他盯着那些放出橙黑光芒的扁头,它们仿佛在摇曳燃烧。他的血管和肌肉紧紧绷起,指节挤得发白。

不是他的手指。

"退回去,"菲洛说着拉他胳膊,"换条路。"

"不。"这声音落锤般坚决,磨石般粗粝,如利剑从他喉头刺出。

不是他的声音。

"站到我后面。"他尽量压低声音,抓住菲洛的肩膀,将她拉到后面。

怎可能退回去……

……他嗅到了它们。他仰头猛吸一口灼热空气,脑子里装满它们的恶臭。太棒了,有时,仇恨是最好的武器。血九指仇恨一切,但埋藏最久、扎根最深、最难以自拔的,是对山卡的恨。

他潜入洞穴,化为火焰间的阴影,愤怒的钢铁声将他包围,像一首美妙又熟悉的歌曲。此刻他如鱼得水,酣畅淋漓,沉重兵器握在手中,力量在冰冷的金属和他炙热的肉体间互相传递,愈发坚实,一波一波不断膨胀,伴随着汹涌的呼吸。

扁头还没看到他,徒劳工作的它们,丝毫没想到仇恨会降临生息之地。

他要让它们领教。

血九指从后接近一只山卡,高举锻造者的剑,微笑着欣赏自己的长影笼罩住山卡的光头——一个即将实现的恶兆。长剑低吟,将山卡劈成两半,犹如花朵绽放,热血飞溅。温热欣慰的血洒在铁砧和石地上,还有几滴沾在血九指脸上。小小的赠礼。

另一只山卡看到他了,他立刻照它扑去,比沸腾的蒸汽更迅猛激越。山卡抬起一条胳膊往后退,但退得不够远。锻造者的剑劈开手肘,前臂在空中转了好几圈还没落地,血九指已反手劈掉它的头。鲜血洒进铁水滋滋作响,鲜血泛着橙光洒在沉暗的金属刃面、他苍白的胳膊和脚下粗糙的石头上。

他示意众山卡。

"上,"他低声说,"一起上。"

它们一哄而散,冲向架子,拿起磨尖的长剑和磨利的斧子。血九指哈哈大笑。拿不拿武器都是死,它们的命早已被火与影书写在这个洞里,他要用鲜血一一落实。它们是动物,甚至不如动物。它们刺他、砍他,但血九指是火与影的化身,在粗疏的攻击间闪转腾挪,绕开笨拙的长矛,毫不理会它们无益的狂呼乱叫。

他好比摇曳的火焰。他好比流转的暗影。而这样的敌人是对他的侮辱。

"受死吧!"他大吼一声,长剑划出道道优美残忍的曲线,剑刃上的字母红光闪烁,所经之处片片残影,对尸体们宣告真理:山卡理应尖叫哀号、四分五裂,山卡理应被践踏、被清理,就像屠夫案板上的肉,就像面包师手里的面团,就像农民收割的玉米。

一切出于他的完美设计。

血九指咧牙大笑,为这份自由,为这片杰作。剑光闪过,在他身侧留下一道长长的吻痕,他敲飞扁头手中的锯齿剑,抓住它的粗脖子,按进流动着炙热的黄色铁浆的凹槽。那颗脑袋嘶鸣着冒泡,爆出一大股蒸汽。

"烧啊!"血九指大笑。破碎的尸体、裸露的伤口、掉落的武器和炙热明亮的铁水,都随他狂笑不已。

只有山卡没笑,自知已是尸体。

一只山卡跳过铁砧,高举木棒砸向他脑袋,但不待他挥剑,它大张的嘴已被射穿,射得它向后飞去。死透了,血九指皱眉,看到其他箭矢扎在那些尸体上。有人坏了他的杰作,待会儿要付出代价,只是现在有什么东西从那四根柱子间向他走来。

它全身裹着锃亮铠甲,甲上打着粗重铆钉,圆形半盔包住半个头,眼睛在细槽后闪烁。它低吼着,像公牛一样喘粗气,铁靴踏在石地上声若雷鸣,戴铁手套的手握一把巨斧。山卡中的巨人。或是这片黑暗中,铁与血造出的新怪物。

斧头划下闪亮弧线,血九指着地滚开,沉重斧刃砍在地上,溅起一堆碎片。它冲血九指大吼,开缝头盔下大张的嘴喷出大片唾沫。血九指向后退却,不断变换身形,随摇曳的火与影翩翩起舞。

他左躲右闪,任武器从上下左右划过,毫发无伤。斧头落在周围的金属和石头上,空中弥漫着尘云与碎屑。他不断后退,等待盔甲和武器拖垮那怪物的时机。

他见它一个趔趄,知道机会来了,便趋身上前,长剑高举过顶,张嘴发出刺耳尖叫,声音中的力量依次传递到胳膊、手掌和剑刃上,震撼了周围墙壁。巨人山卡双手举起斧柄抵挡,那是这片炙热中诞生的明晃晃的好钢,是扁头能打造的最坚固耐用的武器——却无法抵挡锻造者的凶器。伴着孩童般的尖叫,钝剑劈开斧柄,穿透厚重盔甲,将山卡从脖子到下腹劈出一道手掌深的伤口。鲜血狂喷,洒在白色的好钢和黑色的石头上。血九指纵声长笑,伸进山卡摇摇欲坠的尸体中扯出一把内脏。尸体仰面倒下,抽搐的双手里齐齐断掉的斧子"哗啦"一声砸在地上。

他微笑着看向其他山卡。还有三只,握着武器躲在旁边,决计不敢上来了。它们躲在暗处,但黑暗不是它们的朋友。黑暗属于他,只属于他。血九指踏出一步,又一步,一手握着长剑,另一只手从尸体里缓缓拖出血淋淋的肠子。三只怪物在他面前退却,互相叽叽喳喳地叫唤,血九指冲它们大笑。

山卡天性疯狂暴躁,但也须畏惧他,世间万物都须畏惧他。哪怕不知疼痛的死者,哪怕没有思想的冰岩,哪怕熔融的铁浆,哪怕黑暗。

他咆哮着发起冲锋,抛掉手里肠子。剑尖刺入山卡的胸膛,它尖叫着被带飞出去,转眼间长剑又砍中它肩膀,直劈到胸口。

另两只仓皇逃命,腿脚在石地上打滑。逃还是打有何区别?没跑出三跨,其中一只就被箭射穿后背,趴倒在地。血九指的手指像钳子一样抓住最后一只的脚踝,将它拽回,它的爪子抠抓着烟熏石板。

拳头是锤子,地面是铁砧,山卡的头是要锻造的金属。一拳下去,鼻子开花,牙齿碎裂;第二拳,颧骨凹陷;第三拳,下巴飞出。他的拳头如磐石、如钢铁、如坠落的大山,无坚不摧。他一拳接一拳将山卡厚厚的头盖骨砸成一摊肉泥。

"扁……头。"血九指嘶吼,哈哈大笑着拽起残破的尸体扔出去。尸体转了几圈,撞上破烂的武器架。他开始在洞穴里没头苍蝇一样乱跑,锻造者的剑拖在身后,在黑石上带起一串火花。他左右环视,瞪着暗处,却只有火与影在周围舞动。这里空了。

"不!"他嘶吼,"你们躲哪儿去了?"他两股战战,已然无法支撑身体,"你们躲哪儿去了?可恶……"他身形晃动,单膝跪在炙热的石头上,大口喘息。还没完。血九指从不满足,但他的身体已然透支,力量迅速流逝。

他眨眨眼,惊讶地发现有东西在动。一道黑影安静舒缓地穿过闪烁火焰和满地尸体。不是山卡,是其他敌人。更狡猾,更危险。炭黑皮肤隐于暗处,轻柔脚步绕过他的杰作。她持弓在手,弓弦半拉,锐利的箭尖泛着火光,熔金般闪亮的黄眼睛盯着他、嘲笑他。"粉佬你没事吧?"她的低语在他脑海中嗡嗡作响,"我不想杀你,但必要时我会动手。"

威胁?"臭婊子。"他冲她吼,蠢笨麻木的双唇却只吐出一长串口水。他拄着剑,摇摇晃晃想站起来,体内怒火汹涌。她会领教,血九指会让她一次领教够。他要把她大卸八块,再狠狠踩在脚下。只要他站起来……

他缓缓摇晃,缓缓眨眼,缓缓喘息。火光流转跃动,影子变换闪烁,他被映得忽明忽暗,最终被吞没……

再来一次,只要一次。总是在他……

但时间到了……

罗根咳嗽着,虚弱地颤抖,看见黑暗中自己紧握的双拳拄在脏污石地上,拳头像粗心的屠夫般沾满鲜血。他能猜到发生了什么,不由发出一声呻吟,泪水刺痛眼睛。炙热的黑暗之中,菲洛的伤疤脸若隐若现。至少他没杀她。

"你受伤没?"

他答不出,也不清楚,或许身侧被割了一刀,但大片血迹中压根看不清。他想起身,结果鲁莽地磕到铁砧,手差点伸进熔炉。他眨眼吐唾沫,双膝发抖。灼热火光在眼前跃动,遍地尸体,各种形状的尸体。他木然四望,想找东西擦手,但到处都是血。他恶心欲吐,拖着酸软的腿,勉强走过熔炉,走向远处的拱廊,一只血淋淋的手捂住嘴巴。

他靠住温暖的石拱廊,苦涩的唾液和血液不断滴下,疼痛袭遍身侧、脸庞和用力过猛的指节。

若说他需要安慰,算是找错了对象。

"快走。"菲洛干脆地说,"跟上,粉佬,跟上。"

他不知在黑暗中蹒跚了多久,紧跟菲洛,脑中一直回荡着自己气喘呼呼的呼吸声。他们在大地深处游荡,穿过落满灰尘、阴影遍布的远古殿堂,大殿石墙爬满裂纹。他们穿过门廊,来到蜿蜒的甬道,摇摇欲坠的门梁顶着泥土穹顶。

经过一个路口时,菲洛将他按在墙边阴影里,两人屏息凝气,看着几个粗鲁身影从面前甬道中匆匆经过。接着又是一成不变的路——走廊、洞穴、地道。他麻木地拖着脚跟随她,自觉随时可能累倒在地,自觉再见不到太阳……

"等等。"菲洛嘶声说,伸手压住他胸口。他本已双腿酸软,被她一推,差点一屁股坐地。一条流速缓慢的小溪穿过门廊,在黑暗中隐现,水声潺潺。菲洛跪在水边,盯着小溪流出的黑暗隧道。

"若它最终汇入地下河,肯定来自地表。"

罗根不那么肯定。"如果它……来自……地下呢?"

"我们就换条路,或者直接淹死。"菲洛摘下弓,跳进齐胸深的水里,紧抿双唇。罗根眼见她举着双手,涉入漆黑的溪水。她从不疲倦吗?他累得只想躺下,再不起来。他差点这么做了,若非菲洛转身看到蹲在岸边的他,大吼:"跟上,粉佬!"

罗根叹气。她真是心如铁石。他不情愿地将一条颤抖的腿伸进冷水。"来了,"他嘀咕,"来了。"

分手快乐

菲洛在齐腰深的湍急溪水中逆流而上,冰冷的溪水让她牙齿打战。九指气喘吁吁、摇摇晃晃跟在后面。前方有道拱门,门廊后的水闪着微光。铁栅栏封住了门廊,不过等她挣扎着走过去,发现铁栅栏侵蚀得斑驳细薄。她紧贴铁栅,溪水迎面冲来,两岸是岩石和裸露的泥巴,头顶是夜空,星星刚出现。

自由。

菲洛摸索着古旧铁栅,龇牙吸气,手指冷得动作迟缓。九指来到她身边,跟她一道握住铁栅——四只手连成一排,两黑两白,一起用力拉扯。两人紧挨在狭窄空间里,她听到他用力的闷哼,听到自己的呼吸,感到古老的金属开始弯曲,发出轻微嘶鸣。

她能钻过去了。

她先用一只手抓住弓、箭袋和长剑,把这只手塞过去,然后头探入栅栏,侧身屏气,收紧肚子。肩膀蹭过去了,接着是胸,最后屁股也挤过狭窄缝隙,粗糙铁栅透过湿衣服摩擦着她的皮肤。

她费力地钻到另一头,将武器扔上岸,肩膀抵住拱门侧壁,靴子蹬住铁条,每块肌肉都用尽力气,九指也朝相反方向猛拽。一根铁栅突然断做两截,如雨的锈铁片被水冲走。菲洛被带得仰面摔倒,脑袋没入冰冷的溪水。

九指一点点钻过来,用力得脸都变形了。菲洛浮上来冷得大口喘气,但赶紧抓住罗根腋下往外拖,罗根的手顺势紧紧搭在她背上。她嘴里嘀咕,又拉又扯,终于把他拽出。他俩并排倒在岸上的泥巴地,灰蒙蒙的暮色笼罩了整座空城。菲洛盯着破败的城墙狂喘不已,九指也跟她一样。她没想到能活着出来。

但逃得还不够远。

她翻身起立,挤了挤湿衣服,努力不发抖。她这辈子没这么冷过。

"够了。"她听见九指念叨,"见鬼,看在死者分上,够了。我不行了,一跨都走不动了。"

菲洛摇头。"趁还有天光走远点。"她一把抓起地上武器。

"你管这叫天光?见鬼,疯了吗,女人?"

"我很清楚自己疯没疯。快走,粉佬。"她用湿靴子戳他肋骨。

"好好好,妈的!好!"他不情愿地爬起来,站都站不稳。她转身在微光中朝远离城墙的方向走。

"我干了什么?"她转身发现他还站在原地,湿漉漉的头发黏在脸旁,"我在下面究竟干了什么?"

"你让我们过来了。"

"我是说——"

"你让我们过来了。就这样。"说完,她踩着重重的步子上岸。没多久,她听到九指跟上。

太黑,罗根也太累,乃至快进入废墟才看见它的轮廓。他猜测这是临溪而建的磨坊,但水车几百年前就不见了。

"我们在这儿休息。"菲洛嘶声说,矮身钻进摇摇欲坠的拱门。罗根累得只会点头跟随。幽幽月光洒进空空的建筑,照亮了石头和旧窗户的边沿,照出硬泥地。他晃悠悠走向最近的墙,靠着墙缓缓坐到泥地上。

"我还活着。"他无声念叨,兀自笑起来。遍体鳞伤,处处青肿,但还活着。他就这样一动不动坐在那里,湿透了,酸疼极了,完全脱力,只是闭眼享受不用移动的时光。

他突然皱眉。黑暗中有怪声,盖过潺潺流水。轻轻的敲打。他好一阵才听出是什么:菲洛的牙。于是他扯下外套,碰到受伤的手肘时浑身一颤。他在黑暗中把衣服递给她。

"啥?"

"外套。"

"我知道是外套。给我干吗?"

她真死要面子,罗根差点笑出来。"或许我眼神没你好,但还是能听见你牙齿打战。"他再次递过衣服,"虽然不多,但我只有这个。你比我更需要,拿着吧。没什么不好意思,拿着。"

她沉默了一阵,然后他感到手里衣服被拽了过去,听见她把衣服裹在身上。"谢谢。"她哼哼道。

罗根挑起眉毛,怀疑自己听错了。他做了这么多,这是第一次听见她道谢。"没事。也谢谢你。"

"嗯?"

"为你帮我的。在废墟之下,在乱石间,在屋顶上,以及其他。"他思考片刻,"你帮了我很多,或许我根本不配,但我非常感激。"他等着她说什么,她却一言不发,只有墙下溪水汩汩流过,风嘶嘶吹过空窗子,还有自己粗重的呼吸。"你是好人,"他说,"我就这意思。不管怎样,你是好人。"

又一阵沉默,月光勾勒出她的轮廓。她坐在墙边,肩裹他的外套,湿头发根根直立,他好像还看到那双盯着他的黄眼睛泛出一点微光。他暗骂不已。他总不会说话,这些话或许在她听来就像放屁。但至少他试过了。

"想跟我做不?"

他抬起头,难以置信得下巴快掉到地上。

"呃?"

"怎么,粉佬,你聋了?"

"你说啥?"

"得了!当没听到!"她背过身,狠狠拽紧衣服。

"等等,等等。"他终于反应过来,"我是说……我压根没想到你会问这个。我不是拒绝……这个……如果你是问我的话。"他吞口口水,口干舌燥,"你是问我吗?"

他看到她回头看过来。"你不是拒绝,那就是同意?"

"嗯,呃……"黑暗中,他拍拍自己的脸,想让脑子清醒。他没想到有生之年还能听到这个问题,别提还是她问了。但她真问了,他却不敢回答。不可否认,这是一场前程未卜的冒险,但与其担惊受怕,不如放手一搏。是的。"同意,我同意,没错,我当然同意。为啥不同意?就是要同意。"

"呃。"借助月光,他看到她皱眉看地,薄嘴唇怒冲冲地抿紧,就像期待的不是这答案,一时不知作何反应。说实话,他也不知道。"你想怎么做?"真实际,好像谈论的是劈柴挖坑这类活计。

"呃……那个,我觉得你先过来点。我是说,虽然我希望我的老二不会让人失望,但这个距离还是太夸张。"他勉强笑笑,发现菲洛没反应又自责起来。他知道她没什么幽默感。

"好吧。"她一下子就过来了,公事公办的样子差点让他退开,而她也被他弄得不知所措。

"抱歉,"他说,"一时半会儿适应不了。"

"是的,"她蹲到他旁边,抬起胳膊,却停在空中不知做什么,"我也是。"她指尖搭上他手背——轻柔而谨慎——他觉得好痒。他看着她用拇指摩挲他中指断桩,黑暗中两个人影如此笨拙,像两个从没跟人亲密过的人。女人离自己这么近,奇特的滋味不由唤回他无数回忆。

罗根慢慢抬手,像伸进火堆般伸向菲洛的脸。一点不烫。她的皮肤光滑冰凉,和常人无异。他的手伸入她发间,指头被发丝搔得痒痒的。他拇指尖触到她额头伤疤,顺着它划过脸颊,直到嘴角,然后他扯了扯她的嘴唇,粗糙的手掌拂过她的肌肤。

即便在黑暗中,他也能看到她脸上奇特的表情。她很少露出这种表情,但他不会看错。他感到她皮肤下紧绷的肌肉,瘦削的脖子汗毛直立,被月光照得清清楚楚。她害怕。她能哈哈大笑踢人面门,毫不在意浑身伤势,甚至被箭刺穿都面不改色,可也轻柔的触碰却让她害怕。罗根本该奇怪,如果他自己没怕得要死的话。怕得要死又兴奋得要死。

两人同时动手脱对方衣服,就像听到了冲锋号,要赶紧完成任务。他摸黑解她的衬衫纽扣,咬着嘴唇,双手颤抖,笨拙得像戴了铁手套。她全部搞定时,他连一颗也没解开。

"见鬼!"他低声咒骂。她拍开他的手,自己解开扣子、脱掉衬衫放到一旁。月光模糊了一切,只见她闪烁的双眼、她瘦肩膀的黑色轮廓以及纤细腰肢。几点微光洒在她肋骨和一边胸脯的下半部,隐约还能看到她粗糙的皮肤。

接着她解开他的腰带,冰冷的手指滑进他的裤子,她——

"啊!见鬼!不用你来帮我!"

"好吧……"

"啊。"

"好了?"

"啊。"他手忙脚乱地扯她的腰带。或许不够温柔,好吧,他从不以温柔著称。但他指尖刚碰到她,就被她用腿夹住手腕,进退不得。

"见鬼。"他嘀咕道。菲洛嘴里喷喷有声,她扭动身体,用空出的手一把扯下裤子,褪到臀部以下。这样好多了。他另一只手滑过她赤裸的大腿。幸好他只缺了一根指头,每根指头都有用啊。

有一阵子,他们就保持这样的姿势,跪在泥地里一动不动,只有双手摸来摸去。开始柔和缓慢,然后越来越快,只听到菲洛紧咬牙关的呼吸和罗根喉头压抑的喘息,只听到湿润的水声和湿润皮肤的摩擦。

她翻到上面,踢掉裤子,将他按在墙上。他清清嗓子,声音突然变得嘶哑:"我是不是——"

"嘶嘶。"她半跪半蹲在上面,双腿大张,往手心吐了点唾沫,握住那东西。然后她念了句什么,调整重心,放松地坐了上去,发出轻柔的呻吟。

"噢。"他伸手将她拉近,一只手勾住她大腿后面,感触到她不断伸缩的肌肉,另一只手握紧她油腻的头发,将她的脸按到面前。脚踝被裤子紧紧缠住了,他想甩脱裤子,结果却缠得更紧。当然,他疯了才会为这事儿喊停。

她在他面前张开嘴,轻声呻吟着贴近,温暖柔软的双唇滑过他脸颊,酸涩温热的呼吸喷入他嘴里。他们的皮肤互相磨蹭,粘在一起,然后又分开。

"噢。"他也在呻吟。她晃动臀部,来来回回。

"啊啊啊啊。"她一只手握住他下颚,拇指伸进他嘴里,另一只手滑入他两腿间。他能感受到她冰凉的手指,有点疼,又有点舒服。

"噢。"

"啊啊啊啊。"

"噢。"

"啊啊啊啊。"

"噢——"

"嗯?"

"呃……"

"你开玩笑!"

"可是……"

"我才有点感觉!"

"我说过我很久没——"

"你肯定几年没碰过女人了!"她从他身上滑下,怒冲冲对他侧躺下,抓过他的外套裹住身体。

这当然很丢脸,毋庸置疑。

罗根暗自咒骂,忍了那么久,刚才真憋不住。他郁闷地挠脸,抓着胡子拉碴的下巴。要说九指罗根有啥本事,那就是不解风情。

他瞥瞥菲洛,黑暗中她的轮廓若隐若现。竖立的头发,颀长的脖子,硬朗的肩膀,长胳膊放在身侧。即便裹着外套,还是能看到她翘起的臀部,还是能联想衣服下的胴体。他看着她的肌肤,回味触感——柔软,光滑,冰凉;他听见她的呼吸——轻柔,舒缓,温暖……

等等。

他又有了反应。太久没做的好处是很快便能重振雄风。罗根舔舔嘴唇,认怂让机会白白溜走太丢人了。他挪到她旁边,凑过去清清嗓子。

"干吗?"她口气很冲,但没到吓退他的地步。

"那什么,你看,让我喘口气,说不定……"他掀起外套,伸手向她,在她的肌肤上摩擦。他动作轻柔缓慢,她完全可以推开,甚至如果她突然转身,给他一记狠踢,他也不会意外。

但她没有。

她后背抵住他,臀部压坐在他肚子上,蜷起一条腿,"我干吗给你第二次机会?"

"我不知道……"他嘀咕,语带笑意。他一只手轻抚她的身体,"和第一次一样的原因?"

菲洛猛然惊醒，浑不知身在何方，只觉落入陷阱。她咆哮、挣扎，手肘乱顶，拼命挣脱开，咬紧牙关，双手握拳。没有敌人。灰白晨光中，只有裸露的硬泥地和荒芜的碎石头。

外加大个粉佬。

九指踉跄起身，胡言乱语地嚷嚷，野兽般环视四周。发现没有扁头来杀他，他缓缓转头看向菲洛，眼里还带着惺忪睡意。"噢……"他打个激灵，指尖碰到沾满血的嘴。两人四目相对，赤身裸体，在冰冷的废磨坊中陷入沉默，曾垫在两人身下的外套团在中间的湿地上。

菲洛意识到自己犯下三个严重错误。

她竟睡着了，一睡着准没好事；其次，她竟一肘顶在九指脸上；最后，最离谱也最糟糕、让她一想到就浑身难受的，是昨晚竟和他上床。白日天光下，他头发贴在一侧伤痕累累、沾满血污的脸上，身体贴地那边不知何故沾了一大块污泥。或许是因疲惫和寒冷，她想和人亲密一下，暖暖身，于是放任自己——但跟谁也不比跟他更糟！

疯了。

显然，两人都疯了。本来的简单关系变得复杂，本来的互相理解变得让人迷惑。她彻底迷糊了，而他露出受伤的表情，接着是愤怒——这不奇怪，任谁熟睡时挨一肘都会。她想说抱歉，结果发现根本不知"抱歉"这个词怎么说。她只能用坎忒语道歉，可语气太冲，听起来像在骂他。

他的确这么理解。他眯眼用自己的语言吼了句什么，抓过裤子，伸进一条腿，嘴里兀自咒骂不已。

"白痴粉佬！"她嘶吼回去，气得双拳紧握。她抓起破衬衫，背过身。她一定把衬衫扔水坑里了，往身上套时，粗糙的料子像冷泥巴一样黏在她粗糙的皮肤上。

去他妈的衬衫。去他妈的粉佬。

她郁闷地咬紧牙关,系好腰带。去他妈的腰带,她没解开多好。总是如此。和人相处本已不易,而她总能把事情变得更糟。她低头愣了会儿神,朝他半转过身。

她想跟他解释不是故意打他,只是睡着了没好事;她想跟他说昨晚犯了个错,其实只为了暖暖身;她想要他等一等。

但他已单手抓着剩下的衣服,踩着重重的步伐出了摇摇欲坠的门。

"操他的。"她边吼边坐在地上套靴子。

显然,一切问题都因此而起。

杰赛尔坐在破碎的神庙阶梯上,黯然伤神地抚摸外套肩上的裂口。阿库斯的废墟外是广阔无垠的泥地,他茫然盯着远方。

巴亚兹靠在货车后面,脸色死人般惨白,双颊深陷,凹陷的眼睛周围血管突起,毫无血色的唇边褶起一道深深的皱纹。"要等多久啊?"杰赛尔又一次问。

"等到他们上来,"巫师看都没看他一眼就毫不犹豫地说,"我们需要他们。"

长脚兄弟站在阶梯高处,环抱双臂,忧心忡忡地看着法师。"您当然需要,我的雇主。严格来讲,我的身份不宜反对——"

"那就闭嘴。"巴亚兹阴沉地吼道。

领航员不依不饶:"可九指和那个叫马尔基尼的女人绝无生还之理。路瑟师傅清楚地看见他们掉进裂沟,深不见底的裂沟。我对此万分遗憾,而且耐心是我众多卓越天赋中最可贵的,但……哎……即便等到天荒地老,仍恐一无所——"

"等!"第一法师咆哮,"等到他们上来。"

杰赛尔深吸一口气,皱眉移开视线,从山上俯瞰城市。城外无尽的平原偶尔流过几条小溪,一条毁坏的道路像灰带子从远处城墙延伸过来,道路两旁有各种废建筑,酒馆、农场、村庄等等,但都早已被遗弃。

"他们在下面。"魁毫无感情地说。

杰赛尔霍地站起,重心放在完好的腿上,手搭凉棚看向门徒指的方向。他看到了,两个棕色小人影走在棕色荒地上,就在一块大岩石下。

"我说什么来着?"巴亚兹声音沙哑。

长脚难以置信地摇头。"以真神之名,他们竟活着?"

"要知道,他们很有办法。"杰赛尔笑得合不拢嘴。仅仅一月前,他做梦都想不到会乐意再见到罗根,别提菲洛,但现在看到他们还活着,他乐开了花。在荒野中共同面对死亡与绝境,不知不觉形成了某种纽带,这纽带跨越鸿沟,将他们紧紧相连。与之相比,他曾经的友谊是何等苍白、脆弱、毫无激情可言。

杰赛尔看着两个人影渐渐靠近,艰难地走在陡峭岩石上通往神庙的碎石路,相互离得很远,像两个陌生人。待走近一些,他发现两人更像从地狱逃出的犯人,衣服脏得看不出颜色,扯得破破烂烂,污秽的脸如两块石头。菲洛前额有道伤口,罗根下巴全是血,双眼眼圈青肿。

杰赛尔忍不住向前跳了一步。"怎么了?怎么会——"

"没事。"菲洛吼道。

"没事。"九指也吼。两人怒冲冲对望一眼,显然有一段极糟糕的经历,谁都不想提。菲洛招呼也不打便径直走向货车,在车后翻找。罗根站在原地,双手叉腰,皱眉阴沉地看着她。

"那么……"杰赛尔迟疑道,"你俩还好吧?"

罗根看向他。"噢,好极了。"他阴阳怪气地说,"不能更好了。天啊,你们怎么把车弄出来的?"

门徒耸肩:"马拉的。"

"魁师傅真会说笑,"长脚紧张地笑笑,"往南门的一路真是惊心动魄——"

"你杀出条血路吗?"

"呃,当然不是我,战斗并非我的——"

"我猜也不是。"罗根弯下腰,没好气地吐了口痰。

"还是该庆幸。"巴亚兹声音沙哑,每口呼吸都仿佛有砂纸摩擦,"值得庆幸。至少我们还活着。"

"真的?"菲洛不屑道,"你看上去可不像。"杰赛尔默默赞同。魔法师就算死在阿库斯也不会比现在更难看,死气沉沉如行尸走肉。

她扯掉破衬衫,粗暴地扔到地上,骨瘦如柴的后背肌腱蠕动。"妈的,瞅什么瞅?"她冲杰赛尔吼。

"对不起,"他嘀咕着垂下眼帘。等他有胆子抬眼,她已在扣新衬衫了。好吧,不算"新"衬衫,他几天前还穿过。

"那是我的……"菲洛狠瞪了他一眼,吓得他不由自主退了一步。"不过请便……请便……"

"嘶嘶嘶嘶。"她低吼着,粗暴地把衬衫塞进腰带,自始至终皱着眉,像要杀人一样。或许就打算杀他。总而言之,这完全不是杰赛尔想象中热泪盈眶的重逢,尽管他的确快哭了。

"我再也不想见到这地方。"他讪讪地说。

"同意,"罗根说,"这地方不像我们以为的那样荒芜,呃? 不过,回程难道你能梦见别的路?"

巴亚兹皱眉,"我们不走原路,回程顺流而下去加基斯。河这一侧下游有很多森林,其中不乏大树,捆在一起做成筏子,奥斯河会将我们直接带往大海。"

"或葬身鱼腹。"杰赛尔对大河的壮阔水流记忆犹新。

"但愿不会。无论如何,规划回程为时尚早,此行向西路途遥远。"

长脚点头,"的确,还要经过一条最最险恶的山脉。"

"太棒了,"罗根说,"迫不及待啊。"

"我也是！但不幸的是，我们死了几匹马。"领航员一挑眉毛，"有两匹要用来拉车，剩下两匹驮人……缺两匹。"

"都他妈什么事啊。"罗根大步钻进货车，面对巴亚兹坐下。

其他人沉默了好一阵，思考处境。两匹马，三个骑手，如何解决？长脚首先开口："你们看，等接近那条山脉，我要先行一步去打探。呐，侦察是旅行顺利的基础，所以很遗憾，我需要一匹马……"

"我大概也需要，"杰赛尔扭捏着轻声说，"我的腿……"

菲洛看了看马车。杰赛尔看见她和罗根眼神简短交会，电光石火。

"我走路。"她干脆地叫道。

英雄归来

格洛塔主审官跛行回到阿杜瓦时是个雨天，强劲的海风吹来阴郁连绵的细雨，令摇摇晃晃的跳板、吱嘎作响的码头木板和光秃秃的石地都变得像滑溜的骗子。他舔着牙齿空洞，揉着酸痛大腿，皱起脸走向灰色的码头。一对脸色不善的卫兵靠着十步外一个朽烂的仓库，更远处一群码头工为一堆箱子激烈争吵，一个浑身颤抖的乞丐朝格洛塔走了几步，犹豫一下，又悄悄逃开。

没有平民欢呼？没有花瓣地毯？没有长剑架起的凯旋门？没有尖叫晕厥的少女？一切不出所料，码头的景象和他上次从南方归来有天壤之别。民众不会为失败者欢呼，不管他们战斗有多英勇，牺牲有多壮烈，情势有多惊险。少女会为廉价无聊的胜利泪流满面，却不会为"我尽了力"脸红心跳。恐怕审问长也不会。

一道汹涌的海涛拍在防波堤上，掀起漫天飞沫，打向格洛塔的背。他往前踉跄了几步，冰冷的手沾满冰冷的水，差点滑倒在码头，不得不抓住摇摇欲坠的小屋那湿滑的墙。他抬头发现两个卫兵看着他。

"看什么看?"他咆哮,两人咕哝着转身紧紧衣领。格洛塔也哆嗦着紧紧外套,感觉外套下摆贴紧湿透的大腿。在热带待了数月便忘记寒冷的滋味,人类可真健忘,他皱眉扫视萧索的码头,真健忘啊。

"系好。"弗罗斯特夹着格洛塔的箱子走下跳板,模样兴高采烈。

"你不喜欢热天,对吗?"

刑讯官摇摇沉重的脑袋,在冬日细雨中咧嘴微笑,一头白发被淋得竖起来。塞弗拉紧随其后,眯眼看着天上乌云,在跳板末端顿了顿才踏上坚硬的石地。

"回家好啊。"他说。

我要这么轻松就好了,可惜大祸临头。"审问长阁下召我述职,以我们离开达戈斯卡的方式判断,恐怕这次会晤……不会太愉快。"这算是客气话。"你们最好避几天风头。"

"避几天风头? 我起码得找家窑子爽一星期。"

"非常明智。塞弗拉,为免不能再见面,祝你好运。"

刑讯官眼神闪烁,"好的。"格洛塔看着他悠闲地穿过雨帘走向贫民区。这不过是塞弗拉刑讯官的平凡一日,他从不操心将来。难得的天赋。

"你们这悲惨的国家和这里悲惨的天气都见鬼去,"维塔瑞用歌唱般的口音嘀咕,"我得回报苏尔特。"

"巧啊!"格洛塔夸张地大喊,"巧得不能再巧!"他伸出扭曲的胳膊肘,"咱俩正巧同路,手挽手觐见审问长他老人家啰!"

她瞪着他:"走吧。"

你跟审问长至少得再等一个钟头才能要我脑袋。"我得先去一个地方。"

手杖尖敲了敲门。无应答。该死。格洛塔的背痛得像去地狱走了一遭,太想坐下了,于是用力敲。门"吱"一声开了条缝。没关。他皱眉推开,发现门框坏了,锁也碎了。砸的。他跛进大厅,里头又冷又空,一件家具都没有。她似乎搬走了,可为什么?格洛塔眼皮直跳。他在南方几乎没想过阿黛丽,太多迫在眉睫的棘手事。我唯一的朋友给我唯一的托付,若她有个三长两短⋯⋯

格洛塔指向楼梯,维塔瑞点点头,弯腰悄无声息地上去,靴子里滑出一把闪亮匕首;他又指指大厅远端,弗罗斯特便往那边的角落阴影中探查。起居室的门半掩,格洛塔蹒跚过去推开。

阿黛丽坐在窗边,背对他,白裙黑发,跟记忆中一般无二。门链响动时,她稍动了动头。还活着。屋内却大变样,除开她落座的椅子和脚下的木地板,这里空空如也,光秃四壁,甚至连窗帘都没有。

"他妈的没东西了!"她嘶声咆哮。

一目了然。格洛塔皱眉进屋。

"老娘说没东西了!"她站起来,依然背对他,"莫非连这把椅子也要?"她霍地旋身,抄起椅背,高举过头,尖叫着朝他掷来。椅子砸在门边墙上,木头和石膏乱飞,一条椅腿呼啸着擦过格洛塔的脸,摔进角落,其他零件四分五裂地散在墙脚。

"你真客气,"格洛塔咕哝,"我还是站着吧。"

"是你!"

蓬乱头发下,她睁大的眼睛满是惊讶,脸上有种他不熟悉的憔悴和苍白。皱巴巴的裙子在这样的冷天显得太单薄,她用颤抖的双手将之抚平,又徒劳无益地理理油腻的头发,嗤笑出声:"恐怕我现在不宜会客。"

格洛塔听见弗罗斯特沉重地从大厅中走来,站在门口捏紧双拳,他抬起一根手指,"没事,在外面等。"白化人退入门旁阴影,格洛塔跛行经过吱嘎作响的地板。"怎么回事?"

阿黛丽一撇嘴,"我爸似乎没那么清白。他欠了债,我哥刚去安格兰,债主就找上门来。"

"来人是?"

"一个叫法洛的男人。他拿了所有的钱,但还不够,于是又拿了盘子碗碟和我妈的首饰。他给我六星期去弄钱,我只能解雇女仆,变卖所有家当,但也还不够。三天前他们又来了,这回将家里一扫而空,法洛说算我走运,因为他让我留着这身衣服。"

"我明白了。"

她颤抖着深吸一口气。"那之后,我一直坐在这里,思考一个无亲无故的年轻妹子上哪儿去弄钱。"她盯着他。"我只想到一个办法。我敢说,若我有那个勇气,现在已经做了。"

格洛塔吸着牙齿空洞:"对你我而言,幸运的是你是个胆小鬼。"他将外套耸下一边肩膀,费尽九牛二虎之力抽出胳膊,将手杖交到另一只手,以便脱出外套。该死,我连施舍都施不出个样子。他终于颤抖着把外套捧到她面前,瘸腿有些不稳。

"你确定不比我更需要它?"

"收下。至少我不必再把这该死的东西穿回去。"

他的话让她浮现出淡淡笑容。"谢谢你,"她呢喃着套上外套,"我试过找你,但不知……你在哪……"

"对不起,我现在回来了,你不必再担心任何事。今晚你只能跟我住,我的住处并不宽敞,但可以将就一宿。"等我成为码头边漂浮的尸体,你就能享受宽敞的房子。

"之后呢?"

"明天你回家,家里会恢复如初。"

她瞪着他:"怎么可能?"

"噢,瞧我的吧。现在先让你暖和点。"格洛塔主审官,无亲无故者之友。

她闭上双眼,鼻孔急促地呼吸,身体微微摇晃,好像没力气再站立。人是奇怪的动物,逆境之中尚能坚持,但只要危机过去,所有力气就仿佛瞬间蒸发。格洛塔伸手过去想扶她,但她的眼睛在最后一刻突然睁开,她直直身子,他便放下手。

格洛塔审问官,妹子的救星。他领她穿过门廊,朝破碎的前门而去。"请容我交代手下刑讯官几句。"

"好的。"阿黛丽抬起大大的黑眼睛,眼睛周围都是粉色眼圈,"谢谢你。不管别人怎么说,你是个好人。"

格洛塔不得不拼命按捺嗤笑的冲动。我是个好人?我想萨勒姆·鲁斯不同意,哥弗瑞德·霍尔拉赫不同意,库尔特会长不同意,还有科斯腾·唐·乌尔莫斯、维斯布鲁克将军、伊萨克大使、霍克审问官以及上百名被我送到安格兰流放地做苦工的人,还有被我抛弃在达戈斯卡等死的全体军民。只有你阿黛丽·威斯特觉得我好。感觉太奇怪,却不能说是难受。就像又有人把我当人看。可惜来得太晚。

阿黛丽穿着他的黑外套蹒跚出门,他招手示意弗罗斯特。"我有个任务留给你,老朋友,最后一个任务。"格洛塔将手按在白化人沉重的肩上,捏了捏。"你认识一个叫法洛的放债人吗?"

弗罗斯特缓缓点头。

"找到他,给他点颜色。带他来这里,让他知道自己得罪了谁。告诉他,所有东西必须原样奉还,而且要比以前更新。给他一天。一天之内做不到,你就逮住他——不管他躲到哪里——开始切肉。听明白了?我要你为我完成这最后一个任务。"

弗罗斯特又点点头,粉眼睛在阴暗的门廊中闪烁。

"苏尔特等着我们。"维塔瑞低声说。她站在楼梯上,环抱双臂,戴手套的手软软地悬在栏杆上。

"当然了。"格洛塔痛苦地蹒跚向敞开的门而去,不能让审问长阁下久等。

哒、噔、痛,这是他走路的节奏。先是右脚跟"哒"一声踩下,然后是"噔"一声手杖点在门厅瓷砖上,再是左脚缓慢拖行,熟悉的针扎般的疼痛一路上升到膝盖、臀部、背部。哒、噔、痛。

他从码头走到阿黛丽的房子,又从阿黛丽的房子走到阿金堡,走进审问部,然后爬楼梯。一路跛行,没人扶助。每一步都是煎熬,每一步都苦着脸,浑身大汗地咕哝咒骂。但我他妈必须坚持。

"你这家伙总爱逞强,是不?"维塔瑞低声说。

"为什么不呢?"他反击,"放心,这很可能是你最后一次见到我。"

"那你干吗回来?干吗不逃跑?"

格洛塔嗤之以鼻:"假使你还没注意到,我可是不太能跑。除了这个,还有好奇心作祟。"好奇审问长为何不把我留下跟其他人一同烂掉。

"好奇害死人。"

"审问长要我三更死,谁敢留我到五更?不管怎样,我宁愿站着死,"脚上突然传来抽痛,"坐着也行。我想跟他当面做个了断。"

"我想这是你的选择。"

"不错。"我的最后一个选择。

他们来到苏尔特的候见厅。他有些惊讶能一路走到这里,还以为审问部里每个戴黑面具的刑讯官见到他都会扑上来,每个穿黑衣服的审问官都会指点着他尖叫。我回来了。沉重的桌椅,沉重的大门两边两名高大刑讯官。一切照旧。

"我是——"

"您是格洛塔主审官。"审问长的私人秘书尊敬地低头,"您可以进去,审问长阁下在等您。"亮光从审问长办公室流泻到狭小的候见厅。

"我在这等。"维塔瑞滑进一把椅子,大咧咧地把一只湿靴子甩到另一只靴子上。

"不用久等。"算是遗言吗?格洛塔朝大门蹒跚而去时心里暗骂,该想些更值得纪念的句子。他在门口顿了顿,深吸一口气,这才继续跛行前进。

依然是那个通风的圆形大房间,依然是那些黑色家具,明亮的墙上依然挂着阴暗画像,巨大的窗户依然面朝大学和锻造者大厦。桌下没有杀手,门后没有士兵。只有苏尔特坐在桌边,手拿钢笔,沉着镇定地在面前铺开的几张纸上书写。

"格洛塔主审官!"苏尔特抬头,优雅地起身穿过抛光地板朝他走来,白大衣身后飘飞,"很高兴你回来!"审问长的表情明白无误是嘉许赞扬,格洛塔不禁皱眉,这完全出乎意料。

苏尔特伸出手,职位戒指闪着紫光。格洛塔苦着脸,缓缓弯腰亲吻:"卑职全心全意遵从您,审问长阁下。"说完他费力地直起身。没人在背后给我一刀?苏尔特满脸堆笑地走向橱柜。

"坐,请坐!你可以自便嘛!"

从何时开始?格洛塔呻吟着坐进椅子,特意看了看上头有没毒针。审问长打开橱柜摆弄。取出一把装填好的弩,照我咽喉一箭?审问长取出两个杯子。"我必须祝贺你,"他回头说。

格洛塔眨眨眼,"什么?"

"祝贺你。干得漂亮!"苏尔特咧嘴笑着优雅地将杯子放到圆桌上,轻轻打开瓶塞。我该说什么?说什么?

"审问长阁下……达戈斯卡……我必须坦率承认,我离开时那座城市危在旦夕。它很快就会——"

"它当然会沦陷,"苏尔特戴白手套的手潇洒地一挥,"没有半点生路。我至多不过指望你让古尔库人付出代价!但瞧瞧你干的好事,呃,格洛塔?你干的好事!"

"您是说……您是……满意喽?"他完全糊涂了。

"满意极了!我亲自出马也不会更漂亮!总督的无能及总督之子里通外国,显示出政府机关在危急关头处置无方;埃泽的阴谋暴露了商人阶层心怀鬼胎,揭示了他们的无常与堕落!香料公会已落得布商公会的下场,贸易权收归于我们,两大商会被彻底扫进历史的臭水沟,商人的权势遭到粉碎!在联合王国最不可调和的敌人面前,只有审问部能沉着应对!你真该瞧瞧我把供状拿到议会时莫拉维大法官的表情!"苏尔特倒满格洛塔的玻璃杯。

"乐意之至,审问长阁下,"他呢喃着呷了口酒。照旧是好酒。

"然后他在内阁里,当着国王的面兴风作浪,冲每个人大叫大嚷,说等古尔库人进攻,你绝对坚持不过一星期!"审问长笑得唾沫横飞,"我真希望你在场。我当时说,我相信你会证明他的谬误,我相信。"难得你对我有信心。

苏尔特戴白手套的手一拍桌:"两个月,格洛塔!你守了两个月!你每守一日,莫拉维就越像傻瓜,而我越像英雄……嗯,是我们,"他纠正自己,"我们越像英雄。我天天笑得合不拢嘴!而那些家伙的椅子哪,每天都从莫拉维的方向朝我挪!上周投票增加审问部的权限,结果九对三,九对三!下周会更悬殊!天哪,你怎么做到的?"他用期待的眼神盯着格洛塔。

我卖身给布商公会幕后的银行,换来黑钱贿赂全世界最不可信任的佣兵,然后谋杀了打着和谈旗帜前来、手无寸铁的大使,还严刑拷问一位侍女,并最终将她烧死。噢,对了,我放走了叛变阴谋的罪魁祸首,并视之为高尚。我怎么做到的?"勤奋。"他喃喃道。

苏尔特眼神闪烁,格洛塔没错过。一丝不耐?一丝怀疑?但转瞬即逝。"勤奋,当然了,"他抬起玻璃杯,"美德之第二,仅次于无情。我喜欢你的做事方式,格洛塔,我一直这么说。"

是吗?格洛塔谦卑地低头。

"维塔瑞的报告里满是钦佩,我尤其欣赏你处理古尔库大使的手段,那一定能抹去傲慢的猪猡皇帝脸上的笑容,即便为时不长。"所以她的确没失信?有意思。"啊,最近真可谓一帆风顺,除了该死的农民捣乱,当然还有安格兰。可惜了兰迪萨。"

"兰迪萨?"格洛塔问。

说起这个,苏尔特有些不快:"你还没听说?这是莫拉维大法官又一个绝妙点子,让王太子去北方带兵,快速积累人气,只需远离战场,轻轻松松收获荣誉。说实话,这点子本身不错,坏就坏在居然把王子送入虎口,全军覆灭。"

"全军覆灭?"

"死了几千人,大多是贵族送来的低劣杂兵,没什么价值。奥斯腾霍姆仍在我军之手,而此次出击并非我的主意,所以总体损失不大。说实话,对你我而言,这说不定是好事。兰迪萨让人难以忍受,我不止一次帮他擦屁股,该死的白痴,从不懂得勒紧裤裆。雷诺特不一样,清醒、理智、还他妈听话。雷诺特是更好的人选,当然,这回不能再让他莫名其妙上战场送死。"苏尔特又呷一口酒,满足地在嘴里漱。

格洛塔清清喉咙。趁他心情好……"我有事禀报,审问长阁下,关于我们在城里抓到的古尔库间谍。她是……"怎么说才不像得了失心疯?

苏尔特又出乎他意料。"我知道,她是个食死徒。"你知道?连这也知道?审问长靠在椅子上摇头,"食人肉,显然是一种在野蛮的南方流传甚广的迷信邪教。你不用担心,有人跟我报告、探讨过了。"

"谁呢?"

审问长脸上闪过一丝滑腻的笑容:"你一定累了,那边天气很伤人,冬天也是又热灰尘又大。去休息吧,这是你应得的,有事我会找你。"苏尔特提笔继续在纸上书写,格洛塔别无他法,只能满腹狐疑地朝大门跛行而去。

"看来你还活着。"回到候见厅时维塔瑞说。

嗯,照旧像是活着。"苏尔特……很满意。"他仍然不敢相信。听起来太奇怪。

"见鬼,他当然满意,我那些美言可不是白搭。"

"哈,"格洛塔皱眉,"我似乎欠你一个道歉。"

"留着吧,屁用没有。下次记得信任我。"

"很公平。"他承认,一边斜眼看她。但你一定是开玩笑。

屋里被上好的家具塞满,单起居室就摆了许多装饰华丽的布面椅、一张古董样式的桌子和一个崭新橱柜,一张联合王国众贵族向哈罗德大王致敬的巨幅画占据整整一面墙,厚实的坎忒地毯铺在地上,显得有些铺张。熊熊炉火在壁炉中燃烧——壁炉两旁有两个古董花瓶——带来亲切暖意。适当的激励足以在一天之内催发大逆转。

"好,"格洛塔环视房间,"态度不错。"

"是,"法洛低声答应,深深鞠躬,双手几乎揉碎了帽子,"是,您说的是,主审官大人,小人尽力而为。大部分家具小人已……卖掉了,所以换了新的,最好的。屋子也装修过。大人您觉得……成吗?"

"我先瞧瞧。你以为呢?"

阿黛丽皱眉瞪着法洛。"凑合吧。"

"明白,"放债人紧张地说,瞟了弗罗斯特一眼,又低头看靴子,"明白!请接受小人最诚挚的歉意!小人不懂事,真的,完全不懂事。主审官大人,小人有眼无珠,小人再也不敢……不敢了。"

"你不该冲我道歉,是不?"

"是,是,明白,"他缓缓转向阿黛丽,"小姐,请接受小人最诚挚的歉意。"

阿黛丽怒视他,噘起嘴唇,什么也没说。

"或许你该求她,"格洛塔建议,"跪下来求她。或许这才合适。"

法洛"扑通"一声跪下,绞着双手。"小姐,请——"

"再低点。"格洛塔命令。

"明白,"他匍匐在地低声说,"请接受小人最诚挚、最谦卑的歉意,小人发自内心地恳——"他刚摸到她裙边,她陡然后退,照他面门飞起一脚。

"啊!"放债人尖叫着滚开,黑血从鼻孔涌出,染红了新地毯。格洛塔皱起眉。出乎意料的狠。

"去你妈的!"第二脚踢在嘴上,放债人猛一歪头,血点飞溅墙壁。阿黛丽的第三脚陷进他肚子,仿佛要把他折成两段。

"狗娘养的杂种,"她大叫,"狗娘养的……"她一脚又一脚地踢,法洛颤抖闷哼呻吟着缩成一团。弗罗斯特从墙边踏前一步,格洛塔竖起手指制止。

"不必,"他低声吩咐,"她有分寸。"

她终于慢下来,格洛塔听见她呼哧喘气,接着她一脚踢他肋下,再一脚踢碎了他鼻梁。她可以考虑朝刑讯官的方向发展。她嘴巴一卷,低头照他脸上吐唾沫,然后虚弱地补上一脚,这才踉跄后退靠到抛光木橱柜上,弯腰大口喘息。

"开心了?"格洛塔问。

她透过纠结发丝抬眼看他:"没有。"

"还不够?"

她低头看着地上奄奄一息的法洛,眉头一皱,上前照胸口又一记飞腿,然后晃着身子走开,擦擦流出的鼻涕,抬手一扫头发:"这下差不多。"

"很好。滚,"格洛塔嘶叫,"快滚,蛆虫!"

"是,"法洛血肉模糊的嘴唇念叨着,朝门爬去,弗罗斯特在旁监视,"是!大老爷!您大人不记小人过!"前门砰然关闭。

阿黛丽沉重地坐进椅子,手肘靠着膝盖,手掌捧着前额。格洛塔发现她的手微微发抖。我早知道,伤害一个人总是很辛苦,尤其对不常干这事的人。"别太在意,"他安慰,"是他的报应。"

她抬起头,恨恨地看着他:"不,报应还不够。"

她真是不循常理。"继续整他?"

她咽咽口水,缓缓坐回去:"算了算了。"

"听你的。"有权有势就是好。"要不先换衣服?"

她低头一看。"噢,"法洛溅出的血点洒满她膝下的裙子,"我没有——"

"楼上有间屋子都是新衣服,我吩咐过。接下来我会物色一些可靠的佣人。"

"我不需要。"

"不,你需要,我再也不想听见你一个人待在家。"

她无助地耸肩:"我付不起工资。"

"不必担心,包在我身上。"准确地说,是沾了凡特与伯克银行的光。"你什么都不必担心。我答应你哥哥照顾你,我会负起责任。从前的事我非常抱歉,我在南方……有很紧急的任务。对了,你有他消息吗?"

阿黛丽猛地抬头,嘴唇微张:"你还不知道?"

"知道什么?"

她吞吞口水,盯着地板:"柯利姆跟兰迪萨王子一起出征,参加了那场大家都在谈论的战役。许多人做了俘虏,后来被赎回——但他不在其列。他们认为……"她顿了顿,看着裙子上的血,"他们认为他阵亡了。"

"阵亡了?"格洛塔眼皮直跳,膝盖发软,上前一步倒进椅子。他双手也颤抖起来,不得不紧紧交握。死了。每天都有人死。我不久前眼都不眨就送数千人去死。我看着尸堆耸肩。为何这次无法承受?他委实无法承受。

"阵亡了。"他轻声重复。

她慢慢点头,脸陷进手掌。

冰冷慰藉

威斯特在灌木丛中朝外张望,越过飘雪,看着斜坡下联合王国军警戒线。溪流对面,哨兵们缩着身,围住可怜兮兮的篝火松散地坐成一圈,火上架着冒汽的锅子。他们身披厚重外套,呼气成霜,武器扔在旁边雪地,几乎被遗忘。威斯特感同身受。贝斯奥德可能这周来,也可能下周到,但与寒冷的搏斗时刻都在进行。

"好了,"三树轻声说,"你最好自己下去。他们不见得会欢迎我和林子里这帮伙计。"

狗子咧嘴笑道:"说不定会放箭唷。"

"那就太可恨了,"黑旋风低吼,"好容易走这么远。"

"等他们准备好迎接一群林子里冒出来的北方人,你喊一声,呃?"

"好的。"威斯特说着从腰带里拔出重剑递给三树,"这个你帮我拿着。"

"好运。"狗子说。

"好运,"黑旋风卷起嘴唇,露出野蛮的笑容,"暴怒。"

威斯特慢步走出树林,沿平缓的斜坡走向小溪,扒来的靴子踩得雪地吱嘎响,双手举过顶以示友好。饶是如此,若那些哨兵直接放箭也不奇怪。他知道自己现在看上去是个危险得不能再危险的蛮子,破烂制服的残余用麻绳绑在身上,盖上动物毛皮和撕下的布,外罩从死去的北方人那捡来的脏污大衣。他肮脏的脸上,粗糙的胡子疯长了几周,酸痛的双眼水汪汪的,被饥饿和疲惫折磨得空洞无神。他看上去走投无路——他的确走投无路,他是杀害兰迪萨王太子的凶手,是穷凶极恶的叛徒。

一名哨兵抬眼看见他,忙不迭起身,把嘶嘶作响的锅碰进火堆,从雪地上捡起长矛。"站住!"他用不标准的北方话叫喊。其他人也都跳起来抓武器,有人笨拙地用戴手套的手摆弄弩箭。

威斯特站在原地,轻柔雪花飘落在他凌乱的发间和肩上。"别紧张,"他用通用语喊,"自己人。"

他们打量他片刻。"走着瞧!"有人喊道,"过河来,别太快!"

他吱嘎吱嘎走下斜坡,"哗啦"一声踩进水里。冰水直浸到大腿,他咬紧牙关,费力地向对岸走。四名哨兵紧张地举着武器,在他面前围成半圈。

"看住他!"

"可能是陷阱!"

"这不是陷阱。"威斯特缓缓地说,盯着咄咄逼人的武器,努力保持冷静。保持冷静是头等大事。"我是自己人。"

"你他妈哪部分的?"

"我隶属兰迪萨王子所部。"

"兰迪萨的人?走来的?"

威斯特点头:"走来的。"哨兵们放松下来,矛尖晃了晃,往上抬。他们差不多信了,毕竟他通用语说得流畅自如,模样又着实像在乡间跋涉了上百里格。"好吧,你是?"端弩的问。

"威斯特上校。"他颤声低语,尽管说的是真话,却自觉像个骗子。他和刚来安格兰时已判若两人。

哨兵们交换了个担忧的眼神。"我以为他死了。"有个握长矛的低声说。

"他还活着,伙计,"威斯特说,"还活着。"

伯尔元帅在桌前聚精会神地工作,桌上堆满折皱的地图。威斯特掀帘而入,就着营帐灯光,发现统御全军的担子给老元帅的身体造成了极大负担。他看上去年老体衰,面色苍白,疯长的须发交缠,体重则掉得厉害,皱巴巴的制服空荡荡地挂在身上。但他的精神一如既往地矍铄。

"威斯特上校,你回来了!我以为再也见不到你!"他紧紧攥住威斯特的手,"太棒了,我很高兴你还活着!太棒了!不瞒你说,我十分想念你冷静的头脑。"他探究地盯着威斯特的双眼,"不过,你看起来很疲惫,我的朋友。"

无须否认。威斯特知道自己虽不算阿金堡最帅气的小伙,但绝对称得上面容诚实、友善、不讨人嫌,而在他洗了几星期来头一次澡,穿上借来的制服,终于刮胡理发之后,几乎认不出镜中人。他"脱胎换骨"了,变得形销骨立,气色仿佛被吸干,颧骨突出,稀疏的头发和眉毛成了铁灰色,消瘦的下颌就像狼,苍白脸颊、尖鼻梁和眼角则爬满深深的皱纹。他眼睛的变化最大,变得狭窄、饥渴,泛着冷灰色,仿佛严寒侵入头骨,温暖也驱散不去。他试着回忆从前,去微笑,去大笑,去尝试那些习惯的表情,但在这张石墙般的脸上,一切都显得滑稽。镜子里那个冷硬的男人久久注视着他。

"太难了,长官。"

伯尔点头:"是啊,是啊,在一年最苦的时候来一场艰难跋涉。幸好我把那群北方人留给你,呃,是不是?"

"是的,长官,他们有胆有识,不止一次救了我的命。"他瞥瞥派克,后者和他保持适当距离,藏在阴影中。"我们的命。"

伯尔看了眼罪犯烧融的面孔:"这位是?"

"这是派克,长官,斯塔萨征兵团的军士,在战斗中和自己的连走散了。"威斯特说起谎来出乎意料地轻松,"他带着一个女孩,我想是辎重队某个厨子的女儿。他跟我一路北上,帮了很大忙,长官,他很能吃苦,没他我回不来。"

"很好!"伯尔说着走向罪犯,握住对方的手,"好样的。你的团不在了,派克,我很遗憾地告知你,你的队友活下来的屈指可数!但在我的指挥部,可靠的人总有用武之地,尤其是能吃苦的人。"他长叹一声,"我手下这样的人真是太少了,希望你能留下。"

罪犯吞口口水:"当然,元帅大人,这是我的荣幸。"

"兰迪萨王子呢?"伯尔元帅吞吞吐吐地问。

威斯特深呼吸一次,看着地面。"兰迪萨王子……"他声音渐弱,缓缓摇头,"敌骑出其不意偷袭指挥部,一切发生得太快……后来我找了他,但……"

"明白了……好吧,好吧……他不是指挥的料,但我能如何?我管得了这支该死的军队却管不了他!"他的手慈爱地搭在威斯特肩上,"无须自责,你已尽力而为。"

威斯特不敢抬头,若伯尔知道野外发生的实情,会怎么说呢?他不得而知。"还有幸存者吗?"

"少之又少,就一小撮,真可惜。"伯尔打个嗝,苦着脸揉肚子,"抱歉,该死的消化不良一直不消停。这儿的食物……噢。"他又打个嗝。

"请原谅,长官,不知现在形势如何?"

"直截了当,呃,威斯特?我就喜欢你这性格。说正事吧。唉,实话实说,我一收到你的信,就打算回师南下增援奥斯腾姆,但天公不作美,根本没法行军,而且到处都是北方人!贝斯奥德或许带主力去了卡曼纳河,但留下的人手也足以制造天大的麻烦。他们不断袭击我军补给线,几次发生无意义的流血冲突,还有一次混乱的夜袭,差点引发克洛伊的师全员恐慌。"

保德尔和克洛伊,不愉快的记忆涌回威斯特脑海,他甚至开始怀念艰苦跋涉时单纯的肉体痛苦。"两位将军如何?"

伯尔抬起浓眉下的眼睛:"你信不信,他们比之前更糟了? 甚至不能共处一室,否则就要闹。我不得不让他们隔天来向我汇报,省得指挥部鸡犬不宁,简直滑天下之大稽!"他背着手拉下脸在帐篷里大步转了几圈。"但和该死的天气比,这都不算什么。不断有士兵倒下,冻伤、发烧、坏血病,病号帐篷人满为患,被冬天带走的是被敌人带走的二十倍,还能动的也没什么战斗力。至于侦察,哈! 别提了!"他怒冲冲地一拍桌上地图。"这些地形图完全是想象,百无一用,而我们没有像样的探子。天天下雾飘雪,营地这头看不到那头! 实话实说,威斯特,对贝斯奥德大部队的去向,我们没有一丁点概念——"

"他就在南面,长官,离我们大概两天行程。"

伯尔扬起眉毛。"真的?"

"真的。三树和他的北方人一路紧盯敌人,甚至出其不意打掉了几个斥候。"

"出其不意,像对付我俩那样,呃,威斯特? 在路中间拉条绳子?"他自顾笑了,"你说两天行程? 这消息太有用,太有用了!"伯尔打个激灵,一手捂着肚子回到桌前,拿起尺子测量距离。"两天行程,那他该在这附近。你确定?"

"确定,元帅大人。"

"如果他是向杜别克要塞进军,会靠近保德尔将军的驻地。或许不等他包抄我们,我们就能跟他打一仗,说不定来个出其不意。好样的,威斯特,好样的!"他推开尺子,"现在,你去休息下。"

"我更想直接回岗位,长官——"

"我知道,我会起用你,但你至少先休息一两天,太阳又不是升不起来。你刚经历那么艰苦的日子。"

威斯特吞口口水,突然觉得疲惫不堪。"好的。我要写封信……给我妹妹。"说这话的感觉好奇怪,他好几星期没想到她了,"我得让她知道,我还……活着。"

"好主意,上校,需要你时,我会派人叫你。"伯尔转身再次埋首文件堆中。

"我会铭记于心。"威斯特掀帘回到寒冷的帐外,派克低声在他耳边说。

"没什么,流放地的人不会关心你俩。你现在只是派克军士,过去的错都忘了吧。"

"我会铭记于心,上校,我是你的人了,无论发生什么,我都是你的人!"威斯特点点头,皱眉穿过雪地。战争,貌似杀人无数,却也能让个别人破茧重生。

威斯特在帐门前停下,帐内的轻笑一如从前,十分亲切。这声音本该让他感到安全、温暖、融洽,但却没有,他反而心神不宁,甚至害怕起来。他们无疑能看穿真相,无疑会指着他尖叫:"凶手!叛徒!恶棍!"他朝寒冷的营地转身,雪花轻柔飘落,白茫茫的大地上,近处的帐篷还是黑色,稍远就成了灰色,再远的犹如飘渺的幽灵,最远处只见隐约的轮廓掩在风裹挟的小雪片中。一切肖然不动,寂静无声。他深吸一口气,转身掀开帐门。

三名军官围坐在不大结实的折叠桌旁,凑近一只灼热的火炉取暖。加兰霍的胡子已长得像个铲子。卡斯帕用红围巾包住脑袋。布林特裹着件黑色大衣,正在出牌。

"见鬼,放下帘子,外面很冷——"加兰霍下巴掉到了地上,"不!不可能!威斯特上校!"

布林特一跃而起,活像屁股被咬了一口。"我靠!"

"我就说嘛!"卡斯帕大喊着摔牌,发疯似的咧嘴大笑,"我说他会回来!"

他们围着他,拍他的背,捏他的手,将他拽进帐篷。没有镣铐加身,没有拔剑相向,没有叛国指控。加兰霍安排他坐上最好的椅子——唯一一把不像要马上散架的椅子——卡斯帕朝一支玻璃杯吹口气,用手指蹭干净,布林特则"砰"一声起开酒瓶木塞。

"你几时到的?"

"你怎么到的?"

"兰迪萨和你一起吗?"

"你参战了吗?"

"行了!"加兰霍说,"让他喘口气!"

威斯特冲他摆摆手:"我今早刚到,若非赶赴一场与澡盆、剃刀的重要约会,还蒙伯尔元帅召见,就直接来找你们了。我曾和兰迪萨一起,也参战了,之后徒步穿越荒原来这里,多亏五个北方人、一个女孩和一个毁容的人帮忙。"他拿起杯子一饮而尽,打个激灵,舔舔牙,感受着胃里温暖酣畅,开始庆幸自己进来了。"多倒点。"他递出空杯子。

"徒步穿越荒原,"布林特轻声说,边倒酒边摇头,"和五个北方人,还有个女孩?"

"没错。"威斯特皱眉。不知凯茜在干吗?不知她需不需要他……蠢货,她能照顾自己。"看来你把我的信送到了,中尉?"他问加兰霍。

"大冷天的星夜兼程,"大个子咧嘴一笑,"终究送到了。"

"他是上尉啦。"卡斯帕往椅子上一靠。

"真的?"

加兰霍谦虚地耸肩。"是的,多亏你。我带信回来,元帅大人就让我进了他的参谋团。"

"不过'加兰霍上尉'还会抽空来和我们这些小人物打发时间,真是开恩。"布林特舔舔指尖,开始给大家发牌。

"恐怕我没有赌金。"威斯特低声说。

卡斯帕咧嘴笑道:"别担心,上校,我们早不玩钱了。没有路瑟来抽水,玩钱都不刺激。"

"他没现身?"

"他们十万火急地把他拽下船,说霍夫找他,之后再没消息。"

"朝中有人哦。"布林特酸溜溜地说,"说不定他在阿杜瓦做些轻松活计,顺便勾搭美女,我们却要待在这冻掉屁股的地方。"

"公平地说,"加兰霍插话,"我们在的时候,他也能勾搭美女。"

威斯特皱眉。这的的确确是个不幸的事实。

卡斯帕从桌上抓起自己的牌:"总之,我们只赌个荣誉。"

"虽然这里没什么荣誉。"布林特又酸一句,另两人忍俊不禁,卡斯帕把酒喷到了胡子上。威斯特扬起眉。显然他们都喝多了,可他巴不得跟他们一样。他又灌下一杯,伸手拿瓶子。

"我坦白一件事。"加兰霍用手指笨拙地理牌,"我高兴死了,不用向你妹妹报告你的消息。我这几周都睡不好,翻来覆去想怎么说,到现在也没个主意。"

"你脑子里就没有过主意。"布林特道,大家又笑起来,连威斯特都忍不住笑了,虽然转瞬即逝。

"仗打得怎样?"加兰霍问。

威斯特盯着酒杯发了很长一阵呆。"糟透了。北方人给兰迪萨下套,他正中人家下怀,派骑兵去白白送死。然后突然起雾了,伸手不见五指,我们还没搞清状况,敌人骑兵就冲来了。我头上挨了一下,醒来时人躺在泥里,有个北方人赶来杀我,举着这个。"他从腰带里抽出重剑,放在桌上。

三名军官震惊地盯着它。"我的天。"卡斯帕嘀咕。

布林特双眼大睁:"你怎么打赢他的?"

"不是我,是我说的那女孩……"

"怎样?"

"她用锤子敲烂他脑袋,救了我。"

"我的天。"卡斯帕咕哝。

"呦,"布林特重重靠回椅子,"听起来是个女中豪杰!"

威斯特皱眉盯着手里玻璃杯。"可以这么说。"他想起凯茜睡在身旁,吐息吹在脸上。"女中豪杰,真可以这么说。"他干了杯中酒,将北方人的重剑插回腰带。

"你要走?"布林特问。

"我还有事要做。"

加兰霍起身:"谢谢您,上校,谢谢您让我送信。看来您是对的,我参战也于事无补。"

"是啊,"威斯特深吸一口气,吐出来,"任谁都于事无补。"

夜晚静谧清冷,威斯特一步一滑踩在半冻泥地上。到处是篝火,人们围坐在火旁的黑暗中,裹着能找到的全部衣服瑟瑟发抖,呵气成霜,皱紧的脸庞被摇曳的黄色火光点亮。大营旁的斜坡上,有堆火更亮一些,威斯特迈着醉醺醺的脚步朝那走。两个黑色人影坐在火堆旁,他走近才辨清。

黑旋风抽着烟斗,大咧的嘴吐出查加烟圈,一只开过的瓶子放在盘腿中间,还有几只散落在周围雪地。右边火光照不到的地方,另有一人在用北方话唱歌,声音低沉浑厚,但荒腔走板。"他劈开敌人深入骨——头。不对,深入骨——髓。深入……等等。"

"你们还好吧?"威斯特在劈啪作响的火堆上烤着戴手套的手。

三树咧嘴冲他开怀一笑,身子前后微微晃悠,威斯特觉得这可能是他头一回见老战士笑。老汉伸拇指朝山下指指,"大巴去撒尿了,还哼着歌儿。我烂醉如泥。"说着他缓缓向后倒下,伸开四肢躺在雪地上。"我还抽了烟。我湿透啦,湿得像该死的卡里娜河。我们到底在哪儿啊,黑旋风?"

黑旋风眯眼瞅瞅火堆对面,嘴巴大张,好像远方有什么东西。"谁管他奶奶的在哪片荒山野岭。"他挥舞烟斗,咯咯发笑,握住三树的靴子不断摇晃。"有啥关系?来一口,暴怒?"他把烟斗塞给威斯特。

"好啊。"他吸了一口,把呛人的烟雾吸进肺,再朝结霜的空中喷出一股棕色的烟,然后又吸一口。

"给我给我。"三树坐起身,抓过烟斗。

黑暗中又响起大巴隆隆的大嗓门,完全不在调上。"他舞动斧子,仿佛……啥?他舞动斧子,仿佛……狗日的,不对,等等……"

"凯茜哪儿去了?"威斯特问。

黑旋风不怀好意地瞟了他一眼,"哦,就在附近。"他朝高处的几个帐篷一挥手,"就那边,八九不离十。"

"就那边,"三树附和着轻笑,"就那边。"

"他就是……血……九九九指!"树林里响起水声。

威斯特循着脚印走向坡上帐篷,两口烟生效了,他脑袋轻飘飘,迈步轻巧,鼻子也不冷了,倒麻得舒服。听到女人的轻笑,他也咧嘴笑着又朝帐篷走了几步,踩得雪地吱嘎响。温暖的光从一个帐篷狭窄的裂缝中透出,女人的笑声更大。

"噢……噢……噢……"

威斯特皱眉,这不像笑声。他走近一些,尽量安静。恍惚中又有一个声音,野兽般断断续续的咆哮。他走得更近,弯腰从裂缝往里看,大气不出一口。

"噢……噢……噢……"

他看到女人赤裸的脊背上下蠕动,后背很瘦,能看到皮肤下肌腱和脊柱的运动。他凑得更近,看到了她的头发,蓬松棕发乱成一团。凯茜。两条肌肉发达的腿从她身下伸向威斯特,其中一条几乎快碰到他,上面的脚趾还在动。

"噢……噢……噢……"

一只手扶在她腋下,另一只手勾住她膝盖。一声低吼后,这对情侣——若能称为情侣——敏捷地滚了一圈,变成凯茜在下。威斯特大张着嘴,紧盯男人的侧脸。他不会认错那尖锐多胡楂的下颌。狗子。他屁股朝天,冲威斯特前后运动。凯茜边配合他,边用一只手揉捏他半边多毛的屁股。

"噢……噢……噢……!"

威斯特捂住嘴,双眼鼓起,脑子里半是恐慌,另一半却奇特地兴奋起来。他又想继续看又想逃,最后下意识选择了后者。他退了一步,结果脚跟踩到钉帐篷的桩子,闷哼一声摔倒在地。

"搞什么鬼?"他听到帐篷里的人叫喊,慌忙爬起来,转身在暗夜的雪地里狂奔。身后帐帘掀起,"哪个臭不要脸?"狗子在斜坡上用北方话吼道,"黑旋风吗?狗日的别让我逮到!"

高山

"破碎山脉,"长脚兄弟喘着气说,语气充满敬畏,"真是太漂亮、太壮观了。"

"这话等爬过去再说也不迟。"罗根咕哝。

杰赛尔深表同意。日复一日,脚下土地发生了变化,松软的草原变成轻柔起伏的平原,平原又变成点缀着裸岩和发育不良的矮树丛的丘陵。淡灰色山峰总是笼罩远方,每天早晨都不断变大、轮廓逐渐清晰,直到仿佛刺透周围云雾。

现在他们来到山峰阴影下,之前行走的布满树丛和蜿蜒溪流的长山谷终结于迷宫般的破墙前,墙后地势陡升,一系列崎岖山陵后是真正的山脉——兀然耸立的参差山崖,骄傲而壮丽,顶峰有一抹白雪,正好符合孩童对雪山的想象。

巴亚兹的绿眼睛冷冷扫视这片废墟:"这曾是一座坚固要塞,标志着帝国的西界,直到拓荒者越过隘口,在山那边的谷地定居。"现在这里不过是蜇人的野草与荆棘的乐园。魔法师爬下马车,蹲在地上舒展背和脚,一直苦着脸。他看起来依然老态龙钟、满脸病容,但自离开阿库斯,气色恢复了不少,肉也长回来不少。"此后就歇不了啦,"他叹道,"货车和马一路帮助很大,可惜上不了山。"

杰赛尔眼见山路七弯八拐,蔓生野草和陡立岩石间的这条模糊小径消失在高高的山脊上。"路似乎很远。"

巴亚兹嗤之以鼻:"这不过是头一段,之后还要走好些天。我们至少要在山里待一星期,我的孩子,如果一切顺利。"杰赛尔不敢问如果一切不顺利会怎样。"路很长、很陡,必须轻装上阵。带上水和剩下的食物,以及暖和衣服,山峰上冷得刺骨。"

"初春或许不是翻山的好时机。"长脚低声评论。

巴亚兹锐利地瞥了他一眼:"常言道,船到桥头自然直!你莫非想等到夏天?"长脚明智地学杰赛尔的样,不再搭腔。"隘口有山峰作遮蔽,不必太担心。当然,绳子不能少,在旧时代,这条路虽窄,但路况不错,可惜那是很久以前。也许有的地方被冲垮了,或者掉进深谷中,谁说得准呢?也许要进行艰难的攀登。"

"我简直不能等了。"杰赛尔咕哝。

"还要带上这个。"魔法师打开一个几乎空了的草料袋,用瘦骨嶙峋的双手推开剩余的稻草,从锻造者大厦取来的匣子就躺在下面——枯黄干草中的黝黑事物。

"谁有幸抬这破玩意儿?"罗根扬眉道,"要不抽签?如何?"没人搭腔,北方人哼哼着伸手拽出匣子,匣子边沿和木头摩擦吱嘎作响。"只能是我呗。"他费力地将这沉重家什裹进毯子,脖子青筋暴突。

杰赛尔没有幸灾乐祸,因为这让他想起锻造者大厦令人窒息的厅堂,想起巴亚兹关于魔法、恶魔和异界的黑暗故事,想起这趟旅行他并不清楚,却决不会喜欢的神秘目的。庆幸的是,罗根很快把那东西打成包裹,好歹眼不见心不烦。

他们各分到不少行李。杰赛尔当然得带上长剑短剑,他把它们别在腰际,他还得带上衣服——那些没有脏、破、臭到家的衣服,外加他扯得稀烂、只剩一条袖管的外套。他还带上一件备用衬衫、一卷绳子和大家的半数存粮——他几乎要觉得后者太轻了,只是半盒饼干、半袋燕麦片和一捆除了魁人避之唯恐不及的咸鱼。他用两张毯子裹好行李,皮带扎紧,腰上挂个装满的水壶,做好出发准备。至少能做的都做了。

杰赛尔给坐骑卸鞍时,魁也解开拉货车的马。这些马把他们一路从加基斯驮来,就这样扔在荒野中似乎不太公平。杰赛尔觉得这趟旅行仿佛持续了多年,他和刚开始几乎换了一个人。想到从前的傲慢、无知和自私,他不禁哆嗦。

"去!"他大叫,坐骑却悲伤地看着他,没有动,过了一会儿,它低头啃起他脚边野草。他怜爱地摸摸马背。"好啦,常言道,船到桥头自然直。"

"或许不直。"菲洛咕哝着抽剑。

"你干——"

曲刃剑几乎斩断杰赛尔坐骑的脖子,温暖潮湿的血点飞溅在他震惊的脸上。马的前腿颓然滑出,整个身子倒向旁边,鲜血浸透草地。

菲洛提起一只马蹄,短促有力的几刀便切下马腿。她见杰赛尔目瞪口呆,皱眉叫道:"肉留给鸟是浪费,虽然存不了多久,但至少今晚我们能饱餐一顿。拿袋子来。"

罗根将一个空草料袋扔给她,耸耸肩:"出门在外,你不能对任何东西产生感情,杰赛尔。"

登山时没人说话,大家都弯腰缓步前行,全神贯注于脚下的羊肠小路。山路上升又回旋,上升又回旋,很快杰赛尔便双腿酸麻,肩膀酸痛,满头大汗。当初他抱怨绕阿金堡的长跑训练时,威斯特常鼓励他"一步一步来"。一步一步来,朋友说得对。左脚,右脚,左脚,右脚,这就上山了。

他把魔咒念了一遍又一遍,许久才停下来观察。难以置信!居然在短时间内登上这么高。他看见废弃要塞的地基成了隘口脚下青草掩映的灰色轮廓,后面一条带车辙的小路穿过起伏丘陵,通往阿库斯。此情此景,令杰赛尔不禁打个激灵,转身继续登山。还是别去想怎么来的。

罗根步履艰难地走在陡峭山路上,旧靴子踩得碎石和泥土吱嘎作响,肩上包裹里那个沉重的金属匣似乎随着每一步越来越沉,用毯子裹着仍像一袋钉子陷进皮肉。但罗根并没太在意它,他直盯着前面菲洛的屁股,肮脏的帆布裤下纤细的肌腱不断伸缩。

奇怪的感觉。跟她上床前,他从未往这方面琢磨,只担心她溜走,或射他一箭,再或捅死其他同伴。他关注她紧皱的眉,以至没留意她的脸;他关注她双手的动作,以至没留意她其他部位。

现在他却想不了其他任何事。

她的一举一动如此迷人,仿佛随时能捕捉他的目光,无论是她的坐姿、走姿、吃饭的样子、喝水的神态、说话的方式——骂的脏话——还是她早上穿鞋晚上脱鞋,概不例外。更有甚者,只消用眼角瞥她,幻想她的裸体,他那话儿就半硬了。这相当丢脸。

"你在看什么?"罗根停下来抬头望太阳,菲洛在上面皱眉瞪他。他耸耸包裹,揉了揉酸痛的肩膀,擦掉满头汗水。他可以随口编个谎话,可以说自己在看雄伟山峰、在看眼前山路、在看她的包有没放好。但有何意义?他们彼此心知肚明,而此时其他人离得远听不清。

"我在看你的屁股,"他耸肩,"对不起,你的屁股很迷人。看一看没什么,对吧?"

她愤怒地张嘴,但他低头用拇指勾住包裹皮带,抢在她说话前从她身边挤过。走出十来步,他回头一看,只见她仍站在原地,双手叉腰皱眉瞪他。他咧嘴笑了。

"你又在看什么?"他问。

寒冷清冽的早晨,他们停在悬于深谷上的岩架喝水休息。尽管岩架边裸岩上长出结满红色浆果的树,但透过它们,杰赛尔还是能看见狭窄的谷底喧嚣翻腾的白浪。山谷对面极为陡峭,整片整片几乎垂直的灰色悬崖一直连通头顶高处的危岩山峰,黑色的鸟在山峰上抱团扑腾,白云连接着苍天。虽然令人不安,他也不得不承认这是美景。

"好美。"杰赛尔轻声说,一边注意不靠近岩架边。

罗根点头:"让我想家。我小时候常一连几星期爬山,就为证明自己。"他就着水壶喝了口水,递给杰赛尔,眯眼看着黑暗山峰,"赢的却总是它们。不管人类的国度兴起衰落,它们永远在那里俯瞰众生。我们全都入土以后,它们也岿然不动。它们俯瞰着我的家乡,"他长时间清喉咙,朝岩架外吐出一口老痰,"也俯瞰着此地的无底深渊。"

杰赛尔也喝了口水:"这事办完后,你回北方?"

"也许吧。我还有些恩怨,极深的恩怨。"北方人耸肩,"不过也许放下对大家都好,我想他们一定以为我死了,松了一口气。"

"你没什么留恋?"

罗根打个激灵:"除了血债。我的家很久以前就毁了,家人没了,那些没被我害死的朋友如今也都死了。出于骄傲和愚蠢而杀戮,这便是我的全部成就。但你日子还长,呃,杰赛尔?你还有机会享受平静幸福的人生。将来你会做什么?"

"那个……我在想……"他清清嗓子,忽然紧张起来,仿佛对计划的描述关系到它能否成真。"家乡有个女孩……那个,我想,可以说她是女人。事实上,她是我朋友的妹妹……叫阿黛丽。我在想,也许我爱上了她……"将最真实的内心倾吐给蛮子,实在古怪,此人根本无法理解联合王国人微妙的感情生活,无法理解杰赛尔考虑的牺牲。但不知怎的,说出来让他好受些。"我在考虑……那个……如果她也喜欢我,或许……我们可以结婚。"

"听起来是个好计划,"罗根咧嘴笑着点头,"跟她结婚播种。"

杰赛尔抬起眉毛:"我不懂怎么种地。"

北方人忍俊不禁:"不是那个播种,孩子!"他拍打杰赛尔的胳膊。"不过我给你一条建议——如果你肯听我这种人的建议——将来挑个与杀人无关的职业。"他弯腰扛起包裹,双手穿进皮带。"把打打杀杀留给那些不理智的人。"他转身继续爬山。

杰赛尔冲自己缓缓点头,摸摸脸上伤疤,舔舔齿间空洞。罗根说得对。他不适合打打杀杀,一道伤疤够多了。

这日天光明亮,菲洛很久以来头一次感到温暖。舒服、火热、红彤彤的太阳照在她脸上、裸露的前臂和手背上,岩石和树枝的阴影印刻于多石的土地,旧山路旁的山泉溅起无数飞沫,令他们好似在空中行走。

其他人落在后头。长脚挂着自以为是的微笑,扫视每桩景物,叽叽喳喳赞叹人间盛景;魁被包裹压得弯腰驼背;巴亚兹艰难地走着,边走边流汗喘气,仿佛随时可能倒下;路瑟不断抱怨脚上水泡——好像有人会听。走在前面的只有她和九指,他俩一言不发。

正是她喜欢的方式。

她翻过碎裂的山岩,来到一个黑水池前,水自头顶石堆簌簌流下,流过湿苔藓覆盖的峭壁,拍打磨平了水池边半圈石头。两棵扭曲的树伸开枝丫笼罩水池上,新发嫩芽在微风和阳光中飘摇闪烁。阳光充满活力,昆虫慵懒地在荡漾的水面盘旋滑行。

这是个美丽的地方,如果你那么想的话。

菲洛不那么想。"鱼,"她舔舔嘴唇,低声道。鱼是好东西,可以叉起来烤着吃。他们带上的马肉吃完了,她饿得很。蹲下取水时,她看着闪耀的水波下那些模糊形影。很多鱼。九指扔下沉重的包裹,坐在她身边的石头上,脱掉鞋,把裤腿卷到膝盖以上。

"你干吗,粉佬?"

他朝她咧嘴而笑:"我要抓鱼。"

"用手抓?你的手有那么机灵?"

"机不机灵你最清楚。"她皱眉看他,他却笑得更欢,眼角皮肤全皱起来。"跟我学一手,女人。"说完他涉入水中,弯腰全神贯注,抿紧嘴唇,双手轻伏在周围水面。

"他干什么?"路瑟把包裹扔到菲洛身旁,用手背擦擦脸上汗水。

"白痴自以为能抓鱼。"

"什么,用手?"

"跟我学一手,小子,"九指呢喃,"啊哈……"他脸上绽出笑容,"她来了。"他手指伸进水中,前臂肌肉抽动。"看!"他猛然抽回手,掀起一大片波浪,明亮阳光下,有东西在他手中挣扎。他把那东西扔到他们身边,干燥石头上留下一串黑色水印。确实是鱼,扑腾不停。

"哈哈!"长脚大叫着走到他们身边,"他把鱼从池子里捞出来了,是不是?令人印象深刻的天赋。我曾遇见一个千岛群岛人,其人被誉为环世界最厉害的渔夫。我敢说,他在岸上唱歌,鱼就会跳到他膝上,千真万确!"见没人喜欢他的故事,他不禁皱眉。这时,巴亚兹也手脚并用挣扎着爬过山岩,他的门徒阴郁地跟在后面。

第一法师蹒跚走来,沉重地倚着法杖,倒在一块石头上。"也许……就在这里扎营。"他上气不接下气地说,大颗大颗汗珠滚过憔悴的脸。"你们一定想不到我曾一路跑过隘口,只花了两天。"他颤抖的手指松开法杖,那截木头"咣当"一声倒在水边干燥的灰色浮木上。"那是很久以前……"

"我在想……"路瑟低声说。

巴亚兹转动疲惫的眼睛朝他看去,好像没力气扭头:"边走边想?别太辛苦啦,路瑟上尉。"

"为何去世界边缘？"

魔法师皱眉："我保证不是为锻炼身体。我们要的东西在那里。"

"没错，可为何在那里？"

"嗯。"菲洛嘀咕赞同。好问题。

巴亚兹深吸一口气，鼓起双颊："刨根问底，呃？阿库斯毁灭和高斯德陨落后，一如剩下的三个儿子——尤文斯、坎迪斯和贝达斯——聚在一起，商讨如何处理……种子。"

"再看！"九指大叫着从水里抓出第二条鱼，扔到第一条旁边。巴亚兹面无表情地看着鱼在石头上扭动，嘴和鳃绝望地呼吸。

"坎迪斯企图研究它，声称可用于正途；尤文斯怕它，却不知怎么摧毁，便同意交弟弟保管。多年后，眼见破碎的帝国难以愈合，尤文斯开始后悔自己的决定，担心渴求力量的坎迪斯走上高斯德的旧路，打破第一律法。他要求任何情况下均不得运用那块石头，起初锻造者拒绝了，兄弟间就此出现裂痕——我对此一清二楚，因为替他们送信的正是我。后来我知道，他们当时已在准备日后对付彼此的武器。尤文斯先是恳求，然后争辩，最终用威胁让坎迪斯让步，于是一如的三个儿子前往沙布拉延岛。"

"环世界最偏僻的地方。"长脚低声道。

"所以才被选中。他们把种子交给岛上鬼灵保管，直到时间尽头。"

"并命鬼灵任何情况下都不得交出种子。"

"我的门徒再次暴露了无知，"巴亚兹回应，浓眉下双眼炯炯有神，"不是任何情况，魁师傅，睿智的尤文斯自知考虑不到所有可能性，未来的时代可能会有迫切需要，需要……发挥这东西的能量。所以贝达斯命令鬼灵可以——并且只可以——把种子交给携带着尤文斯的法杖的人。"

长脚皱眉："法杖在哪儿？"

巴亚兹指指身边地上那根他用来作拐棍的、朴素而毫无装饰的木杖。"就它呀?"路瑟咕哝,语气相当失望。

"你以为呢,上尉?"巴亚兹咧嘴笑着瞅他,"你以为是镶嵌水晶符文的十尺抛光金杖,顶上有颗你脑袋那么大的钻石?"魔法师嗤笑,"连我也没见过那么大的宝石呢。朴素的木杖于我师父足矣,一根木头还是一截金属,都不能让持有他的人变得更睿智、更高贵或更有能。力量来自于人,我的孩子,来自于人的肉体、心灵和头脑。尤其是头脑!"

"我喜欢这池子!"九指咯咯笑着,又朝石头上扔了条鱼。

"尤文斯和他的兄弟,"长脚低声念叨,"力量超乎想象,可谓半神半人。连他们也怕这玩意儿,立下毒誓封存它,我们不该怕吗?"

巴亚兹盯住菲洛,眼神闪烁,她则倔强地瞪回去。豆大汗珠流下他皱巴巴的脸,浸透了胡须,但他跟紧闭的大门一样毫不动容。"对不了解武器的人而言,武器是危险的,我拿菲洛·马尔基尼的弓可能射穿自己的脚,拿路瑟上尉的剑可能划破自己的肚皮。武器威力越大,危险也就越大。相信我,我十分敬畏这东西,但强敌在前,我们需要这件武器。"

菲洛听得皱眉。她仍未信服他的敌人就是她的敌人,但她暂时不打算纠缠这问题。她走得太远,离目标太近,不能前功尽弃。她看向九指,发现九指也在看她,然后他目光一闪,回去继续抓鱼。她眉头皱得更深。最近他总在看她,边看边笑,开些干巴巴的玩笑,而她发现自己也总是不必要地看向他。水波反射的光斑洒在他脸上,他抬起头,他们的目光再度交会,然后他又笑了。

菲洛皱紧眉,抽刀剁下鱼头,割开鱼肚,把滑溜溜的鱼下水丢到九指脚边。跟九指上床当然是个错误,但事情并没演变得太坏。

"看!"九指掀起又一片水波,但脚一踩便滑得踉跄,伸手乱抓空气。"哎呀!"鱼儿从他手中扑腾溜走,空中闪过一道亮光,北方人脸朝下栽进水里。他大口吐水,头摇得像拨浪鼓,湿透的头发贴紧头皮,

"坏蛋！"

"一物降一物，每个人都有冤家。"巴亚兹在他面前摊开双腿。"九指师傅，你终于碰上自己的冤家了吗？"

杰赛尔猛然醒来。时值半夜，他好一会儿才明白身在何处。他梦见家乡，梦见阿金堡，梦见阳光灿烂的日子和恬适的黄昏，梦见阿黛丽，或是长得像阿黛丽的女人，嘴唇一边高一边低地笑着在安逸的起居室里等他。黑暗天幕繁星密布，高山的清洌空气牵动嘴唇、鼻孔和耳尖。

他身处破碎山脉，离阿杜瓦半个世界之遥，只感强烈的失落。至少今天吃饱了。鱼和饼干，是马肉吃光以来第一顿真正的饭。后背朝着的篝火还有些暖意，他翻过身，露齿笑看那微带火光的灰烬，紧了紧毯子。幸福不过是新鲜鱼肉和将熄篝火。

接着他皱起眉，身边毯子——罗根睡的毯子——在动。他起初以为是北方人翻身，但毯子动个不休，缓慢而有节律，更传来可疑的模糊哼声。不，不是巴亚兹的鼾声，另有来源。他竭力朝昏暗中瞧，辨出九指苍白的肩膀和手臂，厚厚的肌肉绷紧，而在他胳膊下面紧紧抵住他的是一颗黑脑袋。

杰赛尔惊得合不拢嘴。罗根和菲洛！居然搞上了！

不可理喻的是，他们居然在离他不到一跨的地方搞上！就着将熄篝火，他震惊地看着两张毯子缠作一团。他们什么时候……他们为什么……他们怎么……太恶心了！刹那间，他对他们旧有的厌恶全涌了回来，带伤疤的嘴唇不由噘起来。一对不知羞耻的蛮子，居然在大庭广众之下交媾！他有些想站起来像踢狗一样踢他们，像踢一对在花园散步时胡乱搞上、让主人蒙羞的狗。

"白痴。"一个声音低声说。杰赛尔忽然僵住，以为被发现了。

"等等。"短暂停顿。

"啊……啊,就是那里。"重复运动继续,毯子又开始前后摆动,起初很慢,然后逐渐加速。他们这样,他怎么睡得着?他苦着脸翻身,拿毯子蒙住头,躺在黑暗中听九指嘶哑的喉音和菲洛急迫的呻吟。声音越来越大。他紧闭双眼,眼皮底下有了泪水。

见鬼,他真的好寂寞。

投诚

　　路从西来,急转直下两条长山脊间光秃的白色山谷,山谷周围覆着黑色松树。路在山谷后的浅滩与河流交汇,融化的冰雪让白河水势高涨,激流冲刷岩岸,白沫飞溅——真是恰如其名。

　　"看来就是这里。"巴图鲁趴在地上嘀咕,从灌木丛看出去。

　　"应该是,"狗子说,"河边没哪个堡垒比它大。"

　　从山脊上,狗子可以清楚打量它。纯黑石头堆砌的巍峨墙壁,至少十二跨高,组成完美的六边形,六角各有一座大型圆塔,中央有个院子,院子周围是灰板岩屋顶的房屋。高墙外另有一层矮墙,也是六边形,但只有内墙一半高——也很高了——上面建了十二座稍小的塔楼。要塞一边靠河,其他五边挖出宽阔的护城河,整座堡垒像石头堆砌的孤岛,仅有一座桥连通小山高的城门楼。

　　"狗日的,"黑旋风说,"你见过这城墙吗?贝斯奥德咋打进去的?"

　　狗子摇头:"有关系吗?反正这里装不下他整支军队。"

　　"他不会把军队放进堡垒,"三树说,"这不是贝斯奥德的作风。他宁可在外游荡,伺机突袭敌人。"

"啊。"寡言哼哼着点头。

"该死的王国佬!"黑旋风抱怨,"太他奶奶的迟钝!我们一路眼看贝斯奥德向北长驱直入,几乎没流一滴血!现在倒好,他进城了有吃有喝,高高兴兴等咱上门!"

三树咂舌:"现在抱怨有啥用?我记得你也着过贝斯奥德的道,还不止一次!"

"哈。那狗娘养的总能出人意料。"

狗子俯视堡垒、白河、长长的山谷和山谷对面长满树的高地。"他会在对面山脊及护城河周围的树林埋伏人手,准没跑。"

"你什么都知道,是不?"黑旋风瞥了他一眼,"我们却只想知道,她给你口没口?"

"啥?"狗子一愣,不知咋回答。巴图鲁笑得上气不接下气,三树憋着笑,连寡言也发出比呼吸更明显的咻咻声。

"问题很简单,是不?"黑旋风又说,"有还是没有?"

狗子皱眉一缩肩:"吃屎去。"

巴图鲁实在忍不住笑:"她做了什么?她让你吃屎?你说的没错,黑旋风,王国佬的作派果真不一样!"大家哄然大笑——当然除开狗子。

"喝尿去吧你们。"他嘀咕,"你们咋不互口一个,还能闭嘴。"

黑旋风拍他肩膀:"那可不一定,你也知,大巴满嘴东西也能说会道!"巴图鲁捏住脸,攥出一长串鼻涕,乐疯了。狗子瞪了他一眼,完全徒劳,就像要阻止山崩。

"行了,安静。"三树嘀咕,但还带着笑意,"最好有人去瞧瞧。瞧瞧在联合王国的大爷们大摇大摆过来前,我们能不能弄清贝斯奥德的部署。"

狗子沮丧地说:"有人?你们这帮杂种谁去啊?"

黑旋风笑着拍他肩膀:"谁昨晚打得火热,今天自然该冷静冷静,呃,伙计们你们说咧?"

✡

狗子爬过树丛,一手持着搭好箭的弓,但为防走火伤到大腿这类蠢事,并没拉紧弦。他见过这种事,可不想带伤跳回营地,跟那帮杂种解释怎么误伤的。他会再次成为笑柄。

他跪着从树林向下望,下面是裸露的棕色土地、斑驳的积雪、几堆潮湿松针,还有……他屏住呼吸,近处有个脚印,半印在泥地,半印在雪里。雪已开始融化,不停滴水,这脚印不会超过一天,可能就是刚留下。狗子嗅嗅,没味儿,但寒冷会掩盖味道——鼻子被冻得通红麻木,塞满鼻涕。他警惕地顺脚印指向的方向爬,四下查看,又一个脚印,接着又一个。毫无疑问,有人不久前刚走过。

"你是狗子,对吧?"

他浑身一僵,心脏狂跳,像有大靴子在胸腔里踩。他转身寻找来源,只见一个男人坐在十跨外倒下的树干上,手搭脑后靠住粗树枝,摊开四肢像睡着了。他黑色的长发垂在面前,露出一只眼睛盯着狗子,然后缓缓坐直。

"我把这些扔下,"对方指指插在腐烂树干上的斧子和靠在旁边的圆盾,"说明我只想谈谈。我现在走过来,行吗?"

狗子举弓拉弦。"你可以走过来,但如果不只想谈谈,我就一箭射穿你脖子。"

"很公平。"长发男晃晃悠悠从树干上起身,武器放在原地,穿过树林走来。这杂种低着头还是很高,他举起双手,摊开手掌,一切看来很和平,但狗子不愿冒险。看起来和平和真正和平是两码事。

"为了让素未谋面的咱俩增加信任,"对方走近后说,"容我说明:若我有弓,刚才可以射你。"他说的没错,但狗子不爱听。

"你有弓?"

"你也看到,我没有。"

"那是你马虎。"他喝道,"停下。"

"好吧。"对方在几跨外站定。

"你知道我是狗子,那你是?"

"你记得叮当脖吧?"

"当然,可你不是他。"

"没错,我是他儿子。"

狗子皱眉,弓弦拉得更紧。"你最好编个像样的答案,他儿子死在九指手头。"

"没错。我是他另一个儿子。"

"他没有另一个……"狗子一顿,在脑子里数着一个个冬天,"见鬼,不会是那么久的事吧?"

"就是那么久。"

"你长大了。"

"男孩都会长大。"

"你叫啥?"

"他们叫我摆子。"

"咋说?"

他笑了:"敌人一见我就吓得打摆子。"

"真的?"

"不全是。"他叹气,"告诉你也没啥。我第一次出去掠袭喝多了,小便时掉进河里,裤子被冲走,人也被冲出半里远。回营时我摆子打得厉害,谁都没见过。"他抓抓脸,"尴尬透顶。不过外号是打仗挣的。"

"真的?"

"这些年,我手上沾了不少血,跟你肯定没法比,但足以让人追随。"

"是吗?有多少?"

"大约四十名亲锐,就在附近。你别紧张,他们有的是我爹旧部,少数是新人,但都是好手。"

"哈,你混得不赖,有一小队人马。为贝斯奥德卖命,对吧?"

"人总要找活儿干,但这不妨碍咱们谈谈。我能把手放下了吗?"

"不行,就这样挺好。你一个人跑林子里来干吗?"

摆子若有所思地抿嘴:"你别笑话,我听说三树鲁德在这儿。"

"他的确在。"

"真的?"

"外加霹雳头巴图鲁、寡言哈丁和黑旋风。"

摆子挑挑眉,靠住一棵树,依然高举双手,狗子谨慎地盯着他。"看来这儿聚了帮能人,你们五位手上的血,恐怕是我手上这四十人的两倍。鼎鼎大名如雷贯耳,大伙儿都会乐意追随。"

"你想加入?"

"有可能。"

"你的亲锐也来?"

"也来。"

狗子不得不承认有点动心。四十名亲锐,他们知道贝斯奥德的位置,兴许还知道某些计划。这省却了他在冰冷、潮湿的树林里躲躲藏藏的麻烦,对此他早已受够。但他依然信不过这高个杂种,他决定带此人回去,三树自有决断。

"行,"他说,"走着瞧。要不,你走前面上山,我打后面跟随?"

"行。"摆子说着转身沿斜坡缓缓往上爬,依然高举双手,"你把弓握好,呃? 别一趔趄射死我。"

"少废话,高个,狗子箭无虚——啊!"

他绊在树根上,脚一崴,弓弦松脱,箭贴着摆子的头皮飞过,扎在前面树上,嗡嗡颤动。狗子双膝跪在泥里,一手握着没箭的弓,抬头看着笼罩在面前的摆子。"操。"他低声咒骂。对方完全可以举起硕大的拳头,揍掉他脑袋。

"幸好你没射中,"摆子说,"我能把手放下了吗?"

✡

不出所料,黑旋风立马发飙。"他奶奶的,这兔崽子是谁?"他大叫一声,冲到摆子面前,握紧斧子,恶狠狠地盯着对方。场面多少有点滑稽,黑旋风比摆子矮半个头,但摆子并不觉得有趣,他当然笑不出。

"他是——"狗子开口就被打断。

"是高个兔崽子,呃?老子不想仰头跟杂种说话!坐下,高个!"他伸手将摆子一屁股按坐在地。

平心而论,狗子觉得摆子表现挺好,被按进泥地只咕哝了一声,然后眨眨眼,用手肘撑起身冲众人微笑:"看来我得这么待着。别再按我,呃?长得高不是我的错,你也不是自己想当个混蛋,对吧?"

狗子打个激灵,等着摆子因多嘴挨揍,黑旋风却笑了:"我也不是自己想当个混蛋,有种,我喜欢。他到底是谁?"

"他叫摆子,"狗子说,"叮当脖之子。"

黑旋风皱眉,"但九指不是——"

"另一个儿子。"

"但他只有一——"

"再想想。"

黑旋风皱眉,然后摇头。"操,那么久的事,呃?"

"他长得挺像叮当脖。"巴图鲁的影子笼罩在他们身上。

"我的天啊!"摆子说,"我以为你们不喜欢高个?你是两个人叠起来的吗?"

"就一个。"大巴走来,拎孩子般单手拎起他,"抱歉,招待不周。朋友,来找我们的往往都是来拼命的。"

"希望我是例外。"摆子仍旧目瞪口呆地盯着霹雳头,"那位一定是寡言哈丁。"

"哦。"寡言头都没抬地应道,自顾自地检查箭杆。

"而你是三树?"

"正是。"老汉叉腰道。

"哎呀,"摆子揉着后脑喃喃说,"我觉得自己又掉水里了,没错,深水里。巴图鲁,黑旋风,还有……我的天,您真是三树,呃?"

"正是。"

"太棒了。操,我爹总说,您是北方第一好汉,他要追随谁,准是您没跑。当然,您后来败给九指,那也无可奈何。三树鲁德,就站在我面前……"

"你来干吗,小子?"

摆子似乎激动得语无伦次,于是狗子替他说:"他想带四十名亲锐来投诚。"

三树盯着摆子的眼睛看了会儿:"是吗?"

摆子点头:"您认识我爹,他和您是一路人,而我继承了他的衣钵,替贝斯奥德卖命让我恶心。"

"可我认为男子汉选定了头儿,就该有始有终。"

"我也这么认为。"摆子说,"但凡事要看两面,对不?头儿也要照顾部众,对不?"狗子暗自点头,觉得这话很公平。"贝斯奥德根本不在乎咱,从不在乎。除开那女巫,他谁的话都不听。"

"女巫?"巴图鲁问。

"是啊,那个叫柯瑞碧的女巫,会用啥魔法,就是她搞出那场雾。你看,贝斯奥德和那帮邪门歪道搅和,而这场战争本无意义。安格兰?谁想要这破地方,我们的土地够宽广。他要领着我们入土,我们没人出头才忍气吞声,但听说三树鲁德还活着,并跟联合王国在一起,我们就……"

"想亲眼看看,呃?"

"我们受够了。贝斯奥德找来帮怪人,卡里娜河对面的东方人,披着骨头兽皮,你瞧,几乎不算人。残忍,没规矩,跟咱说的话都不同,大部分是他妈的蛮子。贝斯奥德把这帮蛮子派到下面那座联合王国堡垒,他们就把俘虏的尸体挂在城墙上,全身划开十字,任肠子流出来慢慢腐烂。这样做不对。卡尔达和斯奎尔两个愣头青也开始发号施令,好像自己有外号似的。"

"去他妈的卡尔达!"大巴摇头吼道。

"去他妈的斯奎尔!"黑旋风往湿地上吐了口痰,恶狠狠地说。

"北方最大俩混蛋。"摆子赞同,"还有,最近我听说贝斯奥德做了笔交易。"

"什么交易?"三树问。

摆子转身吐口唾沫:"和狗日的山卡做交易。"

狗子瞪圆眼睛。大家都目瞪口呆。这简直像故意抹黑贝斯奥德。"和扁头?怎么说?"

"谁晓得?可能那女巫能设法跟它们谈判。世道变了,变得很快,但这样做不对,完全不对。许多伙计都不满意,哦,还有恐煞的事。"

黑旋风皱眉。"恐煞?听都没听过。"

"你们咋啦?埋冰底了啊?"

众人面面相觑。"差不多吧,"狗子说,"差不多。"

廉价的箱子

"有客,大人。"巴纳姆低声说,不知为何,他脸惨白得像死人。

"还用说?"格洛塔斥道,"有人敲门。"他把勺子扔回几乎没动的汤碗,心有不甘地舔舔牙齿空洞。今日晚餐尤其难下咽,若非她想杀我,我还真怀念丝克儿的厨艺。"好吧,是谁?"

"是……呃……是……"

苏尔特审问长矮身钻过低矮门廊,没让一丝不苟的白发沾上门框。噢,原来如此。审问长皱眉扫视局促的餐厅,嘴皮一皱,仿佛失足掉进阴沟。"不用起来。"他唾沫横飞地吩咐。我才不想起来。

巴纳姆吞了吞口水:"审问长阁下需要——"

"滚!"苏尔特一声叱喝,老仆人跌跌撞撞出门时差点摔倒。审问长用极厌恶的眼神看着大门关上。上次会面的好气氛已成过眼云烟。

"该死的农民!"他嘶吼着坐到格洛塔狭窄的餐桌后,"基伦附近又在闹事,又是那混蛋'革匠'捣鬼。一开始是白痴贵族占地,最终演变为流血暴乱。芬斯特男爵完全误判形势,这白痴!结果他死了三个亲兵,自己也被困在庄园。幸运的是,暴民进不去,只烧了半个村子。"他哼了一声。"他们自己的操蛋村子! 这就是白痴发火时干出的白痴事,杀人放火,连自己的东西也不顾! 议会自然大声疾呼血债血偿,他们要农民的血,很多很多血。审问部必须接管此事,挖出叛徒头目,或者模样像叛徒的白痴。我们本该吊死那呆子芬斯特,可惜没办法。"

格洛塔清清嗓子:"我立刻收拾去基伦。"镇抚农民,不算理想的工作,但——

"不,别处还用得着你。达戈斯卡沦陷了。"

格洛塔抬起一边眉毛。意料之中,不是吗? 审问长阁下为这事就舍得屈尊挤进我的陋室?

"古尔库人似乎得益于某种叛卖。无耻的叛国行径,不过这种时候……也不奇怪。联合王国官兵横遭屠戮,但佣兵大多只是卖为奴隶,而本地人总体来说被放过了。"古尔库的慈悲,谁能想到是这样? 看来奇迹有时的确也会发生。

苏尔特用一只洁白无瑕的手套恼怒地挥开空中尘灰:"听说古尔库人攻入堡城时,维斯布鲁克将军自杀殉国,以免被俘。"我做不到。没想到他有这胆子。"他事先命人烧掉遗体,不为敌人玷污,然后自刎。他是个勇士,做出了荣誉的牺牲,议会明天将举行仪式纪念他。"

他真是太荣幸,不消说在议会眼中,荣誉地惨死比苟延残喘好得多。"是的,"格洛塔静静地说,"他是个勇士。"

"这还不算完。一位大使紧随城破的消息来到这里,一位古尔库皇帝的大使。"

"大使?"

"没错。他来……求和。"审问长满含鄙夷地说。

"求和?"

"你这屋子太小,不该有回音。"

"当然,审问长阁下,但——"

"为什么不呢？他们达成目标,拿下达戈斯卡,别无所求了。"

"当然,审问长阁下。"除非,或许,越过大海……

"和平。退让总让人如鲠在喉,但达戈斯卡本无价值,我们的投入永远比收益多。它不过是用来炫耀王家声威,我敢说让这块肮脏的大石头脱幅而去好处多多。"

格洛塔低头。"完全同意,阁下。"不过这让人怀疑之前为何拼死拼活也要保住它。

"遗憾的是,失去它,你也就不成其为某地主审官。"审问长似乎饶有兴味。所以我得回总部上班,呃？我敢说这下我更受欢迎了——"但我决定给你点甜头。你将成为阿杜瓦主审官。"

格洛塔一愣。这可是相当显著的提拔,除了……"可是阁下,那是高尔主审官的职位。"

"是的,并将继续如此。"

"那——"

"你们分享职权。高尔经验更丰富,暂居正职,全盘负责,我将为你指定一些适合你特长的任务。我相信,良性竞争对你二人都有推动。"很可能我们得拼个你死我活,而众人皆知谁是你的宠儿。苏尔特淡淡一笑,仿佛早就清楚格洛塔的念头。"或者你们拿出真本事,凭能力分个高低。"他为自己的笑话露出阴森的笑脸,格洛塔回以潮湿无牙的笑容。

"我要你来应付这个大使,你对付坎忒人似乎有一套。不过他的脑袋暂时不能搬家。"审问长阁下容自己又一次淡淡微笑。"你要找出他此行是否另有目的,以及除了和平我们还能得到什么。底线是,我们不能显得像是被鞭子抽打而求和。"

他僵硬地起身,绕过桌子,一路皱紧眉头,好像这房间的局促是有意冒犯他的尊严。"此外,格洛塔,行行好,换个好点的房子。阿杜瓦主审官就住这？简直是耻辱！"

格洛塔谦卑地鞠躬，背上传来难耐的刺痛。"是，阁下。"

皇帝的大使身材矮胖，长着厚厚的黑胡子，戴一顶白色号帽，穿一身金线白袍。格洛塔跛行进门时，他起身谦虚地鞠躬。上一位大使有多浮华傲慢，这一位就有多朴实谦逊。看来目的不同，工具就果真不同。

"噢，格洛塔主审官，早该料到是您。"他嗓音深沉浑厚，操一口娴熟的通用语。"您的尸体不在达戈斯卡堡城的尸堆中，大海彼岸我的人民非常失望。"

"希望您替我致歉。"

"我会的。我是伟大的古尔库皇帝奥斯曼-乌-多沙的御前顾问图克斯。"大使咧嘴一笑，黑胡子下露出新月状的皓白牙齿。"希望您给我的待遇比对上一位大使好。"

格洛塔一愣。幽默感？这我可没料到。"我想这得依您说什么而定。"

"这个自然。沙巴德·阿·伊萨克·布雷艾素来……莽撞。况且，他的忠诚……也值得怀疑。"图克斯笑意更盛，"他的信仰过于狂热，对宗教过于亲近，或许可以说，他爱教更甚爱国？当然，我也崇拜真神，"大使用指尖触碰前额，"我也崇拜伟大和神圣的先知卡布尔。"他又摸了前额一下。"但我只为……"他抬眼望向格洛塔，"皇帝陛下服务。"

有意思。"我以为贵国政教合一。"

"通常如此，但我们之中也有人认为祭司理应专心祈祷，把治理国家的担子留给皇帝和他的顾问。"

"明白。皇帝陛下有何事交由您转达呢？"

"攻陷达戈斯卡的代价震惊了我的人民。祭司们宣扬这场战争轻而易举，因为真神与我们同在，我们的事业是正义的云云。当然，赞美真神，"大使抬头看天花板，"但真神不能代替人类思考。皇帝希望和平。"

格洛塔静坐了一会儿。"伟大的奥斯曼-乌-多沙?战无不胜、毫不手软的皇帝?希望和平?"

大使镇定地答道:"我相信你理解无情的名声对统治者的益处。一个伟大的皇帝——尤其是疆域如此辽阔、统治民族如此繁多的古尔库皇帝——必须令人畏惧。他当然也渴望爱戴,可惜爱戴过于奢侈,恐惧才是立国之本。不管您听过什么,奥斯曼既不好战也不平和,他是个——用你们的话怎么说来着?——实际的人,善于因地制宜度势。"

"他很精明。"格洛塔低声道。

"现在他想要和平,他愿慈悲为怀,主动让步。他认定这是他此刻的需要,即便这不合……某些人的意。"大使再度以手触额,"他派我来摸底。"

"好好好,伟大的奥斯曼-乌-多沙愿慈悲为怀,探讨和平。我们活在奇怪的时代,呃,图克斯?古尔库究竟是爱上了它的敌人?还是恐惧对手的实力?"

"求和之心无须仰赖他人,自爱足矣。"

"是吗?"

"是的。在贵我两国的战争中,我失去了两子:一个死在上场战争的乌利奇城,他是个祭司,在神庙里被活活烧死;另一个死于不久前的达戈斯卡围城战,他率军冲进最先打开的缺口。"

格洛塔皱起眉头,伸了伸脖子。弩箭如雨,小人影倒在乱石堆中。"那是一次非常英勇的冲锋。"

"战争对勇士总是很苛刻。"

"没错,我为您的损失感到遗憾。"我当然不会遗憾,尤其对你儿子。

"我感谢您真诚的慰问。蒙真神祝福,我还有第三个儿子,但失去两个孩子的空洞永远无法填满，就像身上少了块肉。正因如此，我敢说我理解上场战争对您的影响，我也为您的损失感到遗憾。"

"您真慷慨。"

"我们是政治家，我们的失职、莽撞或愚蠢才导致战争。胜利当然比失败好，但……也好不了多少。皇帝希望和平，希望永久终结两个大国之间的敌意。我国对远渡重洋的征服并无兴趣，贵国在坎忒大陆上保留据点也没有实际利益，和平何乐而不为？"

"您提出的就这些？"

"就这些。"

"若我们就这样将达戈斯卡拱手相让，我们的人民会怎么想？那座城市可是上场战争中用无数子弟兵的鲜血换来的。"

"让我们现实一点。北方悬而未决的战事让贵国处于相当不利的境地，而达戈斯卡已是既成事实，无从更改。"图克斯稍稍想了一下。"不过，我可以安排送来十几个箱子，作为皇帝陛下对贵国君主的补偿。芳香的黑檀木箱，金叶装饰，扛在奴隶背上，由帝国官员恭敬呈献。"

"箱子里呢？"

"空无一物，"他们隔着房间瞪视，"除了骄傲。您想说有什么都行。古尔库的金子、坎忒人的珠宝，沙漠之外的焚香，什么都行。您可以说这十几个箱子比达戈斯卡更值钱，也许这能安抚贵国人民。"

格洛塔急促地吸了口气，然后吐出来。"和平换空箱子？"桌子底下他左腿一片麻木，挪动时痛得咧嘴，牙齿空洞扑哧喘气。他努力站定。"我会把您的条件汇报上级。"

他正待转身，图克斯伸出手。

格洛塔定神看着对方。好吧，能有什么坏处？他跟对方握手。

"我希望您能说服上级。"古尔库大使说。

我也希望。

世界边缘

穿越群山的第九天清晨,罗根发现了海。他费尽辛苦爬到又一个山顶,大海终于展现眼前,山路陡然直下平坦的低地,远处是闪亮的地平线。他甚至能嗅到海的气息,每口呼吸都充满腥咸味道。他想放声大笑,可思乡愁绪又如鲠在喉。

"大海。"他轻声说。

"大海。"巴亚兹也说。

"我们穿过了整个西大陆,"长脚笑得合不拢嘴,"快到世界边缘了。"

下午,他们逐渐接近海岸线。山路变宽,成了田间泥泞小道,两侧围着烂篱笆。大部分田地是正方形,翻出棕色泥土,也有些是绿的,长着青草或菜苗,甚至有高高的、看上去就没滋没味的灰色冬季作物。罗根对种地所知不多,但这片地显然刚有人劳动过。

"什么人会住在这种地方?"路瑟嘀咕,狐疑地打量病恹恹的农田。

"远古拓荒者的后代。帝国崩溃后,他们与世隔绝,艰难度日。"

"听到没？"菲洛嘶声道，她眯眼从箭袋抽出一支箭。罗根抬头细听。远处一声闷响，然后是细若游丝的说话声。他握住剑柄，俯身潜行到一道高耸的篱笆后，向外张望。菲洛跟在他旁边。

两个男人在对付新翻地里的一根树桩，一人拿斧子劈，另一人叉腰看。罗根不安地吞口口水，这两人看来没什么威胁，但不能以貌取人。很长一段时间来，他们看到的活物都想杀他们。

"冷静，"巴亚兹低声说，"没有危险。"

菲洛皱眉看他。"你之前也这么说。"

"我不发话就不许杀人。"魔法师低吼一句，然后用罗根听不懂的语言大喊，一只手举过头顶，热情地挥舞。那两人猛回过头，目瞪口呆。巴亚兹又喊了一句。两个农民互相看了看，放下工具缓缓走来。

他们停在几跨开外，哪怕在罗根眼里，这也是一对丑人——五短身材，样貌粗鄙，穿着灰扑扑、打满补丁、满是污渍的工装，紧张地打量六个陌生人，尤其关注来人的武器，好像从没见过这种东西。

巴亚兹客气地跟他们打招呼，微笑着挥胳膊，手指大海。一个农民点点头，开口回答，然后耸肩指向蜿蜒小道。他钻过篱笆的缺口，从田里走到道上——从软泥巴走到硬泥地上——示意他们跟上，他的同伴继续在篱笆那头狐疑地观望。

"他带我们去见康妮尔。"巴亚兹说。

"见谁？"罗根低声问。魔法师没回答，迈着大步随农夫西行。

阴沉的天空暮色渐浓，他们随一言不发的向导走过空荡荡的镇子。这向导真不讨喜，杰赛尔暗想，不过印象中农民就这德行，看来全世界都一样。镇内街道荒芜，落满灰尘，杂草横生，处处垃圾。很多房子是空的，被青苔和藤蔓占领，人烟稀少显得极为惨淡。

"看来这里的辉煌已然远去，"长脚失望地说，"如果真有过辉煌的话。"

巴亚兹点头:"今日世界,能保有辉煌的地方屈指可数。"

破败建筑间有个大广场,早已被遗忘的园丁曾围绕广场造出美丽花园,现下草地斑驳、群花凋零、良木枯萎。满目衰败中,却有一栋高大醒目的建筑拔地而起——准确地说,是一堆奇形怪状的建筑,中间有三座锥形巨塔,共建在一个基座上,只在上方分开。一座塔接近顶端的地方折断,屋顶不知所终,梁木裸露空中。

"图书馆……"罗根轻声说。

杰赛尔觉得不像。"真的?"

"西方大图书馆。"巴亚兹道。他们穿过荒芜的广场,踏进摇摇欲坠的高塔投下的阴影:"就是在这里,我懵懵懂懂迈出技艺之途的第一步;在这里,我师父教会我第一律法,他反复地教,直至我能用所有已知语言流畅背诵。这里是治学之地、思辨之地、奇美壮观之地。"

长脚咂嘴:"时间没放过这里。"

"时间不放过任何事物。"

向导简短地说了几个字,指指绿漆斑驳的大门,转身就走,边走还带着深深的疑惑打量他们。

"就不能找人帮忙。"巫师看着农民仓皇离去,不满地说。他举起法杖,重重敲了门三下。漫长的沉寂。

"图书馆?"杰赛尔听见菲洛疑惑地复述,显然对这个词很陌生。

"放书的。"罗根的声音响起。

"书,"她不以为意,"浪费时间。"

门后响起模糊声音,有人走出来,不耐烦地低声抱怨。门锁"咔哒"一声,又摩擦了几下,历经风雨侵蚀的大门才滑开。一名佝偻老头惊讶地打量他们,喃喃的骂骂咧咧忽然停住,一盏烛台淡淡的光照亮了他半张皱巴巴的脸。

"我乃第一法师巴亚兹,求见康妮尔。"仆人还是大张着嘴,杰赛尔觉得他若保持这姿势,掉光牙齿的嘴很可能流出一长串口水。显然,他们没接待过什么访客。

一盏忽明忽暗的烛台完全无法照亮门后宏伟的厅堂。沉重的桌子似乎要被摇摇欲坠的书山压塌,每面墙都靠着高高的书架,书架顶端隐没在发霉的黑暗中。摇摇晃晃的影子映在颜色不一、大小各异的皮革书脊上,映在一捆捆松垮的羊皮纸上,映在随意堆成倾斜小山的卷轴上。烛光还照亮了一些巨型典籍上镀银镀金的装饰和沉暗的珠宝。一道长长的楼梯从上古知识的海洋中优雅地盘旋升起,它的扶手被无数双手摸得光滑无比,它的阶梯被无数双脚踩得处处下陷。厅内到处积满灰尘,进门时,杰赛尔被一张硕大蛛网缠住头发,他赶紧用力弄掉,恶心得脸皱成一团。

仆人操着奇怪口音,呼哧呼哧地开口:"女主人已歇下。"

"叫醒她。"巴亚兹霸道地说,"时不我待,事情紧急,没工夫——"

"好啊,好啊,好啊,"一个女人出现在楼梯上,"老情人来叫门,所为何事啊?"她声音如浓郁、滑腻的果汁,她刻意夸张地漫步下楼,一手长指甲搭在弯曲扶手上,看模样是个中年妇女,高挑瘦削,动作优雅,一头黑发瀑布般垂下,遮住半张脸。

"师妹,我有急事与你相商。"

"噢,是吗?"她没被头发遮住的那只眼睛又黑又大,看起来昏昏欲睡,眼眶周围有淡淡的粉色皱纹。那只眼睛打量着众人,倦怠而慵懒,仿佛随时可能闭上,"真是不解风情。"

"我很累,康妮尔,没工夫玩什么把戏。"

"我们都很累,巴亚兹,很累很累。"她做作地长叹一声,终于走下楼梯,踏着凹凸不平的地板走向他们,"曾几何时,你挺享受我的把戏,有时还一连数日沉迷。"

"那是很久以前,时移世易。"

她突然露出愠怒表情。"你的意思是,过去的都不算数!不过,"她声音突然低如呓语,"我们伟大的法师组织最后的残余还是该保持风度。来吧,师兄,老友,亲爱的,没必要慌慌张张。夜色渐深,你们该洗去一路风尘,除下破衣烂衫,享受晚餐。让我们边吃东西边体面地讨论,这才像文明人。我好久没待客了。"她扫视罗根,钦佩地上下打量,"你带来如此顽强坚毅的客人。"她又盯了菲洛片刻,"如此别具风情的客人。"她抬起手,一根修长的手指划过杰赛尔的脸蛋,"如此俊俏帅气的客人!"

杰赛尔呆立原地,尴尬得要死,全不知如何应付。从近观之,她黑发根部是灰的,似经多次漂染;她光滑的皮肤有些松弛,还有些泛黄,无疑涂过层层妆粉;她白袍边缘脏污,一条袖子上有个显眼的污渍。事实上,她跟巴亚兹一样老迈,甚至更老。

她瞥了眼站在角落里的魁,皱起眉头:"至于这位客人,我看不出类型……但西方大图书馆来者不拒,来者不拒……"

✡

杰赛尔盯着镜子眨眼,一只手软绵绵地握着剃刀。

前一秒,他还在反思这趟终于即将完结的旅程,庆幸收益颇丰,学会了理解和宽容,领悟到勇气与无私,庆幸自己的改变跟成熟。但庆幸没持续多久。这面镜子年代久远,倒影模糊扭曲,但他还是发现……自己毁容了。

引以为豪的对称相貌永远消失,完美的下巴向左歪斜,一边大一边小,高贵的线条扭成奇怪的角度。他上唇的伤疤只剩一条淡淡的线,但下唇被残忍地凿成两半,伤疤一路向下拖,让他面目狰狞。

他怎么都好看不起来,笑容简直更糟,还会露出齿间丑陋的缺口。他像个角斗士或强盗,哪里还有王军军官的影子?唯一值得欣慰的,是他很可能在回程中死掉,熟人们不必见到他这副可怖嘴脸。多么无力的欣慰。

一滴泪水滴进下方的脸盆。

他吞口口水,抽抽鼻子,用手背抹掉满脸泪水。他扬起奇形怪状的陌生下巴，握紧剃刀。毁了就毁了，伤心也于事无补，他变得丑怪，但不妨碍他提升内在美，而且正如罗根所说，他至少还活着。他浮夸地一挽剃刀，动手处理双颊纠结、参差的须发，从耳边直刮到脖子，但留下唇边、下巴和嘴角的胡子。他边擦剃刀边欣赏自己，觉得留胡子挺合适，至少能稍微遮掩脸上缺陷。

他套上别人准备的衣服——散发霉味儿的上衣和马裤，样式古老而滑稽。等他终于收拾停当，镜中荒唐的倒影差点让他笑出声来。阿金堡的公子哥儿们肯定认不出他，他自己都认不出。

晚餐和杰赛尔想的完全不同。他以为历史人物会面有多隆重，结果用的是极度泛黑的银质餐具和有裂缝的旧盘子，连桌子也向一边倾斜，他总觉得食物会一股脑滑到肮脏的地板上。上菜的是那个呆板的门房老头，动作依然慢吞吞，而每道菜都又冷又硬。最先上来的是味同嚼蜡的浓汤，接下来是快烤成焦炭的鱼，再然后是一整片完全没烤熟的生肉。

席间，巴亚兹和康妮尔坐在桌子两头相对无言，心事重重，搞得大家如坐针毡。魁只管拨弄食物，黑眼睛一直徘徊在两位老巫师身上；长脚倒是每道菜吃得津津有味，面带微笑看着周围，好像其他人跟他一样享受。罗根皱眉握叉，笨拙又用力地刺着盘子，活像那里有个可憎的山卡。他穿着不合身的紧身上衣，泡泡袖不时蹭到盘子；菲洛呢，毫无疑问以她的敏捷足够顺当地使用刀叉，却偏要直接上手，还恶狠狠地瞪着看她的人，好像别人敢于纠正她一样。她没换衣服，尽管那件衣服穿了一星期，沾满灰尘。杰赛尔暗想，是不是给她准备的是裙子，这想法差点让他呛到。

不论食物、餐伴，抑或进餐环境，都不合杰赛尔的意，但事实上他们这几天几乎断粮，只吃过一把罗根从山里挖出的白色根茎、六颗菲洛从高高的鸟巢上弄到的小鸟蛋，外加长脚从某棵树上摘的苦得难以形容的浆果，实在窘迫。现在杰赛尔恨不得连盘子一起吞下。他皱眉撕扯软塌的肉片，真的开始考虑盘子是不是更可口。

"船还能用？"巴亚兹阴沉地问。大家抬起头。这是许久沉默以来第一句话。

康妮尔抬起黑眼睛，冷冷盯着他。"你是指尤文斯和他兄弟们去沙布拉延岛的船？"

"不然呢？"

"恐怕不行，它不能航行了，在旧码头烂成了肥料。不过别担心，我新建了一艘，等那一艘烂掉我又建了一艘。最近这艘船在海上飘着，用绳子系在岸边，船身爬满野草和藤蔓，但补给充足，随时备好船员。我可没忘记对师父的承诺，我向来尽职尽责。"

巴亚兹不满地皱紧眉："你想说我不够尽责？"

"我可没这么说。若你听出弦外之音，那是自己有鬼，不是我的问题。你知道，我不站边，从不掺和你们的纷争。"

"你这话说得好像懒惰是种美德。"第一法师愤愤道。

"当行动意味着卷入纷争，懒惰就是美德。你忘了，巴亚兹，你们的纷争我见得太多，循环往复让我厌倦。历史总在重演，兄弟阋墙，先有尤文斯打高斯德，坎迪斯打尤文斯，现在又有巴亚兹对卡布尔。你们的纷争跟前人比，虽只算小巫见大巫，恨意却不稍减，更不会手下留情。这场不择手段的争斗也会惨淡收场吗？抑或更糟？"

巴亚兹不屑地说："你就别假装关心了，好像能为这事下床十跨似的！"

"我不关心，这点我从不掩饰。我跟你和卡布尔不一样，跟扎卡鲁斯和余威也不同。我既没有无穷的野心，也没有无尽的傲慢。"

"你确实没有，"巴亚兹厌烦地舔舔牙，把叉子"哗啦"一声扔到盘子上，"你只有无穷的虚荣和无尽的懒惰。"

"这些只是小毛病。我对让世界按自己的宏伟蓝图来展开这种事兴趣缺缺，我随遇而安，满足于事物的本来面貌，正因如此，我算是巨人中的侏儒。"她慵懒的眼睛依次缓缓扫过众人,"但侏儒不会随意践踏他人。"她目光停在杰赛尔身上,杰赛尔被看得呛了一口,赶紧把注意力转到没煮烂的肉上。"你为自己的野心牺牲的人数不胜数,对吧,吾爱?"

巴亚兹的不快像石头压在杰赛尔身上。"何必兜圈子,师妹,"他阴沉地说,"我知道你什么意思。"

"噢,我忘了,你喜欢直来直去,自称容不得任何谎言。除了这话,你还说永远不会离开我,但没多久就弃我而去,另寻新欢。"

"那非我的本意。你误会我了,康妮尔。"

"我误会你了?"她声音陡然提高,杰赛尔甚至能触摸到她的怒火。"哪里误会了,师兄? 你没弃我而去? 你没另寻新欢? 你没从锻造者那里偷师又偷腥?"杰赛尔缩在座位里,耸起肩膀,自觉像钳子夹住的螺母。"托萝美,你把她也忘了吗?"

巴亚兹眉头皱得更深。"我犯过错,至今仍在付出代价。我没有一天不想她。"

"你真高尚!"康妮尔不屑道,"她一定感激涕零。可惜她听不到!我不时也会想起那日,旧时代终结那日。我们站在锻造者大厦外,一心想复仇。我们怒火中烧,聚起全部力量,却撼不动大门分毫。但你晚上对托萝美轻声软语,请求她开门放你进去。"她干枯的手抚住胸口,"如此温存的话语,我做梦都想不到出自你口。连我这老古板都被打动,天真的托萝美如何拒绝? 不管是要她打开父亲的大门,还是分开自己的双腿? 噢,她牺牲自己,帮助你、信任你、爱慕你之后,得到了什么,师兄? 那日真是精彩绝伦! 你们三个站在塔顶。一个愚蠢的年轻女子、她恼羞成怒的父亲、还有她的秘密情人。"她苦笑一声,"不是什么好组合,但谁也没想到结局如此悲惨! ——父女俩都掉下来摔死在桥上!"

"坎迪斯冷酷无情,"巴亚兹沉声道,"对自己的孩子也不会心慈手软。他当我的面把女儿扔下。我们当即动手,我用烈火轰下他,为师父报了仇。"

"哦,干得漂亮!"康妮尔装模作样地拍手,"皆大欢喜!那你再告诉我一件事:为何你为托萝美流了那么多泪,却吝于分我些许?你只喜欢纯真的女人,师兄?"她嘲弄地挑起睫毛,这表情在那张老脸上显得十分古怪,"纯真无邪?这转瞬即逝又毫无价值的东西,我从来看不起的东西。"

"或许吧,师妹,或许就因为这一件你从来想不透的东西。"

"噢,妙极,老情人,妙极。我最欣赏你的机智。卡布尔的床上功夫当然更好,却从没有你的激情和勇气。"她用叉子狠狠叉起一块肉,"这把岁数走到世界边缘?去偷师父封印之物?真是勇气可嘉。"

对面的巴亚兹轻蔑地看着她。"你懂什么叫勇气?这么多年,除了自己你还爱过谁?是谁不肯冒险、不肯付出、不肯有所作为?是谁荒废了师父传授的技艺!你就任由灰尘掩埋你和你喜欢的故事吧,师妹,没人在意,尤其是我。"

两名魔法师冷冷对视,空中怒火涌动。九指偷偷朝外挪椅子,发出细微的吱嘎声。菲洛在九指对面眉头紧皱,疑惑重重。马拉克斯·魁龇着牙,恶狠狠地盯着自己的师父。杰赛尔僵坐原位,屏住呼吸,祈祷这次匪夷所思的对话不会以谁爆炸告终——尤其不能是自己。

"好啦,"长脚兄弟突然插话,"我想为丰盛的晚餐感谢……"两名老巫师同时冷冷盯住他,"我们快到……旅途的终……点……了……呃……"领航员吞口口水,看着盘子。"我什么都没说。"

✡

菲洛赤身裸体坐在那里,一条腿抱在胸前,皱眉抠弄膝盖上一道伤疤。

她阴沉地看着房间高墙,感到四周旧石头的重压。她记得在奥斯曼的宫殿里的房间,就是这么盯着墙,伸长脖子望进墙上小窗,感受阳光照在脸上,想象自由的样子;她记得摩破脚踝的铁镣,还有比看上去结实得多的细长铁链;她记得如何挣扎、撕咬、拼命挣扎,直磨得鲜血淋漓。她讨厌墙,墙就是陷阱。

她阴沉地看着床。她讨厌床、沙发和靠垫。软东西让人软弱,她不需要。她记得刚被卖成奴隶时,就是躺在黑暗中柔软的床上。她那时还是个幼弱孩子,只会在黑暗中独自垂泪。菲洛烦躁地抠着伤疤,直到渗出鲜血。她讨厌软弱和愚蠢,讨厌那个任人宰割的孩子,讨厌那时的记忆。

她阴沉地看着九指。他仰面睡觉,裹着皱巴巴的毯子,头向后倒,嘴巴大张,双眼紧闭,鼻子轻柔地呼吸,一条向外伸开的苍白手臂扭成不舒服的角度。睡得像个孩子。为何要跟他上床?为何一而再再而三地犯错?她不该碰他,连话都不该说。她不需要他,丑陋的大个粉佬。

她不需要任何人。

菲洛告诫自己要仇恨一切,永不改变,但噘着嘴、皱紧眉、抠着伤疤的她,委实狠不下心。她看着床铺,看着壁炉里焦黑木头放出的余光,看着褶皱的床单上斑斑点点的阴影,心想躺在这里还是躺在自己房间宽敞冰冷的床上又有什么区别?床不是她的敌人。于是她离开椅子来到床边,滑进被窝背对九指躺下,一路轻手轻脚免得惊醒他。她当然不是为他,不用解释。

她挪动肩膀,向后贴住他,那儿更暖和。她听到他念叨了几句梦话,翻过身。她绷紧身子,屏住呼吸,随时准备跳下床。他的胳膊绕过她身侧,在她耳边呓语几句,温热的呼吸喷在她脖子上。

他温暖的大身子紧贴她的背,她不再觉得这是个陷阱;他苍白的手掌温柔地搭在她肋下,沉甸甸的胳膊搂着她,让她觉得……美好。她不由皱眉。

美好总是转瞬即逝。

于是她捏住他的手背,轻抚他的手指和断桩,将它们按在自己身上,假装自己很安全、很完整。这能有什么坏处?她紧紧握住那只手,按在胸口。

因为她知道,美好总是转瞬即逝。

山雨欲来

"欢迎诸位。保德尔将军,克罗伊将军。贝斯奥德大踏步退到白河附近,寻找有利地形对付我军。"伯尔猛吸一口气,严肃地环视众人,"很可能明日即将一战。"

"妙极!"保德尔泰然自若地一拍大腿喊道。

"随时待命。"克罗伊低声说,将下巴又抬高一寸,以显示威严。两位将军及他们势不两立的参谋团在伯尔元帅宽阔的元帅帐篷内的两端虎视眈眈,个个想用参战的热忱来压倒对方。威斯特忍不住想笑,简直像两伙毛头小子在操场上约架。

伯尔扬起眉毛,转向地图。"幸好,建造杜别克要塞的工程师仔细测量过周边地形,留下一些极精确的地图。还有一队北方人投诚,带来关于贝斯奥德兵力、位置和意图的详细信息。"

"怎能相信一群背叛自己国王的北方狗?"克罗伊将军嘲讽。

"若兰迪萨王子肯听他们的意见,长官,"威斯特不紧不慢地说,"说不定还活着,他的部队也依然存在。"保德尔乐得笑出声来,他的参谋团也跟着笑。克罗伊当然没笑,他在帐篷彼端死盯着威斯特,后者一脸漠然。

伯尔元帅清清嗓子续道:"贝斯奥德占据杜别克要塞,"他用指挥棒指点黑色六边形,"扼住出入安格兰的主要通道,渡过白河便是北方人的地界。路从西来,向东急转入两条长满树的长山脊间宽阔的峡谷,贝斯奥德的主力在要塞附近扎营,打算等我们一露头,就沿路向西进攻。"伯尔的指挥棒快速滑过那条黑线,厚图纸沙沙作响,"山谷很空,里面是草地,还有些金雀花和突起的岩石,为他提供了机动空间。"他转身看着众军官,握紧指挥棒,双拳狠狠杵在桌上,"我要将计就计……克罗伊将军?"

克罗伊终于从威斯特身上挪开目光,不高兴地应道:"在,元帅阁下?"

"你部沿路东下,缓缓逼近要塞,引诱贝斯奥德进攻。要慢、要稳,别冒进。与此同时,保德尔的师穿过北坡顶上的树林,到达这里,"他用指挥棒指点高地上的绿块,"就在克罗伊将军前方。"

"就在克罗伊将军前方。"保德尔咧嘴笑了,好像这是特别嘉许。克罗伊厌恶地皱眉。

"前方,没错。"伯尔续道,"等贝斯奥德全军入谷,你居高临下袭他侧翼。记住,保德尔将军,必须等北方人全进去再行动,这才能形成合围,一击制胜。若他们提前溜向渡口,在要塞掩护下我们无法追击。攻击杜别克要塞要花几个月。"

"当然,元帅阁下。"保德尔信誓旦旦,"我部将等到最后一刻,请您放心!"

克罗伊嗤之以鼻:"这显然没难度。迟到是你的拿手好戏,若你上周阻截了敌人,而非听其绕过,这仗根本不需要打!"

保德尔反唇相讥:"说得轻巧。你自己无所事事! 幸好敌人不是晚上行动! 不然你准把撤退当进攻,领着部队一溃千里!"

"诸位,够了!"伯尔元帅用指挥棒敲着桌子大吼,"我保证全军上下都有仗打,只要忠于职守,人人荣耀加身!但想成功必须团结!"他打个嗝,皱起脸孔,猛舔嘴唇,两位将军和他们的参谋团则互不相让。若非包括自己在内所有人的性命都取决于此,威斯特快笑出声来了。

"克罗伊将军,"伯尔元帅的语气好像家长在训导任性的孩子,"我希望你明白自己的职责。"

"我部沿大路进军,"克罗伊嘶声道,"缓慢推进,保持阵形,东下入谷,接近杜别克要塞,引诱贝斯奥德及其蛮子队伍出击。"

"好的。保德尔将军?"

"我部潜入树林,就在克罗伊将军前方,等到最后一刻冲下山,侧袭北方杂碎。"

伯尔挤出一丝笑容。"没错。"

"依我之见,这真是妙计,元帅阁下!"保德尔开心地捋着小胡子,"请您相信,我的骑兵会将敌人踏得粉碎。粉!碎!"

"恐怕您不能带骑兵,将军。"威斯特毫无感情地说,"树林浓密,马匹无用,甚至还会暴露位置。我们不能冒险。"

"可……我的骑兵,"保德尔倍受打击地念叨,"我最得力的……"

"他们留下,长官,"威斯特续道,"留在伯尔元帅的指挥部,作为总预备队,必要时派上战场。"这回轮到保德尔怒冲冲瞪着他,他回以同样的漠视,克罗伊及其参谋团则整齐地露出虚情假意的夸张笑脸。

"我不认为——"保德尔嘶吼。

伯尔打断他:"这是我的决定。还有一点你们要谨记在心:据说贝斯奥德找来援兵,一些北方山里的残暴蛮子。睁大眼睛,保护好侧翼。明天,我会适时下令进军,很可能在破晓之前。解散。"

"他们会遵命吗?"威斯特看着两队人闷闷不乐地离开帐篷,低声说。

"他们还能怎样?"元帅脸皱成一团,瘫在椅子里,手放肚子上,皱眉看着大地图。"我不担心,克罗伊除了沿山谷进军交战,别无选择。"

"保德尔呢?我真怕他找些借口,待在林子里不出来。"

元帅大人笑着摇头。"让克罗伊单干?送给对手独力打败北方人、囊括所有功劳的机会?不,保德尔不傻,我制订这计划就是要逼两人合作。"他顿了顿,抬头看威斯特。"你也该稍稍尊重他们一点。"

"他们配吗,长官?"

"当然不配。但如果——假如我们明天输了,他俩之一会坐上我的位子,届时你怎么办呢?"

威斯特笑道:"我完了,长官,但无论我怎么尊重他们也改变不了这点。他们讨厌我这个人,不只是我说什么,有条件时我宁肯畅所欲言。"

"我就知道你会这么说。哎,他们的确混蛋,好在行为不难预料,我担心的是贝斯奥德。他会中计吗?"伯尔打个嗝,干咽一下,又打个嗝。"该死的消化不良!"

三树和狗子瘫在帐门边的长椅上,与周围衣冠楚楚的官兵格格不入。

"要开战了啊。"威斯特大步走来时,三树说。

"没错。"威斯特指指前面黑制服的克罗伊参谋团,"明早,一半军队沿山谷行军,引诱贝斯奥德出战。"他又指指红色制服的保德尔参谋团,"另一半军队躲进树林,希望攻敌不备。"

三树缓缓点头,"听起来不错。"

"简单有效。"狗子说。威斯特打个激灵,仍旧无法直视对方。

"你们的情报是作战计划的基础。"威斯特咬牙硬挺,"情报可信吗?"

"反正我们信。"三树说。

狗子咧嘴笑道:"摆子没问题,而且据我侦察,他说的该是真的。当然,没法绝对保证。"

"这是当然。你们休息下吧。"

"正有此意。"

"我把你们安排在战线最左侧,保德尔将军的队伍末尾,高地上的树林里,应该不会遇敌。那是我能想到最安全的地方,你们可以挖个坑生堆火,若一切顺利,我们在贝斯奥德的尸体边再见。"他伸出一只手。

三树笑着握住:"这有点像我们说的话,暴怒,你保重。"他转身和狗子走上通往树林的斜坡。

"威斯特上校。"

他不用转身就知是谁。营里没多少女人,会跟他说话的更少之又少。凯茜。她站在泥地里,披着不合身的大衣,鬼祟又害羞。但一见她,威斯特心中就涌起怒火和窘迫。

这不公平,他明白,他没权利要求她。这不公平,但这想法让事情更糟。他脑子里只剩下狗子的侧脸和她的呻吟,噢……噢……噢。可怕的"惊喜",让他万念俱灰。"你该跟他们一路,"威斯特语气冷硬拘谨,全不知该说什么,"那里最安全。"他转身就走,但她突然拦住他。

"是你,对吧?那天帐篷外……那晚?"

"是的,恐怕是的,我只是去看看你缺不缺东西。"他撒谎,"我真没想到……你和……。"

"我也没想到你会——"

"狗子?"他嘟囔,脸上突然一片迷茫,"他?我是说……为什么?"为什么是他不是我,这是他真正想问的,但忍住了。

"我知道……我知道你肯定以为——"

"你完全没必要解释!"他吼道,尽管他非常想听她解释,"谁在乎我怎么以为?"他冲口而出的话比想象中更恶毒,失控让他更加恼怒、更为失控。"我才不在乎你跟谁上床!"

她打个冷战,盯着他脚边地面。"我不是……算了,我知道自己欠你很多,只是……对我来说你火气太大,就这样。"

　　威斯特盯着她随北方人上山,简直不敢相信自己的耳朵。她跟那臭烘烘的蛮子搞得热火朝天,而嫌他火气太大?

　　这太不公平,他差点气昏过去。

问

格洛塔上校慌慌张张地冲进自己的餐厅,拼命想扣上剑带搭扣。
"见鬼!"他火冒三丈地叫道,越急越扣不上,"见鬼!见鬼!"
"要帮忙吗?"丝克儿坐在桌后问,她双肩有黑色烧伤,浑身都是伤口,像屠夫店铺的死肉。
"见鬼!我不要帮忙!"他尖叫着把剑带扔到地上,"我要你说清楚是怎么回事!丢人现眼!我的团不许如此有伤风化!尤其身上还带着丑陋的疤!你的制服呢,女孩?"
"你不是该担心先知吗?"
"别管他!"格洛塔叫道,他挤进她对面的椅子坐下,"说说巴亚兹是何许人?那个第一法师!他究竟是谁?这老混蛋想得到什么?"
丝克儿甜甜一笑:"噢,他呀,我还以为每个人都知道呢。答案是……"
"是的,"上校低吼,他嘴巴发干,急切得像课堂上的学生,"答案是?"

她笑着拍打身边长椅,砰,砰,砰。

"答案是……"

答案是……

砰,砰,砰。格洛塔猛然睁眼,天才蒙蒙亮,一丝光线透过窗帘射进来。谁会这时候敲门?坏消息?

砰,砰,砰。"来了,来了!"他尖叫,"我腿瘸了耳朵可没聋!我他妈听见了!"

"那就快打开这该死的门!"门后走廊里的声音听不真切,但毫无疑问带着斯提亚口音。婊子维塔瑞,乌七八黑的深夜里求之不得的客人。格洛塔小心翼翼挪动汗津津的毯子底下麻木的四肢——尽全力按捺住呻吟——轻轻转动脑袋,想舒活扭曲的脖子,却无济于事。

砰,砰。不晓得上回有女人敲我卧室门是什么时候?他抓起床垫旁的手杖,用仅剩的牙齿咬紧嘴唇,轻声呻吟着下床,把一条腿支到地上,撑起身体。他背上剧痛难忍,眼睛爆凸,费尽九牛二虎之力才在床边坐直,感觉像跑了十里路。惧怕我,惧怕我,所有人都得惧怕我!只要我能把自己弄下床。

砰。"我来了,该死的!"他以手杖撑地,拼力站起。小心,小心。残废的左腿抖得厉害,没有脚趾的脚掌活像一条挣扎吸气的垂死的鱼。该死的臭肉!除了剧痛就没有存在感。小心,小心,谨慎小心。

"嘘,"他嘶声道,好像父母安慰哭闹的孩子,他轻轻捏着残废的肌肉,放缓呼吸,"嘘嘘嘘。"颤抖逐渐减弱为能忍受的悸动。这恐怕是最好情况了。他拉好睡衣,跛行到门口,恼火地转动钥匙开门。维塔瑞在门外走廊靠墙而立,阴影中的黑影。

"你这人,"他哼哼着跳进椅子,"不肯消停,是不?我的卧室太有吸引力?"

她慢悠悠晃进屋,皱眉扫了一眼可怜的房间:"或许我就喜欢看你受苦。"

格洛塔嗤之以鼻,轻揉火辣辣抽痛的膝盖:"这么说,你已经湿了?"

"还没有咧。你看上去像死人。"

"我什么时候不像?你是来嘲笑我,还是的确有事?"

维塔瑞交叠起长胳膊,靠住墙:"你得换衣服。"

"变着法子占我便宜?"

"苏尔特找你。"

"现在去?"

她翻翻白眼:"噢当然不,我们先睡一觉,你知道他是个慢性子。"

"我们这是去哪儿?"

"到了你就知道。"她加快步速,他气喘吁吁,抽痛加剧。他们穿过阴暗拱廊,走过阿金堡阴影幢幢的巷道和灰色庭院,黎明前的微光中一切都没有色彩。

他的靴子笨拙地踩在公园碎石上,吱嘎作响,草地结满冰冷露水,空中湿雾蒙蒙,掉光叶子的黑乎乎的树笼罩两旁,将爪子伸向四面八方。面前有一堵高耸光滑的墙,维塔瑞领他来到一扇大门前,门口一左一右站了两个穿镀金重铠的卫兵,他们沉重的长戟也镀了金,罩袍则缝有联合王国的金太阳纹章。近卫骑士,国王的贴身护卫。

"这是王宫?"格洛塔咕哝。

"不,天才,这是下水道。"

"站住,"一名骑士抬起一只戴铁手套的手,高大的头盔里微有回音,"报上姓名和此行目的。"

"我是格洛塔主审官,"他跛行到墙边,靠住潮湿石头,舌头抵紧牙齿空洞,以抵抗脚上疼痛,"至于目的你得问她。我被她弄来,天晓得为什么。"

"我是维塔瑞刑讯官,审问长阁下在等我们。你明知道,蠢货,我出门时告诉过你。"

若说全身铠甲的人还有办法显出受伤的样子,这位骑士就是了。"按程序,我必须询问每一位——"

"赶紧开门!"格洛塔大叫,用拳头抵紧颤抖的大腿,"趁我还能自己进去!"

骑士恼怒地重重拍门,门中开了扇小门。维塔瑞矮身通过,格洛塔跛行紧随,他们沿一条精心修砌的石头路穿过阴影笼罩的花园。大颗大颗冰冷的露水凝在萌芽的枝头,或从高高的雕像上滴落。不知从哪里传来乌鸦叫,于清晨的宁静中听来格外刺耳。王宫就在正前方,那是被苍白晨光点亮的一大片屋顶、塔楼、塑像和装饰石雕。

"我们来这干吗?"格洛塔嘶声问。

"走着瞧。"

他跛上一段台阶,两旁是高耸梁柱和另两位近卫骑士——全然静默,活像两套盔甲。他手杖敲在抛光大理石地板上,回音幢幢的门厅被摇曳的蜡烛照个半亮,两侧高墙覆满毛茸茸的织毯,描绘出被遗忘的胜利与功业,一个又一个国王指点江山、挥舞宝剑、宣读诏书,骄傲地挺起胸膛。他勉力又上了一段台阶,这里的墙壁和天花板用金色花朵排成光辉灿烂的图景,在烛光中闪耀。维塔瑞在台阶顶上不耐烦地等他。见鬼,价值连城的台阶也不会更好爬。

"快!"她低声催促。

二十跨外一扇门前聚了群忧心忡忡的人。一名近卫骑士弯腰瘫坐椅子上,头盔放在身边地板,双手抱头,手指插进卷发中。另有三人站在一起,他们急促的低语被墙面反弹,在走道里回荡。

"你不来?"

维塔瑞摇头:"他没要我去。"

那三人目睹格洛塔跛行而来。黎明前在王宫走廊里说悄悄话的是怎样一群人啊。霍夫宫务大臣睡袍外披了件外套，胖脸上的表情活像刚从噩梦中走出；瓦卢斯元帅凌乱的衬衫有一边领口没翻出来，另一边也没折好，满头铁灰色头发支向各个方向；莫拉维大法官双颊深陷，眼圈通红，指着房门的那只细瘦的手微微发抖。

"进去吧。"他低声说，"真可怕。太可怕了。到底谁干的？"

格洛塔皱眉越过啜泣的骑士，跛进门内。

这是间卧室。奢华卧室，王宫嘛。墙壁拉满鲜艳丝绸，挂着用镀金旧画框装饰的黑色帆布画，室内还有用一整块棕红石头雕出的巨大壁炉，形态仿若具体而微的坎忒神庙。四柱巨床帷幕中的空间比格洛塔整个卧室还大，掀起的被单一片凌乱，但不见主人踪影。一扇高窗微微打开，送来外面灰色世界的冷风，让屋内烛焰舞蹈跳跃。

苏尔特审问长站在卧室中央，思虑满腹地皱眉看着床另一侧的地板。格洛塔暗暗希望审问长阁下跟门外三位同僚一般凌乱狼狈，结果失望了。审问长的白袍依然洁白无瑕，白头发刚梳理过，戴白手套的手谨慎地交叠身前。

"阁下……"格洛塔边走边说，接着注意到地板上的东西：烛光中明明灭灭、尚未凝结的黑色液体。血。不出意料。

他又朝前跛了几步，看见尸体仰面躺在床另一侧，鲜血喷洒在白床单、地板乃至墙上，浸染了华丽窗帘的褶边。撕开的睡衣被血浸透，死者一只手握起来，另一只手的四根手指不翼而飞，断口参差不齐，胳膊上还有个大伤口，少了一大块肉。像被咬的。死者断了条腿，断腿向后折，骨头刺穿皮肤，而喉咙伤口之深，可说脑袋没搬家几乎是奇迹。

并且，那张咧开满嘴牙齿、眼睛圆睁凸出盯着彩绘天花板，仿如在诡异微笑的脸确凿无疑。

"雷诺特王太子遇害。"格洛塔低声说。

审问长抬起戴手套的手，两根指头缓缓拍打另一只手掌。"噢，了不起,我们的大侦探。没错!雷诺特王太子遇害,这是一幕悲剧,一场灾难,一桩针对我国中枢的严重罪行,对联合王国造成了巨大伤害。但死人还不算最糟的。"审问长深吸一口气。"国王没有兄弟,格洛塔,你明白这意味着什么?王国没了继承人,国王去世后,我们下一位伟大领袖将从何而生呢?"

格洛塔吞口口水。我明白了。此事动摇了你的权力。"从议会。"

"选举,"苏尔特嗤之以鼻,"将由议会选举下一任国王。几百个自以为是、没人教连午餐也选不了的痴呆来选举国王。"

格洛塔又吞口口水。若非咱们脑袋拴一块儿,我就该幸灾乐祸了。"我们在议会不受欢迎。"

"几乎最招人恨。我们针对布商公会、香料公会及乌尔莫斯总督等人的动作,大为触怒了贵族。"

所以国王一死……"国王健康状况如何?"

"不……佳。"苏尔特皱眉瞅看血淋淋的残缺尸体,"这一击有可能颠覆我们。趁国王还在世,我们得赶紧在议会中寻找盟友,把握下任国王选举的主动权,至少也要能施加影响。"他瞪着格洛塔,烛光下蓝眼睛闪烁,"通过收买和胁迫来赢得选票,拉一批再吓一批。你能想象,门外那三个老混蛋此刻同样在盘算。我该怎样保住权力?我该支持哪位候选人?我能控制哪些选票?当我们向议会公布这场谋杀时,必须拿获凶手,以迅速有力的制裁来彰显效率。拉不到票,天晓得下场如何。你能想象布洛克登上王位吗?或者伊斯尔?亨根?"苏尔特夸张地发抖,"我们不仅会失业,而且……"统统变成码头边的尸体……"因此我要你将谋害王子的凶手立刻缉拿归案。"

格洛塔皱眉看着尸体。或者说尸体剩下的部分。他用手杖尖撩拨雷诺特王子残缺的胳膊。与数月前公园里那具尸体死状相同。食尸徒所为——至少理论上如此。突来的冷风吹得窗户轻轻砸在窗框上。窗口潜入?先知的上一位间谍可没如此粗心大意。何不像对付达瓦斯那样,干脆把尸体吃得一干二净?难道突然没胃口?

"您盘问过卫士?"

苏尔特不耐烦地挥手:"他说整晚一直守在大门前,听到响动立刻进屋,发现王子就这样了,血还在流,窗户大开。他马上去找霍夫,霍夫找了我,我找来你。"

"无论如何,要进一步盘查卫士……"格洛塔低头看着雷诺特握起的手。手里握着什么。格洛塔费力地弯下腰,压得手杖不住颤抖,他用两根指头拈出那东西。有意思。一块布。似是白布,现今大半被染红。他展开布仔细瞧看,昏暗烛光中似有金线隐隐闪烁。我见过这种布。

"什么?"苏尔特叫道,"你找到什么?"

格洛塔保持沉默。也许这有点太容易。太容易了。

✡

格洛塔朝弗罗斯特点头示意,白化人便一把掀开罩住帝国大使脑袋的口袋。图克斯在突来的亮光中猛眨眼睛,深吸一口气,眯眼扫视房间,这个肮脏的白匣子被灯光照得通亮。他发现了笼罩在身后的弗罗斯特,发现了坐在对面的格洛塔,发现了摇晃的座椅、污迹斑斑的桌子和桌上的抛光匣子,但没发现格洛塔脑后的小黑洞——他本不该发现,审问长在后面监视这场审讯。字字句句都能听清。

格洛塔从近处仔细观察大使。罪犯一开始往往最容易暴露。他头一句话是什么?清白的人会问自己到底犯了什么罪——

"我到底犯了什么罪?"图克斯问。格洛塔自觉眼皮跳动。当然,聪明的罪犯也会问同样的问题。

"谋害雷诺特王太子。"

大使眨眨眼睛,陷进椅子:"在这个黑暗的日子,我对贵国王室及贵国人民致以最真挚的悼念。但这样做真的有必要?"他朝缠住他裸体的几根粗厚铁链点头。

"有必要。若你是我们怀疑的那种人。"

"我明白了。若我声明跟这桩耸人听闻的暴行毫无瓜葛,会有用吗?"

即便你真的清白,恐怕也于事无补。格洛塔将染血的白布丢到桌上。"这是在王太子手中发现的。"图克斯皱眉看去,大惑不解。仿佛从没见过。"跟你房中搜到的袍子上的缺口吻合。袍子上同样有大量血迹。"图克斯抬头望向格洛塔,睁大眼睛。如坠五里雾中。"你如何解释?"

大使在桌上倾身,达到双手铁链容许的极限,快速地低声说:"请您仔细想想,主审官,倘若先知的间谍察觉我的使命——他们总是无孔不入——便会想尽办法破坏它。您知道他们的本事。把此事归咎于我,等于侮辱皇帝,等于拍开他伸出的友谊之手,还给他一耳光。他必会誓言复仇,而当奥斯曼-乌-多沙誓言复仇……我的命不值一提,但我的使命不能失败。这对贵我两国……后果不堪设想……拜托您,主审官,请您仔细想想……我知道您懂得放开思想——"

"放开思想就像裸露伤口,"格洛塔咆哮,"必将招揽毒素,引发感染,带来痛苦。"他朝弗罗斯特点头,白化人便将一纸供状小心翼翼放到桌上,用白指尖滑到图克斯面前。格洛塔亲手将一瓶墨水放到供状旁,翻开黄铜盖子,又将钢笔摆到一边。律师一样干净利落。

"这是您的供状,"格洛塔冲那张纸挥手,"如果您还不清楚。"

"我无罪。"图克斯用细若游丝的声音说。

格洛塔不耐烦地皱了皱脸。"您被拷问过吗?"

"没有。"

"但您看过别人被拷问?"

大使吞口口水:"看过。"

"那您对即将发生的事不算全无准备。"弗罗斯特打开格洛塔的匣子,诸多托盘立刻升起,呈扇形弹开,犹如一只首度展翅飞翔的华丽大蝴蝶,展示出格洛塔那些闪烁的器具妖艳的美。他看见图克斯眼中充满惊奇与畏惧。

"我对此很在行,"格洛塔长叹一声,交握双手,"这不是炫耀,而是事实,若非如此,我便不会与你同处一室。我在动手前坦诚相告,是要打消你的幻想,希望你回答我的问题。看着我。"他等待图克斯的黑眼睛对上自己的眼睛。"招不招?"

停顿。"我无罪。"大使呢喃。

"我没问你这个。我再说一遍:招不招?"

"不。"

他们彼此对视很长时间,格洛塔终于打消所有怀疑。他是清白的。若他能神不知鬼不觉翻越王宫、潜入王子的卧室,不该早就在我们发觉前逃出阿金堡了吗?为何留下呼呼大睡,甚至把染血的长袍挂进橱柜?一连串瞎子都能发现的证据说明我们被算计了,甚至设计并不巧妙。抓错犯人是一回事,但被愚弄?又是另一回事。

"你等等。"格洛塔咕哝。他挣扎起身来到门边,小心关好门,跛行上台阶去旁边房间。

"见鬼,你到底在干什么?"审问长咆哮。

格洛塔保持恭敬的深鞠躬,"卑职在挖掘真相,阁下——"

"什么?内阁等着要供状,你却跟我废话什么'真相'?"

格洛塔迎上审问长的怒视:"若他没说谎呢?若是皇帝的确想求和呢?若他委实清白呢?"

审问长毫不动摇,冰冷的蓝眼睛里充满难以置信:"你他妈在古尔库丢的是牙齿还是脑子?谁他妈管他清不清白?我们只关心结果!这才实际!只要他签下那张纸……你……"他几乎被唾沫星子呛住,怒得双拳开开合合。"……你这该死的瘸子!早一刻让他签,我们就能早一刻拿它去帮议会里那群贵族擦屁眼!懂吗?"

格洛塔头压得更低:"是,阁下。"

"今晚,你还要继续以对所谓'真相'的病态迷恋来给我添麻烦?杀鸡不用牛刀,但最要紧的是让这混蛋签字!你要我找高尔?"

"当然不,阁下。"

"快他妈给我滚回去,让他……立刻……招供!"

格洛塔跛行离开,哼哼着左右伸了伸脖子,揉了揉酸痛的手掌,又活动疼痛的肩膀直到听见关节"咔嚓"一声。一场艰难的审问。塞弗拉盘腿坐在对面,头靠肮脏的墙:"他签了?"

"当然签了。"

"妙极。又一宗疑案告破,呃,头儿?"

"我保留意见。他不是食尸徒,至少不像丝克儿。相信我,他有痛觉。"

塞弗拉耸肩:"她说恩赐各不相同。"

"是啊,是啊。"有人谋害王子以从中渔利,格洛塔揉着水汪汪的眼睛,心里想,哪怕没人关心,我也要挖出真相。"我还有些问题要问,首先得找昨晚王子卧室门口的卫士谈话。"

刑讯官抬起两边眉毛:"为什么?不是拿到供状了吗?"

"只管把他找来。"

塞弗拉收拢双腿,一跃而起:"好吧,你是老大。"他离开油腻的墙,闲庭信步般沿走廊离开。"近卫骑士哟,立马端上来。"

坚守阵地

"你睡没睡?"派克边问边抓挠烧伤较轻的半边脸。

"没睡。你呢?"

本是罪犯的军士摇头。

"几天没睡了。"加兰霍低声抱怨,他手搭凉棚,眯眼朝北方山脊看,铁灰色天空下,树木连成参差不齐的一线。"保德尔的师出发去树林了?"

"第一缕曙光之前就出发了,"威斯特说,"很快会就位。现在克罗伊做好了准备,至少他的守时值得尊重。"

在伯尔元帅指挥部下的山谷中,克罗伊将军的师摆好战斗队形。中央是三团王军步兵,两翼地势稍高处各有一团贵族征兵,骑兵殿后。将军的部下跟兰迪萨乱糟糟的乌合之众有天壤之别,各营排好紧密纵队,流畅行动,踏过泥地、长草和零星雪坑,来到指定位置小心布阵,在山谷中铺展开。冷空气中回荡着沉重的脚步声、鼓点声及长官简洁的命令声。一切井然有序。

伯尔元帅掀开帐帘,大步出门。他猛一挥手,算是对帐前敬礼的守卫和军官们致意。

"上校,"他皱眉看天,"还晴着,呃?"

太阳像个墨点挂在地平线上,天空被厚厚的白云覆盖,但北方山脊上有一条条颜色较深、几乎是深灰的云带。

"还晴着,长官。"威斯特说。

"保德尔还没信儿?"

"是的,长官,但树林很厚,他可能正在跋涉。"威斯特想的却是,保德尔的脸皮比树林更厚,但这话说出来不像个军人。

"你吃了?"

"吃了,长官,谢谢关心。"威斯特昨晚到现在根本没进食,之前也没吃多少,想到食物就恶心。

"至少我们中有一个吃了。"伯尔元帅恼火地揉肚子,"该死的消化不良,什么都吃不下。"他身子一抖,打个长长的嗝,"抱歉。他们出发了。"

克罗伊将军终于对属下每个人的精准位置满意了,于是军队沿山谷向前推进。冷风卷得各团、营、连的旗帜猎猎作响,氤氲阳光照在锋利的武器和整洁的盔甲上,照在金穗饰带和抛光木杆上,照在马笼头和马鞍上。大军徐徐前行,场面异常壮观。远处,山谷东面,一座巍峨黑塔从树林后显现,那是杜别克要塞最近的高塔。

"真了不起,"伯尔低声说,"这里有约一万五千士兵,山脊上与此相仿。"他朝指挥部旁下马休息的骑兵预备队点头,那两个团焦躁不安,"另有两千骑兵蓄势待发。"他回头看向大雪覆盖的谷中,帆布帐篷、马车、堆积的箱子和桶子组成的城市,黑色人影影影绰绰。"还没算上那几千厨子、马夫、铁匠、车夫、仆人和医生。"他摇头,"担子真不轻,呃?你肯定不想当个什么都得操心的傻瓜。"

威斯特勉强一笑:"当然,长官。"

"好像……"加兰霍手搭凉棚迎着阳光看向山谷下方,低声道,"那是……?"

"望远镜!"伯尔大喊,旁边军官递过一个装饰华丽的望远镜,元帅掀开盖子。"来吧来吧,看看是谁?"

明知故问,还能是谁?"贝斯奥德的北方人。"加兰霍说出明显答案。

威斯特透过自己望远镜摇晃的圆镜片看到敌人涌出山谷尽头河边的树丛,冲过宽阔平地,宛如割开手腕后流出的浓稠血液。灰棕相间、脏兮兮的人群逐渐排出队形,那是装备简陋的农兵,但中央部分较为齐整,锁甲和武器闪着粗钝的金属光。贝斯奥德的亲锐。

"没有马。"这让威斯特异常紧张。他差点命丧贝斯奥德的骑兵铁蹄下,不想再来一次。

"亲眼看到敌人至少心安一些。"伯尔和威斯特所想正相反,"他们的确行动麻利,"元帅露齿而笑,"但正中我们下怀。大鱼上钩,只等收线提竿,呃,上校?"他把望远镜递给加兰霍,后者端着察看,自顾傻乐。

"正中下怀。"元帅重复,威斯特却没那么肯定。他清楚地记得当初山脊上那队稀疏的北方人,兰迪萨也觉称心如意。

克罗伊的队伍停下,各单位再次完美地站好位置,像在大操场上阅兵。部队排成四排,预备连精准地摆在后方,前方是一线稀疏的弩手。威斯特听到下令放箭,第一波攒射立时飞出,雨点般落入敌阵。他观望着,双拳紧握,指甲深嵌入掌心,扎得生痛。他恨不得一波就将北方人全灭,但对方毫不示弱地回射,然后勇猛地冲上来。

非人的北方战吼声被冷风裹挟,直吹到指挥部一众军官耳中。威斯特咬紧嘴唇,回忆上次在迷雾中回荡着同样的呐喊。难以想象,竟然才过了几周。他再次内疚地庆幸躲在战线后方,然后又打个冷战,因为这也非安全场所。

"我的天。"加兰霍不由惊叫。

除了他没人说话。威斯特僵立原地,牙齿打颤,心如擂鼓,眼看北方人热血沸腾地爬上山谷,尽力稳住端望远镜的手。克罗伊的弩手又发出一波攒射,然后沿精心排列的队伍中留出的缝隙退到后方。队伍随即合上,士兵放低长矛,举起盾牌,无声无息中联合王国军已准备好迎接呼啸而来的北方人。

　　"交手了。"伯尔元帅低吼。王军队列仿佛波动挪移了些许,人潮中,氤氲阳光闪烁得更快,风携来模糊的撞击声。指挥部众人一言不发,个个举着望远镜或借助阳光,关注山谷里的形势,几乎忘了呼吸。

　　过了令人胆战心惊的一段时间,伯尔终于放下望远镜。"很好,他们上钩了。看来你的北方人说得没错,威斯特,就算没有保德尔,我军人数也占优。等他赶到,我们将一举击溃——"

　　"那儿,"威斯特说,"南面山脊上。"一道光从林子里闪过,接着又一道。金属。"我拿性命担保,长官,那是骑兵。贝斯奥德跟我们打一样的主意,只是把人藏在对面。"

　　"见鬼!"伯尔脱口而出,"通知克罗伊将军,南面山脊有敌骑!让他加强侧翼,准备迎接右侧进攻!"一名传令官熟练地跳上马鞍,飞驰去寻克罗伊将军,马蹄踩起一片冰冷泥点。

　　"手段不错,说不定还有后着。"伯尔"啪"地合上望远镜,往掌心重重一拍,"此役只许成功不许失败,威斯特上校,要克服万难。无论是保德尔的自大、克罗伊的野心抑或敌人的狡猾,克服万难。只许成功不许失败!"

　　"是,长官。"威斯特心里却不确定。

　　联合王国士兵努力保持安静——像一大群被领进门剪毛的吵闹绵羊。他们呻吟、咒骂,脚踩泥地声、盔甲撞击声、武器磕碰声,令狗子大摇其头。

　　"幸好没人,不然早他妈露馅儿。"黑旋风嘶声说,"这帮蠢货连尸体都瞒不过。"

"那也不用你多嘴,"前面的三树低吼,召唤众人上前。

再次率领一大队人感觉有些怪。他们领着摆子的四十名亲锐,这些人鱼龙混杂,高矮不一,老少各异,武器和盔甲五花八门,但看得出经验丰富。

"停!"联合王国士兵抱怨着停下脚步,稀里哗啦在山脊最高处站成一排。就狗子所见进入树林的士兵估计,这会是漫长的一排,而他们在队伍最末端。他看看左面空荡荡的林子皱眉头。队伍末端,有点孤独。

"但也最安全。"他低声自语。

"啥?"凯茜说着坐到一根倒地的粗大树干上。

"这儿最安全。"他用她的语言说,扯出个笑脸。在她身边他仍旧手足无措,白天两人有难以逾越的鸿沟:族群、年龄、语言。奇怪的是,到晚上这些都荡然无存,他们在黑暗的帐篷中如胶似漆。或许假以时日,他们能克服交流障碍,又或一切如故,但无论如何,他感激她,她让他重新成为一个人,而非在森林中逃窜、在麻烦中挣扎求生的野兽。

他注视着一名联合王国军官离开队列,趾高气昂走到三树面前,腋下夹着根锃亮的棍子。"保德尔将军要你们留在左翼,保护军队侧面。"他一字一顿,声音洪亮,仿佛说得字正腔圆,北方人就能听懂陌生的语言。

"好。"三树答道。

"主力部署于右侧高地!"他棍子一指,他吵闹的手下在那边树林里慢吞吞做准备,"待贝斯奥德与克罗伊将军的部队交战正酣,我们出奇制胜。"

三树点头。"是否需要我们帮助?"

"说实话,我觉得不需要。若情况有变,会通知你们。"他大大咧咧往回走,在泥地滑了几脚,差点一屁股坐倒。

"他挺有信心。"狗子说。

三树一挑眉毛："要我说,太过了。不过如果这意味着我们能自由行动,我举双手赞同。行了!"他转身朝亲锐们大喊,"把那根树干拖过来!"

"为啥?"一个坐在地上揉膝盖的人不大高兴地问。

"贝斯奥德来了才有地儿藏,"黑旋风冷冷地叫道,"起来,白痴!"

亲锐们放下武器,嘟嘟囔囔干起活。看来,追随传奇三树鲁德并没想象中么开心,对此狗子只能苦笑。他们还不明白,没有责任感的首领没法成为传奇。狗子走到愁眉不展地看着林子的老汉身边。"头儿,你担心?"

"这是个打埋伏的好地方,适合战斗打响后突袭对手。"

"是啊。"狗子咧嘴笑道,"所以才把我们派到这里。"

"贝斯奥德会想不到?"狗子的笑容渐渐消失。"只要能匀出人手,他也会把人摆在山上,等待时机,说不定还会穿过树林偷偷摸来。你觉得届时会怎样?"

"那就得一决生死。但照摆子他们的说法,贝斯奥德没有多余人手,他的兵力不及我们一半。"

"也许如此,但他擅长出其不意。"

"好吧。"眼见亲锐们把倒下的树干横在斜坡顶上,狗子说,"好吧。我们做最坏的打算,抱最好的希望。"

"抱最好的希望?"三树低声重复,"可有哪次如愿?"他转身去跟寡言说话,狗子只得耸肩。若突然冒出数百亲锐,的确大祸临头,但这当口做啥也改变不了。于是他跪在包裹旁,掏出燧石和干树枝,把干树枝小心堆起来,开始打火。

摆子蹲在旁边,手扶斧柄。"你干吗?"

"你说呢?"狗子冲树枝吹气,看着火苗升起,"生火。"

"不是等打仗吗?"

狗子坐下,捡来附近枝条,看着火堆烧旺。"是啊,等打仗时最适合生火。打仗的要诀就是等,小子,你跟我们干,也许会把足足几星期生命花在等待上。你可以挨着冻等,也可以舒舒服服等。"

他从包里取出锅子,架到火上。这是口新锅,好用,从南方人那儿搞的。他解开锅里的小口袋,里面有五个完好的鸡蛋,棕褐色带斑点的新鲜鸡蛋。他拿起一颗在锅沿一磕,打到锅里,滋滋声让他笑得合不拢嘴。久违的感觉,很久没有鸡蛋了。敲开最后一个鸡蛋时,微风送来某种味道。不是鸡蛋味。他猛地抬头,皱起眉。

"咋?"凯茜问。

"没事,没啥。"但他不想冒险,"帮我看着,呃?"

"行。"

狗子翻过倒下的树干,走到最近的树边,靠着树干弯腰朝斜坡下瞅。他仔细分辨,没味道,林子里也没东西——除了潮湿地面上的斑驳积雪,还有滴水的松树树枝和安静的影子。什么都没有,三树的话让他疑神疑鬼。

他刚转身又嗅到那味道,于是停下来向山下走了几步,远离火堆和树干,仔细打量树林。三树端起盾牌来到他身边,长剑握在大拳头里。

"怎么,狗子,闻到什么?"

"好像,"他缓慢用力地一嗅,从鼻孔吸进空气,仔细辨别,"好像没啥。"

"别敷衍,狗子,你的鼻子救过我们好几回。到底闻到什么?"

风向转变,让狗子闻了个清楚。他有段时间没闻到这味道了,但绝不会错。"见鬼,"他吐出气,"山卡。"

"喂!"狗子闻声望去,张大了嘴,只见凯茜端着锅翻过树干。"鸡蛋好了。"她说着冲两人咧嘴一笑。

三树朝她猛挥胳膊,用最大音量吼道:"所有人躲到——"

下面灌木丛响起弓弦声,狗子听到箭矢呼啸而过。扁头基本没什么准头,箭偏出一两跨,阴差阳错射中另一目标。

"噢,"凯茜惊呼,眨巴眼睛看着埋入身侧的箭杆,"噢……"她颓然倒下,锅掉在雪里。狗子朝上猛冲,任冰冷空气刮过喉头,他抓住她双臂,三树抱住她双膝。幸好她不沉,一点不沉。又几支箭射来,其中一支插在树干上嗡嗡响,两人抱她躲到树干后。

"下面有山卡!"三树喊道,"小姑娘中箭了!"

"最安全的地方?"黑旋风吼了一嗓子,蹲在树后,手头一圈又一圈转着斧子。"狗娘养的!"

"山卡?这是南方啊!"有人说。

狗子用胳膊夹住呻吟的凯茜,躲进火堆旁的小坑,她的腿磕碰着泥土。"我中箭了。"她低声呢喃,盯着身上箭杆,涌出的鲜血浸透了衬衫。她咳嗽起来,抬头看狗子,眼神涣散。

"他们来了!"摆子大喊,"各就各位,小子们!"众人抽出武器,收紧腰带盾带,咬紧牙关,互拍后背,准备战斗。寡言在树干后朝山下射箭,冷静如常。

"我得走了,"狗子捏捏凯茜的手,"但我会回来,好吗?你别动,听到吗?我会回来。"

"什么?不要!"他不得不撬开她手指。他不想这样,但有啥选择?"不要,"她冲他的背影低声哀叫,他跟跟跄跄冲向蹲在树干后那稀疏的一列亲锐,一些人跪起来射箭反击。一支丑陋的长矛飞过树干,扎进他身旁地里。狗子盯着它,小心绕过,跪在寡言身边朝斜坡下看。

"见鬼!"树林里全是扁头。下面的树林,左边的树林,右边的树林,黑影上蹿下跳,蜂拥而来,放眼望去成百上千。右侧的联合王国士兵迷惑地大叫大嚷,端起长矛,盔甲随之哗哗响。箭雨从树林中呼啸而至,落入人群。"我操!"

"快开工,呃?"寡言连连放箭,狗子终于抽出一支箭,但目标太多,全不知射谁。他射得太高,正骂骂咧咧,却见它们上来了,已能看清嘴脸——若能叫脸的话——摇摆的下颌,满口扭曲的牙齿,凶狠的小眼睛杀气腾腾。它们握着粗糙武器,有钉钉子的木棒、石头凿的斧子,还有从死人身上扒的锈迹斑斑的长剑。它们像狼一样迅速扑过树林。

狗子射中一只山卡的胸口,它仰面倒地,他又射中另一只的大腿,但其他扁头完全不受影响。"预备!"他听到三树大吼,感觉周围人起身,举起剑、矛和盾,准备迎接冲击——但说真的,一个人怎能准备好应付这种事?

一只扁头嘴巴大张,大吼着跃过树干,咆哮的黑影仿佛已至耳边。大巴一剑刺穿它,用力一挥甩出去,飞溅的血像水洒出破瓶。

又一只扁头摸上来,三树干净利落地砍掉它胳膊,用盾牌将它撞下山。扁头继续涌来,数量越来越多,聚集在倒下的树干前。狗子射中一只离自己不到一跨的扁头的脸,又抽出匕首捅它肚子。他使出吃奶的劲儿大吼,鲜血漫过手掌,扁头滚下山时,他抢过它爪子里的木棒击打旁边另一只扁头,却没打中,反让自己一趔趄。

这时,所有人都在吼叫、戳刺、砍杀。

摆子将一只山卡的头死死踩在树干上,高举盾牌,用铁铸盾缘砸扁它脑袋,他又抢斧砍飞另一只,血沫溅入狗子眼里。第三只跳过障碍,摆子伸手抱住它,一起滚进湿泥地,滚了一圈又一圈。眼见山卡占到上风,狗子赶紧拿木棒砸它后背,一下、两下、三下,摆子推倒它,爬起来踩碎了它的头。一只扁头在树干上拿长矛捅进一名亲锐身侧,亲锐发出惨叫,刚起身的摆子立刻扑上去砍翻扁头。

狗子眨眼,想用袖管抹掉眼里的血。他看到寡言举起匕首,狠狠插进扁头的脑袋,刀刃穿过嘴巴,狠扎在树干上;他看到大巴抡起巨拳,一下接一下揍山卡的脸,直到它脑袋变成一摊红泥。一只扁头跳上树干,举矛刺向狗子,但斜刺里杀出个黑旋风,削断它双腿,让它尖叫着滚下山。

一只山卡压住一名亲锐,撕咬下北方人脖子上一大块肉。狗子捡起长矛投去,正中扁头后背。它倒地后狂叫着朝身后乱抓,想拔出长矛,但那矛稳稳地插在它身上。

一名亲锐跌跌撞撞,吼叫连连,原来一只山卡咬住他胳膊,他用另一只手拼命挥打。狗子想去帮忙,却有扁头挺矛冲来,幸好被他发现,顺势躲开后一刀插入它两眼之间,接着挥棒击它后脑。它脑袋像鸡蛋一样碎裂。他转身又对上一只山卡,这只真他奶奶的大。它血口大张,吼声震耳,齿间口水横流,爪子里的战斧令人生畏。

"来啊!"狗子举着木棒和匕首冲它尖叫,它不及反应,便被三树自肩到胸劈开,血光四溅。它摔倒在地,竟还勉强向前爬,却只让狗子轻松一刀捅穿了脸。

山卡开始撤退,亲锐们高喊着紧追不舍。一只落后的扁头尖叫着想爬过树干,却被黑旋风一剑劈开后背,血肉横飞,白骨飞溅。它发出一声凄厉的惨叫,倒在树枝上,抽搐片刻后便四肢瘫软、一动不动了。

"它们完了!"摆子大吼,他长发覆盖的脸沾满血点,"我们赢了!"

亲锐们挥舞武器,高声庆贺。至少大部分在庆贺。死了两个,还有几人受伤倒地,紧咬牙关,呻吟不止。狗子觉得伤员肯定没心情庆贺,三树也没心情。

"闭嘴,白痴!它们暂时撤退,下次会来更多。扁头就是这样,越来越多!清理尸体!回收箭矢!今天还用得着!"

狗子踉踉跄跄奔回将熄的火堆。凯茜还躺在那里,气若游丝,一手捂着肋上伤口,睁大雾蒙蒙的眼睛看着他,一言未发。他也沉默。有什么可说呢?他抽出匕首,割开箭孔旁血淋淋的衬衫看清箭杆。箭扎在她右边乳头下两根肋骨间。如果能选,这可不是受伤的好地方。

"严重吗?"她牙齿打战,声音含混,脸色苍白如雪,眼神却异常狂热,"严重吗?"

"没事。"他说着用拇指抚掉她潮湿的脸上的泥。"你感觉怎样,呃?我们帮你治。"他心里骂自己:该死的骗子,狗子,该死的懦夫,她可是肋下中箭。

三树在两人旁蹲下。"得拔出来,"他紧锁眉头,"我按着她,你来。"

"什么?"

"他说什么?"凯茜哑着嗓子,牙齿上都是血,"他想……"狗子双手握箭杆,三树抓住她手腕。"你们想——"

狗子一用力,箭杆没出来。他又用力,血从箭杆周围涌出,两股黑色液体流下她苍白的身子。他再用力,她浑身颤抖,双腿踢打,杀猪一样尖叫。他继续用力,还是没用,箭杆甚至没出来分毫。

"用力!"三树斥道。

"鬼东西不肯出来!"狗子一脸狰狞。

"行了!行了!"狗子放开箭杆,凯茜连喘带咳,在冷风中瑟瑟发抖,大口喘气,吐出粉色血沫。

三树揉着下巴,脸上留下大片血渍。"拔不出就穿过去。"

"啥?"

"他说……什么?"凯茜牙齿打战,呜咽着问。

狗子吞口口水。"我们要把箭穿过去。"

"不。"她瞳孔张大,低声说,"不要。"

"只能如此。"狗子握住箭杆,折成两半,她轻哼一声。

他抵住箭杆末端。

"不要。"她呜咽。

"忍着点,姑娘。"三树用通用语说,再次握住她胳膊,"忍着点,就一下。来吧,狗子。"

"不要……"

狗子咬紧牙关,用尽全力推箭杆。凯茜身体抽搐,发出轻微呻吟,接着两眼一翻晕了过去。狗子将她麻袋般瘫软的身子侧过来,看到箭头从后背冒出。

"行了,"他嘀咕,"行了,穿过去了。"他握住箭头下端,轻柔晃动着抽出箭杆。又流出几滴血,幸好不多。

"幸好,"三树说,"幸好没伤到肺。"

狗子咬着嘴唇。"幸好。"他抓起一卷绷带,从后背那个洞绕到胸前,三树帮忙扶好她。"幸好,幸好。"他一遍又一遍地说,僵硬笨拙的手指尽可能快地绕绷带,直到够结实。他手上全是血,绷带上全是血,她肚子和后背全是他的粉色指印,还有一道道黑泥巴和黑色血渍。他把她衬衫整理好,温柔地将她放平,抚摸她的脸——还很温暖,但双眼紧闭。她胸膛微微起伏,白气在嘴旁缭绕。

"得拿条毯子。"他说着在包裹里翻找,拽出毯子,扫开火堆旁的杂物,抖开毯子盖在她身上。"暖和点了,呃?暖和又舒服。"他把毯边压紧,以防她受凉,又把她的脚塞进毯子。"别着凉啊。"

"狗子。"

三树弯下腰,在她胸前仔细听了听,然后直起身,缓缓摇头。"她没了。"

"啥?"

周围点点斑白。又下雪了。

✡

"保德尔在搞什么?"伯尔元帅盯着山谷大喊,拳头暴躁地握紧又松开,"我说等到两军交战,不是我军崩盘时出来卖乖!"

威斯特无法回答。确实,保德尔哪儿去了?雪越下越大,雪花打着旋儿轻轻飘落,在战场上拉起一道灰色帘幕,一切都变得飘渺。朦胧空旷的声音仿佛从极远处传来,传令官像小墨点在战线后的白色雪地上飞速穿梭,带回求援急告。伤员不断撤下,他们在担架上断断续续地呻吟,在车上喘息,或是安静地拖着身子步行,指挥部前留下一路血迹。

大雪纷飞,但仍能看出克罗伊陷入苦战。精心布置的阵形其中央部位形成了一个危险的突出部,被打乱的各单位就地与敌人混战。威斯特已不记得克罗伊将军派出多少参谋来指挥部求援,或请求撤退。他们得到的是一样的回答:坚守阵地,等待时机。与此同时,保德尔将军那边还是一片不祥的宁静。

"他到底哪儿去了?"伯尔元帅跺着脚走回帐篷,在新雪上留下深深的黑色足印。"你!"他冲一名传令官喊道,不耐烦地招手。威斯特随伯尔元帅进帐,保持着尊敬的距离,加兰霍跟在最后。

伯尔元帅在木桌旁弯下腰,猛地从墨水瓶里抽出笔,墨点溅了一桌。"去林子里找保德尔将军!看看他在搞什么,然后立即回来报告!"

"遵命,长官!"传令官大声答道,全神贯注等待后续命令。

伯尔在纸上龙飞凤舞。"告诉他,我命他立刻进攻,立刻!"他恼火地翻动手腕,签下名字,一把将文件甩给传令官。

"是,长官!"年轻传令官大步走出帅帐。

伯尔转向地图,猛打个激灵,一手抓胡须,一手捂肚子。"保德尔到底哪儿去了?"

"长官,有没可能他也遭遇攻击——"

伯尔打个嗝,一咧嘴又打一个。他一拳捶在桌上,震得墨水瓶直晃。"杀千刀的消化不良!"他用粗手指戳地图,"保德尔再不出击,我们就得派预备队。威斯特,听到没?派出骑兵。"

"是,长官,遵命。"

"只许成功不许失败。"元帅皱眉干咽了一口,威斯特看到他脸色突然刷白。"不许……不许……"元帅眨着眼,轻轻摇晃。

"长官,你——"

"哇啊啊啊!"伯尔元帅猛然倒向前,朝桌上吐出一团黑乎乎的东西,喷溅的呕吐物把地图染成鲜红。威斯特僵立原地,慢慢张大了嘴。伯尔元帅打个嗝,捶打前面的桌子,身体摇晃,接着弯腰又吐。"哇啊啊啊!"他身子歪斜,红色血丝挂在唇上,苍白的脸双眼凸出,一声窒息的呻吟后向后倒下,还带掉一张血淋淋的图纸。

威斯特终于反应过来,扑上前扶住快摔倒的元帅。他扶着元帅无力的身躯,费力地穿过帐篷。

"见鬼!"加兰霍喘不过气。

"妈的,帮把手!"威斯特嚷道,大块头赶紧过来,拽住伯尔另一条胳膊,两人半拖半拽把元帅弄上床。威斯特解掉元帅制服第一颗扣子,松开衣领。"胃里的毛病,"威斯特咬牙轻声说,"他都抱怨好几周了……"

"我去找医生!"加兰霍慌慌张张尖声说,他呼地起身,却被威斯特抓住胳膊。"不。"

大块头诧异地回头。"什么?"

"大家知道他病了会乱套。保德尔和克罗伊会自行其是,军队将四分五裂。不,战斗结束前,不能走漏风声。"

"可——"

威斯特起身,一只手搭在加兰霍肩上,直视对方的眼睛。他知道该怎么做,他不能成为另一场灾难的旁观者。"听着,我们必须执行原计划。必须。"

"什么?"加兰霍狂乱地环视帐篷,"我们?"

"必须如此。"

"但元帅命悬一线!"

"门外的几万人也命悬一线!"威斯特吼道,"你听他说了,只许成功不许失败!"

加兰霍的脸变得跟伯尔一样苍白。"我觉得他的意思不是——"

"别忘了你欠我的情。"威斯特倾身靠近,"要不是我,你本该成为卡曼纳河边腐烂的尸体。"他不想威胁,但事已至此,别无他法,"我们可以互相谅解吗,上尉?"

加兰霍吞口口水:"是,长官,我想可以。"

"很好。你来照顾伯尔元帅,我去外面看看。"威斯特起身走向帐门。

"如果他——"

"你随便!"没等他说完,威斯特就回头打断。没时间操心个人健康。他钻进外面的冷气中,二十多名军官和守卫分散在帅帐前,用望远镜观望下方的白色山谷,不时指指点点,交头接耳。"派克军士!"威斯特示意罪犯,后者顶着雪大步走来,"守在这里,明白?"

"明白,长官。"

"你守在这里,除我和加兰霍,禁止任何人出入。任何人。"他压低声音,"无论发生什么。"

派克点头,烧融的粉脸上眼睛闪闪发光。"明白。"派克站到帐门边,大拇指似是漫不经心地搭上剑带。

没多久,一匹马冲上斜坡,直冲到指挥部,鼻孔不停喷气。骑手翻身下马,几跨步来到威斯特面前,想要进帐。

"保德尔将军急报伯尔元帅!"这人边喊边跑,威斯特岿然不动。

"伯尔元帅正忙,你可以向我报告。"

"将军特别嘱咐——"

"向我报告,上尉!"

来人眨眨眼。"保德尔将军的师正在交战,长官,在树林里。"

"交战?"

"陷入苦战。敌人朝我部左翼发起多轮疯狂进攻,我们自顾不暇。保德尔将军请求撤退后重新整队,长官,我们偏离了原定位置!"

威斯特吞口口水。计划出了岔子,很可能全盘皆输。"撤退?不!绝不!一旦撤退,克罗伊将军就得孤军奋战。保德尔将军必须坚守阵地,一有可能还要发动反击。告诉他,任何情况下都不准撤!每个人都要坚守阵地!"

"可是,长官,我需要——"

"快去!"威斯特吼道,"立刻!"

来人敬个礼,慌忙上马出发,同时又有人骑上斜坡,在帅帐不远处勒马停下。威斯特暗自咒骂。芬宁格上校,克罗伊的参谋长。他可没这么好打发。

"威斯特上校。"对方边下马边飞速地说,"我部全线陷入苦战,现在右翼又出现敌骑!敌人朝一个征兵团发起冲锋!"他走向帅帐,边走边摘手套。"没有支援他们撑不了多久,而一旦他们溃败,我部侧翼岌岌可危!一切就完了!该死的保德尔在哪里?"

威斯特徒劳地想拖住芬宁格。"保德尔将军也遭到攻击。我会立刻安排预备队增援你部——"

"还不够。"芬宁格咆哮着推开威斯特,大步走向帅帐,"我要见布——"

派克抢到他面前,手按剑柄。"元帅……正忙,"他低声说,烧融的脸双眼突出,极为骇人,连威斯特都有点紧张。紧张的沉默中,参谋长和面目狰狞的罪犯对视。

芬宁格犹豫地后退一步,眨眨眼,紧张地舔嘴唇。"正忙。明白。好吧。"他又退开一步,"你会立刻安排预备队?"

"立刻。"

"那好,那好……我会告诉克罗伊将军坚守阵地。"芬宁格一只脚踩上马镫。"但这不合规矩,"他皱眉看看帐篷,看看派克,最后看看威斯特,"完全不合规矩。"他脚踢马腹,冲回山谷。威斯特看着芬宁格离去,心想对方根本不知道有多不合规矩。威斯特转向一名传令官。

"伯尔元帅下令预备队增援右翼,向贝斯奥德的骑兵发起反冲锋,将之击退。侧翼崩溃将是灾难,明白?"

"我要得到元帅的手令——"

"没时间写了!"威斯特吼道,"快去完成军人的职责!"

传令官顺从地匆忙奔下斜坡，跑向雪地里等待的两个骑兵团。威斯特看着他，手指不安地绞动。骑兵们开始上马，做好冲锋准备。威斯特咬着嘴唇转过身，只见伯尔元帅身边的军官和守卫都看着他，有的略带好奇，有的直接露出怀疑。

他边往回走，边冲其中两三人点头，想让他们觉得一切都是依命而行。不知何时会有人拒绝接受他的命令，何时会有人强闯元帅帐篷，何时会有人发现伯尔元帅奄奄一息，实情还被隐瞒很久。不知事态会不会在战线崩溃、指挥部被血洗前爆发。在那之后，其实都无所谓了。

派克看着他，表情应该在笑。威斯特想还以笑容，但完全笑不出。

✡

狗子气喘吁吁地坐着，背靠树干，弓松垮垮握在手里，一把剑插在脚边潮湿的泥土中。这是他从某个战死的亲锐那拿来用的，他预感到今天结束之前，这把剑会派上大用场。他浑身是血——手上、衣服上，到处都是。既有凯茜的血、扁头的血，也有他自己的血。没必要擦，很快会沾上更多。

山卡冲上山三次，被他们击退三次，每一次攻势都更猛烈。狗子不知第四次还能不能顶住，但它们肯定会再冲上来，这毋庸置疑。他唯一关心的是扁头进攻的数量和时间。

林子里传来联合王国伤员的惨叫和哀嚎。伤员太多。上一次战斗，一名亲锐失去手掌——失去或许不贴切，是被斧子齐腕砍断。刚开始那人尖叫不已，现在已安静下来，只是轻柔而规律地呼吸。断臂用破布和皮带绑住，那人盯着伤口，挂着伤员特有的表情——泛白的眼球大睁，好像没法理解看到的东西，好像惊讶无比。

狗子缓缓探出头，从树干上向外观察。他发现扁头就坐在下面林子的阴影里，等待。这让他很不舒服。山卡只要没死光、逃光，就会不停涌上来。

"它们在等什么?"他嘶喊,"妈的,扁头几时学会等了?"

"学会为贝斯奥德打仗的时候?"大巴擦拭长剑,瓮声瓮气地说,"世道变了,越变越糟。"

"哪有往好处变的?"黑旋风在下面叫道。

狗子皱眉。他闻到新味道,潮湿的味道。下面的树林变白了,更白了。"那是啥?雾?"

"雾?这么高的地方?"黑旋风的笑声像聒噪的乌鸦,"这种时候?哈哈?等等……"大家都看见了——带状白云贴着潮湿坡地。狗子咽口水,嘴巴发干,突然心慌意乱,这不只是因为下面等待的山卡。另有原因。雾爬上树林,漫过树干,在他们眼前拉出一道白幕。扁头开始行动,一片灰蒙中,它们的身形隐约可见。

"见鬼,"他听到黑旋风说,"这不正常。"

"稳住,伙计们!"三树镇定地叫喊,"都稳住!"这声音让狗子安了下心,却没持续多久。他前后摇晃,几乎要吐。

"不,不。"摆子低声说,眼睛四下打量,似要夺路而逃。狗子胳膊上汗毛倒竖,皮肤刺痛,喉咙发紧。莫名的恐惧攫住了他,这恐惧随雾气漫上山坡,穿过树林,在林间环绕,甚至占据了他们藏身的树干。

"是他。"摆子眼睛睁得和鞋底一般大,他伏平身子,压低声音,生怕被人发现,"是他!"

"谁?"狗子沉声问。

摆子只管摇头,紧紧趴在冰冷地面。狗子有同样的强烈冲动,却强迫自己站着,强迫自己看向树干后。一个有外号的,怎能像怕黑的孩子不知所措地瑟瑟发抖?他要勇敢面对。

他大错特错。

雾中现出一个人影,又高又壮,显然不是山卡,魁梧身形堪比巴图鲁。甚至比巴图鲁还高大。一个巨人。狗子揉着干涩的眼睛,觉得这定是光影的错觉。不。人影越走越近,他看得更清楚、更清楚……越清楚就越心惊肉跳。

狗子踏遍整个北方，但从没见过如此怪异不自然的东西。一半身体裹着黑板甲——一团镶有铁钉，用无数螺丝拧紧，经过千锤百炼，留下累累伤痕的扭曲金属；另一半近乎全裸，只有缚住板甲的皮带和扣子。巨人赤脚赤膊，裸露胸膛，浑身上下突起一块块丑陋肌肉。他戴着黑铁面具，面具上划痕密布。

他穿破迷雾，越走越近，皮肤上绘满图案，全是细小的蓝色字体，每寸裸露的皮肤都有。他没拿武器，却丝毫不减威风——甚至因此气势更盛，显示出即便上战场，也不屑于操家伙。

"他奶奶的死者在上。"狗子惊惧得张大嘴巴。

"稳住，伙计们，"三树吼道，"稳住。"老汉的声音让狗子没有不顾一切拔腿就跑。

"是他！"一名亲锐娘们儿似的尖叫，"恐刹！"

"闭上鸟嘴！"摆子说，"大家都知道！"

"放箭！"三树大喊。

瞄准巨人时，狗子手不住发抖，隔这么远他还是怕。他勉强拉弓放箭，箭在盔甲上弹开，毫无威胁地落进树林。寡言准头更好，他利落地射中巨人身侧，箭深深插入彩绘身躯。巨人浑不在意。亲锐们射出更多箭矢，一支扎进他肩膀，另一支穿透了他粗壮的小腿。巨人一声不吭，越走越近，仿若巍峨的高山，浓雾、扁头和恐惧随他漫山遍野涌来。

"操。"寡言嘀咕。

"恶魔！"一名亲锐尖叫，"地狱里的恶魔！"狗子也这么想。在弥漫的恐惧中，人们开始动摇，他自己也无意识中向后退去。

"听着！"三树怒吼，他的声音厚重沉稳，仿佛全无畏惧。"我数到三！数到三，我们冲出去！"

狗子盯着三树，觉得这是胡闹，在这里至少有树干藏身。他听到几名亲锐低声念叨,无疑也是同样想法。他们不想冲下山,冲到一大群山卡当中,还要对付一个非人的巨人。

"你确定?"狗子嘶声问。

三树看都没看他。"怕才要冲!热血上头就天不怕地不怕。我们占有地利,不能坐以待毙!"

"你确定?"

"要冲了。"三树扭头就走。

"要冲了。"黑旋风大吼一声,怒视众人,唬得大家不敢后退。

"数到三!"霹雳头话音隆隆。

"嗯,"寡言说。狗子吞口口水,还是不确定该不该冲。三树朝树干后看去,双唇紧抿成一线,盯着雾气中的形影,尤其是那巨人。他伸手向后一压,示意众人等待。等待合适的距离与时机。

"数到三冲?"摆子轻声问,"还是三之后冲?"

狗子摇头。"都行,只管冲。"他觉得双脚像两块巨石。

"一!"

一了?狗子回头看向熄灭的火堆,凯茜的尸体瘫在毯子下。这本该让他愤怒,却只让他更怕了。他不想像她一样死掉。他咽口口水,扭头紧握住匕首和从死人那取来的长剑。钢铁不会怕,这两把好家什做好了饮血的准备。他希望自己也多少有所准备,但他参加过无数血战,知道没人能真正准备好。无须准备,只管冲。

"二!"

快了。他瞪大眼睛,鼻孔吸着冰冷空气,皮肤冻得发疼。他闻到人味和浓烈的松树味,闻到山卡的气息和潮湿雾气。他听到身后急促的呼吸、下方缓慢的脚步、两侧的呐喊和自己血液的流动。一切纤毫毕现,缓慢得如同掉进蜂蜜。周围人动了起来,面无表情,目光坚定,改变姿势,对抗迷雾与恐惧,最后蓄势待发。要冲了,他毫不怀疑,他们都要冲了。双腿肌肉绷紧,推着他起身。

"三!"

三树当先翻过树干,狗子紧随其后,其他人蜂拥而上,天地间霎时被他们的呼喊、愤怒和恐惧占满。狗子尖叫着狂奔,踏着摇撼骨头的沉重脚步,粗浑呼吸裹着飒飒风声,黑色的树和白色的天搅成一团。浓雾加速涌来,雾中黑影蓄势待发。

他高声咆哮,挥剑砍向路过的黑影。长剑砍出深深的口子,将敌人掀飞,也带得狗子转了半圈。他继续向前冲,往山下跑,左劈右砍,大喊大叫。长剑砍中一只山卡,断其小腿,狗子由于惯性滑下山坡,滑进一摊泥巴,赶紧挣扎起身。四周的战斗声已混成一片:人类的叫喊、咒骂,山卡的号叫,铁器的撞击,还有刀剑劈砍肉体。

他在林中穿行,警惕地盯着四周,不知何时遇到下一个扁头,不知会不会突然被长矛捅进后背。前方有个模糊人影,他立马跃去,尽全力大吼一声。浓雾仿佛一下子散开,他猛地刹住脚,吼声被吓得憋回喉咙,慌乱后退时差点绊倒。

恐刹离狗子不到五跨,看上去远比之前恐怖、高大,符文遍布的身躯扎满箭杆。一个亲锐被他抓住脖子,举在身前,无助地踢打挣扎。恐刹绘满符文的前臂肌肉扭曲、蠕动,硕大的手指收紧,亲锐眼睛暴出,嘴巴大张,却发不了声。一阵令人心悸的碎裂声后,巨人甩破布般甩开尸体,尸体在泥泞的雪地里滚了一圈又一圈,终于脑袋一歪停下。

恐刹站定身形,雾在周身流转,他透过黑面具俯视狗子。狗子迎上他的目光,自觉随时可能尿裤子。

但该做的还得做。罗根常说,与其担惊受怕,不如放手一搏。狗子张嘴尽全力尖叫,挥舞借来的长剑,向前冲去。

巨人抬起覆满铁甲的硕大手臂,挡住长剑。金属撞击震得狗子牙齿打战,长剑打着旋儿脱手飞出,但狗子已抽出匕首,沿巨人手臂下方狠狠刺入那彩绘身躯。

"哈!"狗子大喊,但高兴没持续多久。恐刹另一条硕大手臂从迷雾中挥出,照他胸膛反手一击,他闷哼着飞了出去。天旋地转,上下左右全是树。狗子仰面摔倒,瘫在泥里,喘口气都困难,别提翻身。两肋阵阵剧痛,有如大石头压在胸口。

他双手抓着泥巴,勉强抬头,连呻吟的气力都没了。恐刹不慌不忙地走来,伸手拔出身侧的匕首。在他硕大的指头间,匕首就像个玩具,像根牙签。他随手将它扔进树林,洒出一长串血点。他抬起盔甲包裹的那只脚,准备像踩砧板上的坚果一样踩碎狗子的脑袋。狗子只能无助地躺在那里,在剧痛和恐惧中看着巨大阴影扑面而来。

"狗杂种!"三树飞身跳出树林,以盾护体,猛撞在巨人裹着盔甲的臀部,将其撞开。巨大的金属靴"吧唧"一声踏在狗子脸旁的地里,溅了他一脸泥。老汉刻不容缓,趁恐刹身形不稳,咆哮咒骂着砍向他没盔甲保护的一侧。狗子喘着粗气扭身,想起来帮忙却顶多只能靠树坐着。

巨人挥出钢甲铁拳,势道可立毙马匹,三树闪身避开,在盾牌掩护下长剑顺势上挑,扫过恐刹的面具,留下一道极大的凹痕。恐刹被打得大脑袋朝后仰,脚步踉跚,嘴唇喷出鲜血,老汉不待巨人喘息,照胸口又一记猛烈横砍,黑铁甲上带出一串火花,旁边赤裸的蓝皮肤被深深割开。这无疑是致命一击,但飞舞的剑刃上只有几滴血点,恐刹的身躯完全没留下伤口。

现在巨人稳住了身形,发出惊天怒吼,震得狗子瑟瑟发抖。他一只巨足踏后,举起魁梧的手臂,以排山倒海之势砸向三树的盾牌。拳头砸下一大块木板,碎片纷飞,然后威力不减地砸进老汉的肩膀。老战士呻吟着被仰面掀飞,摔倒在地。恐刹也不容对手喘息,高举硕大的蓝拳头上前,但三树在地上一声狂啸,挺起长剑整个刺入恐刹绘满符文的大腿,没至剑柄。

狗子眼看沾满鲜血的长剑从大腿后刺出,却对恐刹没有影响。硕大的蓝拳头捶在三树肋骨上,发出如枯枝折断的声音。

狗子惨叫一声,拼命抓挠泥土,胸膛火辣辣地疼,但他根本起不来,只能眼睁睁当个看客。恐刹举起另一边黑铁包裹的拳头,动作慢而审慎,举在空中瞄准,最后呼啸着砸进三树另一侧身体,将呻吟的老汉捶进泥里。巨臂抬起时,蓝色指节沾满鲜血。

浓雾中闪出一道黑线,直刺进恐刹腋下,把他掀翻。摆子的长矛。摆子疯狂地边刺边吼,逼得巨人滚了一圈,但恐刹随即翻身爬起,向后半步假装要退,巨蟒般的手臂却突然出击,拍苍蝇一样拍飞摆子。摆子尖叫、踢打着消失在雾中。

巨人刚要追击,却听一声雷霆般的暴喝,大巴的长剑倏地砍在铁甲肩头,震得巨人单膝跪地。黑旋风也冲出迷雾,砍下巨人大腿后侧一大块肉。摆子又回来了,继续疯狂地边刺边吼。他们三人将巨人围在当中。

不管恐刹多么高大魁梧,这下也该死了。三树、摆子和黑旋风给他的伤,教他没道理不入土。但他还是站了起来,身上插着六支箭和三树的长剑,铁面具后的怒吼令狗子浑身战栗。摆子一屁股坐地,面无人色。巴图鲁目瞪口呆,长剑脱手。连黑旋风都退开一步。

恐刹弯腰拔出三树留在他腿上的长剑,将血淋淋的剑扔到脚边污泥里。剑没留下伤痕,半点没有。然后他转身一跃,消失在迷雾中,雾气在他身后合拢。狗子听到他冲过树林的声音,感到前所未有的庆幸。

"追!"黑旋风大叫着要往斜坡下跑,却被巴图鲁伸出大手拦住。

"你不能去。山下不知有多少山卡,我们下回再杀他。"

"让开,大个!"

"不。"

狗子奋力往坡上爬,胸膛的疼痛让他不住打战,但他顾不上。迷雾散去,留下清冷空气。寡言从另一边走来,箭还搭在弦上。泥雪交杂的地上躺着许多尸体,大部分是山卡,也有一些亲锐。

他仿佛花了一世纪才爬到三树身旁。老汉仰面躺在泥里,一条摊开的手臂还绑着破碎的盾牌,他鼻孔浅浅地吸气,嘴里吐出血沫,看到爬向自己的狗子,便伸手抓住狗子的衬衫,将狗子的耳朵贴近自己沾满血沫的咬紧的牙。他嘶声道:

"听着,狗子!听着!"

"啥,头儿?"狗子哑着嗓子,胸口疼得几乎发不出声。他等着,听着,却什么也没听见。三树睁大眼睛,盯着树枝。一滴水从枝头滴落,滴在脸庞,钻进他血淋淋的胡须。他断气了。

"入土了。"寡言道,颓然的面孔如一张老蛛网。

✡

威斯特咬着指甲,眼看克罗伊将军及其参谋团沿路打马上坡,个个黑衣黑马,严肃得像要参加葬礼。雪停了,天仍黑得吓人,像晚上。冰冷的风吹过指挥部,吹得帅帐噼啪响,威斯特假传命令统帅全军的时间到头了。

他突然有种强烈冲动,恨不得转身就逃。这想法太荒唐,很快他又产生了另一个滑稽点子,那就是放声大笑。幸好他还能自控,至少没笑出声。眼下一点也不好笑,马蹄声渐近,他又开始考虑要不要逃。

克罗伊猛然勒缰,翻下黑马,理理制服,调整剑带,然后一个急转身朝帐篷而来。威斯特拦住他,抢先发言来争取一点时间:"克罗伊将军,您打得漂亮,你部真是不屈不挠!"

"这是当然,威斯特上校。"克罗伊嘲讽地念出他的名字,好像这是不折不扣的笑话。他的参谋团在他身后站成一个半圆,大有兴师问罪之势。

"能否告知我军处境?"

"我军处境?"将军咆哮起来,"处境就是北方人被打退了,但阵脚未乱。我部给敌人造成了相当损失,但各单位筋疲力尽,无力追击。拜保德尔的怯懦所赐,敌人退过了渡口!我要他身败名裂!我要他以叛国罪被绞死！我以我的荣誉发誓,决不放过他!"他环视指挥部,他的参谋团愤怒地窃窃私语。"伯尔元帅呢？我要见伯尔元帅!"

"没问题,给我……"威斯特话没说完就被飞驰的马蹄打断,第二群骑手围住了元帅帐篷另一侧。这当然是保德尔将军及其庞大的参谋团,还带来一辆货车,人和马顿时堵死了狭窄的小路。保德尔飞身下马,大步踏过泥地。他头发凌乱,下颌绷紧,脸上多了一道长长的伤口。身着深红制服的参谋们紧随其后,刀剑铿锵,金穗带飞舞,脸色通红。

"保德尔！"克罗伊怒道,"你还有脸见我！脸皮太厚！你只有这点能耐?"

"你竟敢这么说！"保德尔大叫大嚷,"道歉！我要你马上道歉!"

"道歉？我道歉？哈！好不要脸！原计划你从左翼进攻！结果我们孤军奋战了两小时!"

"将近三小时,长官。"某位克罗伊的参谋插了一句。

"三小时,混蛋！你不是怯懦是什么?"

"怯懦？"保德尔尖叫,他的参谋团里甚至有人握起武器。"你必须立刻道歉！我部一直在承受猛烈的侧翼攻击！我甚至得亲自步行冲杀!"他把脸往前一凑,戴手套的手指着脸上伤口,"仗是我们打的！我部赢得了今天的胜利!"

"鬼扯,保德尔,你什么也没干！胜利属于我的人！猛烈攻击？哪来的攻击？林子里的野兽?"

"啊哈！还真是！给他看!"

一名参谋扯开盖住货车的油布,乍眼看去,车上装了堆血淋淋的破布。参谋皱鼻一推,那东西滚到地上,仰面朝天,鼓出的黑眼睛盯着天空,丑陋的大下巴张开,露出满口锋利的长牙。它棕色偏灰的皮肤极为粗糙,生满茧子,粗短的鼻子歪歪扭扭。它脑袋扁平,没有毛发,眉骨高耸,小额头却向后缩。它一条胳膊短而壮,另一条则要长些,微微弯曲,两条胳膊末端都生着爪子一样的手。这生物如此扭曲、野蛮、原始,教威斯特目瞪口呆,缓不过劲儿来。

这显然不是人类。

"看!"保德尔得意扬扬地尖声道,"还敢说我的人什么也没干?这……这玩意儿有好几百!不,是好几千!打起来像疯子!然而我部坚守阵地,这是你们莫大的荣幸!我要求!"他走向前,"我要求!"他声音越来越高,"我要求!"他大叫,脸憋成紫色,"你道歉!"

克罗伊的眼神混合着疑惑、愤怒和挫败。他抿起双唇,咬紧牙关,握住拳头,他的字典里显然没有应对目前这种情形的条目,于是他转向威斯特。

"我要见伯尔元帅!"他吼道。

"我也要见!"保德尔尖声嘶喊,不甘示弱。

"元帅大人他……"威斯特双唇无声地动了动,脑海一片空白,想到的所有花招、伪装和欺骗一下子统统消失不见。"他……"没退路了,完了,他会成为流放犯。

"他——"

"我在这里。"

威斯特惊异万分地看见伯尔出现在帅帐门口,但即便光线不好,也能明显看出他身染沉疴。元帅面如死灰,前额汗水密布,双眼深陷,眼圈乌黑。他嘴唇颤抖,腿脚不稳,扶着身旁帐篷柱强撑。威斯特看到他制服前襟有片黑色污渍,很可能是血。

"抱歉,我在……战斗中有些不适,"他咳起来,"可能吃坏了肚子。"他握帐篷柱的手在抖,加兰霍站在后面,准备在他倒下时扶住,但凭借超人的毅力,元帅硬是站着。威斯特紧张地看向两位怒火中烧的将军,生怕他们看穿元帅半死不活的真相,但将军们急着申辩,无暇留意其他。

"元帅阁下,我要对保德尔将军提出抗议——"

"长官,我要求克罗伊将军道歉——"

威斯特突然意识到,最好的防御是进攻。"按传统!"他以最大音量打断两人,"首先表示对司令官的祝贺!"他刻意缓缓鼓掌,派克和加兰霍毫不犹豫地加入。保德尔和克罗伊互相冷冷看了一眼,也鼓起掌。

"请容我首先——"

"我头一个祝贺您,元帅阁下!"

两人的参谋团跟着加入,然后是帅帐周围其他人,再然后是更外围的人,很快,欢呼声蔓延到整个山谷。

"为伯尔元帅欢呼!"

"元帅万岁!"

"为胜利!"

伯尔抽搐、颤抖,一手捂着肚子,表情痛苦。威斯特偷偷后退,逃离关注,逃离荣耀,他对这些毫无兴趣。差一点,他知道,就差一点。他双手颤抖,嘴里泛酸,视线模糊。他还能听见克罗伊和保德尔的声音,他们又吵起来,活像一对势不两立的愤怒的鸭子。

"必须马上进攻杜别克要塞,趁敌人立足未稳发动雷霆一击——"

"呸!愚蠢!要塞异常坚固,应该包围,准备长期——"

"胡说!我部明日就能拿下它!"

"鬼扯!我们要挖掘战壕!围城战是我的拿手好戏!"

没完没了。威斯特用指头堵住耳朵,想挡住这些声音。他跌跌撞撞走过凌乱泥地,爬上一块凸起的岩石,靠着岩石缓缓下滑,直滑进雪地。他抱住膝盖,缩成一团。小时候,每当父亲发怒,他就会这样。

山谷越来越黑,影影绰绰的人在战场上挖掘墓穴。

罪有应得

不久前下过雨，此刻雨停了，元帅广场的石板开始变干，边沿不见水痕，只有中央还是潮的。一束带水汽的阳光刺穿乌云，照亮了刑架前悬挂的明晃晃的铁链、尖刀、钩子跟钳子。今天正适合行刑。对所有人而言，这都是一件鼓舞人心的大事——当然受刑的图克斯除外。

观众自是人山人海。宽阔的广场唧唧喳喳，低语声混合了兴奋和愤怒，快意与憎恨。场上公共区挤得接踵摩肩，人潮还在不断涌入，好在面对刑架的政府区用篱笆隔开，守卫森严，空间还算宽阔。上等人有最好的看台。越过前面的肩膀，他看见内阁诸公的座椅，只消踮起脚尖——一个他不常尝试的动作——便可见审问长的白发在微风中优雅飘舞。

他瞥了眼阿黛丽，她眉头深锁看着刑架，缓缓啃咬上唇。瞧，我本该带女士参观城里的漂亮建筑，去山上的花园散步，去低语之厅欣赏音乐，最后，当然了，把她带回自己的住处——若能办到的话——结果却带她来看行刑。他嘴角牵起淡淡的微笑。噢没办法，时过境迁。

"他会怎样?"她问他。

"他会被吊起来掏空。"

"掏空?"

"他会被铁链缠住手腕和脖子吊起来——但不会紧到把他勒死——然后刽子手用尖刀开膛破肚,将内脏一样一样地掏出来展示。"

她吞口口水:"而他还活着?"

"或许吧,很难说,取决于刽子手的手艺。不管怎样,他活不长。"没内脏当然活不长。

"这有点……野蛮。"

"本意如此。这是我们野蛮的祖先所能想象的最野蛮的刑罚,专门针对图谋王室的人,据我所知,已尘封约八十年之久。"

"所以观众才这么多。"

格洛塔耸肩:"说来奇怪,人总喜欢看人死,任何时候行刑都不缺关注。也许这能提醒他们,不管生活多糟糕、多低贱、多可悲……至少还活着,还能幸灾乐祸。"

格洛塔感觉有人拍他肩膀,立即旋身,引发一阵抽痛。塞弗拉戴面具的脸凑在后面:"维塔瑞的事,妥了。"

"哈。然后呢?"

塞弗拉眯眼斜瞅阿黛丽,倾身在格洛塔耳边低语:"我跟踪她去了个房子,就在加列特花园下头,靠近市场那一面。"

"我知道那地方。然后?"

"我就着一扇窗偷窥。"

格洛塔抬起一边眉毛:"这也是你的强项,对不?你看见什么?"

"孩子。"

"孩子?"格洛塔嘀咕。

"三个孩子,两女一男。你猜他们的头发是什么颜色?"

不用说。"火红?"

"跟娘亲一样。"

"她有三个孩子?"格洛塔思虑地舔着牙齿空洞,"谁能想到?"

"是啊,我还以为那婊子下边是冰川咧。"

所以在南方她才求我带她回来。三个小崽子在等她。母性。真感人。他擦了擦湿润刺痛的左眼。"干得好,塞弗拉,这很有价值。还有呢?王子的卫士?"

塞弗拉稍稍抬了抬面具,挠了挠下边,眼神四下逡巡。"事有蹊跷。我用心找过……但他似乎失踪了。"

"失踪?"

"我跟他家人谈过。似乎自王子遇害前一天起他就没再出现。"

格洛塔皱眉,"自王子遇害前一天?"可他明明在那儿……我亲眼所见。"把弗罗斯特找来,还有维塔瑞。弄一份当晚宫内的人员名单,每个贵族、仆人和士兵都别放过,我要找出真相。"此路不通就另辟蹊径。

"苏尔特要你这么干?"

格洛塔目光锐利:"苏尔特没说不可以。你只管执行。"

塞弗拉嘀咕了几句,却教人群突然高涨的愤怒喧哗所淹没。图克斯被领到刑架下,他蹒跚向前,脚踝上铁链叮当响。他没哭号,也没为自己的遭遇大声疾呼,只是带着悲伤和痛苦看着台下众人。他脸上遍布瘀青,四肢和胸膛满是鲜红的疤。烧针不可能不留下痕迹,但说实话,以罪犯的标准,他外貌还算好。除了缠腰布,他一丝不挂。这是为照顾到场的太太小姐们的小心脏。欣赏开膛破肚是一回事,但看到犯人的阳物,好吧,那就太恶心了。

一名书记走到刑架前,高声宣布犯人的姓名、罪行、供状内容和刑罚措施。然而观众七嘴八舌,离得颇近的他也听不清,书记的话还时常被愤怒的尖叫打断。格洛塔苦着脸把腿慢慢来回摆,试图缓和抽筋的肌肉。

戴面具的刽子手们上前捉住犯人,一举一动显出娴熟和专业。他们用黑帆布袋套住犯人的头,用铐环锁住犯人的脖子、手腕和脚踝。格洛塔发现帆布下嘴巴在嚅动。绝望中最后的呼吸。他在祈祷,还是诅咒怒骂?谁知道呢?有区别吗?

刽子手们把图克斯拉到半空,四肢伸开固定,大部分重量由两条胳膊承担,脖子上的铁镣让人窒息,但不足以致命。他当然在挣扎,完全出于动物本能,想爬出牢笼、自由呼吸的本能,无法抗拒的本能。一名刽子手到刑架前挑出一把沉重尖刀,朝观众耍了个花,让淡淡阳光映在刀锋上,然后转身开始切肉。

观众们安静下来——似乎陡然陷入死寂,偶尔才有人刻意压低声音讨论。这是一种无须呐喊助威的酷刑,一场需要安静观赏的表演,一个带来恐怖刺激的舞台。它正是为此设计,所以现场只听见犯人湿漉漉的喘息。锁住脖子的铁铐让尖叫也变得不可能。

"我想他是罪有应得,"阿黛丽看着大使的肠子滑出肚皮,低声说,"谋害王子。"

格洛塔低头在她耳畔低语,"我有理由相信他没谋害任何人。他的罪行只是他的勇气,对我们说出真相、伸出和平之手的勇气。"

她瞪大双眼:"那干吗处死他?"

"因为王子被谋害,总得找个替罪羊。"

"可……谋害雷诺特的真凶是谁?"

"一个不希望古尔库和联合王国和平相处的人,一个希望两国间的战争升级、扩大、永不终结的人。"

"那是谁?"

格洛塔无言以对。那是谁?

✶

法洛是个混蛋,但挑椅子在行。格洛塔叹息着坐进一把软垫椅,朝壁炉伸了伸腿,舒活酸痛的脚踝。

阿黛丽看起来就没这么舒服了。今早上的娱乐安排得不好啊。她皱眉望向窗外，神经质地用一只手猛拉一缕头发。"我得喝一杯。"她打开橱柜，取出酒瓶和一只玻璃杯，顿了顿，扭头道："你不该告诫我现在喝酒太早了吗？"

格洛塔耸肩："你自己知道是早是晚。"

"可我需要喝一杯，看过那个……"

"那就喝吧。无须解释，我不是你老哥。"

她猛然转身狠瞪着他，张嘴想说话，但最终只愤怒地推开酒瓶和酒杯，砰地关上橱柜。"满意了？"

他又耸肩："既然你问起，我还算满意吧。"

阿黛丽一屁股坐进对面的椅子，闷闷不乐地低头看着一只鞋，"接下来呢？"

"接下来？接下来我们继续幽默的谈话，轻松度过一小时，然后进城逛逛？"他缩了缩身子，"缓步慢行最好。再然后用个晚午餐？我在想——"

"我指继承问题。"

"噢，"格洛塔咕哝，"那个啊。"他伸手拉过又一把软垫椅，脚舒服地放上去，又叹了一声。坐在这温暖舒适的房间，有标致可爱的美人陪伴，几乎可装作又有了人生。再开口时，他几乎挂上笑容："这将由议会表决，不消说，必然伴随着一系列勒索、行贿、腐败与背叛，必是一场幕后交易、背后捅刀和阴毒伎俩的大狂欢，一场以妥协、争吵、威胁和承诺为步点的交谊舞。这幕戏将一直演到国王去世，正式进行投票。"

阿黛丽露出一边高一边低的笑容："我也知道国王活不长。"

"没错，没错，"格洛塔抬起眉毛，"你都确信无疑的事，一定是真的。"

"谁最有可能？"

"你说说看？"

"呃，好吧，我试试。"她靠着椅背，一根指尖思虑地摩挲下巴，"应该是布洛克。"

"应该是。"

"或者是巴雷辛，亨根，伊斯尔。"

格洛塔点头。她不傻。"他们是最有权势的四个。此外呢？"

"我想米德输给北方人也就失去了机会。斯塔兰总督斯卡德有机会吗？"

"说得好。他胜出的概率虽小，但依然没出局——"

"而若米德兰的选票进一步分化——"

"谁知道会发生什么？"他们相视一笑。"目前完全无法确定，"格洛塔说，"我们还要考虑到国王的非婚生子……"

"私生子？他有吗？"

格洛塔抬起一边眉毛："当然有啦，他们中间还有我的朋友咧。"她咯咯娇笑，他视之为鼓励。"好吧，国王绯闻多多。你听说过凯美丽·唐·罗斯吗？她是宫中淑女，据传美艳非凡，多年前深受宠爱，后来却突然消失，说是难产而死，这种事谁说得准？宫里人喜欢传小话，美丽的年轻女士常出意外，可不是每个都怀有王胎哪。"

"噢，是呀，是呀！"阿黛丽翻着睫毛，假装昏厥的样子，"红颜祸水啰。"

"就像你呀，亲爱的，就像你呀。美貌是诅咒，而我每天都为此谢天谢地。"他朝她露出无牙的笑容，"议员们蜂拥进城，我敢说很多人这辈子没来过圆桌厅。他们嗅到权力的味道，打算分一杯羹，彰显自己的存在。这也许是十代人以来头一回国运将由贵族主宰。"

"一场大戏。"阿黛丽摇头低声道。

"是的，一场越往后越残酷的长跑。"甚至致命。"并且不排除某个外来者最后一刻突然现身。一个没有敌人的人，作为折中选择。"

"内阁的意见是？"

"当然，根据公平原则，他们被禁止预设立场。"格洛塔嗤之以鼻，"公平！他们津津乐道的是如何把持王国，把持和操控！这才好保持每天的私人恩怨不受打扰。"

"他们有候选人了？"

"任何有投票权的贵族都能成为候选人，理论上有数百种可能。内阁成员不会站在同一阵线，他们会厚颜无耻地巴结强势候选人，为此不惜见异思迁、朝三暮四，只为确保自己的未来，确保内阁席位。权力正迅速由他们之手流入贵族们手中，这令他们头晕目眩，相信我，他们中有人过不了这关。"

"你呢？"阿黛丽从黑眉毛下抬眼望他。

格洛塔缓缓舔着牙齿空洞："若苏尔特倒台，多半我也难逃此劫。"

"我希望你没事。你对我很好，没人对我这么好，我受之有愧。"坦率无辜的语气是她的惯用把戏，但奇怪的是这依然受用。

"举手之劳，不足挂齿。"格洛塔咕哝，在椅子里耸耸肩，突然觉得尴尬。亲切的氛围、坦率的语气、舒服的房间……格洛塔上校驾轻就熟，我却全然陌生。门口传来敲门声时，他还在酝酿如何回复。"你约了人？"

"我还能约谁？我认识的人都在这里。"

格洛塔凝神倾听，前门开了，但只听见模糊低语。接着起居室的门也开了，女仆探头："请原谅，有人求见主审官大人。"

"谁？"格洛塔叫道。塞弗拉带来雷诺特王子的卫士的新消息？维塔瑞替审问长送信？新任务？新问题？

"他自称马修斯。"

格洛塔觉得左半边脸抽搐起来。马修斯？他有段时间没念及此人，现在银行家憔悴的形影突然从脑海涌现，仿佛正麻利精准地取出收据让格洛塔签署。一百万马克的收据。也许有一天，凡特和伯克银行的代表会找您……还个人情。"

阿黛丽皱眉看他:"有麻烦?"

"不,没什么,"他嘶哑地说,竭力按捺嗓音,"一个老朋友。你能让我们单独谈吗?我必须和这位绅士谈谈。"

"当然。"她起身出门,裙裾在地毯上婆娑,走到半途,她停下来回头咬住嘴唇瞅了瞅,然后快步到橱柜前取出酒瓶和酒杯。她耸耸肩:"我得喝点什么。"

"别喝光了。"格洛塔在她背后低声嘱咐。

片刻后,马修斯进门,他的脸庞依然消瘦下沉,眼窝依然深陷,但举止有变化。不安?紧张?真的?

"哎,马修斯师傅,您大驾光临,让我们蓬荜生辉——"

"不必客套,主审官大人。"他的声音尖锐刺耳,像生锈的门叶,"在下是个谦卑之人,习惯直来直往。"

"好吧,我能为你——"

"在下的雇主,凡特和伯克银行,不满您近来的调查方向。"

格洛塔大脑飞速运转:"我近来哪方面的调查?"

"雷诺特王子遇害一事。"

"此事已结案。我向你保证,我没有——"

"请直来直往,主审官大人,他们知道您的打算——事实上,您可以假定他们什么都知道,通常如此。容在下直言,此案破获的速度和效率是空前的,令在下的雇主们十分满意。罪犯得到了惩罚,而您若进一步深挖,对任何人都没好处。"

确实直来直往。但我的调查跟凡特和伯克银行有何干系?从前他们提供资金让我阻挠古尔库人,现在却反对我调查一桩古尔库阴谋?这毫无道理……除非,杀手并非来自南方,除非谋害雷诺特王太子的凶手就在左近……

"只需澄清一些小细节,"格洛塔含糊地说,"你的雇主们不必生气——"

马修斯上前一步,屋里不热,他却满头大汗。"他们还没有生气,主审官大人。您之前并不知道某些行为会让他们不满,现在您知道了;如果您明知他们会不满还要继续……他们才会生气。"他倾身靠近格洛塔,几乎在耳语。"请容在下忠告您一句——以棋盘上一颗棋子对另一颗棋子的身份——我们不能惹他们生气。"他声音里有种奇怪的意味。并非威胁,而是求恳。

"你是否暗示,"格洛塔呢喃,几乎没动嘴唇,"他们会把送我那份小礼物,助我保卫达戈斯卡之事,泄露给审问长?"

"那算是最轻的。"马修斯的表情绝不会错。恐惧。那张面具后流露出的是恐惧。这让格洛塔舌尖发涩,背上生寒,喉头发紧。这是一种他很久以前熟悉的感觉,也是他很久以来最接近恐惧的时刻。我逃不出他们的手掌心、他们的天罗地网,从我签下收据那一刻就已注定。代价必须偿还。

格洛塔咽口口水:"你可以回复你的雇主们,调查到此为止。"

马修斯闭上双眼,好一会儿才长舒一口气。"在下很荣幸能把您的回复带给他们。日安。"说完他转身就走,把格洛塔一人扔在阿黛丽的起居室。

格洛塔呆看着门,不明白刚才到底发生了什么。

石岛

船头狠撞在怪石嶙峋的海岸,石头吱嘎呻吟,船腹剧烈摩擦。两名船员跳进起伏的波浪中,拽着船前行了几步,待其完全停稳,两人急忙往回跑,仿佛海水会咬人。杰赛尔不怪他们——行程的终点,这座位于世界边缘、名为沙布拉延的岛屿,着实骇人。

眼前是一大片荒凉的巉岩怪石,冰冷海浪击打着尖利的海岬,撕扯光秃秃的海岸。更远处是参差的悬崖和碎石密布的坡道,它们陡峭地堆砌起来,形成黑云底下阴森黝黑的山峰。

"你们不上岸?"巴亚兹问船员。

四名船员没有动弹的意思,他们的头目缓缓摇头。"我们听过好些这座岛的可怕传言,"他的通用语磕磕绊绊、口音重得几乎听不懂,"这儿被诅咒了。我们就在海边等。"

"可能要花点时间。"

"我们就在海边等。"

巴亚兹耸肩:"那就等吧。"他下船涉入齐膝深的浪花,其他人不情不愿地缓缓踏入冰冷的大海,朝岸边走去。

这鸟不生蛋的地方是石头和冰水的家园,海浪卷起贪婪的泡沫爬上海滩,再贪婪地吸吮着岩石表面退下。肆虐无情的风刮过荒地,直吹进杰赛尔湿透的裤子,头发迷糊了眼睛,胸口透心凉。狂风把到达终点仅有的几丝兴奋吹得一干二净,在悬崖上的裂缝和空洞里,它如泣如诉,宛如悲歌的大合唱。

零星可见几株植物,譬如被盐水折磨得没了色彩的草,或是不知死活的灌木。远离海岸的高处有几棵枯树,树根牢牢抓着坚硬的岩石,树干朝风吹的一侧弯曲,仿佛随时可能折断。杰赛尔光看着就能感受它们的痛苦。

"对石头爱好者来说!"他大喊,言语刚出口就被狂风卷走,"这是圣地!"

"聪明人会把石头藏哪儿?"巴亚兹吼着回应,"当然是藏在成千上万……不!上百万颗石头中间!"

这里最不缺石头。岩石、礁石、鹅卵石、碎石应有尽有,而其他东西统统欠奉,让人极不舒服。那四名船员会不会划船跑了,把他们扔下?这想法如针戳在杰赛尔心头,他不禁回头看去。

幸好,他们还待在原地,小船在海边随波轻荡,而康妮尔那艘造得差劲、浴盆似的船停锚在远处的汹涌洋面,船帆收拢,桅杆如一道黑线画过变幻莫测的天空,船身被躁动的海浪怂恿向前。

"得找个避风场所!"罗根大声道。

"这鬼地方哪能避风?"杰赛尔大喊着回应。

"肯定有!得生火!"

长脚指指悬崖。"说不定有洞穴,或是背风处。我领你们去!"

他们从海岸朝上爬,先踩过鹅卵石堆,然后在晃晃悠悠的岩石上跳来跳去。费尽千辛万苦来到世界边缘,这里真让人失望。冷水冷石头北方到处都有，而这里的荒凉让人起鸡皮疙瘩。然而抱怨毫无意义，过去十年间，罗根就没舒服过。召唤鬼灵，得到种子，速战速决。然后呢？回北方？回去找贝斯奥德及其两个儿子，杀个天昏地暗，血流成河？罗根打个激灵。这没什么吸引力。他爹会说与其担惊受怕，不如放手一搏，但他爹说过很多话，大部分是废话。

他看向菲洛，后者迎上她的眼神，没皱眉但也没微笑。他从来搞不懂女人——实际上，他没真正搞懂过任何人——菲洛更是谜中之谜。她白天依然像过去那般冷若冰霜、暴躁易怒，但大部分晚上却钻进他的毯子与他交欢。他无法理解，又没胆去问，更可悲的是，她是他生命中很长一段时间以来最美好的经历。他鼓起嘴挠挠头，想到自己生命中就没什么值得一提的。

他们在悬崖下找到个算是洞穴的地方，其实只是被两块巨石挡住、稍稍背风的坑。这地方并不太适合交流，但罗根觉得荒岛上找不到更好的地儿了。你必须现实一点。

菲洛一剑劈断附近一棵发育不良的树，弄到足够的柴火。罗根缩着身，麻木的手指笨拙地摆弄火绒。狂风卷过巨石，木柴极为潮湿，经过多次试验和多番咒骂，他才终于如愿点燃火堆。众人紧紧围拢聚在一起。

"匣子。"巴亚兹说。罗根从包裹里拽出那沉重事物，"砰"一声放到菲洛身边。巴亚兹指尖轻触匣子边缘，碰到暗藏的机关，匣盖悄然打开，匣内四周缠着金属圈，中间留下罗根拳头大小的空间。

"它们干吗用？"他问。

"加固，防震。"

"这东西需要防震？"

"坎迪斯觉得需要。"这话让罗根更不安，"拿到立即放入，"魔法师嘱咐菲洛，"除了必要的接触，不能在这东西面前暴露太久。你们最好都站开。"他挥手驱散其他人。路瑟和长脚手忙脚乱地后退，差点撞在一起,但魁一直盯着准备工作,几乎纹丝不动。

罗根盘腿坐在跃动的火苗前,心中不安越积越深,他开始后悔卷进这档子事了,但改主意未免太迟。"有祭品效果会更好,"他抬头张望,看到巴亚兹拿出个金属瓶。罗根拧开瓶盖一嗅,浓烈气味像情人缠绵的吻。"你一路带着这个?"

巴亚兹点头:"就为现在。"

"怎不早拿出来?我用得着。"

"你只用得着这一次。"

"那可不。"罗根举瓶喝了一口,忍住下咽的强烈冲动,鼓起腮,朝火堆喷出一道酒雾,升起一团火焰。

"然后呢?"巴亚兹问。

"然后等,等到——"

"我来也,九指。"话音仿如狂风吹过巨岩,碎石滚落悬崖,潮水降下海滩。鬼灵笼罩在他们栖身的乱石间的浅坑上,是个由不断移动的灰色岩石组成、足有两人高的巨人,但没有影子。

罗根抬起眉毛。鬼灵向来迟钝又漫不经心。"你来得真快。"

"我一直在等。"

"你等了很久?"鬼灵点头,"好吧,呃,我们是来找——"

"找一如的儿子们托付之物。你们来找它,定是人类水深火热时。"

罗根吞口口水。"人类何时不曾如此?"

"你看到什么?"杰赛尔在后面轻声问。

"什么也没有。"长脚回答,"这肯定需要极为卓越的——"

"闭嘴!"巴亚兹扭头呵斥。

鬼灵走近巴亚兹。"他是第一法师?"

"他是。"罗根言简意赅,不给鬼灵东拉西扯的机会。

"他比尤文斯矮得多,模样我就不喜欢。"

"它说什么?"巴亚兹不耐烦地打断,目光停在鬼灵左边好远的地方。

罗根挠挠脸。"它说尤文斯很高。"

"高?什么乱七八糟?直入正题,我们都在等!"

"他还缺耐心。"鬼灵嘀咕。

"我们走了很长的路。他有尤文斯的法杖。"

鬼灵点头。"我认得那根枯枝。我很欣慰,此物被我保管了无数个漫长的冬天,责任深重,如今我终得沉眠。"

"好极了。请你——"

"我会给那个女人。"

鬼灵的手伸入石腹,罗根警觉地后退。鬼灵抽出的拳头里握着什么,罗根整个人都在颤抖。

"伸出双手。"他低声吩咐菲洛。

这东西凭空落入菲洛摊开的手掌,杰赛尔不由得惊叹一声,朝后爬开,还抬起一条胳膊挡在面前。巴亚兹睁大眼睛紧盯不放。魁急切地前倾身子。罗根苦着脸缓缓后退。长脚几乎退到坑外。很长一段时间,六个人瞪着菲洛手里那块暗色物体,呆若木鸡,四周唯有呼啸的风声。为眼前之物,他们翻山越岭,历尽艰辛。它是很多很多年前,高斯德从地底深处挖出的,它毁灭了世上最伟大的城市。

种子。异界在世间的化身,魔法的本质。

菲洛缓缓皱紧眉头。"这东西?"她狐疑地问,"能毁灭沙弗法?"

最初的震惊过后,杰赛尔觉得它看起来不过是块石头。拳头大小、毫不起眼的灰石头。既没有不自然的危险气息,也没有显露出致命威力,更没有射出杀人光线乃至电闪雷鸣。

它看起来不过是块石头。

巴亚兹眨眨眼,手脚并用爬过来,盯着菲洛手里的东西。杰赛尔心脏怦怦狂跳,眼看法师舔了下嘴唇,很慢很慢地举起手,用小指尖碰了石头一下,马上缩回。他没有突然衰竭断气。他又用手指点了一下。没有惊天动地的大爆炸。现在他把整个手掌放上去,粗手指握住它,举起来。

它看起来仍旧是块石头。

第一法师盯着手中之物,眼睛越瞪越圆。"不,"他双唇颤抖,声音飘忽,"这只是块石头!"

众人震惊得说不出话。杰赛尔盯着罗根,罗根也盯着他,伤疤脸一片茫然。杰赛尔看向长脚,领航员耸了耸瘦削的肩。杰赛尔又看向菲洛,她眉头越皱越深。"只是块石头?"她喃喃道。

"东西不对?"魁低吼。

"那么……"巴亚兹的话正中杰赛尔的心思,"我历尽艰辛,到头来却是……一场空?"陡然刮起的风吹灭了可怜兮兮的火苗,裹挟着沙尘打在他脸上。

"或许搞错了,"长脚提出,"或许有其他鬼灵,或许有其他——"

"不会错。"罗根坚决地摇头。

"可……"魁面如死灰,眼睛都快鼓出来了,"可……怎么会?"

巴亚兹没理他,太阳穴上青筋暴起。"坎迪斯,一定是。他设法瞒过兄弟们,用石头充数,将种子收归己有。锻造者即便死了,还是耍了我一道!"

"只是块石头?"菲洛吼道。

"我放弃为国出征,"杰赛尔义愤填膺,"来这鬼地方跋山涉水。我被人袭击,受了伤,毁了容,却是……一场空?"

"种子。"魁咧开苍白嘴唇,龇着牙,鼻孔呼吸急促。"在哪儿?到底在哪儿?"

"我要知道,"他师父大吼,"还会在天杀的荒岛上为一块烂石头跟鬼灵废话吗?"他狠狠摔出那块石头。石头裂成碎片,四处翻滚,消失在上百颗、上千颗、上百万颗同类中间。

"它不在这儿。"罗根遗憾地摇头,"要说——"

"只是块石头?"菲洛的视线从碎石转向巴亚兹的脸,"黑心老骗子!"她一跃而起,身侧双拳紧握,"你答应让我复仇!"

巴亚兹早气得面目扭曲,此刻断喝道:"你以为你的复仇是天大的事?"他咆哮起来,飞溅的唾沫星子被风吹走,"还有你的失望?"他冲魁尖叫,脖子上青筋暴起,"还有你天杀的脸蛋?"杰赛尔吞口口水,赶紧往坑里挪,恨不得缩成一团,怨气顿时被巴亚兹的勃然大怒吓没了,好比之前奄奄一息的火苗为狂风扑灭。"被耍了!"第一法师大吼大叫,双手在盲目的怒火驱使下握紧又松开,"我他妈拿什么去对付卡布尔?"

杰赛尔越缩越紧,瑟瑟发抖,担心随时有人成为巴亚兹的出气筒,被撕碎、被甩到半空、砸在石头上,或被直接点燃——他觉得多半是自己。长脚兄弟不识趣地来打圆场:"振作精神,伙计们!旅行本身就是意义——"

"再说一句,天杀的白痴!"巴亚兹气急败坏,"再说一句,我就让你化成灰!"领航员畏畏缩缩躲开,魔法师抓起法杖转身就走,离开浅坑,朝海岸大步而去,寒风吹得他外套噼啪作响。他的怒气委实吓人,以至于有那么一阵,杰赛尔宁愿留在岛上也不想随他上船。

魔法师脾气的大爆发,无疑宣告此次任务彻底失败。

"那么,"大家在冷风里坐了一阵,罗根低声说,"事已至此。"他合上空匣子,"骂娘也于事无补。你必须——"

"闭上你的臭嘴,白痴!"菲洛突然咆哮,"别对我指手画脚!"她三步并作两步,走向汹涌的大海。

罗根把匣子塞回包裹,打个激灵,背上包裹又叹口气。"现实一点,"他喃喃道,然后去追赶菲洛。长脚和魁闷闷不乐地跟上。杰赛尔走在最后,踩过一颗颗凸凹不平的石头,被风吹得睁不开眼,脑子里还在思考这一路的前因后果。刚才他的确沮丧到家了,但他惊讶地发现,随着小船接近,又快忍不住笑出声来。毕竟,这场疯狂之旅的成败于他没多大关系。

重要的是,他要回家了。

船破浪而行,掀起翻滚的冰冷白沫,张满的帆被吹得噼啪响,桅杆和绳索吱吱嘎嘎。海风抽打着菲洛的脸,她眯眼对抗。巴亚兹一上船就怒冲冲进了舱,其他人也陆续进去取暖,只有她和九指留在甲板上,注视大海。

"你有啥打算?"他问她。

"哪里能杀古尔库人,我就去哪里。"她不假思索脱口而出,"我去找其他武器,和他们斗到底。"其实她不相信这番话,她已感觉不到曾经的浓烈恨意。只要古尔库人不来招惹她,让她做自己想做的事,复仇也许已无关紧要,可惜怀疑和失望让她更加偏执。"一切照旧,我要复仇。"

沉默。

她偷偷瞥去,发现九指皱眉盯着黝黑海面上的白色泡沫,似乎对这答案不满意。改口本来轻而易举。"你去哪儿,我就去哪儿。"她可以这么说,又有什么损失? 没有,至少对她没有。但她就是不肯遂他的愿。两人之间好似隔了一道无形的墙。无法穿透的墙。

这道墙一直存在。

她最后只憋出一句:"你呢?"他思考片刻,闷闷不乐,咬住嘴唇。"我要回北方。"他郁闷地说,甚至没看她,"有些事不该留下,有些肮脏的事需要了结。我想那才是我该去的地方,回北方,了结恩怨。"

她皱眉。恩怨? 当初是谁要她别太在意复仇,现在却只想了结恩怨? 骗人的混蛋。"恩怨,"她嘶声道,"好吧。"

干巴巴的语气,舌头像沾了沙子。

他盯着她眼睛瞅了好一阵,欲言又止,张开的嘴唇似乎想说出某个字,一只手仿佛要伸向她。

然后他突然泄了气,闭上嘴,转身贴住栏杆,肩膀冲她。"好吧。"

显然,两人之间没什么好说了。

菲洛皱眉转身,双拳紧握,指甲狠狠掐入掌心,掐得极深。她怨恨自己,为何不能说点别的?哪怕不说出口,哪怕只做个口型,一切都会截然不同。这本来轻而易举。

除非,除非那些话不属于她,永远不属于她。古尔库人很久以前、在很远的地方就彻底毁了她,让她心如死灰。哪怕她像个傻瓜似的怀有希望,其实也打骨子里知道——

希望属于弱者。

入土为安

狗子和黑旋风、巴图鲁和寡言、威斯特和派克,六人站成一圈,看着两堆冰冷泥土。山谷里的联合王国军也忙着收埋同伴,数百阵亡官兵,一个坑埋十二具。对人类来说,这是个糟糕的日子,对土地却很不错。战后总是如此,人类相争,土地受益。

摆子及其亲锐在林子另一头,低头哀悼他们的死者。已有十二人入土,另外三人伤势严重,估计撑不过一星期,还有一个失去一只手,生死得看运气——不过大家最近的运气都不大好。一天之内,摆子的团队就折损近半,但留下的都是勇士。狗子听见他们念念有词,那是悲伤而自豪的悼词,称颂死者行事正直、忠于职守、英勇善战,也诉说生者的想念,诸如此类。战后总是如此,庄严肃穆,吊唁死者。

狗子吞口口水,转头看着脚边新翻的泥土。在这天寒地冻的时节,挖坑极其费力,但罗根会说自己宁愿挖坑,也不愿被埋进去,狗子对此完全赞同。今天他埋了两人,心里的两部分也跟着入了土。土堆下的凯茜四肢惨白冰凉,没有一丝温暖。三树与她相隔不远,破碎的盾牌横置于膝,长剑握在手中。狗子曾把希望寄托在这两人身上——未来的希望和曾经的希望。现在一切都结束了,希望化为泡影,只在心底留下隐隐作痛的空洞。战后总是如此,希望幻灭,随风而逝。

"死哪儿埋哪儿。"巴图鲁轻声说,"很合适,挺好。"

"挺好?"黑旋风盯着威斯特咆哮,"挺好,呃?整个战场最安全的地方?这就是你说的最安全的地方?"威斯特吞口口水,愧疚地低着头。

"行了,黑旋风,"大巴道,"你知道这不怪他,不怪任何人。上战场就有人死,对此没人比三树更了然。"

"我们可以去别的地方。"黑旋风吼道。

"我们是可以,"狗子说,"但我们没去,不是吗?现在说这些有何意义?三树死了,女孩也死了,大家够难过了,你别雪上加霜。"

黑旋风双拳紧握,深吸一口气,仿佛要大吼大叫,但最终只叹口气,双肩一软,垂头丧气:"你说得对,现在说什么都于事无补。"

狗子碰碰派克的胳膊:"你想对她说点什么吗?"脸带烧伤的男人看着他摇头。狗子觉得派克不大会说话,不便勉强,威斯特似乎也没什么好说,于是清了清嗓子——肋骨的疼痛让他打个激灵——打算自己试试。总得有人出头。

"埋在此处的女孩叫凯茜。我与她相识不久,谈不上知根知底,但我喜欢……我了解到的她。其实我了解的并不多。真的不多。但我知道她很有骨气,我想大家在北行路上也都看到了。她忍饥挨冻,从不抱怨。我希望自己能多了解她,当然,希望往往无法成真。她不是我们的一员,却与我们同生共死,我们能埋她,理应感到荣幸。"

"是的,"黑旋风说,"深感荣幸。"

"没错。"巴图鲁说,"大地收容一切。"

狗子点头,断断续续吸进一口气,又吐出来。"有人想为三树说点什么吗?"

黑旋风身子一抖,盯着脚下,双脚在泥地里变换重心。大巴仰头望天,眼里似乎有点潮。狗子快忍不住了,很可能一开口就像孩子似的嚎啕大哭。三树肯定知道该说什么,问题是死的是他。大家沉默不语。

寡言上前一步。

"三树鲁德,"他说着环视众人,"人称乌发斯的磐石,乃北方最响当当的汉子。他是伟大的战士、领袖和朋友,他的一生是战斗的一生。他曾直面血九指,又曾与其并肩作战。歧途虽近而不踏足,义战虽艰从不退后,这便是他的写照。我与他走走停停,并肩作战已逾十载,足迹踏遍北方,"他粲然一笑,"我对此无怨无悔。"

"说得好,寡言,"黑旋风继续盯着冰冷的土地,"说得好。"

"再没有他这样的人。"大巴喃喃道,擦着眼睛。

"没错。"狗子说。他想不出别的话。

威斯特转身离开树林,耷拉着肩膀一言不发。狗子发现他后脑肌肉紧绷,很可能在自责。以狗子的经验,每当熟人死去,剩下的人便会有这种反应。威斯特的确是会自责的人。派克跟上他,两人绕过摆子,远远离开。

摆子走到墓穴旁,皱眉俯视,头发垂在脸庞周围。他抬头看向众人:"无意冒犯,真的,但我们得有个新头儿。"

"他才刚入土。"黑旋风没好气地瞪了他一眼。

摆子举起双手。"我觉得正是时候,以免乱成一锅粥。说实话,我的弟兄们情绪都不大稳定。他们失去了朋友,也失去了三树,总得给点盼头,对吧?选谁?"

狗子搓搓脸。他没想过这事儿,现在也毫无头绪。霹雳头和黑旋风是名号仅次于三树的战士,也都曾是成功的领袖。现下两人站在原地,皱眉面面相觑,狗子看着他们。"你俩谁都行,"他说,"谁我都跟。头儿显然是你俩之一。"

巴图鲁瞪着黑旋风，黑旋风也不甘示弱。"我不跟他，"大巴闷声闷气地说，"他也不跟我。"

"没错。"黑旋风吼道，"我们谈过，没用。"

大巴摇头。"所以不能是我俩。"

"没错。"黑旋风说，"不能是我俩。"他舔舔牙，猛吸口鼻涕，喷到地上。"就你了，狗子。"

"什么？"狗子目瞪口呆。

大巴点头。"你是头儿，我们都同意。"

"嗯。"寡言眼都没抬。

"九指死了，"黑旋风说，"三树也死了，就你了。"

狗子打个激灵，等待摆子开口，"啥？就他？当头儿？"他等着他们哄然大笑，告诉他这是个玩笑。黑旋风、霹雳头巴图鲁、寡言哈丁，外加二十多个亲锐都听他的，简直是他这辈子听过的最蠢的主意。但摆子没笑。

"我觉得这主意不错，为弟兄们好，我正准备这么建议。我去转告大家。"他转身走进树林，留下狗子呆看着他。

"那些人的意见呢？"摆子走到远得听不见他们说话后，狗子大吼，肋骨的刺痛让他打个冷战，"那边有二十多个天杀的亲锐，情绪都不大稳定！他们得跟个有外号的！"

"你就有外号，"大巴说，"你随九指翻山越岭，和贝斯奥德南征北战。这里没有比你更响亮的名号，你参加过的战斗比我们都多。"

"我只是参加过——"

"就你了，"黑旋风说，"别废话。你不是斯凯林之后最能打仗的人，那又如何？你手上沾的血足够别人追随，况且全北方没有比你更好的探子。你懂得如何领导，你跟过那些最棒的头儿——九指、贝斯奥德和三树——你是他们最亲近的人。"

"但我不能……我是说……我没法说动别人冲锋，没法像三树那样——"

"没人可以,"巴图鲁冲地上点头,"但很可惜,我们没法选三树。你是头儿,我们跟你,不同意的可以来找我们谈谈。"

"他奶奶的不会谈很久。"黑旋风瓮声瓮气地说。

"你是头儿。"巴图鲁转身大步走进树林。

"就这么定了。"黑旋风随他离去。

"嗯。"寡言耸耸肩,跟上两人。

"可是,"狗子喃喃道,"等等……"

他们走了。看来是板上钉钉。

他呆立片刻,眨巴眼睛,毫无头绪。他没当过头儿,不知是什么滋味,只感到突然脑海一片空白,自觉像个傻瓜——这种感觉比任何时候都强烈。

他跪在两个墓穴间,手插入泥土,指尖传来冰冷潮湿的触感。"对不起,姑娘,"他低声说,"你不该死。"他紧紧握住一把泥,挤在掌心。"一路走好,三树,我会以你为榜样。入土为安,老战士。"

他起身用衬衫擦净手,走回生者的世界,留下两人在身后的泥土中长眠。

(未完待续)